Prolog

Ste-Anne-de-Beaulieu ist ein guter Ort, um zu sterben.

Im eisigen Winter, der hier sieben Monate währt, bedeckt unerbittlicher Schnee den Boden. Es gibt keinen Frühling. In der Sommerhitze sitzen die Alten in Schaukelstühlen vor ihren Häusern beisammen und schauen zu, wie dicke Honigstreifen schwarz werden von Fliegen, die in ihren süßen Tod surren.

Mit dem Herbst kommen die Jäger. Im Schrittempo fahren sie durch die schmalen Straßen der Stadt und zeigen stolz die reiche Beute vor, die sie aus den entlegenen Wäldern mitgebracht haben. Elche mit schweren Wammen und Hirsche mit sanftmütigeren Gesichtern zieren die Geländewagen. Starre Tieraugen weisen mit einem feierlichen Ernst zum Himmel, der Leichenzügen würdig ist.

Viel länger als Montréal, die weltläufige Nachbarin weiter im Süden, blieb diese Stadt schwarz von wehenden Soutanen der Priester. Auch die Nonnen hier lehnten die erlaubten kürzeren Röcke ab. Veränderung steht in Ste-Anne nicht an erster Stelle.

Auf der Hauptstraße gibt es nur ein einziges neueres Gebäude, das eine gewisse Beachtung verdient. Es ist die Leichenhalle, die genauso prächtig und glitzernd wirkt wie die riesigen Bilder, die früher einmal über die Leinwand des Kinos flimmerten, das an dieser Stelle stand.

Die Leiche wurde im Winter gefunden. Am ersten Weihnachtstag 1989. Sie hing an einem Dachsparren in der alten Scheune hinter dem Haus. Zwischen Spinnweben, gefrorener Erde und dem Häufchen Pulverschnee, der durch die Ritzen hereingeweht war, lag noch immer ein wenig Heu aus einer vergangenen Zeit, als die Scheune einem Zweck gedient hatte.

Erst als ich auf die Leiche starrte, die so schmal und verletzlich in ihrem Pelzmantel dahing, wurde mir bewußt, daß auch ich mit einer Sehnsucht, die den Namen Tod trug, nach Ste-Anne zurückgekehrt war.

Teil 1

1

In jener Nacht riefen die Glocken der Kirche St.Anna mit überschwenglichem Jubel zur Mitternachtsmesse.

In meinem Halbschlaf verwandelten sich die Klänge in riesige Vögel, die durch die Dunkelheit des Dezembers schwebten. Aus den Fensterbögen des Glockenturms geworfen, glitten sie auf den Luftströmen über die Dächer der Stadt, streiften die Bäume im Tal und landeten hier in dem Haus auf dem Berg, um mich mit ihren Schwingen zu bedecken. Ich ließ mich von ihnen einhüllen. Ich wollte schlafen. Ich war so gespannt auf den Morgen.

Als neben meinem Bett mißtönend ein schrilleres Läuten einsetzte, glaubte ich, es seien wieder die Glocken. Es dauerte eine Weile, bis ich die Hand nach dem Telefon ausstreckte, doch auf mein ›*Allo*‹ antwortete nur noch Schweigen, gefolgt von einem Klicken und einem Signal.

Madeleine. Sie mußte es gewesen sein. Wer sonst würde es wagen, so spät noch anzurufen? Ich war nahe daran, die Nummer ihrer Großmutter zu wählen, um zurückzurufen, aber eine Mischung aus Taktgefühl und Ängstlichkeit hielt mich davon ab. Ich konnte mich irren. Und Madeleine würde es nicht schaden, wenn sie merkte, daß es Zeiten gab, zu denen ich nicht erreichbar war.

Die roten Ziffern des Radioweckers zeigten 1.18 an. Ich schüttelte den Ärger ab, der mit unterbrochenem Schlaf verbunden ist. Schließlich mußte ich nicht vor der Morgendämmerung aufstehen. Es warteten keine Termine auf mich – keine greise Mme. Groulx, die verlangte, ihr immer wieder umgeschriebenes Testament erneut zu ändern; keine im gegenseitigen Haß erstarrten Scheidungswilligen, die um die

Vermögensklauseln in den überholten Versprechungen eines Ehevertrags feilschten.

Am ersten Weihnachtstag und in der darauffolgenden Woche ist die Kanzlei von Pierre Rousseau, *Notaire*, geschlossen, nimmt der Anrufbeantworter keine Gespräche auf. Meine Erfahrung hat gezeigt, daß diese Woche sein muß. Man muß den Ausbrüchen von Gereiztheit, die Weihnachten im Familienkreis auslöst, Zeit lassen, sich zu setzen, bevor man zu neuen Taten schreitet. Und ich habe meine Klienten gern. Viele kenne ich seit Jahren. Mitunter halte ich sie lieber fern von jenen teuren verbindlichen Klauseln und eigensinnigen Regeln, die den offiziellen Teil meiner Arbeit ausmachen. Denn gegenüber den Erschütterungen individueller Empfindungen ist das Gesetz blind.

Als ich die Kanzlei übernahm, hatte ich keine Ahnung, daß ich einmal so denken würde. Widerstrebend hatte ich mich vom Bürgermeister bei dem Trauerempfang, den er zu Ehren meines Vaters gab, überrumpeln lassen. Die fette Hand auf dem dicken Bauch bedachte M. Desforges mich mit seinem eitlen Lächeln, blickte mit den kleinen schlauen Augen zu mir auf und sagte: »Genug vom Reisen jetzt, wie? Zeit, nach Hause zu kommen. Wann fangen Sie an?«

Er hatte es nicht nur für sich entschieden, sondern war auch bereits davon überzeugt, daß ich gewissermaßen in die auf Hochglanz polierten Schuhe meines Vaters schlüpfen würde: Es würde eine dritte Generation von Rousseaus geben, die als Notare in Ste-Anne wirkten. Vielleicht glaubte Desforges, ich würde seine Angelegenheiten, seine Immobiliengeschäfte und die Verträge, die er für Ste-Anne abschloß, genauso reibungslos und verschwiegen regeln, wie mein Vater es getan hatte.

Es vergingen Wochen, aber schließlich entschied ich mich. Desforges hatte mit der Erwähnung des Skandals um den Mirabel Airport meinen Gerechtigkeitssinn wach gekitzelt. Die Bundesregierung hatte das Land mehrerer Familien enteignet, als der gigantische Flughafen geplant wurde, und nun, dreizehn Jahre später, als nur 5000 der 97000 Acres besten

Ackerlands verwendet worden waren, wurde es ernst mit den Rückgabeansprüchen.

Um die Wahrheit zu sagen, war ich auch auf einem Tiefpunkt meines Lebens angelangt, ein Stück Treibgut, auf den Strand meines heimatlichen Québec zurückgeworfen. Ich hatte kein Verlangen, mit dem Journalismus weiterzumachen, der mich nach Frankreich, nach Nordafrika und dann in das Büro von *Le Devoir* in Ottawa geführt hatte. Meine Überzeugungen hatten mich im Stich gelassen. Vielleicht hatte die lange Zeit im Ausland meinen Patriotismus als *Québecois* untergraben.

Ich vermochte nicht mehr als verbale Entrüstung über die Ungerechtigkeiten aufzubieten, die eine von Großbritannien entlehnte und an Ottawa übertragene Verfassung für meine französischsprachige Provinz schaffen würde. Und ich hatte das unangenehme Gefühl, daß die einst ersehnten Sprachgesetze, die den Gebrauch der französischen Sprache und ein französisches Bildungswesen durchsetzten, Mauern engstirniger Intoleranz um uns herum errichteten.

In diesem Zustand persönlicher Ungewißheit nahm die trockene Exaktheit des bürgerlichen Gesetzbuches, dem ich mein Studium gewidmet hatte, allen Charme eines Sirenenrufs an.

Ich zog in das Büro meines Vaters ein, das einen Steinwurf vom Rathaus entfernt lag. Außerdem richtete ich mich in dem geerbten Haus ein. Sogar das Auto meines Vaters übernahm ich. Mit der Sicherheit eines Schlafwandlers schlüpfte ich in die Amtsroutine eines Kleinstadtnotars – gegen meine jugendlichen Ideale, die mich gelehrt hatten, diesen Beruf als korrupte Bastion traditioneller Macht zu verabscheuen.

Ich brauchte einige Jahre, bis ich aufwachte. Dann allerdings merkte ich, daß die Arbeit ganz anders war, als ich mir vorgestellt hatte. Vielleicht war ich nicht korrupt genug oder nicht so sehr an Geld interessiert. Auf jeden Fall kam mir der Gedanke, daß meine Tätigkeit in Wirklichkeit irgendwo zwischen der eines Priesters und der eines Psychotherapeuten einzuordnen war. Ich war der Hüter und Chronist der Geheimnisse der Stadt. Vertrauliche Mitteilungen können gefährlich sein. Und einsam machen. Zum Glück habe ich heute Erfahrung mit dem Alleinsein.

In der Wärme des Federbetts beschleichen mich wieder Gedanken an Madeleine. Ich muß sie sehen. Ich habe etwas zu erklären. Ja, ich muß es erklären. Die Versuchung, mich sofort auf den Weg zu machen, droht mich schier zu überwältigen. Ich schalte die Nachttischlampe an. Die plötzliche Helligkeit blendet. Mit fast geschlossenen Augen taste ich nach meinen Sachen und gehe zur Haustür. Als ich den Schutz der Veranda verlasse, umfängt mich eine eisige Bö.

Das ist verrückt. Welchen Sinn sollte es eigentlich haben, durch die kalte Dunkelheit zu laufen? Ich treffe Madeleine später am Tag im Haus ihrer Großmutter Mme. Tremblay – zum weihnachtlichen Abendessen, wie sie es ausdrückt, obwohl es schon am Nachmittag beginnt. Es ist merkwürdig, daß ich sie Mme. Tremblay nenne, gerade so wie ich es als Junge tat; merkwürdiger noch, weil sie wieder meine nächste Nachbarin ist, nur einen Garten und ein Wäldchen entfernt auf dem Südhang des Berges – was in der Unermeßlichkeit dieser Landschaft nicht allzu weit ist. Wir treffen uns regelmäßig sonntags zum Tee.

Mme. Tremblay hält sich trotz der Jahre, die verstrichen sind, an die Bräuche ihrer Kindheit in Schottland, obgleich sie mit mir französisch spricht, ein Französisch, das klar und korrekt ist und ebenso hartnäckig nicht *Québecois* wie ihre karierten Wollröcke und Strickjacken in gedeckten Farben.

Das einzige, was Madeleine von ihr annahm, war jenes Französisch. In Paris tat es ihr gute Dienste.

Madeleine in Paris.

Als nächstes merke ich, daß ich wieder im Bett liege, und heitere Bilder an jene frühen Tage in Paris lullen mich ebenso sicher ein wie oft erzählte Märchen aus der Kindheit.

Als die kalte graue Dämmerung zögernd durch mein Fenster kriecht, sind die Bilder meiner Erinnerung dunkler geworden.

Ich möchte nicht an diese Dinge denken. Nicht heute, wo ich Madeleine auf ganz alltägliche Weise treffen werde – falls man sagen kann, daß irgend etwas bei meinen Begegnungen mit Madeleine jemals ganz alltäglich war.

Die Lampen im Bad sind irritierend grell. Ich erinnere mich daran, daß dies zu den Dingen gehört, die ich verändern möchte in dem Haus, das in meinen Gedanken noch immer das Haus meines Vaters ist.

Als ich Madeleine vor etwa zwei Wochen in Montréal zum letztenmal besuchte, war sie nicht lebhaft wie gewohnt. Sie trug alte Jeans und einen dunklen Pullover, der ihre Figur verbarg. Ihre Haare waren zerzaust, die Augen rot unterlaufen von zu wenig Schlaf. In der Woche davor war sie zum erstenmal in einem neuen Stück am *Théâtre du Nouveau Monde* aufgetreten, ihr erstes Erscheinen auf einer Bühne in Montréal seit langer Zeit, und die Kritiker hatten ihre Darstellung gnadenlos verrissen – die französische Presse mehr noch als die englische. Eine Stadt, die sich groß sehen möchte, aber klein weiß, legte einem Star seine ganze Gehässigkeit zu Füßen, der den fundamentalen Fehler begangen hatte, nach Hause zurückzukehren.

Der Premierentermin lag unglücklich. Nur zwei Tage davor hatte ein geistesgestörter Mann vierzehn Studentinnen der *École Polytechnique*, der technischen Fakultät der *Université de Montréal*, niedergeschossen. Wie ein Aufseher eines Konzentrationslagers hatte er Männern und Frauen befohlen, sich in getrennten Reihen aufzustellen. Dann hatte er mit seiner halbautomatischen Pistole nur auf die Frauen geschossen. »Ihr seid alle ein Haufen Feministinnen«, hatte er geschrien. »Ich hasse Feministinnen.«

Es war der letzte Tag des Semesters. Zuerst in der Cafeteria, dann im Seminarraum hatten die Studenten den jungen Mann mit der Baseballkappe für einen Witzbold gehalten. Er hatte gelächelt. Aber das Blut, das floß, war entsetzlich echt gewesen. Auch sein eigenes. Nach dem Gemetzel mit vierzehn Toten und dreizehn Verletzten hatte er sich selbst getötet.

In seiner Tasche fand die Polizei einen drei Seiten langen Brief, der den politischen Charakter seiner Tat kundtat. Feministinnen, erklärte er, hätten sein Leben ruiniert, hätten ihn jeglicher Chance beraubt. Dem Brief beigefügt war eine Liste von Prominenten, die man aus dem Fernsehen kannte, und Personen aus der Politik, ein stattliches Aufgebot erfolgreicher Frauen.

Die Provinz war wie gelähmt und trauerte um ihre Toten. Einen solchen Zwischenfall konnten wir uns in New York, in Kalifornien, in Texas vorstellen – aber nicht in Montréal, wo es immer noch vorkommt, daß jemand seine Haustür nicht verriegelt.

Tausende strömten zu einer Totenwache in der Universität und verwandelten die Straße am Berg in ein helles Lichterband. Zehntausende reihten sich am nächsten Tag ein, um den acht Toten, deren mit Blumen geschmückte Särge in der Halle der Universität aufgestellt waren, die letzte Ehre zu erweisen. Die Totenmesse in der mächtigen Basilika Notre Dame mußte ein Teil der Trauernden auf dem Vorplatz verfolgen, und überall in der Provinz fanden Gedenkfeiern statt.

Madeleine hatte an beiden Zeremonien teilgenommen. Sie stand noch immer unter Schock, als wir uns trafen, als wären die Schüsse direkt auf sie gezielt gewesen. Ihre Hand zitterte, als ich ihr Feuer gab. Sie konnte sich auf nichts anderes als das grenzenlose Entsetzen über den Vorfall konzentrieren. Meine Versuche, vernünftig zu argumentieren, vermochten sie kaum zu trösten.

Wir saßen in einem kleinen portugiesischen Restaurant abseits der Main Street: weiße Wände, die durch schräge, leuchtend türkisfarbene Leisten noch weißer wirkten, Bilder von Fischerbooten in fernen Häfen. Ein kaltes, kristallenes Licht fiel durch hohe Fenster. Madeleine mochte das Licht nicht. Sie hätte sich am liebsten in irgendeine dunkle Ecke verkrochen. Während wir uns unterhielten, setzte sie ihre Sonnenbrille immer wieder auf und ab.

Sie berichtete mir, sie habe versucht, die Premiere des Stücks abzusagen und statt dessen zu Ehren der toten Frauen eine

Lesung zu halten oder das Theater für einige Tage ganz zu schließen. Es sei nicht die Zeit für Schauspiele, schon gar nicht für eine Darstellung der Hedda, jener grandiosen, Waffen liebenden Tochter des Generals Gabler. Aber die Direktion hatte sie gezwungen weiterzumachen und nur ein kurzes Gedenken an die ermordeten Frauen erlaubt.

Madeleine streicht sich wiederholt über die Wange, als eine unsichtbare Fliege versuchte darauf zu landen.

»Ich verstehe nicht, warum ihr uns haßt. Sag es mir, Pierre.« Sie hat plötzlich in mir ein Ziel für ihren heftigen Zorn gefunden. »Warum wollt ihr uns weh tun, uns töten? Warum?«

»Bitte, Madeleine. Dieser Marc Lépine, dieser Amokläufer war ein Einzelfall. Er war wahnsinnig.«

»So viele von euch sind anscheinend wahnsinnig. Männer, die Frauen hassen. Gewalttätige Männer, Mörder, Serienmörder überall. Sogar hier.«

»In Romanen und Filmen gibt es viel mehr Serienmörder als im Leben, Madeleine. Gewalt gegen Frauen findet meist zu Hause statt. Du hast zuviel gelesen, zu viele Filme angeschaut.«

Es drängt sich mir der unangenehme Gedanke auf, daß Madeleine von Serienmördern besessen ist, weil sie eine Seriengeliebte ist.

Madeleine blickt mich finster an. »Also gut. Erkläre mir einfach den Haß. Verrate mir, warum. Und erzähle mir nicht, du wüßtest nicht, wovon ich rede. Komme mir nicht damit, du hättest sie nicht gehört. Sogar in dieser Woche hat es in den Programmen mit Zuschauertelefon eine ganze Menge von der Sorte gegeben. Männer, die ihre schlechte Laune abreagieren, als wären an ihren sämtlichen Mißerfolgen Frauen schuld. Als hätten sich Marc Lépines Opfer ihren Tod selbst zuzuschreiben.«

»Ich weiß nicht, Madeleine. Ich halte es nicht für einen Haß, der mit dem Geschlecht zu tun hat. Nicht Männer gegen Frauen. Es sind einfach die Verlierer – Männer, die von ihren Frauen verlassen worden sind, Männer, die ihre Arbeit verloren haben oder keine finden, während Frauen anscheinend erfolgreich sind, Männer, die aus kaputten oder brutalen Familien stammen. Es sind nicht alle Männer gleich.«

Mein Versuch, ihre Angst mit vernünftigen Argumenten zu widerlegen, vermag ihre Aufregung kaum zu lindern. Sie setzt wieder die Brille auf. Ihre Stimme ist plötzlich leise und zittert ein wenig.

»Als ich gestern aus dem Theater kam, streifte ich aus Versehen einen Mann. Einen Fremden. Und er ging sofort auf mich los. ›Was glauben Sie eigentlich, wer Sie sind? Verdammtes Weibsstück! Marilyn Monroe? Die Königin von Saba? *Maudite pute!*‹ Und er spuckte mich an. Er spuckte!«

»Schrecklich.« Ich bin still. Ich weiß nicht, was ich sagen soll. Ich möchte sie festhalten, aber ich weiß, daß sie es nicht zulassen wird.

»Ich entschuldige mich für mein Geschlecht, Madeleine. Aber vergiß nicht, Marc Lépine war ein Einzelfall. Du brauchst dich vor nichts zu fürchten.«

Sie sticht mit der Gabel in die Salatblätter auf ihrem Teller, schiebt sie herum. »Vor nichts zu fürchten? Das kannst du heute sagen? Nach allem, was passiert ist.« Ihr Gesicht verrät eine heimatlose, verzweifelte, im Stich gelassene Frau. »Augen, die mich anstarren. Feurig. Seltsam. Ich kann sie manchmal im Publikum spüren.« Sie fröstelt. »Als besäßen sie mich. Als hätten sie ein Recht auf mein ganzes Wesen. Die Augen eines Jägers auf der Pirsch. Ich habe dir früher schon davon erzählt.«

»Madeleine, du bist Schauspielerin. Du ...«

Sie fällt mir ins Wort. »Ich begreife wirklich nicht, wie du hier so ruhig sitzen und essen kannst. Ausgerechnet du!«

»Macht es die Sache besser, wenn ich aufhöre?«

»Vielleicht.«

Ich lege Messer und Gabel hin und falte meine gestärkte Serviette wieder zu einem ordentlichen Dreieck. Ich bin schuldig, stillschweigend verurteilt. Ich rufe die Verbrechen auf, die ich gegen Frauen begangen haben könnte, und mich schaudert unwillkürlich.

Eisige Finger umklammern plötzlich mein Handgelenk. »Entschuldige«, flüstert Madeleine.

Es ist ein Wort, das sie nicht oft gebraucht. Ich lege meine Hand auf ihre, versuche, ihre Augen hinter der undurchsichtigen Schwärze der Brille zu deuten.

»Ich sehe dich heute abend in dem Stück.«

»Nein! Ganz gewiß nicht.« Madeleine entzieht mir ihre Hand, obwohl ich versuche, sie festzuhalten. Sie springt auf und zieht ihren Mantel über. »Ich treffe dich bei Mémère. Am ersten Weihnachtstag. Abgemacht?« Sie zögert. »Du kommst doch? Ich möchte, daß du kommst.«

Ich nicke, mache Anstalten aufzustehen, aber Madeleine schüttelt den Kopf. Sie möchte nicht von mir begleitet werden. Ein ängstliches Lächeln, ein mattes angedeutetes Winken, und sie ist durch die Tür, ehe ich meinen Mantel holen kann. Ich habe keine Zeit, das »Hab doch nicht solche Angst« zu sagen, das mir auf der Zunge liegt.

An jenem Abend gehe ich trotzdem ins Theater. Ich muß Madeleine auf der Bühne sehen. Ich warte, bis das Licht langsam ausgeht, und schlüpfe auf einen Sitz hinten im Parkett. Ich mache mich ganz klein. Das Haus ist halb leer, und ich fürchte, daß Madeleine selbst auf diese Entfernung meine Silhouette erkennen kann.

Sie hat die Rolle der Hedda Gabler bisher noch nicht gespielt, doch es hat sie immer gereizt. Ich weiß, daß es die Herausforderung, die Hedda zu spielen, gewesen ist, die sie zum Theater zurückgelockt hat. Aber vom ersten Moment an, da Madeleine die Bühne betritt, wird klar, daß irgend etwas ganz und gar nicht in Ordnung ist.

Der magische Glanz, der sie so oft zu einer faszinierenden Erscheinung auf der Bühne werden ließ, stellt sich nicht ein. Madeleine bewegt sich hölzern, als fürchte sie, Heddas unvergleichlicher Zauber könne sie selbst in den Bann ziehen. Anstatt Heddas kleine alltägliche Akte der Bosheit freudig zur Schau zu stellen, hält sie sich zurück, ist nicht mehr als ein Miststück, das zaudert und zögert.

Erst ganz am Ende, als sie ihr bleiches, schon körperloses Gesicht durch die Türvorhänge streckt, um anzukündigen, »Gleich werde ich still sein«, kommen ihre Worte mit unheimlicher Kraft – ein Hinweis auf den Pistolenschuß, der binnen Augenblicken die Stille auf der Bühne zerreißt.

Obschon ich eigentlich ungesehen bleiben wollte, eile ich hinter die Bühne. Hastig zeige ich einen alten Presseausweis vor. Aus Madeleines Garderobe höre ich Stimmen. Ich klopfe hartnäckig.

Madeleine öffnet die Tür einen Spalt. Aus dem weiß eingecremten Gesicht starren mich ihre Augen ohne ein Zeichen des Erkennens an. »Jetzt nicht«, sagt sie in dumpfem Ton. »Ich bin zu müde.«

Langsam gehe ich vor das Theater und drücke mich in der leeren Straße herum. Als Madeleine auftaucht, wird sie von einer anderen Frau begleitet. Ich zögere einen Augenblick zu lang. Sie sitzt bereits in einem wartenden Taxi. Als es mit einem Ruck losfährt, streift mich ihr Blick. Ihre Augen werden groß, aber ich kann ihren Ausdruck nicht ganz deuten. Sie winkt nicht.

Später auf der dunklen Schnellstraße zurück nach Ste-Anne denke ich, wie merkwürdig Madeleines Spiel gewesen ist. Sie hat der stolzen und unverletzlichen Hedda, die Gefallen daran fand, mit Pistolen und Menschenleben zu spielen, eine seltsame Verletzlichkeit gegeben, sie gewaltsam zu einer Frau gemacht, die in irgendeiner Mischung aus den Umständen und ihrer Natur gefangen ist. Was ihrem Selbstmord an Trotz fehlt, gewinnt er an Emotion. Es ist der Ausweg eines getriebenen und gefangenen Geschöpfs aus einer Sackgasse.

Im Spiegel über dem Waschbecken sehe ich zum erstenmal an diesem Tag meine Augen. Gegen den Schaum der Rasiercreme wirken sie unnatürlich dunkel. Flüssig, sagte Madeleine in den alten Tagen stets zu mir.

Oft stand sie da, verstohlen, unsichtbar, in der Ecke eines Badezimmers irgendwo, und beobachtete mich, bis sich unsere Blicke zufällig im Spiegel begegneten und ich sie davonscheuchte. Madeleine ging immer nur widerwillig. Vielleicht fand sie es interessant, weil sie nie einem Vater zuschauen konnte, als sie klein war.

Rasieren, sagte sie zu mir, sei meine intimste Handlung. Die angespannte Konzentration, die Schärfe meines Blicks, die chirurgische Präzision, mit der ich das Rasiermesser führe, die unbewußte Spannung meiner Bewegungen, als müsse bei jedem Strich Gefahr abgewendet werden, und dann das glückliche Abspülen mit Wasser, das Lächeln, jungenhaft und streng, ein wenig blasiert, doch unleugbar attraktiv – in all dem, behauptete sie, erkenne sie mein eigentliches Wesen.

Einmal zeigte sie es mir. Sie bot mir eine Interpretation meiner Person, die in ihren versammelten Details so erschreckend zutraf, daß ich jetzt manchmal beim Rasieren glaube, eher mein Double darzustellen, als meiner täglichen Routine nachzugehen.

Madeleine ist eine unersättliche Beobachterin. Sie beobachtet zwanghaft, grimmig. Sie denkt nicht darüber nach. Es ist, als denke ihr Körper für sie. Und hinterher kann sie alles nachspielen. In der instinktiven Nachahmung verliert sie sich völlig. Sie wird zu jenem Freund oder Bekannten, jenem Politiker oder Tier. Ich erinnere mich, wie sie sich einmal, als wir noch sehr jung waren und faul auf einer Wiese lagen, in die Hocke aufrichtete, die Brust vorstreckte, etwas mit dem Armen und dem Gesicht machte, und plötzlich *war* sie das sich putzende Rotkehlchen auf dem Zweig. Es ist eine unheimliche Begabung.

Ich wasche mir das Gesicht und frage mich, ob mein Lächeln noch immer blasiert und jungenhaft ist. Der Rest hat sich nicht so sehr verändert. Ich bin neununddreißig Jahre alt, und mein Haar ist voll, mein Bauch fest ... Ich merke, daß ich eitel vor mich hin summe. Ich bin glücklich aus Vorfreude auf die Begegnung mit Madeleine. Ich werde sie davon überzeugen, daß ihr Stück kein Flop ist, wie die Zeitungen erklärt haben. Weit gefehlt. Madeleine ist die richtige Hedda für unsere unruhige Zeit.

Auf dem Treppenabsatz bleibe ich stehen, um aus dem

Fenster zu sehen. Der Himmel über dem Tal ist fast farblos, so blaß wie der Frost, der Boden und Bäume mit Zuckerguß überzieht. In der Ferne ist der Horizont stählern dunkel getönt. Schnee kündigt sich an.

Unten überlege ich, ob ich mich nach rechts oder links wenden soll. Das Haus ist zu groß für mich. Mein Vater hatte vornehme Größe im Sinn, als er es bauen ließ, als hätte er endlich, nachdem meine Mutter gestorben war und er eine neue, jüngere Frau an seiner Seite hatte, den ersehnten Rang eines Feudalherrn erreicht. Eine Wendung nach links bedeutet das Flackern und Knistern eines Feuers als Untermalung meines einsamen Frühstücks. Eine Wendung nach rechts verspricht frisch bereiteten Kaffee.

Ich finde mich vor dem Kamin wieder. Ich kehre die Asche vom vergangenen Abend zusammen, schichte Holzscheite, Zweige und Zeitungspapier auf, sehe zu, wie sich Papier rollt und Zweige Feuer fangen, bevor ich den verzierten Metallschirm mit dem schwungvollen R in der Mitte davorstelle.

Bis auf den Bücherschrank und die Stereoanlage ist dieser Raum noch genauso, wie mein Vater ihn hinterlassen hat. Mächtige geblümte Sofas stehen beiderseits eines niedrigen Tisches aus altem nachgedunkeltem Kiefernholz. In zufälligen Gruppen stehen Sessel, Schaukelstühle und runde Tische im Raum. Es gibt sogar eine Rarität, eine Bank aus dem 19. Jahrhundert, die sich zu einem steinharten Bett aufklappen läßt.

Die Begeisterung für Geschichte, die während Québecs stiller Revolution geweckt wurde und am Ende der sechziger Jahre mit erstaunlicher Geschwindigkeit um sich griff, hatte meinen Vater früh angesteckt und zum Sammler gemacht. Mit einem eigens dafür angeschafften Lieferwagen klapperte er die halbe Provinz ab, ein Gebiet, das größer als Westeuropa ist. Auf der Suche nach »echten« Möbeln und Antiquitäten aus Québec bereiste er die Gaspé-Halbinsel und die Ufer des Saguenay, die Straßen der Hauptstadt, von den nördlichsten Ausläufern der Laurentides gar nicht zu reden. Er kaufte so viele Möbelstücke, daß ein Auktionshaus ein Jahr lang sorgenfrei gewesen wäre. Er sammelte auch einen Berg blutender

Herzen und Ahornzuckerformen, von Ursulinen bestickte Kissenbezüge und Butterdosen, aus denen gallische Hähne wuchsen, und natürlich das unvermeidliche Aufgebot an geschnitzten Kruzifixen.

Dem Salon gegenüber befindet sich ein Speisezimmer, das einem kleinen klösterlichen Orden genügen würde. Und tatsächlich stammen die Stühle und der lange schwere Eßtisch aus einem Kloster, während die eleganten Rautenformen an den beiden Geschirrschränken auf eine andere Herkunft hinweisen. Das gilt auch für den bronzenen Kronleuchter mit seinen Reihen von Kerzenhaltern, die nun durch Glühbirnen ersetzt worden sind.

Wie ein Fremder gehe ich auf Zehenspitzen durch diesen Raum. Nicht daß mir nicht gefiele, was hier steht. Aber wenn man allein in einem Museum wohnt, benimmt man sich allmählich ein wenig wie ein Gespenst, ist sich nicht sicher, ob man in der Vergangenheit lebt oder in der Gegenwart.

Ich bin heilfroh, daß die Küche modern ist. Sie weist alle Zeichen menschlicher Nachlässigkeit auf – ungespülte Teetassen und Becher und Gläser, Brandflecken auf dem Tisch.

Ich schalte das Radio ein und höre einen Augenblick der Erzählung der Weihnachtsgeschichte zu, dann schalte ich schnell um. Während ich Kaffee mahle, läuft Bach. Die Katze springt durch ihre Klappe, stößt gegen ein Paar alte Stiefel, das ich hier vergessen habe, und streicht um meine Beine. Ich öffne eine Büchse für sie und sehe zu, wie sie konzentriert frißt und den zierlichen Kopf zurückwirft, während sie einen großen Fleischbrocken kaut.

Ich streiche Butter auf einige Stücke Toastbrot und trage ein Tablett zum Kamin. Ich genieße das Gefühl, einige Mußestunden vor mir zu haben. Gleichzeitig bin ich unruhig, kann es nicht erwarten, daß die Zeit verstreicht, die mich von Madeleine trennt.

Nach dem Frühstück ziehe ich die alten Stiefel und meine ziemlich abgerissene pelzgefütterte Wildlederjacke an und gehe unter dem Vorwand los, Brennholz zu suchen. Im Schuppen gibt es genügend gehacktes Holz, aber Zweige sind knapp und immer nützlich. Ich habe meinen Vorrat über das lange Wochenende aufgebraucht. Montag ist kein günstiger Tag für Weihnachten, wenn es auch bedeutet hat, daß Madeleine hierher kommen kann, wo ich sie so gern sehe. Heute werde ich die Gelegenheit finden, es ihr zu sagen. Ich muß es ihr sagen.

Die Luft ist naßkalt. Meine auf dem gefrorenen Boden knirschenden Schritte klingen unnatürlich laut.

Ich blicke zum Haus zurück und sehe es, durch den Nebel meines Atems, in seiner ganzen sentimentalen frankokanadischen Pracht – die großzügige Terrasse mit der Säulenreihe, Mauern aus säuberlich verfugtem einheimischem Stein, ein altmodisches Satteldach mit einer Reihe Mansardenfenster, die Holzteile, wie an der breiten Tür, blaugrün angestrichen.

Der Wald zieht sich hinter dem Haus den Berg hinauf. Vögel zwitschern und schwirren von Eiche zu Birke, von Ahorn zu Wildkirsche, deren Zweige dunkel und spröde sind. Im Herbst lodert hier alles vor Farbe, die Ahorne glühend rot, die Birken golden; der Boden ist ein glänzender Teppich aus Laub, als gäben die Wälder im Moment des Sterbens ihr Bestes, ein erhabener Höhepunkt vor der Leere des Winters. Jetzt erinnert nur das ernste Grün der Kiefern an die Existenz von Farbe.

Auf dem Berg halte ich inne, um Atem zu schöpfen, und durch die kahlen Bäume bekomme ich flüchtig das ferne Grau des Flusses zu sehen. Ich bin versucht, einen Umweg zu machen, nur um festzustellen, ob Madeleines Auto wirklich in der Auffahrt zum Haus ihrer Großmutter steht. Doch ich halte mich zurück, stelle statt dessen fest, daß die Rauchfetzen in der Luft nur aus ihrem Schornstein kommen können.

Mit meinem Sack voller Zweige kehre ich zum Haus zurück. Aus purer Freude am Klang spalte ich einige Scheite mit dem alten Beil, das an der Wand hängt. Es überrascht mich noch immer, daß ich mich an solch einfachen Dingen freuen kann. Bis ich hierher zurückkam, hatte ich mich für einen Städter gehalten.

Während ich eine zweite Last Holz zum Haus trage, zerreißt plötzlich Hundegebell die Stille. Ich kenne die Hunde. Mme. Tremblays zwei Collies. Vielleicht hat sich Madeleine zu einem Spaziergang und zu einem Besuch bei mir entschlossen.

Ich eile ins Haus, lege meine Last ab und bürste aufgeregt Splitter und Späne von meinem Pullover. Dann sehe ich mich prüfend im Wohnzimmer um. Es ist lange her, daß Madeleine zum letztenmal hergekommen ist.

Ein Blick auf die Uhr sagt mir, daß es schon elf ist. Ich starre aus dem Fenster. Die Hunde bellen noch genauso aufgeregt. Aber sie scheinen nicht näher zu kommen. Wahrscheinlich spielt Madeleine mit ihnen. Es sind faule Köter, meint sie, die vorzeitig alt werden, wenn sie immer nur vornehm spazierengehen und vor dem Kamin herumliegen.

Um meine Ungeduld zu dämpfen, bereite ich mehr Kaffee und gieße ihn in eine Thermosflasche. Ich mache ein frisches Tablett zurecht, lege ein paar Kekse darauf und bringe es ins Wohnzimmer. Die Hunde sind nun ruhig geworden. Als ich vor dem Fenster stehe, höre ich nur ab und zu leises Jaulen.

Ich versuche mich mit einem Buch abzulenken, dann fällt mir ein, daß ich die Weihnachtsgeschenke noch nicht eingepackt habe. Bis ich das Schlafzimmer erreiche, hat das Gekläffe wieder eingesetzt. Zuerst kann ich von der Höhe meines Fensters nur feines pulvriges Stäuben sehen, wie Wirbel aus Talkum. Es hat zu schneien begonnen.

Dann erkenne ich die Hunde und eine einzelne Gestalt, halb gehend, halb laufend hinter ihnen. Mit golden fließendem Fell rasen sie ihr voraus, halten dann inne und rasen zurück. Ich eile die Treppe hinunter und stürze fast auf den mit Schnee überpuderten Stufen der Veranda.

Aber es ist nicht Madeleine, die ich auf mich zukommen sehe.

»Hol deinen Mantel«, sagt Mme. Tremblay. Sie denkt weder daran, französisch zu sprechen, noch zu grüßen. Ihr Haar ist wirr, ihr langer Schal schleift hinter ihr auf der Erde. Sie keucht, scheint kaum sprechen zu können, obwohl sie noch einmal krächzt: »Hol deinen Mantel.«

»Möchten Sie keinen Kaffee?« frage ich. Die Worte klingen albern, als ich ihrem dunklen Blick begegne. Ich hole meinen Mantel und bin im Nu wieder da.

Ihre Hand packt meinen Arm. Sie stützt sich schwer auf mich. Das hat sie noch nie getan.

»Frag jetzt nicht.« Ihre Stimme ist rauh. »Komm einfach mit. Schnell.«

Wir folgen den Hunden, gehen um das Haus herum, dann den Weg hinunter, der das Feld durchschneidet, und dann wieder hinauf durch den kleinen Apfelgarten. Es ist die Abkürzung zu dem alten Bauernhaus.

Ich verbiete mir nachzudenken. Ich habe genug zu tun, Mme. Tremblays Gewicht zu stützen und meine Schritte ihren ungelenken Bewegungen anzupassen. Die Hunde sind uns voraus, ihr Gebell ist wieder hektisch. Ich bin überrascht, als sie nicht an dem weißen Schindelhaus haltmachen, und werfe einen raschen Blick auf Mme. Tremblay, aber ihr aschfahles Gesicht drückt nichts aus. Selbst die gewohnte Linie in Burgunderrot, die ihre Lippen so sorgfältig hervorhebt, ist verschwunden.

Madeleines Auto steht weder auf der Auffahrt, noch entdecke ich es unter den Bäumen, die ihre verzweigten Äste über die Nebengebäude breiten. Wir bleiben auch hier nicht stehen, sondern laufen weiter bergab. Endlich ist unser Ziel klar.

Die Hunde rennen in Kreisen vor der alten Scheune herum, wo Madeleine früher ihr Pony unterbrachte. Mme. Tremblay deutet mit einem zitternden Finger auf die wacklige Tür und kehrt mir den Rücken zu.

Meine Augen brauchen eine Weile, um sich an das Halbdunkel zu gewöhnen. Ich sehe einen Stoß Brennholz, ein paar alte Stühle ohne Lehnen oder Beine. Die Erde unter meinen Füßen ist hart und holprig. Licht fällt durch einen kniehohen Spalt herein.

Ich weiß nicht, wonach ich suche, und als ich es sehe,

möchte ich nicht hinschauen. Den Stuhl sehe ich zuerst. Er liegt hinter der behelfsmäßigen Box, in der früher das Pferd gehalten wurde. Der kleine übriggebliebene Heuballen ergibt keinen Sinn. Im ersten Augenblick auch der umgekippte Stuhl nicht.

Dann geraten die Füße, elegant in weichen Schnürstiefeln, in mein Blickfeld. Ich weiche zurück, stolpere über eine Leiter, und plötzlich ist sie vor mir. Madeleine. An einem Strick hängt sie von dem Balken, der den alten Heuboden abstützt. Ihr blasses Gesicht ist zur Seite geneigt, und ihre Augen sind groß vor Verwunderung. Sie sieht aus wie eine überlebensgroße Marionette, die von ihrem Puppenspieler im Stich gelassen worden ist.

Mein Blick bleibt auf sie gerichtet. Ich warte darauf, daß sie den Kopf hebt, warte auf ihr zartes Lächeln und die angedeutete Verneigung, auf den Applaus, der das Ende der Vorstellung signalisiert. Ich warte auf das Dunkelwerden einer Leinwand, auf den Beginn des Nachspanns, das Gemurmel von Stimmen und das Schlurfen von Füßen, die das Kino verlassen.

Aber das hier ist kein Theaterstück. Madeleine rührt sich nicht. Sie ist tot. Sie hat jenen allerletzten Akt gespielt und sich das Leben genommen. Ich war nicht da, um sie daran zu hindern.

Plötzlich höre ich ein Stöhnen. Ich brauche eine Weile, bis ich merke, daß es von meinen eigenen Lippen kommt, und im selben Moment spüre ich Mme. Tremblay neben mir. Ihr Arm liegt auf meinem. Ich weiß nicht, wer wen stützt, aber gemeinsam schleppen wir uns zum Haus. Mein Bein verfängt sich in ihrem langen Schal, so daß ich auf der Treppe stolpere. Sie taumelt hinter mir, und halb trage, halb schleife ich sie hinein und lege sie auf das Sofa.

Im Eckschrank mache ich eine Flasche Whisky ausfindig, zwinge Mme. Tremblay, ein wenig zu trinken. Während ich das Telefon abnehme, höre ich sie husten oder vielleicht laut schluchzen. Bei der Polizei läßt man sich lange Zeit, bis sich jemand meldet. Als endlich eine mürrische Stimme *»Allo«*

sagt, klingt meine eigene unangemessen distanziert. Ich melde einen Todesfall.

Mme. Tremblay und ich warten im Wohnzimmer. Sie hat noch kein Wort gesprochen, aber jedesmal, wenn ich Anstalten mache, zur Scheune zu gehen, hält sie mich mit ernstem Blick zurück. Als wollte ich die Tote wärmen, fache ich das Feuer an, bis es glühend heiß ist.

Nebenan ist der Tisch schon für das Weihnachtsmahl gedeckt. Vier Gedecke auf einer gestärkten weißen Tischdecke, in Goldpapier gewickelte Knallbonbons und Kandelaber an ihrem Platz, schimmernde Gläser. In der Ecke steht ein Weihnachtsbaum. Alter Holzschmuck und Lametta hängen an den Zweigen. Auf der Spitze sitzt ein Engel mit vergoldeten Flügeln und einem Heiligenschein. Ich erinnere mich an diesen Engel. Madeleine hat ihn gemacht.

Dieser Gedanke sucht mich wie eine Verführung heim, verführerischer als die Schlange im Paradies. Ja, Madeleine hat soeben eine ihrer Rollen geprobt, in der sie einen Streich spielt. Jeden Augenblick wird sie zur Tür hereinstürzen, uns auslachen und ein gutes Glas Bordeaux verlangen.

Dann legt sich das Bild von ihr in der Scheune über meine Vision. Ich sehe ihre Reglosigkeit, ihre bleiche Haut. Ich setze mich hin und schlage die Hände vors Gesicht. Schuld quält mich und ein Gefühl äußerster Hilflosigkeit. Ich denke an jenen Anruf, den ich nicht rechtzeitig annahm. Ich erinnere mich an Madeleines Verzweiflung bei unserer letzten Begegnung, an die letzte Szene des Stücks, ihr bleiches Hedda-Gesicht, vom Vorhang unheimlich wie mit einem Heiligenschein umgeben, der bereits wie ein Strick aussieht.

Eine scharfe Stimme zerschneidet die Stille des Zimmers.

»Sie hat es nicht getan.«

Mme. Tremblay hat meine Gedanken gelesen. Zwei helle Flecke leuchten auf ihren Wangen, als hätte ihr ganzes Blut sich da gesammelt.

»Du glaubst mir nicht.« Mit einem Ruck schleudert sie die Decke, die ich ihr über die Beine gelegt habe, auf den Boden und beginnt, auf und ab zu gehen. »Mein Mädchen würde das nicht tun. Meine Madeleine nicht. Du müßtest das verstehen. Gerade du. Kein Selbstmord.« Ihre Stimme, heiser vor Zorn, tut mir weh.

Noch nie habe ich sie so zornig gesehen. Und ich ahne, daß ich irgendwie daran schuld bin. »Aber Mme. Tremblay …« Ich halte inne. Ich begreife, daß ihr die Vorstellung von Selbstmord ein Greuel ist.

»Lassen Sie mich noch einen Drink holen«, sage ich lahm. »Der wird Ihnen guttun.«

»Nichts wird mir jemals wieder guttun. Jetzt nicht. Und nie wieder.«

Ihr Blick wirkt gehetzt, dann plötzlich leer und teilnahmslos. Sie läßt sich auf einen Stuhl fallen.

Das Knirschen von Reifen auf der Auffahrt und das gleichzeitige Gebell der Hunde sind eine Erleichterung.

»Die Polizei«, flüstere ich.

»Du sagst es ihnen. Berichte ihnen, was ich gesagt habe. Bring sie dann zu mir herein.«

Zwei junge, pausbäckige Polizisten blicken zu mir auf, als ich die Tür öffne. Sie sehen jung genug aus, um sich von ihren Müttern am Morgen noch die Kleider rauslegen zu lassen.

Der kleinere, dickere richtet höflich das Wort an mich. »M. Rousseau?«

Ich nicke. Ich glaube ihn zu kennen. Er muß einer der Miron-Söhne sein. Guillaume vielleicht.

»Venez, c'est par ici.« Ich führe sie zur Scheune. Die Hunde schnuppern an ihren Fersen, dann springen sie vor uns her. Sie haben sich müde gebellt und sind still.

Der Schnee bleibt inzwischen als dünner Überzug auf der Erde liegen, aber in der Luft ist er bloß eine eisige Feuchtigkeit. In der Scheune vermag ich mich kaum zu überwinden, den Blick auf Madeleine zu richten. Vielleicht ist sie, wenn ich nicht hinsehe, gar nicht da. Aber das Gestammel des größeren Polizisten belehrt mich eines besseren.

»Mauditcriss de tabarnak!« flucht er und fährt sich durch den dichten dunklen Lockenschopf. *»Et c'est Noël ...«*

»Qu'est qu'on va faire?« Der andere ist ratlos.

»Rien. Faut téléphoner.«

Sie sehen mich mit einem Achselzucken an, bitten mich, nichts anzufassen, schicken mich sogar hinaus, da sie nichts sehnlicher wünschen, als selbst wegzukommen.

Ich zwinge mich, zu Madeleines Gesicht aufzublicken. Ihr Ausdruck hat sich nicht verändert, aber ich bemerke jetzt eine gewisse Wehmut darin. Der Strick um ihre Kehle ist schwer und zu grob. Kein Halsband, das sie sich ausgesucht hätte. Ich denke an die Worte ihrer Großmutter, und dann merke ich, daß Madeleine unter dem Mantel nur ein sehr kurzes blaues Nachthemd trägt. Sie sieht so zerbrechlich aus. Zerbrechlich und schön. Ich berühre ihre Hand. Sie ist kalt und wächsern, und der Druck meiner Finger scheint einen Abdruck zu hinterlassen.

»He.« Der junge Miron drängt mich zu gehen, und ich wende mich mit einem Frösteln ab.

»Wir müssen das Präsidium anrufen. Keine Ahnung, wen wir heute herholen können. Der Fotograf macht Urlaub. Dr. Bertrand schlägt sich vermutlich den Bauch voll im ...« Er preßt die Lippen zusammen. »Ich hole Absperrband aus dem Auto. Wir können wenigstens den Bereich absperren.« Er sagt dies, als wäre ihm eine göttliche Eingebung zuteil geworden, und dann herrscht er mich dann an: »Niemand darf in die Scheune gehen, haben Sie verstanden?«

Wir sind bei ihrem Auto angelangt, und ich höre den Polizisten mit den lockigen Haaren ins Telefon sprechen. Als er aus dem Auto steigt, wirft er die Hände in die Luft. »Niemand da. Nur Lucie. Sie telefoniert herum.«

»Ich weiß, wo ich Dr. Bertrand erreichen könnte«, biete ich meine Hilfe an.

»Aha?« Sie blicken mich mit vorübergehendem Argwohn an, dann folgen sie mir zum Haus. Gleich darauf besinnt sich Miron anders. »Ich mache die Absperrung«, sagt er wichtigtuerisch.

Mme. Tremblay ist in der Küche, als wir ins Haus kommen. Sie wirkt gefaßt. Wortlos schenkt sie zwei dampfende Tassen Tee ein und reicht sie uns. Sie weicht meinem Blick aus, als ich sie um ein Telefonbuch bitte.

Die Privatnummer des Bürgermeisters ist mir entfallen, aber sie steht da, deutlich aufgeführt, wie es einem offenbar untadeligen städtischen Beamten ansteht. Ich muß es mindestens zehnmal klingeln lassen, bis sich eine Stimme meldet, und dann ist sie wegen des Dutzends anderer Stimmen im Hintergrund kaum zu verstehen.

»Mme. Desforges?« Ich entschuldige mich, daß ich ihre Weihnachtsfeier störe, mache ihr aber klar, daß ich ihren Mann sprechen muß.

Der Bürgermeister tadelt mich, sobald er am Apparat ist. Er rügt mich, weil ich meine Weihnachtsgrüße nicht persönlich überbringe.

Ich kann ihn vor mir sehen, ein Glas in der Hand, leicht schwankend, mit strahlendem Gesicht, das sich dann vor Ärger strafft, während ich knapp den Grund meines Anrufs erkläre.

»Madeleine Blais! *Ah non.* Was für ein Drama!« Er stellt sich die Schlagzeilen vor, fragt sich, ob sie abgewendet werden können, wägt rasch ab, wie der Zwischenfall zum Vorteil der Stadt umgemünzt werden könnte.

Desforges ist ein schlauer Mann. Er hält sich auf dem laufenden. Er hat es sogar geschafft, einen Nutzen daraus zu ziehen, daß Ste-Anne so abgelegen ist. Entlang der alten Hauptstraße, die jetzt recht malerisch wirkt, da sich der Durchgangsverkehr auf die Schnellstraße von Montréal konzentriert, haben Antiquitätenläden Konzessionen erhalten. Künstler und Kunsthandwerker sind mit dem Versprechen auf viel Platz und ländliche Stille aus der Großstadt gelockt worden. Indem er nationalistische Leidenschaft an den Tag legte, hat Desforges der Provinzregierung Mittel abgeschwatzt und eine alte Scheune in eine Ausstellungshalle umbauen lassen. Wie ein kleiner de Gaulle, ein Präsident, dessen Namen er oft auf den Lippen führt, begreift Desforges die

Bedeutung von Kultur, auch wenn er gegenüber Kunst blind und taub ist.

»Ja, Bertrand ist hier«, verrät er mir nach einer Pause. »Ich schicke ihn rüber. Und ich wecke unseren geliebten Polizeichef.« Der alte Gagnon war nicht sein Lieblingsbeamter. »Er sollte eigentlich in der Lage sein, einen Fotoapparat aufzutreiben. Aber hören Sie, Pierre«, fährt er nach neuerlichem Zögern fort. »Das ist zu groß für uns. Madeleine Blais' erster Wohnsitz ist doch jetzt Montréal, nicht wahr? Ich glaube, ich rufe am besten dort an.« Er lacht vor sich hin, dann fügt er hinzu: »Furchtbare Geschichte. Herzzerreißend. Drücken Sie Mme. Tremblay mein aufrichtiges Beileid aus.«

Zwei Stunden später sieht der Bereich um die Scheune wie der Parkplatz für eine Open Air-Veranstaltung aus. Dr. Bertrand ist eingetroffen und bewegt seinen Bauch mit weniger Geschick als seine schwarze Tasche. Der alte Gagnon, der Polizeichef, ist mit irgendeinem Assistenten da, der ein Notizbuch schwingt. Die beiden Polizisten drücken sich um sie herum und warten auf Befehle. Ein anderer Mann schleppt eine Metalleiter, die bei jedem Kamerablitz funkelt.

Ein magerer Fotograf mit Wuschelkopf knipst pausenlos nach Gagnons Anweisungen. Während ich ihm zuschaue, beschleicht mich das eindeutige Gefühl, daß er in Wirklichkeit der neue Mann ist, den unsere Lokalzeitung angestellt hat. Er hat eine Frau dabei. Vielleicht ist sie seine Freundin, doch läßt sie die ganze unersättliche Neugier einer angehenden Journalistin erkennen.

Inzwischen ist auch die Ambulanz da, deren Licht noch blinkt. Wenn es die dicker werdenden Schneeflocken einfängt und sie wieder in die zunehmende Dämmerung entläßt, werden sie blau, dann weiß und wieder blau. Die uniformierten Sanitäter stehen etwas abseits und stampfen mit den Füßen auf, während sie ungeduldig auf den Befehl warten, Madeleine wegzubringen. Sogar Bürgermeister Desforges hat sich in seinem neuen stadteigenen Mercedes eingefunden.

In einer perfekten Pose der Trauer nimmt er Mme. Tremblays Hand. Sie wendet ihr Gesicht ab, und er dreht sich zu mir um. »Eine Tragödie«, sagt er leise. »Sie war so jung. So talentiert.«

Ich nicke. Ich kann weder sprechen noch glauben, daß dies alles wirklich geschieht.

Die Begleiterin des Fotografen kennt solche Schwierigkeiten nicht. Sie tritt mit einem Lächeln an uns heran. »Was halten Sie von dem Ganzen, Monsieur le Maire?« fragt sie devot und zaubert ein Notizbuch aus ihrer Tasche.

Desforges ist nicht der Mann, der Journalisten vor den Kopf stößt, und so räuspert er sich und setzt zu einer angemessenen Erklärung an.

Mme. Tremblay unterbricht ihn mit überraschendem Nachdruck. »Ich muß den Polizeichef sprechen. Es ist dringend.«

»Natürlich.« Desforges zeigt sich beflissen. »Er hat bestimmt gleich Zeit für Sie.«

»Und Sie sind …?« fragt das Mädchen freundlich.

»Kümmern Sie sich nicht darum, wer ich bin.« Mme. Tremblay sieht sie mit einem vernichtenden Blick an. Sie stapft mit den Hunden in Richtung Scheune davon.

Ich folge ihr. Ich habe Angst um sie.

»Ich überzeuge mich davon, daß Gagnon mit Ihnen spricht, sobald er hier drinnen fertig ist.«

Sie starrt mich an, als hätte sie vergessen, wer ich bin.

»Sehen Sie, jetzt kommt er heraus. Warum gehen Sie nicht wieder ins Haus? Wärmen Sie sich. Ich bringe ihn zu Ihnen.«

»Nein, ich bleibe hier. Dann fahre ich mit der Ambulanz«, sagt sie. Sie hat bereits gesehen, wie Gagnon den Sanitätern Zeichen gemacht hat. »Fahre mit Madeleine.«

Ich lenke Gagnons Aufmerksamkeit auf mich und winke ihn herüber. Er ist nicht der Mann, der sich gern im Freien aufhält. Der alte Schützling meines Vaters zieht Schreibarbeiten vor und verbirgt seine Klugheit hinter mürrischer Trägheit.

»C'est Mme. Tremblay«, stelle ich sie vor. »Madeleine Blais' Großmutter.«

»Ja, ich weiß.« Er starrt sie mit wäßrigen Augen an, dann neigt er respektvoll den Kopf.

Bevor einer von uns fortfahren kann, sagt Mme. Tremblay voller Erregung: »Es war kein Selbstmord. Madeleine hat es nicht selbst getan.«

»Aber Madame ... alle Anzeichen.«

»Die Anzeichen sind mir egal.« Ihre Stimme wird so schrill, daß sich alle umdrehen. »Sie hat es nicht getan, sage ich Ihnen.«

»Die Autopsie wird ...«

»Kümmern Sie sich nicht um die Autopsie. Gestern abend war sie glücklich. Sie hat gelacht.«

Die Männer tragen die Bahre aus der Scheune. Ein düsterer Reißverschlußsack liegt darauf.

Im Kopf spüre ich einen plötzlichen Druck, so als würde mir der Schädel zu eng werden. Zitternd hole ich tief Luft. Ehe ich mich rühren kann, ist Mme. Tremblay zur Ambulanz gelaufen und hat sich durch die offenen Türen geworfen. Die Collies bellen wieder. Einer springt hinter ihr in den Wagen.

»Ah non!« ruft Gagnon aus. Er geht schwerfällig zum Auto. Aus den Augenwinkeln sehe ich ihn mit ihr. Aber mein Blick ruht auf dem Sack auf der Bahre. Ich lege meine Hand darauf, als er nahe an mir vorbeigetragen wird. Unter der dicken Polyäthylenhülle fühle ich etwas Seidiges und Festes. Doch es widersetzt sich meiner Berührung. Madeleine hinter einer Leinwand, denke ich. Einer nur mit Schatten gefüllten Leinwand.

Ein hoher Schrei dringt von der Ambulanz herüber.

»Pierre, viens ici«, ruft Gagnon. »Erklären Sie es ihr. Sagen Sie ihr, daß sie nicht mitfahren kann. Sagen Sie, daß wir gut auf die Leiche aufpassen. Auf ihre Enkeltochter«, korrigiert er sich. »Sagen Sie es ihr auf englisch.«

»Ich gebe ihr ein Beruhigungsmittel.« Dr. Bertrand ist neben uns getreten. Mit einiger Mühe hievt er sich in die Ambulanz. »Sie kennen mich, Mme. Tremblay.« Er flüstert ihr etwas zu, und nach wenigen Augenblicken taucht sie auf. Bertrand ist direkt hinter ihr.

Gagnons Erleichterung ist nicht zu übersehen. »Ich merke mir, was Sie gesagt haben, Mme. Tremblay.«

Sie starrt ihn kalt an. »Dieser Mann war es. Der Mann, der mit ihr gekommen ist.« Plötzlich spuckt sie aus. Die Geste paßt so wenig zu ihr, daß wir alle wie versteinert sind.

»Ein Mann?« fragt Gagnon schließlich.

»Ein Mann mit einem Pferdeschwanz. Und einer schwarzen Lederjacke.«

»Wie heißt er?«

»Ich kann mich nicht erinnern. Es war so spät. Ich habe nicht darauf geachtet. Ich wußte nicht ...«

Ihr Gesicht ist so weiß, daß ich fürchte, sie könnte in Ohnmacht fallen. Ich lege einen Arm um sie.

Die Sanitäter mit der Bahre machen einen Umweg um uns und heben die Leiche in die Ambulanz.

»Paul oder Pierre oder ...« Sie wirft einen Blick auf mich. »Nein, etwas Ausländisches.«

»Morgen fällt Ihnen der Name wieder ein.« Gagnon achtet nicht mehr auf sie. Sein Polizist steht mit einer großen Tasche neben ihm. Seine Hände sind milchige Hüllen aus durchscheinendem Plastik.

»Das sind alle Kleidungsstücke, der Strick, alles, was Sie gesagt haben«, erklärt er.

»Angelo oder ...«

»Sie müssen bei ihr bleiben, Pierre«, sagt Bertrand. »Sorgen Sie dafür, daß sie nicht friert und etwas zu sich nimmt. Lassen Sie sie nicht allein.« Er senkt die Stimme. »Sie hält was aus, aber solche Sachen gehen nicht spurlos an einem vorüber. Sie sehen auch aus, als könnten Sie einen Tropfen von diesem alten Feuerwasser gebrauchen. Wie steht's damit, Mme. Tremblay?« Er schaut sie mit seinen blaßblauen Augen an. »Haben Sie etwas, um diese alten Knochen zu wärmen?«

Bei ihr untergehakt, schiebt er sie den Weg zum Haus hinauf und bedeutet mir mitzukommen, doch Gagnon hält mich zurück.

»Hatte Madeleine jemals mit Drogen zu tun?« fragt er mit gesenkter Stimme.

»Was wollen Sie damit sagen?« Die Frage bestürzt mich.

»Es ist nichts. Schon gut.« Gagnon wendet sich ab, gerade als Bürgermeister Desforges neben mir erscheint.

»Ich bin diese lästige Journalistin losgeworden.« Er leckt sich die gespitzten Lippen.

»He, trinken Sie ein Glas mit uns«, ruft Dr. Bertrand herüber.

»Habe nichts dagegen. Ich bin kälter als eine Leiche«, verkündet Desforges, dann preßt er schnell die Hand auf den Mund.

Im Haus steuert Mme. Tremblay sofort die Küche an. Mit den eckigen Bewegungen eines Roboters stellt sie drei Gläser hin, holt eine Flasche von nebenan, schenkt Whisky ein, dann schaut sie sich hilflos um.

Ihr Blick fällt auf die Arbeitsplatte. Dort liegt der ungebratene Truthahn, das weiße Fleisch feucht und mit dicken Speckscheiben bedeckt. Schweigend hebt sie den schweren Truthahn hoch. Dann bedeutet sie mir, ihr die Tür aufzumachen, und pfeift nach den Hunden. Mit einem mächtigen Ruck schleudert sie den blassen toten Truthahn in den Schnee hinaus.

2

Eine einzelne Lampe wirft Schatten über Mme. Tremblays Wohnzimmer. Irgendwo schlägt eine Holztür im Wind. Es ist das einzige Geräusch, das in all den Stunden, die wir hier sitzen, die Stille unterbrochen hat, wenn man von dem »Nein« absieht, das sie äußerte, als ich das Feuer schüren wollte. Es ist längst zu Asche heruntergebrannt.

Ich würde unsere stumme Nachtwache gern beenden. Mme. Tremblay wartet darauf, daß ich gehe, und ich weiß, daß ich bleiben muß, wenn es mir auch lieber wäre, sie ginge zu Bett. Ihr Zorn und ihre Anspannung haben sich meiner Gefühle bemächtigt. Ich kann in ihrer Gegenwart nicht denken, kann nicht empfinden, was ich empfinden möchte und muß – nämlich den Zustand, in dem sich Madeleine in jenen letzten Tagen oder Stunden befand, die zu dem Entschluß führten, sich das Leben zu nehmen. Denn davon bin ich so fest überzeugt wie Mme. Tremblay vom Gegenteil. Die Geschichte von einem namenlosen Mann mit verdächtigem Pferdeschwanz und feindseligem Blick, die sie Gagnon erzählt hat, ergibt in meinen Augen keinen Sinn. Aber eigentlich ergibt überhaupt nichts einen Sinn. Ich muß allein sein und die Taubheit vertreiben, die da sitzt, wo Gefühle sein sollten.

Rote und blaue und graue Fäden schlingen sich durch die Arabesken des abgetretenen Teppichs. Ich habe mir ihr Muster eingeprägt, wie ich inzwischen die Formen sämtlicher Gegenstände in diesem Zimmer auswendig kenne – die in Silber gerahmten Fotografien von Madeleine aus verschiedenen Jahren und in verschiedenen Rollen, das blau-weiße Porzellan auf dem Geschirrschrank, die Tierstiche an den Wänden, Pferde und Schafe, Wildenten und Rotkehlchen, das zerkratzte und polierte Mahagoni des Klaviers in der Ecke.

Die alte Uhr in der Diele schlägt die halbe Stunde. Ich sehe auf meine Armbanduhr und stelle fest, daß es schon zwanzig vor zwölf ist. Ich weiß nicht, warum die Pillen, die Bertrand Mme. Tremblay gegeben hat, nicht wirken.

»Vielleicht sollten Sie etwas essen«, sage ich. »Ich kann Ihnen ein Sandwich machen. Dann sollten wir wirklich zu Bett gehen.«

Ihr Blick konzentriert sich mit Mühe auf mich. »Bediene dich selbst. Du findest alles im Kühlschrank. Danach kannst du nach Hause gehen.«

»Dr. Bertrand hat gesagt ...«

»Ich weiß, was er gesagt hat.« Mme. Tremblay zieht die Schultern hoch, und plötzlich sind Tränen auf ihren Wangen, leuchtend und still. »Pierre«, murmelt sie in einem anderen Ton, in dem Ton von früher, als sie mir noch vertraute. »Du glaubst es doch auch nicht, oder? Madeleine würde das doch nicht tun. Sie hat das Leben zu sehr geliebt. Sie war nicht so.«

Ihr bricht die Stimme, und sie schluchzt laut auf, nur einmal, wie ein lauter unkontrollierter Schrei. Er scheint sie zu überraschen, denn sie legt die Hand auf die Lippen.

»Lassen Sie sich hinauf begleiten«, sage ich.

Sie schüttelt den Kopf. »Du gehst. Das Gästezimmer ist gerichtet. Du kennst es ja. Letzte Tür rechts.«

»Bitte, Mme. Tremblay. Sie müssen sich ausruhen. Ausruhen für morgen.«

Endlich läßt sie mich ihren Arm nehmen. Auf der Treppe spüre ich, wie sehr sie meinen Beistand braucht. Aber vor Madeleines Tür macht sie sich mit plötzlicher, unvermuteter Kraft los. Sie stößt die Tür auf.

»Wie dumm von mir.«

Licht fällt grell auf ein Bett, das so zerwühlt ist, daß ich den Blick nicht abwenden kann, obwohl ich es nicht sehen möchte. Ein schwarzes Kleid aus einer weichen Angorawolle scheint soeben auf dem Bettpfosten gelandet zu sein. Sein Ärmel schaukelt leicht. Der flauschige weiße Teppich ist mit Schwarz getüpfelt – Schlüpfer, ein BH aus Spitze, Strümpfe.

»Ist Ihnen der Name des Mannes mit dem Pferdeschwanz eingefallen?« höre ich mich mit zittriger Stimme fragen.

Mme. Tremblay hört nicht zu. Ihre Aufmerksamkeit ist ganz woanders. Sie durchsucht den Ecktisch, den Schreibtisch, die Kommode. Gegenstände werden weggerückt. Papiere fliegen zu Boden. Jeder Gegenstand aus Madeleines Handtasche wird auf das Bett geschleudert. Mme. Tremblay bückt sich vor Madeleines offener Reisetasche und zerrt Hosen, Röcke, Pullover, Unterwäsche heraus, die das Durcheinander auf dem Boden vermehren.

»Nichts!« verkündet sie nach einer Weile mit triumphierender Schärfe im Ton. »Nichts!«

Mir ist klar, wonach sie gesucht hat. Es hat keinen Sinn, daß ich sage, ein Abschiedsbrief könnte wer weiß wo sein – im Haus oder bei der Post, in Madeleines Apartment.

Ich möchte nur noch aus dem Zimmer herauskommen, aber dann ertappe ich mich dabei, daß ich die Kleidungsstücke, die Mme. Tremblay aus Madeleines Tasche geschleudert hat, zusammenlege und eins nach dem anderen wieder einpacke, in einem stummen Ritual einsammle.

Mme. Tremblay schaut mir zu, und so packe ich alles ein, auch das, was ursprünglich nicht in der Tasche war. Obwohl ich gern heimlich etwas mitnehmen würde, um den Duft von Madeleines Haut in irgendeiner Form für mich zu bewahren.

Das Bett im Gästezimmer wackelt und hängt in der Mitte durch und duftet nach Lavendel. Es ist unmöglich, darin zu liegen, ohne bergab zu rollen. Madeleine und ich haben hier gelegentlich zusammen geschlafen und über das Quietschen der Federn und das gefährliche Gefälle gelacht. Das ist lange her.

Draußen knarrt die alte Buche im Wind. Schnee rahmt das äußere Fenster ein, und das Weiß erzeugt die Illusion der Dämmerung. Erinnerungen drängen auf mich ein, halten den Schlaf fern. Sie sind mir willkommen. Ich brauche sie. Im Tod muß ich, wieder einmal, die Frau von der Ikone trennen, zu der Madeleine wurde.

Wann begann ich, Madeleine zu lieben? War es, als ich merkte, daß mit ihr zusammen Tage die Intensität von Wochen hatten? Liebte ich sie schon, bevor ich wußte, was Liebe ist?

Ostern 1964. Ich war vierzehn Jahre alt und über die Feiertage vom Internat in Montréal zu Hause. Freilich nicht mehr in dem Haus, das ich verlassen hatte.

Mein Vater war aus dem Backsteinhaus mit den Türmchen in Ste-Anne ausgezogen, dem einzigen Zuhause, das ich jemals hatte. Nun wohnten wir auf dem Berg in einem aufdringlich neuen, prunkvollen Gebäude, noch ungeschützt durch Bäume und statt eines Gartens nur von widerlichem Schlamm umgeben, den die Bauarbeiter hinterlassen hatten. Ich mußte bitten, mit dem Auto gefahren zu werden, oder drei Meilen in die Stadt und drei Meilen zurück laufen. Bis ich es mit dem Fahrrad über die Zufahrt auf die schmale Straße geschafft hatte, war es so mit Schlamm bedeckt, daß die Räder sich nicht mehr drehten.

Wie eine Gutsherrin hatte sich in dem protzigen Haus eine ebenso geschmacklose Frau eingerichtet, die seit zwei Jahren meine Stiefmutter war. Sie hatte ein durchdringendes Lachen, blondes toupiertes Haar und eine Brille, die mit Straß besetzt war. Sie trug nur leuchtendes Rot oder ebenso leuchtendes Pink, und ihre Gespräche waren so laut und albern, wie sie endlos waren.

Ich konnte nicht begreifen, wie mein Vater meine Mutter so schnell hatte vergessen können. Genauso wenig begriff ich, wie er sie durch diese ordinäre Frau hatte ersetzen können. Meine Mutter war schön gewesen, ihre Stimme und Hände stets freundlich vor Verständnis, ihr Haar dunkel und glänzend wie ein Blauhäherflügel, ihre Haltung, selbst in jenem letzten langen Jahr der Krankheit, immer würdig und stolz.

Ich konnte meinem Vater nicht verzeihen.

Um meiner aufdringlichen Stiefmutter aus dem Weg zu gehen, verbrachte ich so viel Zeit wie möglich eingeschlossen in dem Zimmer, das zu meinem bestimmt war, in dem aber die einzigen vertrauten Gegenstände meine Bücher waren. Ich las, und ich starrte aus dem Fenster und träumte, bis es mich irgendwann ins Freie trieb.

Die Wälder hinter dem Haus waren herrlich, und ich durchstreifte sie kreuz und quer, die Stiefel schwer vom Schlamm. Eines späten Nachmittags befand ich mich an ihrem höchsten Punkt, als ich es hinter mir knacken hörte, und als ich mich umdrehte, sah ich einen Jungen an einem Ast schwingen. Er sprang und landete mit einem dumpfen Schlag lachend auf dem Boden.

»*B'jour*«, grüßte er mich. Er trug einen zu großen Lumberjack und eine braune Mütze mit Schild und Ohrenklappen, und als er auf mich zukam, bemerkte ich, daß er kleiner war als ich. Aber das war ich gewohnt. Ich war groß für mein Alter.

»Wohnst du in der Gegend?«

Ich deutete den Berg hinunter.

»Was? Prima. Wo gehst du zur Schule?«

»*Jean Brébeuf*. In Montréal«, sagte ich eingebildet.

Wir gingen einige Minuten zusammen weiter, und dann fragte der Junge: »Hast du Musik gern? Weil wir nämlich welche hören könnten.« Er zeigte auf die andere Seite des Bergs. »Komm mit, wahrscheinlich proben sie gerade.« Er rannte los und sprang so geschickt über heruntergefallene Äste, als wüßte er genau, wo jeder einzelne Zweig lag.

Ich folgte langsamer nach und konzentrierte mich auf meine Füße. Ich hatte keine rechte Vorstellung, wo wir waren, bis ich das Rauschen des Flusses hörte, der vom Schnee des Winters angeschwollen war. Am Ufer an der alten Landstraße stand ein Gasthaus mit einem großen Neonschild. Es blinkten schon die pinkfarbenen und dunkelroten Buchstaben seines Namens in der Dämmerung: *Point Ste-Anne*.

Mein neuer Freund legte einen Finger an die Lippen. Seine Pose wirkte irgendwie heimlichtuerisch, so als wären wir plötzlich Komplizen geworden. Wir schlüpften schweigend zwischen den Autos auf dem Parkplatz durch und schlichen hinter das Gebäude. Kästen mit leeren Bierflaschen waren hoch zwischen alten Autoreifen und ausrangierten Möbeln aufgestapelt. Aus einer offenen Tür drang eine Duftwolke von brutzelnden Zwiebeln und Hamburgern. Wir kletterten auf einen Zaun und sprangen in nasses Gras.

Wie um unsere Ankunft bekanntzugeben, setzten Trommeln mit einem Wirbel und Grollen ein. Elektrische Gitarren wimmerten und jaulten. Ein Keyboard suchte sich eine Melodie zusammen. Bis wir uns auf die Böschung gehockt und die Knie an die Brust hochgezogen hatten, um uns zu wärmen, hatten die Mauern des Gasthauses und sogar der Boden vom Schall zu vibrieren begonnen. Mein neuer Freund strahlte, das Gesicht in den Farben des Neonlichts gestreift. »Warte, bis sie richtig in Fahrt kommen.«

Ich weiß nicht, wie lange wir dort saßen. Hier zu diesem Lokal zu kommen war natürlich für Kinder verboten. Man hätte uns auch nicht hineingelassen. Aber da draußen hatten wir, während die Nacht hereinbrach, kostenlose Vorzugsplätze. Wir wiegten uns und schaukelten und summten mit der Band, bis mein Freund in einer Pause zwischen den

Nummern einen Fäustling zurückstreifte und plötzlich aufsprang. »Oh, ist es schon spät. Ich muß heim. Komm.«

Im nächsten Augenblick schwang er sich über den Zaun und rannte den Berg hinauf, hielt nur kurz inne, um mich zur Eile zu drängen. Auf halber Höhe blieb er stehen. Ich keuchte und schämte mich, weil er kaum außer Atem war.

»Weißt du, wie du zurückkommst?«

Ich nickte, obwohl ich mir nicht sicher war.

»Dann bis bald.«

Er war weg, bevor ich winken konnte.

Ich tappte blind drauflos, ohne genau zu wissen, in welche Richtung, bis ich das Haus auf einer unerwarteten Seite entdeckte. Taub für das Brüllen meines Vaters schlich in mein Zimmer hinauf.

Der nächste Tag war ein Samstag, und mein Vater hatte vorgesehen, daß wir zum alljährlichen Konzert in die Schule von Ste-Anne gehen würden. Es war ein gräßliches Ereignis mit Aufführungen von widerspenstigen Jungen und reizlosen Mädchen. Die meisten von ihnen waren völlig unmusikalisch, und alle hegten nur den Wunsch, draußen hinter einem Ball herzujagen, anstatt in dem ungemütlichen Saal unter den wachsamen Augen von Nonnen und Priestern zu sitzen. Ich kannte die Schule nur allzugut. Bis zu meinem Wechsel ans Internat *Jean Brébeuf* in Montréal hatte ich hier auch vorspielen müssen.

Selbst die raffiniertesten Ausreden verfingen bei meinem Vater nicht. Ich mußte ein weißes Hemd und einen zu klein gewordenen Blazer anziehen. Im Auto war ich dem Geplapper meiner Stiefmutter ausgeliefert und im Saal den Heucheleien von Bekannten aus dem Ort darüber, wie groß und erwachsen ich doch geworden sei.

Ich war erleichtert, als wir endlich die harten Sitze nahe der Bühne – Ehrenplätze für Monsieur le Notaire und seine Familie – erreicht hatten. Es war heiß im Saal, jene plötzliche Frühjahrshitze, die uns überrascht, so daß wir nicht daran denken, die Mäntel abzulegen, die tags zuvor noch notwendig waren.

Auf Quartette folgten Soli, auf Geigen Klavier, dann Cello, und zwischen allen Stücken wurde so begeistert applaudiert, daß es sogar Glenn Gould geschmeichelt hätte.

Dann waren die Tänzerinnen an der Reihe. Vier kleine Mädchen tappten auf die Bühne. Verwirrte Augen starrten in die Menge und suchten vertraute Gesichter. Rosa beschuhte Füße ließen einen Takt aus, dann begann sich die Mutigste auf dicklichen Beinen zu drehen und stieß gegen ihre Nachbarin, die dadurch aus ihrer Benommenheit geweckt wurde, und plötzlich sprangen und drehten sich alle, hetzten auf der Bühne herum und winkten verstohlen ihren Müttern und Vätern. Der Beifall, den diese Vorführung erntete, war ohrenbetäubend.

Und so ging es weiter, aufwärts durch die Jahrgänge.

Obwohl ich als Großstadtjunge neuerdings dafür nur Verachtung übrig hatte, wurde meine Aufmerksamkeit gegen Ende der Veranstaltung doch noch gefesselt. Ich war gleichaltrigen Mädchen selten so nahe gewesen, schon gar nicht Mädchen, die soviel nacktes Fleisch zeigten. Eine unter ihnen in blauem Trikot und Ballettröckchen bewegte sich mit besonderer Grazie. Ihre Haut war honigfarben golden und makellos, und während mein Blick an ihren Armen hinauf zum Hals und Gesicht wanderte, merkte ich, daß ich ganz vorn auf der Stuhlkante saß und bedenklich kippte.

Am Ende der Reihe war mein früherer Beichtvater auf mich aufmerksam geworden. Ich errötete verlegen, wandte mich aber dennoch sofort wieder dem Mädchen zu. Nun tanzte es unmittelbar vor mir, das Gesicht mit einem träumerischen Ausdruck zu einem fernen Himmel erhoben. Ich konnte die einzelnen Strähnen ihres gelbbraunen Haars und die Nadeln erkennen, mit denen der Haarknoten festgesteckt war.

Für einen Augenblick flogen meine Gedanken zu dem Faltbild in der verbotenen Zeitschrift, die einer meiner Freunde am *Jean Brébeuf* in den Schlafsaal geschmuggelt hatte. Ich erinnerte mich an das Gekicher meiner Schulkameraden und war froh, als endlich der Applaus einsetzte, allerdings weniger froh, als ich den Blick meines Beichtvaters wieder im Nacken spürte. Er hatte schon immer meine Gedanken lesen können.

Bei der nächsten Nummer schaute ich nicht zu. Statt dessen starrte ich auf den Boden. Und dann veränderte sich die Musik. Plötzlich klapperten und klopften Füße, und als ich den Kopf hob, sah ich eine Gestalt in Frack und Zylinder, einen kleinen Fred Astaire, der leichtfüßig und rhythmisch federnd über die Bühne glitt. Sofort erkannte ich das Gesicht unter dem Hut, und diesmal errötete ich so heiß, daß ich glaubte, man müsse es im ganzen Saal sehen.

Die Gestalt mit dem Zylinder und das Mädchen im blauen Tutu waren beide mein Freund vom vergangenen Abend – der Junge, mit dem ich vor dem Gasthaus gesessen hatte.

Nach der Darbietung gab es im gewölbten Speisesaal neben dem Zuschauerraum die üblichen Getränke und Kuchen. Ich drückte mich am anderen Ende des Raums herum, aber keine Ecke war dunkel genug, um mich vor meinem Vater zu schützen.

»Da ist jemand, mit dem ich dich bekannt machen möchte«, sagte er und führte mich auf eine Gruppe zu, aus der ich schon die laute Stimme meiner Stiefmutter heraushören konnte. »Pierre, ich möchte dich unseren neuen Nachbarn vorstellen, Mme. Tremblay und ihrer Enkeltochter Madeleine.«

Ich hob den Blick von meinen Schuhen. Eine dunkel gekleidete Dame, das Haar zu einem straffen Knoten zurückgekämmt, streckte mir ihre Hand hin.

»Hallo, Pierre.«

Ich murmelte irgendwas. Ich war mir der kleineren Gestalt an ihrer Seite, die mir auch die Hand hinstreckte, nur allzudeutlich bewußt.

»Hallo, Pierre«, sagte auch sie.

Ich bemerkte weiße Strümpfe, einen plissierten Rock, und dann blickte ich in Augen unter dichten Wimpern, riesengroß und bräunlich gelb gegen glatte Haut.

Hatte ich da schon, bei diesem ersten Blick und meinem Versuch, »Hallo« zu sagen, begonnen, Madeleine zu lieben?

Am nächsten Tag waren wir bei Mme. Tremblay zum Tee eingeladen. Noch nie hatte ich ein Haus besucht, das so baufällig und zugleich so heimelig war. Wir saßen vor dem Kamin, während Mme. Tremblay erst Milch, dann eine dampfende Flüssigkeit aus einer mit Vögeln und Blumen verzierten Porzellankanne in unsere Tassen goß. Sie reichte warme, mit Butter bestrichene Kuchen herum, die sie *scones* nannte, und drängte mich, sie dick mit Marmelade auf Madeleines Tablett zu bestreichen – was ich gerade so schaffte, ohne Tee und Tablett umzukippen.

Mme. Tremblay sprach französisch mit uns und hatte einen französischen Namen, aber ich wußte von meinem Vater, daß sie in Wirklichkeit Engländerin oder Schottin war. Ich kannte den Unterschied nicht. In der Stadt hatte ich nie jemanden kennengelernt, der Englisch sprach. Die einzigen Engländer, zu denen ich überhaupt Kontakt hatte, waren Leute in Montréal, die in den Kaufhäusern an der *Côte-des-Neiges* nicht weit von meiner Schule arbeiteten.

Selbstverständlich konnte ich Englisch sprechen. Vom Alter von acht Jahren an hatte ich es gelernt. Nicht gut genug, wenn man auf unseren Englischlehrer hörte, der kein Jesuit wie die anderen war, uns aber genauso eifrig am Ohr zog, wenn wir Fehler machten. Wie alle Kinder meiner Generation hockte ich gebannt vor dem amerikanischen Fernsehen und schaute mir Zeichentrickfilme an.

Das Merkwürdige an Mme. Tremblay, ihr sorgfältiges Französisch und ihr behutsames Benehmen, faszinierte mich, wenn es mein Mißtrauen auch nicht völlig beschwichtigte. Ständig suchte ich nach Hinweisen auf Geringschätzung und Abneigung, nach irgendeiner Geste, die verraten könnte, daß sie diese zwielichtigen Franzmänner insgeheim verachtete.

Aber selbst der schwierige überempfindliche Teenager, der ich war, konnte nichts finden, was an Mme. Tremblays Benehmen auszusetzen gewesen wäre. Und zumindest meinem Vater gegenüber legte sie eine echte Herzlichkeit an den Tag, als sie sich nach dem neuen Haus und nach meinem älteren Bruder erkundigte, der seit einiger Zeit am Jesuitenseminar in Rom war. Daß sie davon wußte, überraschte mich. Anscheinend war mein Vater ein älterer Freund, als ich vermutet hatte.

Seltsamerweise dachte ich bei Madeleine von Anfang an nicht in den Kategorien des großen anglo-französischen Konflikts. Schließlich hatte ich sie auf Französisch kennengelernt, wenn auch in einem anderen Geschlecht.

Tatsächlich empfand ich ihre Gegenwart mit einer solchen Intensität, daß ich mich sehr bemühte, überhaupt nicht an sie zu denken.

Erst als meine Stiefmutter mit ihrem »O wie süß« über das eine oder andere Stück Porzellan loslegte, tat Mme. Tremblay dann doch mit einem leisen Schauder ihren Widerwillen kund. Ich konnte sie deshalb kaum tadeln, und beinahe hätte ich laut applaudiert, als sie meiner Stiefmutter mitten im Redeschwall das Wort abschnitt und Madeleine fragte, ob sie Lust hätte, die Gäste mit einer kleinen Vorstellung zu unterhalten.

Madeleine zögerte nicht im geringsten, wie ich es getan hätte. Vielmehr sagte sie mit einem geheimnisvollen kleinen Lächeln: »Was meinst du, Mémère, ein wenig Shakespeare?«

»Warum nicht? Obwohl vielleicht die Sprache ...« Mme. Tremblay wandte sich zu meinem Vater um, der ihr Zögern mit einer Handbewegung abtat: »Nein, nein. Das wird Pierre guttun.«

Madeleine stand vor dem Fenster, so daß ein Strahl der tiefstehenden Sonne auf ihrem langen offenen Haar spielte. Mit gehorsamer Mädchenstimme erklärte sie, sie werde eine Rede aus einem Stück namens *Ein Sommernachtstraum* vortragen, in der Titania, die Königin der Elfen, zerstritten mit ihrem tyrannischen Gemahl Oberon, von dem Chaos spricht, das seine Eifersucht verursacht hat.

Ich muß zugeben, daß ich das ganze Gerede von Elfen ein wenig lächerlich fand. Auch hatte mir Shakespeare noch kein Kopfzerbrechen bereitet. Ich hatte lediglich ein paarmal den Namen gehört. Aber es war etwas an der Art, wie Madeleine uns den Rücken kehrte, die mich zu Aufmerksamkeit zwang.

Als Madeleine sich wieder zu uns umwandte, stellte ich

verblüfft fest, daß sie überhaupt nicht mehr Madeleine war. Die Schultern nach hinten gereckt, den Kopf hoch erhoben, durchmaß sie den Bereich der behelfsmäßigen Bühne mit königlicher Pose, die Hände mit einem fließenden Kleid beschäftigt, das wir ahnen, aber nicht sehen konnten. Die Stimme, die aus ihr kam, war tiefer, nicht mehr die Stimme eines Mädchens.

Nach dem ersten gespannten Ausruf »Das sind die Grillen deiner Eifersucht!« hörte ich nicht mehr so genau hin. Irgendwie schien es nicht darauf anzukommen. Ich konnte den Zorn nahezu greifen, der das Zimmer erfüllt hatte, die Zwietracht und Enttäuschung spüren, und ich war verzaubert von den Gesten und der Mimik dieser Madeleine, die nicht Madeleine war. So sehr, daß ich vergaß zu applaudieren, bis mir mein Vater mir einen leichten Stoß versetzte.

Inzwischen war Madeleine wieder ein Mädchen und fragte die Großmutter, ob sie mich zu ihrem Pony mitnehmen dürfe. Im Nu waren wir draußen, und sie lachte ausgelassen.

»Deine Mutter fand das scheußlich, was?« Sie brachte wabblige Backen und wippendes Haar zuwege und sah einem gereizten Pekinesen zum Verwechseln ähnlich. Es war eine verblüffende Imitation meiner Stiefmutter.

»Sie ist nicht meine Mutter«, erwiderte ich. »Meine Mutter ist tot.«

»Oh.« Madeleine hielt inne. »Das tut mir leid. Davon wußte ich nichts.«

»Nein.«

Wir gingen schweigend auf die Scheune zu. »Und deine Mutter?« fragte ich, noch immer ärgerlich.

»Nicht tot, nein.« Madeleine schaute mich mit einem seltsamen, zornigen Blick an, dann fing sie an zu laufen. »Mémère ist meine beste Mutter«, hörte ich sie rufen. Ihre Stimme flatterte vom Wind verzerrt hinter ihr her.

Ich drehe mich in dem durchhängenden Bett um, unsicher, ob ich wach bin oder schlafe, höre Madeleines Stimme wieder, wie ein Wehklagen in der Luft.

Bleiches, milchiges Licht wirft einen schwachen Streifen mitten durchs Zimmer. Es vermag den Klang nicht zu verscheuchen. Ich gehe zum Fenster und reiße die Doppelflügel auf. Die Kälte fällt mich an, zwingt mich, wach zu werden. Aber das Wehklagen ist nur lauter geworden und scheint aus dem Schnee heraus zu steigen. Mich fröstelt, und dann, mit jähem Schrecken, ziehe ich Hemd und Hose an und stürze aus dem Zimmer.

Ich bleibe vor Mme. Tremblays Tür stehen, aber das Geräusch kommt nicht von da. Ich laufe zum Ende des langen Flurs und stoße, nach nur kurzem beklommenem Zögern, die Tür zu Madeleines Zimmer auf.

Mme. Tremblay steht am offenen Fenster. Sie wiegt sich hin und her, hat die Arme um sich geschlungen. Glattes Haar fällt auf Schultern, die mit einem gestrickten Umhängetuch bedeckt sind. Unter ihrem langen Nachthemd sind die Füße nackt.

Ich lege einen Arm um sie, versuche sie vom Fenster weg zu drehen, versuche den Laut, der von ihren Lippen kommt, und den Anblick der Scheune in der Ferne mit dem Kreis aus flatternden Bändern auszulöschen.

»Bitte«, flüstere ich. »Sie werden noch krank.«

Ich ziehe das Fenster zu, und plötzlich hält sie inne. Das Gesicht, das sie mir zuwendet, ist abgespannt und älter und zerbrechlicher, als ich mir jemals hätte vorstellen können.

Endlich sagt sie mit sonderbarer, schwacher Stimme: »Madeleine hat zu mir gesprochen.«

»Kommen Sie!« Ich dränge sie vom Fenster weg. »Sie müssen etwas anziehen. Sie erkälten sich noch.«

»Ich sage dir, daß sie zu mir gesprochen hat.« Ihr Ton ist jetzt fester.

Bisher war mir nicht bekannt, daß Mme. Tremblay abergläubisch ist, daß sie mit ihren Verstorbenen spricht. Auch ihr Katholizismus hatte für mich immer eine ausgesprochen nüchterne, puritanische Form, ohne rituelle Gegenstände oder Marienbilder. Aber jetzt starrt sie mich mit den Augen einer New-Age-Jüngerin an.

»Sie hat mir gesagt, daß sie Schmerzen hat. Große Schmerzen.«

Mit plötzlicher Schärfe empfinde ich Mme. Tremblays Schmerz, der auf meinem sitzt wie ein großer zitternder Vogel.

»Wir müssen es wiedergutmachen. Sie findet keine Ruhe. Wir müssen Vergeltung verlangen.«

Unwillkürlich fröstelt mich wieder. Der besänftigende Laut, zu dem ich ansetze, kommt als Keuchen aus meiner Kehle. Ich führe Mme. Tremblay aus Madeleines Zimmer in ihr eigenes. »Sie ziehen sich jetzt an, und ich koche Kaffee. Ist Ihnen das recht?«

Sie wendet sich zum erstenmal direkt an mich. »Ich bin nicht wahnsinnig, Pierre«, sagt sie. »Kinder sollten nicht vor ihren Großeltern sterben. Das stellt die Welt auf den Kopf.«

Ich drücke ihr die Hand und nicke zustimmend.

Unten streichele ich die Hunde und gieße frisches Wasser in ihre Näpfe. Mit starren Fingern hole ich Tassen und Untertassen aus einem Schrank, finde Pulverkaffee, schneide dicke Scheiben von einem Laib Brot. Ich bin wie betäubt, keines Gedankens fähig. Ich habe das merkwürdige Gefühl, mich in einem Tunnel zu befinden, wo das Licht so hell ist, daß es blendet, während es an beiden Enden eine Dunkelheit gibt, die ich nicht ganz erreichen kann. Erst als ich das Blut auf dem Weißbrot leuchten sehe, merke ich, daß ich mir den Finger an dem scharfen Messer geschnitten habe. Ich starre auf den roten Fleck, dann werfe ich die Scheibe Brot in den Müll.

Mme. Tremblay und ich sitzen uns am Küchentisch gegenüber. Sie ist angekleidet und hat das Haar zu dem gewohnten Knoten gesteckt. Sie tut erst gar nicht so, als würde sie etwas essen, und sie spricht kein Wort.

Mit ausdrucksloser Stimme sage ich zu ihr, daß sie essen muß, wenn sie die Kraft haben will, die Vergeltung zu üben, von der sie sprach.

Sie betrachtet mich forschend mit Augen, die plötzlich

schärfer blicken. »Dann bist du jetzt auch meiner Meinung?«

Ich zucke die Achseln. »Sicher ist es möglich«, sage ich, obwohl ich meinen eigenen Worten nicht glaube. Aber irgendwo in der vorausgegangenen Stille bin ich zu dem Schluß gekommen, daß der Gedanke an Vergeltung für Mme. Tremblay gut sein kann. Er wird ihr ein Ziel geben. Beinahe beneide ich sie darum.

»Die halbe Nacht lang habe ich versucht, mich an den Namen dieses Mannes zu erinnern.« Sie blickt finster. »Madeleine hat ihn nicht deutlich gesagt.« Sie senkt die Stimme zu einem Flüstern. »Ich glaube, sie hat den Mann mitgenommen. Einen Anhalter. Das werde ich denen nicht sagen.«

Ich erhebe mich von meinem Stuhl, der mir unbequem wird, und setze frisches Wasser auf. Der Kaffee schmeckt bitter und riecht wie schmutzige Wäsche. Er erinnert mich an die zerwühlten Laken auf Madeleines Bett.

»Und sie hatten es so eilig. Es war schon spät, als sie ankamen. Ich hatte schon fast nicht mehr mit Madeleine gerechnet. Ich habe am Kamin gedöst. War nicht ganz da.«

Sie grübelt, und ich möchte ihren Gedanken nicht folgen. Ich weiß, daß sie ihre Gedanken für mich zensiert. Sie möchte nicht, daß ich Madeleine vor mir sehe, wie sie mit dem Anhalter hinter sich die Treppe hinaufeilt.

»Du hättest Madeleine nie verlassen dürfen, Pierre.« Ihre Stimme ist in meinem Rücken. »Du hast sie geliebt. Du warst der einzige für sie.«

Kochendes Wasser schwappt aus dem Becher mit dem Häufchen Pulverkaffee, spritzt heiß auf mein Hemd. Mme. Tremblay hat das noch nie zu mir gesagt. Ich drehe mich zu ihr um. »Ich habe sie nicht verlassen. Sie ...«

Mme. Tremblay fällt mir ins Wort. »Ja, sie hatten es eilig, um zur Mitternachtsmesse in die Stadt zu kommen. Es war Madeleines Einfall. Sie hat gelacht. Sie wollte sich nur vorher umziehen. Sie hat mich gefragt, ob ich mitkommen wolle. Der Mann hat nicht viel geredet. Vielleicht konnte er nicht. Italiener oder Spanier war er. Ja, so ist es. Ich habe ihn eigentlich gar nicht richtig gesehen. Aber er war dunkel. Wenn ich mich nur an den Namen erinnern könnte. Sandro oder ...«

Ich unterbreche sie. »Ist ein Nachname gefallen?«

»Ein Nachname?« Sie blickt mit leerem Ausdruck zu mir auf. »Nein. Ich glaube nicht, daß sie ihn genannt hat. Ich ...« Sie bedeckt ihr Gesicht mit den Händen. »Ich bin zu alt. Ich vergesse so viel. Dumme kleine Dinge.«

»Es macht nichts. Es kommt wieder.«

Um etwas zu tun, schalte ich das kleine Tischradio ein. Auf ein paar Takte Musik folgen eine Wettervorhersage und die Nachrichten. Ich achte nicht auf die nüchterne Stimme des Sprechers, bis ich höre: »Die Schauspielerin Madeleine Blais wurde gestern in Ste-Anne-de-Beaulieu tot aufge ...«

Mme. Tremblay stöhnt auf. Ich schalte das Radio so hastig aus, daß es über den Tisch rutscht.

Wir sitzen wieder schweigend da, und plötzlich kann ich nicht mehr sitzen. Das Haus ist zur Falle geworden, angefüllt mit den Stimmen Madeleines und ihres Anhalters, die zu hören ich kein Recht habe. Ich schiebe meinen Stuhl mit einem lauten Geräusch zurück.

»Hören Sie. Ich könnte doch mit den Hunden eine Runde drehen. Sie kommen ein paar Minuten allein zurecht?«

Mme. Tremblay nickt, dann ruft sie mir nach, als ich schon in Stiefeln an der Tür stehe. »Gagnon hat gesagt, wir sollen die Hunde nicht in die Nähe der Scheune lassen.«

Draußen bedeckt eine unberührte Schneedecke den Boden. Das Gestern ist ausgelöscht, die Spuren beseitigt.

Mit den Hunden neben mir stürme ich auf den Wald zu. Meine Stiefel sind schwer vom Schnee, aber es ist nicht so viel, daß man nicht rennen könnte. Ich renne. Ich renne, bis ich nicht weiter kann, und plötzlich schlage ich um mich. Aus dem Nichts ist ein Stock in meiner Hand, und ich schwinge ihn wild, schlage auf Baumstämme und Gebüsch ein, schlage immer wieder mit grimmiger Hingabe zu. Warum Madeleine? Warum jetzt? Warum?

Ich schreie. Ich schlage um mich, bis der Stock in meiner Hand zersplittert ist. In mir ist eine große Leere. Meine

Beine geben nach. Ich lehne mich gegen einen Baumstamm. Um mich herum tropft es langsam vom Schnee, der auf den obersten Zweigen schmilzt. Ein kleines Muster aus Vertiefungen entsteht auf dem Boden, wo die Tropfen hinfallen. Ich hebe den Kopf, und das kalte Schmelzwasser trifft mein Gesicht. Da erst merke ich, daß mein Gesicht schon naß von Tränen ist.

Das Winseln der Hunde weckt mich auf. Ich weiß nicht, wie lange ich da gesessen habe, aber meine Hose ist steif vor Kälte, meine Zehen sind eiskalt. Ich bürste den Schnee von meiner Kleidung und gehe langsam zum Bauernhof zurück.

In der Ferne höre ich ein Auto. Als ich zum Haus komme, hält ein Wagen schleudernd an. Dr. Bertrand steigt langsam aus, er winkt mir mit einer Hand zu.

»Sie haben sie doch nicht zu lange allein gelassen?« begrüßt er mich.

»Ich hoffe nicht.«

Er sieht mich kritisch an, dann zuckt er die Achseln. »Schlimme Sache.«

Ein süßer, beißender Geruch zieht durch die Küche. Mme. Tremblay hackt Zwiebeln. Sie dreht sich nach uns um und wischt sich eilends die Hände und die tränenden Augen an der Schürze ab. Zwiebeln sind eine gute Tarnung.

»Ich dachte, Pierre sollte etwas zu essen bekommen«, verkündet sie. Der Blick, den sie in meine Richtung wirft, ist voller Trost und ein wenig schuldbewußt.

»Ist genug für drei da?« fragt Bertrand.

Sie nickt. »Haben Sie Neuigkeiten mitgebracht?«

»Deshalb bin ich gekommen. Dachte, Sie wollten Bescheid wissen.« Er bedeutet ihr, sich zu setzen, und zieht für sich, passend für seine breitere Figur, einen größeren Stuhl aus der Ecke herbei.

»Also?«

»Nicht so eilig, Claire«, tadelt er sie. Zum erstenmal habe ich einen anderen als meinen Vater sie mit dem Vornamen anreden hören.

Ich schenke ihm einen Drink ein, und er sieht mich dankbar an.

»Also die gute Nachricht ist, daß Madeleine sofort tot war. Keine Schmerzen, stelle ich mich vor. Ihr Rückenmark wurde durchtrennt, die ersten drei Halswirbel gebrochen. Zweifellos hat der Mantel dazu beigetragen. Hat sie schwerer gemacht.«

Mme. Tremblay starrt ihn an, als wäre er ihr eigener Henker.

»Um mir das zu sagen, sind Sie gekommen?« murmelt sie schließlich.

»Ich kann Ihnen nicht mehr sagen, als ich weiß.« Er hat ihre Hand genommen und reibt sie, als wolle er ihr die Wärme zurückgeben. »Der einzige andere Punkt ist, daß sie vermutlich morgens zwischen zwei und vier starb. Vielleicht ein wenig früher. Ich habe die Kälte berücksichtigt. Die Laborberichte werden uns Genaueres sagen. Falls die Polizei beschließt, eine Untersuchung vorzunehmen.«

»Wie meinen Sie das, falls sie beschließen, eine Untersuchung vorzunehmen?« Mme. Tremblay springt auf, und plötzlich steht sie am Telefon, schreit hinein, verlangt den Polizeichef zu sprechen.

Als sie zurückkommt, teilt sie uns mit eiserner Ruhe mit: »Gagnon ist nicht da. Er ruft zurück.«

Ich räuspere mich. »Wenn Sie nichts dagegen haben, würde ich gern auf das Essen verzichten, da Sie sowieso hier sind, und nach Hause gehen, um frische Sachen anzuziehen.«

»Gehen Sie nur, Pierre«, sagt Bertrand. »Ich habe mit einer meiner Schwestern vereinbart, daß sie um drei hier erscheint. Und sie kann bleiben. Das heißt, falls Claire nicht mit dem Besen auf sie losgeht.«

Wir warten beide auf Mme. Tremblays Reaktion. Aber sie wendet uns den Rücken zu. Sie hackt wieder Zwiebeln mit einem Geräusch, das eher für wütende Hektik spricht als für Genauigkeit. Ihr »Auf Wiedersehen« ist kaum zu hören über dem Lärm, der auch den Klang der Türklingel übertönt haben muß. Denn als ich die Tür aufmache, sehe ich zu meiner

Überraschung Constable Miron und seinen Partner davorstehen.

»Gagnon hat uns geschickt, um eine Haussuchung durchzuführen«, stammelt Miron.

Ich führe die beiden Männer in die Küche, dann stehle ich mich davon.

Vom Kamm des Bergs sieht mein Haus so friedlich wie eine alte handgemalte Ansichtskarte aus. Schnee bedeckt die zusammengedrängten Kiefern. Die Katze liegt wie ein wachsamer Wachposten auf dem Dachgesims. Dünner Rauch ringelt sich um die Wetterfahne und verschwindet in einen Himmel, der klar blau geworden ist.

Madeleine wird diesen Anblick nie mehr genießen, denke ich, und plötzlich wünsche ich, das Haus möge irgendein Zeichen der Verwüstung zeigen, die stattgefunden hat: eine Narbe aus Graffiti, eine klaffende Wunde in der Seite. Aber die einzige Veränderung, die ich entdecken kann, ist ein in der Auffahrt geparktes Auto.

Mich verläßt der Mut. Als ich die Tür öffne, dringt das Dröhnen eines Staubsaugers aus dem hinteren Zimmer. Ich möchte nach oben schleichen, aber kaum habe ich den Fuß auf die erste knarrende Treppenstufe gestellt, als das Geräusch abbricht.

Maryla Orkanova erscheint im Türbogen. Sie trägt eine gestärkte weiße Schürze über einem blauen wirbelnden Kleid, das eher zum Tanzen als zum Putzen passen würde, und sie steht da, das aufgesteckte Haar ein wenig aufgelöst, die grauen Augen groß in einem schmalen Gesicht, dessen Ausdruck ich nicht zu deuten vermag.

»Pierre«, haucht sie mit heiserer Stimme. »Ich ...«

»Ich hatte vergessen, daß du heute kommen wolltest.«

»Ich hab es gesagt. Stefan ist mit seinen Freunden unterwegs und ... Aber es überrascht mich nicht, daß du es vergessen hast. Ich ... Pierre, es tut mir leid.« Sie sucht nach Worten, rennt plötzlich an mir vorbei und erscheint gleich darauf wieder mit einer Zeitung in der Hand. »Ich bin

Françoise über den Weg gelaufen. Sie hat es mir gesagt. Dann habe ich es gelesen. Es tut mir so leid.«

Ich reiße ihr die Zeitung aus der Hand und falte sie ungeschickt auf. Selten hat unsere Lokalzeitung so schnell gearbeitet. Zweifellos eine Sonderausgabe. Auf der Titelseite prangt ein großes Foto von Madeleine in dem hochgeschlossenen Kleid, das sie als Hedda Gabler trug, in ihrer Hand eine der Pistolen des Generals. Über dem Foto steht die Schlagzeile: *SUICIDE D'UNE STAR*

Die eifrige Reporterin mit dem glänzenden Haar war ohne Schwierigkeit zu einem Urteil über Madeleines Tod gekommen.

Ich überfliege die Geschichte. Da stehen die knappen Einzelheiten – der Ort, die Todesart, ein Lebenslauf, der es schafft, mitten in einer Liste von Filmen und Theaterstücken schlüpfrige Details anzudeuten, und als Gipfel des Ganzen ein vollmundiges Zitat unseres geliebten Bürgermeisters: »Ein tragischer Tod hat eine der Größten unter uns getroffen. Wir können uns nur unter die Verwandten, die Freunde, die vielen Fans von Madeleine Blais einreihen, um ihr Ableben zu betrauern.«

Ich zerknülle die Zeitung und gebe sie Maryla zurück.

Sie starrt mich mit erschrockenen Augen an. »Du hast es gewußt, ja?«

Ich nicke. Gibt es inzwischen noch einen, der es nicht weiß? Ich erwäge, bei Mme. Tremblay anzurufen und Dr. Bertrand zu bitten, ihr die Zeitung nicht unter die Augen kommen zu lassen. Aber ich weiß, daß diese Schutzmaßnahme sinnlos wäre. Es ist eine kleine Stadt, und Klatsch breitet sich hier mit Lichtgeschwindigkeit aus.

»Darf ich dir einen Kaffee kochen?« Marylas Blick hängt noch immer an meinem Gesicht.

»Nein. Ich mache es selbst.« Ich gehe in die Küche, hoffe, daß sie mich allein läßt, aber sie folgt mir auf den Fersen.

»Es ist so traurig. Sie hatte alles, hatte soviel, wofür es sich zu leben lohnte. Also warum?« Sie ringt die Hände mit den langen Fingern, hält am Ehering inne, dreht ihn. »Das Leben ist zu kostbar, um es einfach so wegzuwerfen. Warum hat sie es getan?«

»Wir können die Toten nicht verhören«, sage ich leise. Ein dummer Satz. Dabei möchte ich, Madeleine verhören, sie zwingen, meine Fragen zu beantworten.

Ich weiß nicht, warum ich trotz Mme. Tremblays Überzeugung nicht über die Möglichkeit eines Mordes nachdenken will. Auch weiß ich nicht, warum ich dies gegenüber Maryla nicht erwähne. Mein Geist erträgt ein Entsetzen nicht, das irgendwie schlimmer als Verzweiflung ist.

»Sie war verdorben. Zu reich und berühmt und verdorben.« Maryla kehrt mir den Rücken und fängt an, die neben der Spüle gestapelten Tassen abzureiben, als wolle sie die Farbe entfernen. »Es ist eine Sünde.«

»Maryla. Wirklich! Das reicht.« Meine Stimme ist eisern.

»Ja.« Ihr Ausbruch ist noch nicht vorbei. »Sie hat sich selbst verflucht, und sie hat Gott und die ganze Schöpfung verflucht. Wie selbstsüchtig. Eine selbstsüchtige Frau!«

Sie steht vor mir, und plötzlich halte ich sie an den Armen und schüttle sie, schüttle sie so stark, daß sie das Gesicht verzerrt und ihr eine Tasse aus der Hand fliegt und auf dem Boden zerspringt.

Entsetzt über meinen plötzlichen heftigen Ausbruch weiche ich zurück. Ich bücke mich, um die Scherben aufzulesen, stottere eine Entschuldigung.

Marylas Augen schwimmen in Tränen. »Es gibt genug Tod«, sagt sie.

Der Tod ist Maryla kein Fremder. Einige Monate vor meiner Rückkehr nach Ste-Anne starb ihr Mann. Da waren sie erst wenige Monate in Kanada gewesen. Welcher Zufall oder Umstand sie veranlaßt hatte, aus Polen hierherzukommen, bleibt mir ein Rätsel. Maryla spricht nicht gern darüber. Andere Todesfälle, vermute ich. Jerzy arbeitete in der Sperrholzfabrik am anderen Ende der Stadt. Und eines Tages kam er einfach nicht von der Arbeit nach Hause. Als sie Maryla anriefen, verstand sie nicht, was sie zu ihr sagten. Ihre Französischkenntnisse waren damals noch sehr gering. Sie eilte hinüber zur Fabrik und fand Jerzy tot. Ein Schlaganfall, teilte der Arzt ihr mit.

Sie stand mit einem dreijährigen Sohn da und einem Cousin ihres Mannes in Toronto, der für ihre Einwanderung gesorgt und sie dann sich selbst überlassen hatte.

Als ich in Ste-Anne ankam, war Maryla noch wie gelähmt, eine einsame Seele, in einem fremden Land gestrandet. Ihr Beichtvater fragte mich, ob ich vielleicht Arbeit für sie hätte, irgend etwas, ganz gleich was. Sie kam mit ihrem kleinen Sohn ins Haus, und bevor ich einen Beschluß gefaßt hatte, war Maryla meine Haushälterin geworden. Danach versuchten wir, ihre Mutter aus Polen herauszuholen. Aber bevor die Papiere drüben waren, kam die Nachricht vom Tod ihrer Mutter.

Maryla arbeitete für mich, bis Stefan in die Schule kam. Inzwischen hatte sich ihr Französisch beträchtlich verbessert, und ich fand für sie eine viel bessere Arbeit als Sprechstundenhilfe in einer Arztpraxis. Aber sie hat es abgelehnt, mich ganz aufzugeben. Sie ist mir dankbar und meint auch, ich brauche sie, und ich weiß, daß sie sich wünscht, ich bräuchte sie ein wenig mehr. Daß dem nicht so ist, schiebt sie auf Madeleine.

Maryla starrt auf die Stücke aus blau-weißem Porzellan, die noch auf dem Boden liegen. Ich lege einen Arm um ihre Schultern. Noch immer zittert sie ein wenig.

»Verzeih mir«, sage ich.

»Ich hätte das alles nicht sagen sollen.«

Da mir keine passende Erwiderung einfällt, zucke ich die Achseln.

»Du möchtest lieber allein sein.«

Ich nicke, ohne ihrem Blick zu begegnen, deute auf meine Hose, die noch feucht vom Schnee ist. »Ich muß mich umziehen.«

Als ich schon aus der Küche bin, ruft sie mir mit harter Stimme nach: »Vielleicht hat ein Mann ihr alle Hoffnung genommen.«

Ich tue so, als hätte ich sie nicht gehört.

Mein Bett ist ordentlich gemacht. Die schwere blaue Tagesdecke weist keine einzige Falte auf. Die kleinen Kissen sind aufgeschüttelt. Maryla achtet gewissenhaft auf Kleinigkeiten.

Wie ein verzogenes Kind werfe ich die Kissen auf den Boden. Ich zerre meinen ordentlich aufgehängten Bademantel von der Tür, werfe ihn über und lasse mich aufs Bett fallen. Der Zorn ist überflüssig, aber Marylas Bemerkungen und Mutmaßungen klingen mir in den Ohren. Ich weiß, daß ähnliche Worte vermutlich schon in aller Munde sind.

In Ste-Anne werden keine echten Tränen wegen Madeleine Blais vergossen werden. Sie ist hier immer als Außenseiterin angesehen worden. Kaum verhohlener Neid begleitete jede ihrer Leistungen. Der Neid wird jetzt in Schadenfreude und Haß umschlagen. Die Stadt hat nie freundlich über sie geurteilt, und sie wird ihr den Selbstmord nicht verzeihen.

Ich stelle mir ein zufriedenes Lächeln auf jedem Gesicht vor. »Es war unvermeidlich«, sagt Mme. Groulx mit gesenktem mitleidslosem Blick. »Wie hätte es sonst mit ihr enden sollen?« Serge Dufour grinst anzüglich, während er mit den Schlüsseln in seiner Hosentasche klingelt. »Nach diesem wilden Leben konnte es nur Selbstmord geben.« Mein Bruder steht auf der Kanzel und ruft: »Sünde führt zu Sünde ...« Er verwandelt Madeleines Tod in ein Exempel: Lieber gebe man sich mit dem Mittelmaß zufrieden, als das Schicksal einer Madeleine Blais zu riskieren. Die Tyrannei der öffentlichen Meinung setzt sich durch und löscht jede abweichende Meinung aus.

Plötzlich klingt mir Madeleines wildes Lachen in den Ohren. Sie hat ihre spöttische Miene aufgesetzt, ganz Schmollmund und unschuldige Augen. »Vielleicht wirst du ihnen, wenn du sie so gut verstehst, allmählich ein bißchen zu ähnlich. Eh, mon Pierre?«

Ich konzentriere mich auf ihr lächelndes Gesicht, und plötzlich sehe ich sie wie eine schnurrende Katze auf einem Sofa ausgestreckt. In Paris etwa? Das Polster ist gestreift, und sie fährt mit der Hand über den Stoff. »Ich bin so froh, daß du mich noch willst, Pierre«, flüstert sie. »Wenn mich keiner mehr will, rolle ich mich zusammen und sterbe.«

Ich berühre ihre Wange und sage ihr, daß ich sie noch will. Immer. Daß jemand sie an Heiligabend wollte, falls ihr Bett irgend etwas beweist. Aber Madeleine ist schon verschwunden, verblichen zu der am Strick baumelnden Marionette mit ihrer kalten Totenblässe.

Ich krieche unter die Decken und versuche, in einer Welt ohne Madeleine einen Sinn zu finden. Zum zehntenmal spiele ich unsere letzte Begegnung durch, dann erinnere ich mich, daß es nicht das letzte Mal war, daß ich sie sah. Oder mit ihr sprach. Hätte ich etwas tun können?

Ein Klopfen reißt mich aus meinen Gedanken, und ich sehe Maryla zaghaft die Tür öffnen. Sie trägt einen Stapel frisch gebügelte Hemden. Sie geht auf Zehenspitzen und legt sie vorsichtig auf meine Kommode. Dann dreht sie sich nach mir um und weicht zurück.

»Ich ... ich dachte, du würdest schlafen.«

Ich schüttele den Kopf.

»Ich gehe jetzt.« Sie kommt auf mich zu und beugt sich vor, um mich auf die Wange zu küssen. Ihr gelöstes Haar streift mein Gesicht. Es riecht nach sauren grünen Äpfeln und Moschus, und plötzlich ziehe ich sie zu mir herab.

»Pierre!« Ihre Stimme klingt erschrocken.

Der überraschte Ton ist nicht angebracht. Maryla ist ja nicht zum erstenmal in mein Bett gekommen, wenn es auch einige Zeit her ist.

Ihre Lippen sind warm und ein wenig bitter vom Kaffee. Ich mag das Bittere, mag noch mehr die Wärme. Sie ist in den Fingern, die sie um meinen Hals legt, ist im Brustansatz, den ihr Kleid frei läßt. Ich knöpfe es auf und finde ihre kleinen Brüste. Auch sie sind warm, und als ich mein Gesicht an sie lege, kann ich ihren schnellen Herzschlag hören. Ich küsse ihr Geschlecht.

Hinterher ist Maryla glücklich. Sie springt nicht sofort auf, um sich in einer Weise reinzuwaschen, die, wie ich vermute, ein Vorspiel zur Beichte ist, die sie am nächsten Tag ablegen wird. Neuerdings beichtet sie bei meinem Bruder, was einer der vielen Gründe sein mag, warum wir uns seltener lieben.

Nein, heute liegt sie friedlich in meiner Armbeuge. Ich bin ihr dankbar dafür, dankbar auch für die Wärme und ihre liebkosenden Finger auf meiner Brust, die mich daran erinnern, daß ich vielleicht noch lebe.

»Vielleicht jetzt, wo ...« beginnt sie, und ich lege einen Finger an ihre Lippen, um sie zum Schweigen zu bringen.

Ich weiß, daß sie sagen wird, jetzt, da Madeleine tot ist, könnte noch Hoffnung für uns beide sein. Ich will nicht, daß sie das sagt. Ich will nicht, daß sie mir wieder einmal sagt, sie liebe mich, sie liebe meine Güte und meine Schönheit, meine dunklen Augen und das noch dunklere Haar. Daß ich außer Jerzy der beste Mensch bin, den sie jemals kennengelernt hat. Ich weiß, daß sie sich irrt, und ich küsse sie, damit sie nicht sprechen kann.

Von weitem höre ich wieder Madeleines Lachen, und ich wünsche sie mit Leib und Seele bei mir.

3

»Pierre Rousseau?«

Der Mann an der Tür trägt einen weichen grauen Mantel mit einem ordentlichen Gürtel und einen eleganten passenden Hut. Weniger passend wirkt sein Boxergesicht mit zerquetschter Nase und störrischem Kinn. Die dunklen Augen stehen ein wenig vor und mustern mich mit mürrischer Neugier.

»Pierre Rousseau?« wiederholt er. Seine Haltung deutet Streitlust an, obwohl er die Hände lässig tief in den Taschen versteckt.

Ich zögere. An diesem Morgen haben schon zwei neugierige Bekannte und drei Journalisten angerufen. Der Mann zieht eine Brieftasche heraus und klappt sie vor mir auf.

»Kommissar Contini. Sûreté du Québec.«

Ich trete zurück, um ihn hereinzubitten. Bürgermeister Desforges hat seine Beziehungen spielen lassen. Aber damit die Provinzialpolizei eingreift, müssen die Todesumstände verdächtig sein.

»Ihr Polizeichef Emile Gagnon hat mir empfohlen, Sie gleich zu Beginn unserer Ermittlungen aufzusuchen. Sie waren einer der ersten am Ort, wo Madeleine Blais starb … Und er dachte, Sie könnten mir vielleicht helfen. Mich auch über Ste-Anne ins Bild setzen.«

Seine Stimme ist sanft, und er lächelt mir komplizenhaft zu, als ich ihm Hut und Mantel abnehme und ihn ins Wohnzimmer führe.

»Die Sache liegt also nicht mehr bei der Polizei in Ste-Anne?«

»Sagen wir, wir arbeiten alle zusammen. Großer Name. Bedeutet starken Druck. Zu dumm, daß sie uns nicht sofort hergeholt haben, nicht wahr?«

Er schätzt auf irgendeiner Skala staatsbürgerlicher Loyalität meine Reaktion ab, dann schaut er sich im Zimmer um und macht es sich auf dem Sofa bequem. Auf dem Tisch liegen Zeitungen. Die Montréaler Blätter. Alle bringen Madeleines Tod auf der Titelseite. Hätte ich sie doch nur weggeräumt.

Er deutet auf die Zeitungen. »Sie sehen ja, warum.«

»Ja, ich kann es mir denken. Und die Autopsie?«

Er antwortet nicht darauf. »Wir kennen uns übrigens. Sie erinnern sich vielleicht nicht …«

Ich betrachte sein Gesicht, und er lacht, zeigt auf seine Nase, den zurückweichenden Haaransatz und stattlichen Umfang.

»Ja?« Ich kann die Gesichtszüge nicht zuordnen.

»Sie haben sich recht gut gehalten. Eigentlich sehen Sie fast genauso aus, abgesehen von ein paar Falten. Am *Jean Brébeuf* war es. Sie waren ein paar Jahre vor mir, und ich habe die Klasse nicht beendet. Meinen Eltern ging das Geld aus.« Er verzieht das Gesicht. »Ich war auch nicht geschaffen für diese ganze humanistische Bildung.«

Das Lächeln ist wieder da. Er wartet darauf, daß ich mich erinnere, als wäre es eine Art Prüfung.

»Richard Contini«, hilft er nach.

»Darf ich Ihnen Kaffee anbieten?« Ich zeige auf die Thermosflasche. »Müßte noch heiß sein.«

»Gern. Sie waren Père Lévesques Liebling. Unser großer Historiker, wissen Sie noch? Er hat Sie eingespannt, um uns schlechteren Schülern zu helfen. Einmal haben Sie etwas vorgelesen, was er einen mustergültigen Aufsatz nannte, alles über die Mißstände, die zum Aufstand von 1837 gegen die Briten führten.«

Er grinst mich an, als hätte er gerade mit großem Erfolg eine Hausaufgabe vorgetragen.

»Der Aufsatz war voll von Forderungen nach echter Demokratie und Unabhängigkeit für die Franzosen. Und blutrünstigen Details von britischen Vergeltungsmaßnahmen. Brennenden Dörfern. Frauen und Kindern, die in die Kälte getrieben wurden. Deportationen. Hinrichtungen. Durch den Strang ...«

Er legt eine dramatische Pause ein. Der Kaffee, den ich einschenke, läuft über den Tassenrand.

»Ja, daran erinnere ich mich.« Ich schaffe es, einen Moment nicht an Madeleine zu denken. »Gegen Ende des Schuljahres nahm uns Père Lévesque zu einer Separatistendemo mit. Queen Victoria Day 1964. Es war das erstemal, daß ich den Union Jack brennen sah. Wir marschierten zum Monument des Patriotes, wo die Hinrichtungen stattgefunden hatten. Alles war voller Polizisten. Zu Fuß, auf Motorrädern, zu Pferd.«

Er hustet. »An dem Tag war ich direkt neben Ihnen. Sie sollten aufpassen, daß ich keinen Ärger kriegte.«

Ich starre ihn an. Das Gesicht eines kleinen Jungen rückt ins Blickfeld, dunkle Augen, die furchtsam respektvoll zu mir aufblicken, ein hellbrauner Haarschopf, eine Hand, die sich an meine Jacke klammert.

»Riccardo Contini«, sage ich leise.

»Aber kommen wir auf die Gegenwart zurück. Sie haben Madeleine Blais offenbar gut gekannt?«

Ich nicke, ohne seinem Blick zu begegnen. Er hat in die Schale mit Walnüssen auf dem Tisch gegriffen und knackt zwei davon gegeneinander in der Hand. Die Geste wirkt unbewußt, aber das Knacken ist laut und brutal. Mit überraschter Miene betrachtet er das Gebrösel aus Innereien und Schalen, dann beginnt er, vorsichtig das Eßbare herauszulesen.

»Hat sie von Selbstmord gesprochen?«

Mein »Nein« ist unschlüssig, ein merkliches Zaudern. »Vielleicht einmal oder zweimal. So, wie das jeder tut.«

Er sieht mich skeptisch an. »Sie sind sich anscheinend nicht hundertprozentig sicher.«

»Ich habe sie in letzter Zeit nicht so häufig gesehen.«

»Wann haben Sie Madeleine Blais zuletzt gesehen?« Er zieht ein Notizbuch aus der Tasche und wartet auf meine Antwort.

»Also behandelt ihr es als Selbstmord?«

»Wir sind unvoreingenommen. Trotz dieser Artikel.« Er zeigt geringschätzig auf die Zeitungen, und ich sammle sie ein und lege sie neben den Kamin.

»Wann haben Sie sie zuletzt gesehen? In welcher Verfassung war sie?«

In ruhigem Ton berichte ich ihm, wie aufgewühlt Madeleine von den Morden an der *Université de Montréal* war. »Sie hatte Angst. Männer hassen Frauen, hat sie zu mir gesagt.«

»Nichts Genaueres?«

Ich schüttele den Kopf. »Sie war bedrückt.«

Aus der Tasche nimmt Contini ein Päckchen Zigaretten und ein eckiges goldenes Feuerzeug, das er über den Tisch schnippt.

»Üble Geschichte die Sache mit dem Amokläufer. Hat einer Menge Leute sehr zugesetzt. Reicht aber kaum als Motiv.«

»Madeleine hat es sehr ernst genommen.«

Er nickt, zündet sich eine Zigarette an und inhaliert mit sichtlichem Genuß. »Wie steht es mit anderen Dingen? Ihr Privatleben. Liebesgeschichten? Karriere? Die letzten Kritiken waren nicht berauschend.«

»Haben Sie das Stück gesehen?« frage ich allzu ungläubig.

»Hedda Gabler?« Er scheint zu überlegen, und ich frage mich, ob er gleich lügen wird. Dann grinst er. »Nein. Um Ihnen die Wahrheit zu sagen, ich habe keine Lust auf Theater. Dort draußen, das reicht mir.« Er winkt theatralisch zum Fenster, wo nur die Schatten aufziehender Wolken zu sehen sind. »Trotzdem hält mich meine Frau auf dem laufenden. Und ich weiß, daß es von einer Frau handelt, die sich umbringt.«

Er nippt nachdenklich an seinem Kaffee. »Verstehen Sie mich nicht falsch. Ich habe Mlle. Blais über die Jahre in dem einen oder anderen Film gesehen. Eine wunderbare Frau. Aber dennoch bedrückt. Kein Glück in der Liebe, stelle ich mir vor?«

Ich zucke die Achseln.

»Nun, warum sollte sie Ihnen davon erzählen, nicht wahr? Und doch war da der Mann mit dem Pferdeschwanz. Wir müssen ihn überprüfen. Er hat jede Menge Fingerabdrücke im Schlafzimmer hinterlassen.«

»Sind Sie schon bei Mme. Tremblay gewesen?«

Er lacht. »Ich verstehe mich auf meinen Beruf.«

Seine Hände sind wieder mit den Walnüssen beschäftigt. Das gelegentliche Knacken wirkt wie eine Drohung.

»Und die Laborberichte?«

»Alles zur rechten Zeit. Unterbesetzt über die Feiertage. Wir müssen das Auto finden.«

»Was für ein Auto?«

Er sieht mich erstaunt an. »Das Auto von Madeleine Blais. Es ist nicht dort, wo sie es nach Aussage der Großmutter abgestellt hat, und eure Leute hier haben es noch nicht ausfindig gemacht. Anscheinend ...« – er blättert in seinem Notizbuch – »hat Mme. Tremblay es so um zwei Uhr nachts wegfahren gehört. Was natürlich nichts beweist. Trotzdem ...«

Er steckt das Notizbuch in die Tasche und sieht mich offen an. »Ich hätte gern, daß Sie mitkommen. Um mir in der Stadt unter die Arme zu greifen, sozusagen.«

»Gewiß«, sage ich, wenn auch mit seltsamem Widerwillen. Ich möchte niemandem gegenübertreten, möchte niemanden über Madeleine spekulieren hören. Doch gleichzeitig spüre ich, daß mir eine einmalige Chance in den Schoß gefallen ist. Bei Contini werde ich die Untersuchung aus nächster Nähe verfolgen können. Er wird mir helfen, manche Dinge zu verstehen. Wird mir Fakten mitteilen.

Irgendwo inmitten dieser Fakten werde ich zu irgendeiner Wahrheit über Madeleine gelangen. Madeleine, die Meisterin der Illusion.

Der Wind bläst von Norden, und das Absperrband flattert um die alte Scheune wie fröhliche Wimpel beim Stapellauf eines historischen Schiffes. Ein Fernsehteam hält sich bereit. An der Scheunenseite richtet ein Mann eine Kamera durch ein Fenster. Leute umringen ihn, plaudern angeregt und stampfen gegen die Kälte mit den Füßen. Eine rote Rose ist über die Absperrung geworfen worden. Sie liegt wie eine blutende Wunde im Schnee.

»Verdammt!« sagt Kommissar Contini leise. »Genau das, was wir nicht brauchen können.« Stimmgewaltig treibt er die Gaffer auseinander, schreit den Kameramann an.

Ein Mann stößt ein Mikrofon vor seinen Mund.

Contini schiebt es beiseite. »Es gibt bald eine Pressekonferenz. Sie werden benachrichtigt.« Er drängt mich unter dem Band durch.

»Verdammte Störer! Idioten, die überall herumtrampeln. Wie soll ich da irgendwas rekonstruieren? Und dieser verdammte Schnee! Selbst wenn da etwas war, würden wir jetzt nichts mehr finden.«

Er verschränkt die Arme. »Saukalt. He, kennen Sie den? Ein alter Québecois wird gefragt, was er im Sommer macht, und er zieht sein Barett, kratzt sich am Kopf und antwortet: ›An dem Tag gehe ich angeln.‹«

Er lacht schallend. Er versucht, eine gelöste Atmosphäre zu schaffen, aber als wir in die Scheune gehen, kann ich kaum den Blick vom Boden heben.

»Mme. Tremblay hat Sie also hergebracht, und was haben Sie gesehen?«

Ich möchte mich nicht erinnern. »Haben Sie nicht die Fotos betrachtet?«

»Sicher, die Fotos habe ich gesehen. Aber Bilder wählen aus. Wie das Gedächtnis. Wenn ich beides zusammennehme, bringt es mich vielleicht weiter. Sie hing also hier?«

Ich nicke.

Er schaut sich um, mustert die zerbrochenen Stühle, die Balken, die Heuhaufen, mißt die Höhe der Ponybox mit den Armen.

»Wie groß, würden Sie sagen, war Madeleine Blais?«

»Fast einssiebzig.«

»Trug sie hohe Absätze?«

Die Schnürstiefel fallen mir ein. Mich fröstelt, und ich nicke.

»War sie Akrobatin?«

Ich starre ihn an. »Nein, Schauspielerin.« Es ist nicht der Zeitpunkt für weitere Witze. »Ach so, ich verstehe.« Ich folge seinem aufwärts gerichteten Blick. Der Balken ist hoch. Ich hätte Mühe, ihn zu erreichen. Aber ich stelle mir Madeleine vor, ihre katzenhafte Grazie. »Ja, sie war sehr gelenkig. In solchen Dingen war sie gut.«

»Trotzdem. Es ist ganz schön hoch.« Er blickt auf und beginnt dann, in der Scheune herumzusuchen.

»Wie würden Sie auf den Heuboden steigen?«

Plötzlich fügt sich ein Bild zusammen. Madeleine und ich, Kinder, die sich an den zwei schwingenden Seilen, die von dem dicken Balken hängen, hinaufhangeln und ins Heu springen. War es eins von den Seilen, das Madeleine benutzt hat? Ich war so lange nicht mehr in der Scheune, daß ich keine Ahnung habe, ob eins davon noch an derselben Stelle hing. Und jetzt sind überhaupt keine Seile da.

Das alles erzähle ich Contini, während er die Stelle absucht und eine alte Holztruhe aufstößt.

Er reagiert abweisend. »Möglich. Sie muß sehr entschlossen gewesen sein.«

»Verzweiflung ist ein starker Antrieb«, höre ich mich sagen. »Ihr Liebhaber ist mitten in der Nacht abgehauen ...«

Ich verziehe das Gesicht, aber er fährt fort.

»Hat sie im Stich gelassen. Also ist sie bedrückt. Sie zieht ihren Mantel über das Nachthemd. Vielleicht hat sie ein wenig zuviel getrunken. Sie macht einen Spaziergang. Steht schließlich hier. Kommt zu dem Schluß, daß es reicht. Sehen Sie es so?«

Ich bedenke, wie unberechenbar Madeleine sein konnte, und sage: »Vielleicht.«

»Also hangelt sich diese siebenunddreißigjährige Frau in einem schweren Pelzmantel an einem Seil hinauf, knotet eine perfekte Schlinge, legt sie sich um den Hals und springt. Und was haben die umgekippten Stühle unter ihr zu suchen?«

Mein Verstand ist wie ein Sumpf aus Treibsand. »Vielleicht waren die Schlinge und die Stühle schon da«, sage ich. »Ich weiß nicht. Wir müssen Mme. Tremblay fragen.«

»Hmmm«, brummt er skeptisch.

Mit der Behendigkeit eines viel leichteren Mannes läuft er wieder hin und her und späht in alle Ecken. Er bückt sich, um etwas aufzuheben, und läßt es in die Tasche gleiten. Die schnelle Bewegung seines Handgelenks ist seltsam elegant.

»Sie trauen demnach der Polizei hier am Ort nicht?«

»Es ist keine Frage des Vertrauens.« Er erwidert meinen Blick im trüben Licht. Ich kann nicht in seinen Augen lesen. »Wofür nutzt Mme. Tremblay die Scheune?«

»Im Sommer gibt es hier Hühner.«

»Richtig. Gehen wir. Wir fahren jetzt in die Stadt. Ich möchte herausfinden, ob jemand Mlle. Madeleine Blais am Heiligen Abend gesehen hat.«

Auf dem Weg zum Auto sehe ich zwei uniformierte Beamte der *Sûreté*. Sie beugen sich vor, um kahle, knorrige Büsche zu untersuchen. Sie spähen unter Tannen. Contini läßt mich einen Moment allein, um mit ihnen ein paar Worte zu wechseln. Einer von ihnen faßt in einen Beutel und zeigt ihm etwas Glänzendes.

Als er wieder zu mir kommt, sagt er: »Sie haben nicht zufällig hier draußen etwas verloren, Rousseau?«

Sein Blick macht mich nervös. »Ich glaube nicht. Worum geht es?«

»Ach, nichts. Machen Sie sich keine Gedanken.«

Als die Räder seines Wagens im weichen Schnee durchdrehen, flucht er wieder. »Wissen Sie, wieviel Montréal im letzten Jahr für die Schneeräumung ausgegeben hat? Siebenundvierzig Millionen Dollar! Das sind die gesamten Staatseinkünfte von Sambia!«

Die Kirche von Ste-Anne liegt im Stadtzentrum wie ein schlummernder Dinosaurier. An einem klaren Tag blendet ihr Blechdach die Autofahrer in einem Umkreis von fünfundzwanzig Meilen. Neben ihr stehen die mächtigen Steinbauten des Priesterseminars und der Schule, die alle Nachbarhäuser winzig erscheinen lassen.

Das ist das Reich meines Bruders, und normalerweise betrete ich es nur noch selten. Aber heute ist kein gewöhnlicher Tag. Kommissar Contini drängt mich durch das Hauptportal, und seine Miene und Gesten verraten seinen Unmut über meine zögerlichen Schritte.

In der Luft hängt Weihrauchgeruch. Eine Messe wird gelesen. Nach einem Augenblick bekreuzigt sich der Kommissar. Er hat eine heimlichtuerische Miene aufgesetzt, als wolle er nicht von seinen Freunden ertappt werden, aber die Alternative, daß Gott ihn ertappt, stellt eine schlimmere Gefahr dar. Aus einer Gewohnheit heraus folge ich beinahe seinem Beispiel, dann halte ich im letzten Moment inne.

Dies ist die Kirche meiner Kindheit. Auf diesen Stühlen habe ich mich bemüht, an die Sünden zu denken, um sie dann in einem der Beichtstühle zu gestehen. Manchmal waren es wirkliche Sünden, genausooft aber eingebildete. Den Kopf unter die Höhe des Gitters in der Eichenholzzelle gesenkt, beichtete ich den Zorn auf meinen Vater oder Bruder, gefräßige Schokoladenexzesse und gelegentlich, wenn mich die milde sonore und doch strenge Stimme meines Beichtvaters aufforderte, seltsame und aufpeitschende Regungen in meinem offenbar doch nicht so sehr intimen Bereich.

Um gerecht zu sein: Nicht immer war die Beichte eine Last. Die forschenden Fragen des Priesters konnten mitunter Licht auf verworrene Empfindungen werfen, auf Spannungen in der Klasse oder Gemeinheiten auf dem Schulhof, auf die dunklen Ängste und Begierden, gegenüber denen Eltern und Lehrer allzuoft absichtlich blind waren. Aber sie impften einem auch ein ständiges Schamgefühl ein.

Der Kommissar und ich hocken auf Holzstühlen, ein gutes Stück hinter der kleinen Gemeinde. In der Ferne sehe ich eine in Gold gekleidete Gestalt, die nur mein Bruder sein kann, den Kelch über dem Altar heben. Er ist eine symbolische Persönlichkeit, durchaus nicht mein Bruder, und doch gehört die kehlige Stimme, die ich über das Mikrofon höre, unverkennbar meinem Bruder, und ich mag diesen Klang nicht.

So ganz klar ist mir nicht, warum mein Bruder und ich unter unserer beherrschten oberflächlichen Höflichkeit noch immer diesen Groll gegeneinander hegen. Schließlich brachte es der große Altersunterschied mit sich, daß wir uns über viele Jahre kaum kannten: Als ich acht wurde, war er in die klösterlichen Schatten des Jesuitenordens verschwunden.

Vielleicht lag es daran, daß mein Vater mir immer wieder vom Fortschritt seiner Gelübde berichtete, gleichsam vor Ehrfurcht erstarrt, was mich bei der Haltlosigkeit meines Lebens gewissermaßen direkt im Hof des Teufels landen ließ. Tatsächlich wurde mein Bruder während meiner ganzen Kindheit und Jugend ständig als moralische Autorität angeführt. Im seinem reinen Licht gespiegelt, bekamen alle meine Rebellionen, große wie kleine, einen Anflug von Verworfenheit. Ich begann den Unterschied zu schätzen.

Als ich älter wurde und die verdummende Wirkung der Kirche auf die gesellschaftliche Entwicklung meiner Provinz unter denjenigen, die Québec ein wenig verspätet ins 20. Jahrhundert bringen wollten, allgemein anerkannt wurde, konnte ich den Mantel der Rückständigkeit, in den uns die Kirche gehüllt hatte, nie analysieren, ohne an die schwarzen Talare meines Bruders zu denken. Es machte meine Verurteilungen noch heftiger. Unwissenheit, Aberglaube, Vorurteil, Unterentwicklung, passive Duldung des Unterdrückers – das alles konnte der Kirche, die ihren Reichtum und ihre Macht auf Kosten von uns Menschen gemehrt hatte, angelastet werden. Und in der Kirche stand mein Bruder mit seiner strengen Miene.

In meiner Vorstellung von ihm schwingt er immer einen goldenen Schlüssel, kein Kreuz. Der Schlüssel öffnet das Schloß zu all den kostbaren Dingen, die uns bis in die Mitte der Sechziger verboten waren: nicht simple Dinge wie Vergnügen ohne Schuldgefühl, sondern all die anderen Dinge wie Zugang zu einer Philosophie, die nicht nur Thomas von Aquin kannte, zur Naturwissenschaft, zu Büchern. Selbst Landkarten mußten von der Katholischen Kommission für den Schulgebrauch genehmigt werden. In den Schulen von Québec war der päpstliche Index so umfangreich, daß ganz gewöhnliche französische Klassiker verboten waren. Über Flaubert zu diskutieren war untersagt. Baudelaire zu lesen war gleichbedeutend mit einem Akt Schwarzer Magie. Als ich mein erstes Exemplar von *Die Blumen des Bösen* kaufte, hielt ich es, in braunes Papier eingeschlagen, unter meiner Matratze versteckt.

Kommissar Contini zieht mich am Ärmel. Die spärliche Versammlung, die vorwiegend aus älteren Frauen besteht, schiebt sich langsam auf die Tür zu.

»Irgendwelche Stammgäste, die Madeleine Blais kannten und die am Heiligen Abend hier gewesen sein könnten?« flüstert er.

Ich entdecke Mme. Groulx Arm in Arm mit Mme. Préfontaine und eile auf die beiden zu.

Mme. Groulx ist in einen Nerz gehüllt, um den sie vor dreißig Jahren ganz Ste-Anne beneidet haben muß. Ihr Sohn fuhr früher einen Cadillac. An den zwei Ampeln der Stadt hielt er immer übertrieben lang und paffte eine Zigarre, die nur wenig kürzer als sein Auto war. Sogar damals schon war die Klavierfabrik, die den Groulx lange gehört hatte, in finanziellen Schwierigkeiten. Wenige Jahre später brannte sie bis auf die Grundmauern ab, und alles war dahin – außer den Versicherungspapieren. Auf den Rat meines Vaters tätigte Mme. Groulx einige kluge Investitionen.

Sie legt eine runzlige Hand auf meinen Arm. *»Mon p'tit Pierre, mon pauvre«*, murmelt sie. »Was für eine schwere Prüfung. Für uns alle. Trotzdem ist es vielleicht besser so.« Sie bekreuzigt sich hastig. »Jetzt kann sie kein Unheil mehr anrichten.«

Ich schlucke und versuche, mit ruhiger Stimme zu sprechen. »Mme. Groulx, Mme. Préfontaine, das ist Kommissar Contini. Falls Sie zur Mitternachtsmesse hier waren, würde er Ihnen gern ein paar Fragen stellen.«

Mme. Rossignol hat sich zu unserem Häuflein gesellt. Ihre Augen sind groß und wäßrig hinter den dicken Brillengläsern. Das hindert sie nicht daran, sich sofort zur glaubwürdigen Zeugin zu erklären. »Sie wollen etwas über die Enkelin dieser hochnäsigen Mme. Tremblay wissen?« fragt sie mit der lauten Stimme der Schwerhörigen.

Vergebens versucht Mme. Préfontaine, sie zu beruhigen.

»Ich habe sie hier gesehen. Sie hatte so gut wie nichts an.« Sie deutet auf ihre Oberschenkel und macht eine Bewegung, die wegen ihrer unpassenden Leibesfülle um so obszöner wirkt. »Kein Hut, nichts! Und sie und dieser Freund. Geflüstert haben sie, gekichert. Einander angefaßt. Kein Respekt! Das ist es. Kein Respekt. Jetzt wird sie es erfahren«, sagte sie unheilvoll.

»Und ihr Freund?« Zum erstenmal hat Kommissar Contini die Chance bekommen, ein Wort einzuwerfen.

»Mafia«, sagt Mme. Groulx mit unwiderlegbarem Nachdruck. »Keiner von uns. Irgendein Gangster aus Hollywood.«

»Dummes Zeug«, fällt ihr die stille Mme. Préfontaine ins Wort. »Er war ein ganz gewöhnlicher junger Mann.«

»Sehr viel jünger als sie, soviel steht fest.«

»Das kann man nicht wissen.« Sie wendet sich an Kommissar Contini. »Er hatte eine schwarze Lederjacke an und so eine Krawatte, wissen Sie, wie eine Kordel, mit einer goldenen Spange unter dem Kragen.«

»Und er hatte seine Hand an ihrem Hintern, als sie knieten. Ich hab es gesehen. Ich war direkt hinter ihnen. Der arme alte Michel, der ein paar Plätze weiter weg saß, konnte den Blick nicht von ihnen losreißen. Und dieser Esel Georges, ganz zu schweigen von Pascal Mackenzie – alle haben sie angeglotzt.«

»Welcher Michel? Welcher Georges?« wirft Contini ein.

»Michel Dubois. Georges Lavigueur.«

»Und haben Sie Madeleine Blais und ihren Freund miteinander reden gehört?«

»Allerdings.«

»Ja?«

»Ich möchte es nicht wiederholen. An diesem heiligen Ort.«

Zum erstenmal bemerke ich Ungeduld in Continis Gesicht, als er sie ansieht. »Sollen wir dann hinausgehen? Sie können gleich nachkommen, meine Damen.«

Ohne ihre Freundinnen wirkt Mme. Groulx plötzlich verloren. Sie schaut sich nach ihnen um, dann, als sie merkt, daß wir sie beobachten, zieht sie in standhaftem Trotz die Schultern hoch.

Ich möchte ihnen folgen, aber Mme. Préfontaine hat ihre Hand auf meinem Arm. Sie murmelt etwas, das ich für eine Beileidsbekundung nehme. Obwohl ich Mme. Préfontaine gut leiden kann, möchte ich Madeleines Namen nicht mehr von ihr oder jemand anderem ausgesprochen hören.

Ich konzentriere mich auf das dünne weiße Haar unter der grauen Strickmütze. Mme. Préfontaine ist weißhaarig, solange ich mich erinnern kann. Man erzählt sich, daß sie an dem Tag weiß wurde, als ihre Tochter ein schwarzes Baby zur Welt brachte. Das geschah während des Krieges. Mme. Préfontaine verbreitete, das Kind sei der Sohn eines schwarzen Prinzen aus Haiti, den ihre Tochter in Montréal kennengelernt habe und der dann im Krieg gefallen sei. Aber jeder wußte, daß er in Wirklichkeit das Kind eines der amerikanischen Soldaten war, die kurz auf dem Stützpunkt einige Meilen außerhalb der Stadt stationiert gewesen waren.

Es spielte keine Rolle. Bis das Kind drei Jahre alt war, glaubte ihr jeder irgendwie, da sie und ihre Tochter den Jungen mit einer solch stillen Würde aufzogen. Und nach einer Weile hatte sich die Wahrheit verwischt. Die Stadt jedenfalls zog die Illusion vor. Der Sohn eines Prinzen trug uns mehr Ehre ein.

Das alles erzählte mir mein Vater, als wir wieder einmal über das stritten, was ich mit der Strenge des Heranwachsenden als die Scheinheiligkeit von Ste-Anne verurteilte. Er versuchte mir zu zeigen, daß es aus gutem Grund Abstufungen der Unwahrheit gab.

Mitten in Mme. Préfontaines Rede höre ich energische Schritte hinter mir. Ich kenne diesen Schritt. Ich drehe mich um und sehe meinen Bruder langsam durch den Mittelgang kommen. Er hat seine glänzende Robe abgelegt und trägt jetzt einen schwarzen Anzug, das lange knochige Gesicht eine wohltätige, wenn auch strenge Maske unter seinem stahlgrauen Haar. Etwas an der Art, wie er den Frauen zunickt, veranlaßt sie, den Kopf zu senken und die Flucht zu ergreifen.

Aus einem bestimmten Winkel ist mein Bruder das genaue Ebenbild meines Vaters, bis zum Arbeiten des Muskels in seiner Wange, wenn er seinen Zorn unterdrückt.

Seine Hand ruht auf meiner Schulter. »Ich bin froh, daß du auf meine Nachricht so prompt reagiert hast. Wir müssen miteinander reden.«

Ich habe keine Nachricht bekommen, aber ich erspare mir die Mühe, ihm zu widersprechen.

»Willst du zu mir ins Büro kommen?«

»Im Moment nicht. Ich bin mit jemandem hier.«

»Das habe ich bemerkt. Aber er scheint weg zu sein.« Meinem Bruder entgeht nichts, selbst wenn er seine sakralen Gefäße hochhebt und die Messe liest.

»Er wartet draußen.«

»Wer ist er?«

»Kommissar Richard Contini.«

»Dann bitte ihn doch, noch ein wenig zu warten.«

»Das hielte ich nicht für klug.«

»Ach ja?« Seine Miene ist düsterer, als meine Antwort rechtfertigt.

»Es ist ohnehin zu spät.« Erleichtert sehe ich Kommissar Contini sein Boxergesicht durch die Tür stecken. Er blinzelt einen Moment, um seine Augen an die trübe Beleuchtung zu gewöhnen, dann kommt er entschlossen auf uns zu.

»Père Jerome Rousseau. Genau der Mann, denn ich sehen möchte. Gerade habe ich eine Rückansicht von Madeleine Blais bekommen, und nun stelle ich mir vor, Sie können mir die Vorderansicht zeigen.«

Mein Bruder erbebt leicht. Der lockere Ton des Kommissars gefällt ihm nicht.

»Ich nehme an, Sie haben die Mitternachtsmesse gehalten?«

»In der Tat.«

»Ist Ihnen zufällig Madeleine Blais in der Gemeinde aufgefallen?«

»Kommissar, Madeleine Blais hatte nicht die Gabe, sich unsichtbar zu machen. Ganz im Gegenteil. Sie lebte für das Rampenlicht, für den eigenen Auftritt. Und nun stelle ich fest, daß sie sich dafür entschieden hat, auf ähnliche Weise zu sterben.« Mein Bruder liefert diese Rede mit trockener Selbstsicherheit ab.

»Ach ja?« Kommissar Continis Tonfall ist gleichermaßen trocken. »Sie haben sie also Sonntag nacht gesehen?«

»Sie hat mir gewinkt, Kommissar. Mitten in der Messe. Ein langes absichtliches Winken.«

»Ich nehme an, Sie haben nicht zurück gewinkt.« Contini lacht unter dem mißbilligenden Blick meines Bruders leise in sich hinein.

»Sie besaß sogar die Unverfrorenheit, vorzutreten, um die Kommunion zu empfangen.«

»Nicht schlecht, wenn man bedenkt, was in der Nacht passierte. Da werden Sie doch zustimmen.«

Der Muskel arbeitet in der Wange meines Bruders. Sein Blick ist gesenkt.

Contini läßt ihm keine Zeit zu antworten. »Und der Mann, der bei ihr war. Haben Sie ihn erkannt?«

Mein Bruder schüttelt den Kopf. »Nein. Er ist mir noch nie unter die Augen gekommen, allerdings kann ich nicht behaupten, daß ich ihn gut zu sehen bekam. Er hat die heilige Kommunion nicht empfangen.«

»Pater, gibt es jemanden in der Gemeinde, von dem Sie wissen, daß er Mlle. Blais feindlich gesinnt ist? Ich meine, richtig feindselig.«

Mein Bruder sieht Contini lange unverwandt dann. »Ich verstehe nicht ganz, worauf Sie hinauswollen, Kommissar. Aber Sie sollten erfahren, daß Madeleine Blais in Ste-Anne nicht allgemein beliebt war, obwohl sie bei Gelegenheit aus der Ferne bewundert wurde.«

»Ich versuche nicht, Beichtgeheimisse von Ihnen zu erfahren, aber wenn Ihnen irgend etwas einfällt, das über allgemeine Abneigung oder Neid hinausgeht ...«

»Ich werde darüber nachdenken. Und wenn Sie mich jetzt entschuldigen, ich muß kurz unter vier Augen mit Pierre reden.«

»Sie können im Senegal's warten«, sage ich zu Contini. »Das Café gegenüber. Der alte Mann hat die tausend Augen einer geborenen Concierge.«

Ich folge meinem Bruder durch die Seitentür, über den Hof und die Treppe zu seinem Büro hinauf. Es ist ein freundlicher, schlichter Raum, sauber und aufgeräumt. Einige Bücher – die eigentliche Bibliothek befindet sich im Seminar –, ein auf Hochglanz polierter, fleckenloser Tisch, ein mittelmäßiges Ölgemälde der heiligen Anna, die Maria lesen lehrt.

Mein Bruder bietet mir einen Platz an und setzt sich auf den Stuhl hinter dem Schreibtisch. Eine Weile klopft er mit einem Bleistift einen Takt, dann mustert er mich streng. »Ich hoffe, du schlägst dir diese Frau jetzt aus dem Kopf.«

Ich lehne mich zurück und bereite mich auf die unvermeidliche Strafpredigt vor. Aber meine Gedanken sind nicht bei den Worten meines Bruders. Ich halte es für bedeutsam, daß Madeleine, ungeachtet ihres vordergründigen Benehmens, zur Kommunion gegangen ist. Sie muß sich auf den Tod vorbereitet haben. Sonst hätte sie es nicht getan. An Glauben war ihr nicht viel geblieben, dafür aber um so mehr an Aberglauben.

Plötzlich habe ich ein klares Bild von uns beiden in jenem ersten Sommer unserer Freundschaft vor Augen. Wir liegen unter einer alten verzweigten Buche und starren durch das Laub in einen klaren Himmel, den eine gelegentlich vorbeiziehende Wolke noch blauer macht. Madeleine sagt: »Beinahe wünsche ich mich dort oben. Wünsche mich tot. Ich kann mich durch die Himmelspforte gehen sehen. Dort warten zwei schimmernde Flügel auf mich und ein wunderbares weißes Kleid, weich und wallend. Und eine tiefe Stimme ruft mich, die Stimme unseres Vaters, und sagt: ›Probiere es an, Madeleine. Willkommen in der Ewigkeit.‹«

Damals ging sie noch bei den Nonnen in die Schule. Im folgenden Jahr nahm ihre Großmutter sie mit nach Europa, sechs Monate in England, sechs Monate in Paris. Sie kam mit wunderbaren Sprachkenntnisse und ohne Religion zurück. Aber hin und wieder, wenn sie deprimiert war, huschte sie in eine Kirche und legte rasch die Beichte ab. Danach fühle sie sich besser, sagte sie mit entschuldigendem Lächeln.

»Ich habe dich gewarnt, oder nicht?«

Jeromes Gesicht schiebt sich vor.

»Du hast kein Wort gehört, das ich gesagt habe, Pierre. Höre wenigstens dieses eine Mal zu. Laster ist ansteckend. Und bösartig. Es breitet sich schneller als ein Virus in der Gemeinschaft aus.«

Ich winde mich auf meinem Stuhl wie ein schuldbewußter Schuljunge, der mit einem Freund in der Toilette erwischt worden ist, und ich muß mich daran erinnern, daß Jerome kein schlechter Mensch ist, daß er es gut meint. Doch er leidet an einer Art institutioneller Deformation. Er hat so viel Zeit in Schulen und Priesterseminaren verbracht, daß seine Sicht des Bösen schief ist. Kriege, Ausbeutung, politischer Terror liegen nicht in seinem Gesichtskreis. Vielmehr hat er eine erhöhte Empfindlichkeit gegenüber Sex, Rebellion gegen die Obrigkeit, Stolz. Gegenüber diesen vertrauten Vergehen ist er so wachsam wie ein mittelalterlicher Inquisitor.

Madeleine war nie eine Musterschülerin, und er hat meinen Umgang mit ihr immer mißbilligt.

»Wir sind alle Sünder, Jerome«, sage ich leise. »Wären wir das nicht, gäbe es für dich keine Arbeit.«

Zorn steigt ihm ins Gesicht und wird sofort verbannt und durch Mitleid ersetzt. Mein Bruder hat beschlossen, mich zu bedauern. Das ist eine Empfindung, die er genießt.

»Hör zu, Pierre. Ich möchte, daß du für einige Wochen weggehst, länger, wenn es sein muß. Ich möchte nicht, daß du der Presse dein Herz öffnest. Du darfst nicht in das alles hineingezogen werden.«

»Wovon redest du eigentlich?«

»Weißt du nicht, wovon ich rede?«

»Ich habe nicht die leiseste Ahnung.«

Er mustert mein Gesicht, rutscht unruhig auf dem Stuhl hin und her. »Ich habe es versucht. Ich habe versucht, dich vor Jahren vor ihr zu warnen. Du hast dich geweigert, mir zuzuhören. Es war wirklich höchste Zeit, daß du aufgewacht bist.«

Ich bin nahe daran, aus dem Zimmer zu stürzen, aber sein Gesicht drückt eine Feierlichkeit, die mich zurückhält.

»Also gut, dann sage es mir jetzt. Was sollte ich mir damals anhören?«

Meine plötzliche ungewohnte Ergebenheit macht ihn nervös. Er fährt sich mit einem Finger unter den Kragen, als wäre es ihm im Zimmer zu warm geworden. Einen Augenblick lang forscht er in meinem Gesicht. Dann senkt er den Blick auf die Tischplatte und holt tief Luft. »Madeleine war illegitim.«

»Du versetzt mich in Staunen!« sage ich voller Ironie. »Illegitim. Das Wort hört man heute nicht mehr häufig. Wenigstens nicht im wirklichen Leben.«

»Du hast es gewußt?«

»Es gehört wohl nicht viel Verstand dazu.«

»Madeleine auch?«

Seine kindliche Naivität überrascht mich, und ich übe mich in Geduld.

»Madeleine hat immer gewußt, daß Blais der Name ihres Stiefvaters war. Ihre Mutter hat ihn in Maine geheiratet, als Madeleine noch ganz klein war. Es war nicht schwer, sich den Rest zusammenzureimen ...«

Plötzlich spüre ich den Drang, ihm Madeleine zu erklären. »Hör zu, Madeleine hat schon früh gemerkt, daß sie eine unerwünschte Partei in der neuen Ehe war. Während der Zeit, in der ich sie kannte, hat sie ihre Mutter ein einziges Mal besucht und kam nach zwei Tagen überstürzt nach Hause. Die Unordnung im Haushalt war ihr zuwider, die zankende Kinderschar, der griesgrämige, ständig betrunkene Stiefvater. Sie sprach sogar davon, einen anderen Namen anzunehmen. Nur hat sie dazu irgendwie nie die Kurve gekriegt. Mme. Tremblay nahm Madeleine zu sich. Zusammen verbrachten sie ein Jahr in England und kamen nach Ste-Anne zurück, als Madeleine ungefähr sechs war. Später hat Mme. Tremblay sie offiziell adoptiert. Voraussetzung dafür war, daß Madeleines natürlicher Vater tot war. Vielleicht war das zu der Zeit, als ich sie kennenlernte, die Wahrheit. Vielleicht nicht. Madeleine war es gleichgültig.«

Etwas an der Miene meines Bruders läßt mich innehalten. »Du hast von der Adoption nichts gewußt?«

Er antwortet nicht. Seine Hände sind zu Fäusten geballt. »Dann wird ihre Mutter wohl nicht zur Beerdigung kommen?« fragt er nach einer Weile. »Sie möchte keinen Anteil an der Beute?«

Ich zucke die Achseln. »Ich bin kein Hellseher. Aber ich erinnere mich nicht, daß sie jemals viel von Madeleine verlangt hat.«

»Aus Angst vor ihrer Mutter vermutlich. Vor der alten Mme. Tremblay.«

»Wovor fürchtest *du* dich eigentlich, Jerome?« frage ich, denn ich habe plötzlich das eindeutige und unheimliche Gefühl, daß er Angst hat. »Du hast es doch nicht zufällig irgendwann in grauer Vorzeit bei Monique Tremblay probiert?«

»Ganz gewiß nicht.« Er ist jetzt die Tugend in Person, trotz der Röte, die ihm plötzlich ins Gesicht steigt. »Aber ich erinnere mich ...«

Er stößt sich mit dem Stuhl vom Schreibtisch ab und beginnt auf und ab zu gehen. »Ich wollte eigentlich nicht davon sprechen, aber ...« Die Erinnerung gräbt tiefe Furchen in seine Stirn. Ich muß mich anstrengen, um seine Stimme zu hören, als er weiterspricht.

»Du weißt, daß Vater und Claire Tremblay seit jeher befreundet waren. Ihr Mann war Vaters ältester Jugendfreund. Im Krieg haben sie sich gemeinsam freiwillig gemeldet, die beiden einzigen in Ste-Anne, die das gemacht haben. Die Stadt hat sich nicht sehr um den Krieg gekümmert. Es sei eine europäische Angelegenheit und habe nichts mit uns zu tun, sagten die Leute. Es fand sogar eine Demonstration gegen die allgemeine Wehrpflicht statt. Daran erinnere ich mich. Mutter war deswegen sehr ängstlich. Wir gingen drei Wochen nicht zur Kirche, weil wir Angst hatten, geschnitten zu werden, obwohl ich mich damals kaum noch an Vater erinnern konnte. Er war einfach ein Bild in Uniform auf dem Kaminsims.«

Er hält inne, aber ich unterbreche den Strom der Erinnerung nicht. Es geht um eine Zeit vor meiner Geburt, und was ich darüber weiß, habe ich aus Geschichtsbüchern und den kurzen Berichten aus dem Krieg im Tagebuch meines Vaters.

»Mutter hat immer behauptet, sie hätten sich beide wegen Claire gemeldet, weil sie Britin ist. Mutter war damals sehr ängstlich, und Claire Tremblay kam häufig vorbei und versuchte, sie zu trösten. Ich glaube, sie war auch einsam. Jedenfalls war sie sehr ernst. Ich sehe sie noch vor mir, wie sie damals war – eine sehr große Frau mit honiggoldenem Haar, das im Nacken zu einer dicken Rolle gedreht war. Sie trug Männerhosen. Vielleicht hatte sie kein Geld für Kleider. Aber sie brachte immer einen Kuchen mit, und sie und Mutter saßen dann zusammen beim Tee, während Monique, die Tochter, mich so lange drangsalierte, bis ich ihre dummen

Spiele mit ihr spielte. Monique ist bloß fünf Jahre älter als ich. Aber das ist eine Menge, wenn man klein ist.«

Er ist stehengeblieben, um aus dem Fenster zu schauen, und als er wieder anfängt zu sprechen, redet er noch leiser, als könnte irgendein Geistlicher an der Tür lauschen.

»Und dann kam Guy Tremblay nicht zurück. Gefallen in der Normandie. Vater dagegen kam wieder, und als ich klein war, besuchten wir Claire und Monique häufig. Manchmal hatte ich den Eindruck, daß er sich schuldig fühlte, allein überlebt zu haben, und das an ihnen wiedergutmachen wollte. Als jedenfalls das neue Jahrzehnt anbrach und du kamst, beschäftigte Mutter sich nur noch mit dir, wollte nichts anderes mehr machen.«

Er sieht mich kurz an. Es ist ein funkelnder Blick, und ich spüre darin plötzlich eine brennende kindliche Eifersucht auf den wimmernden Störenfried, der ich selbst war. Ich erinnere mich an ein Familienfoto von uns vier, ich selbst pausbäckig in den Armen meiner Mutter. Mein Bruder blickt nicht in die Kamera, sondern starrt mit unverhülltem Haß auf mich, als würde er am liebsten das Kissen vom Sofa nehmen und es auf mein Gesicht pressen.

»Als Familie trafen wir uns nicht mehr mit den Tremblays. Aber Vater setzte seine Besuche fort. Mutter beklagte sich darüber. Dann sah ich ihn auch bei mehreren Gelegenheiten auf meinem Heimweg von der Schule mit Monique aus seinem Büro kommen. Sie war damals schon groß.«

Er zögert, beschreibt mit den Händen Kurven, wird ein wenig rot, und ich sehe ihn als Jungen vor mir, mitten in der Pubertät, wenn die Hormone in Wallung geraten. Durch seine Geste fühle ich mich ihm seltsam nahe.

»Sie war vielleicht sechzehn. Ich glaube, sie hatte mit der Schule aufgehört und machte irgendeine Halbtagsarbeit für Vater. Jedenfalls waren sie zusammen. Und er hatte seine Hand auf ihrer Schulter, ganz selbstverständlich, väterlich. Aber es war etwas an der Art und Weise, wie sie sich an ihn drängte, wenn sie gingen, und wie sie ihn ansah. Im Auto dann rückte sie sehr nahe zu ihm hin. Vermutlich brachte er sie nach Hause. Oder vielleicht nicht.« Er zögert. »Einmal ging ich auf sie zu, und Vater scheuchte mich weg, so daß ich losrannte. Er wollte mich nicht dabeihaben.«

»Ich verstehe nicht, was du sagst, Jerome. Willst du andeuten, daß unser Vater auch Madeleines Vater war? Ich behaupte, du hast zu viele Beichten abgenommen. Die haben dich lüstern gemacht.«

Er blickt aus dem Fenster auf den schneebedeckten Ahorn im Hof, dessen Äste Schatten über sein Gesicht werfen.

»Mag sein. Aber schließlich war er damals erst neununddreißig. Dein Alter. Bald danach schaffte Mme. Tremblay Monique fort, und als ich nach Montréal kam, hatte es sich herumgesprochen, daß sie ein Mädchen zur Welt gebracht hatte. Dann hat Vater Mme. Tremblay auch ein ansehnliches Legat im Testament hinterlassen. Und ein gesondertes für Monique.«

Meine Gedanken jagen durch die Zeit, in der ich meinen Vater mit Madeleine sah. Ich suche nach verräterischen Gesten, heimlichen Zärtlichkeiten. Ich erinnere mich daran, wie Madeleine uns etwas vorführte, wie sie über die Tasten des Klaviers strich und ein Lied sang. Ich sehe sie zu ihm aufschauen und Zustimmung suchen. Der Ausdruck meines Vaters ist liebevoll. Aber nicht übermäßig. Nein. Ich beruhige mich.

Aber die Samen des Zweifels sind gesät. Um sie wieder auszulöschen, sage ich mir, daß Mme. Tremblay niemals meine Nähe zu Madeleine erlaubt hätte, wenn die Geschichte meines Bruders wahr wäre. Doch muß ich auch zugeben, daß wir ihr dazu nicht viel Gelegenheit gaben.

»Du siehst also, warum ich dich immer von ihr fernhalten wollte. Und jetzt, jetzt ... Das letzte, was wir brauchen können, ist ein Haufen Reporter, die in der Vergangenheit herumschnüffeln.« Ihn schaudert.

»Madeleines Geburtsurkunde nennt als Vater Alexandre Papineau«, sagte ich mit der Exaktheit des Notars, obwohl der triumphierende Ton in meiner Stimme nicht so fest ist, wie mir lieb wäre.

»Bist du dir sicher? Ich dachte, es wäre Père ...« Er beißt sich auf die Zunge, aber ich habe ihn ertappt.

»Du hast geglaubt, es wäre einer von euch gewesen? Ein Priester?«

Er besitzt den Anstand, eine schuldbewußte Miene aufzusetzen. »Damals war er noch nicht Priester«, sagt er leise. »Aber was zählt, ist nicht der Vater, der in den Papieren steht. Wir müssen einfach das Gerede hier im Ort verhindern. Nicht wenige haben sich schon damals das Maul zerrissen. Ich habe Vater und Mutter darüber streiten gehört. Über den Klatsch, daß Monique zuviel Zeit in seinem Büro verbringt.«

»Was hat er gesagt?«

»Ich glaube, er hat gesagt, er sei es seinem toten Freund schuldig.«

Wir sehen einander an, jeder von seinen eigenen Gedanken bedrückt. Aller Groll, den ich gegen ihn gehegt haben mag, ist verflogen. Selbst seine Berufung erscheint mir nun in einem neuen Licht. Plötzlich habe ich das Gefühl, daß er sich mit ängstlicher und unziemlicher Hast in die Sicherheit der Kirche flüchtete, um sich vor den Sünden der Familie zu schützen. Um sie zu sühnen, wurde er ein Experte für Sünde.

»Geh eine Weile fort. Vielleicht reist du nach Europa, bis sich das alles gelegt hat.« Die Schärfe seines Tons überrascht mich, zerstört die Aura der Komplizenschaft, die eben noch existierte. Jerome stellt keine Frage. Er erteilt einen Befehl.

»Nein. Natürlich nicht.« Ich bin wieder der rebellische jüngere Bruder.

»Du solltest verreisen, Pierre. Wirklich.« Er betrachtet mich forschend, und an seiner Miene merke ich plötzlich, daß er etwas zurückhält, daß alles bisher Gesagte von zweitrangiger Bedeutung war.

»Es wird viel besser sein, wenn du gehst. Verlaß dich auf mich. Es ist zu deinem Besten. Ich muß dich vor dir selbst schützen. Es gibt Gerüchte.«

Seine Stimme zittert wie seine Hand, aber sein strenger

Blick läßt nicht nach. Unter ihm wird meine Haut klamm. Was weiß er über mich?

»Gerüchte?« frage ich.

»Dinge, die ich nicht wiederholen kann«, sagt er ernst. »Aber nimm meinen Rat an, Pierre. Andernfalls ...« Er faßt an sein Kreuz mit einer Geste, die mir das Gefühl gibt, daß ich das Böse bin, das er abwehren muß.

Als ich auf dem Absatz kehrtmache, läuft es mir vor Unruhe über den Rücken.

Ein Geruch nach altem Fett empfängt mich an der Schwelle zum *Senegal's*. Kartoffelpflanzen hängen schlaff von der Fensterbank. Der schachbrettartig gemusterte Linoleumboden ist naß und sandig von Stiefelspuren.

In ihre Mäntel gehüllt sitzen ein paar alte Stammgäste an den Resopaltischen. Langsam löffeln sie etwas, das Suppe oder Kaffee sein könnte. Es ist nicht gerade das feinste Lokal in der Stadt.

Kommissar Contini sieht wie ein eleganter Seehund aus, der versehentlich in den schmuddeligen Hafen eines gottverlassenen Fischerdorfs geraten ist. Er gibt sich größte Mühe, sich klein zu machen, aber keiner läßt sich täuschen. Alle Augen und Ohren sind auf ihn gerichtet.

Er winkt mich zu sich und schiebt mir einen Teller mit fettigen Pommes frites hin.

»Hungrig?« fragt er hoffnungsvoll.

»Nein. Ein Kaffee reicht mir.«

»Kann ich nicht empfehlen.« Er wirft einen Blick auf die trübe Flüssigkeit vor ihm, dann lächelt er, als eine rundliche junge Frau in Latzhose auf uns zu eilt.

»*Bonjour, M. Rousseau.* Darf ich Ihnen etwas bringen?«

»Eigentlich nicht, Martine. Will bloß meinen Freund hier abholen. Wie geht es deinem Großvater?«

»Er ist raufgegangen und macht ein Nickerchen.«

Sie starrt mich mit funkelnden Augen an. Sie macht den Mund auf und wieder zu. Sie möchte mir etwas sagen, bringt es aber nicht heraus.

»Ja, Martine«, ermutige ich sie. Ich bin froh, daß sie nicht wie so viele andere nach Montréal abgehauen ist.

»Sehen Sie mal!« Sie deutet auf das Tuch, das sie um den Hals geschlungen hat, und beginnt es zu lösen. »Sehen Sie, was mir Madeleine Blais geschenkt hat. Neulich abends. Ist es nicht hübsch?«

»Sehr schön.« Gegen meinen Willen befühle ich die Seide. Ich würde gern mein Gesicht darin vergraben.

»Sie hat es einfach abgelegt und mir geschenkt. Direkt hier vor der Kirche. Weil ich gesagt habe, daß es mir gefällt.«

»Das war sehr nett von ihr.« Meine Stimme ist heiser.

»Ja. Sehr. Und dann … Es kommt mir so seltsam vor. Sie war so schön«, fügt Martine mit einem trotzigen Unterton hinzu.

»Hat sie denn unglücklich ausgesehen?« fragt Contini leise.

»O nein! Oder vielleicht doch, ein bißchen. Um die Augen.«

»Haben Sie Madeleine Blais weggehen sehen?«

»Nein. Maman hat mich weggezogen. Es war kalt.«

Contini legt ein paar Scheine auf den Tisch.

»Ich meine, sie war wunderbar«, sagt Martine leise, als würde sie immer noch mit jemandem darüber streiten.

»Haben Sie was erfahren?« fragt mich Contini, als wir die Straße überqueren.

Ich halte den Blick gesenkt. »Eigentlich nicht. Nichts Brauchbares. Und Sie?«

»Ein paar Dinge. Nichts, was einen Sinn ergibt.«

Im Auto sagt er beiläufig: »Ihr Bruder mochte Madeleine Blais nicht sehr?«

»Nicht sehr.« Ich spüre seinen Blick von der Seite, als ich anfahre, und ich füge hinzu: »Er glaubt, sie habe die Leute hier zu sehr aufgeregt. Er zieht Ruhe vor, wie Sie sich denken können. Das ist besser für die Seele.«

Er macht ein Geräusch, das ich weder als Verneinung noch als Zustimmung deuten kann. Er schaut sich in den Straßen um, die vereinzelten Geschäfte, die Autowerkstatt bei der Brücke, die Leichenhalle, wo früher das Kino war, die wenigen Fußgänger.

Als wir an der Ampel halten, scheint er wie hypnotisiert von den Schaufenstern des *Bon Marché*, der einzigen Gemischtwarenhandlung, die der Konkurrenz des Einkaufszentrums noch nicht erlegen ist. Eine einzelne Schaufensterpuppe mit ihrem altmodischen Bubikopf trägt ein Kleid aus Goldlamé. Es hängt schlaff und zu groß über der blassen Figur. Zu ihren Füßen wirft ein kleiner dicker Nikolaus Hemden und Schlafanzüge auf einen bereits von Kleidern übersäten Boden.

Ich fahre schnell weiter in die *Rue Turgeon* mit ihren einst eleganten Häusern. Irgendwie fühle ich mich in die Verteidigung gedrängt, als wollte ich Ste-Anne von Fremden nicht zu negativ beurteilt wissen.

Vielleicht spürt er das, denn er sagt: »Hübsche alte Veranda dort drüben.«

Wir fahren an der Neubausiedlung aus gleichförmigen Doppelhäusern vorbei, wo die jüngeren Leute wohnen. Hier gibt es eine Eisbahn. Dann und wann tauchen hinter der Holzeinfassung immer wieder bunte Kindermützen auf. Eine Gruppe rollt eine riesige Schneekugel über den Boden.

»Haben Sie Kinder?« fragt mich Contini.

Ich schüttele den Kopf. »Sie?«

»Zwei. Wir hatten an ein drittes gedacht, aber dann wollte meine Frau lieber wieder arbeiten. Jetzt weiß sie nicht so recht. He, wissen Sie, was die alten Mädchen mir erzählt haben?« sagt er ohne Überleitung. »Madeleine Blais hat nach der Messe vor der Kirche fleißig Autogramme gegeben. Ein ganzer Schwarm hiesiger Fans um sie herum. Zurechtgemacht und lächelnd an ein glänzendes Motorrad gelehnt, als würde sie für eine Modezeitschrift posieren. Eine richtige Isebel, meinte Mme. Groulx. Offenbar war nicht einmal der junge Père Gaucher immun.« Er lacht in sich hinein. »Sind diese alten Damen verläßliche Zeugen?«

»Sie können mehr oder weniger sehen, was vor ihren

Augen geschieht, nehme ich an. Für die Kommentare verbürge ich mich nicht.«

»Was ist mit dem Motorrad?«

»Weiß nicht. Ich habe Madeleine nur im Film einmal ein Motorrad fahren gesehen.« Ich verdränge die Bilder, die ich plötzlich vor mir sehe, und konzentriere mich auf die Straße. Wir befinden uns mittlerweile auf dem Land, die Straßen sind rutschig. »Ich glaube nicht, daß es ihr eigenes war.«

»Wahrscheinlich hat es auch nicht ihrem Freund gehört. Der alte Senegal ist sich sicher, daß sie in einem silberfarbenen Auto weggefahren ist.«

»Das dürfte Madeleines Auto gewesen sein. War sie allein?«

»Das konnte er mir nicht sagen. Dennoch verhält sich so kaum eine Frau kurz vor dem Selbstmord.«

»Nein. Aber dafür ist sie Schauspielerin.«

»War«, korrigiert mich Contini. Er starrt wieder auf mein Profil. Ich spüre seine Augen so deutlich, als wären sie chirurgische Sonden.

»Schön«, sagt er, als wir die Auffahrt erreichen. »Höchste Zeit, ins Büro zu fahren und zu sehen, was die Jungs und Mädchen vorweisen können.« Er rutscht aus dem Auto, dann steckt er den Kopf wieder herein. »Wem nutzt übrigens Madeleines Tod? Sie muß ein hübsches Sümmchen wert sein.«

Die Frage verwirrt mich. »Ich weiß nicht«, stottere ich.

»Sie ist nicht wegen ihres Testaments zu Ihnen gekommen?«

Ich schüttele den Kopf. »Madeleine hat über solche Dinge nie nachgedacht. Soweit ich mich erinnere, hat sie nie davon gespro...«

»Na, na, eine reiche Frau. Haben Sie Madeleine nicht beraten?« Er glaubt mir nicht.

»Sie können Mme. Tremblay fragen.«

»Ja ...« Er grübelt eine Weile nach, dann hat er es plötzlich eilig. »Wenn Sie etwas sehen oder hören, melden Sie sich.« Er gibt mir eine Karte. »Und könnten Sie nicht eine Liste für mich zusammenstellen? Sämtliche dunkelhaarigen Männer vor dem Greisenalter, die manchmal Lederjacken tragen und vielleicht in Madeleine Blais verliebt waren. Oder einen Groll gegen sie hegten.«

»Ich glaube nicht, daß so eine Liste …«

»Tun Sie einfach, worum ich Sie bitte, Rousseau. Und wenn Sie schon dabei sind, schreiben Sie auch etwaige Priester im Umkreis Ihres Bruders auf, die vielleicht einen kleinen Flirt mit der berühmten Dame hatten oder gern gehabt hätten. So was soll vorkommen. Und das könnte der Grund für den Haß Ihres Bruders sein. Wer weiß, was er gehört hat!« Er zwinkert mir zu und schließt die Tür.

Während er zu seinem Auto stürmt, dreht er sich noch einmal um und winkt. Sein Gesicht zeigt ein merkwürdiges verhaltenes Grinsen. Es mag Jahre gedauert haben, die Waage in die andere Richtung zu neigen, aber jetzt weiß er, daß er obenauf ist. Wenn wir uns das nächste Mal treffen, werde ich mich genau erinnern, wer er ist.

4

Das Haus wirkt düster wie ein Friedhof in einer windigen Novembernacht. Auch die Lampen, die ich anschalte, können die gedrückte Stimmung nicht vertreiben. Nicht einmal die Musik.

Es gibt nur einen Ort, wo ich sein möchte, aber dort darf ich nicht sein. Im Moment nicht. Noch nicht. Über manche Dinge darf ich mir nicht erlauben nachzudenken.

Trotz der frühen Stunde genehmige ich mir einen kräftigen Drink. Die Worte meines Bruders haben sich in meine Gedanken gedrängt. Ich überlege, wie ich mich ablenken könnte, und wünsche beinahe, ich hätte Maryla nicht davon abgehalten, heute zu kommen, wie sie es vorgehabt hatte. Ich blicke zum Telefon, frage mich, ob ich sie wider bessere Einsicht anrufen werde, als ich das Lämpchen am Anrufbeantworter blinken sehe.

Mit einer Heftigkeit, die ich an mir nicht mag, drücke ich auf den Nachrichtenknopf. Stimmen, selbst zeitlich versetzte, sind besser als Echos.

Janine Dupuis lädt mich zum Essen ein, wann immer ich es schaffe. Eine offene Einladung. Ihr Ton ist weich, verführerisch, drückt Mitgefühl aus. Vielleicht kann sie mir helfen, so wie ich ihr geholfen habe, schlägt sie vor.

Maryla versucht ihre Nervosität zu verbergen. Sie habe nur angerufen, um zu sehen, wie es mir geht, aber falls ich gern Gesellschaft hätte, könnten wir uns gern verabreden.

Danielle Leblanc, eine ehemalige Freundin von Madeleine und mir, hat gerade die Nachricht gehört. Sie möchte reden. Soll sie mich besuchen oder möchte ich zu ihr nach Montréal kommen?

Ich verbiete mir jeden Zynismus. Über die letzten Jahre, in denen ich allem Anschein nach zu haben war, haben Frauen sich mir bei jeder Gelegenheit angeboten. Sie scheinen meine Persönlichkeit unwiderstehlich zu finden, meine dürftigen Leistungen geradezu napoleonisch.

Allmählich ist mir klar geworden, daß ihr Verlangen sich fast nie auf mich richtet, sondern auf die seltene Gattung, der ich angehöre: einigermaßen attraktive ungebundene Männer, berufstätig und ohne sichtbare Narben.

Dieses diffuse Verlangen zu erwidern ist oft schwierig, weil es wenig mit der Chemie zu tun hat. Es setzt sich aus Einsamkeit und Angst zusammen. Einer Angst, daß das Leben einem unwiederbringlich aus den Händen gleitet.

Die Tatsache, daß ich das Alleinsein oder auch nur ein Bett für mich allein vorziehen könnte, ist ihnen unbegreiflich. Sie sind abwechselnd traurig und wütend, und beide Gefühle rufen Grausamkeit hervor. Ich mag diese Grausamkeit in mir nicht. Ich habe zuviel Freundlichkeit von Frauen kennengelernt. Oft meine ich, mich auf mich zurückzuziehen sei die geringere Grausamkeit.

Die nächste Stimme gehört aber einem Mann. Louis Debord, ein Freund von *Le Devoir*, schlägt vor, daß wir uns treffen und den Kummer in Whisky ertränken. Sein Ton ist offen und freundlich. Eifrig notiere ich mir die Nummer, die er hinterläßt. Obwohl ich Journalisten und ihre unterschiedlichen Motive nur zu gut kenne, sage ich mir, daß *Le Devoir* immer ein seriöses Blatt gewesen ist. Louis interessiert sich nicht für Klatsch.

Als ich Mme. Tremblays Stimme höre, wird mir bewußt, daß ich auf sie gewartet habe. Sie stolpert ein wenig über ihre Worte, als sei jemand bei ihr im Zimmer und sie könne nicht offen sprechen. Doch trotz der Tarnung ist klar, daß es dringend ist. Sie möchte mich so bald wie möglich sehen.

Um die restlichen Nachrichten kümmere ich mich nicht. Ich eile zur Tür, ohne auch nur darüber nachzudenken, wie ich die Fragen, die mein Bruder mir wie ein Gift eingegeben hat, ganz diplomatisch stellen kann. Erst der Anblick der Reserveschlüssel, die an einem Haken neben der Tür hängen, hält mich auf. An dem dicken Silberring fehlt das Monogramm, ein weiteres Relikt aus der Zeit meines Vaters. Wo kann ich es verloren haben? Die Erinnerung an Continis beiläufige Frage fällt mir ein. Doch ich muß an wichtigere Dinge denken.

Drei Autos sind in Mme. Tremblays Auffahrt geparkt. Als ich näher komme, springt ein Mann aus einem der Wagen und dreht an den Objektiven seiner Kamera. Noch mehr Journalisten, die sich von Madeleines Leiche nähren.

Ich reiße das Steuer herum und biege in den Feldweg ein, der zur Scheune führt. Auf halbem Weg parke ich und gehe, von Bäumen verdeckt, zur Seitentür des Hauses. Aus der Küche höre ich Stimmen. Ich zögere einen Augenblick, dann klopfe ich an. Mme. Tremblays Silhouette ist durch den geblümten Vorhang zu sehen. Sie schiebt den Vorhang ein Stück beiseite und späht hinaus, sie benimmt sich, als herrsche Belagerungszustand. Als sie mich erkennt, riegelt sich rasch die Tür auf.

»Gut, daß du so schnell kommen konntest, Pierre.« Sie berührt mich am Arm. Sie wirkt gefaßt, ihr Haar ist straff zum Knoten frisiert, die Kleidung gepflegt. Nur die Schatten unter ihren Augen und die zitternden Finger verraten den inneren Aufruhr.

An der Arbeitsplatte steht eine Gestalt, die ich nicht kenne, und schenkt Tee ein.

»Mlle. Solange.« Mme. Tremblay stellt mich einer korpulenten schwarzen Frau vor, die mich mit so einem strahlenden Lächeln anschaut, daß sich die Trauer im Raum für einen Moment verliert. »Dr. Bertrand hat sie geschickt. Sie hat sich sehr bemüht, mich aufzurichten. Und mich vor den Geiern zu schützen.«

»Sie kommen immer noch.« Solange schlägt mit den Armen, als wären es Flügel. »Aber ich glaube nicht, daß es Nachteulen sind.« Sie lächelt. »Möchten Sie eine Tasse?«

»Gern.«

»Und dann lassen Sie uns bitte ein paar Minuten allein, Solange. Ich muß mit Pierre unter vier Augen reden.«

»Wenn er Sie nur nicht aufregt.«

»Ich will es versuchen«, sage ich und frage mich, ob es mir gelingen wird, mein Versprechen zu halten.

Mme. Tremblay wartet, bis Solange aus der Küche ist, dann bedeutet sie mir, mich zu setzen.

»Hast du heute die Fernsehnachrichten gesehen?«

»Nein. Waren sie unerträglich?«

Mme. Tremblay strafft die Schultern. »Nein. Sie waren völlig korrekt. Viel besser als die Zeitungen. Ein angemessener Nachruf.« Tränen schießen ihr in die Augen. »Keine Anzüglichkeiten. Keine sensationellen Andeutungen. Aber Pierre, hör zu. Ich ... ich bin ein wenig in Sorge. Du kennst Madeleine, du weißt, wie sie immer alles herumliegen läßt. Also ich möchte, daß du in ihre Wohnung gehst und dich umsiehst. Bring mir alles, was ... du weißt schon ...«

»Ich weiß.« Mme. Tremblay will keinen Skandal. Es gibt in Madeleines Leben so viele Dinge, die lüsternen Blicken nicht standhielten. Gehört dazu auch, was mein Bruder mir gesagt hat?

»Bevor die Presseleute ihre Hände darauf haben. Die lassen nicht locker. Es könnten auch Tagebücher dort sein.

Manchmal hat sie eines geführt. Je nach Laune, glaube ich. Ich würde die Tagebücher gern zuerst durchsehen. Bevor die Polizei … du verstehst schon. Ich wüßte, was ich davon zu halten hätte. Madeleine wird mir verzeihen.«

Aus einer Blechbüchse auf einem Bord des Küchenschranks fischt sie einen Haufen Schlüssel heraus und legt sie vor mich. »Ich glaube, du solltest schnell hinfahren, Pierre. Heute noch. Sofort.«

Sie steht vor mir, und ich nicke, rühre mich aber nicht.

»Bist du müde?«

»Nein. Das ist es nicht. Ich … Wissen Sie, Jerome …« Ich sehe sie an, und in der Redlichkeit ihrer Haltung nehmen Jeromes Worte die ganze Unwirklichkeit von Treibhausblumen an, perversen, exotischen Blüten, die zu einem anomalen Leben gezwungen wurden. »Nein, es ist nichts.« Ich stehe auf.

»Sage es mir, Pierre. Es geht doch um Madeleine, oder? Jerome hat sie in jener Nacht gesehen.«

»Nein, das ist es nicht. Es geht um Monique«, stammle ich.

»Was ist mit meiner Tochter?« Sie sieht mich scharf an.

»Es ist nicht wichtig.«

»Doch. Das sehe ich dir an.«

Ich zucke die Achseln, versuche ein Lächeln, das mir zur Grimasse gerät. »Jerome hat sich die verrückte Idee in den Kopf gesetzt, daß Monique und mein Vater …«

»Monique und dein Vater?« Sie starrt mich verständnislos an. »Sprich weiter.«

»Daß sie ein …« Ich fuchtle mit den Händen, weil ich das passende Wort nicht finde.

Plötzlich bleibt ihr der Mund offenstehen. »Pierre, also wirklich. Du doch nicht! Und Jerome! Er ist genauso schlimm wie die Schnüffler, die ich hier habe. Die Antwort ist ein kategorisches Nein. Es war nie etwas zwischen meiner Tochter und deinem Vater. Es war Jerome.« Sie lacht. Das Geräusch ist so bestürzend, daß sie es selbst zu merken scheint und abrupt innehält. »Er war vernarrt in Monique, wußte nie wohin mit den Händen, wenn sie in der Nähe war. Es war natürlich nicht seine Schuld. Sie hat ihn immer erbarmungslos gereizt. Aber dein Vater! Jean-François. Nein, das ist reine Projektion. Nicht Jean-François.«

Etwas an der Art, wie sie den Namen meines Vaters ausspricht, öffnet mir mit einem Schlag die Augen. Sie war es, die meinen Vater liebte. Ihn vielleicht wie einen Bruder liebte, aber gleichwohl liebte. Ich kann es nicht wissen, und ich werde gewiß nicht fragen.

»Dein Vater war immer äußerst freundlich zu uns. Auch als Monique mit diesem Halunken von Papineau Schande über sich brachte. Gar zu schön war er, dieser Klavierlehrer. War auch an der Schule. Und als ich ihn zur Rede stellte, packte er seine Sachen und machte sich aus dem Staub. Ich habe keine Ahnung, wohin. Ich habe mich nicht sehr angestrengt, es herauszufinden, muß ich gestehen. Vielleicht wußte ich schon, daß ich Madeleine für mich wollte.«

Sie ringt die Hände. Die Knöchel sind weiß, blutleer.

»Es tut mir leid. Ich hätte nicht ...«

»Nein. Es ist meine Schuld. Ich hätte es dir sagen sollen. Aber ich habe nie daran gedacht. Es ist so lange her. Monique wollte eine Abtreibung. Sie war erst siebzehn. Aber ich erlaubte es ihr nicht. Es war zu gefährlich. Und falsch. Ich versprach ihr, daß ich ihr mit dem Baby helfen würde. Wir stritten uns heftig. Damals und später. Ich bin mit meiner eigenen Tochter nicht sehr gut umgegangen.«

Mme. Tremblay hat Tränen in den Augen.

»Sie brauchen mir das alles nicht zu erzählen.«

»Doch, ich muß. Als Madeleine kam, machte Monique eine Wendung um hundertachtzig Grad. Teilweise, um mir eins auszuwischen, vermute ich, aber sie sagte jedenfalls, daß ich nichts mit Madeleine zu schaffen habe. Sie komme bestens ohne mich zurecht. Also blieb sie in Hull, wohin wir für die letzten Monate der Schwangerschaft gezogen waren. Monique hielt es in Ste-Anne mit dem ganzen Klatsch nicht aus, und ich hatte eine Cousine in Hull, die inzwischen verstorben ist.

Dann lernte sie Arthur Blais kennen und verlor jedes Interesse an dem Kind, obwohl sie das mir gegenüber nicht zugeben wollte. Als ich sie in Maine besuchte, war ich außer mir über die Art, wie sie die arme kleine Madeleine behandelten. Langsam begann ich wieder, sie zu bearbeiten, taktvoller diesmal. Schließlich bot ich Blais sogar Geld an ...«

Sie sieht mich scharf an, als hätte sie einen Tadel gehört, den ich nicht geäußert habe.

»Ich machte mir schreckliche Sorgen um Madeleine«, sagt sie entschuldigend. »Und Blais sagte, ja, klar, nimm das Balg. Zieh es auf. Ich will mit dem Kind nichts zu tun haben. Monique war nicht bereit, es mir so leicht zu machen. Wir vereinbarten Besuche und das alles ... Doch die Abstände dazwischen wurden immer größer. Madeleine wollte nicht bei ihnen bleiben.« Sie wirft die Hände hoch. »Den Rest kennst du.«

»Haben Sie Kontakt zu Monique aufgenommen?« frage ich leise.

Sie schüttelt den Kopf. »Wir haben uns seit Jahren nicht mehr gesehen. Aber ich werde es wohl tun müssen. Zur Beerdigung.« Ihre Stimme stockt, und sie schluchzt auf, ein einziges Mal. »Wahrscheinlich wird sie nicht kommen. Und wenn doch, wird sie mir sagen, daß alles meine Schuld ist. Und da hat sie recht. Hätte ich Madeleine nicht gebeten, über Weihnachten herzukommen ...«

Sie schiebt ihren Stuhl vom Tisch zurück und steht auf sichtlich wackligen Beinen.

Ich lege meinen Arm um ihre Schultern. »Denken Sie nicht so, Mme. Tremblay.«

»Alles in Ordnung da drinnen?« ruft eine muntere Stimme von der Diele.

»Ja, alles bestens.« Mme. Tremblay drückt mir den Schlüsselring in die Hand. »Geh, Pierre. Komm vorbei, sobald du zurück bist.«

Die Straße nach Montréal ist ruhig – eine Gerade aus flachem Grau, gesäumt von Weiß. Das Grau sickert in meine Gedanken, erzeugt eine Trance. Ich bin mir kaum meines Fußes bewußt, der das Gaspedal durchtritt. Autos rechts von mir verschwinden ins Nichts. Schößlinge erheben sich in der Ferne, wachsen zu dicht stehenden Kiefern heran und verschwinden als Flecken im Rückspiegel. Ein Sonnenstrahl durchbricht die Wolkendecke. Er tanzt über das Chrom eines Lastwagens, zersplittert in strahlende Scherben, blendet. Ich rase vorbei und erinnere mich plötzlich an das Medaillon. Seit Jahren habe ich nicht mehr daran gedacht.

Die Sonne fand es, suchte es aus einer grasbewachsenen Einfassung bei der Kapelle des College heraus. Zu einer Sonne geformte Silberplättchen, die Tierkreiszeichen ringsherum angeordnet. Das Stück funkelte und glitzerte wie die Versuchung selbst. Ich hob es auf und hielt es in der Handfläche, spürte sein Gewicht und ließ es in der Hosentasche verschwinden. Das Medaillon wurde mein Talisman.

Ich muß damals ungefähr fünfzehn gewesen sein, ein abwechselnd geselliger und einzelgängerischer Junge. In meinen einsamen Momenten bestürmten mich Tagträume. Alle kreisten sie um Frauen. Abgesehen von den Ferienbegegnungen mit Madeleine war ich noch nie in die Nähe eines Mädchens gekommen, geschweige denn einer Frau. Hatte mich nie mit einer unterhalten. Das College war eine Bastion von Männern. Bei unseren seltenen Ausflügen auf die Straßen der Stadt warfen wir verstohlene Blicke auf jene exotischen Geschöpfe. Manchmal, wenn ein Windstoß oder ein langer Schritt beim Einsteigen in einen Bus einen verbotenen Streifen glatter weiblicher Haut entblößte, drang aus der Kehle von einem aus unserer Gruppe ein erstickter Laut. Die Rüge des Lehrers folgte auf dem Fuß und galt uns allen.

Mein Medaillon wurde mein Zauberpfad zu den Frauen. Wenn es an seinem Lederriemen um meinen Hals hing, träumte ich mich in kühne Eskapaden hinein. Eine schnelle Bewegung meines Oberkörpers, und sein silbernes Blitzen fiel der schönsten Passantin ins Auge und brachte sie mit hypnotischer Kraft in meine Gewalt. Sie folgte mir dann gehorsam bis ans Ende der Welt, an der letzten Bushaltestelle vorbei in ein von dichtem Nebel umwogtes fernes Schloß, wo meine bildlichen Vorstellungen endeten.

Es ging mir nicht um eine ganz bestimmte Frau, sondern um alle Frauen – blonde, brünette, rothaarige, kleine und kurvenreiche, große und gertenschlanke. Beim Anblick meiner Talisman-Sonne wurden sie gefügig wie Roboter, erfüllten mir jeden Wunsch, waren willfähriger als Maria Magdalena gegenüber Jesus.

In jenem Sommer, kurz bevor Madeleine für ein Jahr nach Europa ging, zeigte ich ihr mein Medaillon. Wir lagen in dem kleinen Apfelbaumgarten unterhalb ihres Hauses. Die Knospen an den Bäumen waren dick und rosa gesprenkelt. Das Gras unter uns war warm und duftete. Vielleicht lag es am Medaillon, vielleicht war es einfach die Wärme, die mich mutig machte, aber ich berührte Madeleine, streichelte mit meinen Fingern ihren von feinen Härchen bedeckten Arm.

Mittlerweile waren wir unzertrennliche Freunde geworden, aber wir hatten uns nie berührt. Den ganzen Sommer waren wir im Freien herumgetollt oder hatten, wenn es regnete, auf dem Scheunenboden an ihrem Transistorradio Musik gehört. Oder wir hatten uns ins Kino geschlichen und jede Doppelvorführung angesehen, die zufällig lief.

Das war ein Abenteuer an sich. Wir mußten vorgeben, sechzehn zu sein. Irgendein wunderliches Abkommen zwischen Kirche und Provinzregierung hatte festgelegt, daß Filme, abgesehen von Sondervorführungen, für Kinder verboten waren. Also machten wir uns zurecht. Madeleine malte sich die Lippen an und toupierte sich eine Hochfrisur. Ich zog ein Jackett über, und mit einem flauen Gefühl im Magen boten wir der Kassiererin die Stirn und rannten dann beinahe in die Dunkelheit zu den rauhen Plüschsitzen. Unser verbotenes Tun machte uns zu engen Komplizen, und doch hatte unsere Verbindung so gar nichts Körperliches. Vielleicht lag es daran, daß Madeleine noch keine Brüste hatte.

Im nächsten Sommer aber, als wir uns faul unter den Apfelbäumen ausstreckten, bemerkte ich das Wunder, das sich unter Madeleines dünnem Baumwollhemd abzeichnete, und meine Hand verirrte sich von allein. Madeleine stieß sie nicht weg. Sie ließ meine Finger wandern – ihren Arm hinauf, über den Hals, um dann sanft und vorsichtig an ihrem Busen anzukommen. Ich spürte kleine, reife Pfirsiche in meiner Handfläche. Und dann spürte ich noch etwas anderes. Madeleines Finger waren auf meinem Hemd, auf meiner Jeans.

Ich glaube, damals habe ich ihr das Medaillon gezeigt, ohne allerdings recht zu wissen, welche Wirkung ich mir davon versprach.

Sie hielt das Medaillon in der offenen Hand und betrachtete es, dann hob sie es hoch und ließ es wie ein Pendel schwingen, so daß es das Licht einfing, das durch die Zweige fiel.

»*Tu me le donnes?*« fragte sie, und ohne auf eine Antwort zu warten, legte sie das Medaillon um und tätschelte es, wo es zwischen ihren jungen Brüsten lag. Dann küßte sie mich schnell auf die Lippen und rannte weg.

Ich war so verblüfft, daß ich mich nicht bewegen konnte. Ich starrte ihr einfach nach, starrte noch, nachdem sie längst verschwunden war.

Für mich war es die erste Andeutung, daß Frauen nicht einfach ferne, verführerische Maschinen waren, die von einem überlegenen Zauberer in Bewegung gesetzt werden. Sie besaßen ein eigenes Bewußtsein, eine unvorstellbare Unabhängigkeit. Weit davon entfernt, sich an das Drehbuch meiner Phantasie zu halten, war Madeleine einfach weggerannt und hatte meinen kostbaren Talisman mitgenommen.

Sie hat ihn mir nie zurückgegeben.

Der Berg, der Montréal den Namen gibt, ragt aus dem Flachland auf. Über der vulkanischen Masse erhebt sich der Universitätsturm wie ein bleicher Wächter. Ich denke mit einem Lächeln daran, daß ich Madeleine erzählen werde, wie sie mir an dem Tag, als sie mit meinem Medaillon wegrannte, eine entscheidende Lektion beibrachte. Dann aber überfällt mich jäh die Erkenntnis, daß es ja keine Madeleine mehr gibt, mit der ich reden kann.

Im schwindenden Licht sehen die Büro- und Fabrikgebäude, die entlang der Straße stehen, verlassen aus – düstere

Fassaden, die ins Nichts blicken. Alles Leben ist auf den Strom der Fahrzeuge konzentriert, der sich wie träge Wellen hinauf und über den Kamm der Straßensteigung bewegt. Für immer könnte ich in diesem Meer bleiben, ein willenloser Gefangener.

Aber das Auto hinter mir hupt ungeduldig, als ich es versäume, schnell genug in die kleine Lücke vor mir vorzurücken. Ich hole es mit einem Ruck nach und steuere riskant auf die nächste Ausfahrt zu.

Reihen von gepflegten Ranchhäusern säumen stille Straßen. Es gibt hier weniger Schnee. Ich merke, daß ich mich in der *Town of Mont-Royal* befinde, in der Vergangenheit eine angelsächsisch-protestantische Enklave. Aber die Stadt hat sich inzwischen gewandelt, alte Demarkationslinien zwischen Französisch und Englisch haben sich verschoben. Festungen sind erobert worden. Eine Krippe mit den Heiligen Drei Königen und dem strahlenden Stern zieren einen Rasen, auf dem früher vielleicht nur eine zurückhaltend erleuchtete Kiefer gestanden hätte.

Näher bei dem alten Rangierbahnhof macht der Wohlstand Platz für Reihenhäuser aus Backstein. Gewundene Außentreppen mit verschnörkelten Geländern führen zu Wohnungen, die alle vorschriftsmäßig aus sechs Räumen bestehen. Nach 1911 verbot die Stadt Außentreppen. Zu viele Kinder und alte Menschen stürzten im Winter auf ihrem tückischen Eis hinunter. Mittlerweile haben diese Merkwürdigkeiten lokaler Architektur historischen Glanz angenommen. Während die Arbeiter und Einwanderer hinaus in die Neubauten der Vororte ziehen, bemächtigen sich die Jungen den Gebäuden der Vergangenheit.

Südlich der *Van Horne* liegen die von Bäumen gesäumten Straßen von Outremont mit ihren komfortablen zwei- und dreistöckigen Häusern. Vor hundert Jahren noch war die Nordseite des Berges ein Gebiet mit Gärtnereien und Obstanlagen. Dann witterte der geistliche Orden St. Viateur den Wind des Wandels, kaufte das ganze Land auf und förderte die Erschließung. Outremont wurde in einen blühenden

Vorort verwandelt, das erste Stadtviertel in Kanada, das an der eigenen Verschönerung interessiert war. Ein weitsichtiger Bürgermeister sorgte dafür, daß Telefon- und Stromleitungen unterirdisch verlegt wurden.

Als ich klein war, war Outremont für die Franzosen, was Westmount für den Rest der Bevölkerung Montréals war – die begehrenswerteste aller Wohngegenden. Für uns war das angelsächsische Bollwerk Westmount uneinnehmbar. Und wir Franzosen waren »outre«, jenseits, nie das Zentrum.

Zwei Väter des Nationalismus von Québec wohnten eine Straße voneinander entfernt in Outremont. Henri Bourassa war Parlamentsmitglied, ein Verfechter der französischen Sprache und Kultur und natürlich auch des französischen Katholizismus. Er kämpfte für ein starkes einiges Kanada, das seine beiden gesonderten Kulturen gleichermaßen respektierte. Als Antiimperialist, der sich einer kanadischen Beteiligung an britischen Kriegen widersetzte, sprach er sich gleichwohl für eine Bindung an Großbritannien aus, das er für ein Bollwerk hielt, das verhinderte, daß Kanada von den Vereinigten Staaten vereinnahmt wurde. Bourassa war es auch, der um die Jahrhundertwende die Zeitung gründete, für die ich früher arbeitete.

An dem einstigen Haus des Abbé Lionel Groulx kommen mir zwei orthodoxe Juden entgegen, hohe Hüte königlich über Schläfenlocken, blasse Gesichter über langen schwarzen Bärten. Der Abbé hätte sich über den Anblick nicht gefreut. Seine Beschwörung eines separaten Staates namens *La Laurentie*, eines unabhängigen Québec, hatte eine ausgeprägte Neigung zu rassischer Reinheit. Um den Abbé und seine radikalen Träume von Unabhängigkeit sammelten sich die Nationalisten der zwanziger und dreißiger Jahre.

Noch immer schwankt Québec zwischen den Positionen dieser beiden Männer: gleichberechtigt und unterschieden innerhalb einer kanadischen Föderation oder stark und unabhängig, eine französischsprachige Insel inmitten der nordamerikanischen See.

Warum denke ich über Geographie und Politik nach? Liegt es an diesen Straßen, an denen sich die Orte befinden, die meine politische Bildung prägten? Ich selbst weiß es besser. Ich meide nur die Gedanken an Madeleine und die schwere Probe, die mich erwartet.

Um der eigenen Angst zu entgehen, mache ich einen Umweg in die *Rue Laurier*. Die hell erleuchteten Cafés und Restaurants erinnern mich daran, daß ich mich seit Tagen keine richtige Mahlzeit mehr zu mir genommen habe. Ich kann eine Stärkung gebrauchen. Deshalb bin ich hergekommen. Natürlich. Jetzt ergibt alles einen Sinn.

Ich parke in der ersten Lücke, die ich finde, und gehe zu Luigi's, wo ich weiß, daß das Essen gut und reichlich ist.

Ich setze mich an einen Tisch ganz hinten, abseits von den elegant gekleideten Paaren auf den Fensterplätzen. Ich nehme das Erstbeste, das mir auf der Speisekarte in die Augen springt. Ravioli mit Spinat und Ricotta in Pestosauce, eine gebratene Scheibe Kalbfleisch unter einem Berg Champignons. Dazu bestelle ich eine Karaffe Chianti des Hauses.

Erst als ich schon beim Essen bin, merke ich, daß ich einen Fehler gemacht habe. Luigi's ist in meinem ehemaligen Bekanntenkreis zu beliebt, als daß ich hier ungesehen bleiben könnte.

Eine Frau im eleganten schwarzen Hosenanzug steht plötzlich vor mir und reicht mir die Hand. »Pierre«, sagt sie. »Was für ein Unglück!« Sie fährt sich mit langen Fingern durch den kurzen dunklen Haarschopf. »Wir sind alle am Boden zerstört. Jeder am Theater. Wir können es nicht glauben. Ich wünschte, du könntest mir sagen, daß es nicht wahr ist.«

Ich merke, daß ich den Druck ihrer Hand erwidere. »Ich wünschte auch, ich könnte es, Gisèle.«

Sie deutet auf den leeren Stuhl mir gegenüber, und ich nicke und winke den Kellner, um noch eine Karaffe und ein zweites Glas zu bestellen.

»Ich wußte, daß Madeleine durcheinander war. Aber ich hätte nie gedacht ...« Gisèles breiter Mund zittert, kommt dann aber in einem Ausdruck zur Ruhe, der ein Lächeln sein könnte. »Du weißt, wie man sich Geschichten nochmals erzählt, sobald man ihr Ende kennt. So daß man sie irgendwie verstehen kann. Und jetzt, verdammt, habe ich es bei Madeleine versucht. Seit ich davon gehört habe. Du wohnst doch jetzt dort unten? In Ste-Anne, wo sie es getan hat.«

Ich nicke. »Hast du Madeleine in den letzten Wochen häufig gesehen?«

»Ganz zuletzt nicht mehr so oft. Ich bin für die Presse zuständig, da hat man am Anfang viel zu tun.«

»Und am Anfang lief es nicht so gut ...«

»Nicht direkt.« Sie blickt finster. »Die Mistkerle hatten es auf sie abgesehen. Ich glaube, sie hatten ihre Kritiken, schon geschrieben, ehe sie das Stück sahen. Ich habe Madeleine gewarnt, aber dann haben wir nur darüber gelacht. Du weißt ja, daß wir uns seit einer Ewigkeit kennen. Madeleine hat aus einer Laune heraus sogar einen Text für mich entworfen, den wir anonym veröffentlichen wollten. So in dem Stil ›Madeleine Blais kehrt in Montréal auf die Bühne zurück. Vielleicht hätte sie besser nicht unter Beweis gestellt, wie sehr ihr Stern im Sinken begriffen ist. All die Jahre beim Film haben sie vergessen lassen ... und so weiter.‹«

»Aber sie war trotzdem verletzt.«

»Ich weiß nicht.« Gisèle zieht eine Zigarette heraus und zündet sie mit zittriger Hand an, bevor ich die Streichhölzer finde. »Es schien ihr eigentlich nicht viel auszumachen, das war sehr merkwürdig. Zuerst dachte ich, sie gäbe sich bloß tapfer. Aber dann ... dann änderte ich meine Meinung. Sie hat wirklich nicht über die Kritiken nachgedacht, nicht einmal über das Stück.«

»Nur über die Morde.«

»Das weißt du also?«

Ich zucke die Achseln. »Wir haben kurz davon gesprochen. Was hat sie dir gesagt?«

»Was sie mir gesagt hat, ist nicht so wichtig. Aber was sie getan hat. Sie ist nicht nur zur Totenwache und zum Trauerfeier gegangen, sondern hat auch die Verletzten im Krankenhaus besucht. Sie hat gemeint, sie könnte ihnen mit ihrer Anwesenheit etwas geben, sie vielleicht aufmuntern – der berühmte Star und so weiter. Sie hat sogar versucht, die Eltern der toten Mädchen zu besuchen. Einer der Väter hat schließlich mit ihr geredet und stundenlang in ihren Armen geweint. Sie kam deswegen zu spät ins Theater, und wir mußten den Beginn der Vorstellung um fünfzehn Minuten verschieben.«

Gisèle drückt ihre Zigarette aus. »Sie hat mir in die Augen gesehen und gesagt: ›Mich hätte es treffen sollen. Das arme Mädchen war noch ein Kind. Sie hatte noch das ganze Leben vor sich. Ich habe schon mehr gehabt, als mir zusteht.‹«

Wir sehen uns an.

»Damals hätte ich mißtrauisch werden müssen. Ich hätte etwas sagen sollen.«

Stille hüllt uns ein, eine luftleere Kapsel. Die Stimmen der anderen Gäste, das Klirren von Glas und Silber scheinen aus einer anderen Galaxis zu kommen.

Nur um etwas zu sagen, frage ich schließlich: »Möchtest du etwas essen, Gisèle?«

Sie schüttelt den Kopf. »Ich bin mit Freunden hier. Ich sollte wieder zu ihnen hinüber gehen.«

Aber sie rührt sich nicht. Sie runzelt die Stirn. »Vielleicht weißt du nichts davon, aber am Tag der Attentate war Madeleine an der Universität. Nicht am Polytechnikum, sondern nebenan im Hauptgebäude. Sie wollte jemanden treffen. Ich weiß nicht, wen. Aber als sie herauskam, waren die Krankenwagen schon da. Kann sein, daß es das war. Vielleicht weil sie die Bahren sah, die Leichen ...«

Sie greift zu einer neuen Zigarette, besinnt sich dann aber anders. »Sie wollte nicht darüber sprechen. Aber ich habe nachgedacht. Vielleicht hat sie auch zuvor etwas gesehen. Vielleicht hat sie den Mörder gesehen und sich irgendwie schuldig gefühlt.«

»Wir sind alle irgendwie schuldig, Gisèle.« Sie nickt verständig, wie ein braves Mädchen, das soeben gerügt worden ist.

»Hast du ihre Leiche gesehen?« fragt sie nach einer Weile.

Der Wein, den ich einschenke, schwappt über den Rand des Glases. »Darüber kann ich nicht sprechen.«

»Nein.« Ihre Stimme ist schwach, aber ihre Augen lassen mich nicht los. »Ich …«

»Aber ich wollte dich etwas fragen. Hat sie sich mit jemandem getroffen? Einem Mann?«

»Oh, Pierre!« Gisèle drückt noch einmal meine Hand, mißversteht das Motiv meiner Frage.

»Ja?« dränge ich sie.

»Ich bin mir nicht sicher.«

Etwas an der Art, wie sie das sagt, bringt mich darauf, daß sie meine Gefühle schonen will. Ich möchte meine Frage anders formulieren, aber ein Mann, der mir irgendwie bekannt vorkommt, unterbricht uns.

»Das Essen ist gekommen, Gisèle.« Der Mann, der eine Brille trägt, sieht mich an und hält inne. »Pierre Rousseau? Tut mir leid. Ich habe nicht …«

»Macht nichts. Ich wollte gerade gehen.« Ich entziehe mich der peinlichen Situation, indem ich Gisèle einen flüchtigen Kuß auf die Wange gebe.

»Ruf mich an«, sagt sie noch. »Ich habe deine Nummer nicht.«

Eine dünne Schicht Eis überzieht das Autofenster. Unruhig warte ich, bis das Gebläse und die Scheibenwischer ihre Arbeit getan haben. Obwohl ich nur durch ein schmales Dreieck sehen kann, rase ich auf den *Chemin de la Côte-Ste-Catherine* zu. Die Begegnung mit Gisèle hat meine Ungeduld verstärkt. Ich weiß nicht, was es ist. Aber nun will ich wissen, was mir Madeleines Wohnung verraten mag.

Vielleicht ist meine Eile nichts anderes als der Versuch, Gespenster zu überlisten.

Ich gehe nicht vom Gas, um einen Blick auf die imposanten Gebäude des *Jean Brebeuf*, meiner alten Schule zu werfen, doch ertappe mich dabei, wie ich nach links abbiege, einen kleinen Umweg mache und zur Universität fahre, dem Ort des Amoklaufs, der Madeleine so sehr verstörte.

Die Gegend ist wie ausgestorben. Ein einzelner Mann geht einen Weg hinunter und bleibt unter einer Straßenlampe stehen. Im Licht wirkt sein Gesicht wie fein zerknittertes Pergament. Hinter ihm gleichen die Universitätsgebäude düsteren Särgen, ohne jedes Licht. Das Fehlen der plaudernden, durcheinanderlaufenden Studenten schafft eine unheilvolle Stimmung.

Ich halte an und steige aus. Ich gehe ein Stück und atme kalte frische Luft ein. Im Schnee steckt ein Bund Nelken, so rot wie Blut, eine Erinnerung an Entsetzen und Trauer. Mich fröstelt.

Ich versuche mir vorzustellen, wie Madeleine diesen Ort zuerst gesehen haben muß – die umherlaufenden Studenten, die lauten, fröhlichen Stimmen. Und dann die Szene, als sie von ihrer Zusammenkunft herauskam, das Heulen der Sirenen, die Panik in der Luft, das Schluchzen, die Leichen.

Ich sage mir, daß Madeleines untröstlicher Schmerz ihren Entschluß, sich das Leben zu nehmen, zur Genüge erklärt. Aber ich glaube mir selbst nicht ganz.

Wieder im Auto kehre ich um und finde mich an der Ecke der *Rue Fendall* wieder. Hier habe ich ein Jahr lang als Jurastudent gewohnt. Wohnte gut, denn ich hütete das Haus eines Professors im Sabbatjahr. Hier war es auch, wo mein wirkliches, erwachsenes Leben mit Madeleine begann.

Ich fahre schnell an dem Haus vorbei und dann weiter am Friedhof vorbei, die Steigung der *Côte-des-Neiges* hinauf und dann den steilen Hang auf der Südseite hinunter. Aber auch hier lauert eine Erinnerung, der ich nicht ausweichen kann.

Morgengrauen. Eine tiefe milchige Sonne findet enge Lücken zwischen den Häusern, wirft schmale Streifen über die Straße. Wir rasen in einem alten Auto bergab, einem Dodge aus den fünfziger Jahren mit messerscharfen Flossen und bemalt in unglaublich geschmacklosen Rosa- und Rottönen.

Ich bin hinten, stütze die Ellenbogen auf den Vordersitz, sehe mein Gesicht im Rückspiegel, wo ich auch Madeleines Profil sehen kann. Sie schmiegt sich an den Fahrer, einen Sexprotz mit breiten Schultern und kräftigem Kinn, dessen dicke Finger das Lenkrad umklammern. In seinem Schoß, die Mündung auf den Boden gerichtet, liegt eine Pistole. Seine eine Hand bewegt sich wiederholt vom Lenkrad zur Pistole und wieder zurück. Madeleines Finger liegen auf seinem Oberschenkel. Ihr Gesicht leuchtet vor Erregung.

Auf dem Vordersitz an die Tür gedrängt ist der Kameramann, den ich nicht beobachte und auch gar nicht sehen darf. Ganz auf Madeleines Händen, auf ihr Gesicht und die Pistole konzentriert, ist meine Aufmerksamkeit auch mehr als genug in Anspruch genommen.

Wir wiederholen diese rasante Fahrt bergab sechsmal. Der Kameramann hockt nicht immer bei uns auf dem Vordersitz: dreimal sitzt er in einem hinten offenen Lieferwagen, der riskant mit unserem Tempo mithält. Und obwohl Madeleines Ausdruck sich jedesmal wiederholen soll, spüre ich die Veränderung in ihr, ihre zunehmende Heiterkeit.

Ich umklammere die Rücklehne, frage mich, warum ich das alles mache, und warte auf den Zusammenstoß, der an der nächsten belebten Kreuzung unweigerlich kommen muß, wo Schicksal und Drehbuch übereinstimmend eine rote Ampel vorsehen, die wir überfahren.

Der Film ist eine Low-Budget-Produktion, und Madeleine hat mich praktisch gezwungen, eine kleine Nebenrolle zu spielen. Natürlich ohne Gage. Der Regisseur ist ein Freund, ein ehemaliger Lehrer an der Schauspielschule. Madeleine ist begeistert. Es ist ihre erste Filmrolle, und die Handlung, die mir in groben Zügen erläutert wurde, ist einigermaßen in Ordnung.

Wir befinden uns am Ende der Duplessis-Ära. Duplessis war unser einheimischer zweitklassiger Franco. Er regierte Québec wie sein eigenes Feudallehen. Während sechzehn langen Jahren von 1944 bis zu seinem Tod 1960 bekam eine Stadt, wenn sie in Zahlen, die gewöhnlich höher lagen als die Bevölkerung, für seine Union National Party stimmte, neue Krankenhäuser, neue Brücken, neue Schulen, neue Straßen.

Unter Duplessis rühmte sich Montréal einer beispielhaften Unterwelt, voll von kleinen und großen Ganoven, die, wenn es sein mußte, auch Streikbrecher spielten. Eine Lizenz für den Ausschank von Alkohol war für nicht weniger als dreißigtausend Dollar zu haben. 1961, als endlich eine neue Regierung gewählt wurde, sank der Preis um 29900 Dollar.

Duplessis brachte geschätzte hundert Millionen an Schmiergeld zusammen. Die mächtige englische Gemeinde verhielt sich gegenüber dieser Korruption still. Als Gegenleistung durfte sie die Wirtschaft der Provinz leiten – die Konzerne, die Banken, die Versicherungen und Immobilienfirmen.

Der Film, in dem wir den Berg hinunterrasen mußten, sollte uns eine kritische Einstellung zu der Duplessis-Ära geben. Sein Held war ein Ganove, der sich auch als Streikbrecher verdingte, Madeleine das Flittchen, das ihm die Augen dafür öffnete, was alles falsch an seinem Lebenswandel war.

Daher war ich anfangs nicht abgeneigt, eine Nebenrolle als Gangsterkumpan zu spielen. Alles für eine gute Sache. Und neugierig war ich natürlich auch. Allerdings hatte mich niemand auf die körperlichen und seelischen Gefahren vorbereitet, die bei einer Filmproduktion auftauchen können.

Madeleines Hand auf dem Oberschenkel unseres Helden, die Erregung in ihrem Gesicht scheinen mir wenig mit Schauspielerei zu tun zu haben. Genausowenig das laute Hupen des Autos, das wir auf der Kreuzung der Guy und Sherbrooke um Zentimeter verpassen. Natürlich haben die echten Polizisten, die uns Minuten später an die Seite winken, ihren Text einem anderen Drehbuch entnommen. Der Regisseur muß eine Menge Erklärungen abgeben und Madeleine muß schmollen und Tränen vergießen, ehe wir mit einem Verweis und einem Strafzettel wegen Überfahrens einer roten Ampel fortgeschickt werden.

Für den Tag sind die Dreharbeiten vorbei. Alle im Team haben andere Arbeit zu erledigen. Madeleine lehnt eine Mitfahrgelegenheit ab, und wir fahren mit einem Bus zu meiner Wohnung. Madeleine ist völlig blind gegen die neugierigen Blicke, die ihr Arbeiter auf dem Weg zur Frühschicht zuwerfen. Sie sieht nicht so sehr wie ein Flittchen der Fünfziger in der Freizeit aus, eher wie ein Mädchen, das die abgelegten Kleider seiner Mutter angezogen hat. Doch die gestreifte

Hose über hochhackigen Sandalen, der türkisfarbene Angorapullover und das hochtoupierte Haar stehen ihr wunderbar. Sie strahlt. Und ist gespannt, als stünde sie unter Strom. Madeleine liebt die Gefahr und genießt das Risiko.

»Ich habe dich beobachtet«, sagt sie, als wir auf eine hintere Sitzbank rutschen. Ihre Zunge befeuchtet das leuchtende Rosa ihres Lippenstifts. Sie sieht mich mit goldenen Augen an. »Es war schlau, die Pistole unter den Sitz zu schieben, bevor die Bullen sie entdecken konnten.« Sie drückt sich an mich, legt ihre Finger genau an die Stelle, wo sie auf dem Schenkel des anderen Mannes gewesen waren. »Sehr schlau. Alain glaubt, du bist gut. Hat er mir gesagt. ›Nachdenklich und muskulös‹ waren seine Worte. Gute Kombination für die Leinwand.«

Sie lacht dieses aufreizende Lachen, als wüßte sie mehr, als sie sagt, dann fährt sie mit den Fingernägeln an der Innenseite meines Beines entlang.

Meine Hand liegt auf ihrem Nacken. Er ist ein wenig feucht unter ihrem dichten Haar. Ich berühre ihn mit den Lippen und spüre, wie ihre Hand langsam höher wandert.

»Komm«, flüstert sie. Wir springen aus dem Bus, und sie läuft los. Ich bin direkt neben ihr. Wir rennen die zwei Straßen zu meinem Haus, und bevor ich die Tür hinter uns geschlossen habe, hat sie die Schuhe abgestreift und den Reißverschluß ihrer Hose aufgezogen. Ihr Slip ist so feucht wie ihr Mund. Ich kann nicht sagen, daß wir zärtlich werden. Wir sind zu hungrig. Es ist, als wäre es das erste Mal.

Mit Madeleine ist es immer das erste Mal – und immer irgendwie das letzte. Ich nehme sie. Gegen die Tür gelehnt, meine Hände auf ihrem Hintern, ihre festen Brüste an mich gepreßt. Ihr Haar fließt über mein Gesicht, so daß ich nichts mehr sehe, als ich mich gegen sie krümme, mich völlig dem rasenden Puls unseres Verlangens überlasse.

Hinterher streichelt sie mein Haar, meine Brust, mein Geschlecht und sieht mich mit einem Lächeln an, das eine Mischung aus Überraschung, Schüchternheit und schelmischem Vergnügen ist. »Weißt du, Pierre, ich habe nachgedacht. Jetzt, wo eine Scheidung so leicht ist, sollten wir heiraten. Was meinst du? Mémère würde sich freuen.«

Ich bin so erstaunt, daß ich nicht gleich antworte. Ich habe nie über das Heiraten nachgedacht, aber jetzt hüllt mich die romantische Idee ein wie Madeleines Duft. Eine Madeleine, die ich offiziell und für immer besitze. Eine Ehefrau, die Madeleine heißt, die jeden Tag aufs neue erobert werden muß. Eine Madeleine, die in einem großen Ehebett gebändigt wird. Eine Madeleine morgens unter der Dusche, die Make-up auflegt, mir neue Kleider vorführt, lacht. Ein gemeinsamer Rhythmus aus Mahlzeiten und Abwaschen, Auseinandersetzungen und Waffenruhen. Eine Madeleine, die ich meinen Kollegen als »meine Frau« vorstelle.

Während sich diese Phantasie des Alltäglichen vor meinen Augen abspielt, merke ich, daß wir uns wieder lieben. Es liegt ein feierlicher Ernst in unseren Bewegungen, eine langsame Zärtlichkeit, als wäre das Ereignis, einmal ausgesprochen, bereits eingetreten. Ich bewundere aufs neue die Vollkommenheit ihrer Haut, das perfekte Zusammenspiel unserer Bewegungen. Ich stöhne unter dem Druck ihrer Lippen und Finger, und als ich in diesen warmen geheimen Raum eindringe, flüstere ich ein Ja und halte mich für den glücklichsten Mann auf der Welt.

Ich hätte wissen sollen, daß Fortuna die launischste aller Frauen ist.

5

Die Wohnung, die Madeleine vor ungefähr drei Jahren übernahm, als sie sich für eine festere Bleibe in Montréal entschied, liegt in halber Höhe an dem Berg, dem Schauplatz unserer ersten und einzigen gemeinsamen Filmerfahrung. Das Gebäude ist ein großer moderner Block aus senfgelbem Backstein mit einer Auffahrt und einem säulengeschmückten Eingang. Ungeschickt hantiere ich mit den Schlüsseln, schließe auf und betrete die hell erleuchtete, mit kastanienbraunem

Teppichboden ausgelegte Eingangshalle und gehe auf den Aufzug zu. Ich weiche dem neugierigen Blick einer kleinen Frau im Pelzmantel aus, die mit einem kläffenden Pudel in den Armen aus dem Fahrstuhl tritt, und drücke schnell auf die Acht.

Auf dem langen Flur kreuzt ein glatzköpfiger Riese von Mann meinen Weg, der mir genauso verstohlen ausweicht wie ich ihm. Plötzlich werde ich nervös. Wenn sich nun Mme. Tremblays Intuition mit der Wahrheit deckte? Der Gedanke an Mord erschreckt mich so sehr, daß ich die Schlüssel fallen lasse. Meine Füße scheinen in Treibsand zu versinken. Ich zwinge mich, tief durchzuatmen.

Der dritte Schlüssel verursacht ein Klicken, das durch den ganzen Flur hallt. Aber die Tür gibt dennoch nicht nach.

Auf Schulterhöhe entdecke ich ein kleines neues Schloß und ein elektronisches Auge. Madeleines Angst hat konkrete Folgen gehabt. Ich stecke den kleinsten Schlüssel hinein, und endlich schlüpfe ich mit verstohlener Hast durch die Tür und schließe sie leise hinter mir. Die Alarmanlage an der Seite ist offen und ausgeschaltet. In meiner Verwirrung erscheint mir dies merkwürdig. Hat Madeleine es vergessen oder sich einfach nicht darum gekümmert, den Alarm einzuschalten? Oder ist jemand vor mir hier gewesen? Einige von Gagnons oder Continis Männern vielleicht? Natürlich. Nicht einmal Gagnon ist eine totale Niete. Mme. Tremblays Einfall kam zu spät.

Die Wohnung ist hell erleuchtet. Die Lichter dringen von den Straßen der Stadt herein wie freundliche Sterne durch das breite Panoramafenster. Wie eine Hure wird Montréal schöner bei Nacht.

Ich ziehe die hauchdünnen Vorhänge zu und schalte eine Lampe an. Einen Augenblick lang kann ich mich nicht von der Stelle rühren. Obwohl ich diese Wohnung nicht gut kenne, ist mir Madeleines typische Unordnung so vertraut, das es mir den Atem verschlägt. Wie kann dieses ganze wilde Durcheinander hier sein und Madeleine nicht?

Überall stapeln sich Zeitungen, Zeitschriften und Bücher.

Um ein Haar verdecken sie sogar den Fernseher. Um die beiden bequemen großen, cremefarbenen Sofas herum breiten sie sich auf dem Boden aus, auf dem hier und da auch Schuhe und Becher stehen. Auf dem Couchtisch aus Alabaster, der wie ein großzügiges Cello geformt ist, quillt eine große weiße Schale von Streichholzschachteln über. Dazwischen liegen steinerne Eier in allen Mineralfarben. Die Verkleidungen an den Heizkörpern sind vollgestellt mit Dingen, die Madeleine vollkommen wahllos gesammelt hat: billige bemalte Madonnen, winzige Häuser aus Porzellan, Pierrots mit weißen unschuldigen Gesichtern und einzelnen leuchtenden Tränen, handbemalte Töpfe in den wildesten Farben.

Ungerahmte Ölgemälde lehnen an den Wänden, als hätte Madeleine vergessen, sie aufzuhängen, oder sich einfach nicht entscheiden können, wohin sie gehörten. Am Fenster steht eine große Vase aus Terrakotta, zweifellos das Geschenk eines römischen Verehrers. Sie ist mit jeder denkbaren Art von getrockneten Zweigen und Blumen vollgestopft.

Als Madeleine und ich anfangs zusammenlebten, ärgerte mich dieses Durcheinander. Ich mag eine gewisse Kargheit, eine gewisse Ordnung. Ich weiß gern, wo ich etwas finde. Aber Madeleine verließ nie das Haus, ohne mit irgendeinem Gegenstand zurückzukommen, den sie auf einem Flohmarkt oder in einem Trödelladen gefunden hatte. Ihre Kommoden und Schränke quollen über vor Schmuck, Schals, Gürteln, billigen Zierat. Selten trug oder betrachtete sie diese Sachen. Es genügte, daß sie da waren.

Mitunter erinnerte sie sich an etwas, das sie haben wollte, und begann hektisch danach zu suchen, nur um dann mit einem Schatz aufzutauchen, den sie völlig vergessen hatte. Darüber konnte sie sich unmäßig freuen. Hin und wieder dann stopfte sie wahllos ganze Armvoll Krimskrams in schwarze Müllsäcke, um sie bei wohltätigen Organisationen abzuliefern. Und die ganze Prozedur konnte von vorn beginnen.

Mit der Zeit wurde mir klar, daß eine Wohnung für Madeleine ein Raum war, der sich ständig verändern mußte, eine lebendige Umgebung. Da spielte es keine Rolle, ob der Grundriß klein oder groß war. Selbst das fürstliche Haus in Neuilly am Rand von Paris, das jedem anderen seine bürgerliche Ordnung aufgezwungen hätte, veränderte sie nicht. Madeleines unbekümmerte Unordnung setzte sich überall durch.

Sie hatte kein feststehendes Ideal, wie alles aussehen oder sein sollte. Es war ihr auch gleichgültig. Was sie brauchte, war das zufällige Chaos. Da aber die gemütliche Unordnung eines Menschen für den anderen ein unerträgliches Durcheinander darstellen kann, erhielt mein Arbeitszimmer, das stets peinlich aufgeräumt war, eine Tür, die sich abschließen ließ. Das gleiche passierte schließlich auch mit meinem Schlafzimmer.

Im geräumigen mittleren Teil von Madeleines Wohnung steht ein eleganter Eschentisch mit sechs Mackintosh-Stühlen mit hohen Lehnen. Auf dem Tisch liegen Weihnachtskarten, in der Mitte steht eine hohe blau emaillierte Vase mit Lilien, die wachsweiß und riesig hervorragen. Ich berühre sie, und mich fröstelt. Sie sind lebendig. Sie haben Madeleine überlebt.

Ich werfe einen Blick in die Küche. Auf der Arbeitsplatte stehen zwei Teller, darauf Krümel, eine Brotkruste, ein Marmeladenfleck. Die Spüle enthält zwei ungespülte Becher, einige Messer, zwei langstielige Gläser. Der Kühlschrank ist so gut wie leer: ein aufgeschnittener Laib Brot, eine Milchtüte, eine Flasche Dom Perignon. Für Madeleine ist alles erstaunlich ordentlich.

Ich zwinge mich, diese Gegenstände mit einem objektiven Auge zu betrachten. Ich möchte doch die Wahrheit wissen, nicht wahr? Wenn die Küche zwei Teller, zwei Gläser, zweimal Besteck aufweist, dann muß an dem Tag, an dem Madeleine nach Ste-Anne fuhr, jemand bei ihr gewesen sein.

Schon stürze ich zum Schlafzimmer, halte dann jedoch inne, um tief durchzuatmen, bevor ich die Tür öffne und Licht anschalte. Zu meiner Verwunderung ist das Bett ordentlich gemacht, die weiße Tagesdecke ist glatt über die breite Fläche gespannt und festgesteckt. Was nichts beweist, sage ich mir. Madeleine ist durchaus fähig, ein Bett zu machen. Aber könnte es auch sein, daß ein Mann da war? Der Mann mit dem Pferdeschwanz? Oder ein anderer?

Mit einer gewissen Gereiztheit beginne ich, die Kommode zu durchwühlen, die Nachttischschubladen, suche Papiere, suche den Terminkalender, der in ihrer Tasche hätte sein sollen, aber es nicht war. Vielleicht hat die Polizei ihn schon mitgenommen. Wenngleich ungewiß ist, was er verraten könnte. Madeleine hat nie fleißig vorausgeplant. Den Tag X dürfte sie kaum vorgemerkt haben.

Falls Madeleine beschloß, sich das Leben zu nehmen, dürfte es ein genauso impulsiver Entschluß gewesen sein wie alle anderen. Sie hätte nicht nachgedacht. Wenn sie nachgedacht hätte, würde sie es nicht getan haben. Der Kummer ihrer Großmutter hätte sie daran gehindert. Nein, es kann nur eine Stimmung gewesen sein, die sich allmählich verstärkte, bis sie sagte: »Genug!« Und eine Verkettung von Ereignissen lieferte eine günstige Gelegenheit, verursachte einen plötzlichen Anfall von Verwirrung.

Warum schiebe ich immer wieder die Hinweise beiseite, die Madeleine mir selbst gegeben hat – ihre Depression wegen der Morde? Warum kehren meine Gedanken immer wieder zu dem Liebhaber zurück? Ist es der verborgene Wunsch nach Rache, der mich an einen einzelnen verhaßten Mann denken läßt, der letztlich für Madeleines Selbstmord verantwortlich ist? Als ob Madeleine eine zerbrechliche und alleingelassene Frau gewesen wäre. Ein liebeskrankes Mädchen, das keinen anderen Rückhalt hatte.

Ich verscheuche diese Gedanken und erinnere mich daran, daß ich mit einem Auftrag hergekommen bin – die Tagebücher, die Madeleine nach Mme. Tremblays Überzeugung sporadisch führte. Wenn die Polizei sie nicht schon gefunden hat, hätte das Arbeitszimmer mein erstes Ziel sein sollen.

Das Zimmer liegt zur Straße hin und bietet dieselbe aufregende Aussicht wie das Wohnzimmer. Hier bin ich erst ein einziges Mal gewesen. Vielleicht war dieses Arbeitszimmer für Madeleine privater als ihr Schlafzimmer.

Ein Schreibtisch, der in Wirklichkeit ein langer schwerer Eßtisch ist, nimmt die ganze Fensterbreite ein. Bis auf einen winzigen frei geräumten Platz in der Mitte ist er unter Papieren, braunen Umschlägen und einer Vielzahl bunter Aktendeckel begraben. Zwei hübsche Blechdosen enthalten einen Haufen Kulis und Stifte. Überall stehen Pflanzen. Bücher, CDs, Kassetten und dicke Karteikästen füllen die Regale an der hinteren Wand.

Wenn Madeleine ihren alten Gewohnheiten treu geblieben ist, dann kenne ich den Inhalt dieser Kästen. Sie sind voller Manuskripte und Drehbücher, die ihr über die Jahre zugeschickt wurden. Aus irgendeinem unerklärlichen Grund warf sie diese Manuskripte nie weg. Auf dem Boden sind noch mehr davon verstreut. Und Zeitungen. In der anderen Ecke steht ein grell bemaltes Schaukelpferd, das wie ein altmodisches Karussellpferd aussieht. Eine große Stoffpuppe sitzt rittlings darauf. An der Wand gegenüber steht eine Chaiselongue in tiefblauem Samt.

Ich sitze auf dem Schreibtischstuhl und nehme mir einen Haufen Papiere vor, die keine Ordnung erkennen lassen. Falls ein Abschiedsbrief darunter war, wird die Polizei ihn schon mitgenommen haben. Ich schiebe einige Rechnungen beiseite und finde einen Brief von Marie-Ange Corot, Madeleines Agentin in Paris, die anfragt, ob sie vielleicht an einer Rolle in einem recht vielversprechenden Film interessiert sei. Diesem Brief ist ein Stapel Fanpost beigefügt, die ich nur flüchtig durchsehe.

Diese Briefe geben mir ein Rätsel auf. Irgendwie hatte ich angenommen, Madeleines Depression habe mit einem trüben Kapitel ihrer Karriere zu tun. Ihre beiden letzten amerikanischen Filme waren keine Kassenerfolge. Mir hatte sie gesagt, sie habe kein Interesse mehr, in Hollywood zu arbeiten. Das sei mit ein Grund, warum sie die Rolle der Hedda angenommen habe. Aber hier lag ein klares Angebot vor.

Ich sehe weitere Korrespondenz durch. Es gibt Einladungen, Briefe von Freunden und Freundinnen im Ausland. Nichts Besonders, wäre da nicht die Tatsache, daß Madeleine tot ist. In diesem Zimmer, das so übervoll von ihrer Gegenwart ist, fällt es mir immer schwerer, diese Wahrheit ständig im Sinn zu haben. Immer mehr komme ich mir wie ein Schnüffler vor, der jeden Augenblick auf frischer Tat ertappt werden wird.

Ich schlage einen orangefarbenen Aktendeckel auf, und mir springt ein junges bärtiges Gesicht entgegen. Ich brauche ein paar Minuten, um Marc Lépine zu erkennen, den Amokläufer von der Universität. Madeleine hat sämtliche Zeitungsberichte über den Amoklauf ausgeschnitten. Die Ordner sprechen eindeutig für eine fixe Idee. Vor allem fällt auf, wie ordentlich alles ausgeschnitten und abgeheftet ist – die Geschichten der Opfer getrennt von Berichten über den Mörder, seine Familie, seine Schulzeit –, was bei Madeleines sonstigen Papieren nicht der Fall ist.

Plötzlich kommt mir in den Sinn, daß hinter Madeleines Fixierung ein praktischer Anlaß stehen könnte. Die Polizei hat den Zeitungen nie erlaubt, Lépines schwarze Liste zu veröffentlichen. Aber vielleicht hat man Einzelpersonen vernommen. Madeleine könnte erfahren haben, daß ihr Name auf der Liste stand. Contini wird es herausfinden.

Zuunterst im Lépine-Ordner liegt ein zerknittertes Blatt, ein Brief, halbfertig, durchgestrichen. Ich weiß nicht, wer *›Mon cher Armand‹* ist, aber mein Herz beginnt, heftig zu schlagen, als ich die ersten Zeilen überfliege. *›Ich kann nicht weitermachen. Wirklich nicht.‹*

Beim Lesen fällt mir ein, daß Armand der Regisseur von *Hedda Gabler* ist, und Madeleine bittet ihn, abgelöst zu werden. *›Es tut mir wahnsinnig leid, Euch alle im Stich zu lassen, aber Du wirst jemand anderes finden müssen. Spätestens bis Weihnachten.‹*

Der Brief ist nicht datiert. Ich habe keine Möglichkeit festzustellen, ob eine Version davon abgeschickt worden ist oder nicht.

Ich lege den Lépine-Ordner auf die Seite. Darunter fallen mir die leuchtenden Farben einer Zeitschrift ins Auge. Ihr Inhalt erschreckt mich. Es ist keine Zeitschrift, sondern ein

Versandkatalog für Schußwaffen. Mit Filzstift sind alle angebotenen halbautomatischen Feuerwaffen angestrichen worden, außerdem kleine Pistolen, die Art, die leicht in eine Handtasche paßt.

Madeleines Angst ist plötzlich so real für mich, als wäre es meine eigene und ein bewaffneter Einbrecher hätte das Zimmer betreten. Ich werfe den Katalog auf die Seite und mache mich auf die Suche nach einem Drink. Hat sie eine Pistole für sich bestellt? frage ich mich, während ich eine Flasche Wein entkorke. Ich nehme einen großen Schluck, ohne ihn zu schmecken. Ist die Pistole vielleicht schon hier, irgendwo in der Wohnung verstaut, als Schutz gegen Frauen hassende Männer? Aber wenn ja, warum hat sie die Pistole dann nicht benutzt?

Sämtliche Geschichten, die ich mir selbst erzählt habe, beginnen sich aufzulösen. Aufs neue zwinge ich mich, daran zu denken, daß ich zu einem bestimmten Zweck hier bin, der nicht mein eigener ist. Ich bin hier, um Madeleine vor einem Skandal zu retten. Wenn diese Tagebücher, von deren Existenz Mme. Tremblay überzeugt ist, noch hier sind, muß ich sie finden. Beinahe greife ich zum Telefon, um sie zu fragen, ob sie eine Ahnung hat, wie sie aussehen, aber ein Blick auf die Uhr sagt mir, daß es bereits viel zu spät ist, um noch jemanden anzurufen.

Mit der Flasche in der Hand gehe ich langsam ins Arbeitszimmer zurück. Schneller sehe ich die Ordner durch, suche nur nach Madeleines fließender Handschrift, ihrer schwarzen Tinte. Gerade habe ich einen PR-Ordner beiseite gelegt, als ein einzelnes Blatt Papier zwischen zwei Aktendeckeln herausflattert.

Es ist ihre Schrift, und der Text fällt mich mit der stählernen Kälte eines Bajonetts an.

Ich möchte mich in einer dunklen Höhle verkriechen und sterben. Ich möchte vollkommen unsichtbar werden, ein Häufchen Asche, liebkost nur vom Wind. Wie konntest Du? Ich glaubte, daß Du es warst. Jetzt bin ich mir sicher. Viel-

leicht siehst Du es als einen Akt der Liebe. Eine sonderbare Liebe ist das, die nur ausloten und kontrollieren will.

Ich weiß nicht, wie lange ich auf diesen Text ohne Datum und ohne Adressaten starre. Dann stecke ich ihn mit einem Frösteln in meine Jackentasche. Ich kenne den Adressaten. Ich kenne ihn nur zu gut. Rasch beginne ich mit einem neuen Stapel, diesmal in anderer Reihenfolge, indem ich den ganzen Packen umdrehe. In diesem Moment taucht ein kleiner grüner Kalender auf einer Ecke des Tisches auf, wie ein lange vermißter kostbarer Ring. Die Polizei ist nicht sehr gründlich vorgegangen.

Meine Finger werden ungeschickt. Sie schaffen es kaum, die hauchdünnen Seiten umzublättern. Aber abgesehen vom 6., der mit dicker schwarzer Tinte unleserlich gemacht ist, enthält der Dezember wenig. Das Essen mit mir ist als P 1.00 und dem Namen des Restaurants vermerkt. Ps stehen auch für Abende mit Vorstellungen. Ich erinnere mich an ihre Kürzel von früher.

Was ich vergessen habe, ist Madeleines ausgezeichnetes Gedächtnis, für das der Kalender ein fast unnötiges Requisit war. Es gibt ein paar andere Daten mit Buchstaben des Alphabets, bei denen ich nicht sicher bin. Und dann am 20. ein Buchstabe, es könnte ein T sein, vielleicht ein F, und der Vermerk ›*Kommt*‹. Darauf folgt nichts mehr. Ob der Kalender leer ist, weil es nichts zu sagen gibt oder weil Madeleine es so wollte, weiß ich nicht.

Mit plötzlicher Wut schlage ich mit der Faust auf den Tisch und schleudere den Kalender auf den Boden. Warum will Madeleine nichts von ihren Geheimnissen preisgeben? Warum kann sie mir nicht einfach sagen, was das alles zu bedeuten hat?

Ich beruhige mich wieder. Die Weinflasche ist fast leer. Ein Blick auf meine Uhr zeigt mir, daß es halb drei in der Nacht ist. Wie sind die Stunden verflogen? Ich bin nicht in der Verfassung, nach Hause zu fahren. Auch habe ich meinen Auftrag noch nicht erfüllt.

Bevor die Verzweiflung mich völlig übermannt, ziehe ich jeden Karteikasten auf und suche nach etwas, das wie ein Tagebuch aussieht. Dann sage ich mir, daß zumindest hier die Polizei erfolgreich war. Oder aber daß Madeleine ihre Tagebücher in dem Haus in Neuilly gelassen hat, vielleicht sogar in Los Angeles. Oder daß sie alles Wichtige weggeworfen, daß sie eine ihrer periodischen Aufräumaktionen durchgeführt hat. Denn es fehlen auch andere Dinge. Dinge, die hier sein sollten, die ich aber nicht finden kann. Dinge, über die ich nicht nachdenken will, die ich aber unbedingt ausfindig machen muß.

Im Schlafzimmer fange ich noch einmal an. Ich bin kein guter Detektiv. Herumliegende Gegenstände nehmen meine Aufmerksamkeit in Anspruch. Ein Paar Schuhe, an das ich mich erinnere, weil es ihren Fuß auf besondere Art schmückte. Ein zusammengeknüllter Seidenschal, in dem noch ihr Duft hängt. Ich lese diese Gegenstände, und sie geben mir Hinweise auf Madeleines Leben, aber nicht auf ihren Tod. Ein entscheidendes letztes Kapitel fehlt.

Die Schiebetür des Kleiderschranks steht halb offen, und ein Sortiment von Kleidern schaut mich daraus an. Auch Schuhe. Und eine von diesen glänzenden Hutschachteln, von denen ich gar nicht wußte, daß es sie noch gibt.

Mit zitternden Händen hebe ich die Hutschachtel aufs Bett. Ich schiebe den glänzenden Deckel weg. Farben springen mich an – das tiefe Gelb von Sonnenblumen, das satte Grün von Jugendstilranken, die Blau- und Rottöne zarter indischer Seidendrucke, verblaßte wäßrige Pastellfarben wie Tintenflecke, die über eine poröse Oberfläche fließen. Eins nach dem andern lege ich die Notizbücher auf das Bett und starre sie an.

Das Bedürfnis, sie aufzuschlagen und zu lesen, ist überwältigend. Doch ich zögere. Würde Madeleine mir diese Übertretung verzeihen? Vielleicht kann ich, wenn die Bücher datiert sind, nur das letzte heraussuchen und das Schlußkapitel lesen. Ich lege mich in die Kissen zurück. Ich habe hier schon früher gelegen. Madeleine und ich haben einmal hier zusammen geschlafen. Es war das erste Mal nach zu langer Zeit. Kurz nachdem sie die Wohnung gekauft hatte. Ich hatte das Geschäft für sie abgewickelt.

An dem Tag, als das Bett und die Sofas geliefert wurden, lud sie mich zu sich ein. Es war Sommer, und sie trug irgendein enganliegendes Kleid, das den Rücken und die Schultern frei ließ. Das tiefe Gold der kalifornischen Sonne schimmerte auf ihrer Haut, und ihre Stimme hatte einen heiseren Klang, als sie leise sagte: »Komm.«

Ich hatte vergessen, was Leidenschaft ist. Doch Madeleine erinnerte mich an ihre wilde Schönheit. Vielleicht hatte es mit ihrem Lachen zu tun oder mit ihrem großzügigen, fast unverdienten Begehren, das nach keiner Gegenleistung verlangte. Oder einfach mit der Tatsache, daß wir uns schon so lange kannten.

Danach schmiegte sie sich an mich und sagte zu mir, ich sei ihre Erde. Sie müsse immer wieder zu mir zurückkommen. Ich erde sie. Dann lachte sie ihr boshaftes Lachen und fügte hinzu: »Aber im allgemeinen fliege ich lieber.«

Ich nehme ein Notizbuch in die Hand, das leuchtendste mit den Sonnenblumen, und schlage es auf gut Glück auf.

> *Aus Europa zurück. Der Hof ist herrlich. Star ist glücklich, mich wiederzusehen. Und Michel und François und Mme. Laporte. Aber Ste-Anne ist sterbenslangweilig. Ein Drecknest. Ein Jahr ist eine lange Zeit. Ich bin heute morgen stundenlang geritten, habe dann zum Frühstück bei den Rousseaus haltgemacht. Pierre will mich nicht mehr kennen. Sein Schaden. Ich werde ihm das Geschenk, das ich gekauft habe, nicht geben. Ich schenke es statt dessen Michel.*

Ich habe schlecht gewählt. Das Datum fehlt, doch ich kann es beisteuern. August 1966. Wir waren noch Kinder, wenngleich ich mich bereits für einen Mann hielt.

Der dumpfe Klang von Pferdehufen erreichte mich in meinem Zimmer. Ich schaute hinaus und sah Madeleine ihr

Pferd Star an der Veranda anbinden. Ihre Anwesenheit machte mich unerklärlicherweise nervös, und hätte mein Vater nicht so nachdrücklich gerufen, hätte ich mich versteckt gehalten.

Wie die Dinge lagen, konnte ich mich kaum überwinden, ihrem Blick zu begegnen. Ich konnte mich bloß auf ihre Beine konzentrieren, die in den Reitstiefeln übermäßig lang wirkten. Und auf ihre Stimme, die kühl und viel zu sehr nach Paris klang.

Ich schaute verlegen zum Fenster hinaus, während mein Vater ihr Fragen stellte. Es war unerträglich heiß. In meinen Achselhöhlen sammelte sich Schweiß. Mein frisches Hemd klebte schon an mir. Ich hatte keine Lust, die Wunder von Paris und London von einem Mädchen mit hochnäsiger Stimme besungen zu hören.

Vielleicht hatte ich einfach ein schlechtes Gewissen. Früher in jenem Sommer war das Wunder geschehen. Bei Annette, einer Kellnerin in einem Speiselokal am Ort, hatte ich endlich den Weg zu jenem geheimnisvollen Ort gefunden, wo »die Frucht deines Schoßes« zu Hause war. Daher kam Madeleine mir plötzlich wie eine Fremde vor. Sie lebte in der Unschuld, die ich gerade hinter mir gelassen hatte. Außerdem wußte ich, daß mir nur noch eine Woche mit Annette blieb, bevor die Mauern des *Jean Brébeuf* sich wieder um mich schlossen.

Madeleine und ich verloren uns danach tatsächlich aus den Augen. Mme. Tremblay war zu dem Schluß gelangt, daß es mit der Erziehung durch Nonnen reichte. Und die gewöhnlichen französischsprachigen Schulen in der Gegend waren für ihre Enkeltochter nicht gut genug. Sie schickte Madeleine nach Montréal, um dort bei Bekannten mit einer gleichaltrigen Tochter zu wohnen. Die Mädchen besuchten gemeinsam eine englischsprachige High School im Westen der Stadt.

Als unsere beiden Familien sich zu Weihnachten trafen, gingen Madeleine und ich kühl miteinander um. Im Sommer bekam ich einen Job bei *Le Devoir*. Es war das Jahr der Expo

1967, und die Stadt hatte eine ganze neue Insel der Wunder hervorgebracht – nationale Pavillons, die alle Arten von Erfindungen präsentierten. Die Amerikaner hatten eine riesige geodäsische Kuppel des Ingenieurs Buckminster Fuller bauen lassen. Die Russen zeigten in ihrer Ausstellung unter anderem einen hydroelektrischen Damm im Miniaturformat. Besucher strömten in die Stadt. Aus allen Ecken der Welt trafen Theatergruppen ein. Das alles war so aufregend, daß ich gar nicht daran dachte, nach Ste-Anne heimzufahren. Dann wurde ich an der Universität angenommen. In der ganzen Zeit dachte ich selten an Madeleine und eine Kindheit, die ich hinter mir glaubte.

Ich überfliege Madeleines Tagebücher. Ich habe das Buch gefunden, das auf die Sonnenblumen folgt. Eigentlich lese ich nicht. Ich bin nur in der Lage, nach meinem Namen zu suchen. Der Rest kann später folgen, wenn Mme. Tremblay es erlaubt.

Ging heute zu einer Demonstration. Tausende Teilnehmer mit Spruchbändern. Vive le Québec Libre und Maître chez nous und das Lilienwappen und alles. Ich kann nicht sagen, ob mir wirklich was an der Politik liegt oder ob es mir nur um die Begeisterung der Menge geht.

Bin Pierre Rousseau über den Weg gelaufen. Ich glaube, er ist interessiert … Also an der Politik. Er ist sehr hübsch geworden und ein richtiger Revolutionär. Er redet von nichts anderem als Klassenkampf und daß die Franzosen die weißen Neger des Kontinents sind und von kultureller und wirtschaftlicher Unterdrückung. Vierundvierzig Nationen haben seit dem Zweiten Weltkrieg ihre Unabhängigkeit erklärt. Warum nicht Québec? Er hat früher korrektes Französisch gesprochen. Er ist ziemlich verführerisch. Ich wollte ihm etwas beweisen. Ich glaube, es hat geklappt.

Was meint sie? Ich überfliege die folgenden Seiten, aber mein Name taucht nicht mehr auf.

Das Buch entgleitet meiner Hand. Ich bin wieder dort. Wieder bei Madeleine auf der Suche nach einer Erklärung. Juni 1970 muß es gewesen sein. Ich studierte an der juristischen Fakultät und führte unsere Abordnung für den Marsch an.

Es war eine riesige Menge. Seit de Gaulle von der Höhe des mit Girlanden geschmückten Rathauses aus sein *»Vive le Québec Libre«* verkündet und der Bewegung nachdrücklich seinen Segen erteilt hatte, waren die Versammlungen immer überfüllt gewesen.

Zuerst achtete ich nicht auf das Zupfen an meinem Ärmel. Als ich mich dann aber umdrehte, sah ich eine Frau von atemberaubender Schönheit. Unter blondem Haar erkannte ich die golden gesprenkelten Augen. Madeleine. Sie trug ein schmuddeliges T-Shirt und enge Jeans. Die Daumen hatte sie in den Hosenbund gehakt, und sie ging mit einer animalischen Anmut, die mich an Brigitte Bardot denken ließ. Ich umarmte sie. Reden war praktisch unmöglich, aber ich formte Worte mit den Lippen. »Sollten wir uns verlieren, treffen wir uns doch später. Ungefähr acht Uhr. In der Pizzeria Ecke Côte-des-Neiges und Lacombe.«

Sie drückte meinen Arm und ging weiter. Wäre es möglich gewesen, ihr zu folgen, hätte ich es getan.

Später saß ich mit meinen Freunden in der Pizzeria, trank billigen Wein und blickte so oft zur Tür, daß Guillaume, mein bester Freund, mich rügte, nicht unserer Unterhaltung zu folgen. Als Madeleine endlich hereinkam, begriff er. Für einen Augenblick wurde es still um den Tisch. Sie schlenderte auf uns zu. Ich schluckte hart und stellte sie vor, legte meinen Arm ein wenig besitzergreifend um ihre Schulter.

Während wir aßen, war sie still und auf eine interesselose Art und Weise aufmerksam. Irgendwann, mitten in unserer hitzigen Verteidigung des Separatismus, warf sie ein: »Aber was gibt es an Kanada auszusetzen?«

»Was verstehst du unter Kanada?« trieb ich sie in die Enge, und als sie nicht antwortete, tat ich es für sie. »Du meinst diese friedliche, liebevolle, kooperative Föderation, bestehend aus zwei Volksgruppen, Franzosen und Engländern, die von Meer zu Meer glücklich zusammenleben? Aber das hat es nie gegeben, Madeleine. Das ist immer und ewig eine Phantasie gewesen, ein Märchen. Was wir wirklich haben, sind zwei separate Gebilde. Engländer und Franzosen.«

Ich fand kein Ende, hielt einen leidenschaftlichen Vortrag, beschwor Gerechtigkeit, den Stolz eines Volkes, das allzu lange mit gesenktem Kopf gelebt hatte. Ich versuchte sie zu beeindrucken. Ich muß unausstehlich gewesen sein. Meine einzige Entschuldigung ist, daß ich gerade zwanzig war. Politische Leidenschaft ist die Domäne der Jugend.

Bald darauf fragte ich sie, ob sie nicht Lust hätte, auf einen Drink zu mir nach Hause zu kommen. Zu meiner Überraschung sagte sie zu.

Allein mit ihr auf den Straßen unterwegs, überkam mich plötzlich Schüchternheit. Ich konnte kaum glauben, daß diese gepflegte Frau meine alte Freundin Madeleine war.

Madeleine jedoch kam nun zu ihrem Recht. Erlöst von den Träumen und Haarspaltereien der Politik, begann sie mir von ihren Kursen an der Schauspielschule zu erzählen – wie ihre Lehrer sie »God Save the Queen« auf Englisch singen ließen, um ihre Diktion zu üben, wie ein anderer sich kaum überwinden konnte, Racine zu sprechen, so daß die Reime sich nie reimten. Sie mimte und tänzelte, und bis wir das Haus in der *Rue Fendall* erreicht hatten, schütteten wir uns so aus vor Lachen, daß wir kaum gerade stehen konnten.

»Hübsche Wohnung.« Madeleine hielt den Atem an, als sie sich umschaute. Sie blickte zu den Bildern auf, berührte Gegenstände mit unersättlicher Neugier.

»Ist nicht meine. Ich hüte bloß das Haus.« Ich entkorkte eine Flasche Bull's Blood, was so ungefähr der einzige Wein war, den wir tranken. »Und wo wohnst du?«

Sie antwortete nicht. Ihr Schweigen brachte mich auf den Gedanken, daß sie mit einem Mann zusammenlebte. Ich wollte sie nicht drängen, aber plötzlich fiel mir nichts anderes mehr zu sagen ein. Ich gab ihr ein Glas, und sie zog die Beine auf das Sofa hoch und trank mit ernster Konzentration.

»Hast du irgendeine Musik?« fragte sie plötzlich.

»Klar doch. Was hättest du gern, Mozart, Brahms, Debussy, Jazz, Rock, *chansonniers*, Gilles Vigneault, Jacques Brel?« Wieder hörte ich mich wie ein Idiot an.

»Vigneault, warum nicht? Wo du so ein Patriot bist.«

Ich begegnete für eine Sekunde ihrem Blick und bekam den Eindruck, daß sie nun jeden Augenblick eine Imitation von mir, die mir nicht gefallen würde, vom Stapel ließe.

»Also Vigneault.« Ich legte eine LP auf. Ich spürte Madeleines Augen im Rücken, und ich wagte erst, mich umzudrehen, als die Gitarre schon mitten in ihren trauervollen Akkorden von »Mon Pays« war.

Madeleine strich einladend über den Platz neben sich. Ich setzte mich, und wir starrten einander an. Es war ein Knistern in der Luft, wie Flammen, die nach Holz züngeln. Dann plötzlich trafen sich unsere Lippen.

Ich erinnere mich eigentlich an nichts anderes. Mit Madeleine gab es nichts außer der Musik unserer Körper, dem Rhythmus der Begierde, der Melodie des Entdeckens.

Danach, als wir in enger Umarmung dalagen, fühlte ich, daß ich nach Hause gekommen war, in ein Zuhause, das ich nie richtig gekannt hatte, wie der Himmel oder wie ein Meer, das unaufhörlich gegen einen plätschert, erfrischend und umarmend, alles auf einmal. Madeleines strahlende Augen verrieten mir, daß sie genauso empfand. Wenigstens glaubte ich das.

Ich muß übermäßig tief geschlafen haben, denn als ich aufwachte, war sie nicht mehr da. Nicht im Bett. Auch nirgendwo sonst im Haus. Ein Abgrund tat sich in mir auf, als hätte man mich zweigeteilt. Und dazu ein Gefühl des Zweifels. Hatte ich die ganze Begegnung geträumt?

Der verräterische Blutfleck auf dem Bett sprach dagegen. Aber er erfüllte mich mit einem zweiten Zweifel. Ich hatte nicht bemerkt, hatte mir nicht vorstellen können, daß es für Madeleine das erste Mal gewesen war.

Ich lag da, rauchte hektisch eine Zigarette nach der andern und versuchte, alles zu begreifen, und dann sprang ich zum Telefon. Sie hatte mir keine Nummer hinterlassen, also versuchte ich es über die Auskunft, doch ohne Erfolg, und dann bei der Schauspielschule. Ich hinterließ eine Nachricht, gab eine Nummer bei der Zeitung, bei der ich jobbte, und meine Nummer zu Hause an. Den ganzen Tag und den nächsten und den übernächsten wartete ich auf ihren Anruf. Nichts.

Schließlich überwand ich meinen Stolz und rief Mme. Tremblay an. Sie sagte mir, Madeleine sei gerade nach Connecticut gefahren, wo sie einen kleinen Job bei einem Sommertheater habe. Sie gab mir eine Adresse.

Ich schrieb nicht. Ich hätte nichts zu sagen gewußt. Ich war verletzt, und gleichzeitig hatte ich das Gefühl, irgendwie versagt zu haben. Frauen waren so unbegreiflich.

Ich zwang mich zu vergessen. Es dauerte gar nicht so lange. Arbeit, jugendliches Feuer, das Tempo politischer und anderer Leidenschaften – alles bewegte sich damals mit der verschwommenen Schnelligkeit und rauhen Begeisterung eines Rolling-Stones-Konzerts.

Unsere Gruppe an der Universität kannte den Feind bis ins kleinste Detail. Wir hatten seine Bestandteile analysiert. Wir kannten Größe und Maß seiner Aktiva, die Tentakel seiner Macht. Wir haßten ihn und die Juden, die seine Kohorten waren, und die willfährigen Geistlichen, die unsere Provinz im neunzehnten Jahrhundert gefangen gehalten hatten. Es war uns in einigen kurzen Jahren gelungen, uns aus dem Würgegriff des Klerus zu befreien und wieder einen gewissen Stolz auf unsere französische Identität zu begründen. Sehr viel blieb noch zu tun.

Theoretisch war das alles schön und gut. Der Haken daran war, daß nur wenige von uns jemals irgendwelche englischsprachigen Menschen von Angesicht zu Angesicht kennengelernt hatten, geschweige denn Juden. Über Jahrhunderte hatten wir es fertiggebracht, zwei gesonderte und benachbarte Einsamkeiten zu bewohnen und die jeweils anderen zu Ungeheuern zu machen.

Ich hatte den glänzenden Einfall, mit unseren Kommilitonen an der juristischen Fakultät von McGill, der englischen Universität auf der anderen Seite des Berges, eine

Diskussionsgruppe zu bilden. Fünf von uns und fünf von ihnen. Die einzige Bedingung war, daß auf französisch diskutiert werden mußte.

Wir trafen uns an einem Mittwochabend in einem Raum an der Universität. Sie kamen als Gruppe, und einen Augenblick lang starrten wir uns in verlegenem Schweigen an. Sie sahen nicht anders aus als wir. Sie waren jung, lässig gekleidet, höflich, als wir uns die Hände gaben und uns vorstellten. Der einzige Unterschied war, daß sich unter ihnen eine Frau befand. Anne Davies. Sie war groß und wirkte sehr in sich ruhend, sie hatte lockiges kupferrotes Haar und Sommersprossen, und ihr Französisch klang, im Unterschied zu dem der andern, genauso wie meines.

Ich ging die Punkte eines vorbereiteten Statements durch, das die Fragen, die wir in den kommenden Wochen mit ihnen diskutieren wollten, im einzelnen aufführte: wirtschaftliche und politische Diskriminierung, die Farce der Zweisprachigkeit, die Notwendigkeit des allgemeinen Gebrauchs von Französisch als Amtssprache von Québec und so weiter. Sie steuerten noch einige andere bei. Wir gerieten ein wenig in Wallung über die Politik unseres Premierministers Pierre Trudeau, die unserer Meinung nach die Franzosen einfach zu einer weiteren ethnischen Minderheit herabstufte. Aber alles in allem verlief der Abend freundlich und gesittet und schloß mit meiner Einladung, bei mir zu Hause noch etwas zu trinken.

In der Zwanglosigkeit meines Wohnzimmers lief dann alles aus dem Ruder. Mein Freund Guillaume legte mit seiner antisemitischen Leier los, indem er die Juden für alles und jedes verantwortlich machte.

Anne unterbrach ihn scharf. »Hör mal, ich bin Jüdin.«

Einer der Männer rief aus: »Ich bin auch Jude.«

Er stand auf, um zu gehen, aber Anne blieb sitzen. Ihr Gesicht war grimmig, ihre Haltung plötzlich kampfbereit wie die eines Straßenjungen. »Das Problem bei euch Québecois ist, daß die ganze Geschichte des zwanzigsten Jahrhunderts anscheinend an euch vorbeigegangen ist. Wo habt ihr euch versteckt? Wißt ihr, wohin auf Rassismus gegründete Nationalismen geführt haben? Habt ihr vom Faschismus gehört? Vom Zweiten Weltkrieg?«

Guillaume räusperte sich, und ich mischte mich ein, indem ich das erste sagte, was mir in den Sinn kam, ehe er weitere Schande über uns brachte: »Mein Vater hat im Zweiten Weltkrieg gekämpft.«

Sie begegnete meinem Blick. Ihre Augen waren grün, die Pupillen sehr groß. Ich hatte nicht gewußt, daß Juden so aussehen konnten.

Die Absurdität des Gedankens, die Tatsache, daß er mir überhaupt in den Sinn gekommen war, das Gefühl, in Klischees gefangen zu sein, ließen mich weiterreden. »Hört mal, das ist offenbar ein Punkt, den wir diskutieren müssen. Nächste Woche könnt ihr vielleicht, ich weiß nicht, uns alles an den Kopf werfen, uns eure Liste der Vorurteile geben. Wir geben euch unsre.«

Anne lachte. »Hört sich lustig an. Meinst du, wir kommen mit dem Leben davon?«

Als die anderen gingen, fragte ich sie, ob sie noch ein paar Minuten bleiben könne. Ich wollte mich irgendwie entschuldigen. Ich interessierte mich auch für sie – ihre Art zu diskutieren, die Dinge, die sie mir beibringen konnte, die Mischung von Humor und Leidenschaft. Binnen einer Woche hatten wir eine Beziehung miteinander, die genau so viel mit gegenseitiger Neugier und der Freude am Streiten zu tun hatte wie mit Leidenschaft. Das Verhältnis überdauerte die Diskussionsgruppe. Es lenkte auch meine Gedanken von Madeleine ab.

Anne und ich sind noch befreundet, obwohl sie von Québec nach New York gegangen ist, wo sie an der Columbia University lehrt. Sie half mir auch, während der furchtbaren Tage der FLQ-Krise, die schließlich den kollektiven Traum von einem harmonischen Kanada zerstörte, mein geistiges Gleichgewicht zu wahren. Die Bomben in Briefkästen und Waffenlagern hatten den Prozeß in den frühen Sechzigern eingeleitet. Die Entführung des britischen Handelsattachés

James Cross im Oktober 1970 und eine Woche später dann die Entführung und Ermordung Pierre Laportes, des Arbeitsministers von Québec, durch eine Zelle der maoistischen *Front de Libération du Québec* beendeten ihn.

Die Bundesregierung schickte die Armee, verhängte das Kriegsrecht. Unsere bürgerlichen Freiheiten wurden aufgehoben. Ich wurde mit vielen meiner Gesinnungsfreunden zu tagelangen Verhören ins Polizeipräsidium abgeführt.

Mitten in dieser unruhigen Zeit kam eine Postkarte von Madeleine, auf der nicht mehr stand als: *Hoffe, es geht Dir gut. Bis bald einmal.*

Unser Wiedersehen sollte noch zwei Jahre auf sich warten lassen. Dann erreichte mich eine Einladung bei der Zeitung, für die ich gelegentlich arbeitete: ein einzelnes Blatt Papier, das eine Zirkusszene zeigte und eine Neuinszenierung von *Lulu* mit einer Theatertruppe ankündigte, von der ich noch nie gehört hatte. Auf die Rückseite hatte Madeleine gekritzelt: *Komm zur Premiere. Hinterher steigt eine Party.*

Ich ging hin. Weder eine andere Frau noch eine politische Versammlung hätte mich abhalten können. Obgleich ich mir ein wenig wie ein gutdressierter Hund vorkam.

Das Theater lag in der Altstadt, einige Straßen vom Hafen entfernt – ein Viertel mit wunderschönen alten Häusern, bei denen man gerade begann, sie vor dem Verfall zu retten. Das Gebäude, in dem das Theater lag, aber machte einen verkommenen Eindruck, obwohl ein leuchtendes Spruchband über den Türen hing und die Frau am Kartentisch gute Laune ausstrahlte, als sie uns zu der Treppe wies, die in einen Kellerraum mit Rampen an drei Seiten führte. Eine glitzernde Lampe, wie ein großer Ballon aus Mosaikteilchen, drehte sich über der Fläche, die als Bühne diente.

Eine Blaskapelle, in eine verrückte Zusammenstellung von Zirkusputz und Zirkusflitter gekleidet, begann über die Bühne zu stolzieren und einen Höllenlärm zu machen. Ihr folgten drei überlebensgroße Puppen, dickbäuchige Karikaturen – ein demütiger, lüstern grinsender Priester, ein Richter mit Perücke, ein Zigarre rauchender Politiker. Die Puppen verbeugten sich und hüpften und stellten sich in einer Reihe an der Wand auf. Plötzlich rasselte ein Gitter vor ihnen herab und sperrte sie in einen Käfig. Sie knurrten wie wilde Tiere, warfen sich gegen die Stangen ihres Gefängnisses.

Eine Peitsche zerschnitt die Luft. Die Puppen knurrten noch wilder. Irgendwo knallte eine Pistole, und die Stimme eines Zirkusdirektors hieß uns im Theater willkommen. Die Wut der Tiere nahm zu. Dann erschien eine silberne Sylphide von Tänzerin. Sie hatte das Gesicht eines Engels, bewegte sich aber wie eine Schlange. Mit erstaunlicher Hingabe sprang und tänzelte und warf sie sich über die Bühne. Halb Göttin, halb Teufelin zog sie Tiere und Publikum gleichermaßen in den Bann.

Ich brauchte einen Moment, um Madeleine zu erkennen. Im nächsten Augenblick aber vergaß ich sie wieder. Ich war Lulus Zauber ebenso verfallen wie die Reihe der Männer und Frauen, die ihrer entfesselten Sexualität zum Opfer fielen. Ihre bloße körperliche Anwesenheit bezauberte und überwältigte jeden.

Später merkte ich, daß die Truppe mit Wedekinds Stück aus der Jahrhundertwende recht frei und zupackend umgegangen war. Verschwunden waren der Medizinalrat, der Artist und der Chefredakteur, um durch zeitgemäßere Gestalten des Establishments ersetzt zu werden. Auch die Musik gehörte ganz in unsere Zeit, so aufdringlich und laut und pulsierend wie ein Rockkonzert, so daß es fast unmöglich war, stillzusitzen. Wie ein Kritiker am nächsten Tag von Madeleine Blais schrieb, verkörperte sie jenes wahrhaftige, wilde, schöne Tier, welches das junge Québec darstellte. Der Kritiker ging allerdings nicht auf das Ende des Stücks ein, wo Lulu daliegt, getötet von Jack the Ripper, einem Serienmörder, der seiner Zeit voraus war.

Erschrocken wird mir bewußt, wohin meine Gedanken mich geführt haben. Meine Hände sind klamm, meine Kehle ist trocken. War Madeleines Ende schon in ihren aufsehenerregenden Anfang als Lulu vorherzusehen? Und wenn ja, welche der männlichen Hauptrollen ist mir auf den Leib geschrieben, Opfer oder Mörder?

Ich schleudere meine Kleidung weg und krieche zwischen die Laken. Das Kissen riecht noch nach Madeleines Haar, ein frischer Duft nach Blumen. Ich vergrabe mein Gesicht darin. Drei Nächte. Erst drei Nächte sind vergangen. Ich zwinge mich, nicht an die Tote zu denken, und finde die lebende Madeleine wieder. Finde sie, wie sie in jener ersten lebensbejahenden Vorstellung war. Ich sehe sie auf der Stange in der Mitte der Bühne sitzen und die Beine schwingen, vor und zurück, zufällig zur Seite, immer in Bewegung, ein kleines Mädchen, dem die Macht seiner Sexualität bewußt geworden ist. Hatte ich mir damals gesagt, daß ich, falls ich wirklich der erste war, in jenen vergangenen zwei Jahren gewiß nur der erste von vielen gewesen war? Als ich auf der anschließenden Party auf sie zuging, war ich mir dessen mit aller Deutlichkeit bewußt.

Sie stand mitten in einem Kreis von Verehrern. Ihre Augen leuchteten. Ein einfaches schwarzes Dreieck von Kleid, ärmellos und sehr kurz in der Mode der Zeit, verstärkte ihre Ausstrahlung noch. Ich drückte mich am Rand der Gruppe herum, wußte nicht recht, wie ich mich gegenüber dieser neuen Madeleine verhalten sollte.

Aber als sich unsere Blicke trafen, war der erotische Zauber zwischen uns noch da, und er war stärker denn je. Wie gefangen rührten wir uns einen Moment lang nicht. Dann tat sie einen Schritt auf mich zu, und einen Wimpernschlag später war ich bei ihr und gratulierte ihr überschwenglich.

Ihr Ton war skeptisch. Sie zog mich in eine stille Ecke. »Hat es dir wirklich gefallen?«

»Sehr sogar.«

Sie fing an, die Inszenierung und ihr Spiel mit der Ernsthaftigkeit eines erfahrenen Kritikers zu zerpflücken, und sagte mir, wo sie versagt hatte, wo sie etwas verbessern könnte.

»Du warst wunderbar«, wiederholte ich.

»Das ist hoffentlich nicht bloß ein Kommentar zu meinen Beinen.«

Ich erlaubte mir, ihre Beine prüfend zu betrachten. »Nein«, lachte ich. »Obwohl sie auch nicht schlecht sind.«

Ich weiß nicht, was sie in meinen Augen las, aber sie wandte sich ab, war im Begriff, sich von einer ausgelassenen Gruppe vereinnahmen zu lassen. Ich berührte sie an der Schulter, hielt sie zurück.

»Können wir uns treffen, Madeleine? Vielleicht sogar noch später heute nacht? Ich habe dich gesucht, weißt du. Nach …«

»Vielleicht.« Ihr Gesicht nahm einen rätselhaften Ausdruck an. »Mal sehen, wie es so läuft.«

Ich wartete. Ich beobachtete die Umarmungen und Küsse und unmittelbaren Intimitäten, die das Theaterleben ausmachen. Ich plauderte und trank, mischte mich unter die Leute und ließ Madeleine nie aus den Augen. Vielleicht lag es einfach an meiner beharrlichen Aufmerksamkeit, vielleicht hat sie es von Anfang an beabsichtigt, aber schließlich ging sie wirklich mit mir nach Hause. Und sobald sie da war, wollte ich sie nie mehr gehen lassen.

Seltsamerweise war es, als wäre keine Zeit vergangen. Wir sprachen nicht über die dazwischen liegenden Jahre. Die Gegenwart genügte uns. Sie war wie ein einziges Begehren, dessen maßlose Hitze über uns zusammenschlug.

Ich träume von Madeleine. Sie sitzt auf einer Schaukel im Apfelgarten. Aber sie ist kein Mädchen. Sie ist Lulu. Sie winkt mir, und ich laufe auf sie zu, stolpere über eine Wurzel, und als ich wieder aufblicke, ist sie nicht da. Nur die Schaukel knirscht ein wenig im Wind. Ich höre ihre Stimme darin, und ich folge ihr, hinauf und in das Haus. Mein Haus. Das Haus meiner Kindheit. Das alte Haus aus rotem Backstein mit der umlaufenden Veranda. Auf der Suche nach der Stimme steige ich die steile Treppe hinauf. Ich bin plötzlich viel kleiner, und meine Knie sind nackt.

Madeleine liegt im Bett. Es ist sehr weiß und sehr hoch

über dem Boden. Sie streckt ihren Arm nach mir aus, und ich nehme ihn. Ihre Hand ist heiß und trocken und sehr dünn, aber größer als meine. Ich blicke zu ihr auf. Ihr Gesicht hat sich verändert. Es ist weich und blaß und fern, und die Augen sind groß und dunkel. Sie ist nicht Madeleine, nein.

Die Stimme meiner Mutter ist zärtlich. *»Au revoir, mon Pierre«*, sagt sie.

Aber ich will nicht auf Wiedersehen sagen.

»Maman«, rufe ich. *»Maman.«*

Ich zerre an den Laken, klettere und ziehe mich auf das Bett hoch. Als ich auf meine Mutter zuklettere, kippt das Bett, richtet sich auf, so daß es in der Luft hängt. Meine Mutter hängt in der Luft, hoch über mir. Ich möchte nicht hinsehen, aber mein Blick fliegt hinauf, angezogen von dem Strick um ihren Hals.

»Nein!« brülle ich. Ich strecke die Hand nach ihren Füßen aus, nach der blauen Seide ihres Nachthemds, erreiche es aber nicht.

Meine Mutter hat mich im Stich gelassen und ist mit dem Tod durchgebrannt. Er trägt einen weißen Ärztekittel, aber darunter versteckt er einen Satansschwanz, und seine Augen sind rot wie die des Teufels. Mir wird übel. Das Erbrechen will nicht aufhören.

Licht dringt in meine Augen. Es ist Morgen. Ich bemühe mich, zu begreifen, wo ich bin, versuche, den Aufruhr meines Magens zu beruhigen.

In diesem Moment höre ich den Lärm.

6

Eins nach dem andern knacken die Schlösser an Madeleines Wohnungstür und lassen sich öffnen.

Wer hat noch Zugang zu ihren Schlüsseln? Eine Putzfrau, die nichts von ihrem Tod weiß? Ein Liebhaber, dessen Existenz mir unbekannt ist?

Angst schleicht sich in meine Verwirrung. Mit Mühe finde ich das Gleichgewicht und suche Schutz im Badezimmer.

Der Eindringling denkt gar nicht daran, leise zu sein. Das Zuschlagen der Tür hallt durch die Wohnung. Darauf sind Stimmen zu hören. Ich lausche, aber die Wand dämpft die Geräusche.

Eine der Stimmen kommt auf mich zu. »Zum Schlafzimmer muß es hier lang gehen.« Schnell fahre ich mir mit der Hand durchs Haar, stopfe mein zerknittertes Hemd in die ebenso zerknitterte Hose, versuche meinen Magen zu beruhigen. Versuche das Entsetzen über das Traumbild vom zweifachen Verlust auszulöschen – Madeleine und meine Mutter, ein Todesfall, der einen anderen erneut beschwört.

Ich zwinge mich zu Gelassenheit. Ich lausche. Ich erkenne die Stimme.

»Kommissar Contini! Warum haben Sie nicht geklingelt?«

Mein Versuch, den im Bad Überraschten zu spielen, ist nicht ganz erfolgreich.

»Was zum Teufel machen Sie hier?«

Sein Boxergesicht drückt Ärger und Mißbilligung aus, dann offenkundiges Mißtrauen. »Sie erzählen mir, daß Sie Mlle. Blais kaum sehen, und doch besitzen Sie einen Schlüssel für ihre Eigentumswohnung?«

»Mme. Tremblay hat mich gebeten ... hier nach dem Rechten zu sehen.«

Er starrt auf das zerwühlte Bett, die verstreuten Notizbücher. »Sie haben ihre Sachen durchsucht, haben alles durcheinandergebracht. Großartig. Einfach großartig! Als ob es nicht genügte, daß wir einen von Gagnons Stümpern hier hatten, müssen wir uns jetzt auch noch mit Ihnen herumschlagen.« Er geht hin und her, dann bleibt sein Blick an mir hängen, und er bricht in Gelächter aus. »Schlimme Nacht, wie? Also dann, machen Sie sich fertig, weil wir Sie zum Präsidium runterbringen und Ihre Fingerabdrücke nehmen müssen.«

»Weshalb das denn?«

»Weil wir hier eine Ermittlung durchführen und Sie überall

Ihre Spuren hinterlassen haben.« Er hebt eines von Madeleines Notizbüchern auf und blättert es durch. Er hat immer noch seine dicken Handschuhe an, und als ich die ungeschickte Nachlässigkeit seiner Gesten sehe, möchte ich ihm das Buch am liebsten aus den Händen reißen.

»Die berühmte Madeleine Blais hat also Tagebuch geführt. Viele Tagebücher, wie es scheint. Was Aufschlußreiches gefunden?« Sein Benehmen ist plötzlich versöhnlich.

»Eigentlich nicht.«

»Jetzt gehen Sie und waschen sich den Schlaf aus den Augen, und dann kommen Sie und berichten, was Sie gefunden haben. Offensichtlich haben Sie einen eigenen schwachen Versuch gemacht, Detektiv zu spielen.«

Ich spritze mir kaltes Wasser ins Gesicht. Es vermag nichts gegen die wilden Augen auszurichten, die mich von den Wänden anstarren, die alle Spiegel sind.

Als ich wieder ins Schlafzimmer komme, steht Contini mit einer Frau da. Sie beugen sich über die offene Schublade an Madeleines Nachttisch. Die Frau sieht eher wie ein kleines Mädchen aus, das sich mit einem maskulin gestreiften Kostüm verkleidet hat. Ihr Haar ist kurz, ein stachliger Helm, mit Henna zu einem exotisch verspielten Orange gefärbt. Im Gegensatz dazu wirkt ihr Gesicht ebenmäßig, mit einer aufgesetzten Strenge, die nichts preisgibt. Aber es ist das Ding, das die Frau in ihrer Hand hält, was mich einen Schritt zurückweichen läßt.

Die Pistole ist klein und zierlich, wie ein Spielzeug oder ein Schmuckstück.

»Geladen«, sagt die Frau. Sie nimmt die Kugeln heraus und läßt die Waffe unsanft in einen Plastikbeutel fallen.

»Rousseau, darf ich Ihnen meine Partnerin vorstellen, Ginette Lavigne.« Contini gibt mir keine Gelegenheit, meine Überraschung auszudrücken. »Wußten Sie von der Waffe?«

Ich schüttle den Kopf. »Aber ich hab es Ihnen ja gesagt. Madeleine hatte Angst.«

Contini geht achtlos die Bücher auf dem Nachttisch durch. »Das überrascht mich nicht, wenn ich mir ansehe, was sie gelesen hat.« Er wirft mir ein paar Taschenbücher zu, und ich sehe den Aufdruck einer Reihe, die ›Wahre Verbrechen‹ heißt. »Hat Sie mit Ihnen über Mord geredet?«

»Ein wenig.«

»Was hat sie gesagt?« fragt Ginette Lavigne seltsam atemlos, als wolle sie es aus mehr als einem Grund wissen. Ich habe den bestimmten Eindruck, daß sie mein Gesicht nicht mag.

Plötzlich habe ich das Bedürfnis, aus der Wohnung zu kommen. Die Luft hier ist stickig und schnürt mir die Kehle zu.

»Hören Sie, ich könnte einen Kaffee brauchen«, sage ich leise. In diesem Moment habe ich das Gefühl, er würde mir guttun.

»Guter Gedanke. Besorgen Sie uns auch Kaffee. Vergessen Sie nur nicht, daß wir Sie wieder hier sehen wollen.« Aus Continis Unbeschwertheit ist der klare Befehl herauszuhören. »Einen doppelten Espresso für mich. Ginette trinkt lieber Cappuccino. Mit etwas Zimt drüber.«

Ich fliehe aus der Wohnung. Draußen ist es bitterkalt. Ein eisiger Wind fegt vom Fluß her den Berg herauf. Er schüttelt mich richtig wach, während ich gegen ihn ankämpfend zur Sherbrooke Street hinuntergehe.

Dort gibt es an der Ecke der Guy ein Café. Nicht daß Cafés in Montréal schwer zu finden wären. Ohne Rücksicht auf Wirtschaftskrisen florieren sie in der ganzen Stadt. In diesem Café führt die Tafel über dem glitzernden Chrom der Theke rund zwanzig verschiedene Kaffeesorten. Ich wähle die erste, und die Kellnerin lächelt mich beruhigend an, als sie mir eine riesige Tasse mit Schaum reicht. Vielleicht kann sie sehen, daß ich es nötig habe.

Ich setze mich an einen glänzenden Ecktisch und warte auf den Energieschub, den der Kaffee bringen soll. Bis er kommt, bin ich schon aufgesprungen und starre auf den Fernseher, der oben an einer Seitenwand hängt.

Mme. Tremblay blickt mir vom Bildschirm entgegen. Sie steht in ihrem Wohnzimmer inmitten der Bilder von Madeleine. Sie hat die Hände fest vor sich verschränkt. Sie verraten mehr Erregung als ihr Gesicht oder die gefaßte Stimme. Sie spricht englisch. Sie sagt: »Meine Enkeltochter war nicht die Frau, die sich das Leben nimmt. Dessen bin ich mir so sicher wie der Kamera vor mir. Polizei und Presse lassen sich vom Augenschein blenden. Ich aber werde die Polizei nicht ruhen lassen, bis die Wahrheit ans Licht gekommen ist.«

Das Gesicht des Nachrichtensprechers füllt den Schirm. Er sagt, daß weiter ermittelt werde, aber ich höre nicht mehr zu. Ich lasse mir Continis Bestellung geben und stürze hinaus. Vor der Tür zu Madeleines Haus zögere ich. Ein Gedanke, so hinterlistig wie verlockend, hat mich beschlichen. Vielleicht wäre es wirklich besser, wenn ich verschwände, wenn ich auf der Stelle an irgendeinen Ort reiste, der absolut unberührt von Madeleines Persönlichkeit ist. Wie mein Bruder es mir geraten hat.

Doch im nächsten Augenblick ist es zu spät. Meine Hand berührt schon die Klingel.

Contini spricht in sein Handy, als ich hineinkomme. Er geht auf und ab. Mit seiner freien Hand zupft er unsichtbare Fusseln von seinem grauen Sakko. Sein Gesicht sieht nicht freundlich aus.

Ich hole die Pappbecher und stelle sie vorsichtig auf dem Couchtisch ab. Als er das Telefon in die Jackentasche steckt, sage ich: »Ich habe gerade Mme. Tremblay ge…«

»Ja, habe ich gehört. Sie macht uns Dampf.« Er sinkt aufs Sofa, hebt vorsichtig den Deckel vom Becher ab und nimmt einen Schluck, bevor er brüllt: »Ginette. Es gibt Kaffee.«

Als sie hereinkommt, schiebt er den Becher zu ihr und fragt: »Schon irgendwelche Drogen gefunden?«

Sie schüttelt den stachligen Kopf.

»Was haben Sie und Gagnon bloß?« sage ich mürrisch. »Sie sind besessen von Drogen. Madeleine hat nie … na ja, vielleicht ab und zu ein bißchen Koks genommen, um einen langen Drehtag durchzustehen, aber nichts …« Continis mitleidiger Blick läßt mich verstummen.

»Okay, lassen wir das.« Er beugt sich zu mir, senkt die

Stimme. »Was also meinen Sie? War Madeleine Blais die Art Frau, die sich das Leben nimmt, oder die Art Frau, die umgebracht wird?«

»Was wollen Sie mit ›die Art Frau‹ sagen?« Ich mag seinen Gesichtsausdruck nicht, mag nicht, wie die Augen zu schmalen Schlitzen geworden sind.

Er übergeht meine Frage. »Sie hatte schon ein bißchen was von einer Nutte, oder nicht?«

Ich sehe ihn giftig an, aber er redet weiter. »Vielleicht hat sie den Tod verdient. Macht es nicht legal, klar. Aber manche Frauen, die packen einen an den Eiern und drücken zu, bis der Mann plötzlich explodiert. He, vielleicht sind sie alle ein bißchen so? Was hat unser Lateinlehrer immer gesagt?« Er zitiert wichtigtuerisch. »Das Weib ist ein Tempel, errichtet über einer Kloake. *Templum aedificatum super cloacam*. Tertullian, nicht wahr?«

»Hört sich für mich wie purer Continian an«, sagt Ginette Lavigne. »Männer machen Geschäfte. Frauen sind Nutten.«

Trotz ihrer Worte sind ihre Züge frei von jeder Aufsässigkeit. Das Herausfordernde in ihrem Blick richtet sich allein gegen mich.

»Gut zusammengefaßt, Ginette.« Contini lacht. »Du hast noch verdammt viel Arbeit. Also los.«

Schmunzelnd schlendert Ginette zum Arbeitszimmer.

»Begabte Polizistin. Übertrieben genau«, vertraut er mir so laut an, daß Ginette es hört. »Aber über Männer muß sie noch ein bißchen was lernen. Also, was meinen Sie? Ginette ist übrigens davon überzeugt, daß Madeleine Blais ermordet wurde.«

Ich habe mit einemmal das Gefühl, daß die ganze Szene gestellt ist. Es gelingt mir, mit erstaunlich kühler Stimme zu antworten. »Haben Sie die Laborbefunde schon bekommen? Sie müßten uns mehr sagen als alle wilden Spekulationen.«

Er lacht vor sich hin. »Sie mögen nicht, daß Ihre Madeleine als Nutte bezeichnet wird, wie?« Aus seiner Tasche zieht er ein Päckchen Zigaretten und bietet mir eine an. »Wir haben die Befunde bekommen. Helfen nicht viel weiter. Das ist der

Haken. Sie ist eindeutig durch den Strick getötet worden. Ob sie ihn sich selbst umgelegt hat oder jemand anderes, können wir nicht so ohne weiteres erkennen. Vermutlich wurde sie vorher noch ganz schön hergenommen.« Er berührt zart seinen Hals, während seine schlauen Augen jede meiner Gesten verfolgen.

»Selbstmord? Beihilfe zum Selbstmord? Mord? Kann man noch nicht sagen. Aber wir haben entdeckt, daß sie ein paar Stunden vor ihrem Tod mit jemandem geschlafen hat. Das Problem ist, daß das Sperma innen nicht das gleiche ist wie der angetrocknete Fleck, den wir an ihrem Mantel gefunden haben.« Er zuckt die Achseln. »Es ist, wie ich Ihnen gesagt habe.«

Ich huste, damit er nicht merkt, wie ich zusammenzucke. »Sonst noch was?«

»Nicht viel. Ein schwarzes Haar, ein bißchen dunkelblauer Wollflaum unter einem Fingernagel. Sie haben einen blauen Mantel? Einen blauen Pullover?«

Ich starre mit offenem Mund auf meinen Ärmel. »Sie glauben doch nicht im Ernst ...«

Er läßt ein kurzes, scharfes Lachen hören. »Ich bin Polizist. Meine Verdächtigungen richten sich gegen jeden.«

Ich will protestieren, als das Telefon läutet. Es ist nicht das Handy in seiner Tasche, und er springt auf, geht schnell ins Arbeitszimmer. Ich folge ihm auf dem Fuß.

Ginette Lavigne tritt vor, um den Hörer abzunehmen, aber Contini winkt sie beiseite. Er deutet auf den Anrufbeantworter, wo das rote Lämpchen schon blinkt. Warum habe ich das gestern abend nicht bemerkt? Warum habe ich nicht die Nachrichten an Madeleine abgehört? Das Gerät hat dagestanden, gleich neben dem Schreibtisch, nur ein wenig vom Blatt eines Gummibaums verdeckt.

Ich höre Madeleines Stimme, warm, hell, gut gelaunt. Zuerst auf französisch, dann auf englisch. Meine Hand zittert. Ich verstecke sie in der Tasche. Beim Piepton beugt sich Contini gespannt vor. Aber da kommt nur Schweigen, dann ein Knacken.

»Verdammt!« murmelt er.

Es kommt mir in den Sinn, daß Mme. Tremblay vielleicht versucht, mich zu erreichen, ungeduldig, weil sie hören möchte, was ich gefunden habe. Ich mache mir nicht die Mühe, etwas davon zu sagen.

»Hast du die anderen Nachrichten abgehört?« wendet sich Contini an seine Partnerin.

»Gagnons Mann hat sie gehört. Aber wir müssen sie noch identifizieren.«

Contini deutet auf mich. »Vielleicht können Sie uns helfen.« Er drückt auf den Knopf, und ich höre Manous silberhelle Stimme, die Madeleine frohe Weihnachten wünscht. Fast wortwörtlich werden die Weihnachtsgrüße von anderen Stimmen wiederholt, zwei namenlose Frauen, die ich nicht erkenne, und zwei Männer, von denen einer sich als Armand ausweist.

Die letzte Nachricht hat nichts mit Weihnachten zu tun.

Eine Männerstimme, die französisch mit sehr starkem Akzent spricht. Er nennt keinen Namen. Wie einige der vorigen unterstellt der Anrufer Nähe und Erkennen.

»Habe mit unserem Regisseur gesprochen«, sagt die Stimme und zögert dann. »Er ist nicht versessen darauf. Wie ich dir gesagt habe. Laß uns später reden. Vielleicht können wir ihn noch überzeugen. Und danke.« Die Stimme zögert wieder. »Danke für alles. Ruf mich an.«

Ich mag den Klang dieses letzten »Danke« nicht, aber ich habe keine Zeit, darüber nachzudenken. Contini nimmt mich ins Verhör. Ich sage ihm, was ich weiß.

»Manou ist eine Freundin Madeleines in Paris. Armand ist der Theaterregisseur am Nouveau Monde. Die anderen kenne ich nicht.«

»Auch den letzten nicht?«

Ich schüttle den Kopf.

»Das hier ist offenbar ein Apparat, den man anwählen kann, um Nachrichten abzurufen. Die letzte klingt wie eine Abfuhr. Eine Rolle, die sie nicht bekommen hat? Hat sie Ihnen gegenüber etwas erwähnt?«

»Nein.«

Contini kratzt sich am Kopf. »Gut, Ginette. Prüfen wir es bei der Telefongesellschaft nach. Besorge eine Liste der Nummern, die Mlle. Blais am häufigsten gewählt hat. Und wo zum Teufel bleibt die Spurensicherung? Ich will, daß hier alles auf Fingerabdrücke untersucht wird.« Er ballt die Hand zur Faust und läßt mit der andern die Knöchel knacken. Als vermißte er die Nüsse auf meinem Tisch.

»Also, was haben Sie hier gefunden, Rousseau? Irgendwas, das uns weiterhilft? Wir könnten Tage hier zubringen, um den ganzen Plunder durchzusehen.«

»Es ist kein Plunder.«

»Nein, selbstverständlich nicht. Tut mir leid.« Er bedenkt mich mit einem unvermutet freundlichen Lächeln. »Ich habe mich vergessen. Erzählen Sie mir davon.«

Ehe ich den Mund aufmachen kann, klingelt es an der Tür. Contini geht zur Sprechanlage. Kurz darauf kommen ein Mann und eine Frau in die Wohnung. Die Frau ist untersetzt und auf eine besondere Weise hübsch. Sie begrüßt uns mit einem »Hi«. Der Mann hat die graue Haut eines Wesens, das selten das Tageslicht sieht. Beide tragen sie einen Metallkasten.

Contini nimmt sie beiseite, ohne daran zu denken, sie vorzustellen. »Konzentriert euch auf die Küche und das Schlafzimmer«, höre ich ihn sagen. »Fingerabdrücke, eventuell blaue Wollfäden, und untersucht das Bett.« Er führt sie zur Küche und senkt die Stimme, aber ich kann mir seine Instruktionen vorstellen.

Als er zurückkommt, grinst er wie ein alter Freund. »Wo waren wir stehengeblieben?«

»Hören Sie, ich sollte wirklich nach Ste-Anne zurück.«

»Arbeiten Sie heute?«

»Das ist es nicht.« Ich beschließe, nicht zu lügen. »Es geht um Mme. Tremblay. Ich sollte bei ihr reinschauen.«

Er zupft noch ein unsichtbares Fädchen von seinem Sakko, bevor mich seine Augen wieder fixieren. »Sie hat Ihnen die Schlüssel gegeben, stimmt's?«

Ich nicke. »Und wo haben Sie Ihren her?«

»Aus Mlle. Blais' Manteltasche, von Gagnon. Es war rücksichtsvoll von ihr, sie für uns dort zu lassen, da Mme. Tremblay nicht so zuvorkommend war. Und was wollte die alte Dame haben?«

»Die Tagebücher«, sage ich leise.

»Nein, die kann sie nicht haben. Nicht, wenn sie so versessen auf die Wahrheit ist, von der sie redet.«

»Sie fürchtet ... die Presse. Es stehen private Dinge in den Tagebüchern. Dinge, die ...«

»Nicht gut aussehen würden«, beendet er den Satz für mich. »Aber wir sagen nichts, wenn Sie nichts sagen. Geben Sie das an Mme. Tremblay weiter. Sagen Sie ihr, es wäre Behinderung der Justiz. Eigentlich könnten Sie sie gleich anrufen und ihr erklären, daß Sie einen kleinen Ausflug zum Präsidium machen müssen. Dann geben Sie mir den Hörer.«

Er reicht mir sein Handy, und ich tue, was er verlangt.

Mme. Tremblay hört sich resigniert an. »Wenigstens unternehmen sie was«, flüstert sie.

Als ich das Telefon an Contini weiterreiche, gibt er sich sehr höflich. »Mme. Tremblay? Ich hoffe, Sie fühlen sich heute etwas besser. Ja. Sie kennen diesen Mann mit Pferdeschwanz, von dem Sie gesprochen haben? Ich würde gern ein Phantombild machen lassen. Meinen Sie, Sie finden jemand, der Sie nach Montréal fährt? Ich kann es vielleicht mit der Ortspolizei arrangieren? Nein? Wie Sie meinen. Ja. Im Präsidium. Mit dem Computer. Vielleicht können Sie in Mlle. Blais' Wohnung kommen, und wir fahren zusammen hin? Ja, wir sind noch hier.«

Er drückt auf einen Knopf und lächelt mich an, dann schaut er auf die Uhr. »Wissen Sie was? Ich kläre rasch ein paar Dinge mit dem Präsidium, und dann können Sie und ich diese Leute hier in Ruhe lassen und eine Kleinigkeit essen, während wir plaudern. Es gibt da ein nettes kleines Lokal gleich um die Ecke der Crescent. Gehört meinem Onkel.«

Er geht hinaus, um im Arbeitszimmer ein paar Worte mit Ginette zu wechseln. Ich gehe wie zufällig in die Küche. Die

Frau pinselt Silberpuder auf jede vorhandene Fläche. Mit einer Hand im Latexhandschuh verstaut der Mann vorsichtig ein Glas in einem Plastikbeutel.

Ich schaue weg. Es kommt mir in den Sinn, daß Madeleines Sterben noch weniger Vertraulichkeiten kennt als ihr Leben.

Trotz der Kälte sind auf der Rue Sherbrooke um die Mittagszeit viele Fußgänger unterwegs. Sie gehen so schnell wie wir. Keiner bleibt stehen, um einen Blick in die Antiquitätengeschäfte und Galerien zu werfen, die sich auf dieser goldenen Meile der Stadt drängen.

»Hier entlang.« Continis Hand liegt fest auf meiner Schulter. Er führt mich durch eine enge Gasse zu einem kleinen Einkaufszentrum, neben dessen gläsernem Eingang sich ein Restaurant befindet.

In überschwenglichem Italienisch begrüßt Contini alle und bespricht mit einem Kellner ausführlich die Speisekarte. Er ist in seinem Element. Seine Augen blitzen. Er hebt einen Finger an die Lippen, mimt einen Kuß und bestellt für uns beide mit der Kennerschaft des Gourmets. Dann erst lehnt er sich auf dem Stuhl zurück.

»Was also haben Sie gefunden?«

»Nicht viel. Einen Haufen Material über den Universitätsmörder. Fanpost. Einen Taschenkalender, den Sie sehen werden. Steht nicht viel drin.« Ich setze ihn ins Bild, so gut ich kann. Selbst als die Tagliarini in Muscheln kommen, hört er gespannt zu.

»Und die Tagebücher?«

»Ich bin eingeschlafen, bevor ich sehr weit kam«, bringe ich ehrlich heraus.

Er starrt mich an und läßt es dabei bewenden.

Wir sprechen eine Weile über Madeleines Karriere. Ich gebe ihm die Namen ihrer Agenten in Paris und Hollywood, die Namen einiger Freunde. Ich suche sogar Telefonnummern aus meinem Adreßbuch heraus.

»Liebhaber?« spornt er mich an.

»Darüber haben wir nicht gesprochen.«

»Nein, natürlich nicht.«

Über den gedünsteten Feigen schüttelt er den Kopf. »Wissen Sie, ein Teil von mir glaubt wirklich, daß die Großmutter auf dem Holzweg ist. Es ist nur ein einfacher Selbstmord. Nicht daß sie jemals einfach wären, da gebe ich Ihnen recht. Aber vom Standpunkt der Polizei ... Wir vergeuden bloß eine Menge Zeit und Steuergelder. Das meinen Sie doch auch, oder?«

Ich zucke die Achseln. Ich traue meiner Stimme nicht mehr. Obwohl er sehr ungezwungen tut, verfolgt Contini jedes Wort und jede Geste mit einer scharfen Aufmerksamkeit, der ich nur entkommen möchte.

Als wir unser Mittagessen beendet haben und wieder in Madeleines Wohnung kommen, ist Mme. Tremblay eingetroffen.

Sie hat den Mantel noch nicht abgelegt. Sie hebt sich vor dem breiten Fenster und dem weiten Himmelsausschnitt wie ein verwundeter Vogel ab, der zu leidend ist, um die Flucht zu ergreifen. Gegen Ginette Lavignes grelle Haarfarbe wirkt sie blaß und gebrechlich.

»Sie müssen sich setzen, Mme. Tremblay.« Ich winke sie zum Sofa. »Bitte.«

»Nein, Pierre, vielen Dank. Ich habe zu lange gesessen.« Sie hält sich sehr starr, als fürchte sie, ihr Blick könnte wandern. Ich begreife. Der Raum Madeleines, diese Gegenstände, alles ist mit zu vielen Gefühlen befrachtet.

»Kommissar«, begrüßt sie Contini. »Wie lange werden Sie mich brauchen?«

»Wir sollten bis fünf fertig sein. Vielleicht ein wenig später.«

»Ich frage nur, weil ich es Michel sagen muß.«

Eine Gestalt taucht aus dem Bad auf, das Gesicht von einem schwarzbraunen Bart halb verdeckt. Michel Dubois war früher einer der beiden Lohnarbeiter auf Mme. Tremblays Bauernhof. Heute hilft er bei Gelegenheitsarbeiten und fährt sie hin und wieder. Er ist ein schweigsamer, mitunter sogar mürrischer Mann, der sich am liebsten im Freien aufhält. Ich habe ihn selten einen vollständigen Satz sagen hören.

Zögernd tritt er hinter uns, während seine pechschwarzen Augen sich blitzschnell im Zimmer umsehen.

»Ich kann Sie nach Ste-Anne zurückbringen, Mme. Tremblay. Es ist einfacher, weil ich auch zum Präsidium mitkommen muß«, sage ich.

»Geht das, Pierre? Das ist gut.« Sie greift in ihre Geldbörse, nimmt ein paar Scheine heraus und drückt sie Michel in die Hand. »Iß was, bevor du zurückfährst, Michel. Und wenn du Zeit hast, stelle den Hunden das Futter raus, wenn du zurück bist.«

»Und wenn Sie sowieso schon da sind, Dubois, behalten Sie das Haus im Auge. Man weiß nie, wer auftauchen könnte.« Contini zwinkert Michel mit überraschender Vertrautheit zu. Er muß ihn bereits verhört haben.

»Kann ich Sie rasch um Ihre Meinung zu einigen Dingen bitten, bevor wir losfahren, Mme. Tremblay?« Contini ist die Höflichkeit in Person. »Legen Sie doch ab.« Er hilft ihr mit dem Mantel, dann bittet er sie ins Arbeitszimmer.

Neugierig schließe ich mich an. Auch Michel kommt mit. Mag sein, daß er glaubt, er müsse sie beschützen.

Das Arbeitszimmer wirkt plötzlich zu eng. Mme. Tremblay muß das gleiche empfinden, denn sie winkt uns hinaus. Oder vielleicht gilt es nur für Michel. Wir drücken uns an der Tür herum.

Ginette Lavigne sucht in einem ihrer Plastikbeutel und zieht Madeleines Taschenkalender heraus. Ich bin froh, daß es nicht die Pistole ist.

»Wissen Sie was über diese Anfangsbuchstaben?«

Mme. Tremblay betrachtet die Seiten, die Contini für sie aufschlägt. Ihre Lippen zittern ein wenig, als sie mehrmals mit nein antwortet. Und dann ruft sie aus: »Da haben Sie's! Bei T für M einen Schal abgeholt. Das heißt bei Tanya für Mémère, für mich. Mein Weihnachtsgeschenk. Ein handgewebter, wunderschöner Schal. Ich habe ihn gestern abend ausgepackt.« Ihre Augen füllen sich mit Tränen. »Und für dich ist auch etwas da, Pierre. Obwohl hier nichts davon steht. Aber andere Dinge stehen da. Eine ganze Geschenkliste. Da.«

Ich gehe schnell zu ihr und lese über ihre Schulter mit. In meinem nervösen Zustand ist mir die Liste auf der letzten leeren Seite des Kalenders entgangen. Was habe ich sonst noch übersehen?

»Sie hat nie vorgehabt zu sterben.« Mme. Tremblay starrt Contini an.

»Das sagen Sie uns immer wieder.« Seine Stimme nimmt plötzlich einen drohenden Unterton an. »Was steht in den Tagebüchern Ihrer Enkeltochter, Mme. Tremblay, das wir nicht sehen sollen?«

»Was meinen Sie, Kommissar?«

Er zuckt die Achseln. »Vielleicht stehen Dinge über Sie darin. Vielleicht war Ihr Verhältnis zu Mlle. Blais nicht ganz so traut, wie Sie behaupten? Sie haben ihre Leiche entdeckt, nicht wahr?«

Mme. Tremblay atmet heftig aus. »Also wirklich, Kommissar! Was wollen Sie damit andeuten?«

»Sie sind sich so sicher, daß es Mord war. Vielleicht wissen Sie mehr, als Sie uns sagen.«

Die Kälte in seiner Stimme läßt mich frösteln. Gleichzeitig habe ich das Gefühl, daß ich ohne weiteres in dieses blasierte Gesicht schlagen könnte.

»Sie sind verrückt geworden, Contini!« höre ich mich ausrufen.

Er antwortet nicht. Er fixiert Mme. Tremblay.

»Was wissen Sie von Mlle. Blais' Testament?« fragt er sie.

»Ihr Testament? Das ist Unfug, Kommissar. Wollen Sie etwa sagen, ich hätte meine Enkelin wegen ihres Geldes ermordet?«

»Kein ungewöhnliches Motiv.« Ein Lächeln huscht über sein Gesicht und verschwindet genauso schnell wieder. »Sie werden uns Mlle. Blais' Testament zeigen.«

»Wenn ich so etwas hätte, würde ich es mit Freuden tun. Das gleiche habe ich zu Monique und ihrem Sohn gesagt, als sie gestern abend plötzlich auftauchten.« Das Gesicht, das sie mir zuwendet, ist starr vor Ekel. »Hat Madeleine ein Testament bei dir hinterlegt, Pierre?«

Ich schüttele den Kopf.

»Sehen Sie, Kommissar. Es gäbe ein Testament, wenn Madeleine geplant hätte zu sterben. Sie war eine praktisch veranlagte Frau.«

Aber Contini hat bereits die Richtung geändert. »Monique … Ich nehme an, Sie meinen Ihre Tochter Monique Blais – Madeleines Mutter. Und der Sohn wäre dann …?«

Mme. Tremblay blickt stumm auf den Boden.

»Madeleines Stiefbruder?« hilft Contini nach.

»Marcel Blais«, antwortet sie ausdruckslos. »Offenbar wohnt er jetzt in einem dieser Vororte von South Shore. Er hat Monique gewarnt zu …« Ihre Worte verlieren sich in unverständlichem Flüstern. »Jedenfalls kam Monique so schnell sie konnte zu mir zu Besuch.«

»Und sie sind beide bei Ihnen in Ste-Anne?«

Sie sieht ihn mißtrauisch an, aber ihre Stimme ist wie Stahl. »Nein, Kommissar. Ich habe ihnen gesagt, ich sei nicht im Stande, Gastgeberin zu spielen.«

Contini flüstert Ginette Lavigne etwas zu, das ich nicht verstehen kann, und sie geht aus dem Zimmer, während Contini, nun ungezwungen höflich, fragt: »Können Sie uns helfen, indem Sie einigen von diesen Stimmen einen Namen geben, Mme. Tremblay?« Er drückt den Knopf des Anrufbeantworters.

Wir hören Madeleines Stimme in einer so absoluten Stille, daß es beinahe bereits ein Gedenkgottesdienst sein könnte.

In der Pause vor dem Piepton zerreißt das Klirren von Schlüsseln, die auf den Boden fallen, die Stille. Wir drehen uns alle nach Michel Dubois um. Er hebt sie mit einer geflüsterten Entschuldigung auf und steht feierlich da, die Augen verlegen auf seine Hände gerichtet.

»*Pauvre Michel,* ich weiß, wie sehr er sie mochte«, murmelt Mme. Tremblay. »Seit sie klein war.« Sie drückt seine Hand. »Geh jetzt. Es ist besser für dich.«

Contini schaltet den Anrufbeantworter wieder an. »Bitte hören Sie zu, Madame.«

Diesmal höre ich es zwischen den Stimmen mehrmals knacken, was mir vorher nicht aufgefallen war. Leute, die keine Nachrichten auf das Band gesprochen haben.

Mme. Tremblay scheint verwirrt. »Ich weiß nicht. Ich glaube, eine der Frauen ist Marthe Ducharme. Die Schauspielerin.«

»Und die Männer?«

Sie schüttelt den Kopf. »Bitte, können wir jetzt gehen?« Ihre Lippen sind zusammengepreßt, ihr Gesicht ist sehr bleich. Ich nehme sie am Arm und führe sie aus dem Zimmer.

Sie setzt sich auf das Sofa und versteckt ihr Gesicht in den Händen. Einen Augenblick später sieht sie sich mit benommener Miene um. »Michel ist also gegangen?« fragt sie.

Ich schaue mich um. »Ich nehme es an. Ich habe es nicht bemerkt.«

»Er nimmt es sehr schwer. Ich mache mir Sorgen um ihn. Er ist doch schon bei uns, seit er fünfzehn war. Ich habe ihn aufgenommen, als er von der Schule geworfen wurde.«

Ihre Aufmerksamkeit schweift ab, dann sagt sie: »Pierre, ich glaube ...« Sie bricht ab und ruft dann lauter: »Kommissar Contini!«

Contini erscheint aus dem Arbeitszimmer. »Ja, wir gehen jetzt.«

»Das meine ich nicht.« Sie ringt die Hände. »Ich glaube ... Diese letzte Nachricht, das könnte genau der Mann mit dem Pferdeschwanz sein.«

»Aha?« Continis Augen leuchten auf.

»Ja. Ich bin mir nicht sicher. Aber der Akzent ... Vielleicht.« Sie sieht auf ihren Rock, glättet eine Falte, dann blickt sie verwirrt zu uns auf. »Das bedeutet, daß er kein Anhalter war. Madeleine hat ihn gekannt.«

Contini setzt sich und nimmt Mme. Tremblays Hand. Sein Ton ist herzlich und besorgt. »Sie werden mir zustimmen, daß es eine schlechte Nachricht ist. Über eine Rolle vielleicht?«

Mme. Tremblay antwortet nicht gleich. »Ich weiß, worauf Sie hinauswollen«, sagt sie schließlich. »Sie glauben, Madeleine erhielt diese schlechte Nachricht, beschloß, diesen Mann mit nach Ste-Anne zu nehmen, um ihn auf ihre Seite zu ziehen. Glaubte, sie habe versagt. Und nahm sich das Leben.« Sie atmet mit einem Stöhnen aus. »Aber sie machte so einen glücklichen Eindruck.«

»Sie war Schauspielerin«, sagt Contini leise. »Eine große Schauspielerin.«

Mme. Tremblay regt sich nicht.

»Wir finden ihn. Das verspreche ich Ihnen. In einem oder zwei Tagen. Sobald wir dieses Phantombild bekommen. Meine Leute werden es allen Freunden von Mlle. Blais am Theater zeigen. Der Name ist Ihnen nicht zufällig wieder eingefallen?«

Sie schüttelt den Kopf.

»Ich glaube, er könnte mit einem F oder T anfangen«, murmele ich.

Contini sieht mich erstaunt an.

»Aus ihrem Kalender«, erkläre ich.

»Stimmt. Fahren wir jetzt rüber zum Präsidium. Sie haben Ihren Wagen hier?«

Ich nicke.

»Dann nehmen Sie Lavigne mit. Sie zeigt Ihnen den Weg. Mme. Tremblay, Sie kommen mit mir.«

In der Eingangshalle bleibt Contini stehen. »Wir sollten nach Mlle. Blais' Post sehen. Da könnte was dabeisein.« Er geht auf die Briefkästen zu und kommt nach einer Weile mit einem kleinen Bündel Umschläge zurück.

Die Schrift auf dem obersten versetzt mir einen Schrecken. Ich starre darauf. Am liebsten würde ich ihm den Umschlag aus der Hand reißen.

»Die sehen wir uns später an.« Contini zwinkert mir zu und stopft die Briefe in seine Tasche. »Übrigens, Rousseau, haben Sie diese Namen für mich aufgeschrieben?«

»Das mache ich nachher im Präsidium.«

Draußen trübt sich der Nachmittag bereits, aber die Straßenlaternen sind noch nicht angegangen. Alles sieht schmutzig aus, vom Streusand unter unseren Füßen bis zum rußigen Grau des Himmels.

Mme. Tremblays Hand liegt auf meinem Arm. »Ich fahre mit dir, Pierre«, sagt sie mit plötzlicher Entschiedenheit.

»Geht das in Ordnung, Kommissar? Wir fahren hinter Ihnen her. Warten Sie hier, während ich mein Auto hole.«

Contini zuckt die Achseln, wirft mir einen tiefsinnigen Blick zu. »Okay, aber verfahren Sie sich nicht.«

Mme. Tremblay ist still, während wir den steilen Berg hinaufgehen. Als ein Auto von hinten hupt, bemerke ich neben uns einen Chevy, der so verdreckt ist, daß man die Farbe nicht mehr erkennt. Er kriecht in unserem Tempo die Steigung hinauf. Erst als wir in die Straße einbiegen, in der ich den Wagen geparkt habe, schaltet er hoch und rast davon. Mme. Tremblay winkt, und ich erkenne von hinten Michel Dubois' massige Gestalt.

»Er sorgt sich auch um mich«, sagt Mme. Tremblay.

Wir fahren auf der Sherbrooke nach Osten, Contini und Lavigne stets im Blick. Sie fahren langsam, halten an der Seite, wenn wir eine Ampel nicht mehr schaffen, als hätten sie den Verdacht, ich könnte sie absichtlich aus den Augen verlieren und mich heimlich davonmachen.

Mme. Tremblay hat noch kein Wort gesagt. Ich dränge sie nicht, aber ich wünsche, sie würde fragen, was sie fragen muß, damit ich von meinem Versäumnis berichten kann. Endlich, als wir nach Süden abbiegen, sagt sie: »Hast du Gelegenheit gehabt, die Tagebücher anzusehen, Pierre?«

Ich nicke. »Aber ich bin nicht weit gekommen. Ich bin eingeschlafen. Dumm von mir. Contini verspricht, daß die Presse sie nicht in die Finger bekommt.«

»Ich habe aufgehört, mir darüber den Kopf zu zerbrechen«, sagt sie kurz angebunden.

»Er gibt sie direkt an Sie zurück.«

»Und wenn ich mich geirrt habe, Pierre?« Ihre Stimme drückt das reine Elend aus. »Wenn Madeleine es doch getan hat? Habe ich sie wirklich so wenig gekannt?« Sie schlägt die Hände vors Gesicht.

Mir fallen keine Worte ein, um ihren Schmerz zu lindern.

»Sie hat doch keine schlimme Krankheit verheimlicht? Das wäre das einzige, worin ich einen Sinn sehen könnte. Sie hatte schreckliche Angst vor Krankheiten. Wenn dazu eine Enttäuschung im Beruf dazugekommen wäre, dann vielleicht ...«

»Madeleine hatte so viele verschiedene Gesichter«, sage ich nach einer Weile.

»Ja.« Mme. Tremblays Ton ist barsch. »Aber ich dachte, ich würde sehr viele davon kennen.«

Sie ist wieder still. Erst als wir uns unserem Ziel nähern, beginnt sie zu sprechen, auf englisch jetzt, wobei sie die einzelnen Worte betont. Es dauert einen Augenblick, bis ich merke, daß sie zitiert, wenn ich auch die Quelle nicht kenne.

»So stolz war sie zu sterben.
Es machte uns beschämt,
Daß ihrem Wunsch so unbekannt
Schien, was wir schätzten –
So gern ging sie dahin,
Wo keiner von uns würde sein
So bald – daß Eifersucht fast stärker
War als unsere als unsre Pein.

Ist es so, Pierre?«

Ich spüre ihren Schmerz. Mme. Tremblay beneidet Madeleine um ihren trotzigen Tod.

Ich werfe einen ängstlichen Blick auf sie. Das Blau der Adern ist dunkel geworden in ihren straffen fleckigen Händen.

»Das dürfen Sie nicht einmal denken«, sage ich leise.

Das Präsidium der Provinzialpolizei ist groß und weitläufig. Wir kommen uns plötzlich kleiner vor, als wir durch die Tür treten. Contini dagegen wächst mit seiner Autorität. Wie ein römischer Kaiser winkt er uns mit gebieterischer Hand heran. Vielleicht möchte er, daß die Löwen schnell Schluß mit uns machen, damit er sich in die Ruhe seiner luxuriösen Privatgemächer zurückziehen kann.

Plötzlich wird mir bewußt, über welche Mittel er verfügt. Der Gedanke sollte mir gefallen. Statt dessen erfüllt er mich mit Angst. Ich sehe zu, wie der Aufzug sich hinter Mme. Tremblay schließt, und wünsche, ich könnte die Türen wieder aufdrücken.

Ginette Lavigne ist nun für mich verantwortlich. Ohne Contini ist sie kühl und dienstbeflissen. Sie führt mich in einen fensterlosen Raum, wo ein uniformierter Mann grob meine Hand packt, meine Finger auf ein Stempelkissen drückt und sie dann auf vorbereitete Quadrate auf einem Bogen Papier preßt. Erst rechts, dann links. Lavigne lauert, beobachtet jede Geste von mir. Vielleicht ist das der Grund, daß ich unabsichtlich mit der linken Hand zucke und den Daumenabdruck verschmiere. Lavigne schüttelt den Kopf. Meine Hand wird mit stählerner Entschlossenheit gepackt, und wir fangen von vorne an. Als wir fertig sind, erklärt Lavigne mir barsch, in der Halle auf Mme. Tremblay zu warten.

Uniformen gehen durch die Türen ein und aus. Stimmen streiten und verschwinden. Eine Frau im Labormantel klopft ungeduldig mit dem Fuß auf, dann schwebt sie in den Aufzug. Ein Mann in einem durchgescheuerten Jackett bittet mich um Auskunft, und ich schicke ihn zur Anmeldung. Sirenen heulen.

Ich beschließe, die Warterei zu verkürzen, indem ich die Liste zusammenstelle, um die Contini mich gebeten hat. Es dürfte nicht lange dauern. Die jüngeren Männer, die ich in Ste-Anne kenne, sind nicht zahlreich. Aber ich halte bei jedem inne, versuche, ihn mir mit Madeleine vorzustellen, halte auch bei sämtlichen Priestern inne, obwohl mir deren Züge verschwommen bleiben. Ich habe erst wenige Namen aufschreiben können, als Mme. Tremblay wieder erscheint.

Sie wird von einer Frau mit einem humorlosen Gesichtsausdruck begleitet, die sie mir mit kaum verhohlener Erleichterung übergibt. Es ist nach fünf Uhr. Die Frau träumt vermutlich von zu Hause und einem heißen Bad, aber ich zögere ihren Feierabend hinaus, indem ich ihr meine Liste für Contini gebe.

Als wir ins Auto einsteigen, überrumpeln mich Mme. Tremblays Worte. »Ich möchte noch einmal in die Wohnung gehen, Pierre. Setz mich bitte dort ab.« Ihre Schultern sind steif, die Wollmütze ist ein wenig verrutscht.

Ich zögere. »Meinen Sie wirklich?«

»Ganz bestimmt.« Ihre Augen fixieren einen fernen Punkt jenseits der belebten Straßen, durch wir fahren. Jenseits von Chinatown und seinen zahlreichen Restaurants. Jenseits der Rue Ste-Catherine, wo die Prostituierten und Dealer sich schon zum nächtlichen Geschäft einfinden.

»Ich muß mich noch einmal umsehen«, erklärt sie schließlich knapp. »Und ich möchte nicht, daß Monique und ihr grobschlächtiger Marcel ständig um mich herum sind. Du kannst auch bleiben, Pierre, wenn du willst.«

Sie meint es nicht ernst. Und ich möchte es auch nicht. Als ich sie vor der Tür zu Madeleines Wohnung absetze und ihr die Schlüssel gebe, wird mir plötzlich bewußt, daß ich jetzt nur noch weg sein möchte, weg von jedermann.

Ich fahre den Weg vom Vortag. An einer Stelle merke ich, daß ich an der Ausfahrt nach Ste-Anne vorbeigefahren bin. Wohin führt mich der Weg? Heavy-metal-Rhythmen dröhnen aus dem Radio. Ich schalte aus und lausche der Stille.

Die Berge der Laurentides steigen wie uralte verschlafene Dinosaurier aus der Dunkelheit auf. Ich rase an den Lichtern der Ski-Orte vorbei: Mont-Gabriel, Ste-Adèle, Val-Morin, Val-David, Ste-Agathe-des-Monts. Ich kenne diese Hänge und die unzähligen Seen, die sich an sie schmiegen, wie meine Westentasche.

In St-Jovite biege ich, ohne nachzudenken, von der Hauptstraße ab. Jetzt merke ich, wohin ich fahre. Ich fahre kleinen Chalets und Gastwirtschaften vorbei, die das Dorf Mont Tremblant ausmachen, den Berg, der nach der indianischen Sage einst bebte und zitterte. Heute abend bewegen sich auf seinen Hängen nur die abendlichen Skifahrer, bunt wie exotische Käfer in ihren leuchtenden Anzügen.

Ich nehme eine Abkürzung am Fuß des Berges zu dem kleinen See an seiner Ostseite, Lac Supérieur. Hier gibt es keine Lichter, nur das Eis des Sees schimmert durch die Bäume. Ein Fünftel der Fläche von Québec, erinnere ich mich, ist jetzt gefrorenes Wasser. Das gefrorene Wasser breiter Flüsse und der vierhunderttausend Seen, Überbleibsel einer Eiszeit.

Langsam fahre ich etwa eine Meile in südlicher Richtung und halte an, wo ein Baum ein altes verwittertes Brett mit der Aufschrift *Privé* trägt.

Nach der Wärme im Auto rüttelt die Kälte mich so schmerzhaft wach wie das laute Knacken der Bäume im Wald. Wie Gewehrfeuer aus tiefster Stille. Ich gehe vorsichtig die Zufahrt hinunter. Ihr unberührter Zustand verrät mir, daß niemand da ist, aber ich bewege mich langsam, bis die anhaltende Dunkelheit bestätigt, daß ich allein bin.

Im fahlen Mondlicht taucht das Haus mit seinem steilen Dach schemenhaft vor mir auf, wie eine Jacht aus dem Nebel. Ich gehe einmal herum, bis mir meine eigenen Spuren im unberührten Schnee entgegenkommen. Die Fensterläden sind geschlossen. Verstohlen wie ein Dieb suche ich die Tür zu öffnen. Alles ist fest verschlossen und verriegelt. Ich habe es eigentlich nicht anders erwartet. Ich gehe gemächlich zum Seeufer hinunter. Am Ufer gegenüber flackern und tanzen die Lichter des Dorfes.

Zu diesem Haus fuhren Madeleine und ich in unserer Hochzeitsnacht. Wir waren nicht allein. Mein Freund Guillaume, dessen Vater es gehörte, und ihre beste Freundin Colette waren bei uns. Bei unserer äußerst nüchternen Hochzeitszeremonie in Montréal waren sie unsere Trauzeugen gewesen. Madeleine trug ein weißes indisches Baumwollkleid, das wie ein Nachthemd aussah und sie in ein etwas versonnenes Blumenkind verwandelte, das sie nie gewesen war. Mme. Tremblay war der einzige andere Gast. Wir setzten sie in Ste-Anne ab, tranken und aßen auf ihr Drängen viel zuviel und fuhren dann nach Norden weiter, um hier anzukommen.

Es war Sommer. Der Himmel über dem Berg in unserem Rücken glühte noch rosa und warf sein zartes Licht auf den See. Wir lachten und tauchten die Zehen ins ewig kalte Wasser und schrien wie ausgelassene Kinder.

Madeleine war die erste, die sich ins Wasser stürzte. Sie stieß einen wilden Schrei aus und schwamm heftig um sich schlagend auf den Bootssteg zu, wobei sie mit den Füßen mehr Schaum erzeugte als ein Außenbordmotor. Ich war direkt hinter ihr. Keuchend und lachend hievten wir uns auf die warmen Planken und rollten einander in die Arme.

Sie blickte kurz zu mir auf, die Augen groß und ernst. »Mann und Frau«, flüsterte sie und stimmte dann noch einmal die Melodie der Hochzeitszeremonie an. Wir brachen in Gelächter aus, das in einem Kuß endete, dem ersten richtigen Kuß in unserer Ehe.

Plötzlich spüre ich wieder jene berauschende Mischung aus Leidenschaft und Verheißung, die ich damals empfand. Die frühen siebziger Jahre waren eine gute Zeit, um jung zu sein.

Die Hochzeit fand nur drei Wochen nach unserer atemberaubenden Filmjagd die Côte-des-Neiges hinab statt. Es war kaum mehr als ein Jahr her, seit ich Madeleine als Lulu gesehen hatte. Die Monate dazwischen waren vorbeigerast, ihr Tempo so ungestüm wie Madeleine selbst. Wir liebten uns heftig, und wir arbeiteten hart. Jeder Tag war ein Abenteuer.

Manchmal hatte ich das unheimliche Gefühl, daß ich aus diesem eiligen Strom der Zeit heraustreten wollte, um die Empfindungen, die Madeleine in mir entfachte, zu erfassen – nicht nur wenn unsere Körper sich miteinander vergnügten, sondern auch beim Frühstück, wenn Madeleine etwa ein warmes Ei in die hohle Hand nehmen und mit stillem Staunen betrachten konnte. Oder wenn ich sie auf mich zukommen sah, ihr Gang so ganz anders als der, mit dem sie mich verlassen hatte, ein geziertes Tänzeln oder ein männliches Schreiten, eine unbewußte Probe für irgendeine Rolle, über die sie nachdachte. Oder wenn sie mich mitten im Satz unterbrach, ihre Finger auf meinem Arm, und mich mit ernstem Gesicht bat, es etwas langsamer anzugehen, genau zu erklären, was ich meinte. Ja, jeden einzelnen dieser Augenblicke wollte ich aufbewahren.

In jenem ersten Jahr vor unserer Heirat wohnten wir nicht zusammen. Madeleine teilte sich mit Colette eine Wohnung gleich um die Ecke der Rue St-Denis, und ich wohnte für mich in Outremont, wenige Straßen nördlich der Universität. Madeleine war in ihrem letzten Jahr an der Schauspielschule. Sporadisch kellnerte sie halbtags. Sie nannte es ihren Kleidergeld-Job. Ich arbeitete bei *Le Devoir*. Aber wir sahen uns drei oder viermal in der Woche, manchmal häufiger. Wie in allem andern war Madeleine auch hierin unberechenbar.

Ich liebte ihre Impulsivität. Sie riß mich aus meinem Trott. Es gefiel mir, wenn sie sagte, sie könne mich am folgenden Tag nicht sehen, und dann plötzlich spät nach irgendeiner Vorstellung auftauchte. Ein wenig hilflos stand sie dann an der Tür, warf die Arme um mich und flüsterte, daß wir brav sein müßten, so still wie zwei erschöpfte Kätzchen – daß wir die Nacht durchschlafen müßten, damit wir ausgeruht für die Arbeit wären.

Oder sie rief mich in der Redaktion an und fragte, ob ich Lust auf eine Fahrt spät in der Nacht hätte. Dann landeten wir in irgendeiner *Auberge* in den Bergen oder in Québec City, allein auf menschenleeren nächtlichen Straßen, auf denen sich glänzende Eisskulpturen gebildet hatten.

Wenn ich zu viel zu tun hatte, rollte sie sich mit einem Buch oder einem Text, den sie lernen mußte, auf dem Sofa hinter mir zusammen. Bei all ihrer Energie wußte Madeleine still zu sein, so still, daß mir ihre Anwesenheit manchmal erst einfiel, wenn ich vom Schreibtisch aufstand.

In jenem Jahr zu Weihnachten spielte Madeleine eine Rolle, die Stille von ihr verlangte. Es war eine Rolle, die ihrer Lulu vollkommen entgegengesetzt war, und ich war tief beeindruckt von ihrer Fähigkeit, deren Dimensionen in sich selbst zu finden. Sie trat als Teresa von Avila auf, jene spanische Nonne, welche die Martern der Versuchung und der Inquisition überlebte, um in den Stand der Heiligkeit zu gelangen. Schwarzgekleidet, mit Nonnenschleier, das Gesicht so rein und heiter wie das der frömmsten Novizin, schwebte Madeleine über die Bühne, lauschte den widersprüchlichen Stimmen, die um sie tobten, beobachtete einen Krieg, der von schattenhaften Gestalten und Lichtern in Szene gesetzt wurde.

Selbstverständlich war das Drama kaum eine konventionelle Wiedergabe des Lebens der heiligen Teresa. Der Text machte sie zum Exempel einer Frau, die von feindseligen, beschränkten Priestern wegen der Ketzerei gejagt wurde, direkt zu Gott zu sprechen. Sie war gewissermaßen eine Urfeministin.

Als Madeleine auf rätselhafte Weise über die Bühne schwebte, ließ mich die Verzückung, die sie ausstrahlte, an unser Liebesspiel denken. Ich sehnte mich danach, diesen ekstatischen Ausdruck auf ihrem Gesicht nur für uns beide hervorzurufen.

Nur zweimal gelang es mir.

Das erstemal geschah es in unserer Hochzeitsnacht, als wir unter einem sternenübersäten Himmel auf der raschelnden Erde lagen.

Beim zweitenmal war es bereits zu spät.

7

Ich möchte nicht nach Hause fahren. Dort wartet etwas auf mich, dem ich mich noch nicht stellen kann. Ich gehe zum Auto zurück und fahre los, ohne zu überlegen, wohin. Entrinnen gehört zu den Dingen, die ich am besten kann. Wie ein Alkoholiker weiß ich zu verschwinden, auch vor mir selbst, und zu vergessen, daß ich es getan habe. Es ist eine nützliche Kunst, doch will sie mir heute nacht nicht gelingen. Bilder von Madeleine suchen mich so beharrlich heim wie ruhelose Geister.

Die Straße vor mir hüllt sich in Nebel. Ein jähes Gefühl des Verlustes erfaßt mich, so daß meine Sicherheit am Steuer gefährdet ist. Ich trete das Gaspedal durch. Ich könnte jetzt in eine grenzenlose Dunkelheit taumeln. Die Welt ohne Madeleine verschwimmt in Unschärfe, hat so wenig Interesse an mir wie die flüchtigen Schatten am Straßenrand.

Lichter blitzen in der Ferne auf, blau und rot und grün. Als ich näher komme, sehe ich, daß Lampen eine große Kiefer erleuchten. Die Worte *Auberge Maribou* kommen ins Blickfeld. Ohne nachzudenken, bremse ich und biege in die Einfahrt ein.

Niemand sitzt hinter dem Empfangstisch aus glänzendem Teakholz, aber ich höre Stimmen und Gelächter hinter einer Tür. Leise rhythmische Musik, die nichts von der gewöhnlichen aufdringlichen Klangberieselung hat, dringt aus einem unsichtbaren Lautsprecher. Ein Schild neben einer alten Kuhglocke fordert mich auf zu läuten, wenn der Platz unbesetzt ist. Ich befolge die Anweisung.

Der Lärm, den ich mache, könnte Tote wecken. Er ruft einen kräftigen Mann mit grauen Schläfen und dem guten Aussehen eines italienischen Filmschauspielers herbei.

»Bonsoir«, begrüßt er mich verhalten.

Ich frage ihn, ob er ein Zimmer frei hat.

Er schüttelt traurig den Kopf. *»C'est plein.* Wenn Sie allerdings etwas essen möchten ...« Er deutet auf die Tür, durch die er gekommen ist.

»Dann fahre ich besser weiter«, sage ich. Doch ich zögere, möchte ungern auf den warmen Raum verlassen.

»Warten Sie.« Er geht durch die Tür und kommt gleich darauf zurück. *»C'est fait«,* verkündet er mit einem schüchternen Lächeln. »Die Dachkammer ist in fünfzehn Minuten fertig.«

Er schiebt mir das Meldebuch zu. Während ich meinen Namen schreibe, spüre ich seinen Blick auf mir.

»Pierre Rousseau.« Er schaut kaum auf meine Unterschrift, als er es sagt. »Ich habe es gedacht. Aber ich war mir nicht sicher.« Er streckt die Hand aus. »Giorgio Napolitano.

Sie erinnern sich nicht? Das macht der Kragen.« Er zieht mit einem dicken Zeigefinger einen Halbkreis um seinen Hals und lacht wehmütig.

Plötzlich sehe ich einen auf geheimnisvolle Weise schönen jungen Mann in schwarzer Hose und Pullover vor mir; der steife Kragen des Geistlichen ist kaum zu sehen. Der Mann ist zugleich leidenschaftlich und schüchtern. Mit italienischem Elan in der Stimme sagt er zu einer Gruppe von uns: »Das Problem bei euch Québecois ist, daß ihr zu lange eine servile Rasse gewesen seid. Ihr habt euch auf die Rache der Wiege verlassen. Macht aufgrund eurer Zahl, der Zunahme der Bevölkerung. Gute katholische Taktik. Unsere Schuld. Schuld der Priester. Und es hat eben nicht genügt. Gleichheit muß mit anderen Mitteln erreicht werden.«

Père Giorgio – frisch aus Italien und sehr radikal, obwohl er als Sekretär des Bischofs arbeitete. Madeleine machte uns miteinander bekannt. Ihre Theatertruppe hatte ihn bei ihrem Projekt über die heilige Teresa von Avila um Rat gefragt. Und trotz unserer politischen Übereinstimmung war ich mir damals nicht sicher, ob ich ihn mochte.

Aber jetzt erwidere ich seinen festen Händedruck. »Sie haben also Ihr Priesteramt niedergelegt?«

»Kurz nachdem wir uns kennengelernt hatten.« Er lächelt. »In Bolivien. Wohin ich von Montréal versetzt worden war. Dann habe ich geheiratet. Ich bin mir nicht sicher, ob ich wegen der Politik oder wegen der Frauen abtrünnig wurde.« Er scheint noch etwas sagen zu wollen, ändert dann aber seine Meinung und lädt mich statt dessen zu einem Drink ein.

Hinter der Tür befindet sich ein kleines Restaurant. Die Tischdecken sind grün und weiß kariert. Stechpalmenzweige schmücken gemaserte Balken. Dicke weiße Kerzen flackern in bauchigen Gläsern. Sie sehen schläfrig und satt aus, wie gutgenährte Katzen.

»Möchten Sie etwas essen? Heute abend gibt es *pot-au-feu*. Paloma ist eine phantastische Köchin.«

In Giorgios Miene sehe ich mich als einsamen hungrigen Wolf, der besänftigt werden muß, damit er die Ordnung der

Dinge nicht stört. Um ihm eine Freude zu machen, willige ich ein. Er weist mir einen Tisch beim Kamin zu und verschwindet in der Küche, um gleich darauf mit einer Flasche Rotwein und zwei Gläsern zurückzukommen. Er schenkt ein und setzt sich mir gegenüber.

»So, und wie stehen die Dinge bei Ihnen?« fragt er. »Ich habe immer Ihre Artikel gelesen, aber seit …«

»Ich arbeite wieder in meinem ursprünglichen Beruf als Notar. In Ste-Anne.«

»Ah ja.« Er zögert. Ich spüre, wie er mit dem Namen kämpft, bevor er ihn ausspricht. »Madeleine hat es, glaube ich, erwähnt.« Wir sehen uns in die Augen. »Ja, ich weiß von ihrem Tod.« Er reibt sich an den Schläfen, als wolle er einen plötzlichen Schmerz wegwischen. »Die Welt wird ohne sie ärmer sein.«

Ich trinke einen Schluck Wein. Mir fällt nichts ein, was ich sagen könnte.

Er blickt zu den dunklen Fenstern hinüber. »Ich habe viel über Madeleine nachgedacht, seit ich von ihrem Tod gelesen habe. Sie war nämlich die erste Frau, die mich in Versuchung geführt hat. Vielleicht war es ihretwegen …« Er beschreibt mit den Fingerrücken einen Halbkreis um seinen Hals, und mir scheint der steife Kragen noch da zu sein und zu scheuern.

Madeleines Worte klingen mir in den Ohren, ausgelassen, kokett, aber mein Unbehagen von damals ist so heftig, als stünde jemand in diesem Moment neben mir und kratzte mit einem Sägemesser über den Boden eines Kochtopfs.

»Es ist ein Jammer«, sagt sie lachend zu mir. »Was für ein Verlust. Dieser schöne Mann, gefangen im Zölibat. Wenn du nicht wärst, glaube ich, würde ich mit vereinten Kräften versuchen, ihn ins Leben zu locken.«

Ich starre Giorgio Napolitano an. Vielleicht hat Madeleine sich bemüht. Oder vielleicht brauchte sie es gar nicht.

Eine schlanke Frau mit reglosem Gesicht stellt einen glänzenden Topf auf den Tisch, schöpft Fleisch, Karotten, Kartoffeln, Lauch und Rüben auf meinen Teller und verschwindet in die Küche. Giorgio scheint sie nicht wahrzunehmen.

Er beugt sich zu mir vor. Ich habe das seltsame Gefühl, daß die Welt auf den Kopf gestellt ist und ich gleich die Beichte eines Priester hören werde.

»Madeleine hat auf mich immer den Eindruck gemacht, doppelt so schnell wie wir andern zu leben«, sagt er leise. »Auch doppelt so intensiv. Als hätte sie gewußt, daß sie jung sterben werde. Es gibt solche Menschen. Sie verstehen, was ich meine?«

Ich nicke.

»So daß ich, als ich von ihrem Tod las, zwar schockiert war und trauerte, immer noch trauere, aber dennoch dieses blasphemische Gefühl hatte, daß es vielleicht richtig war. Daß sie das Beste, was das Leben zu bieten vermag, gehabt hatte. Aber nun war es genug.«

»Ein nützlicher Trost«, sage ich.

»Ja, das auch. Ich bin mir nicht sicher, ob ich es auch in den frühen Morgenstunden meine. Dann denke ich ...« Er hält inne, grübelt über seinem Wein. »Dann erinnere ich mich, wie verletzlich sie war, als ich sie kennenlernte. Sie war so dünnhäutig und hatte soviel Phantasie. Sie brauchte so dringend einen Menschen, der sich um sie kümmerte.«

Dieses Porträt erschreckt mich. Ich erkenne es nicht wieder. Ein anderes von Madeleines vielen Gesichtern, dieses eigens geschaffen, um den Bedürfnissen eines jungen Priesters entgegenzukommen. Es war keines der Gesichter, die ich zu sehen bekam.

»In den frühen Morgenstunden ging mir durch den Kopf, daß möglicherweise, wenn nur einer von uns – Sie, ich, irgendein anderer – mutig genug gewesen wäre, sie zu heiraten ...« Er führt den Satz nicht zu Ende, und ich spüre, daß Heirat für ihn noch immer mit sakralen Dingen zu tun hat.

»Ich habe sie geheiratet, Giorgio. Hat sie Ihnen das nicht erzählt?«

Sein Gesicht drückt ein verlegenes Erstaunen. »Verzeihen Sie mir. Ich hatte keine Ahnung.«

»Nein. Aber es war kein Geheimnis. Einfach nur ein Fehlschlag. Und es ist lange her.«

Ich kann die Fragen spüren, die ihm durch den Kopf gehen. Aber anders als er bin ich nicht zur Beichte bereit. Ich lenke ihn ab.

»Haben Sie Madeleine in letzter Zeit gesehen?«

»Vor gut zehn Tagen zuletzt. Sie kam regelmäßig zu uns heraus. Als ich Sie erkannte, dachte ich, sie hätte Ihnen dieses Lokal genannt. Und Sie wären deshalb hier. Sie hat zu mir gesagt, wir bräuchten Reklame. Manch einer ist auf ihre Empfehlung hin gekommen.«

Ich versuche mich zu erinnern, ob Madeleine nicht doch etwas gesagt hat. Es fällt mir nicht ein. Madeleine hatte so viele Bekannte, war so verschwenderisch mit ihren Gefälligkeiten. Als Überlebensstrategie hatte ich eingeübt, ihre Worte über mich hinwegflattern zu lassen, so daß sie so geringe Spuren wie Schmetterlingsflügel hinterließen.

»Sie standen also all die Jahre in Verbindung«, sage ich.

»Nein, nicht alle. Aber als ich in Bolivien war, sah ich sie in einem Film. Es war sehr sonderbar. Als säße sie direkt neben mir und ich könnte mit ihr sprechen.« Er sieht mich verwundert an. Ich kenne das Gefühl, das dieser Blick verbirgt. Giorgio und ich tragen das gleiche Mal auf der Stirn. Brüder, durch Madeleine verbunden.

»Ja«, sage ich leise.

»Ich schrieb ihr. Das heißt, an das Studio. Nach Frankreich. Es dauerte eine Weile, aber erstaunlicherweise antwortete sie mir schließlich.«

Ich möchte ihn fragen, was sie schrieb. Ich möchte alle Einzelheiten ihrer Korrespondenz wissen. Statt dessen beginne ich zu essen. »Köstlich.«

»Danach blieben wir in sporadischem Kontakt. Und als ich nach Montréal zurückkehrte, besuchte sie uns. Ich glaube, es war Sylvia, in die sie sich verliebte.«

»Ihre Frau?«

»Nein, nicht meine Frau, sondern unsere Tochter.« Sein Gesicht leuchtet vor Zärtlichkeit. »Sylvia ist wirklich überaus liebenswert. Madeleine schickte ihr Geschenke. Jedes Jahr. Zu Weihnachten. Zum Geburtstag. Und wenn es möglich war, kam sie zu Besuch. Das brachte mich auf den Gedanken, daß sie sich nach einem Kind sehnte.«

Ich wäge den Gedanken ab. »Bei mir hat sie nie von einem Kind gesprochen.«

»Nein, nun ja ... Haben Sie sich in diesen letzten Jahre nahegestanden?«

»Wir waren Freunde.«

Vielleicht sage ich es nicht im richtigen Ton, denn zwischen uns senkt sich Schweigen. Als ich mich umsehe, bemerke ich, daß die anderen Gäste gegangen sind und wir allein im Lokal sitzen. Auch Giorgios Stimmung ist umgeschlagen. Ich beuge mich zu ihm vor, und er weicht abrupt zurück, als wäre von seinen Gedanken nur Argwohn geblieben.

Ich bemühe mich um einen gewöhnlichen Ton. »Wie war Madeleine, als Sie sie zuletzt gesehen haben?«

Er antwortet nicht gleich. Er scheint seine Worte abzuwägen. »Nicht in bester Verfassung«, sagt er endlich. Er steht auf. »Ich sollte Sie jetzt besser zu Ihrem Schlaf kommen lassen. Ihr Zimmer ist ganz oben an der Treppe. Es ist offen.«

Ich halte ihn auf. »Hat sie etwas gesagt ... etwas, das Sie zu dem Verdacht ...« Meine Stimme verliert sich.

Seine Augen funkeln im Kerzenlicht. Schatten springen über sein Gesicht. Plötzlich habe ich das Gefühl, daß Madeleine ihm etwas von mir erzählt hat, zuviel anvertraut, auch wenn sie es versäumt hat, die Heirat zu erwähnen. »Hat sie etwas gesagt?«

Meine Hand liegt hart auf seinem Ärmel. Ich merke es erst, als er mich mit überraschender Kraft abschüttelt. »Hat sie etwas gesagt?«

Giorgio reibt sich den Arm, betrachtet mich. »Nicht viel mehr, als die Zeitungen gebracht haben. Über ihren Schmerz wegen der Morde.« Er zögert, und an diesem Zögern merke ich, daß er etwas verheimlicht. Mme. Tremblays Worte über einen Italiener oder Spanier fallen mir ein. Sandro oder Giorgio. Warum nicht? Eine hoffnungslose Affäre mit einem abtrünnigen Priester. Nein. Meine Phantasie geht mit mir durch. Dennoch bin ich im Begriff nachzufragen, als er mit kalter Klarheit verkündet: »Sie hat erwogen, einen Leibwächter anzuheuern.«

»Einen Leibwächter!«

»Ja. Um die aufdringlicheren Fans auf Abstand zu halten. Sie wissen, wie das heute geht. Die Grenzen sind gefallen. Die Grenzen zwischen privat und öffentlich. Die Leute erkennen sie einfach nicht mehr an. Früher war das so klar. Früher gab es die eigenen Gedanken, die Nächsten und Liebsten, den Beichtstuhl für die Intimitäten, und der Rest war eine Sphäre für sich. Jetzt ist alles durcheinander geraten.«

Er mustert mich aufmerksam, und als ich nicht antworte, erklärt er: »Die Leute sehen jemanden wie Madeleine im Kino, sehen sie in ihrem eigenen Wohnzimmer, und sie kommen durcheinander. Sie glauben, sie kennen Madeleine, können sie anrufen, sich ihr aufdrängen. Es gibt keine Grenzen mehr.«

»Ja.« Ich trinke den Rest meines Weins.

»Jedenfalls dachte Madeleine daran, sich einen Leibwächter zuzulegen. Anscheinend hatte ihr Stiefbruder sie seit Monaten zu überzeugen versucht, daß sie einen brauche, und sich selbst für den Job angeboten, da er gerade keine Arbeit hatte. Er hat sie damit genervt.« Er bewegt sich verlegen, beginnt, Gläser und Teller auf ein Tablett zu stellen. »Madeleine hat mir gesagt, daß er ihr unheimlich war. Sie mochte ihn nicht, und sie fragte sich, ob sie einen anderen anstellen könnte, ohne ihn zu sehr aufzuregen. Sie konnte sich nicht entscheiden.« Er runzelt die Stirn, sieht mich nervös an. »Ich hätte sie überreden sollen, anstatt zu scherzen, sie sei nicht ihres Stiefbruders Hüter.«

Mit verlegener und entschuldigender Miene fügt er hinzu: »Madeleine hatte es gern, wenn ich solche antiklerikalen Scherze machte. Aber jetzt sollten wir wirklich nach oben gehen. Haben Sie keine Tasche dabei?«

Ich schüttele den Kopf. »Ich habe spontan haltgemacht«, sage ich als Erklärung.

Giorgios Augen wirken plötzlich traurig. »Wie Madeleine.«

Der Raum ist klein und hat eine schräge Decke aus Kiefernholz: ein Kinderzimmer. Ich öffne den Sternen das Fenster, starre auf die Silhouetten der Tannen und atme tief die duftende Luft ein. Irgendwo schreit eine Eule.

Ich denke über die Dinge nach, die Giorgio gesagt hat, und frage mich, was er ausgelassen hat. Daß Madeleine ihm nichts von unserer Heirat gesagt hat, quält mich, doch ich verscheuche den Gedanken. Schließlich wußten es außerhalb unseres engsten Kreises nicht so viele Leute, auch damals nicht. Kurz nach der Hochzeit zog Guillaume nach Chicoutimi, und Colette ging nach Hause zurück, nach Québec City. Und Madeleine und ich reisten nach Frankreich ab. Wenn wir geblieben wären, dann wäre vielleicht alles anders gekommen.

Die Theatertruppe war zum Festival in Avignon eingeladen worden. Madeleine war so begeistert, als wäre ein Nikolaus mit einem Sack voller Geschenke in ihrem Zimmer erschienen. Sie wünschte, daß ich mitkäme und ihr Mut machte, vor ein wahrscheinlich sehr anspruchsvolles Publikum zu treten. Es sollten auch unsere Flitterwochen sein – obwohl der Gedanke an Heirat noch gar nicht aufgetaucht war, als ich ursprünglich meinen Urlaub so legte, daß er mit dem Festival zusammenfiel.

Wir brachen vor den anderen auf, um ein paar Tage allein in Paris zu verbringen. Es war meine erste Auslandsreise, und ich war genauso aufgeregt wie Madeleine. Frankreich war schließlich die Heimat der Sprache, der Literatur und der Ideen, die ich eingesogen hatte.

Wir kamen am 30. Juni 1973 in Paris an. Der Flughafenbus setzte uns an der Station Invalides ab. Wir ließen unsere Koffer dort und zogen los. Drei Tage lang taten wir kaum etwas anderes als spazierenzugehen. Arm in Arm unter einem tiefblauen klaren Himmel nahmen wir die Freuden der Stadt in uns auf. Aus einem unerklärlichen Grund hatten weder Bücher noch Filme, noch Madeleines Begeisterung mich richtig auf die Schönheiten von Paris vorbereitet. Alles versetzte mich in Erstaunen – der gewundene Lauf des Flusses und die wechselnden Ausblicke, die sich von jeder Brücke boten; die zusammengedrängten Zinkdächer; das geschäftige Treiben auf den Straßen; das Theater der Cafés, wo wir sowohl Zuschauer als auch Schauspiel waren.

Der Rest der Welt verschwand. Allein das Wunder Paris mit Madeleine existierte: die winzige Kammer im fünften Stock des Hotels im *Cinquième*, von der aus wir die Seine und die Türme von Notre Dame sehen konnten; das Frühstückstablett zwischen uns auf dem Bett – Croissants, knuspriges frisches Baguette und große Schalen Café au lait; die Streifzüge durch Boutiquen, wo wir uns als reiche Touristen gaben und Madeleine lustige Kleider, seriöse Kostüme und ausgefallene Hüte vor meinen angeblich kritischen Augen vorführte.

Am vierten Tag nahmen wir einen Zug nach Avignon. Uns an den Händen haltend, betrachteten wir die französische Landschaft wie eine Serie von Gemälde, deren Farben dunkler wurden, je tiefer wir in den Süden kamen.

»Glücklich?« fragte Madeleine, an mich gedrängt.

»Glückselig.«

»Du wirst dich also nicht langweilen, wenn ich dich wegen der Arbeit allein lassen muß?«

So hatte ich gar nicht darüber nachgedacht, und ich antwortete ein wenig unfreundlich: »Wie könnte ich mich in dem ganzen Trubel langweilen? Ich muß ja auch meine Artikel schreiben, und ich werde zu den Aufführungen gehen.«

»Auch zu unseren, hoffe ich.«

»Zu deinen vor allem.«

Ich hatte mit meiner Zeitung vertraglich vereinbart, eine Reihe von Briefen über das Festival zu schreiben. Ursprünglich war meine Absicht gewesen, so ein wenig Geld zu verdienen. Schließlich stellte sich heraus, daß es mir auch half, andere Dinge zu decken. Von dem Augenblick an, als wir durch die Mauern der Altstadt zu unserem Hotel spazierten, war Madeleine nur noch für die Truppe da.

Ich mochte nicht einfach Anhängsel sein, und so beschäftigte ich mich selbst. Ich las die Berge von Materialien durch, die das Pressebüro des Festivals bereithielt, und arbeitete mich gründlich ein. Ich notierte Pressekonferenzen sowie Darsteller und Regisseure, die zu Interviews zur Verfügung standen. Ich machte Termine aus, klapperte die Stadt ab und besuchte nicht weniger als drei Veranstaltungen am Tag. Und ich lernte, wie man in den rappelvollen Cafés an der Place de l'Horloge Artikel schrieb. Unser stickiges Zimmer war zu klein für jede Tätigkeit, die nicht im Bett stattfand. Abgesehen vom Theater war das der einzige Ort, wo ich Madeleine sah. Ich hatte nichts dagegen. Jeder Tag war ein Abenteuer.

Die Kritiken waren so enthusiastisch wie Madeleine selbst. Man schwärmte von dem gewagten Ansatz der Truppe, von Feinheiten der Interpretation, die eigentlich keiner von uns jemals erwogen hatte. Madeleine wurde gefeiert und blühte mit jedem Kompliment noch mehr auf. Beide Stücke waren ausverkauft.

Am letzten Abend der *Lulu* fiel sie mit einem euphorischen Lächeln ins Bett.

»Sieh mal.« Sie schwenkte ein Kärtchen vor mir.

Ich las einen Namen, der mir nichts sagte. »Wer ist das?«

»Er ist Produzent. Er hat mit Chabrol gearbeitet. Wir sind zu einer Party eingeladen. Nächste Woche. In seinem Haus. Ungefähr vierzig Minuten von hier. Er schickt uns einen Wagen.«

»Wir?«

»Ja, wir. Ich habe ihm von dir erzählt.« Sie tollte und hüpfte auf dem Bett herum, wieder einmal das kleine Mädchen aus Ste-Anne. »Er sagt, er hätte eine Rolle für mich in seinem neuen Film.«

Ich kann ganz ehrlich sagen, daß ich in diesem Augenblick genauso glücklich wie Madeleine war. Das Zauberwort »Film« katapultierte uns in eine Welt, die viel größer und reicher war, als wir uns zu träumen gewagt hatten.

In jener Nacht liebten wir uns verzaubert unter einem Baldachin unserer eigenen Sterne – Godard und Truffaut und Vadim und Fellini und Hitchcock. Anouk Aimée, Jeanne

Moreau, Brigitte Bardot, Belmondo, Brando, Taylor und Beatty. Immer weiter riefen wir unsere Sternbilder an, bis wir erschöpft in den Schlaf glitten.

Am Dienstag abend erwartete uns ein Rolls-Royce an der Tür des Theaters. Wir lächelten uns an, schritten wie zwei Hochstapler auf seine geöffnete Tür zu und räkelten uns mit gespielter Gleichgültigkeit in den Ledersitzen. Wir fuhren unter einem sternenübersäten Himmel durch eine geheimnisvolle Landschaft aus Zypressen und verschlungenen Reben. Als wir hielten, glaubten wir, womöglich in einer Filmszene gelandet zu sein.

Auf halber Höhe eines Vorgebirges gelegen, glühten die ockerfarbenen Mauern des Hauses weich in der Nacht. Stimmen wehten von den beleuchteten, mit Skulpturen gesäumten Pfaden der Gärten herüber. Der Duft von Geranien, Stiefmütterchen und Lavendel erfüllte die Luft.

Wir gingen schweigend auf eine erhöhte Terrasse zu, wo Leute umherschlenderten oder in Gruppen beisammen standen. Am Fuß der steilen Steintreppe zögerten wir beklommen. Madeleine drückte meine Hand. Dann atmete sie tief durch und ging mir voraus. Sie trug ein kurzes weißes Fähnchen von Kleid, das die Vollkommenheit ihrer braunen Beine, die Anmut von Hals und Schultern unterstrich. Als sie in das Licht der Versammlung trat, beobachtete ich sie wie auf einer Bühne – beobachtete den Schwung des Haares über ihren Schultern, das schüchterne, sinnliche Aufflackern eines Lächelns, die ausgestreckte Hand, die sie auf den Arm eines untersetzten Mannes legte, der sich vorbeugte, um sie zu küssen. Eine Angst, die ich nicht benennen konnte, wütete plötzlich in meinen Eingeweiden. Zwei Stufen auf einmal nehmend, sprang ich die Treppe hinauf.

Madeleine stellte mich Roland Martineau vor, der mich aus trägen, halb geschlossenen Augen beobachtete, als wäre ich eher kleiner als er, wo ich ihn doch in Wirklichkeit überragte. Wir wechselten einige Worte. Ein Glas Champagner fand den Weg in meine Hand. Und dann wurde ich mit gewandter Liebenswürdigkeit an zwei Frauen weitergereicht, die in der gegenüberliegenden Ecke der Terrasse in Korbliegestühlen lagen.

Natalie Barret und Micheline Renault waren beide schwarzhaarig und so elegant wie Modepuppen. Ihre Armreifen klirrten über bronzefarbenen nackten Armen, während sie redeten. Sie lockten mich aus meiner Reserve und vereinnahmten mich mit kühlem Charme.

Zunächst aber konzentrierte ich mich nicht weiter auf unser Gespräch. Ich beobachtete Martineau. Er schritt mit Madeleine umher und stellte sie vor. Ich konnte spüren, wie er ihren Wert an der Reaktion der Leute abschätzte. Ich sah Madeleine den Kopf zurückwerfen und ihr perlendes Lachen lachen. Ihre Augen funkelten. Ihre Haut glühte im samtenen Licht. Sie strahlte etwas aus, das nicht nur Schönheit war.

»Ja, Ihre Landsmännin ist nicht schlecht.« Natalie muß meine Gedanken gelesen haben. »Ich glaube, unser kleiner Napoléon könnte diesmal wirklich eine Entdeckung gemacht haben.« Sie sagt es humorvoll, ohne Gehässigkeit.

»Sie arbeiten beim Film?«

»Ich leite eine Schauspieleragentur. Und Micheline arbeitet für Gaumont. Abteilung Drehbücher.«

»Sind Sie am Film interessiert?« fragt Micheline.

»Natürlich. Allerdings nur als Zuschauer.«

»Die Branche ist sehr klein in Québec«, bemerkt Natalie, als wäre das der einzige denkbare Grund.

Wir beginnen, über Québec zu reden, und ich fühlte mich zunehmend gönnerhaft behandelt, als stammte ich aus irgendeiner dünnbesiedelten Gegend nahe dem Nordpol. Seltsamerweise verfalle ich, während wir zum Büfett gehen, in Dialekt, und sie kichern über meine Redewendungen, weisen auf die englische und absolut unfranzösische Konstruktion meiner Sätze hin.

Sie stellen mich einigen Freunden vor, lassen mich für sie reden, und bald stehe ich im Mittelpunkt eines linguistischen Beiprogramms und amüsiere die Einheimischen. Obwohl ich es zum Teil selbst provoziert habe, macht es mich wütend. Ich frage mich, warum ich so viele Jahre als Erwachsener damit zugebracht habe, mich für die französische Sprache stark zu machen und für ihren Vorrang zu kämpfen, wenn unsere Verwandten jenseits des Atlantiks nur kichern, wann immer ich den Mund aufmache.

Als mein drittes Glas Champagner leer ist, überkommt mich der unwiderstehliche Wunsch, unverzeihlich grob zu werden. Wie ein Bauer deute ich auf die Käseplatte und frage in meinem besten *joual*, warum es wie Scheiße von der Platte stinkt: *»Pourquoi c'a pue comme d'la sacré merde?«*

Die Gesichter um mich herum strahlen vor unverhohlener Verachtung, froh über diese Bestätigung einer Dummheit, die sie von einem rückständigen Koloniebewohner erwartet haben.

Plötzlich ist Madeleine an meiner Seite. »Dort gibt es ein wunderbares Schwimmbecken«, sagt sie. »Und einen Schrank voll Badesachen. Wollen wir reinspringen?« Sie lächelt ihr hinreißendes Lächeln. Sie spricht akzentfreies Pariser Französisch.

Natalie starrt sie an. »Sie sind gar nicht aus Québec?«

»O doch, genau wie Pierre. Wir sind Nachbarn.«

Madeleine zieht mich am Arm, und wir verlassen die Terrasse und gehen über einen von Tannen gesäumten Pfad, der zu einem glitzernden Pool führt. In der milden Brise plätschert und funkelt das Wasser wie ein Bett aus leuchtenden Kristallen.

An einer Seite befindet sich eine kleine weiße Kabine. Madeleine zieht mich hinein. Sie lächelt mich aufreizend an und drückt mir einen weichen Kuß auf die Wange. Im Nu steht sie nackt vor mir. Ich strecke die Arme nach ihr aus, aber sie weicht zurück. Mit einem Schmollmund streift sie ein weißes Bikinihöschen über, zwängt ihre Brüste in ein Oberteil, das sie genausogut weglassen könnte. Und dann ist sie verschwunden.

Ich folge langsamer, finde eine schwarze Badehose an einem Haken und ziehe meinen cremefarbenen Anzug aus. Mein Kopf ist vom Champagner benebelt. Ich stopfe die

Socken in die Sakkotasche, und als ich Stimmen näher kommen höre, verstecke ich meine Unterwäsche und streife schnell die Badehose über.

Ich komme gerade rechtzeitig hinaus, um Madeleine einen perfekten Kopfsprung machen zu sehen. Ihr Körper verschwindet im Wasser, um einige Schritte von mir entfernt wieder aufzutauchen. Sie winkt mir, und ich tauche in den Pool hinein. Wir schwimmen ein paar Bahnen nebeneinander, und erst als ich am anderen Ende des Beckens wieder auftauche, bemerke ich den Mann, der im Liegestuhl liegt. Mit dem Arm hinter dem Kopf betrachtet er Madeleine. Seine Versunkenheit bringt mich darauf, daß er schon eine Weile dasein muß.

An der Art, wie Madeleine ihr Haar ausschüttelt, spüre ich, daß sie das ganze Schauspiel für ihn aufgeführt hat. Nicht daß sie nach ihm sieht. Sie gibt vor, seine Anwesenheit nicht zu bemerken, auch als sie sich graziös aus dem Becken hievt und zu einem zweiten Kopfsprung ansetzt.

Als sie wieder im Wasser ist, lege ich die Arme besitzergreifend um sie. Ich küsse sie. Sie erwidert meinen Kuß, geziert, verspielt.

Als Madeleine dann vor mir aus dem Becken auftaucht, kommt der Mann auf sie zu. Er hat eine Adlernase und lächelt ironisch. In den Händen hält er ein großes gestreiftes Badetuch. Er wickelt es langsam um Madeleine, flüstert ihr etwas für mich Unverständliches ins Ohr und geht weg. Seine Bewegungen sind energisch und flink.

Madeleine steht da und blickt ins Leere. Auf ihren Lippen liegt ein heiteres, aber rätselhaftes Lächeln. Als ich ihre Hand nehme, zittert sie, dann läuft sie los, am Schwimmbecken vorbei in die Dunkelheit. Unter einem Busch läßt sie sich völlig außer Atem auf den Boden fallen und zieht mich zu sich heran.

»Jetzt«, flüstert sie. Sie leckt über mein Gesicht. »Jetzt, Nachbar.« Sie lacht.

Ich habe das merkwürdige Gefühl, daß uns die aufmerksamen Augen noch immer zuschauen, irgendwo aus der Dunkelheit heraus. Madeleines Haut ist kühl und heiß zugleich. In meiner Lust vergesse ich die aufmerksamen Augen und mich selbst.

Kalte Luft fällt durch das kleine Dachfenster und macht mir eine Gänsehaut. Ich liege nackt auf dem schmalen Bett und starre auf die Kiefernholzdecke. Ich erinnere mich nicht, mich ausgezogen und hingelegt zu haben. Wie viele andere Dinge gibt es in meinem Leben, an die ich mich nicht erinnere?

Zitternd stehe ich auf, um das Fenster zu schließen, und krieche unter wärmende Laken. Dann stelle ich mir Mme. Tremblay vor, die in Madeleines Bett liegt und sie genauso wie ich heraufbeschwört, wenngleich ihre Madeleine sich von meiner unterscheiden wird. Wo ich ein Spiel mit dem Feuer sehe, wird Mme. Tremblay Hingabe sehen. Wo ich ein Unvermögen sehe, zwischen Arbeit und Leben zu unterscheiden, wird Mme. Tremblay das Temperament einer echten Schauspielerin sehen. Sie hat nicht unrecht. Aber ich auch nicht. Wahrheit ist, wenn sie Madeleine betrifft, nie eine einfache Sache.

Es ist der Gedanke, daß es an Madeleines Tod vielleicht nichts zu begreifen gibt, der mich in die Vergangenheit eintauchen läßt. Wenn ich ganz still liege und weit genug in die Vergangenheit reise, ist die ganze Süße unseres frühen gemeinsamen Lebens noch immer in mir.

Verliebte Männer sind immer mit dem Lächerlichen behaftet. Eher absurd als heroisch. Obwohl wir kaum erklären können, was die Einmaligkeit der Geliebten ausmacht, was sie heraushebt als einziges Gefäß unseres Glücks – werden wir zu blinden, einsamen Säuglingen, die nach der Brust suchen.

Hierin liegt ein brennender Widerspruch. Frauen wünschen uns männlich, und sie wünschen unsere Leidenschaft. Doch der zweite Wunsch, wird er erfüllt, zerstört alle Merkmale des ersten. Kann eine Frau die jämmerliche Person, die der verliebte Mann darstellt, noch lieben?

Während meiner ganzen lebenslangen Leidenschaft für Madeleine schlugen wir uns mit diesem Problem herum. Manchmal glaubte ich, sie zöge mich verweiblicht vor, liebte mich als Frau. Homosexuelle Liebe, kam mir in den Sinn, muß nicht an ein Geschlecht gebunden sein.

Manchmal, das wußte ich, haßte sie mich, und ich zwang mich zum Rückzug, errichtete einen starken Schutzwall um mich, gab mich gleichgültig und erschien männlich und begehrenswert.

Manchmal haßte ich sie auch, haßte sie wegen des Abgrunds, in den sie mich stürzte, obwohl ich halb verliebt gewesen sein muß in diesen friedlichen Tod.

Madeleines französischer Produzent bot uns für den Rest der Nacht ein Zimmer in seiner Villa an. Am nächsten Morgen verkündete Natalie Barret, sie würde uns nach Avignon zurückfahren. Sie habe gute Nachricht für Madeleine.

Ich lauschte der guten Nachricht vom Rücksitz des Autos aus, während Natalie unbekümmert durch die Kurven raste. Ich erfuhr, daß der Mann mit den aufmerksamen Augen der Regisseur des Films war, den Martineau produzierte. Ich erfuhr, er habe zu später Stunde am vergangenen Abend Interesse an Madeleine signalisiert. Natalies Agentur würde Madeleine in ihre Listen aufnehmen und einen Termin für Probeaufnahmen und eine Fotoserie vereinbaren.

Madeleine sitzt sehr still, als hätte die grelle südliche Sonne sie in einen Halbschlaf versetzt. Sie stößt nicht den Jubelschrei aus, den ich erwartet habe.

Schließlich fährt sie sich mit der Hand durchs Haar und sagt kühl, sie werde Natalies Vorschlag überdenken. Die Probeaufnahmen werde sie natürlich gern machen. Aber sie müßten schnell angesetzt werden. Sie habe ein Engagement an einem Theater in Montréal. Und sie müßte etwas mehr über die Rolle erfahren. Martineau habe sich sehr vage ausgedrückt.

Natalie wirft einen neugierigen Blick auf sie, klopft eine Gauloise für sich aus und gibt das Päckchen an uns weiter.

Die nächsten Kilometer legen wir schweigend zurück. Dann fängt sie an, über ihre Agentur zu reden und über die berühmten Klienten, die sie vertritt.

Madeleine fragt sie freundlich, ob sie eine Partneragentur in Hollywood habe. Wir erhalten eine etwas ungenaue Antwort. Bis wir das Zentrum von Avignon erreichen, verspricht Natalie Madeleine etliche Rollen und sagt ihr, sie sei davon überzeugt, daß die Probeaufnahmen für den übernächsten Tag vorgesehen werden können.

»Sie können mir eine Nachricht am Theater hinterlassen.« Madeleine lächelt sie freundlich, aber unbestimmt an, als wir uns verabschieden.

Ich lache plötzlich vor mich hin. »Gestern dachte ich, du wärst wegen des Films ganz aus dem Häuschen.«

Madeleine strahlt, schleppt mich zu einem Café auf der Place de l'Horloge und macht es sich auf einem Stuhl bequem. »Bin ich auch. Nur mag ich ihre Art nicht.« Mit plötzlich ernstem Gesicht mustert sie mich. »Ich bin keine arme Verwandte aus der Provinz. Ich bin gut, Pierre. Als ich einen Rohschnitt dieses armseligen Films, den wir in Montréal gedreht haben, gesehen habe, wußte ich, daß ich sehr gut sein könnte.« Sie rührt nachdenklich in ihrem Kaffee. »Und diese Frau hat sich nicht einmal die Mühe gemacht, unsere Aufführungen hier anzusehen.«

Ich drücke ihre Hand. Wenn Madeleine sich so benimmt, habe ich gewaltigen Respekt vor ihr. Anders als so viele meiner Landsleute in Québec, anders als ich, hat sie nichts von der Überempfindlichkeit, nichts von den riesengroßen Komplexen, nichts von der übertriebenen Dankbarkeit für Brotkrumen, die den Schutzpanzer derer ausmachen, die lange als Bürger zweiter Klasse erzogen worden sind. Madeleine kennt ihren Wert genau. Es erinnert mich daran, wie sehr ich sie liebe.

»Mir hat ihre Art auch nicht gefallen«, gestehe ich.

»Es konnte mir nicht entgehen.« Sie macht ein Gesicht, das ganz spielerisch Ekel ausdrückt.

Wir können gar nicht mehr aufhören zu lachen. Wir stehen

auf und schlendern Arm in Arm durch die Stadt. Die Sonne brennt auf die roten Ziegeldächer herunter. Tauben picken nach unsichtbaren Krümeln und flattern zu Türmchen auf. Wir hören einem Straßensänger zu, der einen Bob-Dylan-Song näselt. Wir werfen uns komplizenhafte Blicke zu und schauen auf die träge Strömung des Flusses.

Wir sind jung und frei. Wir lassen uns nicht auf Kompromisse ein.

In jener Nacht steckt mir Madeleine triumphierend eine Nachricht in die Hand. Sie kommt von Natalie und enthält überschwengliche Glückwünsche für Madeleines Darstellung der heiligen Teresa. Sie nennt auch Zeit und Ort für Probeaufnahmen am übernächsten Tag.

Ich begleite Madeleine nicht. Statt dessen schreibe ich einen Artikel, in den ich die Nachricht dieses letzten Erfolges von Madeleine Blais einbaue, mit Sicherheit eine Schauspielerin, die es noch weit bringen wird. Als ich Madeleine davon erzähle, wird sie unerklärlicherweise wütend. Sie ist abergläubisch. Man verkauft das Fell des Bären nicht und berichtet schon gar nicht darüber, ehe man ihn erlegt hat, sagt sie.

Ich nehme die Stelle aus meinem Text, und sie beruhigt sich und läßt mich versprechen, an diesem Abend zur Party des Ensembles zu kommen. Es ist ihre letzte Vorstellung, und ich muß mit ihnen feiern. Was sie mir bis zum nächsten Tag verschweigt, ist ihre Verabredung zum Essen mit dem Regisseur an dem Abend, der unser letzter in Avignon sein soll.

Jetzt bin ich an der Reihe, unerklärlicherweise wütend zu sein. Ich weiß, daß dieses Treffen notwendig und wichtig ist, dennoch fühle ich mich verraten. Nicht daß ich etwas sagen werde. Ich verberge meine schlechte Laune und heuchele Fröhlichkeit. In einem kleinen Club tritt ein Chansonnier aus Québec auf, und es wird für mich nützlich sein, über ihn zu berichten.

Doch als ich in dem muffigen Raum sitze, fällt es mir schwer, die Augen auf die beleuchtete Bühne zu richten.

Auch kann ich mich nicht auf die traurige Ironie von Liedtexten konzentrieren, die das Volk von Québec schildern, das keinen Trost hat außer den Schneeflocken, dem Strömen des Flusses und seiner nicht anerkannten Sprache.

Ich zwinge mich, ein paar Lieder abzusitzen. Meine Uhr verrät mir, daß es noch nicht spät genug ist, um zum Hotel zurückzugehen. Hinterher lade ich den Chansonnier an meinen Tisch ein, spendiere ihm etwas zu trinken, führe ein halbherziges Interview und gehe dann durch die nächtlichen Straßen der Stadt, die immer noch voller Menschen sind.

Die Atmosphäre ist festlich. Durch die Sommerluft klingen Musik und Stimmen. Doch ich befinde mich auf einmal bei den Ruinen der Franziskanerkirche, wo Petrarcas Laura Mitte des 14. Jahrhunderts bestattet wurde. Die Melancholie dieser unerwiderten Liebe erfüllt mich. Um Mitternacht endlich sage ich mir, daß Madeleine auf mich warten wird, und ich schlendere zum Hotel zurück.

Das Zimmer ist leer. Ich werfe mich aufs Bett und frage mich, was für eine Sache das ist, die zu dieser späten Stunde besprochen werden kann. Dann sage ich mir in den gleichen wehmütigen Tönen wie der Chansonnier, daß sich daraus, daß ich Madeleine begehre, noch lange nicht ergibt, daß jeder Mann auf der Welt mein Begehren teilt. Danach liege ich da und zwinge mich, Sätze für meinen letzten Artikel aus Frankreich zu formulieren.

Als ich Madeleine an der Tür höre, stelle ich mich schlafend. Sie schmiegt sich an mich. Ich spüre ihren Atem in meinem Gesicht. Einen Augenblick lang glaube ich, sie sei eingeschlafen, dann fühle ich ihre Finger zärtlich auf meiner Brust. Sie will mich aufwecken, doch ich weigere mich, die Augen zu öffnen, und atme ganz gleichmäßig.

Plötzlich schließt sich ihre Hand um meinen Penis, der sofort tollt und hüpft wie ein von der Leine gelassenes Tier. Ihr Mund nimmt ihn auf, schleckt und saugt. Die Lust ist unaussprechlich und dennoch kühl und distanziert. Ich will, daß es immer weitergeht, doch ich will mich auch gegen ihre Macht über mich auflehnen.

Mit einem Stöhnen zerre ich an ihrem Haar, mache mich von ihr los, ziehe sie zu mir, so daß wir Gesicht an Gesicht liegen. Die Straßenlampe wirft einen schwachen gelben Schein durch unser Fenster, in dem ihre Augen riesengroß erscheinen.

»Ich hab die Rolle«, flüstert sie.

»Ich hoffe, du hast das nicht dafür tun müssen.« Meine Hände liegen fest auf ihren Brüsten, mein Schwanz ist in ihr. Ich drehe sie herum und nehme sie, und noch bevor der heftige blinde Schauder über uns kommt, streift mich eine große Traurigkeit mit ihren Schwingen.

Als ich Madeleine wieder ansehe, wirkt ihr Gesicht nachdenklich. Sie fährt mir mit den Fingern durchs Haar. »Wäre es dir lieber gewesen, ich hätte dich schlafen lassen, Pierre? Oder wäre gar nicht zurückgekommen?«

Ich schüttele den Kopf. Irgendwo in mir finde ich ein Lächeln.

»Herzlichen Glückwunsch. Erzähle, wie es war. Erzähle mir alles.«

Sie beugt sich zum Tisch, wo eine geöffnete Flasche Wein steht. Ich beobachte das Cello ihres Rückens, die schnelle Beugung ihres Arms, als sie zwei Gläser füllt. Der kurze Abstand zwischen uns erscheint mir plötzlich zu groß. Ich strecke die Hand aus, um sie zu berühren, um das Wunder dieser Kurven und Linien, das Spiel der Muskeln nachzuziehen.

Madeleine lächelt. Sie gibt mir ein Glas und hebt ihres. »Auf das Kino«, sagt sie und läßt sich lachend in die Kissen fallen.

Der Regisseur war angetan von ihren Probeaufnahmen. Er will die für sie vorgesehene Rolle aufwerten. Die Dreharbeiten beginnen wahrscheinlich im Januar in Morzine. Der Film ist eine Liebesgeschichte, älterer Mann, jüngere Frau, mit einem bittersüßen Ende. Der Mann bekommt die Frau nicht. Ihre Jugend darf angeschaut, geliebt werden, ist aber unantastbar. Die Jugend hat ihre Zeit. Er will sie nicht mit seinem Alter besudeln.

So wenigstens erzählt es mir Madeleine. Sie sagt mir auch, daß sie doppelt froh ist, weil das bedeutet, daß sie in dem neuen Theaterstück, das im September Premiere hat, bis zum Ende der Spielzeit auftreten kann.

Am nächsten Tag fahren wir nicht nach Paris zurück. Im Morgengrauen stehle ich mich hinaus und überrasche Madeleine, indem ich mit einem Auto zurückkomme. Wir wollen richtig feiern, verkünde ich ihr.

Wir fahren über Alleen nach Süden. Das Licht blendet, wenn es durch die Kronen mächtiger Platanen springt. Wir erklimmen die Felsen von Les Baux, fahren kreuz und quer durch die Straßen von Arles, springen im römischen Amphitheater herum und fahren nach Osten bis Aix, wo wir in einem kleinen Hotel mit Klappläden übernachten, in dem die Luft nach Lavendel riecht.

Am folgenden Morgen machen wir uns mit offenen Fenstern und plärrendem Radio zum Mittelmeer auf. Die Felsen und die Erde sind honigblaß und dann ockerrot, das Meer ist tief blau, dann türkis, dann wieder blau. Violett leuchten die Bougainvilleen, hochrot und orange die Geranien. Mit großen Kinderaugen spricht Madeleine nur, um Farbe zu bestimmen.

Wir sitzen zwischen den blasierten Menschen in St. Tropez, trinken kalten Weißwein und schauen den Booten im Hafen zu. Wir kaufen Badesachen und finden eine einsame winzige Bucht, wo wir schwimmen und Seite an Seite liegen und die Sonne auf uns herunterbrennen lassen. Wir liegen noch da, als das Meer sich rosa färbt, dann silbern vom Schimmer des Mondlichts. In unsere Pullover und Jeans gepackt und die Arme umeinandergeschlungen, verbringen wir die Nacht auf diesem Oval aus grobem Sand, und irgendwann in dieser Nacht sagt Madeleine mit weicher, ernster Stimme zu mir: »Was immer mit uns geschehen mag, Pierre, laß uns nie vergessen, daß wir das hier erlebt haben.«

Ich habe es nie vergessen, und ich glaube auch nicht, daß Madeleine es jemals vergaß.

8

Ein Rechteck aus fahlem Licht am Fenster kündigt die Dämmerung an. Ich starre aus dem Fenster auf das dunkle dichte Grün der Kiefern und wünsche, der Tag würde mir sagen, was ich mit mir anfangen soll. Mir fällt ein, daß ich Contini anrufen und ihm meine Dienste anbieten könnte. Vielleicht hätte er es gern, wenn ich ihn zu den Gesprächen mit Madeleines Freunden und Freundinnen begleitete. Oder ich könnte anbieten, ihre Tagebücher für ihn zu lesen.

Die Dummheit dieser Gedanken fällt mir erst auf, als ich angezogen bin. Ich gehe leise die Treppe hinunter. Es gibt für mich nichts zu tun, als nach Hause oder ins Büro zu fahren.

Der Gedanke, in meinem Büro zu sitzen, kommt mir wie eine Erlösung vor. Auch wenn ich keine Klienten erwarte, gibt es Papiere, in die ich mich vertiefen kann, umständliche Details, die das Gedächtnis auslöschen, Gefühle ersticken, so sicher, wie aufgeschüttete Erde das Atmen beendet.

Vom Lokal weht der Duft frischen Kaffees die Treppe herauf. Die Vorstellung einer Unterhaltung mit Giorgio Napolitano hält mich allerdings zurück. Doch ich werde ihm gegenübertreten müssen, wenn ich meine Rechnung bezahle. Ich zögere noch.

Ein Gestell mit Schneeschuhen zeigt mir einen Ausweg. Ich suche ein Paar aus und gehe zur Tür. Die frostige Luft ist erfrischender als eine kalte Dusche. Ich biege um die Ecke des Chalets und marschiere auf den Berg dahinter zu. Wo der Weg endet, stelle ich die Füße auf die Schneeschuhe und schnalle die Riemen um meine Stiefel.

Der Schnee hat eine dünne Eishaut, und ich muß fest auftreten, damit die Schneeschuhe nicht unter mir wegrutschen. Die Gewalt, die meine Spuren der unberührten Landschaft zufügen, ist merkwürdig befriedigend.

Eine blasse zitronengelbe Sonne taucht über dem Kamm des Berges auf. Vögel zwitschern und flattern bei meinem geräuschvollen Anmarsch auf. Ein weißer Hase hoppelt aus der Deckung der Bäume. Ich höre ihn, ehe ich ihn sehe. Er hört mich auch. Er hält völlig reglos inne. Wir halten beide den Atem an. Dann bewegt er die Ohren, springt fort und verschwindet in der Schneelandschaft.

Madeleine hielt in jenem ersten Sommer Kaninchen in der Scheune. Zwei dicke weiße Fellbündel mit rosa Ohren und rosa bebenden Nasen. Wir fütterten sie mit Salatblättern, Kohl und Karotten.

»Mémère sagt, die Engländer hätten früher über die Franzosen gesagt: ›Sie vermehren sich wie die Kaninchen.‹ Weil sie so viele Kinder hätten. Aber ich habe sie nie dabei beobachtet. Die Kaninchen, meine ich.«

Sie sah mich ernst an, und ich hatte den deutlichen Eindruck, daß sie nicht ganz wußte, was dieser Akt zur Folge hatte, und es von mir erzählt bekommen wollte.

Den ganzen langen Morgen beobachteten wir unverdrossen die Kaninchen, aber es tat sich nichts. »Weißt du genau, daß du ein Männchen und ein Weibchen hast?« fragte ich sie. »Kannst du den Unterschied sehen?«

Ich druckste herum. »Nicht bei Kaninchen«, brachte ich endlich heraus. Wir sahen einander an und lachten. Wir lachten so laut, daß die Kaninchen es mit der Angst bekamen und sich ins Stroh in der gegenüberliegenden Ecke des Käfigs verkrochen.

Nachdem Madeleine jenen ersten Film in Frankreich gedreht hatte, lachte ich nie wieder so ungezwungen mit ihr. Ich weiß nicht genau, was alles anders machte, und es geschah auch nicht plötzlich. Es war eine allmähliche Entwicklung.

Zuerst war da die Trennung. Madeleine flog gleich nach Weihnachten nach Frankreich. Eine Woche verging und dann noch eine und noch eine. Ich arbeitete wie besessen, aber was ich auch tat – nichts ließ die Zeit schneller vergehen. An jedem Tag ihrer Abwesenheit wachte ich mit einem jähen Gefühl des Verlustes auf.

In der dritten Woche begann ich Vorkehrungen zu treffen,

um zu ihr zu reisen. Meinen Chefredakteur überzeugte ich davon, daß es in Frankreich Arbeit für mich gäbe.

Sobald ich in Paris ankam, mietete ich ein Auto und fuhr nach Morzine. Es kam mir in den Sinn, als ich die langsamen Gebirgskilometer hinter mich brachte, daß es klüger gewesen wäre, nach Genf zu fliegen, aber das hätte sich in Zusammenhang mit der Arbeit nicht so gut angehört. Bis ich in dem Gebirgsstädtchen ankam, war es bereits dunkel. Ich beglückwünschte mich dazu. Die Dreharbeiten wären für diesen Tag vorbei, und Madeleine hätte Zeit. Für mich.

Ich entdeckte Madeleine von außen. Sie saß auf einem Fensterplatz des Hotelrestaurants. Ich war mir ganz sicher, daß sie sich umdrehen und mich sehen würde. Ich spürte sie so nah bei mir, daß ich nicht verstehen konnte, warum sie mich nicht zu fühlen vermochte. Ich stand betreten da und wartete, daß sie in meine Richtung blickte. Aber sie war in ein Gespräch mit ihrem Regisseur vertieft, und schließlich gab ich es auf und ging hinein.

Ich sagte ein leises Hallo, und Madeleine blickte so geistesabwesend zu mir auf, als fügten sich meine Gesichtszüge nicht zu einem Gesicht, das sie erkannte. Dann aber streckte sie mir die Hand hin. »Pierre«, hauchte sie lächelnd. »Gib mir fünf Minuten.«

Damals fiel es mir wie Schuppen von den Augen, daß die Zeit der Trennung für Madeleine völlig anders verlaufen war als für mich. Sie hatte mich nicht vermißt, hatte sich nicht gefühlt, als wäre ein Stück aus ihr herausgerissen. Die ganze Zärtlichkeit, mit der wir uns später in der Nacht liebten, konnte diesen Unterschied nicht wettmachen.

Am nächsten Tag, als ich wie ein Eindringling umherlief, wurde mir klar, daß ich nicht hätte kommen sollen. Nicht daß das Team nicht vollendet höflich gewesen wäre. Es war einfach so, als existierte ich nicht. Ich war so unsichtbar wie ein Diener in einem viktorianischen Haushalt, aber viel weniger nützlich.

In diesem Haushalt war kein Platz für mich. Vielleicht lag es daran, daß seine Mitglieder nicht jeden Abend in ein Zuhause zurückkamen, das ein anderes war als der Arbeitsplatz. Vielleicht hatte es mit der Anwesenheit der Kameras zu tun. Ich weiß es nicht. Ich weiß nur, daß sie eine Welt bewohnten, die von uns übrigen sehr weit entfernt war.

Als ich Madeleine an jenem Abend sagte, ich würde am nächsten Tag abreisen, musterte sie mein Gesicht ernst und schweigend. »Ja, das wäre das beste«, sagte sie. »Du verstehst doch, Pierre? Dieser Film vereinnahmt mich einfach.«

Ich nickte.

»Halte mich fest.« Sie flüsterte, fast atemlos, als hätte sie ein wenig Angst, bereits im Ballon ihrer künstlichen Welt davongeflogen zu sein – noch bevor ich abgereist war.

Ich hielt sie fest, und während ich sie hielt, berichtete sie mir, sie würden in der nächsten Woche Studioaufnahmen in Paris machen, und vielleicht wäre es dort besser. Falls ich warten könnte. Falls ich bleiben könnte. Sie sagte mir auch, ihr Regisseur habe die Möglichkeit eines weiteren Films angesprochen. Nach Cannes. Nach dem Festival. Mir zuliebe sagte sie das alles sehr behutsam, aber ich spürte ihre Erregung.

Auf der Rückfahrt nach Paris dachte ich ernsthaft und ausgiebig über alles nach. Ich sagte mir, wenn ich wirklich nicht ohne Madeleine leben könne, müsse ich eben lernen, mit ihrer zeitweiligen Abwesenheit fertig zu werden, sei es aus der Ferne oder mehr in ihrer Nähe. Es stand für mich außer Frage, daß dieser Film nicht ihr letzter sein würde.

Wenigstens in diesem Punkt behielt ich recht.

In Paris arbeitete ich. Ich interviewte Politiker, Diplomaten und Beamte am Quay d'Orsay. Ich wohnte in einer Etagenwohnung, die einem Freund meines Chefredakteurs gehörte. Wahrscheinlich lag es an der Wohnung, daß ich bis zum Ende der Woche den Eindruck hatte, bereits ein Pariser zu sein. Ich konnte es nicht erwarten, daß Madeleine eintraf.

Die Wohnung befand sich versteckt in einer winzigen Gasse gleich hinter dem Boulevard Saint-Germain, und während man die Wendeltreppe zum fünften Stock hinaufstieg, erschloß sich ein magischer Ausblick durch die Fenster. Das Gebäude gegenüber war niedrig, Balzacs ehemalige Druckerei.

Über ihrem Dach konnte ich in Höfe voller Bäume, auf Dächer, den Turm von Saint-Germain und die Kuppel des Panthéons blicken. Innen war alles weiß, frisch gestrichen und einfach, zwei Zimmer mit einem Halbgeschoß und einer Kochnische, die hinter Jalousientüren versteckt war. Aber was zählte, war die Aussicht. Eine Aussicht mit zwei Zimmern. Ich hämmerte auf meiner Schreibmaschine herum und betrachtete die Aussicht.

Als Madeleine kam, gefiel es ihr. Auch ich gefiel ihr besser. Mag sein, es lag nur daran, daß die Zimmer und die Aussicht irgendwie mir gehörten und ich kein Eindringling mehr war.

»Pierre. Da sind Sie.« Giorgio Napolitano winkt mir vom Fuß des Berges zu.

Ich gehe unbeholfen auf meinen Schneeschuhen auf ihn zu, ein Pinguin mit großen Füßen.

»Ich war ein wenig in Sorge, als Sie nicht zum Frühstück erschienen.« Er sieht mich komisch an, aber er ist zu höflich, um es in Worte zu fassen.

»Ich habe ein bißchen Bewegung gebraucht.«

»Und jetzt Frühstück?«

»Kaffee genügt mir.«

Als wir fast am Hotel angekommen sind, bleibt er stehen. »Ich hatte heute morgen einen Anruf von einem Kommissar Contini. Er möchte mich sehen. Wegen Madeleines Tod. Sagt Ihnen der Name etwas?«

Ich nicke.

»Ich weiß nicht, wie er auf mich gekommen ist. Wir ... Madeleine und ich haben uns kaum in denselben Kreisen bewegt.«

Teils um seine Reaktion einzuschätzen, sage ich: »Könnte es durch Madeleines Tagebücher sein?«

»Ach so.« Bilde ich mir nur ein, daß ein Muskel in seiner Wange zuckt?

»Demnach ist die Art ihres Todes noch immer ein Rätsel.« Er stößt die Haustür so fest auf, daß sie an die Wand schlägt, führt mich in das Lokal und verschwindet.

Gleich darauf kommt er mit einer Kaffeekanne zurück. Auf den Fersen folgt ihm eine Frau mit dem dunklen feurigen Aussehen einer Flamenco-Tänzerin. Sie besteht nur aus sinnlichen Kurven, von den Wellen ihrer Frisur über den Schwung der Nase und der Lippen bis zur Wölbung der ausladenden Hüften unter einem weiten Rock. Sie trägt ein Tablett, randvoll mit Croissants und Brötchen, Marmeladen und Obst, und sobald sie es auf dem Tisch abgesetzt hat, betrachtet sie mich lange mit einem offenen prüfenden Blick.

»Meine Frau Paloma«, stellt Giorgio sie vor.

»Es freut mich, Sie kennenzulernen, M. Rousseau, auch wenn dies eine Zeit großer Traurigkeit ist.«

Giorgio muß ihr berichtet haben, daß ich einmal mit Madeleine verheiratet war.

»Wir haben Madeleine alle geliebt. Aber ich sehe an Ihrem Gesicht, daß jetzt nicht die Zeit für Plaudereien ist.« Ein Blick, den ich nicht deuten kann, geht zwischen ihr und Giorgio hin und her. »Sie kommen wieder mal bei uns vorbei, hoffe ich.« Unvermutet drückt sie mir einen Kuß auf die Wange und verschwindet in die Küche.

Ich trinke meinen Kaffee, der stark und heiß ist, und kann Giorgio einen Augenblick lang nicht in die Augen sehen.

Er lacht. »Sie werden glauben, jetzt zu wissen, warum ich kein Priester mehr bin. Zu drei Vierteln haben Sie auch recht.«

Ich spüre mit unheimlicher Gewißheit, daß das andere Viertel mit Madeleine zu tun hat.

Die schmale Straße wird durch den geräumten Schnee am Rand noch enger. Autos mit Skiern auf dem Dach rasen in entgegengesetzter Richtung an mir vorbei. Auf den Hängen haben sich die Lifts schon in Bewegung gesetzt und bringen ihre Passagiere auf die kalten Gipfel.

Vielleicht sollte ich dort sein, mit hoher Geschwindigkeit auf einem schwierigen Hang unterwegs, damit der Wettstreit zwischen Schwerkraft und Geschick den Kopf von Gedanken leert.

Madeleine fuhr viel besser Ski als ich, aber erst als ich ihren ersten Film sah, wurde mir das reine Wunder ihrer Eleganz richtig bewußt. Sie tat das als belanglos ab, als ich mit ihr darüber sprach, erklärte mir, die Eleganz liege allein bei der Kamera-Arbeit, bezeichnete mich als naiv, da ich alles glaubte, was ich sähe. Aber da löste eine Streitfrage eigentlich nur eine andere ab. Inzwischen waren unsere Auseinandersetzungen häufiger geworden. Aber ich eile voraus. Ich möchte nicht darüber nachdenken. Es gab noch einige ungetrübte Monate, bevor das alles begann.

Nach den Dreharbeiten in Frankreich kam Madeleine nach Montréal zurück, um ein anderes Stück zu spielen, Racines *Iphigénie*. Sie wollte ihr Können an den Klassikern erproben.

Es waren gute Monate. Wir zogen in eine Wohnung in der Sherbrooke, nahe der Main. Vielleicht in Erinnerung an die Woche in Paris beschlossen wir, hoch oben in der Luft zu wohnen, in unserem eigenen Adlerhorst. Ein Ort, wo wir ganz für uns sein konnten, weg vom Getümmel der Straßen unterhalb, wo wir unsere unerbittlich geselligen und manchmal gesonderten Leben führten. Wir waren freundlich zueinander in unserem Horst, besorgt, zärtlich.

Später kam mir in den Sinn, daß Madeleine etwas wiedergutmachte, entweder in der Vergangenheit oder vielleicht für die Zukunft. Aber das war später.

In jenen Monaten kam ich in engen Kontakt mit gewissen Personen im Parti Québecois. Meine Artikel hatten allmählich Aufsehen erregt. Ich wurde zu Podiumsdiskussionen eingeladen. Ich fuhr in die Provinz- und die Bundeshauptstadt. Eines Nachts, nachdem sie mich in einer Fernsehdiskussion gesehen hatte, sah Madeleine mich mit glänzenden Augen an und sagte, sie sei sehr stolz auf mich.

Ich glaube, ich brachte es fertig, nach der Premiere ihres Films auf dem Filmfestival in Cannes das gleiche zu sagen. Ich bin mir nicht mehr sicher.

Im Mai flogen wir zusammen nach Cannes. Madeleine bestand darauf, daß ich sie begleitete. Wir wurden in einem

Nobelhotel untergebracht. Durch unser Fenster hörten wir die Wellen auf den Strand spülen und blickten auf das wunderbare Meer hinaus. Aber sein Zauber war nicht der gleiche wie im vorigen Sommer. Es war einfach ein szenischer Hintergrund zu dem verrückten hektischen Treiben, in dem wir mitten drinsteckten. Ich sage wir, aber ich meine Madeleine. Es gab Partys und Cocktails, Verabredungen zum Frühstück und Lunch, auf Jachten, in Grandhotels und winzigen Restaurants in den steilen Straßen der Altstadt. Es gab zahllose Interviews und zahllose blitzende Kameras. Madeleine war ein Star geworden.

Ich erinnere mich noch an jenen Augenblick, als sie, flankiert von ihrem Regisseur und dem männlichen Hauptdarsteller, langsam aus einem weißen Kabriolett auftauchte und die Treppe zum alten Festivalbau hinaufstieg.

Da knisterte die Luft vor Elektrizität. Die Menge, in der auch ich wartete, bevor ich ins Kino hineinging, wogte gegen die Polizisten, die eine Gasse für die Prominenz frei gemacht hatte. Fernsehkameras liefen, Blitzlichter flammten auf, und in der Mitte von allem spielte Madeleine den Star. Sie machte es gut. Sie machte es so natürlich, als wäre es angeboren – der Hüftschwung, das rätselhafte Lächeln, die kerzengerade Haltung in dem langen Kleid, das im Blitzlichtgewitter wie Mondlicht auf Wasser schimmerte.

Ich beobachtete jeden Zoll ihres Weges und spürte die magnetische Wirkung ihres Zaubers. Ich neidete ihr das Rampenlicht nicht. Ich war ihretwegen aufgeregt und glücklich. Das Problem zwischen Madeleine und mir hatte nie mit Konkurrenz zu tun, nein, es lag woanders, war weniger greifbar.

Allmählich spürte ich es unmittelbar, wenn sie auf der Leinwand erschien. Jede Geste, jede aufreizende Bewegung des Auges nahm mythische Proportionen an. Doch gleichzeitig war sie auch äußerst intim. Ihre Hand auf der Schulter eines andern, das Flattern von Strümpfen, wenn sie das Nylon an ihren Beinen hochzog, der nachdenkliche Blick in den Spiegel, die Nervosität der Hände, wenn sie wegen etwas in

Sorge war – ich kannte jede dieser Bewegungen und erkannte sie doch nicht. Sie waren fremd, entrückt. Ich hatte sie gesehen, doch nie so ganz registriert, nicht in dieser Weise. Sie gehörten mir, waren für mich gedacht als Person und als Zuschauer, doch sie hatten nichts mehr mit mir zu tun. Sie waren öffentlich.

Es war, als wäre unsere Vertrautheit gestohlen worden, verwandelt in einen Akt, der unbehaglich zwischen dem schamlos Öffentlichen und tief Persönlichen schwebte. Was meine innere Verwirrung vermehrte, war Madeleine selbst, die im Dunkeln neben mir saß, nervös meine Hand umklammerte, bei mir Trost suchte.

Vielleicht begann ich das alles erst zu fühlen, als jener erste Filmkuß kam, die leichte Hebung des Kopfes, die halb geschlossenen Augen. Ich konnte das Vergnügen auf beiden Seiten spüren. Ich war bestürzt. Ich schaute meiner Frau bei intimen Akten mit einem anderen Mann zu.

Und die Bilder verfolgten mich, lange nach dem tosenden Applaus, den Reden, der Party, die eine ganze Nacht andauerte. Diese Bilder hielten sich immer in meiner Nähe auf und harrten aus, erschienen mir, wenn ich sie am wenigsten wollte, ergriffen Besitz von mir, so daß sie sich sogar aufdrängten, wenn die lebende und atmende Madeleine neben mir war.

Nichts davon gestand ich ihr. Was hätte ich auch sagen können? Ich hatte keine Worte außer den Glückwünschen, die ihr gebührten, und ich hoffe, es war keine falsche Begeisterung auf meiner Seite dabei. Danach verzog ich mich auf die Zuschauerplätze, wo ich hingehörte.

Es wurde schon hell, als wir von der Party in unser Hotelzimmer zurückkehrten. Wir blickten hinaus auf das blau schimmernde Meer, den blassen Sandstreifen, die Reihen der Sonnenschirme, und wir küßten uns.

Jene anderen Küsse kamen mir in den Sinn, und ich hielt Madeleine fester. Als wir uns auf dem breiten Bett ausstreckten, fragte ich sie: »Wie ist es, Luc zu küssen?« Ich brachte den Namen des Hauptdarstellers nur mit Mühe heraus.

Sie sah mich neugierig an, dann lachte sie leichthin. »Hast du jemals versucht zu küssen, wenn eine Kamera über deiner Nase schwebt?«

Ich lachte in mich hinein, versteckte mein Unbehagen. Aber ich konnte es nicht lassen.

»Und neben ihm zu liegen? Seine Haut zu berühren? Sich von ihm berühren zu lassen?«

»Pierre, falls du wissen willst, ob ich erregt war, dann ist die kurze Antwort: nein.« Sie lachte wieder, nervöser diesmal. »Wenn von dir verlangt wird, eine Geste für die fünfte Aufnahme zu wiederholen, dann ist es nicht Erregung, was du spürst.«

»Nein?«

»Lichter scheinen gnadenlos auf dich herab, und du fragst dich, ob deine Stirn vom Schweiß nicht glänzend wird. Oder du denkst über deinen nächsten Text nach, der sich in Luft aufgelöst hat. Oder daß dein Bein plötzlich eingeschlafen ist, weil du in einem komischen Winkel daliegen mußtest. Und dann erscheint plötzlich die Maskenbildnerin, um deine Wange oder Schulter zu pudern, oder irgendein Techniker läßt eine Spule fallen, und du mußt noch einmal von vorne anfangen ... Es ist nicht Sex, Pierre. Es ist Kino.«

»Es sieht aus wie Sex.«

»Das soll es auch.«

Sie wandte sich von mir ab. »Du kannst glauben, was du willst, Pierre.«

»Ich möchte dir glauben.«

Ich möchte Madeleine wirklich glauben. Ganz bestimmt. Aber irgendwie habe ich keine Macht über diese Bilder. Sie drängen sich auf, schieben sich in den zärtlichsten Augenblicken zwischen Madeleine und mich. Ich berühre sie, und ich sehe einen anderen Mann sie berühren. Ich küsse sie und spüre sie auf einen anderen reagieren. Manchmal stimuliert es meine Leidenschaft. Andere Male tötet es sie ab. Es stört mich immer.

Ich weiß, daß Männer manchmal Phantasievorstellungen

von anderen Frauen haben, wenn sie mit ihren Ehefrauen schlafen. Aber ich habe Phantasien von meiner eigenen Frau als einer anderen. Oder auch von mir als einem anderen. Ich weiß nicht, was ich mit all den Gespenstern anfangen soll. Mit Madeleine kann ich nicht über sie reden. Es wäre zu erniedrigend. Vielmehr strenge ich mich an, sie aus meinem Kopf zu vertreiben.

Zunächst habe ich beinahe Erfolg, aber in dem Maß, wie der Erfolg von Madeleines Filmen größer wird, verschlimmert sich meine Lage. Ihr Gesicht und Körper springen mir verführerisch von Reklametafeln auf den Straßen und in der Metro entgegen. Sie springen auch jedem anderen entgegen.

Inzwischen lebten wir fast ständig in Paris. Wir schreiben 1977. Madeleine hat sich für eine große Wohnung im Marais entschieden, und von außen erscheint unser Leben mehr als beneidenswert. Auch meines. Ich bin Korrespondent mit einem umfassenden Auftrag – Frankreich, das frankophone Afrika. Ich habe einen Arbeitsplatz bei France-Presse, die sich ebenfalls meiner Dienste bedient. Ich habe gelernt, mit den Witzen über meinen Akzent zu leben, und ich verbringe einen Teil meiner Zeit am Quai d'Orsay als Lobbyist zugunsten von Québec. Wir stehen auf der Liste ausgewählter Gäste beim historischen Empfang im Palais Bourbon für den neuen Premier von Québec, René Lévesque, einen integren Mann, den ich seit langem respektiere und für den ich mich eingesetzt habe.

Madeleine und ich sind erfolgreich, vielbeschäftigt, wohlhabend.

Ich wiederhole mir diese Litanei, während ich mich eines frühen Nachmittags von der Arbeit stehle, um mir Madeleines neuen Film in einem kleinen Kino in der Nähe des Odéon anzusehen. Das Kino ist bei dieser ersten Vorführung des Tages fast leer. Ich setze mich auf einen Platz in der Mitte des Saales und warte ungeduldig darauf, daß Vorspann und Werbung enden. Als der Film beginnt, versuche ich, aufmerksam zu bleiben. Die Geschichte nimmt mich gefangen.

Sie spielt am Ende des ersten Jahres der deutschen Besetzung von Paris. Madeleine spielt eine Verkäuferin, eine ziemlich herbe, unabhängige Frau, deren Leben sich um die gleichförmige Arbeit und die Pflege des bettlägerigen Vaters dreht. Ein Nazioffizier verliebt sich in sie. Madeleine sträubt sich, sträubt sich um so heftiger, weil ihr Vater obendrein Jude ist. Doch das Spiel der Anziehungskraft zwischen ihnen ist augenfällig. Wegen ihrer Furcht vor seiner größeren Macht, auch wegen des beiderseitigen Begehrens, läßt Madeleine sich eines Tages aufs Land entführen.

Mit angespannter Faszination betrachte ich die Szenenfolge, die damit beginnt, daß der Offizier eine Spange in ihrem Haar löst. Madeleines Gesicht verwandelt sich. Die Kamera fährt zärtlich und langsam ihren gebogenen Hals hinauf. Als der Offizier sich vorbeugt, um sie zu küssen, verliere ich die Kamera aus den Augen. Ich verliere auch die Schnitte aus den Augen. Das sinnliche Spiel von Haut und Haaren dauert in unerträglich echter Zeit an.

Von irgendwo in meiner Reihe kommt ein leises verlangendes Stöhnen. Im zuckenden Licht sehe ich einen einzelnen Mann im dunklen Anzug. Er hat die Beine vor sich gespreizt. Im ersten Augenblick denke ich, ihm sei übel geworden, und dann bemerke ich, wie sich seine Hand rhythmisch bewegt.

Mich packt die Wut. Ich balle die Fäuste und möchte ihn schlagen.

»*Cochon*«, zische ich. »*Sale cochon.*«

Er blickt mich mit weißen erschrockenen Augen an, als ich auf ihn zustolpere. »Dreckschwein«, wiederhole ich.

Eine flehende Hand wird gehoben, um meinen Angriff abzuwehren. Der Mann flüstert ein »Leise«. Plötzlich sieht er so normal und seriös aus, daß ich meine Hände im Zaum halte und statt dessen an ihm vorbei auf die blendend helle Straße stürze.

Ziellos gehe ich umher. Ich versuche, mich zu beruhigen. Ich rede mir ein, daß ich den Mann eigentlich wegen dieser schrecklichen Wirkung der Bilder nicht tadeln kann. Zum hundertstenmal frage ich mich, was Madeleine für den Hauptdarsteller empfunden hat. Denn daß sie etwas fühlte, dessen bin ich mir jetzt sicher.

Zum erstenmal gebe ich zu, daß ich eifersüchtig bin. Quälend, hoffnungslos eifersüchtig. Es ist ein gemeines, demütigendes Gefühl. Ich gehöre einer Generation an, die nichts von Eifersucht hält. Frauen sind kein Besitz, der bewacht und kontrolliert werden muß. Sie sind frei. Ich habe Madeleine immer wegen ihrer Ungebundenheit geliebt.

Ich kann jetzt nicht ins Büro zurück. Vielmehr gehe ich nach Hause und lege mich aufs Bett, wohin ich mir Madeleine wünsche, damit ich sie verhören kann. Aber sie ist bis zum Wochenende fort. Fort, um was zu tun?

Als ich die Augen schließe, kommt mir in den Sinn, daß meine Eifersucht in Wirklichkeit nichts Besonderes ist. Jede Eifersucht hat mit Illusionen zu tun. Sie braucht keine Bekräftigung durch die Realität. Sie braucht nur das Gefühl, daß wir etwas verlieren, das wir besaßen. Etwas, das wir nicht verlieren möchten.

Doch Madeleine gehört mir nicht. Hat mir nie völlig gehört. Ich weiß das, weiß auch, daß ich mich nicht in eine Nonne verliebt habe. Aber es hilft nicht, das zu wissen.

Ich ertappe mich dabei, daß ich zum Telefon greife und die Nummer meines Büros wähle. Ich höre mich Christiane Dumont fragen, ob sie Lust hat, an diesem Abend zum Essen auszugehen. Mit ihrer klaren munteren Stimme sagt sie zu. Christiane hat mir oft genug zu verstehen gegeben, daß sie nicht abgeneigt wäre, wenn ich nur wollte. Sie ist eine große, intelligente Frau mit tiefschwarzem Haar und breitem Mund, geschieden und älter als ich.

Während ich dusche, frage ich mich flüchtig, was ich eigentlich vorhabe. Aber ich erlaube mir nicht, zu angestrengt nachzudenken. Ich stürze mich in mein Treffen mit Christiane und überrasche mich selbst mit meinem Charme und gelegentlichen Witz. Mein Charme läßt nicht nach, auch später im Bett nicht, obwohl ich weiß, daß Madeleines Bild, das ich die ganze Nacht in Schach gehalten habe, mich überwältigen wird, wenn ich nur eine einzige falsche Geste mache.

Kaum bin wieder draußen auf der Straße, als der Gedanke an Madeleine mich mit voller Wucht überfällt. Sie ist mit einem andern im Bett. Ich weiß es. Oder sie wird mit einem andern im Bett gefilmt, damit die ganze Welt es sehen kann.

Als ich den Schlüssel im Schloß umdrehe, zittert meine Hand, wie die Hand eines Mannes, den der Tod berührt hat.

Aus der Küche fällt Licht, obwohl ich mich nicht erinnern kann, es angelassen zu haben. Blätter eines Manuskripts liegen verstreut auf dem Sofa im Wohnzimmer. Auf dem Ecktisch gibt eine Flasche Perrier ein leises Zischen von sich, das klingt, wie wenn ein Kind schnarcht. Ich schraube sie fest zu und spähe ins Schlafzimmer.

Im Halbdunkel erkenne ich Madeleine. Sie sieht so unschuldig aus, wie sie da schlafend liegt, das Haar über das Kissen ausgebreitet, die Wangen leicht gerötet. Ich sage mir, daß ich wahnsinnig bin, so verrückt wie Othello, der sich über die schuldlose Desdemona beugt.

Dann regt sie sich. Ein langes nacktes Bein kommt unter der Bettdecke vor. Plötzlich steht mir ein Bild aus dem Nachmittagsfilm vor Augen. Die Bettdecke nimmt die muskulösen Konturen eines Männerrückens an. Die Versuchung, Madeleine zuzudecken, diesen Anblick zu zerstören, ist so stark, daß ich ins Bad stürze und die Tür abschließe.

Während ich unter der Dusche stehe, erinnere ich mich plötzlich an eine schreckliche Predigt vom Höllenfeuer, die einer meiner Lehrer über die Sünde der sinnlichen Begierde hielt. In der Predigt ging es um versengtes und ausgepeitschtes Fleisch, um gehörnte Teufel, die nach empfindlichen Körperteilen stachen, um Qualen des Geistes, an lüsterne Begierden gekettet, deren Befriedigung immer außer Reichweite war.

Leise schlüpfe ich wenig später ins Bett. Madeleine dreht sich um, legt eine warme Hand auf meine Brust.

»Überstunden gemacht?« murmelt sie verschlafen.

»Ja.«

Sie fragt mich nicht weiter aus. Sie kuschelt sich ins Kissen und ist binnen Sekunden wieder eingeschlafen.

Obwohl ich eben noch nichts sehnlicher wünschte, als daß sie weiterschlafen möge, meine ich plötzlich, daß ihr Schlaf ein Verbrechen ist. Er ist ein Zeichen ihres Desinteresses an mir.

Das Klappern von Geschirr in der Küche weckt mich am Morgen. Über diesem Lärm singt Madeleine. Es duftet nach Kaffee. Für einen schwebenden schläfrigen Augenblick bin ich glücklich, und dann erinnere ich mich. Ich halte die Augen fest geschlossen.

»Guten Morgen, Langschläfer.« Madeleine drückt mir einen Kuß auf die Wange. Ich drehe mich brummend um, und sie streicht mir durch das Haar. »Ich habe Kaffee gekocht«, sagt sie in ihrer verführerischsten Stimme und zieht die Vorhänge auf.

Licht fällt ins Zimmer, und sie springt aufs Bett. Sie ist so strahlend und verspielt wie das Licht. »Der Kaffee steht direkt neben dir. So, wie du ihn magst.«

Ich trinke den süßen hellbraunen *café au lait* und starre sie an. »Du bist früh zurückgekommen?«

»Olivier hat ein Kehlkopfentzündung, deshalb drehen sie erst ein paar andere Szenen. Freust du dich nicht, daß ich schon da bin?«

Ich nicke und wende mich ab, dann sage ich mit einer, wie ich hoffe, neckenden Stimme: »Ich habe dich gestern gesehen.«

»Ja? Warst du in Le Mans?« Ihre Miene verrät mehr Verwirrung, als mir lieb ist.

»Nein. Ich habe dich auf der Leinwand gesehen.«

Madeleine lacht. »Hat es dir diesmal besser gefallen? Nein, nein, keinen Widerspruch. Ich weiß, daß du mich als Julie nicht ausstehen kannst. Ich konnte die Wellen spüren, die von dir ausströmten. Große schwarze Wellen des Abscheus.« Sie machte eine Geste wie eine Voodoo-Zauberin.

Ich zucke die Achseln und trinke meinen Kaffee.

»Ein Stück weiter in meiner Reihe hat ein Mann gesessen und onaniert.«

Sie bricht in Gelächter aus, läßt sich ausgelassen auf die Kissen fallen.

Ich kann ihre Reaktion nicht verstehen und sitze steif und stumm da.

»Du findest das nicht lustig?« fragt sie dann. »Nicht ein kleines bißchen?«

Ich schüttle den Kopf.

»Der arme Mann«, sagt sie in ernstem Ton.

»Armer Mann! Und was ist mit dir?«

Sie wirft einen raschen Blick auf mich, dann betrachtet sie ihre Zehen. »Reden wir von was anderem. Ich habe eine gute Neuigkeit.« Verspielt läßt sie ihre Finger auf meiner Brust spazierengehen. Ich halte ihre Hand fest.

»Sehr gute Neuigkeit.« Die goldenen Tüpfel in ihren Augen tanzen, als sie zu mir aufblickt. »Ich habe ein Angebot bekommen. Aus Hollywood.« Sie schmiegt sich an mich, streichelt mich, streut in ihren Bericht kleine Küsse ein. »Eine gute Rolle. Eine moderne Hure mit dem goldenen Herzen. Bringt eine Menge Geld. Vielleicht können wir ein Haus kaufen. Ich fliege übernächste Woche rüber und treffe mich mit ein paar Leuten. Ich habe daran gedacht, auf dem Rückweg ein paar Tage bei Mémère zu bleiben.«

Madeleines Finger wirken ihren Zauber auf mich. Wir lieben uns. Aber plötzlich weiß ich nicht mehr, mit wem ich schlafe. Mein Zorn darüber steigert meine Leidenschaft. Ich suche nach einer Madeleine, die es vor diesem Durcheinander von Gefühlen gab.

Endlich finde ich im blendenden Weiß des Orgasmus eine gewisse vorübergehende Ruhe.

»Du bist zufrieden«, flüstert Madeleine, als wir in enger Umarmung daliegen.

Ich kann ihr nicht widersprechen. Ich habe keine Übersetzung für das, was ich empfinde.

Später, bevor wir unsere getrennten Wege gehen, halten wir uns kurz im Frühstückszimmer zu einem Kaffee und einer Zigarette auf. Für das Treffen mit dem Agenten hat Madeleine ihr grünes Chanelkostüm angezogen. Ich habe diese Weichheit immer gemocht, die Art, wie sie ihren Körper betont und ihre Sinnlichkeit verbirgt.

Ich berühre ihr Haar. Ihre Augen fangen das Licht auf eine ganz besondere Weise ein, und plötzlich sage ich es.

»Als Julie hast du es getan, ja? Mit Bruno. Da waren keine Schnitte.« Meine Stimme ist sonderbar ausdruckslos.

Madeleine nimmt einen langen Zug und drückt die Zigarette aus. Sie begegnet meinem Blick und steht auf. Sie streitet nichts ab. Ihr Gesicht hat jenen tragischen Anflug, der auf der Leinwand so große Wirkung erzielt.

Erst als sie an der Tür ist, spricht sie. »Ich bin ein freier Mensch, Pierre. Ich bin es immer gewesen und werde es immer sein. Ich bin nicht mit der Garantie zu dir gekommen, daß nichts sich jemals ändern würde. Du hast dich auch verändert.«

»Habe ich das?«

»Trotzdem bin ich hier bei dir.« Sie schlägt die Tür hinter sich zu.

In diesem Augenblick, als sie ihren Treuebruch bestätigt, wirkt Madeleine sehr real.

Teil 2

9

Ich bin so tief in Gedanken versunken, daß ich wieder die Ausfahrt nach Ste-Anne verpasse und an der nächsten Ausfahrt umkehren muß.

Der Himmel zeigt sich inzwischen in jenem tief kristallenen Blau, das es nur bei eisigen winterlichen Temperaturen gibt. In der Ferne funkelt und schimmert das Kirchendach wie tausend polierte Klingen. Auf der nächsten Kuppe sehe ich eine dünne schwarze Rauchsäule, die in den Himmel aufsteigt. Ich überlege, woher der Rauch kommen könnte; von der Sperrholzfabrik vielleicht.

Das Heulen einer Sirene ist plötzlich zu hören und wird immer lauter. Ich fahre an den Straßenrand, und ein Feuerwehrwagen dröhnt an mir vorbei. Ich beobachte, wie der Wagen davonrast, und sehe die Rauchwolke wieder, die über dem Tal liegt. Ein Bogen in der Straße rückt mit einem Schlag meine Perspektive zurecht.

Ich trete das Gaspedal durch und folge dem Feuerwehrtruck. Ich wünsche, ich könnte ihn überholen. Das Haus meines Vaters brennt.

Apokalyptische Bilder jagen durch meinen Kopf. Ich habe das sonderbare Gefühl, ich hätte mitten in diesem Brand sein sollen, statt hier in Sicherheit in meinem Auto zu sitzen und mein Leben mit Madeleine neu zu schreiben, um ihm ein anderes Ende zu geben.

Dann bemerke ich meinen Irrtum. Der Rauch kommt nicht von meinem Haus, sondern von der anderen Seite des Berges. Neues Entsetzen erfaßt mich.

Wenige Minuten später fahre ich auf der schmalen Straße die letze Steigung hinauf. Trotz geschlossener Fenster kann ich den Rauch riechen. Mme. Tremblays Haus ist in dunklen Qualm gehüllt. Doch nicht dort brennt es.

Der Feuerwehrwagen rast die Auffahrt hinunter und hält mit quietschenden Reifen. Vier Männer springen heraus und rollen die dicken Schläuche an der Seite ab. Durch die grauen Rauchwolken kann ich die Flammen sehen. Orange und golden und rot springen und tanzen sie aus den Trümmern der Scheune. Das Dach ist verschwunden. Von einem Balken gestützt, hängt ein Teil davon schräg zu Boden.

Ich denke an Mme. Tremblay und bin erleichtert, daß sie die Nacht in Montréal verbracht hat.

Als ich aus dem Auto steige, kann ich vor Rauch nicht atmen. Durch den beißenden Dunst sehe ich die Konturen eines zweiten Feuerwehrtrucks auf der anderen Seite der Scheune und die blitzenden Lichter eines Polizeiwagens. Ich versuche, zu ihnen durchzukommen. Ein Riese von einem Mann taucht vor mir aus dem dunklen Nebel auf und winkt mich beiseite.

Ich will einen Bogen um ihn machen, aber ich habe mich für die falsche Richtung entschieden. Zwei Nebengebäude sind schon ein Raub der Flammen geworden. Die Äste der Lieblingsbuche Madeleines sind verkohlt. Ich wende mich ab und gehe in einem großen Bogen um die andere Seite herum.

In der Ferne mache ich eine dünne, schlaksige Gestalt in Uniform aus, die aus dem ersten Wäldchen kommt. Es könnte Gagnon sein. Er wird von zwei Männern begleitet, flankiert, von denen einer eine schmächtigere stolpernde Person vor sich herstößt. Ich laufe ihnen entgegen, bleibe fast stecken in dem tieferen Schnee auf dem Feld, der durch die Hitze pappig geworden ist.

»Wo ist Mme. Tremblay?« fragt Gagnon, sobald er mich erkannt hat.

»In Montréal, soviel ich weiß.« Ich gehe neben ihm her.

»Können Sie sie erreichen?«

»Ich kann es versuchen. Aber vielleicht sollten wir das Funkgerät in Ihrem Wagen benutzen.«

Er nickt. »Was für ein Schlamassel!« Er deutet auf das Feuer. »Aber sehen Sie sich mal an, wen wir hier erwischt haben.« Er berührt den Arm des Mannes, der vor seinem Polizisten geht. »Mistkerl.«

Ich sehe den Mann zum erstenmal richtig an und bemerke, daß er Handschellen trägt. Sein Haar ist lang und schwarz, das Gesicht schmal und mit den vollen Lippen und hohen Backenknochen schön wie ein Frauengesicht. Seine dunklen Augen sind groß und abwesend. Er sieht jung und verwirrt aus, als wäre ihm nicht klar, was mit ihm geschieht.

»Mistkerl«, wiederholt Gagnon. »Aber so machen es doch alle! Kommen zum Tatort zurück. Wie Lemminge. Oder Motten zur Flamme.« Er lacht über seinen eigenen Witz.

»Sie meinen ...«

»Das ist unser Mann. Genau der Mann, den Mme. Tremblay beschrieben hat. Man muß nur das Haar zum Pferdeschwanz zusammenbinden. Und wir haben ihn direkt hier gefunden, wie er um den Brand herumgeschnüffelt hat. Sie können Gift darauf nehmen, daß er das Feuer gelegt hat. Jetzt können wir diesem Weichei Contini Bescheid stoßen.« Er schnaubt höhnisch.

Wir sind nahe am Feuer. Die Flammen lecken und zischen und taumeln unter den Wasserstrahlen. Der junge Mann starrt mit entrückten leeren Augen ins Feuer.

»Wie heißt er?« frage ich Gagnon, während wir beiseite treten, um den Feuerwehrmännern nicht im Weg zu sein.

»Hat er uns noch nicht verraten. Genaugenommen hat er kein Wort gesagt.« Er tippt sich an die Stirn. »Er ist ein bißchen schwer von Begriff.«

Einer der Polizisten stößt den Jungen zum Polizeiauto.

Ich trete neben den Jungen. »Wie heißt du?« frage ich ihn auf englisch.

Er starrt mich mit leeren Augen an.

»Wie heißt du?« wiederhole ich.

Ein Zucken der weiten Pupillen ist seine erste Reaktion. Er befeuchtet die Lippen und bildet eine einzige Silbe. »Will«, sagt er.

»Er spricht kein Französisch.« Ich gehe zu Gagnon zurück.

»Wen interessiert schon, was er spricht? Das überlassen wir denen in Montréal. Darum können sich Continis Leute kümmern.«

Gagnon ist geschwätziger und glücklicher, als ich ihn jemals erlebt habe. Contini macht ihm zu schaffen.

»Er hat auch was genommen.«

»Was genommen?«

»Drogen. Heroin, denke ich mir.«

Er kneift die Augen zusammen. »Dafür ist Miron zuständig. Er hat heute frei.« Er scheint noch etwas hinzufügen zu wollen, überlegt es sich dann aber anders. »Macht nichts. *Mauditcriss*, wir können den Kerl in drei Punkten festnageln.«

Wir haben das Auto erreicht, und der Polizist stößt den Jungen auf den Rücksitz und steigt neben ihm ein.

»Du bleibst hier«, befiehlt Gagnon dem zweiten. »Wir fahren zur Wache zurück. So, wie ist die Telefonnummer?« Er wendet sich an mich, und ich gebe ihm die Nummer von Madeleines Wohnung.

Das Funkgerät rauscht und knistert, als er die Wache ruft und Anweisungen durchgibt, anzurufen und ihn sofort zu informieren.

»Nicht daß es wirklich eilig wäre.« Er lächelt mich an. »Der Kerl läuft uns nicht davon.«

»Sie sollten lieber die Sûreté benachrichtigen.«

»Alles zu seiner Zeit. Wollen Sie mit uns auf die Wache kommen?«

»Ich fahre mit meinem Auto.«

Das Funkgerät meldet sich. »Keiner da? Macht nichts. Wir versuchen es später noch mal.« Er wendet sich an mich. »Mme. Tremblay ist nicht da. Nur ein Anrufbeantworter. Lucie hat eine Nachricht hinterlassen.«

Gagnon wirft einen Blick auf den Rücksitz, wo der Junge sitzt und zum Feuer starrt. »Besser, das Feuer ist gelöscht, bevor wir Mme. Tremblay herholen. Gut, daß sie letzte

Nacht in Montréal geblieben ist. Es wird sie nicht gerade glücklich machen.«

Plötzlich gibt er mir einen väterlichen Klaps auf die Schultern. »Sie sehen auch nicht besonders glücklich aus, Pierre. Ich lasse Martine eine heiße Suppe von Senegal's vorbeibringen, wenn Sie runter zur Wache kommen. Was für scheußliche Weihnachten! Aber wenigstens haben wir den Täter.«

Ich bin im Begriff auszusteigen, da explodiert ein Blitzlicht vor meinem Gesicht. Einen Moment später erkenne ich das jugendliche Pärchen, das am Montag als erstes am Tatort war. Diesmal sehe ich direkt hinter ihnen ein Nachrichtenteam vom Fernsehen. Ich schleiche hinten um das Auto herum und bringe mich in Sicherheit.

Die Luft ist schwer vom Rauch, aber das Feuer scheint mittlerweile nicht mehr so heftig zu brennen, mit Flammen, deren Spitzen blau schillern. Unter meinen Füßen ist der Erdboden unangenehm matschig.

Ich beobachte die Flammen noch einige Minuten von meinem Fenster aus und denke an den jungen Mann mit den leeren Augen; ich versuche, ihn mir in Madeleines Bett und dann in der Scheune vorzustellen, aber irgendwie gelingt mir das nicht. Vielleicht hat Gagnon alles mißverstanden.

Ich beschließe, auf dem Weg zur Wache zu Hause vorbeizufahren. Ich brauche nicht lange, um mich zu rasieren und umzuziehen.

Kaum bin ich ausgestiegen, springt die Katze vom Dach herab auf mich zu und miaut herzzerreißend. Sie ist hungrig. Ich habe vergessen, ihr Futter hinzustellen. Auch mag sie den dichten Rauch nicht, den der Wind herüber trägt.

Ich nehme sie auf den Arm, streichle sie und trage sie ins Haus. *»Pauvre Minou«*, tröste ich sie und ziehe mir nur zuerst die Stiefel aus, bevor ich ihren Napf bis an den Rand fülle. Sie reibt sich dankbar an meinem Bein und läßt mich dann allein, um zu fressen.

Das Lämpchen am Anrufbeantworter blinkt rot. Ich rasiere mich rasch, ziehe frische Wäsche und einen blauen

Straßenanzug an und blicke aus dem Fenster, wo der schmutzige Rauch den strahlend blauen Himmel dieses Morgens verdunkelt hat. Ungeduldig drücke ich dann auf den Knopf des Anrufbeantworters.

Maryla wieder. Aus Fairneß werde ich sie später anrufen müssen. Dann zwei weitere meiner einsamen Freundinnen. Dann fragt der für Politik verantwortliche Redakteur von *Le Devoir,* ob ich mir einige längere Artikel über die Verfassungskrise vorstellen könnte. Dann mein Bruder. Er möchte wissen, ob ich schon abgereist bin und ob ich ihn, falls ich das Gerät abhöre, kurz wissen lassen könnte, wo ich mich aufhalte werde – für den Fall, daß er mich finden muß. Ich atme tief durch und versuche, mich von seinem Ton nicht reizen zu lassen.

Danach kommt eine Stimme, die sich als Marie-Ange Corot vorstellt. Ich habe Marie-Ange seit Jahren nicht mehr gesehen. Sie ist Madeleines Agentin in Paris, die Nachfolgerin von Natalie. Madeleine und sie sind vertraute Freundinnen geworden. Auf dem Anrufbeantworter klingt Marie-Ange den Tränen nahe.

»Pierre, es tut mir so leid. Ich wußte nicht, wen ich sonst anrufen sollte. Es ist mir gerade gelungen, Ihre Nummer ausfindig zu machen. Mme. Tremblay ist nicht zu Hause gewesen. Ich habe es erst am Mittwoch erfahren. Es ist tragisch. Ich muß mit Ihnen reden. Bitte rufen Sie an.«

Ich notiere Marie-Ange Corots Nummer, dann höre ich Contini. Er ist kurz angebunden und ein wenig verärgert.

»Wo stecken Sie, Rousseau? Sie sollen sich doch verfügbar halten.«

Der Ton wirkt einschüchternd. Es hört sich an, als wären meine Fingerabdrücke an Stellen aufgetaucht, wo sie nicht hingehören. Oder vielleicht hat er Neuigkeiten.

Ich suche seine Karte, aber bevor sie mir in die Hand fällt, merke ich, daß ich Madeleines Nummer wähle. Mit angehaltenem Atem lausche ich ihrer Stimme vom Anrufbeantworter, dann lege ich auf, warte einige Augenblicke und wähle noch einmal. Das nagende Gefühl ist wieder da, ein bohrender Schmerz im Magen. Ich werfe einen Blick auf die Uhr. Mme. Tremblay hätte Michel Dubois in aller Frühe anrufen müssen, damit er mit seiner alten Kiste durch den Berufsverkehr in Montréal gekommen wäre und sie abgeholt hätte.

Die Leitung ist besetzt. Das Band auf dem Anrufbeantworter ist noch nicht zurückgelaufen. Ich warte und sehe währenddessen Mme. Tremblay vor mir, wie sie mich gestern abend verließ. Ich sehe sie in Madeleines Wohnung auf und ab gehen, Gegenstände berühren. Ich denke an meinen eigenen Zustand in diesen letzten Tagen, und ich empfinde ihr Leid schlagartig mit, ein vertrauter Dämon.

Ich probiere die Nummer noch einmal. Eine Zeile aus dem Gedicht, das Mme. Tremblay vortrug, klingt mir über Madeleines Stimme im Ohr, etwas über Eifersucht, die stärker war als unsre Pein.

Ich springe die Treppe hinauf und hole das Jackett, das ich gestern anhatte. Continis Karte steckt in der Tasche. Hastig wähle ich seine Nummer. Eine Frauenstimme sagt mir, er sei nicht da, sie erwarte aber jeden Moment seinen Anruf. Ich frage sie, ob seine Partnerin Ginette Lavigne zu sprechen sei, aber die Antwort ist die gleiche.

Nachdem ich der Frau endlich beigebracht habe, daß unbedingt jemand zu Madeleines Wohnung fahren muß, gebe ich ihr meine Büro- und Privatnummer. Ohne lange zu überlegen, wähle ich dann den Notruf. Lieber bereite ich denen Umstände, als hinterher zu bereuen, nichts getan zu haben.

Wäre es hilfreich, wenn ich selbst nach Montréal fahren würde?

Schon bin ich wieder im Auto, holpere den Berg hinunter, gebe Gas und entferne mich von dem noch in der Luft hängenden Rauch in das wolkenlose Blau eines Mittags, der von den Schatten meiner Furcht nichts weiß.

Auf dem Berg, von dem es zu Madeleines Wohnung hinuntergeht, höre ich die Sirene eines Krankenwagens. Ich biege in die Auffahrt ein und fahre fast auf einen geparkten Streifenwagen auf.

»He!« Ein uniformierter Polizist springt heraus. »Was zum Teufel soll denn das?«

»Sind Sie im achten Stock gewesen?«

»Was geht Sie das an?«

»Ich habe den Notruf durchgegeben.«

Ich will an ihm vorbei, aber er hält mich auf.

»Sie haben die alte Dame gerade weggebracht.«

»Wer?«

»Der Krankenwagen.« Er zieht ein Notizbuch aus der Tasche. »Sie sind Pierre Rousseau?«

Ich nicke.

»Wir haben sie über dem Tisch zusammengebrochen vorgefunden; vor ihr lagen eine Reihe von Tablettenröhrchen. Die Sanitäter haben ihr den Magen ausgepumpt und sie ins Montréal General gebracht.« Er deutet die Straße aufwärts.

Das *Montréal General* gleicht einem Labyrinth. Gedämpfte, dienstbeflissene Stimmen hallen wider. Ich werde gebeten zu warten. Der chemische Geruch nach Antiseptika beschert mir eine schwindlig machende Vision meiner Mutter bei meinem letzten Krankenhausbesuch bei ihr. Plötzlich bin ich wieder ein hilfloser, hoffnungsloser Zehnjähriger, dem Tränen in den Augen brennen und der nicht zugeben will, daß er weint.

Ein zweites Mal werde ich gebeten, mich zu gedulden. Ein kleines Mädchen kommt zu mir und lehnt sich an meine Knie. Es trägt eine weiße Wollmütze. Dunkle Locken spähen unter den Rändern vor. Es blickt mit ernsten Augen zu mir auf, dann nimmt es ein halb gelutschtes Bonbon aus dem Mund und legt es in meine Hand.

»Catherine!« ruft eine Frauenstimme.

Das Bonbon bleibt in meiner Hand. Es ist klebrig und weiß mit Streifen in blassem Rosa. Ich sollte es wegwerfen, aber aus irgendeinem Grund will ich nicht. Ich sehe mich verstohlen um und stecke es schnell in meinen ausgetrockneten Mund. Es entfaltet sofort seinen scharfen Pfefferminzgeschmack. Im selben Augenblick wird mein Name aufgerufen.

Mme. Tremblays Gesicht ist so weiß wie das Kissen, auf dem sie liegt. Ihre Augen öffnen sich flatternd, als ich komme, blicken aber unstet. Sie spricht nicht. Es ist nicht klar, ob sie mich erkennt.

Meine Hand ist noch klebrig, als ich sie berühre.

»Wie fühlen Sie sich?« frage ich leise.

»Pierre.« Ihr Blick ruht auf mir. »Ich wollte mit dir reden. Dein Vater möchte so gern zur Hochzeit kommen. Er ist zu stolz, etwas zu sagen. Lade ihn bitte ein. Es macht doch nichts mit deiner Stiefmutter.«

Es dauert eine Weile, bis ich merke, daß ihre Gedanken wie bei einem Zeitreisenden, der nach einer glücklicheren Epoche sucht, in den Wochen vor Madeleines und meiner Hochzeit angekommen sind.

»Einverstanden«, sage ich. Ich möchte sie nicht aus diesem besseren Ort herausreißen.

Ihre Lippen bemühen sich zu lächeln, die Augenlider werden schwer und fallen zu.

Ich warte und denke, wie seltsam es ist, daß sie jetzt zu mir sagt, was sie früher nie ausgesprochen hat. Mein Vater, den ich in jenen Jahren widerspenstig mied, kam nicht zu Madeleines und meiner Hochzeit. Ich hatte ihn nicht eingeladen. Die Erinnerung macht mich traurig.

Mme. Tremblays Augen sind geschlossen, sie atmet leicht und regelmäßig. Sie schläft.

Die Schwester, die mich ins Zimmer geführt hat, steckt den Kopf durch die Tür und winkt mich heraus.

»Lassen Sie die alte Dame ausruhen«, sagt sie. »Zum Glück ist sie eingeschlafen, bevor sie zuviel genommen hatte.«

»Wird sie durchkommen?«

»Wir werden sie sorgfältig beobachten.« Die Schwester schaut mich aus dunklen freimütigen Augen neugierig an. »Wissen Sie, warum sie es versucht hat?«

Ich zucke die Achseln, habe keine Lust, Auskunft zu geben.

Sie klopft auf die Uhr, die sie an ihre Brust gesteckt hat, und führt mich zum Stationszimmer.

»Ich möchte Sie bitten, diese Formulare für uns auszufüllen. Sie sind ihr nächster Verwandter?«

»Nicht direkt.«

Sie beobachtet mich von der anderen Seite des Tisches, während ich die Formulare ausfülle, soweit ich es kann.

»O Gott, jetzt fällt es mir ein. Sie ist die Großmutter von dem Filmstar, der sich umgebracht hat, ja? Madeleine Blais?«

Ich nicke.

»Okay, wir passen gut auf sie auf.« Ihre Stimme ist plötzlich ganz gedämpft vor Respekt. »Kommen Sie morgen wieder. Haben Sie Ihre Nummer hinterlassen, nur für den Fall …«

Ich deute auf das Formular, und die Schwester lächelt mich an, als wäre die Bekanntschaft mit mir schon ihr erster Schritt in Richtung Rampenlicht.

Es ist dunkel geworden, bis ich das Krankenhaus verlasse, jene halbe Dunkelheit aus verschwommenem gebrochenem Licht, das die Nachtstunden der Großstadt ausmacht. Ich beeile mich fortzukommen, damit ich nicht im Gewühl des Berufsverkehrs steckenbleibe. Es ist erst vier Uhr.

Ein Bericht, den ich irgendwo gelesen habe, fällt mir plötzlich ein – über ein Krankenhaus, in dem sich ein Patient an einem Haken erhängt und darauf fünfzehn weitere es ihm nachtun. Erst als der Haken entfernt wird, hören die Selbstmorde auf. Selbstmord ist ansteckend.

Es war Continis hintergründige und doch brutale Behauptung, daß Madeleine Selbstmord begangen hat, was Mme. Tremblay veranlaßte, diese Pillen zu schlucken. Als sie noch entschlossen war, Rache zu nehmen, spornte der Zorn sie an. Vielleicht ist es gut, daß die Scheune abgebrannt ist und unseren Gedanken eine neue Richtung gegeben hat.

Zum erstenmal seit Stunden denke ich an den schönen jungen Mann mit den leeren Augen. Will. William. Bill. Hat Gagnon recht? Könnte Will Madeleines Mörder sein? Kannte sie ihn, hatte ihn schon im Sinn, als sie vor drei Wochen mit mir sprach? War er einer der Gründe, warum sie einen Leibwächter wollte? Ich lege eine Kassette mit Bachs Toccaten in den Recorder und zwinge mich, mich auf die Bewegung von Glenn Goulds Händen zu konzentrieren.

Das Zentrum von Ste-Anne ist lebendiger als gewöhnlich. Vielleicht ist es die Wirkung der Weihnachtsbeleuchtung. Die Lichterketten schaukeln über der Straße, lassen Bäume hervortreten, winden und schlingen sich um rundliche Engel und dicke Nikoläuse. Paare schlendern langsam über den Kirchplatz. Durch die Milchglasfenster von Senegal's kann ich eine angeregte Schar Senioren an den Tischen sehen und auf den Hockern an der Theke ein paar jüngere Leute, die vielleicht wegen Martine Senegal kommen.

Als ich die Tür aufstoße, höre ich Mme. Groulx' Stimme aus den andern heraus. »Ja, er war es. Eindeutig. Ich habe ihn erkannt. Derselbe, der mit ihr zur Mitternachtsmesse gekommen ist. Dasselbe Haar, dieselbe Jacke. Wissen Sie, was? Ich glaube, er gehört zu dem Pack, das im Sommerhaus von diesem Juden haust. Unten am Fluß. Sie kommen mit ihrem Geländewagen in die Stadt, mit plärrendem Radio, ohne Respekt vor irgend jemandem. Ich kann sie von meinem Fenster aus sehen.«

Mme. Groulx' Fenster im ersten Stock an der Ecke der Rue Turgeon ist der wichtigste Vorposten in der Stadt. Von diesem strategischen Punkt breiten sich Neuigkeiten schneller als ein Buschfeuer aus.

»Ja, die kenne ich, die Sie meinen«, steuert der alte Senegal bei, indem er sich die Hände an der Schürze abwischt. »Sie sind ein- oder zweimal hier gewesen. Kein Respekt. Probieren nicht einmal, französisch zu sprechen. Und ihre Einstellung! Also ich wette, daß die ganzen Diebstähle in letzter Zeit auf deren Konto gehen. Sie wissen doch noch, im Bon Marché hat jemand die Ladenkasse ausgeräumt, als Mme. Ricard mal nach hinten gegangen ist. Dann ...«

»Ja! Natürlich.« Mme. Groulx' runzlige Wangen färben sich vor Begeisterung rot. »Ich habe diesem jüdischen Arzt immer mißtraut.« Sie senkt die Stimme auf verschwörerische Lautstärke. »Er hat in diesem Haus Abtreibungen durchgeführt.

Bis tief in die Nacht hat Licht gebrannt, und es sind alle möglichen Frauen gekommen und gegangen und ...«

Sie hält inne, als sie mich sieht.

»Pierre! Haben Sie schon gehört? Gagnon hat ihn aufgespürt. Madeleine Blais' Mörder. Stellen Sie sich vor. Es war Mord. Gar kein Selbstmord. Brutaler, barbarischer Mord. Arme kleine Madeleine. Wie sie gelitten haben muß! So begabt, alles, wofür sich zu leben lohnt. Ich hoffe nur, daß es schnell gegangen ist.«

Für einen Augenblick habe ich den Eindruck, daß ich halluziniere. Vor zwei Tagen erst hat Mme. Groulx Madeleine als schamloses Flittchen beschrieben, ihres Mitleids absolut unwürdig.

»Setzen Sie sich auf einen Kaffee zu uns, Pierre.« Sie zeigt hoheitsvoll auf einen Stuhl und besteht darauf, daß ich mich neben sie zwänge.

»Und ein Stück gedeckten Apfelkuchen.« Senegal stellt einen Teller vor mich, bevor ich etwas sagen kann.

Ich esse ein Stück Apfel, das von zimtartigem künstlichem Sirup klebrig ist.

»Schreckliche Zeiten«, piepst Mme. Rossignol dazwischen. »Die arme, arme Claire Tremblay. Die Enkeltochter tot. Mit der Tochter zerstritten. Die Scheune bis auf die Grundmauern abgebrannt.« Sie schüttelt den rosaweißen Kopf vor echtem Kummer. »Ich bringe ihr eine selbstgemachte Fleischpastete vorbei.«

»Ihr Mann wird sich in seinem normannischen Grab umdrehen«, verkündet eine rauhe Stimme aus der Ecke. »Nichts von alldem wäre passiert, wenn er nicht weggegangen wäre, um den Helden zu spielen. Er war nämlich mein Freund. Guy Tremblay. Der beste Mann weit und breit.«

Ich drehe mich um und sehe den alten Godbout. Es ist die längste Rede, die ich seit Jahren von ihm gehört habe. Er muß es auch bemerkt haben, denn er wischt sich mit dem Handrücken über seinen zahnlosen Mund, als müsse er die eingefallenen Lippen berühren, um sich ihrer Existenz zu versichern.

»So etwas haben wir bei uns hier noch nie gehabt. Seit der

Geschichte draußen in den Kasernen während des Krieges. Aber keine Angst, Gagnon wird den Schurken nicht ungeschoren davonkommen lassen.« Mme. Groulx ist unerbittlich. »Arme, liebe, schöne Madeleine. Von einem Verrückten ermordet. Was wissen Sie von ihm, Pierre?« Ihre Augen mustern mich mit erwartungsvoller Tücke.

»Weniger als Sie, könnte ich mir denken.«

»Es ist zu scheußlich!« platzt jemand hinter mir mit leisem Entsetzen heraus. Ich entdecke die junge Martine Senegal. Sie zupft an dem Halstuch herum, das Madeleine ihr geschenkt hat.

»Keine Sorge, Martine.« Mme. Groulx ist grimmig wie eine Trojanerin. »Er kommt hinter Gitter, bis er in der Hölle schmort. Wenn es nach mir ginge, am besten schon morgen. Und seine Kumpane kriegen wir auch. Alle.«

»Alle«, wiederholt eine Stimme, die ich nicht kenne, von einem Hocker an der Theke.

»Ja, hängt den Mörder, und wir sind ihn los. Und die andern auch.« Senegal legt schützend einen Arm um seine Enkelin. »Wir müssen Madeleine rächen.«

Blitzartig wird mir bewußt, daß Madeleine als Mordopfer den magischen Kreis der Gemeinschaft wieder betreten hat, aus dem sie lange ausgeschlossen war. Ihr Selbstmord bestätigte sie nur als Außenseiterin. Als Ermordete kann man sie wieder aufnehmen.

Ich stoße meinen Stuhl vom Tisch zurück.

»Sie gehen schon, Pierre?«

»Ich muß Gagnon aufsuchen.«

»Natürlich.« Mme. Groulx tätschelt meine Hand. »Kommen Sie zurück und berichten Sie uns, wenn es neue Entwicklungen gibt.«

Das Polizeigebäude ist ein massiver quadratischer Backsteinbau. Die Türen sind aus dickem Eichenholz, und wenn sie aufgehen, ertönt irgendwo im Innern ein Summer. Der junge Miron sitzt an einem Tisch hinter einem Schalter.

»Ich dachte, Sie hätten frei, Miron.«

»Der Chef hat mich zurückbeordert.« Er wendet den Blick ab, drückt auf einen Knopf und winkt mich zu Gagnons Büro durch.

Gagnon telefoniert. Seine Miene verfinstert sich. Er kritzelt etwas auf den Block vor ihm. Es ist das einzige Stück Papier auf seinem unheimlich aufgeräumten Tisch.

»Dann sehen wir uns morgen gegen zehn«, sagt er und legt den Hörer krachend auf. »Das war Contini. Sie haben es gehört. Er kommt morgen her. Wohin wollen Sie? Ich habe es noch nicht geschafft, Mme. Tremblay herzuholen. Ist freilich nicht mehr wichtig. Mme. Groulx hat die Identifizierung vorgenommen.« Sein Daumen streicht über seine Dienstmarke und reibt sie blank.

»Sie hat es mir gesagt. Ich bin ihr gerade über den Weg gelaufen.«

»Hat die Geschichte tüchtig aufgebauscht, was? Macht nichts.« Hinterhältig grinsend deutet er in eine Ecke des Zimmers. Neben einem Aktenschrank sehe ich einen durchsichtigen Plastiksack. Darin befindet sich ein großer Kanister.

»Kerosin«, erklärt Gagnon triumphierend. »Michel Dubois hat den Kanister in der Nähe der Scheune gefunden.«

Ich berichte ihm von Mme. Tremblay, sage ihm auch, daß die Information ihr zuliebe zurückgehalten werden sollte. Er verzieht grimmig das hagere Gesicht. »Man kann ihr den Versuch eigentlich nicht verübeln, oder? Ich hoffe, Sie haben ihren Schmerz nicht noch verschlimmert und von dem Brand erzählt.«

Ich schüttele den Kopf. »Und wie geht es Ihrem Verdächtigen? Hat er ein volles Geständnis abgelegt?«

Gagnon läßt ein Knurren hören. »Keinen Ton. Miron hat es auch probiert. Der Kerl liegt einfach da. Und er hat keinen Ausweis bei sich. Keine Kreditkarten. Nur ein Bündel Scheine.«

»Kann ich ihn sehen?«

Er zögert. Aus irgendeinem Grund ist er auf meine Anwesenheit nicht mehr so versessen wie zuvor. Vielleicht hat Contini ihm Weisungen durchgegeben.

»Vielleicht könnte ich ihn zum Sprechen bringen.«

Gagnon zuckt die Achseln. »Okay. Was zum Teufel ...«

Durch den Spion in der verriegelten Zellentür sehe ich den jungen Mann, aber er ist nicht auf der schmalen Pritsche ausgestreckt. Er geht auf und ab. Das verzerrende Glas läßt seinen Kopf übermäßig groß wirken, ein dunkler schwankender Ball auf einem zittrigen Stecken von einem Körper.

Gagnon zieht die Tür auf, und der Gestank nach Erbrochenem überfällt uns.

»Maudit cochon!« flucht Gagnon und wirft den Jungen mit einem brutalen Stoß aufs Bett.

Mit seinen großen rotumrandeten Augen blickt er zu uns auf. Die Hand, die er hebt, um sich das Haar aus dem Gesicht zu streichen, zuckt und zittert.

»Ich muß hier raus«, murmelt er. »Muß raus.« Seine Finger zucken krampfhaft.

»Bringen Sie ihm Wasser«, sagte ich zu Gagnon. »Und holen Sie Dr. Bertrand. Oder besser noch Bergeron.«

Er rührt sich nicht von der Stelle.

»Machen Sie schon. Oder Sie haben einen Verdächtigen im Krankenhaus auf dem Hals und eine Familie, die sich über die Brutalität der Polizei beschwert.«

»Brutalität! Nach allem, was er getan hat! Alles, was er braucht, ist ein Schuß, und Miron hat ihm einen versprochen – wenn er gesteht.« Er blinzelt mir zu.

Ich lasse mich nicht zum Komplizen machen. »Gehen Sie, Gagnon. Das wird sonst nicht gut aussehen.«

Er taxiert mich mit strengem Blick, dann brüllt er über den Flur nach Miron.

»Wo ist deine Familie, Will?« frage ich leise. »Kannst du mir eine Telefonnummer geben?«

Der Junge starrt mich aus seiner leeren Ferne an und reibt sich den Arm. »Ich muß hier raus«, wiederholt er.

»Sag mir, wo du wohnst.«

Sein Ausdruck verändert sich, als wäre er plötzlich zu einer Einsicht gelangt. »O nein. So nicht. So kriegen Sie mich nicht dran.« Er beginnt heftig zu zittern und muß sich wieder übergeben.

Ich versuche es noch einmal, als ich Schritte näher kommen höre. »Du sitzt tief in der Patsche, Will. Sag mir nur, wo du gewohnt hast.«

»Gewohnt hast«, plappert er nach. Seine Augen sind wieder vollkommen leer, irren in ruckhaften Bewegungen durch die Zelle. »Der Fluß ... Wasser. Ich brauche Wasser«, murmelt er, als Miron mit einem Krug und einem Pappbecher erscheint.

Will trinkt mit großen lauten Schlucken, wobei ihm das Wasser aus den Mundwinkeln rinnt, und streckt den Becher zum Nachfüllen vor.

Miron schenkt nach, ohne ihn aus den Augen zu lassen, als wäre der Junge ein wildes Tier, das kratzen und beißen könnte.

»Das Feuer hat ihn durstig gemacht«, brummt er.

»Hat Gagnon einen Arzt aufgetrieben?«

Er nimmt sich mühsam zusammen. »Bertrand ist nicht da. Und Dr. Bergerons Telefon war besetzt. Er probiert es weiter.«

»Es wäre einfacher, rasch rüberzulaufen.«

»Ich kann hier nicht weg«, sagt Miron. Er wechselt einen Blick, den ich nicht recht deuten kann, mit seinem Häftling.

»Gut. Dann gehe ich selbst.«

Ich bin erleichtert, als ich den ekelerregenden Geruch der Zelle hinter mir lasse und in die frische Kälte des Abends hinauskomme. Ich gehe schnell auf Dr. Bergerons Praxis zu.

Erst als ich ihre Stimme über die Sprechanlage höre, fällt mir ein, daß dies einer von Marylas langen Tagen in der Praxis ist. An ihrem Lächeln läßt sich ablesen, daß sie glaubt, ich sei ihretwegen vorbeigekommen.

»Pierre. Wie schön.« Sie streicht über den Kragen der weißen Uniform, die sie während der Sprechstunden trägt. Dann senkt sie schuldbewußt die Augen. Ich bemerke eine hübsch gekleidete junge Frau mit einem Baby auf dem Schoß in der Ecke des Wartezimmers sitzen.

»Ich habe hier nur noch zwanzig Minuten zu tun«, sagt Maryla in förmlichem Ton. »Es ist nur noch Mme. Chrétien mit Baby Yves dran.«

»Genaugenommen hat mich Gagnon geschickt, Maryla.

Wir brauchen einen Arzt auf der Wache. Kannst du Bergeron fragen, ob er kommen kann, sobald er hier fertig ist?«

Maryla nimmt eine strenge, abweisende Haltung an.

»Geht es um den Mann, den die Polizei gefaßt hat?« fragt die Frau in der Ecke mit bebender Stimme.

Ich nicke.

»Ich habe zu meinem Mann gesagt, als das alles passiert ist, daß eine Frau wie Madeleine Blais nicht den geringsten Grund hat, sich umzubringen. Ich bin keine Feministin. Aber man bekommt zwangsläufig den Eindruck, daß diese Männer nur darauf aus sind, uns reinzulegen. Was soll aus dir werden, Yves?« Sie wirft einen zweifelnden Blick auf das Baby auf ihrem Schoß und schaukelt es dann.

»Dr. Bergeron sagt, er kommt rüber, sobald er hier fertig ist.« Marylas Gesicht ist kalt und abweisend.

»Danke.«

Ich bin schon am Ende des Flurs, als sie hinter mir herkommt. »Pierre.« Sie legt eine Hand auf meine Schulter. »Es tut mir leid. Es war falsch von mir, diese Dinge über Madeleine Blais zu sagen. Ich habe mich deshalb furchtbar gefühlt, seit ich Mme. Tremblay im Fernsehen gesehen habe.« Ihre Lippen zittern. »Und gefürchtet. Ein Mörder, der hier frei herumläuft! Gott sei Dank, daß sie ihn jetzt haben.«

»Ja.«

Sie sieht mich flehend an. »Möchtest du später kommen und mit mir und Stefan zu Abend essen?«

Ich drücke ihre Hand. »Ich habe im Augenblick sehr viel zu erledigen, Maryla. Das verstehst du doch.«

Sie nickt traurig, und ich gehe schnell weg. Ich bin Marylas Traurigkeit nicht gewachsen. Wenn ich nur einen passenden Mann für sie finden könnte. Auf dem Weg zur Wache gehe ich zum hunderstenmal die Möglichkeiten durch. Als ich gerade die Tür aufstoßen will, überlege ich es mir anders. Im Augenblick kann ich hier wenig mehr herausbekommen.

Als ich am Rathaus entlanggehe, hält ein Mercedes an, und ich höre jemanden durch das Fenster meinen Namen rufen.

Bürgermeister Desforges taucht bemerkenswert flink aus

den Tiefen des Wagens auf. Nachdem er die notwendigen Höflichkeitsfloskeln hinter sich gebracht hat, senkt er die Stimme und klagt: »Diese neue Entwicklung gefällt mir überhaupt nicht. Daß Madeleine Blais ausgerechnet hier ermordet wird. Gerade habe ich ein paar Leute davon überzeugt, die alte Spielwarenfabrik zu übernehmen. Sie wissen doch, den MacKenzie-Bau. Aber jetzt ...« Er schüttelt den Kopf.

»In Montréal gibt es auch Todesfälle«, sage ich.

»Ja, aber diese Leute sind Frauen. Trotzdem.« Er klopft sich auf den Bauch. »Es kann nur zum Guten ausschlagen, daß ein Mann von hier den Mörder gefaßt hat. Wer hätte das Gagnon zugetraut, was? Und der Verbrecher stammt nicht aus Ste-Anne. Ein Anglo, sagt Gagnon. Mme. Tremblay muß erleichtert sein.«

»Daß er nicht von hier ist?« höre ich mich sagen.

»Nein ... nein. Nur ... Richten Sie ihr Grüße von mir aus, Pierre. Ich muß zu einer Sitzung.«

Er schiebt seine kräftige Gestalt durch die Rathaustüren, winkt mir zu und verschwindet.

Für einen Moment erwacht mein Zorn auf all die Einwohner von Ste-Anne zu altem Leben. Ich sehe nicht bei meiner Kanzlei vorbei, wie ich es vorhatte, sondern setze mich ins Auto.

Während ich fahre, versuche ich, mir Madeleine und den schönen, mit Drogen vollgepumpten jungen Mann vorzustellen. Warum wollen sich die Bilder nicht zusammenfügen? Als ob ich bisher jemals Schwierigkeiten gehabt hätte, mir Madeleine mit anderen Männern vorzustellen. Und diesmal habe ich den Beweis ihres Schlafzimmers. Ich habe die zerwühlten Laken gesehen. Ich habe das Wort ihrer Großmutter. Ich stelle mich an ihr Fenster und blicke hinein, aber alles, was ich sehen kann, sind verwischte schattenhafte Umrisse. Ich kann meine Gedanken auch nicht zwingen, die nächsten Schritte zu tun, dem Paar den Berg hinab zu folgen, auf die Scheune zu und hinein. Der Junge ist einfach zu leer, zu jung, sein Körper zu schmächtig.

Aber wenn meine Voraussetzungen alle falsch sind? Wenn

dieser Will in der Allmacht des Rausches völlig anders ist als der Will, den ich gesehen habe? Oder wenn beide, er und Madeleine, etwas genommen hätten, irgendein starkes chemisches Zeug? Kein Heroin, aber irgendeinen anderen Cocktail. Und wenn sie beschloß, den äußersten Akt allein für seine Augen zu vollziehen?

Etwas in mir lehnt dieses Bild noch ab. Liegt es einfach daran, daß Wills Stimme nicht die Stimme auf dem Anrufbeantworter ist, die Mme. Tremblay als Madeleines Gast identifiziert hat? Sie hätte sich leicht irren können.

Plötzlich sehe ich Will vor mir, wie er die Scheune in Brand steckt. Er wankt auf seinen langen, dünnen Beinen, der Wind weht durch sein schwarzes Haar. Er wendet der Bö den Rücken zu und schützt das Streichholz mit der Hand, starrt wie verzaubert auf die hüpfende Flamme, sieht sie ausschlagen und wachsen.

Das kann ich deutlich sehen. Ob er es versehentlich oder absichtlich getan hat, ist im Augenblick fast ohne Bedeutung. Ich versetze mich in ihn, und während ich das tue, merke ich, daß ich nicht der Straße nach Hause folge. Doch ich weiß genau, wohin ich fahre.

10

Die Sterne werden von schwärzlichen Wolkengebilden verborgen. Hinter einer Hecke hebt sich das Haus gedrungen und weiß von der Dunkelheit ab. Es macht einen verfallenen Eindruck. Die Farbe auf den Schindeln blättert ab. Die Dachrinne hängt lose am Dach und senkt sich bedenklich, wo sie vom Fallrohr abgerostet ist.

Schummriges Licht zuckt an den Rändern eines einzelnen, mit einem Vorhang versehenen Fenster. Es hilft mir, den Pfad auszumachen, wo das Gelände zum Fluß hin abfällt. Die Tür befindet sich an der Seite, durch eine überdachte Veranda, in der eine abgetretene Matte liegt. Darauf ist noch das Wort »Willkommen« auf englisch zu erkennen.

Von drinnen hallt rauhe Musik wider, ein schneller, stampfender Techno-Takt. Die Klingel, die ich drücke, dringt nicht durch den Lärm. Ich warte, dann schlage ich mehrmals mit der Faust gegen die Tür und wünsche mir, ich könnte irgendeine Dienstmarke zücken.

Nach einer Ewigkeit verstummt die Musik. Ich drücke noch einmal die Klingel und klopfe obendrein.

»Ja?« Ein Stimme ruft heraus, als die Musik gerade wieder einsetzt.

»Aufmachen«, rufe ich.

Die Tür öffnet sich quietschend, soweit die Kette es zuläßt. Ein junges Gesicht erscheint, rostfarbene Rastalocken und starrende Augen. In dem schwachen Lichtschein weiß ich im ersten Augenblick nicht, ob die Züge männlich oder weiblich sind. Das »Was wollen Sie?« macht es dann klar.

»Wohnt Will hier?«

Der Junge kneift die Augen zusammen. »Bulle?«

»Nein, Anwalt.« Ich schwindle ein wenig. »Pierre Rousseau. Hören Sie, warum machen Sie nicht die Tür auf und lassen mich rein. Ich möchte Ihnen nur ein paar Fragen stellen.«

»Ich habe keine Antworten.«

Die Musik ist ausgeschaltet worden, und im Hintergrund höre ich eine Frauenstimme: »Wer ist es, Charlie?«

Ein schmächtiges Mädchen taucht hinter ihm auf. Er schlägt mir die Tür vor der Nase zu.

Ich drücke wieder auf die Klingel. Durch die Tür kann ich sie diskutieren hören. Ich warte. »Machen Sie auf, Charlie«, rufe ich nach einer Weile.

Die Tür fliegt auf. Das Mädchen steht da, ein wenig schwankend, das Gesicht halb von dünnen Haarsträhnen verdeckt. Sie zeigt mir ein breites Lächeln, das sie hübsch macht, eine Elfe in hautengen Leggings und einem weiten Sweatshirt.

»Charlie mag keinen Besuch«, erklärt sie.

»Es tut mir leid, daß ich Sie so störe. Ich hatte keine Nummer, die ich anrufen konnte.«

»Sie sind süß«, lispelt sie. »Charlie«, schreit sie plötzlich. »Er ist süß. Er macht keinen Ärger. Kommen Sie rein.«

Sie führt mich in ein Wohnzimmer, das noch Spuren eines gemütlichen rustikalen Ferienhauses trägt. Es gibt einen breiten runden Kamin, ein L-förmiges Sofa, mehrere kleine Tische. Gestreifte mexikanische Decken hängen an den Wänden. Der Bezug des Sofas ist jedoch durchgescheuert und voller Weinflecken. Unter meinen Schritten fliegen Staubkörner auf. Auf sämtlichen Tischen steht benutztes Geschirr. Eine Reihe russischer Matroschka-Puppen steht auf einem Brett über einem Heizkörper. Die größte der Puppen ist offen.

Das Licht kommt von einer ganzen Reihe Kerzen. Sie flackern auf dem Boden und auf dem Kaminsims. Schaler Nikotingeruch wird von der süßeren Duftwolke des Marihuanas überlagert.

Aus dem nächsten Raum höre ich Schranktüren schlagen, das Klappern von Gegenständen, die hastig versteckt werden. Ich male mir aus, wie in Windeseile Nadeln, Tablettenröhrchen, Pülverchen verschwinden.

Das Mädchen schenkt Wein in ein schmutziges Glas ein und reicht es mir. »Charlie räumt bloß auf«, erklärt sie kichernd.

Das Gekicher geht weiter, bis Charlie wieder erscheint, und bricht dann abrupt ab. Auf seinem Sweatshirt steht in großen Buchstaben *Crash*. Seine Jeans sind an auffallenden Stellen mit Löchern durchsetzt. Er klopft auf seine Tasche. Ein harter und eckiger Gegenstand zeichnet sich ab. Charlie stößt die Hüfte vor und grinst höhnisch.

»Keine krummen Sachen!«

Das Mädchen kichert wieder los.

»Sei still«, fährt Charlie sie an. »Okay, was wollen Sie?«

»Haben Sie einen Schein für das Ding da?« höre ich mich sagen.

»Was geht Sie das an?«

Ich zucke die Achseln. »Hören Sie, ich interessiere mich nur für Will. Er steckt in Schwierigkeiten.«

»Was für ein Will?«

Das Mädchen lacht wieder, hält sich dann den Mund zu.

»Sagen Sie es mir. Es wäre hilfreich, das zu wissen.«

Ich höre Schritte hinter mir. Ich drehe mich schnell um und sehe einen großen, jungen Mann mit dunklem lockigem Haar und verschlafenen Augen schwerfällig die Treppe herunterkommen.

»Was ist hier los? Wo ist die Mu...?« Er bricht erschrocken ab, als er mich entdeckt. »Wer ist das?«

»Ich bin Pierre Rousseau«, sage ich beschwichtigend, »aus Ste-Anne.« Ich ziehe obendrein eine Visitenkarte aus der Tasche und gebe sie ihm. »Ich komme wegen Will. Er steckt in Schwierigkeiten. Brandstiftung.«

»Brandstiftung!«

»Vielleicht noch schlimmer. Können Sie mir etwas über ihn erzählen?«

»Wir lassen uns da nicht reinziehen, Mann. Scheiße, mein Vater bringt mich um.«

»Halt den Mund, Raff«, mischt sich der junge Mann mit den Rastalocken ein.

»Sag du mir nicht, ich soll den Mund halten. Du solltest überhaupt nicht hier sein.« Raff geht mit schweren Schritten die restlichen Stufen hinunter.

Ich sehe mich nach Charlie um, dessen Hand wachsam über seiner Tasche schwebt. Eine fast greifbare Spannung liegt in der Luft. Ihr Verhalten zueinander ist genauso unberechenbar wie mir gegenüber.

Raff schenkt sich ein Glas Wasser aus einer großen offenen Flasche ein und trinkt. Sein dickliches Gesicht nimmt einen freundlichen Ausdruck an. »Sie sind also aus Ste-Anne?« Er macht es sich auf dem Sofa bequem, knipst eine Lampe an. Er gibt sich jovial wie ein Arzt beim ersten Gespräch mit einem neuen Patienten. »Hübsches Städtchen.«

Obwohl ich ihm nie begegnet bin, stelle ich mir plötzlich seinen Vater vor, dick und berufsmäßig freundlich, für Raff eine Maske für schwierige Augenblicke.

»Ja.« Ich erwidere sein Lächeln.

»Wir sind nur über die Feiertage hier«, sagt er.

»Und Will?«

»Cori hat ihn auf einer Party aufgelesen. Letzte Woche. Vor Weihnachten.« Das elfenhafte Mädchen kichert wieder und läßt sich neben Raff aufs Sofa fallen.

»Dumme Zicke«, murmelt Charlie.

»Wo ist Cori?« frage ich.

»Sie ist in die große Stadt zurückgefahren.«

»Ohne Will?«

»Scheint so. Es war nur ... nur eine flüchtige Bekanntschaft. Er hatte schon eine Freundin. Hier unten. Reich und schön, hat er behauptet. Hat mit ihr angegeben. Deshalb ist er mit uns hergekommen.«

»Sei still, Annie«, brummt Charlie.

»Hören Sie, Mr. Rousseau, wir kennen Will eigentlich gar nicht.« Raff hat wieder sein freundliches Gesicht aufgesetzt. »Wir wissen nicht einmal seinen Nachnamen. Er hat einfach hier gewohnt, sein Lager aufgeschlagen. Nur für ein paar Nächte, mit Unterbrechungen.«

»Wer war die Freundin?« frage ich mit nicht ganz fester Stimme.

»Wir brauchen keine einzige von Ihren Scheißfragen zu beantworten.« Charlie stürzt sich plötzlich auf mich, und ich wehre mich mit einem kräftigen Faustschlag gegen seine Brust. Am liebsten würde ich weiter zuschlagen, aber Raff zieht ihn mit einem »Benimm dich, Charlie« weg und drängt ihn zum Sofa.

»Charlie regt sich leicht auf«, sagt Raff ruhig zu mir. »Was, Charlie? Reg dich ab. Der Mann ist fast unser Nachbar.«

»Wer war die Freundin?« spreche ich wieder das Mädchen an.

»Keine Ahnung. Glaub gar nicht richtig an sie. Cori hat gesagt, Will ist nicht so toll im ...« Sie wird rot und hält inne. »Wir wissen von Will nicht mehr, als daß er Amerikaner ist. Aus Detroit oder so.« Ihre Augen verraten zum erstenmal Angst. »Brandstiftung sagen Sie. Was hat er abgebrannt?«

»Eine Scheune.«

Sie kichert.

»Annie!« weist Raff sie zurecht.

Hinter mir höre ich eine Tür knarren. Ich drehe mich um und sehe eine geisterhafte Gestalt, die aus einem abgedunkelten Raum herausspäht.

»Alles in Ordnung, Hal. Geh wieder ins Bett«, ruft Raff. Seine Stimme klingt ein wenig nervös. »Noch andere Freunde«, erklärt er, als befände er sich bereits in einem Gerichtssaal.

»Wo war diese Party, auf der ihr Will kennengelernt habt?«

»Weiter im Norden. In einem Club. In Ste-Agathe.«

»Hat er seine Freundin besucht, sobald er hier war?«

»Kann ich nicht sagen. Wir kontrollieren uns nicht gegenseitig. Wie Sie sich vorstellen können.«

»Aber Will dealt, stimmt's?« sage ich leise zu Raff.

Sein Gesicht nimmt einen mutlosen Ausdruck an, aber er sagt nichts.

»Davon können Sie der Polizei erzählen. Am besten bereiten Sie sich schon darauf vor.« Ich sage es ohne die Spur einer Drohung. Mir tut Raff eher leid, aber als ich Anstalten mache zu gehen, springt Charlie auf und versperrt mir den Weg. Seine Hand liegt drohend auf der Hüfte, direkt über der Ausbuchtung seiner Waffe.

»Verdammt, was wollen Sie den Bullen erzählen?«

Ich beruhige mich. »Hängt davon ab, was sie fragen. Wenn sie mich überhaupt fragen.«

»Ach ja? Woran sind Sie dann so interessiert, verdammt noch mal? War das vielleicht Ihre Scheune?«

Ich schüttele den Kopf.

Nun blickt er verdrossen. »Sie sind also bloß so ein Übereifriger.«

»So könnte man sagen.«

Er ist noch nicht bereit, mich ziehen zu lassen. »Das kaufe ich Ihnen nicht ab.«

»Kaufen Sie, was Sie wollen. Kaufen Sie eine Zeitung. Meine Frau ist ermordet worden.«

Die Anspannung fällt ganz plötzlich von ihm ab. Ich

nutze den Moment und schiebe mich an ihm vorbei in die Kälte.

Ich blicke nicht zurück. Vielmehr muß ich über mich selbst staunen. Im Tod, so scheint es, ist Madeleine wieder meine Frau geworden.

Es hat wieder zu schneien begonnen. Große Flocken schwirren über die Windschutzscheibe. Ich fahre langsam, da die Reifen unsicher in dem weichen Neuschnee mahlen, die Scheinwerfer nur zufällige weiße Schauer beleuchten.

Nach einigen Minuten sehe ich gelben Lichtschein durch die Bäumen in der Ferne. Die Uhr im Wagen zeigt 9.40 an. Nicht zu spät. Ich biege auf einen schmalen Fahrweg ab und parke wenige Meter vor dem weitläufigen, etwas baufälligen Haus.

»Pierre! *Tiens.* Wie schön, dich zu sehen.« Oscar Boileau drückt mich an sich. »Wir haben dich am Dienstag vermißt. Und ich habe dir eine Nachricht hinterlassen, als wir es gehört haben, aber ...« Er hält die Hände hoch, um meine Entschuldigungen abzuwehren. »Ich weiß, daß du andere Dinge im Kopf hattest. Böse Geschichte. Wie stehst du das durch?« Er betrachtet mich eine lange, stumme Minute forschend, dann führt er mich in die Küche.

Oscar ist mein engster Freund in Ste-Anne. Wir lernten uns bald nach meiner Rückkehr hierher kennen. Er ist Maler und war einige Jahre früher von Trois Rivière in unsere Gegend gezogen. Er erschien in meinem Büro, weil er einen Streifen Land, der an sein Haus stieß, kaufen wollte, dazu einige Nebengebäude, um sie zu einem Atelier umzubauen. Wegen eines zweiten Kindes wurde es im Haus zu eng.

Wir freundeten uns schnell an. Oscar hatte alles, was ich nicht hatte: einen gewissen Optimismus, aufrichtige Hingabe an seine Arbeit, eine liebevolle, aufopfernde Frau und Kinder. Und ich hatte, wie er mir im Spaß sagte, alles, was ihm fehlte – Welterfahrenheit, Intelligenz, guten Geschmack und Geld. Diese gegenseitige Anerkennung unserer Verschiedenheit und Vorliebe kam zutage, als wir ausarbeiteten, wie Oscar die

Mittel aufbringen könnte, um den gewünschten Besitz zu kaufen. Ich trug ein wenig dazu bei, indem ich ihm drei Ölgemälde abkaufte. Zwei hängen in meinem Büro. Eines schenkte ich Madeleine. Es gefiel ihr so gut, daß sie auf einem ihrer Besuche zu Oscar hinausfuhr und noch zwei kaufte.

Natürlich war er von ihr bezaubert. Obwohl er sich selten mit Porträts befaßte, bot er ihr an, sie zu malen. Mir verriet er, ihn fasziniere der Versuch, jemanden, der seinen Zauber der illusorischen Sphäre des Films verdanke, in gediegenen, betont realen Ölfarben darzustellen.

Madeleine sagte, sie fände es aufregend, ihm Modell zu sitzen, wenn die Zeit es erlaubte. Die Zeit erlaubte es ihr aber nicht.

Oscar weiß, daß Madeleine und ich einmal mehr als Freunde waren. Viel mehr weiß er nicht. Vielleicht hat er es erraten, aber ich hatte nie viel Sinn darin gesehen, mich über eine Vergangenheit zu verbreiten, die ich oft sogar für meine eigenen Betrachtungen als zu intim empfinde.

»Du siehst nicht besonders gut aus«, sagt Oscar zu mir, während er eine Flasche Wein entkorkt und auf die karierte Decke auf dem langen Küchentisch stellt. »Ist ja auch nicht überraschend. Was hältst du von einem Teller von Elises Suppe, um dich zu stärken?«

Ohne meine Antwort abzuwarten, zündet er die Flamme unter einem großen Kupfertopf an und schneidet eine dicke Scheibe Brot ab.

»Schlafen die Kinder schon?« frage ich. Oscars und Elises drei Sprößlinge sind für mich wie Patenkinder geworden.

Er nickt. »Und aus der tiefen Stille schließe ich, daß Elise mit dem Baby eingeschlafen ist.«

»Ist auch gut so. Ich habe sämtliche Geschenke vergessen.«

»Die armen benachteiligten kleinen Lieblinge werden dir verzeihen müssen«, spöttelt Oscar und schiebt die Spielsachen beiseite, die auf dem Tisch herumliegen. »Also, erzähle mir alles. Wir haben die Zeitungen verfolgt, aber da wir bis gestern die Großeltern hier hatten …« Er zuckt die Achseln und setzt sich rittlings auf den Hocker mir gegenüber.

»Genaugenommen möchte ich einige Fragen stellen.«

»So?«

»Ja. Du kennst das Ferienhaus ungefähr einen Kilometer nördlich von hier?«

»Das Haus, das Dr. Rosenberg gehört? Ist jemand daran interessiert, es zu kaufen?«

»Soll es verkauft werden?«

»Er hatte es vor ein paar Jahren angeboten. Er kommt kaum noch her. Aber niemand wollte es kaufen. Jetzt ist das Schild weg. Ich glaube, seine Kinder nutzen es hin und wieder. Es sieht allmählich wie ein besetztes Haus aus.« Er runzelt verwundert die Stirn. »Worauf willst du hinaus, Pierre?«

»Kennst du die jungen Leute?«

»Nicht richtig. Faulenzer nach meinem Eindruck. Studenten vielleicht. Meistens bis obenhin zu mit Drogen. Dahin sind die Zeiten ...«

Er steht auf, um die Suppe in eine Schale zu schöpfen. Sie steht dampfend vor mir, heiß und duftend. Plötzlich fühle ich mich sehr müde.

»Hast du gehört, daß Mme. Tremblays Scheune in Brand gesetzt wurde?«

»Nein! Wann? Wir haben heute die Nachrichten verpaßt.«

»Heute früh. Die Polizei glaubt, daß es einer von den Jugendlichen dort war. Sie haben einen jungen Mann namens Will verhaftet. Gagnon ist davon überzeugt, daß er auch Madeleine ermordet hat.«

Oscar starrt mich völlig reglos an. »*Mauditcriss!* Ich wollte es nicht glauben, als Mme. Tremblay es gesagt hat. Wie entsetzlich für Madeleine.«

Er holt eine Pfeife aus einem verzierten Kästchen auf der Arbeitsplatte und spielt geistesabwesend mit ihr.

»Vor zwei Nächten, vielleicht drei, hat Elise im Spielzimmer aufgeräumt, hinten, am anderen Ende des Hauses, und sie drehte sich um und sah ein Gesicht hereinstarren. Sie kam schreiend zu mir herauf, aber bis ich die Schuhe anhatte und hinauskam, war niemand mehr da. Ich habe ihr gesagt, sie hätte sich etwas eingebildet.«

»Hast du gemerkt, daß etwas fehlt?«

»Nein. Ich glaube nicht. Aber jemand ist im Schuppen gewesen. Dort war einiges durcheinander.«

»Was sagt Elise, wie der Herumtreiber ausgesehen hat.«

»Böse und wild. Aber du weißt ja, wenn man wenig geschlafen hat ... Jedenfalls habe ich es damals nicht ernst genommen. Aber jetzt ... Ich werde auch Christophe und Chantale im Auge behalten müssen. Die ziehen immer auf eigene Faust los. Die Polizei hat den Kerl geschnappt?« Er sieht mich an und erwartet die Beruhigung, die ich ihm nicht ganz geben kann.

»Sie glauben es.« Ich trinke einen Schluck Wein, um seinem Blick nicht zu begegnen.

»Was hältst du selbst von dem Ganzen, Pierre?«

Ich zucke die Achseln und schiebe meinen Stuhl zurück. Wie Oscars Ölgemälde verweigert mein Verstand sich klaren Konturen. Alles ist verwischte Form und rauhe Farbe.

Er legte eine Hand auf meinen Arm. »Hör zu, warum bleibst du heute nacht nicht hier? Draußen ist ein heftiges Schneetreiben. Und Chantale wird mir nie verzeihen, wenn sie hört, daß du da warst und fortgegangen bist, ohne sie zu begrüßen. Was meinst du?«

Ich zögere. Aber ich zögere nicht lang. Wenn ich es auch vor mir selbst nicht gern zugebe, ist der letzte Ort, wo ich die ganze lange Nacht sein möchte, mein Haus.

Warmer Atem an meiner Wange und ein gemurmeltes »Bonjour« wecken mich am Morgen. Ich mache die Augen auf und sehe ein kleines Gesicht, das sich über mich beugt.

»Siehst du. Ich habe Maman gesagt, daß du wach bist.« Das Lächeln der achtjährigen Chantale ist zugleich unschuldig und schelmisch. »Das Frühstück ist fertig, *Tonton* Pierre, und es gibt einen Berg von Schnee.«

Ich küsse ihre glatte Stirn und schicke sie weg, damit sie ihrer Mutter sagt, daß ich in wenigen Minuten unten bin. Sie zögert an der Tür, kommt zurück.

»Es hat einen Mord gegeben, Tonton Pierre. Einen Mord!«

Ihr Mund ist rund, so nachdrücklich sagt sie es. »Wie im Fernsehen. Maman und Papa haben darüber geredet.«

»Macht dir das Angst?« frage ich leise.

»Non.« Sie schüttelt den Kopf. »Sie hängen den Mann auf.« Ihre Hand zuckt in einem raschen Bogen über ihre Kehle, und mit einem Sprung und einem Hüpfer ist sie aus dem Zimmer.

Ich blicke ihr verwundert nach. Mein Kopf ist konfus vor Träumen. Ihre Spuren zerren mich in eine trübe Welt, wo die Gestalten, die an Stricken hängen, mit kaleidoskopischer Geschwindigkeit verwandelt werden. Madeleine, der junge Mann namens Will, Mme. Tremblay, ich selbst. Darüber und ringsum und durch alles hindurch gibt es Worte, Schrift auf einer Seite, die ich nicht richtig lesen kann. Madeleines Tagebuch vielleicht. Eine Erklärung? Etwas in mir widersetzt sich dem Gedanken an Mord. Wenn Madeleine schon tot sein muß, möchte ich, daß es durch ihre eigene Hand geschah. Warum? Ich schüttele mich, um den Kopf einigermaßen klar zu bekommen, und gehe die schmale Treppe hinunter.

Der Geruch von gebratenem Speck empfängt mich in der Küche. Elise blickt von der Pfanne auf und lächelt mich herzlich an. Sie ist eine Frau von träger Sinnlichkeit, ganz großzügige Rundungen, wehendes Haar und natürlicher Charme. Ihr Atelier, wo sie große Steinbrocken bearbeitet, um überraschende Formen, halb tierisch, halb menschlich, zu schaffen, grenzt an Oscars an. Ich habe sie dort mit absoluter Konzentration arbeiten sehen, wobei sie dennoch irgendwie auf die Kinder aufpaßte, die in der Ecke spielten.

»Ich habe dein Lieblingsfrühstück bereitet«, sagt sie zu mir und schaukelt gleichzeitig das Baby in seinem Segeltuchsitz. »Pfannkuchen. Weil dir die Ente am Dienstag entgangen ist. Willst du nicht Oscar und die Kinder rufen? Sie sind draußen.«

Oscar räumt den Pfad zwischen dem Haus und dem Atelier. Er schiebt die Schaufel über den Boden und wirft den Schnee auf wachsende Hügel an der Seite. Die Kinder klopfen sie mit ihren Spaten zu starren Spitzen. Chantale winkt mir. Ich stapfe zu ihnen hinaus. Es schneit immer noch.

»Das Frühstück ist fertig. Aber ich könnte dir helfen, wenn du mir zeigst, wo ich eine Schaufel finde.«

Oscar schüttelt den Kopf. »Trink du erst einmal eine Tasse Kaffee.« Er lächelt mich an. »Hat deine Mutter dir nicht beigebracht, daß man einen Mantel anzieht, ehe man ins Freie geht?«

»Ja, *Tonton*«, schimpft Chantale mit mütterlichem Ton. »Draußen ist es kalt.«

»Elise wollte gern in Ruhe mit dir reden«, sagt Oscar nur für meine Ohren. »Wir kommen in ein paar Minuten zu euch.«

»Er möchte, daß ich es dir erzähle?« fragt Elise, als ich Oscars Worte weitergebe. »Gut.« Sie schöpft einen letzten Pfannkuchen aus der Pfanne und schiebt die volle Platte in den Backofen. Sie schenkt mir eine Tasse Kaffee ein, wischt sich die Hände gründlich an einem Geschirrtuch ab.

Elise ist keine Freundin vieler Worte. Sie bevorzugt Gesten. »Es geht um die Kinder. Sie haben im Wald dort drüben vor ein paar Tagen gespielt. Plötzlich sahen sie zwei Männer. Einer von ihnen hatte Haare wie Seile, sagt Christophe. Der andere war dunkel, in Leder. Sie hatten ein Messer. Ein großes Messer.« Sie zittert und hält ihren Becher mit beiden Händen.

»Sie schnitten Zeichen in die Bäume. Chantale behauptet, daß sie auch etwas hineinfallen ließen. Kleine Säckchen. Säckchen mit Juwelen, sagt sie. Als die Männer sie entdeckten, schrien sie und jagten ihnen nach. Aber meine Kleinen können rennen wie die Wilden. Zum Glück.« Sie lacht, um ihre Angst zu verbergen. »Sie haben mir nichts erzählt, weil sie wußten, daß ich durchdrehen würde. Was geht hier bloß vor, Pierre?«

»Nichts Gutes«, sage ich, als die Kinder zur Tür hereinstürmen und gleich nach ihnen Oscar.

»Mach keine große Geschichte daraus«, flüstert Elise. Sie lächelt ein wenig unsicher ihre Sprößlinge an, drückt das Baby an sich und rückt seinen Stuhl am Tischende zurecht, bevor sie ruft: »So, wie viele Pfannkuchen kann jeder essen?«

»Hundert«, sagt Wuschelkopf Christophe.

»Hundertfünfzig«, platzt Chantale heraus.

»Für mich drei«, sagt Oscar lachend.

Elise teilt Pfannkuchen mit Speck aus und löffelt reichlich Ahornsirup darüber. Wir essen und täuschen Normalität vor, und schließlich stellt sie sich von allein ein, so beruhigend wie das Lachen des Babys.

Vielleicht weil ich meinen Aufenthalt in diesem sicheren Hafen ausdehnen möchte, frage ich Oscar, ob ich vor meinem Aufbruch einen Blick ins Atelier werfen darf, wo ich eine ganze Weile nicht mehr gewesen bin. Entgegen seiner Art zögert er, aber dann zuckt er die Achseln und begleitet mich hinüber.

Wie immer nehme ich zuerst die Vielfalt der Farben wahr, die mir von den Wänden und Staffeleien entgegenspringt. Während die Farben langsam Formen annehmen, bemerke ich Madeleines Profil auf einer Leinwand, die Oscar hastig zur Wand dreht. Ich soll das Bild nicht sehen.

»Du hast also doch einen Anfang gemacht«, sage ich.

»Ich konnte der Versuchung nicht widerstehen.« Oscar weicht meinem Blick aus.

»Obwohl sie keine Zeit hatte, zu kommen und dir Modell zu sitzen?«

Er wendet sich ab mit regloser Miene.

»Oder hat sie dir Modell gesessen?«

»Nur einmal.« Er dreht sich wieder zu mir um, in herausfordernder Körperhaltung, ein feindseliges Funkeln in den dunklen Augen.

»Ich verstehe.«

»Hör auf, Pierre.« Er stellt ein großes Gemälde hochkant. »Was hältst du von dem hier?«

Ich kann an nichts anderes denken als an die Bedeutung dieses »einmal«.

Während ich auf der rutschigen Straße zwischen den Schneewällen fahre, die der Pflug hinterlassen hat, versuche ich mich nur auf das unschuldige Weiß des frischgefallenen Schnees zu konzentrieren. Aber diese Decke aus Schneeflocken, die sich über die Welt gelegt hat, ruft Panik in mir hervor. Wie soll ich die richtigen Konturen der Dinge unterscheiden? Wie soll ich das Bedeutungsvolle vom Bedeutungslosen unterscheiden, wenn da nur das gleichmütige Weiß der Natur ist?

Spontan nehme ich die Abzweigung zu Mme. Tremblays Haus und fahre langsam an den parkenden Autos vorbei, die mich nicht mehr überraschen. Ein Mann in dunkler Jacke schippt Schnee von der Treppe. Er sieht mich mit offenkundigem Argwohn an. Ich erkenne Michel Dubois in dem Moment, als auch er mich erkennt. Irgendwo bellen die Hunde.

Michel bedeutet mir zu halten und kommt schwerfällig auf mich zu. Ich kurble das Fenster herunter.

»Wo ist Mme. Tremblay?« fragt er vorwurfsvoll.

»In Montréal.« Ich gebe keine Erklärung ab.

Er funkelt mich unter buschigen Brauen hervor an. »Ihre Tochter hat Mme. Tremblay gesucht.«

Hinter ihm taucht eine Frau auf der Veranda auf. Mittelgroß, das Kleid eine Spur zu eng anliegend, blondes, gefärbtes Haar.

»Ist Maman gekommen, M. Dubois?« ruft sie zuckersüß.

Auf den Fersen folgen ihr wie ein Begrüßungskomitee zwei Männer. Einer von ihnen ist mein Bruder Jerome. Den zweiten erkenne ich nicht. Er hat schütteres Haar und ist untersetzt, seine Augen sind zwei dunkle Flecken, die halb in dem fleischigen Gesicht verschwinden. Als er sich in meine Richtung reckt, fällt mir Giorgio Napolitanos Bericht über Madeleines Stiefbruder ein.

Jerome winkt mich zu sich. Widerwillig verlasse ich meinen Wagen.

»Ich dachte, du wärst so vernünftig gewesen, meinen Rat anzunehmen und abzureisen«, sagt Jerome, dann setzt er wieder eine steife, höfliche Miene auf, räuspert sich und stellt mich Marcel und Monique Blais vor.

Aus der Nähe betrachtet hat Madeleines Mutter aufgedunsene geschminkte Wangen, eine Stupsnase und mascaradunkle Augen. Nichts in ihrem Gesicht erinnert mich an Madeleine. Auch die Monique, die mein Bruder in seiner Pubertät anhimmelte, kann ich nicht heraufbeschwören.

»Pierre Rousseau!« haucht sie. »Das also ist aus Ihnen geworden. Madeleine hat mir nie ein Foto geschickt, und ich möchte lieber nicht zugeben, wie lange ich Sie nicht gesehen habe. Sie waren ja noch ein Baby. Sie sind Ihrer Mutter so ähnlich. Während Jerome durch und durch seinem Vater gleicht.«

Sie wankt ein wenig, so daß mein Bruder eine stützende Hand auf ihre Schulter legt und sie dann aber, als habe er sich verbrannt, schnell wieder zurückzieht.

Monique Blais macht einen Schritt auf mich zu und birgt ihr Gesicht an meiner Schulter. »Es ist zu schrecklich, Pierre. Zu furchtbar für Worte. Ich kann es immer noch nicht glauben!«

Ich rücke von ihr ab, sehe, wie sie ein Papiertaschentuch hervorzieht und ihre Augen betupft, sehe, daß mein Bruder völlig in Bann gezogen ist.

»Ich bin hergefahren, sowie ich es gehört habe, aber Maman, sie ...«

»Wo ist Mme. Tremblay, Pierre?« fragt Jerome mit stählerner Stimme. »Ich wollte etwas mit ihr besprechen. Es ist wirklich nicht richtig ...«

Ich falle ihm ins Wort. »Mme. Tremblay ist erkrankt. Sie mußte in Montréal bleiben.«

»Pauvre maman!« ruft Monique aus. »Madeleine war ihr ein und alles. Mehr als eine Tochter. Ja, ich scheue mich nicht, das zuzugeben, Jerome.«

»Krank?« wirft Michel Dubois hinter mir ein.

»Ja. Sie dürfte in wenigen Tagen wieder hier sein«, lüge ich.

»Du gibst mir ihre Nummer. Monique muß wirklich hierbleiben können. Und Marcel.« Jerome blickt den Mann an seiner Seite, der noch kein Wort geäußert hat, mit plötzlicher Abneigung an.

Marcels Miene drückt Unzufriedenheit aus. »Madeleine hätte uns hier haben wollen. Sie hat zu mir gesagt, daß ...«

»Sie können nicht bleiben, wenn Mme. Tremblay es nicht ausdrücklich erlaubt«, unterbricht ihn Michel Dubois, ohne sich um Höflichkeit zu scheren. Er geht ins Haus und kommt gleich darauf mit drei Mänteln zurück.

»Was hat Madeleine zu Ihnen gesagt?« frage ich Marcel.

»Ach, nichts«, entgegnet er, und für einen winzigen Moment glaube ich, er werde eine Hand heben und Michel schlagen. Aber Michel Dubois drückt ihm eine dicke marineblaue Jacke in die Arme und dreht ohne ein weiteres Wort den Schlüssel in der Haustür zweimal um.

»Ich schaue später bei dir vorbei, Pierre«, sagt mein Bruder mit leiser Drohung in der Stimme, als er auf der Treppe an mir vorbeigeht.

Ich sehe Monique in Jeromes Auto steigen, sehe Marcel zu seinem Wagen stapfen, und fahre dann, dankbar für Michel Dubois' Entschlossenheit, in entgegengesetzter Richtung davon.

Das Löschwasser der Feuerwehr ist zu purem Eis unter dem Schnee geworden. Fast greifen meine Reifen nicht. Unterhalb von mir, wo einmal die Scheune stand, schiebt sich nur ein L-förmiger Keil aus Schnee vor den Horizont. Der Schauplatz von Madeleines Tod existiert nicht mehr.

Ich trete hinaus in den Wind. Ich habe den seltsamen Eindruck, daß seine Böen Madeleines Lachen mit sich tragen.

»Du siehst nie, was vor deiner Nase ist«, sagt sie zu mir.

Was meint sie? Und doch hat sie recht. Völlig recht, versichere ich dem Wind. Ich sah Madeleines Treubrüche erst, als ich zu viele davon auf einmal sah und dann vor Benommenheit gar nichts mehr sehen konnte. Aber daran möchte ich jetzt nicht denken. Es ist nicht wichtig. Ich stehe da und starre ins Leere, bis die Kälte mich zwingt, mich zu bewegen.

Es ist ein wahres Wunder an Geduld und Glück, daß es mir gelingt, das Auto zu wenden. Ich fahre an meinem Haus vorbei und nach Ste-Anne hinein. Zwar ist Samstag morgen, doch der Schnee hat die Stadt stiller gemacht als am Vorabend. Außerdem fahren die meisten Leute zu ihren Besorgungen in das zwanzig Kilometer entfernte riesige Einkaufszentrum.

Bei dem eher bescheidenen *supermarché* halte ich und kaufe Pulverkaffee und Milch. Dazu nehme ich die Tageszeitungen mit, obwohl ich mir nicht sicher bin, daß ich sie durchsehen möchte.

Die Schlagzeile unserer Lokalzeitung springt mir wegen der schieren Größe in die Augen, noch bevor ich im Büro angekommen bin.

SCHEUNENBRAND: VERDÄCHTIGER IM FALL MADELEINE BLAIS FESTGENOMMEN

Mein Büro ist kalt und riecht danach, daß es eine Woche nicht benutzt wurde. Ich drehe die Heizung auf und gehe an den vorderen Räumen vorbei, um die Lebensmittel in der kleinen Küche zu verstauen. Das Hinterzimmer, das mir als privater Bereich dient, weist auf einen kleinen Garten hinaus. Trotz der Kälte öffne ich das Fenster, um frische Luft hereinzulassen, und betrachte die rosige Terrakotta-Aphrodite, die ein Geschenk von Madeleine ist. Die Figur von Paris zurückzubefördern war eine Verrücktheit, die ich jedoch nicht bedauert habe. Der warme Stein trägt einen weißen Schneehut.

Über meinem Schreibtisch füllt Oscars Ölgemälde die Wand. Seine breiten Pinselstriche in Blau sind ebenso lebendig wie Aphrodites erdiger Ton. Das Bild stellt, ungewöhnlich für ihn, Chantales Kinderzimmer dar. Kinderbettchen und Stühle schaukeln, Mobiles bewegen sich um eine ruhige Mitte aus Mutter und Kind, beleuchtet von dem blauen Himmel, der durch die Fenster hereinströmt.

Unter dem Foto von Mme. Tremblays brennender Scheune im Lokalblatt entfaltet sich eine gräßliche Geschichte von Brandstiftung und Mord. *Ein ungenannter Mann befindet sich in Verbindung mit beiden Verbrechen in Haft. Der Polizei nahestehende Quellen erklären, der Verdächtige sei nicht von hier, habe aber Dr. David Rosenbergs Haus an der Shore Road besucht.*

Ich frage mich, wer diese Quellen sein mögen. Es kann sich wohl nur um die geschwätzige Mme. Groulx handeln.

Die Zeitung aus Montréal stellt den Sachverhalt ein wenig

anders dar. Neben einem Bild von dem Brand steht ein Foto von Mme. Tremblay, das anscheinend nach ihrem Auftritt im Fernsehen aufgenommen wurde. Die Geschichte unterstreicht, wie richtig Madeleine Blais' Großmutter mit ihrer Intuition gelegen habe.

Das Bild von Mme. Tremblay bringt mich wieder zur Besinnung. Mit schuldbewußter Eile rufe ich die Vermittlung an, um die Nummer des *Montréal General* zu bekommen, und dann warte ich endlos lange, bis ich zur richtigen Station durchgestellt werde. Endlich teilt mir eine Schwester Reynolds mit, Mme. Tremblay mache gute Fortschritte. Sie sei bei Bewußtsein, rede allerdings nicht viel.

»Das einzige Beunruhigende ist ...« Schwester Reynolds zögert, »daß sie immer wieder von der Dringlichkeit des Begräbnisses anfängt. Es sei nicht richtig, daß das Begräbnis noch nicht in die Wege geleitet ist.« Sie seufzt. »Der Arzt möchte sie wenigstens noch einen Tag zur Beobachtung hierbehalten.«

Ich weise die Schwester darauf hin, daß Mme. Tremblay wohl vom Begräbnis ihrer Enkeltochter und nicht von ihrem eigenen spricht.

»Ach so. Trotzdem wird es das beste sein, sie noch ein wenig hierzubehalten.«

Hier gebe ich der Schwester recht. Ich bitte sie auch eindringlich, sämtliche Zeitungen von ihr fernzuhalten. »Und auf gar keinen Fall darf ein Journalist zu ihr durchgelassen werden. Werden Sie dafür sorgen?«

»Selbstverständlich.« Ihre Stimme nimmt diesen erregten Klang an, den die Erwähnung der Medien immer hervorzurufen scheint. »Aber wie können wir wissen, wen wir hereinlassen, das heißt, wenn sie Besuch bekommt?«

»Hören Sie, ich kümmere mich darum, daß sich ein paar Freunde zu ihr setzen. Ich rufe zurück und gebe Ihnen die Namen durch.«

Ohne viel zu überlegen, rufe ich Gisèle Desnos an, die Pressereferentin des Theaters. Sie meldet sich beim zweiten Läuten.

»Pierre.« Ihre Stimme ist so heiser, als habe sie schon ihr Tagespensum an Zigaretten geschafft. »Eben habe ich die Zeitungen gesehen. Es ist so furchtbar. Gestern morgen war die Polizei hier, um mit mir zu sprechen.«

»Ach ja?« unterbreche ich sie.

»So ein Italiener.«

»Contini«, setze ich sie ins Bild.

»Ganz recht. Und er hat kein Sterbenswörtchen von Mord gesagt. Aber nach dir hat er gefragt. Wir müssen miteinander reden, Pierre. Bist du in der Stadt?«

»Nein, deshalb rufe ich an.«

Ich informiere sie über Mme. Tremblay. Gisèle ist bestürzt und will gern helfen. »Ja, gewiß setze ich mich zu ihr. Das Büro mag warten. Ich mache dort sowieso nichts anderes, als Fragen von Journalisten über Madeleine zu beantworten. Und heute wird es noch schlimmer kommen, aber meine Assistentin wird damit fertig. Es wird mir Spaß machen, die Schnüffler von Mme. Tremblay fernzuhalten.«

Mit einem kleinen Triumphgefühl rufe ich Schwester Reynolds wieder an und versuche dann, trotz der ungewöhnlichen Stille des Büros, so zu tun, als wäre es ein normaler Arbeitstag. Kein Samstag. Keine fünf Tage sind seit Madeleines Tod vergangen.

Ich lege den Stapel ungeöffneter Post in den Eingangskorb. Ich schalte den Computer ein. Ich bereite mir eine Tasse Pulverkaffee und trage sie zum Schreibtisch. Mit dem Stift in der Hand drücke ich den Knopf des Anrufbeantworters und höre einer Stimme zu, die sich, nach einigen aufgeregten Sekunden, als M. Lefèvre zu erkennen gibt, der nach der weihnachtlichen Katastrophe mit Sohn und Schwiegertochter sein Testament ändern will. Zwei Anrufe später kommt eine Nachricht seines Sohnes, der sich nach einer Vollmacht erkundigt. Sein alter Vater, sagt er, habe eindeutig nicht mehr alle Tassen im Schrank.

Spontan telefoniere ich sowohl mit dem Vater als auch mit dem Sohn und höre mir ihre Klagen an, beschwichtige sie und gebe ihnen einen Termin in der kommenden Woche.

Ich notiere Namen und Nummern von zwei weiteren Personen, die einen Termin haben möchten, dann halte ich inne, als ich Marie-Ange Corot, Madeleines Agentin in Paris, wieder höre. Ich habe vergessen, sie zurückzurufen.

Ich werfe einen Blick auf die Uhr, überlege, wie spät es in Frankreich ist, und wähle die Nummer, die sie hinterlassen hat. Ein Anrufbeantworter meldet sich. Erleichtert übermittle ich meine Entschuldigung und sage, daß ich es später noch einmal versuchen werde.

Kaum habe ich den Hörer aufgelegt, als das Telefon läutet und mich aufschreckt. Ich überlege, wer wohl glaubt, mich am Samstag hier zu erreichen. Beim dritten Läuten nehme ich ab.

»Mr. Pierre Rousseau?« sagt eine zaghafte Stimme auf englisch.

»Am Apparat.«

»Oh, Gott sei Dank. Hier ist Raff Rosenberg. Sie waren letzte Nacht bei uns.«

»Ja.« Ich bin hellwach.

»Wir haben hier Probleme. Wissen nicht, was wir tun sollen. Es sind Backsteine durch die Fenster geflogen. Mit gemeinen Botschaften. Und dann sind so Leute draußen. Eine ganze Menge. Sie sehen nicht freundlich aus.« Er schluckt. »Wir haben Angst.«

»Haben Sie die Polizei angerufen?«

»Nein. Wir wollen hier keine Polizei. Wir wollten heute morgen abfahren. Nur Annie und ich sind noch da. Die andern sind letzte Nacht abgehauen. Wir wollten aufräumen. Meine Eltern ...« Er zögert. »Aber jetzt haben wir das totale Chaos hier. Überall liegt Glas. Annie ist verletzt.« Er schluchzt auf, beherrscht sich dann mit Mühe. »Wir wollen einfach von hier wegkommen. Wir dachten, Sie könnten vielleicht kommen und mit den Leuten draußen reden.«

»Hören Sie, Raff. Irgendwann müssen Sie mit der Polizei sprechen. Besser hier als zu Hause, meinen Sie nicht? Ich bitte die Polizei, sofort zu Ihnen zu fahren. Sie gehen nach oben und rühren sich nicht von der Stelle.«

Ich laufe um die Ecke zur Polizeiwache. Obwohl der Summer, der die Tür öffnet, ertönt, ist niemand im Vorzimmer. Ich zögere, die Halbtür aufzustoßen, die zu den inneren Räumen führt. Ich bleibe eine Weile stehen und warte. Durch das Milchglasfenster an der Seite bemerke ich plötzlich Continis gesenkten Kopf und ihm gegenüber Mme. Groulx mit ihrem besten Pelzhut.

Continis Stimme ist deutlich zu hören. »Sie sind sich sicher, daß der Mann, den wir gerade gesehen haben, derselbe ist wie der Mann, den Sie in der Mitternachtsmesse mit Madeleine Blais gesehen haben? Absolut sicher?« Contini wirkt erschöpft.

»Ja. Es ist genauso, wie ich es heute morgen dem Mann von *La Presse* gesagt habe.« Mme. Groulx putzt sich wie ein dicker exotischer Vogel. »Er ist einer von den Typen, die im Haus von dem alten Juden hausen. Er ...«

»Ich habe Sie nicht nach seiner Religion gefragt, Mme. Groulx«, unterbricht Contini sie. »Jetzt sagen Sie mir also, daß Sie ihn schon vor der Mitternachtsmesse gesehen haben. Sie hatten den jungen Mann schon bemerkt, bevor Sie ihn mit Mlle. Blais sahen?«

Einen Augenblick lang sieht Mme. Groulx verwirrt aus. Sie rückt ihren Hut zurecht. »Ja. Ich glaube ja.«

»Danke, Mme. Groulx. Das ist alles.« Contini steht auf.

»Brauchen Sie mich für sonst nichts, Kommissar?«

»Vorerst nicht, Mme. Groulx. Ach, sagen Sie mir noch«, fügt er hinzu, während er sie durch die Tür hinausgeleitet, »tragen Sie eine Brille, Mme. Groulx?«

»Manchmal. Wenn es sein muß. Meine Augen ...« Sie funkelt ihn mit plötzlichem Mißtrauen an. »Sie wollen ihn doch nicht laufen lassen, Kommissar?«

»Wir werden genau das tun, was das Gesetz von uns verlangt, Mme. Groulx. Sie können sich ruhig schlafen legen.« Er blickt auf und entdeckt mich. »Rousseau, was machen Sie denn hier?«

»Pierre.« Mme. Groulx eilt auf mich zu.

»Ich muß mit dem Kommissar reden, Mme. Groulx. Unter

vier Augen.« Ich öffne die Haupttür für sie, und mit einer Geste, die eine Art bestimmter Höflichkeit ausdrückt und die ich von meinem Vater gelernt haben muß, geleite ich sie hinaus.

»Sie trauen also Mme. Groulx' Augen nicht?« frage ich Contini.

»Zwei alte Damen, die schlechte Augen haben, halten einem Kreuzverhör in einem Mordprozeß selten stand. Sie haben gelauscht.«

Ich zucke die Achseln. »Heißt das, daß Sie Will nur wegen des Vorwurfs der Brandstiftung festhalten? Anscheinend könnte er Madeleine gekannt haben, bevor ...«

»Ja?« Dunkle Augen funkeln mich an. Ich bin mir nicht sicher, ob sie Ironie ausdrücken. »Sie haben also Ihre eigenen Ermittlungen geführt, Rousseau? Das ist gut. Ich brauche Beweise, Rousseau. Harte Fakten.« Er zerknüllt ein Stück Papier auf dem Schreibtisch. »Wir nehmen Will mit ins Hauptquartier und führen einen Spermatest durch. Das heißt, wenn er einwilligt. Wetten, daß er irgendwo einen reichen Vater hat, der es gar nicht abwarten kann, einen ehrgeizigen Anwalt zu engagieren. Haben Sie seine Rolex gesehen? Entweder hat er einen reichen Vater oder er hat als Dealer mehr Profit gemacht, als man seinen Nerven zutrauen würde. Wir werden ihn ein Weile festhalten. Er ist sowieso nicht in der Verfassung, irgendwohin zu gehen. Er heißt übrigens Henderson. Sagt Ihnen das etwas? Aus Chicago, behauptet er. Aber das ist nur das, was er uns sagt. Mit wem haben Sie gesprochen?«

»Verdammt, fast hätte ich's vergessen! Wo ist Gagnon?«

»Bereitet unseren Schützling auf seine kleine Reise in die große Stadt vor.«

Rasch berichte ich von den Jugendlichen in dem Haus in der Shore Road.

Contini pfeift leise. »Dieser Ort wird ja immer besser. Und ich habe auf einen stillen Sonntag mit meiner Frau gehofft. Wissen Sie, was? Wir fahren alle hinaus. Auch Henderson. Mal sehen, was er uns erzählt, wenn er unter Freunden ist.

Mit heulenden Sirenen. Wir machen eine kleine Attraktion daraus. Das sollte den heldenhaften lokalen Streitern für Madeleine Blais ein Ziel für ihre Backsteine bieten.«

11

Drei Polizeiwagen fahren mir auf der von Schneewällen begrenzten Straße voraus. Als wir an Oscars Haus vorbeikommen, schalten sie die Sirenen und Blaulicht an, und ich denke an Elise und die Kinder und die unvermeidlichen Ängste, die dieser Höllenlärm bei ihnen wachrufen wird. Die Versuchung, anzuhalten und ihnen den Grund zu erklären, ist groß, wenn ich auch Oscar nicht unbedingt gegenübertreten möchte. Ich freue mich auch nicht auf einen zweiten Besuch im Haus der Rosenbergs.

Dann sehe ich die Transparente. *Geht nach Hause* steht auf einem, und das zweite folgt dem Beispiel: *Keine Mörder in Ste-Anne*. Ich frage mich, ob Bürgermeister Desforges auf dieses Beispiel von Bürgersinn stolz wäre. Gewiß würde er es nicht gutheißen, daß an dieser landschaftlich schönen Strecke so viele Autos wild durcheinander parken.

Eine lautstarke Schar steht vor dem Haus, vielleicht fünfundzwanzig Personen, die vor Kälte, aber auch aus Wut mit den Füßen stampfen. Was sie schreien, ist nicht zu verstehen, ihre Stimmung aber ist so klar wie die Schrift auf den Transparenten. Unter ihnen bemerke ich Martine Senegal und Noël Jourdan, einen heißblütigen Jungen, dessen Rauflust als Schüler in der Stadt noch in bester Erinnerung ist. Mir fällt ein, daß es Noël Jourdan war, den ich gestern im Senegal's auf einem Barhocker sitzen und mit Martine liebäugeln sah. Georges Lavigueur, ein Koloß von einem Mann, steht neben ihm. Dann kommt Gilles Belfort, ein aufgeblasener Tagedieb, der sich einzig und allein vor seiner Mutter duckt. Von diesen Namen tauchen einige auf der Liste auf, die ich Contini gegeben habe.

Auch eine Lehrerin von der örtlichen Grundschule ist dabei. Als entschiedene Streiterin für die Sprachgesetze reichte sie einmal bei Desforges Beschwerde wegen eines fehlenden *accent aigu* in dem Wort Québec auf einem seiner Wahlplakate ein und fragte ihn, ob er unbedingt die Uhr zurückdrehen und die Provinz wieder englisch machen wolle.

Mehr an seinem Gang als am Gesicht, das fast zwischen Hut und Schal versteckt ist, erkenne ich auch Michel Dubois und bemerke, daß auch er jetzt zu den Streitern für Madeleine gezählt werden kann.

Die Polizeiwagen haben sich durch den tief verschneiten Fahrweg gepflügt. Ich fahre an den Rand, und als ich aussteige, höre ich das Hohngelächter der Menge. Ein Hagel von Schneebällen zischt an meinen Ohren vorbei. Einer trifft Will Henderson am Hinterkopf. Als er sich umdreht, bricht ein zitronengelber Sonnenstrahl durch die Wolkendecke. In seinem Licht glitzern die Handschellen wie teure Armreifen. Die Menge johlt. Wieder fliegen Schneebälle. Einer davon trifft den großen schnauzbärtigen Serge Monet, den Kommissar der Sûreté, der mit Contini aus dem Präsidium gekommen ist.

»Schafft sie hier weg«, brüllt Contini mit wütender Stimme Gagnon zu. »Sagt ihnen, daß wir in diesem Land immer noch Gerichte haben. Keine Verurteilungen durch den Mob. Nehmen Sie die Personalien auf, wenn es sein muß. Und finden Sie heraus, wer die Steine geworfen hat.« Er zieht Will zum Haus.

Gagnon ist sichtlich verärgert, daß er in seinem eigenen Revier herumkommandiert wird. Mit finsterem Blick geht er auf die Menge zu.

»Sie werden die nicht schützen!« schreit eine Frau empört. »Wir sind diejenigen, die Schutz brauchen.«

»Verdammte Juden!« ruft einer.

»Verdammte Anglos!« fällt ein anderer ein.

»Was zum Teufel haben Sie denn bei dem Haufen zu suchen, M. Rousseau?« schreit eine Stimme, die ich nicht erkenne.

»Haltet die Schnauze und verschwindet hier.« Gagnon brüllt so laut, als hätte er ein Megaphon vor dem Mund. Seine zwei Untergebenen sehen ihn staunend an und beginnen, die Menge zu zerstreuen.

Gagnon legt eine schwere Hand auf Noël Jourdans Schulter. »Hast du die Steine geworfen?«

»Ich? Im Leben nicht. Ich bin zufällig mit Martine vorbeigekommen. Was, Martine?«

Das Mädchen nickt. »Er ist die ganze Zeit bei mir gewesen.«

»Wer war es dann?«

»Wir haben es nicht gesehen. Der Mann ist weggerannt. Hinten ums Haus herum.« Ein dummes Grinsen zuckt über Noëls Lippen.

»Wir unterhalten uns später. Jetzt verschwindet.«

Am Rand der Menge, neben dem dicken Georges Lavigueur, entdecke ich plötzlich Oscar. Ich gehe zu ihm hinüber und frage ihn, was er hier macht. Gegen meinen Willen schwingt in meiner Stimme ein feindseliger Unterton mit.

»Neugier auf meine Nachbarn«, sagt er. »Nicht daß ich das hier erwartet hätte. Hat was von Hexenjagd. Das Mädchen am Fenster hat völlig verängstigt gewirkt.«

»Rousseau, kommen Sie her«, brüllt Contini von der Veranda.

Ich eile zu ihm, und er sieht mich wütend an. »Haben Sie bei diesem Auflauf eine Hand im Spiel?«

»Ich?«

»Früher konnten Sie so was doch ganz gut. Bringen Sie jetzt die Jugendlichen im Haus dazu, die Tür aufzumachen, ja? Ein dickköpfiger Flegel sagt, er öffnet nur, wenn Sie hier sind.«

»Raff. Ich bin's, Pierre Rousseau. Machen Sie auf.«

Die Tür tut sich einen Spalt auf. Raff späht heraus, dann löst er die Kette. Im Tageslicht wirkt er blaß und sehr jung aus, ein übergroßes Kind.

»Will!« ruft er mit überschnappender Stimme aus.

»Wo ist Charlie?«

Es ist der erste zusammenhängende Satz, den ich aus Wills

Mund höre. Er wirkt nervös, aber seltsam gefaßt, irgendwie über den lauten Streit erhaben.

»Charlie ist weggefahren«, murmelt Raff. »Letzte Nacht.«

»Wie lautet Charlies Nachnamen?« fragt Contini dazwischen.

Seine Frage wird mit Schweigen beantwortet.

Wills dunkle Augen mustern Raff eindringlich.

»Charlies Nachname?« wiederholt Contini. Er stößt Raff an und schiebt ihn zum Wohnzimmer. »Hören Sie, mein Junge, Sie haben schon genug Ärger.«

»McNeil«, platzt Raff heraus.

»Haben Sie seine Adresse?« fragt Serge Monet.

Raff schüttelt den Kopf.

»Was fährt er?«

»Sie sind alle in Hals Auto weggefahren.«

»Alle?«

»Du brauchst nicht zu antworten, Raff«, sagt Will beiläufig. »Besorge dir einen Anwalt.«

Zum erstenmal höre ich das amerikanische Näseln in seiner Stimme, und gleichzeitig, ich weiß nicht warum, kann ich mir Madeleine mit ihm vorstellen.

Als ich mich im Wohnzimmer umsehe, erschrecke ich. Überall liegt Glas, auf dem Boden, auf dem Sofa, auf den Tischen. Scherben knirschen unter meinen Füßen. Vor dem zerschmetterten Fenster liegt ein Backstein auf der Ecke eines abgetretenen Teppichs. Eingewickelt ist er in ein Blatt Papier, auf dem die zerknitterte Beschriftung dennoch deutlich zu lesen ist: *Geht fort und bleibt fort.*

Contini dreht den Backstein behutsam mit dem Fuß um, als wäre er ein Kätzchen, das spielen will. »Nur gut, daß der Stein Sie nicht getroffen hat.«

»Wo ist Annie?« frage ich.

»Liegt oben. Sie hat Schnittwunden an der Stirn. Ich glaube wirklich, wir sollten sie in ein Krankenhaus bringen.«

»Gagnon«, brüllt Contini durchs Fenster. »Schicken Sie einen von Ihren Leuten rein. Wir haben eine Verletzte.«

Draußen hat sich die Menge fast zerstreut.

»Wer ist Annie?« fragte Contini, als drei von Gagnons Männern ins Zimmer kommen.

»Meine Schwester.« Raff sieht aus, als würde er gleich anfangen zu weinen. »Dad bringt uns um.«

»Ihr habt es verdient!« brummt Contini, dann legt er mit plötzlichem Mitgefühl einen Arm um Raffs Schulter. »Sprechen Sie Englisch?« fragt er einen von Gagnons Männern, und als der den Kopf schüttelt, schickt er Serge Monet mit ihm hinauf. »Seht euch das Mädchen an. Überlegt, ob sie ins Krankenhaus muß.« Den Arm noch um Raff, führt er ihn zur Küche.

»Wir sprechen Französisch«, murmelt Raff.

»Ja, klar. Sprechen Sie, was Sie wollen. Geben Sie mir nur ein paar knappe wahre Tatsachen.« Er schließt die Küchentür hinter ihnen.

Mitten in dem Durcheinander sehe ich Will mit kühler Nonchalance auf die andere Seite des Zimmers schlendern. Wie ein Model lehnt er sich an den Heizkörper. Heute sind die russischen Bauernpuppen alle hinter ihm aufgereiht, ihr buntgemaltes Grinsen makaber mitten in dem Chaos ringsum. Will wärmt sich eine Weile, dann entfernt er sich lässig. Die größte der Matroschkas liegt nun offen da. Ihre obere Hälfte rollt und fällt lautlos auf den Teppich. Als ich mich umsehe, ist Will schon an der Tür und schlüpft hinaus.

»Passen Sie auf Ihren Gefangenen auf«, sage ich und stoße Miron an.

»Merde!« Er stürzt zur Tür, sein Partner hinterher.

Ich laufe ihnen nach. Die beiden Polizisten stehen auf der Veranda und schauen sich nach allen Seiten um. Von Will ist nichts zu sehen. Einer von ihnen deutet auf die Spuren im frischen Schnee, und sie rennen um die Ecke des Hauses auf das Wäldchen zu, das an den Fluß grenzt. Ich denke an die markierten Bäume, von denen Oscars Kinder erzählt haben, und erinnere mich, daß ich es Gagnon oder Contini mitteilen sollte.

»Stümper«, brüllt Contini, als ich wieder ins Haus komme.

Er wiederholt es gegenüber Gagnon, der gerade das Zimmer betreten hat. »Ihre Männer sind totale Stümper.« Er blickt Gagnon finster an.

»Macht uns die Arbeit leichter«, verkündet Gagnon knapp. »Widersetzt sich der Festnahme.«

»Wenn sie ihn fangen.« Contini ist nicht nachsichtig.

Ich habe das Gefühl, daß Gagnon im Begriff ist, etwas zu sagen, das er möglicherweise bereuen wird, als Monet die Treppe herunterkommt.

»Und?«

Monet zuckt die Achseln. »Dem Mädchen scheint es nicht so schlechtzugehen. Sind mehr die Nerven als die Verletzungen, glaube ich. Dupuis hat den Arzt angerufen. Meint, das wäre an einem Samstag schneller als das Krankenhaus.«

»Gut. Hier ist das ...« Contini hält inne. Für den Bruchteil einer Sekunde ist seine Haltung starr. Dann ist er mit einem Sprung an der Tür. Monet folgt ihm auf dem Fuß, die Pistole hat er schon aus der Halfter gezogen.

»*Mauditcriss*, die schießen.« Gagnon zögert.

»Schüsse!« schreit Raff in Panik.

»Sie bleiben hier. Gehen Sie zu Ihrer Schwester. Dupuis kümmert sich um Sie.«

Ich folge Gagnon durch die Tür.

In halber Höhe des bewaldeten Hanges, der zum Fluß hin abfällt, sind zornige Stimmen zu hören. Gleich darauf stoßen wir auf eine Gruppe von Männern. Contini gestikuliert wild, als würde er einen Fausthieb in Mirons Gesicht landen wollen. Der junge Polizist duckt sich, hält aber stand.

»Ich glaube es einfach nicht. Sie verfolgen Henderson. Sie sehen eine Waffe in seiner Hand. Er schießt. Schießt auf den Boden wohlgemerkt. Sie rufen. Er dreht sich um, und Sie machen ihn fertig. Aber der arme Teufel trägt Handschellen. Was dachten Sie, was er tun würde? Und dann zielen Sie auf seine Brust. Nicht die Beine, nicht die Arme. Wo haben Sie Ihre Schießübungen gemacht? Bei der SS? In unserer Truppe versuchen wir, Verdächtige am Leben zu erhalten.«

»Ich …«

»Sehen Sie sich das an. Sehen Sie hin, verdammt!« Contini schwenkt eine winzige Pistole in der Luft. »Er hätte aus allernächster Nähe feuern müssen, um Sie ernsthaft zu verletzten. Wofür haben Sie das Ding gehalten? Eine Schrotflinte? Eine Halbautomatik?«

»Beruhigen Sie sich, Contini.« Gagnon tritt in den Kreis. »Er hatte einfach Angst.«

Als die andern zurücktreten, sehe ich den Körper auf dem Boden ausgestreckt. Will Henderson sieht aus, als wäre er in tiefen Schlaf gefallen. Sein Kopf ruht auf den ausgebreiteten Armen. Nur der dunkelrote Fleck im Schnee zerstört die Illusion.

»Die Ambulanz müßte in fünfzehn Minuten hier sein«, erklärt Serge Monet, während er ein Telefon in die Tasche steckt.

»Okay.« Contini begegnet kurz meinem Blick, dann redet er schneidig weiter wie ein General, der eine kleine Armee befehligt. »Gagnon, Sie und Ihre Leute gehen zum Haus zurück und bleiben, bis der Arzt das Mädchen untersucht hat. Ich möchte, daß die Leute von ihnen nach Montréal begleitet werden. In der Zwischenzeit gehen Sie dem Jungen beim Aufräumen zur Hand. Sorgen Sie dafür, daß die Fenster mit Brettern vernagelt werden. Ich will nicht, daß Ihre mutigen Mitbürger noch einmal Steine werfen. Ist das klar?« Er gibt Gagnon keine Gelegenheit zu antworten.

»Monet, Sie bleiben bei Henderson hier, dann fahren Sie zum Krankenhaus mit. Halten Sie Ihr Ohr an seine Lippen.«

»Ich würde gern mitkommen.« Die Stimme des jungen Miron klingt seltsam angespannt.

»Sie?« Contini sieht ihn wütend an. »Sie haben für einen Tag schon genug mit Henderson zu tun gehabt. Was ich wissen möchte, ist, wie er zu einer Waffe gekommen ist. Haben Sie da irgendeine Idee, Miron?« Er berührt ihn grob an der Schulter.

Miron weicht zurück.

»Ich glaube nicht …« mischt sich Gagnon ein.

»Es ist mir im Moment egal, was Sie glauben, Gagnon. Ich möchte, daß Sie Dr. Rosenberg anrufen und ihm alles erklären. Entschuldigen Sie sich für die guten Menschen von Ste-Anne. Wenn mir auch nur ein Anflug von Unhöflichkeit gemeldet wird, leite ich eine Untersuchung ein, nicht nur gegen Ihren rotbäckigen Miron, sondern auch gegen Sie. Ist das klar?«

Diesmal nickt der Chef.

»Dann an die Arbeit. Und wenn die Ambulanz kommt, schicken Sie die Sanitäter hierher. Schnell.«

Ich schließe mich Gagnon an. Er blickt finster. »Ich werde diesem Contini Bescheid stoßen müssen«, murmelt er.

Wir gehen schweigend zum Haus zurück. Gagnon winkt seine Männer hinein und blickt hinaus, wo vor noch gar nicht langer Zeit die johlende Menge gestanden hat. Jetzt ist alles ruhig. Das einzige Zeichen der Störung ist der zertrampelte Schnee, der so uneben gegenüber der Glätte ringsum aussieht, als wäre eine Elefantenherde hier per Luftbrücke abgesetzt worden.

»Aber er hat einen Mord begangen«, sagt Gagnon vor sich hin, als habe er ein inneres Streitgespräch geführt. »Was meinen Sie, Pierre?«

Ich zögere und höre mich plötzlich sagen: »Vielleicht sollten Sie die Bäume in der Umgegend nach Spuren von Messern untersuchen. Nach Verstecken.«

»Was!«

»Verstecke für Drogen wahrscheinlich. Nichts Großes. Aber man kann nie wissen.«

»Haben Sie das Contini mitgeteilt?« Sein schmales Gesicht leuchtet plötzlich auf.

»Noch nicht.«

»Sehr gut!« Er klopft mir auf den Rücken und lächelt. Ich bin wieder der Sohn meines Vaters.

»He, Gagnon, Sie haben zu tun. Rousseau und ich sind schon weg.« Contini ist verstohlen wie ein Luchs hinter uns aufgetaucht.

»Ich?« rufe ich verblüfft aus.

»Sie haben richtig gehört.« Er drängt mich zur Eile und hält mir die Autotür auf.

»Kann man irgendwo in diesem gottverlassenen Nest zu Mittag essen?« Er schneuzt seine Boxernase in ein monogrammiertes Taschentuch und biegt in die Straße ein, ohne meine Antwort abzuwarten. Seine Miene unter der breiten Hutkrempe ist finster.

»Einige Kilometer von hier gibt es eine Brasserie, die gerade unter neuer Leitung wieder geöffnet hat. Ich habe sie noch nicht ausprobiert.«

»Wenn das Essen schlecht ist, Rousseau, verhafte ich Sie.« Er lacht schallend und gibt Gas, fährt für mein Gefühl viel zu schnell, bremst erst ab, als die Ambulanz an uns vorbeirast.

»Sind Sie auch an dieser Drogenbande beteiligt, Monsieur le Notaire?« fragt er, als die Sirene nicht mehr zu hören ist. »Treiben Schutzgeld von Miron und seinem beliebten Chef ein?«

Ich drehe mich herum und betrachte sein Profil. »Sie machen Witze! Ich weiß nicht, worauf Sie hinauswollen.«

»Ich habe Sie flüstern hören. Und Gagnon ist ein alter Freund Ihrer Familie. Das hat er mir selbst erzählt.«

»Macht ihn noch lange nicht zu meinem Kumpel. Außerdem weiß ich nichts von einer Bande. Die Geschichte mit den Verstecken ist bloß eine Vermutung.«

Er wirft mir einen Seitenblick zu und nimmt eine Kurve mit halsbrecherischer Geschwindigkeit. »Irgendwas stimmt jedenfalls nicht. Ich habe es von Anfang an gewittert. Die oberflächliche Art, mit der sie Madeleine Blais' Wohnung durchsucht haben. Wen decken sie? Wen schützen sie?«

»Vermutlich ist es bloß eine Mischung aus Inkompetenz und Faulheit«, erwidere ich.

»Einen Mann kaltblütig niederzuschießen bezeichnen Sie als Faulheit? *Non, monsieur.* Sie schießen einen Mann nieder, weil sie fürchten, daß er redet. Korrupte Mistkerle!«

»Ich hätte schwören können, daß Gagnon gestern bei dem Brand keine Ahnung hatte, wer Will Henderson ist.«

»War Miron dabei?«

Ich schüttele den Kopf.

»Ich meine, Sie können auf den Hals Ihrer süßen Madeleine wetten, daß Miron ihn kannte. Daß er ihn nur zu gut kannte. Gagnon drückt vielleicht nur ein Auge zu. Zwei Augen für ein bißchen Schmiergeld.«

»Sie haben üble Laune, Contini.«

»Ach ja? Dann heitern Sie mich doch auf. Geben Sie mir ein paar Antworten.«

Ich zucke die Achseln. »Ich kann mir denken, woher Henderson die Pistole hat.« Ich berichte von der russischen Puppe.

»Warum haben Sie Henderson dann nicht aufgehalten, bevor es zu spät war? Er ist unser Hauptverdächtiger, und Sie lassen ihn laufen? Kommen Sie, Rousseau, erzählen Sie mir was Besseres.«

»Ich war zu langsam«, erkläre ich lahm. »Und vielleicht hatte Miron wirklich nur Angst.«

»Nein. Da ist irgendeine üble Sache im Gang. Ich kenne meine Leute. Ich kann es riechen. Okay, vielleicht sind es nur kleine Fische. Für den großen Coup sind die zu blöd.« Er sieht mich wieder mit einem bohrenden Blick an.

Ich tue so, als bemerkte ich ihn nicht. Wir fahren an Oscars Haus vorbei. Chantale und Christophe rollen eine riesige Kugel durch den Schnee. Ich winke ihnen, aber sie sind zu sehr mit ihrem Schneemann beschäftigt, um mich zu bemerken.

»Ja, ich würde auch lieber im Schnee spielen. Ein glückliches Neujahr mit den Kindern.« Contini pafft wütend an seiner Zigarette. »Aber bitte, ich fange an mit dem rätselhaften Selbstmord einer berühmten Schauspielerin, und was bekomme ich? Brandstiftung, Drogen, Mord, einen kleinen Aufstand, eine Polizei, die nicht einmal einen Mann in Handschellen bewachen kann! Einen niedergeschossenen Verdächtigen. Dr. Rosenberg ist auch kein Niemand. Er führt die einzige Lobby an, die den Dialog mit den Separatisten weiterführt. Gerade Sie sollten das wissen.«

»Das wußte ich nicht.«

»Sie haben sich in diesem Nest vergraben. Weshalb?«

»Es ist mein Zuhause.«

»Klar. Und mein Zuhause ist Italien.«

Er schweigt, während wir über ein vereistes Stück Straße fahren.

»Ich träume von Italien, wissen Sie«, sagt er mit plötzlich weicher Stimme, »an diesen grauen schmutzigen Wintertagen. Warme sonnenhelle Himmel, Olivenhaine, Terrassen, Reben, die sich um eine Laube ranken. Obwohl ich nie in Italien war.«

»Hier geht es links ab.«

»Woher wissen Sie von Mme. Tremblays Selbstmordversuch?«

»Ich wußte es nicht. Ich hatte so eine Ahnung. Nachdem Sie versucht hatten, sie davon zu überzeugen, daß Madeleine Selbstmord begangen hat, war sie sehr bedrückt.«

»Das tut mir leid.«

»Und wenn ich in ihrer Haut steckte ...«

Er nickt. »Lavigne hat gestern nacht nach ihr gesehen. Mme. Tremblay war in Ordnung, vielleicht ein bißchen durcheinander. Wir werden sie allerdings brauchen, um Madeleines angeblichen Anhalter und Mörder zu identifizieren, lebend oder tot.«

Trotz der Hitze im Auto überläuft es mich kalt.

»Wir sind da. Dort drüben.« Ich deute auf das Gebäude, in dem früher der *Point Ste-Anne* war, wo der Junge, den ich noch nicht als Madeleine kannte, und ich draußen saßen und uns für eine verbotene Band begeisterten. Es ist entweiht und in *Le Lion d'Or* umbenannt worden. Auf dem Dach leuchten neue Schiefertafeln. Eine Veranda mit Säulen schmückt den Eingang.

»Sieht ordentlich aus.« Continis Stimme klingt ein wenig besänftigt.

Wir werden an einen Fenstertisch in einem großen Speiseraum geführt, dessen dunkelblaue Wände mit goldenen Löwen verziert sind. Die Tischdecken sind blaßgelb und gestärkt. Einzelne gelbe Nelken stecken in bleistiftschlanken Glasvasen. Die Gäste sind elegant gekleidet und unterhalten sich leise.

»Sie zahlen?« fragt Contini lächelnd. »Von Ihren unrechtmäßigen Gewinnen.«

»Aus meiner Tasche. Klar. Warum nicht?«

Er macht es sich auf dem Stuhl mir gegenüber bequem, faltet seine gestärkte Serviette auseinander und studiert die Speisekarte mit gewohnter Aufmerksamkeit. »Die Bouillabaisse klingt vielversprechend. Wenn wir beide uns dafür begeistern können. Sonst begnüge ich mich mit Steak und Salat.«

»Mit Bouillabaisse bin ich einverstanden.«

Contini bestellt bei einem Kellner, der enttäuscht scheint, daß er die Speisekarte nicht vortragen durfte. Bis die halbe Flasche Wein kommt, die er uns gestattet, schweigt Contini. Aber wie bei dem Arzt, der einen schwierigen Patienten untersucht, ist sein prüfender Blick intensiv.

»Okay. Spielen wir doch einfach ein paar Möglichkeiten durch«, sagt er, als er den ersten Schluck Wein gekostet hat. »Madeleine Blais möchte sich über Weihnachten amüsieren. Will Henderson kommt eigens nach Ste-Anne, um sein Scherflein dazu beizutragen. Die beiden kennen sich. Aber diesmal will Madeleine nicht den besonders hohen Weihnachtstarif zahlen, den er verlangt. In einem psychotischen Moment, durch welchen Cocktail auch immer herbeigeführt, knüpft er sie also auf. Dann geht ihm der Anblick der Scheune zu nahe, und deshalb brennt er sie nieder.«

Er wartet auf meine Reaktion.

Als ich nichts erwidere, sagt er: »Nein, das ist Mist. Ich gebe es zu.« Er steckt sich ein warmes Stück Brötchen in den Mund. »Konstruieren wir etwas anderes, gehen aber vom selben Punkt aus. Will beliefert Madeleine. Er ist außerdem ihr Liebhaber. Nach der Mitternachtsmesse schlafen sie zusammen in Madeleines Zimmer. Dann entscheiden sie sich für etwas mehr Spaß, für die Art, die bei Großmuttern zu gefährlich ist. Vielleicht hat er es gern ein bißchen pervers. Vielleicht mögen sie beide ...«

Während er spricht, sieht er mir immer in die Augen. Ich bemühe mich, gleichmütig zu erscheinen.

»Sie befinden sich also in der Scheune, und der Sadismus geht ein bißchen zu weit. Aus Liebe wird Mißhandlung, dann Tod. Bekanntes Phänomen. Aber diesmal bleibt Madeleine erhängt zurück. Und er zündet die Scheune an, um die Erinnerung auszulöschen. Oder ein Beweisstück, das uns entgangen ist.«

Meine Hände umklammern krampfhaft die Stuhllehnen. »Hat er gesagt, daß er sie kannte?«

»Er hat nichts gesagt. *Niente, nada,* null. Was hätten Sie erwartet? Ein volles Geständnis? Ein Angehöriger Ihrer wunderbaren Polizei mag ihm ja schon irgendeinen Handel angeboten haben. Als ich dann kam, wurde Henderson der Ernst erst richtig bewußt, er bekam Angst und lief davon. Oder er war vielleicht zu blau, um irgendwas mitzubekommen. Wir werden wohl nie beweisen können, wieweit die Polizei damit zu tun hat. Selbst wenn Henderson durch ein Wunder überlebt, um zu reden, haben wir nach außen hin nur einen übereifrigen Polizisten, der versucht hat, Madeleine Blais' Mörder aufzuhalten.«

Der Kellner stellt eine große silberne Terrine auf den Serviertisch, schöpft vorsichtig große Stücke Fisch und Brühe auf unsere Teller und gibt Croutons und löffelweise Aioli darauf.

»Nicht schlecht.« Contini lächelt sein Gourmetlächeln. »Der Tag ist nicht umsonst gewesen. Aber zurück zu Madeleine Blais. Was halten Sie von meinem zweiten Szenario?«

Ich zucke die Achseln.

»Komisches Gefühl im Magen, wie?« Er spießt ein Stück Fisch mit der Gabel auf und kaut genießerisch. »Glauben Sie mir. Das kommt vor. Bei allen möglichen netten Menschen.«

»Dann haben Sie ja Ihren Mörder.«

Er sieht mich so gespannt an, daß ich den Blick senke.

»Erleichtert, nicht wahr? Komisch, wie jeder in Ste-Anne von mir wünscht, daß ich den Fall für abgeschlossen erkläre.« In seinem leisen Lachen schwingt Bosheit mit. »Daß wir jetzt vielleicht nicht einmal einen Prozeß brauchen.«

»Ich glaube nicht, daß Henderson und Madeleine ...« Meine Stimme verliert sich.

»Dann enthalten Sie mir womöglich etwas vor, das ich wissen sollte?«

Er freut sich über die Falle, in der er mich gefangen hat. »Wir haben übrigens ihr Auto gefunden.«

»Madeleines Auto?«

»Ja.«

»Wo?«

»Am Flughafen. Mirabel. In der Tiefgarage.« Mit einem flüchtigen Blick schätzt er meine Reaktion ab. »Zugegeben, ich habe keine Ahnung, warum es dort war. Der Parkschein war darin. Es wurde morgens am Weihnachtstag geparkt. Etwa neun Uhr dreißig.«

»Jemand mußte wohl ein Flugzeug erreichen. Haben Sie dem Bodenpersonal das Phantombild gezeigt?«

»Wollen Sie mich über mein Handwerk belehren, Rousseau?«

Ich schüttele den Kopf.

»Und wo waren Sie um neun Uhr dreißig am Weihnachtstag?«

»Ich?«

»Ja, Sie. Es sitzt sonst niemand an diesem Tisch.«

Ich schließe für einen Moment die Augen. Mir dreht sich der Kopf. Als ich sie öffne, lächelt Contini. Es ist kein besonders freundliches Lächeln.

»Ich war zu Hause. Habe vermutlich Kaffee gekocht.«

»War jemand bei Ihnen?«

»Die Katze.«

Er schöpft Suppe auf seinen Teller. »Wieso haben Sie mir nie gesagt, daß Sie mit Madeleine Blais verheiratet waren, Rousseau?« Die Frage kommt schnell, wie in einem Verhör.

»Sie haben nie gefragt. Und es ist lange her.«

»Aber Sie wurden nie geschieden?«

»Die Notwendigkeit hat sich nicht ergeben.«

»Die Notwendigkeit hat sich nicht ergeben«, wiederholt er, als wäre es die Pointe eines Witzes. »Sie wissen, daß die meisten Morde innerhalb der Familie begangen werden.«

»Wir waren kaum eine Familie.«

Er lacht. »Sie essen ja gar nichts.«

»Ich habe ausgiebig gefrühstückt.«

»Ja? Kocht jemand für Sie?«

»Ich war bei Freunden.«

»Ja. Mir ist aufgefallen, daß Sie sich in den letzten Nächten sehr rar gemacht haben. Fühlen Sie sich zu Hause nicht mehr so wohl?«

»Was wollen Sie damit andeuten, Contini?«

»Nichts.« Er faltet die Serviette zusammen. »Wir haben einige Freunde von Madeleine Blais kennengelernt. Der Zeitpunkt ist nicht gerade günstig. Viele Leute sind verreist. Aber ein paar haben wir doch erreicht. Auch Ihre Freunde.«

»Ach ja? Haben sie mich schlechtgemacht?«

»Nein, ganz im Gegenteil.«

»Da bin ich aber erleichtert.«

»Jemand hat mir berichtet, daß Sie von Madeleine Blais geradezu besessen waren.«

»Mann oder Frau?«

»Spielt das eine Rolle?«

»Möglicherweise.«

»Also waren oder sind Sie nicht von ihr besessen?«

Ich zucke die Achseln, obwohl ich spüre, wie ich blaß werde. »Sie ist eine faszinierende Frau. Worauf wollen Sie hinaus, Contini?«

»Wo waren Sie eigentlich in der Nacht, als sie starb?«

»Zu Hause. Im Bett.«

»Allein?«

»Wenn ich so besessen von ihr bin, werde ich kaum mit einer anderen zusammensein.«

Contini lacht.

Ich winke dem Kellner. »Möchten Sie Nachtisch?«

»Vielleicht eine Kleinigkeit. Ein Törtchen oder Parfait.« Sein Finger wandert die Dessertkarte hinunter. »Ja, ein Zitronenparfait. Und einen doppelten Espresso. Für Sie nichts?«

Ich bestelle einen Kaffee, und als der Kellner das Geschirr abgeräumt hat, beugt Contini sich zu mir vor und spricht plötzlich leise. »Sie wissen, daß Madeleine glaubte, sie werde verfolgt.«

Ich fahre mit meiner Gabel das Muster in der Tischdecke nach. »Haben Sie das aus ihren Tagebüchern?« Meine Stimme verrät mehr Interesse und Unbehagen, als ich möchte, und ich setze mich aufrecht, um ihm in die Augen zu sehen.

»Eine Freundin von ihr am Theater hat es erwähnt. Madeleine hatte Angst. Hat sie irgendwann mit Ihnen darüber gesprochen?«

»Sie hat es einmal erwähnt. Ich habe nicht weiter darauf geachtet. Habe es nicht sehr ernst genommen. Schauspielerinnen werden immer verfolgt. Fans, Fotografen, die Neugierigen ...«

»Das war offenbar etwas anderes.«

»Ja?«

»Sie hat sich eine Waffe zugelegt.«

»Ja. Natürlich.«

Ich warte mit angehaltenem Atem, aber er rückt nicht mit weiteren Details heraus. Statt dessen nimmt er einen Löffel Parfait und kostet es mit verwöhntem mißtrauischem Gaumen.

»Aber noch immer kein Testament. Falls keines auftaucht, werden Sie als Ehemann erben. Einen recht ordentlichen Nachlaß, könnte ich mir denken.«

Der Gedanke ist mir nie gekommen. Ich meide Continis Blick.

»Ich habe Kontakt nach Paris. Und nach Hollywood. Vielleicht taucht dort was auf. Fällt Ihnen dazu etwas ein?«

»Leider nicht. Vielleicht gibt es gar kein Testament. Madeleine hat nicht oft ans Sterben gedacht.« Mir wird die Dummheit der Bemerkung bewußt. Contini ebenfalls.

»Sie schließen also Selbstmord endlich aus. Anfangs waren Sie noch davon überzeugt.«

»Ich weiß nicht«, sage ich zu nervös. »Es ist nur so, daß nach dem Brand und Henderson und der ganzen Geschichte ...«

Er nickt mitleidig. »Haben Sie das Feuer übrigens gesehen?«

»Ja.«

»Wo waren Sie?«

»Auf dem Rückweg nach Ste-Anne.«

»Von wo?«

»Bei Mont Tremblant.«

»Ach, noch ein Ausflug. Und Sie sind gerade rechtzeitig eingetroffen, um einen guten Überblick zu bekommen. Und um Gagnon zu Will Henderson zu verhelfen.«

»Verhelfen?«

»Gagnon hat mir berichtet, daß Sie gleich da waren. Sie seien als einziger so schlau gewesen, Henderson auf englisch anzusprechen.« Er freut sich wie ein kleiner Junge. »Es braucht einen Separatisten, um einen Anglo zu erkennen, wie?«

Ich gehe auf den politischen Seitenhieb nicht ein. »Ich dachte, Sie wollten etwas anderes unterstellen.«

»Vielleicht wollte ich das. Möchten Sie das Parfait versuchen? Es ist gut.«

»Nein, danke.«

»Ich verderbe Ihnen den Appetit.« Er lacht in sich hinein, wieder die Herzlichkeit in Person.

»Ich würde wirklich gern Madeleines Tagebücher lesen«, sage ich mitten in seine gute Laune hinein.

»Pikante Lektüre. Soviel darf ich Ihnen verraten. Führen Sie auch Tagebuch? Hätte nichts dagegen, die Tagebücher zu vergleichen.«

Ich spüre, daß ich erröte, als ich den Kopf schüttle. »Und was steht als nächstes auf der Tagesordnung?«

»Na ja, da ist die nicht ganz unbedeutende Frage, ob Mr. Henderson noch lebt. Außerdem untersuchen unsere Leute zur Zeit Madeleines Auto.« Contini macht eine Pause, als wolle er die Bedeutung dieses Satzes wirken lassen. »Vielleicht tauchen Ihre Fingerabdrücke darin auf. Verschwinden Sie mir also nicht wieder.«

»Warum? Stehe ich unter Verdacht?« Ich spreche die Frage aus, die über dem ganzen Gespräch geschwebt hat wie ein Habicht, der zum tödlichen Stoß bereit ist.

Contini lacht fröhlich. »Jeder steht unter Verdacht, Rousseau. Das bedeutet es, ein guter Polizist zu sein.«

12

Am dunkler werdenden Himmel ist der Mond aufgegangen. Er beleuchtet Wolkenstreifen, wirft Schatten auf den Schnee.

Ich fahre in einer dumpfen Benommenheit nach Hause, die mehr mit Contini zu tun hat als mit meinem einzigen Glas Wein. Unser Gespräch läuft in meinem Kopf ab wie ein Band, das sich automatisch immer wieder zurückspult. Beim drittenmal halte ich es bei der Frage an, warum Madeleine und ich uns nicht haben scheiden lassen, und überlege, wie ich Contini jemals das Gewirr unserer Beziehung erklären könnte, da ich es mir selbst nie zufriedenstellend zu erklären vermochte.

Wann begann ich, Madeleine zu hassen? Denn ich haßte sie, auf hundert kleine und große Arten. Ich haßte die Art, wie sie nachts ins Bett kam, wenn ich zu schlafen vorgab, ihr vorsichtiges Leisesein so laut wie ein Trommelwirbel. Ich haßte das gierige Vergnügen, mit dem sie den Schaum von ihrem Kaffee löffelte und die Tasse dann halbvoll stehen ließ. Ich haßte die lässige Art, wie sie Blumen pflückte und dann beim ersten Anblick eines welkenden Blütenblattes wegwarf. Ich haßte sie mit einer Wut, die mich ahnen ließ, daß es gerade meine Zuneigung war, was ich am meisten an ihr haßte. Sie war der fleckige Spiegel all dessen geworden, was ich in mir haßte, meine leidende, masochistische Abhängigkeit.

Ich brauchte lange, bis ich es als Haß bezeichnete, vielleicht genauso lange, wie ich gebraucht hatte, unsere Liebe beim Namen zu nennen. Aber Liebe und Haß beim Namen zu nennen machte es nicht besser. Die beiden Empfindungen existierten nebeneinander, mit gleich heftiger Leidenschaft, so daß sie nicht zu unterscheiden waren.

Vielleicht kristallisierte sich alles heraus, als sie kühl ihren Treuebruch zugab, kein Schuldgefühl bekundete, das mir vielleicht Macht über sie gegeben hätte. Nicht daß meine Eifersucht ein Geständnis gebraucht hätte. Es nährte sich aus der Einbildung ebenso wie aus der Wirklichkeit. Aber daß Madeleine es aussprach, verschaffte ihr einen seltsamen Vorteil.

Sie hatte nun die Aufrichtigkeit auf ihrer Seite, während ich nur das unersättliche Tier meiner Eifersucht besaß.

Ich kämpfte gegen den Haß wie gegen die Eifersucht. Ich versuchte, sie tief in mir zu begraben und Gleichgültigkeit vorzugeben. Aber der Deckel auf dem Sarg schloß nicht fest genug. Er hob sich und ließ ganze Heerscharen gefährlicher Emotionen frei.

Das Dilemma war, daß ich Madeleine im Grunde gar nichts vorwerfen konnte. Wir hatten uns nie fade Treue versprochen. Ich hatte ihr leidenschaftliches Wesen von Anfang an gekannt, hatte sein Wirken bei jenem allerersten Mal erkannt, als sie mich geliebt und verlassen hatte. Sie gestand weder damals noch zu irgendeiner anderen Zeit etwas, aber sie verbarg eigentlich auch nichts. Sie war einfach und eindrucksvoll sie selbst. Und dieses Selbst war einzigartig. Einzigartig lebendig auch in seinen Widersprüchen, seinen Wandlungen und Überraschungen. Gerade das machte sie zur großen Schauspielerin. Ich hatte kein Recht, etwas anderes zu fordern.

Bald nachdem Madeleine mich daran erinnert hatte, daß sie nie mit der Garantie zu bleiben zu mir gekommen sei, flog sie nach Hollywood. Sie kam mit einem hochdotierten Vertrag zurück. Sie war aufgeregt, jubelte, war lebendig bis in jede Nervenfaser. Ich hatte sie nie schöner gesehen.

Sie war darauf versessen, vor Beginn der Dreharbeiten ein Haus zu kaufen. Sie fand eines in dem grünen Vorort Neuilly, eine herrliche Villa aus der Jahrhundertwende mit runden Dachfenstern und einem üppigen Garten mit Palmen in Kübeln. Sie wartete nicht ab, bis ich mich entschieden und ja gesagt hatte. Sie kaufte die Villa, ließ sie weiß anstreichen, stellte einige Möbelstücke hinein und kündigte eine Party an, gedacht als Willkommen für mich und alle anderen. Alle, das schloß auch Mme. Tremblay ein, die eigens zu dem Ereignis mit dem Flugzeug anreiste.

Madeleine war von Natur aus großzügig. Der Champagner floß. Es gab reichlich Pasteten, Räucherlachs und Kaviar. Die Gäste lachten und plauderten so angeregt, wie sie tanzten. Eine Band spielte, alles von Edith Piaf über Cole Porter bis zu den letzten Schlagern, und die prominenten Gäste trugen der Reihe nach etwas auf einem kleinen Podium vor. Auch Madeleine sang eine Nummer. Sie war strahlend und aufreizend, ihr Lächeln so leuchtend wie ihr Kleid. All ihre Filmpartner, ihre Regisseure und Produzenten stellten sich an, um ihr ihre Aufwartung zu machen. Auch mir als dem Gastgeber. Um gerecht zu sein, auch alle Schauspielerkolleginnen taten es, wenn ich sie auch nicht mit halb so viel Aufmerksamkeit beobachtete. Alle sagten einmütig, es sei eine großartige Party gewesen.

Später, in jenem übergroßen Bett, vorerst noch das einzige Möbel in dem wunderschön geschnittenen Zimmer mit Blick auf den Garten, war ich unfähig zur Liebe. Ich war impotent. Madeleines Küsse und flinke Finger vermochten keinen Zauber zu wirken. Ich täuschte eine kalte Müdigkeit vor, die anscheinend nur mit meinem widerspenstigen Körper und nichts mit meinem Kopf zu tun hatte. Während ich Madeleine, unendlich begehrenswert in ihrer Nacktheit, beim Zuziehen der wehenden Vorhänge beobachtete, fühlte ich mich völlig geschlagen.

Das Gefühl der Niederlage zusammen mit einer tiefen Scham hielt während der kommenden Monate an. Madeleine nahm es auf die leichte Schulter. Gab vor, nichts zu merken. Vielleicht merkte sie tatsächlich nichts. Sie war zu aufgeregt und zu beschäftigt mit ihren Vorbereitungen für Hollywood. Und mit dem endlosen Strom von Möbeln, die Tag für Tag ihren Weg ins Haus fanden.

Aber ich merkte es, und die Demütigung wuchs, verstärkt noch durch die lähmenden Verwüstungen meiner Eifersucht. Sogar noch vor Mme. Tremblays Abreise konnte ich mir nicht verkneifen, Madeleine zu fragen, wo sie gewesen war und mit wem. In der Leichtigkeit, zu der ich meine Stimme zwang, schwang eine vielsagende Last inquisitorischer Verzweiflung mit. Es ist eigenartig, wie Eifersucht das Begehren überdauern kann.

Kurz bevor Madeleine abreiste, räumte ich wie ein übellauniges Kind ein Sofa in das Zimmer ganz oben im Haus, das als mein Arbeitszimmer vorgesehen war, und schloß die Tür ab. Einmal, um Mitternacht, klopfte Madeleine. Als ich ein gespieltes schläfriges Brummen von mir gab, klopfte sie nicht mehr.

An dem Tag, bevor sie abreisen sollte, gab ich mir Mühe, mich zusammenzureißen. Wir lagen am Nachmittag draußen in der milden Frühlingsluft des Gartens und tranken irgendein Zitronen-Wodka-Gebräu, auf das Madeleine sich verlegt hatte. Irgend etwas an ihrem Verhalten wiegte mich in das Gefühl, daß wir wieder Kinder in einem goldenen Zeitalter vor der Sexualität waren. Lachende Vertraute, in unserem geheimen Garten vor der Welt versteckt.

Madeleine war eine so vollendete Schauspielerin, daß sie sogar sich selbst spielen konnte.

Als es kühl wurde, gingen wir hinauf, noch immer in unser vergnügliches Geplauder vertieft, und ehe ich mich versah, waren wir da, auf dieser großen Fläche des Bettes, das ich zu ihrem bestimmt hatte.

»Gut, dann sag mir, wie viele es gewesen sind«, bat ich verspielt. Und sie griff es in dieser Stimmung auf, indem sie die herzlos romantische Szene zwischen Belmondo und Seberg in *A Bout de Souffle* nachspielte und an den Fingern abzählte, einen nach dem andern, langsam, nachdenklich, dann die Hände immer wieder vorstreckte in unendlicher Wiederholung. Sie spielte es so gut, daß ich wieder einmal in ein Niemandsland zwischen Phantasie und Wirklichkeit geworfen wurde.

Ich weiß nicht, warum, aber darauf wurde ich wütend, wie ein Blitzschlag traf mich der Zorn, und ich schlug sie, schlug sie einmal, zweimal und ein drittes Mal, so daß mir die Finger wehtaten. Sie streichelte ihre Wange mit gedankenverlorener Miene, während Tränen in ihren Augen brannten, und plötzlich hatte ich eine Erektion, eine glückselige, wütende Erektion. Und in dieser Wut, in diesem Sturm aus Haß und Liebe, nahm ich sie mit nie gekannter Lust.

Am Morgen verschwand sie, ohne mich zu wecken. Ich

tastete das Kissen ab, und ich glaube, ich weinte. Wenigstens war mir nach Weinen zumute.

Auf dem Frühstückstisch lag eine Nachricht für mich. Kaum mehr als eine Adresse und ein *Komm mich besuchen, wenn dir danach ist.*

Ich glaubte nicht, daß mir danach sein würde. Ich versuchte, wieder ein Gefühl für den Menschen zu bekommen, für den ich mich hielt. Ab und zu traf ich mich mit Christiane, mit der alles unproblematisch erschien. Unterhaltung, Bett, Arbeit.

Aber in der vierten Woche von Madeleines Abwesenheit meinte ich, zu zerbrechen, wenn ich sie nicht sähe. Der Klang meiner Ohrfeigen hatte zu viele Alarmglocken in mir ausgelöst. Sie untermalten meine Traumbilder von ihr. Jedesmal, wenn Madeleine mit einem anderen Mann erschien, hallte die Ohrfeige wider, bis sie sich ins Unendliche erweiterte, wie die Finger der Hand, an der sie ihre angeblichen Liebhaber gezählt hatte.

Ich flog nach LA, ohne Madeleine zu sagen, daß ich käme. Ich weiß nicht, welcher Zufall oder welches Schicksal es entschied, aber ich kam in dem Augenblick in Malibu an, als sie wegging, einen blonden Sexprotz am Arm – so zumindest sah ich ihn in meinem Haß. Auch Madeleine war golden. Ihre Arme, ihre Kehle, ihr Lachen verbrannten mich.

Sie stiegen in einen Sportwagen von einem so dreisten Rot, daß es einem weh tat. Wie ein unterbeschäftigter Philip Marlowe beschattete ich sie mit meinem Taxi, sah sie Arm in Arm in einen architektonischen Alptraum von einem Restaurant schlendern. Ich folgte ihnen hinein. Die beiden zu beschatten übte eine seltsame Wirkung auf mich aus. Ich fühlte mich gedemütigt und zugleich erregt. Ich wollte unsichtbar sein und doch entdeckt werden.

Ich trieb mich an der Bar herum, nippte irgendeinen zuckrigen Cocktail und beobachtete sie verstohlen im Spiegel. Madeleine sah mich nicht, obwohl ihre Augen mehrmals in meine Richtung funkelten. Hinterher verlor ich sie. Ich konnte nicht schnell genug ein Taxi finden. Am nächsten Tag bekam ich einen Flug zurück nach Paris, mit einem kurzen Aufenthalt in Montréal, um ein paar alte Lieblingsplätze wieder einmal zu besuchen und um meinen Vater zu sehen, der gerade eine zweite Frau beerdigt hatte. Ich trauerte nicht um meine Stiefmutter.

Als Madeleine zurückkehrte, wurde alles noch schlimmer. Sie war beschwingt und unbeschwert und erfüllt von dem Abenteuer, in Amerika zu filmen. Ihre Unbekümmertheit gab nur meinen dunkleren Gefühlen Nahrung.

Beim Abendessen begann ich sie auszufragen. Eine Weile spielte sie mit, dann stand sie auf und wandte sich abrupt gegen mich. »Du hättest einen großen Inquisitor abgegeben, Pierre. Aber ich habe nicht die Absicht, mich irgend jemandem als Heilige zu empfehlen. Ich bin müde. Ich gehe schlafen.«

Ich schlief nicht, sondern wanderte durchs Haus. Dummerweise hatte ich mir erlaubt, Madeleines ersten Film noch einmal anzusehen, und seine Posen und Begegnungen huschten durch alle Räume, fingen mich ein, wohin ich auch ging.

Als ich dann gegen Mitternacht Geräusche in der Küche hörte, eilte ich hinunter. Madeleine goß sich ein Glas Saft ein.

»Jetlag« murmelte sie.

»Soll ich kommen und bei dir schlafen?«

Sie sah mich forschend an. »Nein, ich glaube nicht.« Sie nahm ihr Getränk mit in den Salon, machte es sich auf dem Sofa bequem und begann, als hätte sie meine Anwesenheit völlig vergessen, Zeitschriften durchzublättern.

Ich beobachtete sie. Ich hatte nicht vor, etwas zu sagen, und selbst als ich jene besondere Stimme in mir poltern hörte, war mir nicht richtig bewußt, daß ich laut gesprochen hatte. »Mit wem hast du es diesmal getrieben?« fragte die Stimme.

Sie blickte kurz zu mir auf, dann wieder in ihre Zeitschrift. »Dschingis-Khan«, sagte sie und blätterte weiter in ihrem Heft.

»Wer noch?«

»Caesar. Ach ja, Napoleon.«

Plötzlich zerrte ich sie vom Sofa und schüttelte sie an den Schultern.

»Wer?«

»Marcus Antonius.«

Ich schlug ihr hart ins Gesicht. Sie starrte mich einen Moment mit glühenden Augen an, dann schlug sie zurück. Der Schlag brannte. Ihr Gesicht leuchtete vor Erregung. Sie trat nach mir. Ich packte ihren Fuß, und sie taumelte rückwärts aufs Sofa, rollte sich herum, als ich auf sie losging. Es lag ein Geruch wie von Tieren in der Luft, ein wachsendes Gefühl der Bedrohung zwischen uns, stärker als ein Aphrodisiakum.

Wir umkreisten einander, stießen zu und parierten. Madeleine war stark und schnell. In einem Kampf, der mehr als brutale Kraft erforderte, hätte sie es mühelos mit mir aufnehmen können. Aber als sie über den Rand des Teppichs stolperte und ich mich auf sie warf, war der Kampf vorbei.

An ihrer Augenbraue klebte ein wenig Blut. Ich leckte die Stelle sauber, während wir uns liebten – oder haßten, ich konnte beides nicht mehr unterscheiden.

Danach stahlen wir uns in unsere getrennten Zimmer fort. Ich duschte und ging aus. Es war ohnehin beinahe Zeit, zur Arbeit zu fahren. Am Abend kam ich nicht nach Hause. Ich konnte Madeleine nicht gegenübertreten. Vielleicht hatte ich bereits Angst.

Einige Tage lang achteten wir darauf, nicht länger als wenige Minuten allein zusammen zu sein. Wir besuchten Freunde. Wir unterhielten uns in Gemeinplätzen, und wir schliefen in unseren getrennten Betten. Ich fragte mich, ob die Gewalt uns durch eine Art Fegefeuer geführt hatte, so daß das Schlimmste vorbei wäre. Aber dann kam sie wieder an die Oberfläche mit ihrer beschämenden Mischung aus Haß, Lust und Schmerz. Und mir wurde bewußt, daß selbst in den ruhigen Perioden des Fegefeuers die satanischen Feuer meiner Eifersucht loderten.

Der Wendepunkt kam mit dem Besuch eines Freundes von Madeleine aus LA.

Er war nicht der Sexprotz, sondern ein Geschäftsmann. Er

war dunkel, mit sonnengebräuntem schmalem Gesicht und ein wenig zurückweichendem Haaransatz, und er strahlte Macht und Reichtum aus. Wir trafen uns im Ritz, speisten in dem eleganten Restaurant. Er richtete ein paar Fragen an mich und widmete seine ganze Aufmerksamkeit dann Madeleine. Während des Essens berichtete er ihr mit inzwischen heiser gewordener Stimme, daß er einige Rohkopien ihres Films gesehen habe. Er schob die Finger unter seine Fliege, während seine Lippen ein stummes »Grandios!« formten. Madeleine lächelte.

Ohne zu überlegen, stieß ich meinen Stuhl vom Tisch zurück und ließ die beiden mit einer gemurmelten Entschuldigung allein.

Ich ging zu Fuß zu meinem Büro. Unterwegs überlegte ich, warum ich gegangen war. Vollzog ich so etwas wie einen geisterhaften Eheritus, indem ich meine Frau an andere Männer weitergab, als wäre ich schon tot? Der Gedanke ließ mir keine Ruhe, und so kürzte ich meine Zeit im Büro ab und ging nach Hause. Ich war nicht tot. Noch nicht.

Ich lag im Dunkeln auf ihrem Bett und wartete auf sie, zählte die Viertelstunden und dann die Minuten. Um 3.12 erschien sie. Sie summte eine kleine Melodie vor sich hin. Sie verstummte, sowie sie Licht machte und mich entdeckte. Aber das Leuchten auf ihrem Gesicht konnte sie nicht verbergen.

»Wo bist du gewesen?«

»Was soll das heißen, wo ich gewesen bin? Im Ritz.«

»In welchem Zimmer im Ritz?«

Madeleine antwortete nicht. Sie zog sich langsam aus, mit dem Rücken zu mir, als wäre ich nicht da. Sie warf ihre Sachen auf einen Sessel, ihr Kleid, dann die Strümpfe, den Hüfthalter und den BH. Als sie zum Schlüpfer kam, wandte sie sich zu mir.

»Ich habe dich übrigens gesehen. In Los Angeles. Wie du mich ausspioniert hast. Du hast kein Recht dazu.«

Das überraschte mich. »Ich habe jedes Recht«, rief ich aufgebracht.

»Was gibt dir das Recht?«

»Ich liebe dich.«

Madeleine schwieg eine Weile. Dann blickte sie mit dem kalten Hochmut eines Untersuchungsrichters auf meinen schlaffen Schwanz hinunter und stieß ein helles Lachen aus.

Meine Hände sind um ihren Hals. Ich erinnere mich nicht, dorthin gefaßt zu haben. Ich weiß nicht, wie lange meine Hände gedrückt und gedrückt haben, aber Madeleine zerrt an mir, kratzt an meinen Armen, meiner Brust, meinen Leisten. Ihre Finger schließen sich um meinen Penis, der jetzt hart ist und zwischen uns drängt, stumpfsinnig nach einem Ziel sucht.

Ich stoße sie von mir weg, aufs Bett hinunter. Sie reibt sich die Kehle. Ihr Blick läßt mein Gesicht nicht los, und plötzlich kniet sie, schlingt die Arme um meine Taille, liebkost mich, nimmt meinen Schwanz in den Mund.

Sie liebt mich. Sie sagt, sie liebt mich. Sie sagt es mit der Zunge. Sie sagt es mit den Lippen, sie sagt es mit der Stimme, flüstert mir ins Ohr, während sie mich auf sich zieht. »Ich liebe dich auch, Pierre.«

Für die Dauer jener verzauberten Nacht lieben wir uns. Es ist sonst niemand da. Es gibt keine schattenhaften Eindringlinge. Nur wir zwei.

Einmal öffne ich die Augen und sehe sie an. Sie hat jenen ekstatischen Ausdruck im Gesicht. Es ist das zweite Mal, daß ich ihn sehe. Es ist auch das letzte Mal.

Wir liegen nebeneinander und sehen die Morgendämmerung heraufziehen. Rosige Lichtstreifen färben die Vorhänge. Eine sanfte Brise weht durchs Fenster und kühlt unsere erhitzten Körper. Madeleine spricht zum Licht, zum Wind. Ihr Ton dämpft Verzweiflung mit Resignation. Aber ihre Worte sind an mich gerichtet.

»Es ist vorbei, Pierre. Ich verstehe wirklich nicht, was vor sich geht, aber was auch immer es sein mag, wir haben es verloren. Wir können nicht mehr zusammenleben. Es ist zu gefährlich. Die falsche Art von Gefahr. Meine Schuld. Deine. Es spielt keine Rolle.«

Ich weiß nicht, ob sie möchte, daß ich sie widerlege. Auf

jeden Fall kann ich es nicht. So sehr ich sie vielleicht auch halten möchte – sie hat recht.

»Vielleicht können wir Freunde sein. Ich möchte dich nicht verlieren. Nicht ganz.«

Meine Stimme scheint verschwunden zu sein. Ich kann sie nicht finden. Ich berühre ihren Arm. Sie weicht zurück, dann gibt sie mir die Hand.

»Wir brauchen Abstand. Ich fahre heute nach Lyon. Bald fangen die Proben an. Es wäre schön, wenn du eine andere Wohnung gefunden hast, bis ich wieder zurück bin. Wenn nicht, lasse ich mir etwas einfallen.«

Noch immer kann ich nicht sprechen. Etwas ist mir in die Kehle gestiegen, das die Worte nicht vorbeiläßt.

Madeleine steht auf. Sie schiebt die Tür des Kleiderschranks auf und nimmt einen Koffer herunter. Sie wirft achtlos Kleidungsstücke hinein. Ihre Lippen haben jenen tragischen Anflug, als zöge die Schwerkraft an den Winkeln. Gleichzeitig sieht sie wie ein Kind aus. Ein Kind, dem es weh tut, zuviel Leid zu sehen, und das sich sehr anstrengt, nicht zu weinen, während es Jeans und einen Pullover anzieht.

Als sie angezogen ist, sieht sie mir kurz in die Augen. »Wirst du schreiben?«

Ich glaube, es gelingt mir zu nicken.

Und dann ist sie fort. Ich liege da und kann mich nicht rühren. Erst als ich die Tür zuschlagen höre, endet die Lähmung. Ich renne, rufe: »Madeleine. Madeleine ...« Aber bis ich die Gartentür erreiche, ist sie schon verschwunden.

Die Schatten im Haus wollen mich nicht bei sich haben. Sie schnappen wie Tiere nach mir und verfolgen mich. Sie nennen mich Rohling, Mörder.

Ich packe am selben Tag meine Taschen und gehe weg. Ich ziehe in ein Hotel. Binnen zwei Wochen bin ich in Algerien. Die heiße Wüstensonne brennt mir ein Loch ins Gehirn. Sie löscht die Vergangenheit aus. Als ich, etwas verspätet, von Madeleines Nominierung für den Oscar lese, schreibe ich ihr eine Karte. Erst nach mehreren Jahren tauche ich wieder in der vertrauten Welt auf. Und dann gehe ich nach Ottawa.

Der Himmel ist dunkel geworden, als ich die Ausfahrt an der Sperrholzfabrik erreiche. Während ich mich zwinge, wieder an die Gegenwart zu denken, bemerke ich ein Auto hinter mir, dessen Scheinwerfer in meinem Rückspiegel blinken. Mir kommt in den Sinn, daß es schon eine ganze Weile hinter mir herfährt. Plötzlich bin ich davon überzeugt, daß ich verfolgt werde, aber in der Dunkelheit kann ich nicht erkennen, ob es Continis Auto ist oder nicht. Ein Frösteln beschleicht mich. Mir bleibt nichts anderes übrig, als nach Hause zu fahren.

Als ich mich meinem Haus nähere, verschwindet das Auto. Ich freue mich über den Anblick meiner säuberlich geräumten Einfahrt. Ich habe gut daran getan, den jungen Bobineau einzustellen, um mein Grundstück zu pflegen. Ich muß ihn Mme. Tremblay empfehlen. Bobineau ist voll motorisiert, Pflug im Winter, Rasenmäher im Sommer. Nicht wie Michel Dubois.

Der Anblick eines Autos in der Einfahrt läßt mich innehalten. Ich erwarte keinen Besuch. Ich fahre um den fremden Wagen in die Garage, parke, und anstatt die Innentreppe zum Haus zu nehmen, gehe ich außen herum zur Haustür.

Ein dunkle Gestalt winkt mir von der Veranda zu. Ich brauche einige Sekunden, um meinen Bruder zu erkennen.

»Pierre. Es ist eiskalt hier draußen. Ich wollte gerade die Hoffnung aufgeben. Du hattest vergessen, daß ich kommen wollte?« Seine Stimme hat einen leicht verärgerten Unterton.

Ich halte die Entschuldigung zurück, die mir auf die Lippen kommt wie eine abgespielte Melodie. »Ich hatte nicht gedacht, daß du ganz so früh kommen wolltest. Wie geht es Monique und ihrem Sohn?«

Er antwortet nicht. Er wartet, daß ich die Tür aufschließe. Als ich Licht mache, kann ich plötzlich seine besorgte Blässe sehen.

»Ich habe mir Sorgen um dich gemacht. Auch um Madeleine.« Er forscht in meinem Gesicht, während seine Lippen leise das Wort »Mord« formen. Dann schüttelt er unnachgiebig den Kopf, als könne die Geste sowohl seine Gedanken als auch die Wirklichkeit wieder in Ordnung bringen. »Es ist eine ganz ganz furchtbare Sache. Hier mitten unter uns. Ich habe für Madeleines Seele gebetet. Die ganze Nacht habe ich gebetet.«

Er scheint im Begriff zu sein, auf die Knie zu fallen und mir das gleiche aufzuerlegen. Statt dessen sammelt er die zahlreichen Umschläge ein, die über den Boden verstreut sind, und reicht sie mir in einem ordentlichen Stapel. Sein aufmerksamer Blick ruht wieder auf mir.

»Ich weiß, was du denkst«, sagt er leise. »Ich bin hartherzig gewesen und lieblos. Ich habe es an Mitgefühl und an Toleranz fehlen lassen. Das ist wahr. Ich habe Gott gebeten, mir dies zu vergeben, mir zu helfen, Verständnis zu entwickeln. Ich habe auch gebetet, Gott in seiner Weisheit möge barmherzig zu Madeleine sein, die ich fälschlich verleumdet habe.«

Die Selbstkritik überrascht mich. Für einen Augenblick beneide ich meinen Bruder um seine Religion. Sie ermöglicht ihm, große Empfindungen auszusprechen und Reden zu halten, die völlig ungebrochen durch Ironie sind. Allerdings sehe ich an seinem Gesicht, daß die Verbindung zu Mächten, die größer sind als er, ihn zumindest heute nicht mit dem notwendigen Trost versehen hat.

»Auch barmherzig zu dir«, sagt er.

Ich möchte ihm sagen, daß es nicht Barmherzigkeit ist, was ich noch brauche. Was ich brauche, ist, daß sich die Uhr rückwärts dreht. Aber er ist schon im Wohnzimmer. Er sieht sich etwas hilflos um, setzt sich verlegen auf den unbequemsten Stuhl. Mein Bruder, fällt mir ein, ist hier nicht zu Hause. Er hat nie hier gewohnt.

»Viele Gemeindemitglieder sind heute zu mir gekommen, haben Rat und Trost gesucht. Es liegt soviel Angst in der Luft. Auch Haß. Ich weiß wirklich nicht, wie ich ihn bändigen kann.« Er mustert seine Hände, dann faltet er sie schnell im Schoß und sieht mich wieder mit diesem forschenden Blick an, der mich nervös macht.

»Laß mich einen Drink für dich holen. Oder Kaffee, Tee? Vielleicht etwas zu essen.«

»Tee wäre schön. Ohne Zucker.«

»Mit etwas Brandy zum Aufwärmen.«

Ich lasse den Stapel Umschläge auf den Couchtisch fallen und bücke mich, um das Feuer anzuzünden, bevor ich in die Küche gehe. Jeromes Augen mustern mich. Ich habe das unheimliche Gefühl, daß er tatsächlich meine Gedanken lesen kann.

Er springt auf, um mir zu folgen. Ich habe gerade den Kessel gefüllt, als seine Hand plötzlich fest auf meinem Arm liegt.

»Pierre. Ich muß es wissen. Hast du ...? Hast ...«

»Mit Mme. Tremblay gesprochen?« unterbreche ich ihn unsanft. »Über die Umstände von Madeleines Geburt?«

Er tut es mit einer Handbewegung ab, als wären seine früheren Ängste völlig belanglos geworden. »Das ist es nicht.«

»Nein? Ich will dir trotzdem eine Last von der Seele nehmen. Madeleine war tatsächlich die Tochter des Musiklehrers am Seminar. Alexandre Papineau. Nicht unseres Vaters. Mme. Tremblay war über die Andeutung ziemlich fassungslos. Ich vermute, das bedeutet, daß Moniques Sünden dir nicht allzu viele Gewissensnöte bescheren sollten.« Ich wende ihm den Rücken zu, gieße heißes Wasser in die Teekanne, schwenke sie, messe den Tee ab, stelle alles auf ein Tablett. »Gut, daß es nicht unser Vater war. Selbst ich als schwarzes Schaf der Familie hätte das als schwer erträglich empfunden.«

»Mach keine Scherze, Pierre. Scherze sind jetzt nicht angebracht. Aber ich bin froh, daß du noch ein Gewissen hast.«

Etwas an seinem Ton läßt meine Hände zittern, als ich das Tablett ins Wohnzimmer trage. Ohne ihn anzuschauen, reiche ich ihm seine Tasse Tee.

»Ich bin froh, daß das geklärt ist. Aber ich bin wegen etwas anderem gekommen.«

»Ja? Du bist wegen Monique gekommen, nicht wahr? Deine große Liebe. Sie bereut ihre Vergangenheit, und so kannst du ihr jetzt verzeihen. Aber Mme. Tremblay kann dies nicht so leicht. Sie möchte sie nicht in ihrem Haus haben.«

Jeromes Gesicht ist plötzlich feuerrot. Er stellt klirrend seine Tasse ab. »Monique weiß, daß sie ihre Mutter vernachlässigt hat«, ruft er aus, dann nimmt er sich mühsam zusammen. »Und auf ihre Weise ist sie traurig wegen Madeleine. Wir müssen Mitleid mit ihr haben. Ihr Leben ist schwer gewesen. Vor drei Jahren starb ihr Mann. Irgendein Bootsunfall. Wußtest du das?«

Ich schüttele den Kopf.

»Sie lebt für sich. Und ich glaube nicht, daß es ihr gutgeht. Mit Sicherheit steht sie finanziell nicht gut da. Der Sohn, den du kennengelernt hast, ist arbeitslos. Die anderen kümmern sich nicht um sie.«

»Es ist also so, wie du vorausgesagt hast. Sie ist mit dem Gedanken an das Testament hierher geeilt.«

»Habe ich das gesagt?«

»Mehr oder weniger.«

Er steht auf und beginnt, auf und ab zu gehen. »Vielleicht ist ein Körnchen davon wahr. Wir sind alle irgendwo käuflich. Aber das ändert dennoch nichts an der Tatsache, daß Monique eine traurige, enttäuschte Frau ist. Eine Mutter, die ein Kind verloren hat, wenn sie auch keine gute Mutter war.« Er bleibt vor mir stehen. »Ich habe sie in einem der Zimmer in der Schule untergebracht. Die Jungen sind fast alle weg. Aber sie kommen am Dienstag zurück. Und da dachte ich, sie könnte dann hier wohnen, bis Mme. Tremblay sich erholt hat.«

»Hier?«

»Ja.« Plötzlich bekreuzigt er sich. »Weil du abreisen mußt, Pierre. Ich habe es dir schon erklärt. Deshalb bin ich nämlich gekommen. Du mußt fort. Selbst jetzt, wo die Polizei glaubt, ihren Mann zu haben. Bitte.«

Auf seiner Stirn haben sich Schweißperlen gebildet. Mich lassen sie frösteln. Ein kleiner Hammer hat sich in meinem Kopf eingenistet. Er beginnt unaufhörlich loszuhämmern. »Ich weiß nicht, wovon du redest«, flüstere ich.

»Nein?« Er mustert mich eingehend. »Es wird alles an den

Tag kommen. Die ganze Fäulnis. Wir werden damit untergehen. Wir beide. Du bist mein Bruder.« Mit einem Ruck zieht er einen Rosenkranz aus der Tasche und verschiebt die Perlen, während die Lippen sich stumm bewegen.

Ich schenke mir einen Whisky ein. Aus irgendeinem Grund fällt mir Giorgio Napolitanos Geschichte ein. Mein Bruder fühlt sich wirklich als mein Hüter.

Jerome räuspert sich plötzlich. »Frage mich nicht nach meinen Quellen.«

Als er das sagt, muß ich an die übelriechende Hitze in einem Beichtstuhl denken. All die Stimmen in seinem Ohr, die Geheimnisse flüstern. Seine eigene heisere Stimme, amtlich zum Aushorchen befugt. Was hat er aufgedeckt?

»Vor ... vor ihrem Tod sagte Madeleine, sie habe eine Rechnung mit dir zu begleichen. Sie war zornig. Sie sagte, sie werde dich genau in jener Nacht treffen. Dann ... gestern erst erfuhr ich ... Jemand sah ...«

Plötzlich, als hätten wir die falschen Geister heraufbeschworen, gibt es einen lauten dumpfen Schlag, einen donnernden Aufprall an der Seite des Hauses, und Minou kommt mit gestrecktem Schwanz herein wie der Blitz.

Fast erleichtert springe ich zur Tür. Jerome folgt mir, zieht im Gehen seinen Mantel über, während ich eine Taschenlampe suche. Wir rennen in die Richtung des Lärms.

Eine Lawine ist vom Schuppendach niedergegangen. Der Schnee liegt in groben Brocken auf dem Boden.

Jeromes Stimme zerreißt die Stille. »Also nichts Ernstes. Nichts, wovor man sich fürchten müßte.«

Ich leuchte mit der Taschenlampe durch die Tür. Was eine ordentliche Pyramide aus Holzscheiten war, liegt durcheinander auf dem Boden.

»Es kann ein Tier gewesen sein«, sagt Jerome. »Nicht deine Katze. Sie wäre zu leicht.« Er redet weiter, um seine Nerven zu beruhigen. Er fühlt sich hier draußen nicht wohl. Er ist ein Mann der Kirchen, Bibliotheken, Klassenzimmer, Beichtstühle. Das große dunkle Firmament, wo sein Himmel sein könnte, erschreckt ihn.

Im Moment erschreckt es auch mich. Ich habe das deutliche Gefühl, daß uns jemand beobachtet. Ich muß an das Auto denken, das mir gefolgt ist. Contini, glaubte ich. Aber Schuppen sind nicht Continis Stil. Ich leuchte mit der Taschenlampe den Boden ab, suche nach Spuren im Schnee. Um den Schuppen hat die Lawine sie zerstört. Weiter weg, auf das Haus zueilend, kann ich Minous Pfoten sehen, teilweise von Jeromes und meinen Spuren in entgegengesetzter Richtung überdeckt.

Ich wende mich in die andere Richtung und laufe auf den Wald zu. Da sehe ich es, verstreutes Schneegeriesel, wie wenn ein Tier den Schwanz über die Oberfläche zieht. Aber kein Tierschwanz könnte die eigene Fährte verwischen. Es ergibt keinen Sinn. Auch nicht die Tatsache, daß meine Stiefel jetzt so tief einsinken, daß es fast unmöglich ist, sich fortzubewegen, schon gar nicht, ohne Spuren zu hinterlassen.

»Siehst du was?« ruft Jerome mir zu.

»Bin mir nicht sicher. Man bräuchte hier Schneeschuhe.«

Natürlich. Schneeschuhe. Aber wie kann einer ihre Spuren verbergen. Plötzlich habe ich ein Bild von Noël Jourdan vor Augen, der früher am Morgen über Gagnon höhnte. Noël wäre durchaus fähig, dem Judenfreund, der ich jetzt offenkundig in Ste-Anne bin, einen solchen Streich zu spielen. War er es, der zur Beichte rannte und Jerome Verdächtigungen zuflüsterte?

»Wir können es am Morgen nachprüfen«, sagt Jerome leise.

Wir stapfen zum Haus zurück. Auf der Schwelle bleibt er stehen. »Ich gehe jetzt, Pierre. Sofern ich dich von der Notwendigkeit einer baldigen Abreise überzeugt habe.«

Ich schüttele den Kopf, dränge ihn, ins Haus zu gehen. Ich möchte nicht allein sein. Diesmal schenke ich ihm Brandy ein.

»Bitte mich nicht, mehr zu sagen«, murmelt er, als er das Glas nimmt. »Vertraue mir einfach, daß ich weiß, was am besten ist. Dieses eine Mal.«

»War es einer deiner Priester?« frage ich nach einer plötzlichen Eingebung.

Jerome wendet sich mit düsterer Miene ab.

Die Türklingel zerreißt unser angespanntes Schweigen. Wir springen beide auf, zögern dann, als könnten unser beider Geister zu Besuch kommen.

In einen schweren schwarzen Mantel gehüllt, das Gesicht unter dem Hut kaum zu erkennen, steht Giorgio Napolitano vor der Tür.

»Ich war in Ste-Anne«, beginnt er entschuldigend, »und Kommissar Contini meinte, Sie wären vielleicht zu Hause. Da dachte ich, ich schaue mal vorbei.«

»Contini?« wiederhole ich erstaunt.

»Ja. Wir hatten ein Gespräch.« Er schaut sich unbehaglich um. Ich besinne mich und nehme seinen Mantel.

»Ich muß mit Ihnen über etwas reden, Pierre. Andernfalls kann ich nicht mehr ruhig schlafen.«

Ich weiß nicht, warum, aber ich muß an das Krachen im Schuppen vor wenigen Minuten denken und frage mich, ob Giorgios Erscheinen irgendwie damit zu tun haben könnte.

»Was?«

»Ja, wegen Madeleine.«

»Etwas, das Sie Contini gesagt haben?«

»Nicht direkt.«

»Etwas, das er Ihnen gesagt hat?«

»Gewissermaßen.«

»Wer ist da, Pierre?« Die Stimme meines Bruders stört uns. Ich hatte ihn ganz vergessen.

»Sie sind nicht allein?« Giorgio zuckt zusammen.

»Leider nein.«

Ich führe ihn ins Wohnzimmer und mache ihn mit meinem Bruder bekannt. Sie unterhalten sich über belanglose Dinge. Trotz des Hämmerchens, das noch immer in meinem Kopf klopft, ist etwas an dieser Begegnung zwischen dem abtrünnigen Priester und meinem Bruder, das meine Phantasie anregt. Kann mein Bruder Giorgio dessen ehemalige Berufung am Gesicht ablesen? Ich beschließe, ihn darauf hinzuweisen.

»Giorgio hat einst zu euch gehört«, sage ich zu Jerome.

»Wirklich?« Mein Bruder versucht zu verbergen, wie er auf

der Stelle erstarrt. Er betrachtet Giorgio durchdringend, als verdächtige er ihn unaussprechlicher Handlungen. »Kannten Sie Madeleine Blais?« fragt er ihn zu meiner Überraschung.

Etwas scheint sich in seinen Gedanken zu ordnen, als Giorgio antwortet.

»Und wo leben Sie jetzt?« Während Jerome eben noch im Begriff war zu gehen, lehnt er sich jetzt auf dem Stuhl zurück, und es ist Giorgio, der verkündet, aufbrechen zu müssen. Es wird in der Auberge am Abend viel Betrieb sein, erklärt er. Als das Telefon läutet, nutzt er die Gelegenheit aufzustehen.

»Geh du an den Apparat, Jerome.« Ich deute zum Telefon und begleite Giorgio zur Tür.

»Was wollten Sie mir vorhin sagen?« frage ich leise.

Er schüttelt den Kopf. »Nicht jetzt.« Sein Blick irrt über mein Gesicht. Er scheint noch etwas auf der Zunge zu haben, aber dann drückt er mir nur fest die Hand und geht schnell die Verandatreppe hinunter.

»Das war Mme. Orkanova«, sagt Jerome, als ich wieder ins Zimmer komme. »Sie hat gerade einen Bohneneintopf gekocht und angeboten, ihn rüberzubringen. Ich habe ihr nettes Angebot für uns beide angenommen.«

»Was?« Ich starre ihn an.

»Ich dachte, es wäre angebracht, daß du dich von ihr verabschiedest, bevor du abreist.« Er konzentriert sich auf einen winzigen Fleck auf seinem Jackett.

Mit zuviel Erregung schüre ich das Feuer, fülle mein Glas nach und lasse mich aufs Sofa fallen.

»Du bist unglücklich«, sagt Jerome. »Ich wünschte, ich könnte dir Trost spenden.«

Als ich zu ihm aufblicke, drückt sein Gesicht eine Zärtlichkeit aus, die ich nie zuvor an ihm bemerkt habe.

»Keine Sorge. Ich werde dir keine Predigt halten. Ich würde mit dir beten, aber ich weiß, wie du zum Gebet stehst.«

Wir starren uns an, und ich weiß nicht warum, aber in dieser stillen Begegnung unserer Blicke habe ich das Gefühl, daß sich irgendein fester uralter Knoten in mir löst. Ich war mir seiner Existenz nicht richtig bewußt, aber nun kann ich jede seiner dicken altersgrauen Schlingen und verworrenen Windungen sehen, als wäre ein Scheinwerfer darauf gerichtet.

Vielleicht empfindet auch mein Bruder etwas von alledem, denn wir blicken beide gleichzeitig in stummer Verlegenheit weg.

Als er wieder das Wort ergreift, ist sein Ton weich und versonnen. »Weißt du, in all den Jahren, als ich von dieser Täuschung über Monique und unseren Vater besessen war, mußte ich mit mir ringen, um beten zu können. Moniques Bild störte meine Gebete. Sie baute sich vor der heiligen Jungfrau auf, und ich mußte Maria anflehen, das Bild der Hure Monique zu unterdrücken.« Er lacht.

»Das muß alles sehr schwer für dich gewesen sein. Ich kann mir die Verwirrung vorstellen. Monique und Maria, beide von unserem Vater geschwängert.«

Er wird starr, und ich spüre, daß ich die Grenzen ausgesprochener Vertraulichkeit überschritten habe. Ich beginne, in Gedanken versunken, den Stoß Umschläge auf dem Tisch durchzublättern.

Der eine ganz zuunterst, der größte, zwingt mich zu nervöser Aufmerksamkeit.

Ich kenne die Schrift nur zu gut. Ich berühre den Umschlag abergläubisch, um die Kraft meines halluzinatorischen Vermögens zu prüfen.

»Urkunden, was? Arbeit, die dir bis ins Haus folgt.« Auch Jerome hat den großen Umschlag gesehen.

Ich nicke und berühre die unverwechselbare Handschrift, die meinen Namen geschrieben hat. Was hat mir Madeleine von den Toten geschickt?

Trotz der Anwesenheit meines Bruders bin ich im Begriff, den Umschlag aufreißen, als es an der Tür läutet.

»Soll ich hingehen?« fragt Jerome, der mein Entsetzen spürt.

»Bitte.«

Ich fahre mit dem Finger unter die Lasche des Umschlags. Der Leim läßt sich leicht lösen. Ein Stapel säuberlich bedruckter Blätter rutscht mir in die Hand.

Ich werfe einen Blick auf das oberste und zwänge die Papiere mit einem Schauder wieder in den Umschlag. Ich will das nicht sehen.

Heimlich wie ein Kind, das bei verbotenem Tun ertappt wird, stelle ich das Paket in einen Eckschrank. Zwei blutende Herzen aus der Sammlung meines Vaters klirren auf den Boden. Mit schuldbewußtem Grauen stelle ich sie auf das Brett zurück.

Leidenschaft gibt es in vielen Verkleidungen.

13

Die alte Schreibtischlampe wirft einen gelben Lichtfleck auf den braunen Umschlag, der auf dem Fenstertisch in meinem Schlafzimmer liegt. Ich ziehe die Schnörkel aus schwarzer Tinte nach, in denen mein Name geschrieben ist. Ich untersuche die Briefmarke nach einem Datum, kann aber auf dem verwischten Stempel nur *Montréal* erkennen.

Wann brachte Madeleine das Paket zur Post? Warum tritt ein Todesfall schneller ein, als ein Brief sein Ziel erreicht?

Ich versuche vernünftig zu denken. Ich sage mir, daß die Post über die Feiertage langsamer ist als eine Schildkröte. Ich sage mir, daß Madeleine, obwohl sie wußte, daß sie herkommen würde, das Paket von der Post bringen lassen wollte. Vielleicht sollte es sogar vor ihr ankommen, um so etwas wie eine Tagesordnung für eine längst fällige Unterredung festzulegen.

Ich hole tief Luft. Ich überlege, womit ich mich beruhigen und ablenken kann.

Das Abendessen mit meinem Bruder und Maryla, das so gezwungen begann, endete gut. Jeromes Anwesenheit hat Maryla anfangs nervös gemacht, aber schließlich beruhigt.

Dann überraschte mich Jerome, denn nach der Art und Weise, wie er sich fortstahl, rechnete er wohl damit, daß Maryla über Nacht bleiben würde. Seltsamerweise machte mir seine Geste bewußt, daß es Zeit für jenes lange aufgeschobene, ernste Gespräch mit Maryla war. Ich war zu lange egoistisch und feige gewesen.

Wir saßen auf dem Sofa, und ich streichelte ihr Haar und ihre Hände und fand Worte, die der Stimmung entsprachen. Ich sagte ihr, sie sei eine wunderbare Frau und viel zu gut für mich. Die Umstände und Not hätten uns zusammengeführt, und wir hätten beieinander Trost gesucht. Das sei gut, das könne sogar, wenn sie es so nennen wolle, als Liebe bezeichnet werden. Aber dieser Abschnitt sei vorbei, vor allem für sie. Ihre Hoffnungen auf mich seien vergebens. Ich käme für eine Ehe nicht in Frage.

Eine Weile sagte sie nichts. Dann sah sie mich einfach mit ihren großen grauen Augen an und spielte unbewußt mit dem kleinen goldenen Kreuz, daß sie um den Hals trug. Schließlich nickte sie. »Ja«, sagte sie. »Es ist das beste, offen zu sein. Hat dein Bruder dir geraten, mit mir zu sprechen?«

»Gewissermaßen.«

Wir umarmten uns, und trotz meines halbherzigen Angebots, im Gästezimmer zu übernachten, ging sie fort. Ließ mich mit dem Umschlag allein.

Ich ziehe die schwarze Tinte auf dem braunen Umschlag nach, dann öffne ich ihn langsam und nehme den Inhalt heraus.

Wieder bedrückt mich das seltsame Gefühl, daß mich jemand beobachtet. Ich hatte es schon mehrere Male an diesem Abend. Ich blicke aus dem Fenster, sehe aber nur mein eigenes unscharfes Spiegelbild und dahinter den Schimmer des Schnees. Vielleicht ist es Madeleine, die zuschaut. Die darauf wartet, daß ich die Verzögerungstaktik aufgebe, damit wir endlich das Gespräch führen können, das wir nie hatten.

Die Briefe liegen vor mir, ein ordentlicher Stapel Papier –

so unverdorben wie ein Dokument, das gerade aus einem Computerdrucker kommt, wenn man von den Spuren absieht, die sie bekamen, als sie in ihre ursprünglichen Umschläge gesteckt wurden, um von verschiedenen Orten außerhalb von Ste-Anne abgeschickt zu werden. Jeder trägt eine Datumszeile, die einen Monat und ein Jahr angibt, jedoch keinen Tag. Jeder beginnt mit der Anrede *Madeleine!* Keiner weist eine Unterschrift auf.

Welche Gemütsverfassung mich zur Anonymität zwang, weiß ich nicht mehr. Ich glaube, es begann als Scherz. Ein anonymer Orlando, der seine Episteln an die Rosalind sendet, die Madeleine einst gespielt hatte. Oder vielleicht begann es aus einem versonnen nostalgischen Gefühl heraus, eine unkörperliche, rückwärts gewandte Verführung. Um meine vielen Mängel aufzuwiegen.

Ich wünschte wohl, daß Madeleine erriete, von wem die Briefe waren.

Das oberste Blatt beginnt mit *Madeleine, oder soll ich Dich Anne nennen, denn gerade habe ich mir wieder einmal Winter Spell angesehen.*

Ich brauche das Blatt nicht zu lesen. Den Text habe ich noch im Kopf, ein verspielter Fanbrief, voller etwas boshafter Einblicke in ihre damalige Rolle.

Das Datum ist der Juni 1986, der Monat, nachdem Madeleine die Wohnung in Montréal gekauft hatte. Es muß die Verkettung mehrerer Dinge gewesen sein, was mich dazu trieb: ihre Anwesenheit in der Stadt, das plötzliche Aufflackern ihrer Leidenschaft und das ebenso plötzliche Ende.

Nicht daß ich Madeleine in den Jahren davor nicht gesehen hätte. Es gab nur eine Spanne von etwa zwei Jahren, in der wir uns völlig aus den Augen verloren hatten. In meiner Erinnerung sind es meine Jahre in der Wüste. Als ich Ende 1981 aus Afrika nach Paris zurückkehrte, rief ich sie an. Sie war zufällig in der Stadt und war bereit, mich zu sehen. Auf ihren Vorschlag hin trafen wir uns in ihrem Haus. Damit wir nicht belästigt werden, sagte sie. Ruhm hatte seine Nachteile.

Sie hatte ein neues Alarmsystem, das am Hoftor begann, wo mich eine Frauenstimme, die nicht Madeleine gehörte, ausfragte. Eine strenge matronenhafte Gestalt öffnete mir die Tür und schüchterte mich mit ihrem scharfen Blick ein, bevor sie mich ins Frühstückszimmer führte.

Ich wartete. Ich erlaubte mir, mich umzuschauen, ein wenig ängstlich, meinen Schatten hier vielleicht noch vorzufinden. Doch noch größer war die Angst, daß ich ihn nicht mehr fände. Durch die Fenster war der Garten winterlich, ein trostloser Fleck mit nackten schwarzen Ästen und aufgeweichtem Gras, den Madeleine offenbar mit einigen Skulpturen zu schmücken versucht hatte – wenigstens nahm ich den seltsamen Kreis aus Parkuhren dafür. Sie waren in der Mitte des Rasens aufgestellt, parallel zu zwei polierten Bronzezylindern, die an menschliche Formen denken ließen, ohne sie direkt nachzubilden. Die Palmen waren in einen Wintergarten gebracht worden, der eine Seite der Terrasse einnahm.

Im Innern hatte sich das Haus nicht so sehr verändert, doch waren neue Schätze hinzugekommen. Es gab Ölgemälde an den Wänden, modernistische Wandteppiche und weitere Skulpturen, ganz zu schweigen von Madeleines üblichem Sortiment an Krimskrams. Der Tisch, an den ich mich schnell wieder setzte, bestand aus einer eigens für den Raum entworfenen cremefarbenen Marmorplatte. Es war, als hätte Madeleine, der Hollywood-Star, beschlossen, durch Sammeln ihre frühe Liebe zum avantgardistischen Abenteuer auszuleben.

»Verzeih. Du bist pünktlich, und ich habe verschlafen.« Madeleines heisere Morgenstimme riß mich aus meinen Betrachtungen.

»Ich bin froh, daß du dir Zeit für mich nehmen konntest.«

»Leider nicht viel. Übermorgen bin ich schon wieder weg.«

Wir reden nervös, verstecken uns hinter dem Panzer förmlicher Korrektheit. Kurz berichte ich von Nordafrika. In gleicher Kürze erzählt sie von ihren letzten Unternehmungen. Dann lacht sie plötzlich ihr leises heimliches Lachen und sagt: »Es paßt zu dir, Pierre, dieses nomadische Leben.«

Unsere Blicke begegnen sich, und es knistert zwischen uns wie eh und je. Ich höre mich fragen, was nie zu fragen ich mir geschworen hatte.

»Bist du mit jemandem zusammen, Madeleine? Ich meine …«

Sie unterbricht mich. »Das gehört nicht zu den Fragen, die du mir stellen darfst, Pierre.«

»Nein, natürlich nicht.«

Sie beschäftigt sich mit dem Croissant und dem Kaffee, die die Haushälterin, eine Mme. Baudoin, wie ich inzwischen weiß, auf den Tisch gestellt hat, dann lacht sie wieder.

»Wenn du dich allerdings mit dem amerikanischen Filmklatsch auf dem laufenden gehalten hättest, wüßtest du, daß ich mindestens zwei Herzen gebrochen habe, und einmal hat man mir das Herz gebrochen. Es gibt schrecklich viel Herz in der Filmbranche.«

Ihr Gesicht verrät jene Mischung aus Verwundbarkeit und Dreistigkeit, die mich in die Zeit unserer Kindheit zurückwirft. Ich würde sie gern berühren, einmal nur, aber da läutet es an der Tür, und gleich darauf betritt eine elegant gekleidete Frau mit dunklen, herrischen Zügen das Zimmer.

Es ist meine erste Begegnung mit Madeleines neuer Agentin, Marie-Ange Corot, und als die Frau sich gesetzt hat und mich ruhig mustert, habe ich das Gefühl, sie sei auf Madeleines Wunsch so früh erschienen, um zu verhindern, daß zwischen Madeleine und mir etwas falsch läuft. Seltsamerweise beruhigt mich dieser Gedanke, oder es liegt einfach an Marie-Anges Anwesenheit, und bis ich die zweite Tasse Kaffee ausgetrunken habe, bin ich ganz locker. Wir sind alle ganz locker, als wäre zwischen Madeleine und mir nie etwas katastrophal schiefgegangen, als hätten wir immer noch unser gemeinsames Leben.

Madeleine bringt mich zur Tür. »Es ist in Ordnung«, sage ich zu ihr, bevor ich gehe. »Ich bin nicht mehr verrückt.«

»Gut.« Madeleine lächelt mich heiter an. »Ich wußte, daß es nur eine vorübergehende Verirrung war. Wohin gehst du jetzt?«

»Näher an zu Hause. Ottawa.«

»Schreib mir. Und besuche Mémère.«

Ich nicke.

Sie umarmt mich flüchtig, viel zu flüchtig, als daß ich sie festhalten könnte, und tritt zurück.

»Und Pierre. Such dir eine andere Frau.«

Ich befolge Madeleines Rat. In Ottawa beginne ich ein Verhältnis mit Denise Lalande, einer Kollegin bei der Zeitung. Wir ziehen zusammen. Wir zeigen uns in Gesellschaft. Wir haben alles miteinander gemein. Wir sollten ein perfektes Paar abgeben. Doch eines Morgens, nach gut sechs gemeinsamen Monaten, wache ich auf, betrachte das schlafende Gesicht meiner Lebensgefährtin und habe das seltsame Gefühl, daß ich ein Leben nach dem Tod führe, daß alle meine Gesten hohl sind, alle Leidenschaft aufgebraucht ist.

Nicht viel später ruft mich Madeleine aus Montréal an. Sie ist auf der Durchreise, möchte mich zum Abendessen treffen und erfahren, was es Neues gibt – falls ich Zeit habe. Ich habe Zeit. Das Essen zieht sich in die Länge, und wir können uns anscheinend nicht trennen. Wir verbringen die Nacht in Madeleines Hotel zusammen. Die Erregung reißt mich förmlich hinweg. Anscheinend ist nichts so gefährlich und verboten, wie die Nacht mit der eigenen Frau zu verbringen.

Am nächsten Tag wirkt das Wunder noch fort, etwas Neues, das auch eine Wiederholung ist, und wir fahren zusammen nach Ste-Anne. Wir besuchen Mme. Tremblay und meinen Vater. Wir verbringen die Nacht in Madeleines Zimmer. Mme. Tremblay behandelt uns wie Neuvermählte, verwöhnt uns mit einem fürstlichen Frühstück.

Und dann muß Madeleine wieder fort. Ich bringe sie zum Flughafen, wo sie das Flugzeug zu ihrem nächsten Ziel besteigt. Sie dreht sich um mit ihrer dunklen Brille, um mir zu winken, wieder ein Star, distanziert, geheimnisvoll.

Es gab drei weitere Zwischenspiele dieser Art, unberechenbar, flüchtig, getrennt durch Monate des Schweigens oder zufälliger Postkarten. Während einer dieser Begegnungen sagte Madeleine zu mir, so sei es am besten. Sie sei für Leidenschaft geschaffen, nicht für den Alltag. Vielleicht lag es an dem Leben, das sie führte. Es verlangte das Extreme, starke Adrenalinstöße, die wenig übrigließen für das, was andere Leute Leben nannten.

Madeleine wußte von meinem Verhältnis mit Denise. Als es endete, sich totlief an unserer schlechten Laune, sagte sie zu mir, es tue ihr leid. Vielleicht war das der Grund, warum sie mit mir nur zu Mittag essen wollte, als sich unsere Wege in Paris kreuzten, wohin ich einer kanadischen Delegation gefolgt war. Vielleicht hatte es auch mehr mit unserer Vergangenheit in dieser Stadt zu tun, oder sie wollte sich nicht gern mit mir sehen lassen, wo sie vor allem eine öffentliche Person war.

Nachdem ich wieder nach Ste-Anne gezogen war, kam es noch zweimal zu solchen überraschenden Zusammenkünften. Einmal blieb sie bei mir im Haus, lachte über die Heimlichtuerei, als wären wir wieder Kinder, die sich vor den wachsamen Augen der Eltern verstecken. Und dann, gerade als ich glaubte, der Kauf der Wohnung in Montréal kündige einen Neubeginn für uns an, hörte diese Seite der Geschichte auf. Ich weiß noch immer nicht so recht, warum.

Madeleine sprach nie über ihre anderen Männer. Anfangs nahm ich an, daß einer von ihnen der Grund sei und sie es mir bald sagen würde. Sie tat es nicht. Ich suchte in den Klatschspalten, und obwohl ihr Name ziemlich oft auftauchte, fand sich kein anderer Name, den ich mit einer gewissen Sicherheit mit ihr verbinden konnte. Schließlich fragte ich sie.

Sie sah mich mit überraschter Miene an, mit großen Augen, als sei ihr der Gedanke noch nie gekommen. Es machte mir bewußt, was für ein kleiner Punkt ich an ihrem Horizont war, wieviel in ihrem Leben in den Monaten dazwischen geschah. Dann antwortete sie, sie mache gerade so eine Phase durch, sie wolle, daß wir Freunde seien – was einzig zähle, sei die Freundschaft. Ob ich denn nicht zustimme? Wir wollten das doch nicht verderben, nur weil sie sich neuerdings häufiger in Montréal aufhalte. Dann war sie brutal offen. Mit harter Stimme teilte sie mir mit, ich dürfe nicht denken, diese Aufenthalte seien meinetwegen. Es gehe um ihre Großmutter, die langsam alt werde und nicht mehr so leicht wie früher zu ihr kommen könne.

Ich nahm das alles hin. Nahm es leicht, wenigstens äußerlich. Ich stimmte ihr zu, daß unsere Freundschaft das Entscheidende sei. Ich meinte es ernst. Ich genoß es, Madeleines Vertrauter zu sein und ihre wichtigste Stütze, wie sie mich genannt hatte – eine solide, verläßliche Person, weit entfernt vom Scheinwerferlicht. Dennoch zog sich ein Teil von mir beleidigt, sehnsüchtig und zornig zurück.

Vielleicht war es dieses Ich, das anfing, die Briefe zu schreiben.

Ich trinke den Rest Brandy, spüre die Wärme in Kehle und Magen und zwinge mich, noch einmal die Briefe zu betrachten. Entgegen Madeleines Art sind sie genau nach Datum geordnet.

Die ersten Briefe beziehen sich auf ihre Rollen. Jeder Brief, manchmal auch zwei oder drei, kreist um einen Film. Ich schreibe über ihre harte, sexuelle Ausstrahlung als Anne, über ihre scharfsinnige, wachsame Unschuld als Julie in *Secret Woman.* Ich schwärme von ihrer Fähigkeit, sowohl Falschheit als auch ein dumpfes Gefühl für die Gefahr in *Jacob's Daughter* darzustellen, von ihrer brennenden, verletzten Leidenschaft in *The Pink Tower*. Ich kritisiere sie wegen der dürftigen Oberflächlichkeit ihrer Rolle in *La Parisienne.* Ich spreche von ihren Augen, dem verführerischen Flattern der Lider oder der wilden Reinheit ihres großen offenen Blickes. Ich erinnere an besondere Bewegungen ihrer Hände oder Hüften oder Füße. Ich analysiere die Filme mit der förmlichen Strenge eines Lesers der *Cahiers du Cinéma.* Ich bin abwechselnd witzig, charmant, kritisch, hingerissen. Doch achte ich stets genau darauf, nur von Dingen zu reden, die jeder wissen könnte, der sie im Film gesehen hat oder ihr Leben von außen verfolgt.

Nicht lange, nachdem ich begonnen hatte, diese Briefe zu schreiben, zeigte mir Madeleine einige. Sie brachte sie zum Essen mit und erzählte mir, sie habe einen neuen scharfsichtigen Fan, der ihre Filme mit der Aufmerksamkeit verfolge, die man für gewöhnlich Shakespeare oder Racine widme. Sie war bezaubert und wunderte sich über das Verständnis, das aus diesen Brief sprach. Sie las mir Abschnitt um Abschnitt vor.

Ich saß ganz still da. Ich wartete darauf, daß sie sagte, sie wisse, daß ich der Verfasser sei, und sie meine Anonymität durchschaut habe. Als sie nichts dergleichen tat, war ich so enttäuscht, daß ich zeitig aufbrach. Ich glaube, sie hielt mich für eifersüchtig auf ihren neuen Fan.

Allmählich schleicht sich ein anderer Ton in die Briefe ein. Sie werden persönlicher, so intim wie ein Handschuh, der über eine vertraute Hand gleitet. Die Frau hinter den vielen gefilmten Gesichtern wird erforscht, das Geheimnis ihres Talents von allen Seiten beleuchtet. Die Briefe gehen den Umständen nach, die dieses Talent geformt haben mögen. Sie untersuchen den Charakter der Sexualität, aus der sich ihre fesselnde Leinwandpräsenz nährt. Es gibt hypothetische Szenarios, in denen der Schreiber sich in Madeleine versetzt und sich ihre Beziehungen zu ihren wechselnden Ichs vorstellt.

Selbst für mich verraten diese Briefe eine Faszination, die ans Krankhafte grenzt. Und doch sind es auch Liebesbriefe. Sie reden von Liebe, ohne das Wort auszusprechen: *Du hast einen untrüglichen Instinkt, die Sehnsüchte der Männer zu entdecken und zu sein, was sie wünschen. Du hast eine Gabe, Träume zu wecken und zu erfüllen.* Sie bitten um Zeichen, stellen kleine Forderungen. *Denke an mich. Halte mich nahe Deinem Herzen. Wenn Du Dich setzt, lege mich genau dahin, zwischen Deine Schenkel, wo Deine Hand in der Schlußszene von Jacob's Daughter lag.*

Als Madeleine das nächste Mal über die Briefe sprach, war ihr Ton ganz anders. Sie war immer noch neugierig, aber die Freude an dem Mysterium des Verfassers war verschwunden. Vielmehr war sie beunruhigt. Sie sagte mir, sie sei sich sicher, daß ihr anonymer Fan in Wirklichkeit ein Schauspieler oder Regisseur sei, mit dem sie einmal gearbeitet habe – er kenne sie zu gut. Sie wolle Schritte einleiten, um seine Identität herauszufinden.

»Bist du davon überzeugt, daß es jemand ist, mit dem du zusammengearbeitet hast?« erinnere ich mich, mit deutlichem Nachdruck in der Stimme gefragt zu haben. Sie nickte, ohne mich anzusehen.

Damals hätte ich es ihr sagen sollen, aber das Briefeschreiben war gewissermaßen zur Sucht geworden. Ich freute mich darauf wie auf ein heimliches Ritual, ohne mir ganz einzugestehen, wie versessen ich darauf war.

Ziemlich weit unten im Stapel finde ich zwei Briefe, bei denen sich mein Magen verkrampft und mir schwindlig und übel wird.

Madeleine!
Ich sah Dich neulich. Sah Dich in natura, so viel weicher, kleiner, nachgiebiger als jene leuchtende Persönlichkeit im Film. Du kamst aus Deiner Wohnung. Ich hatte Dich verfolgt, hatte die Lichter im achten Stock erlöschen sehen, bis Du, in irgendein glänzendes Kleid gehüllt, auf der Treppe des Gebäudes auftauchtest. Der Hausverwalter winkte. Ein Auto fuhr vor, eine schwarze Limousine, und Du verschwandest in ihr, bis Du im Schatten des Hôtel de Ville wieder auftauchtest. Ein Mann eilte herbei, um Dich zu umarmen. Ein alter Freund oder ein Liebhaber …

Ich kann nicht weiterlesen.

Es war das zweite Mal, daß ich Madeleine gefolgt war, sie den ganzen Weg vom Haus ihrer Großmutter bis nach Montréal beschattet hatte. Ich weiß nicht, warum ich es tat, noch was mich veranlaßte, davon zu schreiben, aber als Madeleine mir berichtete, sie werde verfolgt, nahm ich an, daß sie sich auf diesen Brief bezog, auf mich.

Wir aßen im *Louis'*, nicht weit vom Theater, zusammen zu Abend. Es war während der Proben zu *Hedda Gabler.* Madeleine war sehr angespannt, wie ein Seil, das jeden Augenblick beim geringsten Druck reißen könnte. Sie sprach von ihren Schwierigkeiten mit der Rolle. Sie erzählte mir, sie komme nicht damit zurecht, Hedda in irgendeiner Weise sympathisch darzustellen. Und dann sagte sie, ohne merkliche Veränderung der Stimme, sie werde verfolgt. Es mache ihr Angst.

Ich dachte an meinen Brief und nahm ihre Furcht auf die leichte Schulter. Ich weiß, daß ich damals alles hätte gestehen sollen. Aber irgend etwas hielt mich davon ab. Sie achtete eigentlich gar nicht auf mich. Und es war nicht der richtige Augenblick, meine Verfolgung zuzugeben. Also schwieg ich, aber ich wußte, daß ich ihr bald alles gestehen müßte.

Das ganze Unternehmen verlor jedenfalls allmählich jeden Reiz. Es war nicht meine Absicht, Madeleine zu erschrecken. Ich wollte nicht, daß sie litt. Ich wollte ihr nur meine Liebe zeigen, in einer ganz reinen, gewissermaßen körperlosen Form, die nichts mit Gewalt zu tun hatte.

Ich setzte mir eine Frist. Ich nahm mir vor, es ihr Weihnachten, an dem langen Abend auf dem Land, zu gestehen. Ich würde es ihr leise sagen, vielleicht mit einem humorvollen Unterton, damit ich, wenn es sie zum Lachen reizte, nicht unvorbereitet wäre. Ich malte mir aus, wie sie mich anstarrte und dann in Gelächter ausbrach, wie sie es nach unseren Kinderstreichen immer getan hatte. Als Variante stellte ich mir vor, daß sie in meine Arme fiel und flüsterte: »Ich hätte es erraten müssen. Nur du konntest soviel von mir wissen.«

Ich gestattete mir nur noch zwei weitere Briefe. Der erste sollte den Spaß noch steigern, sobald erst alles aufgedeckt wäre. Er schilderte, wie Madeleine und ich ihre Wohnung verließen und in ein Café in der Crescent Street gingen, um eine Kleinigkeit zu essen – wie von einer dritten Person beobachtet. Es bereitete mir Vergnügen, mich zu beschreiben, und ich genoß es, für jede ihrer Gesten eine Entsprechung in einem Film zu finden – das Schwingen ihres Haars über dem Rücken, die leichte Neigung ihres Gesichts im Licht, wenn sie die Auslage einer Boutique betrachtete, das Berühren der vollen Lippen mit dem Zeigefinger. Hier wurde Julie oder Anne oder eine andere ihrer Leinwandheldinnen wieder lebendig.

Jetzt, während ich die Sätze überfliege, erschreckt mich die Genauigkeit der Schilderung. Ich kann Madeleine an meinem Arm sehen. Während wir die vereiste Treppe hinuntergehen, schmiegt sie sich leicht an meine Schulter. Sie bleibt stehen, um den seidigen Kopf eines Irischen Setters zu streicheln. Der Blick seines melancholisch aussehenden Besitzers ruht auf ihr, dann auf mir. Auch andere Blicke – ein Mädchen mit buntem Schal, ein großer stämmiger Mann, der neben einem Auto steht.

Bei dieser Gestalt halte ich inne. Irgend etwas an ihm erscheint mir rückblickend vertraut, aber ich kann es nicht ganz einordnen. Hastig lege ich den Brief beiseite. Ich will nicht weiterlesen. Ich will mich nicht daran erinnern, daß er Madeleine kurz nach den Morden an der *Université de Montréal* erreicht haben dürfte, zu einer Zeit, als sie nicht in einer düsteren Stimmung war.

Es ist nur noch ein Brief übrig – eine Ankündigung, die ihr sagt, daß dies der letzte Brief ist und, wie unsere einseitige Korrespondenz mich in Anspruch genommen hat, die ihr auch sagt, wie sie lachen wird, sollte sie jemals ihren größten Fan kennenlernen.

Aber diesen Brief finde ich nicht in der Sammlung. Plötzlich erinnere ich mich, ihn in Continis Hand gesehen zu haben, an jenem Tag, als wir zusammen die Wohnung verließen. Bei dem Anblick war es mir kalt über den Rücken gelaufen. Er löst jetzt noch das gleiche Gefühl aus. Ich bin froh, daß Contini die anderen Briefe nicht gesehen hat.

Was jetzt vor mir liegt, nimmt mir nichts von meinem Unbehagen. Es ist ein Brief in Madeleines eigener verschnörkelter Handschrift. Die Buchstaben gleiten so anmutig über die Seite wie sie selbst auf ihren Schlittschuhen am Rand des Flusses.

Pierre!
Ich möchte mich in einer dunklen Höhle verkriechen und sterben. Ich möchte vollkommen unsichtbar werden, ein Häufchen Asche, liebkost nur vom Wind. Wie konntest Du? Wie konntest Du das tun? Du, den ich liebte und dem ich vertraute. All die Jahre …

Ich hatte zuletzt den Verdacht, daß Du es warst. Jetzt bin ich mir sicher. Du hast Dich verraten. Kein anderer als Du, der mir in dem Café gegenüber saß, kann den Klecks Mascara, »der meine Wange beschmutzte wie eine dunkle Träne«, gesehen haben. Kein anderer als Du kann meine geflüsterten Worte an meinen Lippen abgelesen haben.

Vielleicht siehst Du es als einen Akt der Liebe an. Eine sonderbare Liebe ist das, die nur kontrollieren und verfolgen will.

Seit über einem Jahr bin ich von dem Wissen besessen gewesen, das dieser Fremde von mir hat. Ich habe mich von einer Allwissenheit, die ich nicht erkenne, gefangen gefühlt – als wäre ein rachsüchtiger Gott nur geschaffen worden, um mich mit seinem perversen Blick zu beobachten.

Du hast mich für mich selbst zum Objekt gemacht. Ich kann keinen Finger mehr heben oder mir ungezwungen ein Glas Wasser einschenken. Auf der Bühne oder vor den Kameras ist jede Geste mit einem Satz von Dir befrachtet. Noch schlimmer ist es im Bett. Eine Analyse von Dir drängt sich vor, um mich zu verwirren und auf einen Objektträger zu bannen, wie ein Insekt unter dem Mikroskop. Ich bin nicht mehr fähig zu lieben. Aber vielleicht ist es ja genau das, was Du immer beabsichtigt hast.

Anatomie ist etwas, das man an den Toten vornimmt. Mit einschneidender Brutalität hast Du sie an mir vor-

genommen, und jetzt möchte ich sterben. Ich bin überflüssig, sogar für mich selbst. Falls Du einen Akt der Rache beabsichtigt hast, ist er äußerst erfolgreich gewesen. Du hast mich viel gründlicher verraten, als ich Dich jemals verraten habe.

Es gibt nur einen Teil von mir, den du nicht berühren konntest. Davon wirst du nun nichts mehr erfahren. Es ist zu spät.

Der Brief ist nicht unterschrieben. Madeleine ist meinem Beispiel gefolgt.

Ich lese Madeleines Worte immer wieder von neuem. Meine Hände zittern. Im Fenster starrt mich mein schattenhaftes Gesicht an, so entstellt und feindselig wie ein Porträt von Dorian Gray. Ich habe Madeleine getötet. Meine Briefe haben das Seil um ihren Hals geknüpft, den Stuhl unter ihren Füßen weggetreten. Wie ein langsames sicheres Gift haben diese Briefe zu ihrem Tod geführt.

Außer mir gibt es keinen anderen Mörder. Will Henderson mag vieler Verbrechen schuldig sein, aber Madeleines Tod ist meine Schuld. Contini wird diesen Brief als den Abschiedsbrief nehmen, nach dem er gesucht hat. Aber die Verantwortung für ihren Tod liegt allein bei mir.

Als Madeleine sich das Leben nahm, vollzog sie den einen Akt, den ich nie beschrieb, den einzigen Akt, in den meine Phantasie ihr nie folgte. Ein sinnloser, unnötiger Akt. Außer für mich. Ein Akt, der für mich bestimmt war.

Mein Kopf ist benommen. Meine Augen sind voller Tränen. Ohne zu merken, daß ich mich bewegt habe, stehe ich plötzlich an der Tür meines Schlafzimmers. Die Briefe habe ich in der Hand. Der Schlüssel klirrt in meiner Tasche. Es ist Zeit. Ich muß Madeleine lebendig sehen.

Am Ende des Flurs gibt es eine abgeschlossene Tür, die sich auf eine schmale Treppe öffnet. Der Raum an ihrem anderen Ende nimmt den halben Dachboden ein. Je drei Fenster bilden kleine Nischen mit Giebeln. Die innere Trennwand ist ganz weiß. Alle anderen Flächen sind mit Plakaten und Fotografien bedeckt. Dies ist nicht die Sammlung meines Vaters. Es ist meine eigene. Es ist das Museum, das ich Madeleine gewidmet habe.

Da sind sämtliche Plakate, die für ihre Stücke und Filme werben – auf französisch, englisch, deutsch, italienisch. Für *La Parisienne* gibt es sogar eines auf hebräisch und für *Secret Woman* auf griechisch, seltsamerweise in *Janusgesicht* umbenannt. Die Großbuchstaben des antiken Alphabets bringen einen Hauch des *collège classique* mit sich und verleihen Madeleines geneigtem Kopf eine skulpturenhafte heitere Ruhe.

Es gibt Standfotos, Theateraufnahmen und Werbefotos, die dicht an dicht in den Alkoven hängen, die Decke mit Beschlag belegen, im Eckschrank eingeordnet sind. Die Fotografien sind von Madeleine signiert. Keine einzige ist mir gewidmet. In diesem Raum habe ich keinen Namen. Ich bin Jedermann.

Auf dem Boden an der Außenwand sind Aluminiumbehälter aufgereiht. Jeder enthält einen Filmstreifen. Jeder ist deutlich mit Namen und Rollennummer beschriftet. Ein Bücherschrank am anderen Ende der Wand ist mit Videobändern gefüllt.

Hinter dem blauen Samtsofa steht ein 16-mm-Projektor. In einem Alkoven befinden sich auf einem Gestell mit Rollen ein Fernsehapparat und ein Videorecorder. Der Alkoven gegenüber enthält einen Stuhl und einen kleinen Schreibtisch mit meinem alten Bürocomputer und Drucker. Die einzigen weiteren Möbel im Raum sind ein Radio mit Kassettenrecorder und ein kleiner Kühlschrank von der Art, wie sie als Minibars zu manchen Hotelzimmern gehören.

Ich schenke mir einen Drink ein und schleiche im Zimmer hin und her. Die einzige Lampe an der Rückseite des Sofas wirft einen trüben Lichtkreis. In ihren Schatten blickt Madeleine auf mich, immer lebendig, immer strahlend.

Von draußen höre ich das leise Pfeifen des Windes durch Bäume, einen plötzlichen Eulenschrei. Ich schaue aus dem

Fenster und sehe hier und da Sterne. In der Ferne erkenne ich vage den dunklen Fleck des Wäldchens, unterhalb dessen die Reste der Scheune liegen.

Bevor der Lauf der Erinnerung mich in die unversehrte Scheune und zum Anblick von Madeleines hilflos baumelndem Körper zurückspult, wende ich mich schnell ab und schalte den Projektor an. Das Surren des Geräts wirkt beruhigend. Er wirft einen bleichen cremefarbenen Kreis auf die weiße Wand gegenüber.

Schnell öffne ich einen der Aluminiumbehälter und lege den Film in den Projektor ein. Es ist unwichtig, welchen Film ich ausgesucht habe. Alles erfüllt seinen Zweck. Alles, was die Wirklichkeit auslöscht.

Der Klang einer Flöte und von Geigen schwebt durch den Raum, Melodien von Debussy. Ich lehne mich in die weiche Wärme des Sofas zurück und sehe Madeleine lebensgroß auf der Wand gegenüber. Sie läuft über einen Wiesenhang. Das Gras ist sehr grün. Die Sonne flimmert und tanzt über Laub und Feld. Madeleines Gesicht ist besorgt. Den Grund für ihre Sorgen weiß ich nicht mehr, ich weiß nur, daß Madeleine sehr jung und schön ist; ihr Kleid ist lang und mit blassen Blumen im Stil der Jahrhundertwende bestickt.

Sie bückt sich, um ein Gänseblümchen zu pflücken, und starrt es eine Weile an. Auf ihren Wangen liegt ein samtenes Leuchten. Ihre Wimpern werfen einen Schatten, und dann ist die Blume zerfetzt, weggeworfen, und sie läuft wieder, das Kleid hochwehend und schwingend, die Strümpfe weiß vor dem Grün der Wiese.

Madeleines Stimme kommt zu mir. Aber sie kommt nicht vom Projektor, wo noch immer Debussy regiert.

»Ich verabscheue das Land«, sagt sie.

»Unsinn«, sage ich.

»Es ist wahr. Ich hasse das ganze Grün. All die Bäume, all die Insekten, das ganze Leben, das so gut ohne mich auskäme und das so gut ohne mich auskommt. Es ging vorher seinen Gang. Und es wird nachher seinen Gang gehen. Das gleiche Grün. Die gleichen Bäume. Ich hasse es.«

Aber Madeleine an der Wand, die eine Filmleinwand ist, ist unter einer mächtigen Buche stehengeblieben. An einem der Äste hängt eine Schaukel. Sie setzt sich darauf. Ihre Beine beginnen sich zu bewegen, mit jener leicht hektischen Zufälligkeit, an die ich mich von *Lulu* erinnere.

Ihr Gesicht ist noch besorgt, aber sie schaukelt jetzt, ihre Beine zerschneiden die Luft, höher und immer höher. Ihr Haar gleitete über den Boden, und plötzlich tauchen in der Nähe Füße in Männerstiefeln auf und dann Beine, ein Körper, das Gesicht eines Mannes, beschattet von einem breitrandigen Hut. Der Mann beobachtet Madeleine, deren Augen jetzt geschlossen sind.

Gegen meinen Willen erfaßt eine wilde Regung meine Lenden, als Madeleine die Augen aufschlägt und offen in die Kamera blickt.

Der Mann zieht sie von der Schaukel, und ich bin bei ihm, wie er sie auf den Boden drückt. Die Erde ist weich vom Moos. Ihr Gesicht unter meinen Finger ist auch weich, und ihr Haar hat den frischen Duft des Windes. Sie hebt ihre Lippen zu ihm, und ich bedecke sie mit meinen und frage mich, wen von uns sie küßt und ob es gleich oder anders mit ihm und mir ist, und ich sehe seine Finger an ihrem Strumpf hinaufwandern, sehe die plötzliche Wildheit in ihrem Gesicht, als wir ihre Brüste liebkosen. Dann ist für einen atemlosen Moment alles eine schmerzliche Süße von Flöten und Geigen an einem Sommernachmittag. Und Schnitt – wir sind im Salon eines behaglichen Hauses, und Madeleine spricht mit einer älteren Frau.

Ich lasse den Film laufen, bis die Spule sich zu Ende gedreht hat und wiederholt ins Leere schlägt. Widerstrebend mache ich das Licht an und starre auf die nackte weiße Wand. Dann stehe ich auf und schalte den Projektor aus.

Der Raum ist eine Höhle des Schweigens, hallend wie ein Kirchengewölbe. Aber dies ist ja eine Kirche, erinnere ich mich. Mein ganz persönliches Heiligtum für Madeleine. Aus Liebe und Treue gebaut. Ihr zu Ehren errichtet. Madeleine – Magdalena, die Hure, die die Füße ihres Erlösers mit ihren

Tränen wusch und mit ihrem Haar trocknete und dann geläutert wurde. Madeleine, die ihren Namen hundert heiligen Stätten gab und jener Gegend in Paris, wo die teuren Callgirls in weißen Kabrios ihre Runden drehen und ihre Kunden auflesen.

Wie oft in den letzten Jahren habe ich dieses Heiligtum aufgesucht und in Erinnerungen geschwelgt? Mich meinem Ritual in diesem Treibhaus der Phantasie hingegeben. Diese Briefe geschrieben, die so harmlos begannen und verhängnisvoll endeten. Ich hätte sie an die Wand heften sollen, wie Gläubige ihre Gebete den Heiligen schriftlich darbringen.

Wie oft? Zweimal im Monat? Seltener? Häufiger? Spielt es eine Rolle? So andächtig wie ein frommer Sünder auf der Suche nach einem Beichtstuhl bin ich hierher zurückgekehrt, um in Erinnerungen und Träumen zu versinken, die keine Absolution kennen. Denn mein Heiligtum ist auch ein Bordell. Ein verkehrtes Bordell. Keines, in dem der Traum Fleisch wird. Sondern eines, in dem Fleisch zum Traum wird.

Dieser Gedanke erschreckt mich. Ich schiebe den Fernseher mitten in den Raum, greife ein Videoband heraus und drücke schnell den Abspielknopf.

Das Hämmern eines Heavy-Metal-Songs erfüllt den Raum, verscheucht die Gespenster. Ich schenke mir noch einen Brandy ein und sage mir, daß ich unbewußt eine gute Wahl getroffen habe. Madeleine stirbt in diesem Film. Ich habe sie wenigstens hundertmal sterben sehen. Und jedesmal wußte ich, daß ihr Tod ein Spiel der Illusion war. Jedesmal konnte ich sie mit einem Knopfdruck ins Leben zurückspulen.

Erfahren wie ich in der Welt der Phantasie bin, kann ich diese Illusion vielleicht noch eine weitere Nacht aufrechterhalten. Während ich zuschaue, fallen mir plötzlich Madeleines Worte über das Land wieder ein. Was bedeutete es anderes, als daß sie das Land haßte, weil sie darin nicht zu sehen war? Die Bäume, das Gras beobachteten sie nicht, gaben ihr das Leben nicht zurück. Ist es das, was es bedeutete,

Schauspielerin zu sein? Verliebt zu sein in den Blick, der einem bestätigt, daß man lebt?

Aber mein Blick hat sie getötet. So etwa hat sie es in ihrem letzten Brief gesagt. Ich hatte zuviel gesehen und dafür mit vielen Worten Zeugnis abgelegt. Kann es ein Übermaß des Sehens geben, das in Blindheit umschlägt, so wie es ein Übermaß der Liebe gibt, das schließlich in Haß endet?

Die Bilder auf der Leinwand werden immer schneller und immer vager. Ich bin berauscht vom Alkohol, von Erschöpfung und zu vielen Gefühlen. Ich drücke den Rücklaufknopf und sehe das Leben rückwärts taumeln. Video ist die Technik der Träume.

Was gäbe ich nicht dafür, die Bewegung in Echtzeit zu beherrschen, so wie es diese Bilder tun? Rückwärts und vorwärts, schnell oder langsam, nach Belieben wiederholt. Was gäbe ich nicht dafür, die Zeit bei einem bestimmten Bild anhalten zu können, wie Madeleine etwa ihr Haar zurückwirft, wie ihr Gesicht träumerisch, geheimnisvoll, lebendig ist.

Ich habe jedoch nie die geringste Kontrolle über Madeleines wirkliches Leben gehabt. Das ist immer der Kern des Problems gewesen, nichts anderes, aber dann denke ich, daß die einzige Macht, die ich jemals hatte, die Macht über ihren Tod ist.

14

Die Türklingel dringt gedämpft aus großer Ferne.

»Pierre«, ruft die Stimme meiner Mutter. *»Pierre, vas-y. Réponds.* Geh an die Tür. *C'est le facteur.«*

»Ja, *Maman.«* Ohne die Augen dem trüben Licht zu öffnen, suche ich nach meinen Hausschuhen. Sie sind nicht neben meinem Bett, wo ich sie hingestellt habe. Auch finden meine tastenden Finger nicht den weichen Stoff meines Bademantels.

Wieder tönt die Klingel, und gleichzeitig kommt die leise mahnende Stimme meiner Mutter. »Pierre?«

Wenn ich mich nicht beeile, geht sie selbst zur Tür, und das wird sie töten. Sie soll liegen. Soviel wie möglich liegen. Mein Vater hat das sehr deutlich erklärt.

»J'y vais, Maman.«

Ich reibe mir die Augen und krieche aus dem Bett. Der Fußboden ist kalt. Kälter, als er sein sollte. Der Teppich ist über Nacht verschwunden.

Ich öffne die Augen richtig und merke mit einem Schrekken, daß ich geträumt habe, daß aber tatsächlich jemand an der Tür ist, der unaufhörlich läutet. Der kalte Boden unter meinen Füßen ist der Estrich des Dachbodens. Madeleines Gesicht lächelt mich von hundert Bildern an. Ich bin auf dem Sofa eingeschlafen. Vor mir flimmert der Fernsehschirm.

Ich ziehe Socken und Schuhe an und schalte den Fernseher aus. Ich fahre mir mit der Hand durchs Haar und werfe einen Blick auf die Uhr. Es ist fast elf. Meine schlaflosen Nächte zehren meine Tage auf. Aber wer um alles in der Welt hat es auf sich genommen, mich ohne telefonische Vorwarnung zu besuchen? Vielleicht ist es wieder Jerome, der mich zwingen will abzureisen.

Ich eile die Treppe hinunter und versuche dabei, mein Hemd und meinen Pullover einigermaßen in Ordnung zu bringen. Überall im Haus sind vom vorigen Abend noch die Lampen an. Ich schalte sie im Vorbeigehen aus und bleibe erst an der Tür stehen, um tief durchzuatmen, bevor ich öffne.

Erschrocken blicke ich in Continis ruhiges Gesicht über einer schwarzen Skijacke.

»Sie nehmen sich weiß Gott Zeit«, sagt er anstelle eines Grußes. »Inzwischen kann man hier draußen anfrieren.«

»Ich hatte niemanden erwartet«, erwidere ich.

Er drängt sich an mir vorbei, tritt sich die Füße auf der Matte hinter der Tür ab. »Und allem Anschein nach hatten sie sich auch noch nicht die Mühe gemacht aufzuwachen. Geschweige denn die Lampen auszuschalten oder die Kleider auszuziehen, bevor Sie zu Bett gingen. Ihr Benehmen könnte einem ernste Sorgen bereiten.«

»Was?«

»Ja, hätten Sie mich noch länger warten lassen, wäre ich durch ein Fenster eingestiegen.«

»Wovon reden Sie überhaupt?«

Er funkelt mich an, und plötzlich verstehe ich ihn.

»Sie meinen doch nicht, ich würde …«

»Sich umbringen? Warum nicht? Aber wenn Sie mir eine Tasse Kaffee anbieten, verzeihe ich Ihnen, daß Sie mich so beunruhigt haben. Wenn ich auch sagen muß, daß Sie sowieso schon halb tot aussehen.«

»Ich wußte nicht, daß Ihnen das etwas ausmacht.«

Er lacht über meinen Sarkasmus und folgt mir in die Küche.

»Wieso arbeiten Sie an einem Sonntag?«

»Ich arbeite nicht so richtig.«

»Dann ist das ein Höflichkeitsbesuch?« frage ich.

»Ich habe meine Frau und die Kindern zum Skilaufen nach Mont-Gabriel gebracht. Dann bin ich hierher zurückgefahren. Wenn man in einem Mordfall ermittelt, hat man kein freies Wochenende.«

Ich mahle den Kaffee und versuche, mich zu sammeln.

»Demnach sind Sie immer noch davon überzeugt, daß es Mord war und daß Henderson Ihr Mann ist?«

»Henderson ist tot.«

Ein Laut des Entsetzens entfährt mir. »Das … das tut mir leid.«

»Er starb auf dem Weg ins Krankenhaus. Warum tut es Ihnen leid? Ihr Polizeichef freut sich. Bildet sich ein, der Fall sei abgeschlossen.«

»Ich habe eigentlich nie geglaubt …« beginne ich langsam, aber dann halte ich inne.

»Haben Sie jetzt einen besseren Verdächtigen für mich?«

Ich zucke die Achseln und beschäftige mich mit Tassen und dem Kaffee.

»Hat die schlaflose Nacht zu neuen Erkenntnissen geführt?« fragt er, sobald ich ihn ansehe. »Nein! Sagen Sie nichts. Sie vermuten wieder, daß es Selbstmord war.«

»Ja. Vielleicht. Ich weiß nicht. Lassen Sie mich ein wenig Kaffee trinken, dann kann ich wieder klar denken.«

»Was halten Sie davon, mir einen Muffin oder so etwas anzubieten. Da heute Sonntag ist.«

Ich starre in den nahezu leeren Kühlschrank und ziehe einen aufgeschnitten Laib Brot heraus, der nicht mehr frisch ist.

»Sie achten nicht genügend auf sich«, sagt Contini. »Sie sollten sich eine Frau nehmen, die auf Sie aufpaßt.«

»Bei der einen, die ich hatte, war, was Muffins betrifft, nicht viel los.«

Er lacht, als ich Brot in den Toaster stecke, und fragt: »Haben Sie meine kleine Nachricht erhalten?«

»Ich habe den Anrufbeantworter noch nicht abgehört. Sie wissen doch, daß ich geschlafen habe, als Sie kamen.«

»Ja.« Er gräbt in seiner Tasche nach Zigaretten, wirft sie mir zu und trinkt seinen Kaffee.

Ich zünde mir eine Zigarette an. Ein Schwindelgefühl erfaßt mich. Ich schließe für einen Moment die Augen, und als ich sie öffne, spüre ich Continis Blick auf mir.

»Ist Ihnen übel?«

»Ich bin nur müde. Haben Sie gestern noch mehr herausbekommen?«

»Wir konnten keine Übereinstimmung der Fingerabdrücke nachweisen.«

»Welche Fingerabdrücke?«

»Hendersons und die, die wir in Madeleines Schlafzimmer gesichert haben – neben Ihren und Mme. Tremblays.«

»Aha.« Ich lächle.

Das Lächeln ist ein Fehler. Contini fragt sofort nach.

»Sie freuen sich also, daß dieser Mistkerl es nicht mit Ihrer Frau getrieben hat? Aber irgend jemand hat es verdammt noch mal getan. Freuen Sie sich also nicht zu früh.«

Ich drücke meine Zigarette aus. »Und Madeleines Auto?«

»Heute tragen ja alle Handschuhe. Aber sie untersuchen die Fasern, die unsere Leute von der Spurensicherung aufgelesen haben.« Contini betrachtet seine Hände, dann fragt er mit überraschender engelhafter Milde: »Sie sind sich sicher, daß Sie meine Nachricht nicht bekommen haben?«

»Ich sage doch, ich habe noch nicht ... Sie meinen, Sie ...« Ich ringe mit Worten, die mich mit zu großem Entsetzen erfüllen. Gleichzeitig habe ich keine Lust, etwas preiszugeben. Ich höre mich sagen: »Übrigens glaube ich, daß gestern abend jemand hier herum geschlichen ist. Ein Stoß Holz ist durcheinander geraten, als jemand daran gestoßen ist. Es war ganz schön laut.«

»Ja?«

»Natürlich bin ich mir nicht sicher. Es könnte auch ein Tier gewesen sein. Aber ich habe mir gedacht, daß es vielleicht einer von den Jungs war, die sich vor dem Haus der Rosenbergs versammelt hatten.«

»Sie glauben, die Bürger von Ste-Anne sehen nicht gern, daß Sie die Barrikaden überqueren?« Contini lacht in sich hinein.

»So ähnlich. Oder vielleicht ist es nur Einbildung.«

»Ich habe den Eindruck, daß Ihre Einbildungskraft recht gut ist.« Er sieht mich wissend an, was mir nicht gefällt, und greift dann zur Kaffeekanne, um sich eine zweite Tasse einzuschenken. »Warum denken Sie nun wieder an Selbstmord? Ich dachte, davon wären Sie ganz abgekommen.«

Das Läuten des Telefons rettet mich vor einer Antwort. Dieses Mal greife ich sehr schnell zum Hörer.

Eine Frauenstimme, die ich nicht kenne, grüßt mich mit bestimmtem Ton. »M. Pierre Rousseau?«

»Ja.«

»Ich rufe von Hôpital St-Joseph an, im Auftrag einer Patientin, Maryla Orkanova.«

»Maryla Orkanova?« wiederhole ich, ohne zu begreifen.

»Ja. Leider ist gestern ein Unfall passiert. Nichts Ernstes. Aber Mme. Orkanova bittet Sie um einen Besuch. Und wenn Sie ihren Sohn in der Rue René Lévesque abholen und herbringen könnten, wäre sie dankbar. Er wartet auf Ihren Anruf.«

Sie gibt eine Nummer durch, die ich hinkritzele, da meine Finger steif wie ein Stück Holz sind.

»Was ist passiert?« fragt Contini, noch bevor ich den Hörer aufgelegt habe.

»Eine Freundin von mir hatte einen Unfall.«

»Das tut mir leid«, sagt er mit echtem Mitgefühl.

»Ich muß ihren Sohn abholen und ins Krankenhaus fahren.«

»Ich bringe Sie hin. Sie sind nicht in der Verfassung, irgendwohin zu fahren.«

»Nein, ich komme schon zurecht.«

»Sie kommen nicht zurecht. Gehen Sie nach oben und waschen Sie sich gründlich. Sonst erschrecken Sie Ihre Freundin noch.«

Seine Augen zwinkern verschmitzt, aber sein Verhalten ist entschlossen.

»Sie verpassen Ihr Mittagessen«, sage ich als letzten Versuch, Widerstand zu leisten.

»Alles im Namen der Pflicht. Und wir können auf dem Weg etwas mitnehmen.«

Draußen ist der Wind so eisig wie der überfrorene Schnee. Contini fährt vorsichtig den Berg hinab, die breiten Schultern über das Lenkrad gebeugt, der Blick gespannt.

Ich bin froh über sein Schweigen, weniger froh, als er es bricht, sobald wir die Durchgangsstraße erreicht haben.

»Sie haben meine Signatur auf dem Paket also nicht erkannt?« sagt er unvermittelt.

»Ich habe keine Signatur gesehen«, höre ich mich sagen.

Er lacht. »Aber Sie haben es jedenfalls erhalten. Ein Paket mit Briefen. Ich dachte, Sie hätten vielleicht meinen Stempel bemerkt.«

»Sie haben die Briefe geschickt?« Meine Stimme ist plötzlich rauh.

Contini nickt, aber sein Profil verrät nichts.

»Und Sie haben sie gelesen?«

Er zuckt die Achseln. »Ich bin Polizist. Die Briefe haben in Madeleines Auto gelegen. Verpackt und adressiert und fertig für die Post. Um von jemandem abgeschickt zu werden. Von ihr selbst vielleicht. Oder von einem, der ihr Auto fuhr.«

»Ich verstehe.«

»Oder vielleicht waren sie schon zugestellt worden und lagen einfach da. Vergessen. Übersehen.«

»Wie bitte?«

»Sie können mir nicht folgen?«

Ich schüttele den Kopf. »Biegen Sie hier links ab.«

Contini schlägt zu scharf ein, scheint es aber nicht zu merken. »Ich will sagen, daß sie Ihnen die Briefe vielleicht schon gegeben hatte. Irgendwann am Sonntag. Und Sie haben sich deswegen gestritten. Vielleicht ein wenig zu heftig ...«

Ich werfe einen erstaunten Blick auf ihn. »Ich weiß nicht, wovon Sie reden.«

»Das wissen Sie nicht?«

»Es ist das Haus mit der roten Tür. Da drüben.«

Contini hält mit rutschenden Reifen an. Als ich aussteigen will, legt er mir eine Hand auf die Schulter. »Ich sehe es so. Nach der Mitternachtsmesse war Madeleine in gehobener Stimmung. Sie beschloß, Sie anzurufen. Irgend jemand hat Sie doch in den frühen Morgenstunden angerufen?«

Mein Magen krampft sich zusammen.

»Sie gingen also hinüber, um sie zu treffen. Sie haben miteinander geredet, vielleicht haben Sie sogar mehr gemacht. Im Haus, draußen, ich weiß es nicht. Sie gingen unter den Sternen spazieren, und die Unterredung lief aus dem Ruder. Sie bekamen Streit. Madeleine warf Ihnen vor, sie zu verfolgen. Zu belästigen. Sie schlugen sich. Das können Sie ja gut. Ich habe es in Madeleines Tagebuch gelesen.«

Er wartet auf meine Antwort, aber meine Lippen bewegen sich nicht.

»Irgendwie geriet der Streit ein wenig außer Kontrolle. Ihre Hände waren um ihre Kehle.«

Er blickt bedeutungsvoll auf meine Hände, die in dicken Handschuhen stecken und mir plötzlich sehr groß erscheinen. Ich schiebe sie hastig in die Manteltaschen.

»Dann war es zu spät. Wahrscheinlich wollten Sie es gar

nicht. Also haben Sie Madeleine aufgeknüpft. Damit es wie Selbstmord aussieht. Und Sie wußten, daß ihr Brief als Abschiedsbrief gelten würde.«

Ich starre in den trüben Tag hinaus.

»Okay. Holen Sie den Jungen. Wir unterhalten uns später weiter. Ich habe den ganzen Tag Zeit.«

Continis Augen bohren sich in meinen Rücken, als ich die glatten Stufen zum Haus hinaufsteige. Ich strenge mich an, ein normales Gesicht zu machen. Die Frau, die mir aufmacht, ist offensichtlich der Ansicht, daß mir das nicht ganz gelungen ist, denn sie sieht mich mißtrauisch an, während sie sich die Hände an der Schürze abwischt.

»M. Rousseau?«

Ich nicke.

»Ich hole Stefan.«

Stefan muß die Klingel gehört haben. Er steht schon hinter ihr, nimmt seine Jacke vom Treppengeländer und schlüpft hinein. Er ist ein dünner rotblonder Junge, dessen ernste Schüchternheit ihn älter wirken läßt als seine neun Jahre. Marylas graue Augen in seinem mageren Gesicht werfen einen raschen argwöhnischen Blick auf mich.

»Sie bringen ihn auch wieder zurück?« sagt seine Tagesmutter. Es ist mehr ein Befehl als eine Frage.

»Wenn Maryla das möchte.«

Stefan geht mir wortlos zum Auto voraus. Er zieht die Schultern hoch wie ein alter Mann. Jede Bewegung seines Körpers drückt Angst aus, die er kaum zu beherrschen vermag. Plötzlich erkenne ich mich selbst in dieser abgekapselten Haltung – von einem Freund meiner Eltern an der Schule abgeholt und zum Krankenhaus gefahren, um meine im Sterben liegende Mutter zu besuchen. Ich erlebe erneut dieses unwirkliche Gefühl, den Wirrwarr in meinem Kopf, das Bemühen, unbeherrschbare Ereignise und unbegreifliche Empfindungen zu beherrschen, die tapfere Fassade des Jungen.

Mein Arm liegt um Stefans Schulter. »Die Schwester sagt, daß es deiner Mutter gutgeht. Möchtest du vorn sitzen? Bei Kommissar Contini?«

»Ein Kommissar?« Angst zuckt über sein Gesicht und verschwindet hinter gleichmütiger Gefaßtheit. »Nein.« Er öffnet die hintere Tür und kauert sich auf den Sitz.

Fünfzehn lange Minuten später sind wir am Krankenhaus. Es ist nicht das Hospital, wo meine Mutter starb. Das wurde vor vielen Jahren abgerissen.

Maryla sitzt in einem Bett am Fenster am anderen Ende des Krankenzimmers. Die einzige Farbe in ihrem Gesicht kommt vom Lippenstift. Der Rest ist so milchig weiß wie die Kissen. Ein Arm hat einen Gipsverband. Sie winkt uns mit dem andern und gibt Stefan ein Zeichen, zu ihr zu kommen. Contini und ich halten uns zurück, als er zu ihr läuft. Ich sehe, wie er sich gegen ihre Umarmung wehrt, aber seine starren Züge lockern sich ein wenig.

»Armer Junge«, sagt Contini zu mir. »Kein Vater, nehme ich an?«

»Er starb, als Stefan drei war.«

»Und Ihr Verhältnis zur Mutter?«

»Eine Freundin«, sage ich mit Nachdruck.

Contini dringt nicht weiter in mich. Vielmehr schiebt er mich auf Maryla zu, die uns zu sich winkt.

»Ich hätte Blumen mitbringen sollen«, sage ich leise zu Contini.

»Sie hatten andere Dinge im Kopf.«

Ich werfe einen raschen Blick auf Contini, aber er hat kein spöttisches Lächeln auf den Lippen.

»Es tut mir so leid, Maryla.« Ich drücke ihre gesunde Hand. »Wie ist es passiert?«

»Gerade habe ich es Stefan erzählt. Ich bin ins Schleudern geraten, habe die Herrschaft über den Wagen verloren. Nicht weit von der Einmündung deiner Straße in die alte Landstraße.«

Ihre Augen sind gesenkt, und ich kann ihren Gesichtsausdruck nicht deuten.

»Dumm, was?« Ihr Lachen ist spröde. »Aber es ist ja nicht viel passiert. Nur der Arm. Du darfst als erster auf meinem Gips unterschreiben, Stefan.«

Contini zieht sofort einen Kuli aus der Jackentasche und gibt ihn dem Jungen.

»Nein, warte, mit dem geht es besser.« Er vertauscht ihn mit einem Filzstift.

»Mal mir was darauf«, drängt Maryla, und während der Junge beschäftigt ist, sieht sie mich düster an.

»Entschuldige. Ich habe dich nicht vorgestellt. Das ist Richard Contini. Kommissar Richard Contini. Maryla Orkanova.«

»Aha, ja. Ich ...« Sie scheint verlegen, und Contini mischt sich ein.

»Diese Straße zu Rousseaus Haus ist eine einzige Rutschbahn. Weiß nicht, warum ihn einer von uns im Winter besucht. Was ist mit Ihrem Auto passiert?«

»Nicht allzu schlimm ...« Sie scheint noch etwas sagen zu wollen, als Stefan ausruft: »So!«

»Was für ein schöner Hund, Stefan. Ist er nicht schön?« Sie zeigt den Gips. »Ein trauriger Sam. Mit traurigen Augen. Traurig über meinen gebrochenen Arm.«

»Wann darfst du nach Hause, Maryla?«

»Morgen. Es geht mir schon gut, aber der Arzt möchte mich noch eine Nacht hier behalten. Komische Art, Silvester zu feiern. Aber Stefan wird sich bei den Lavalles wohl fühlen, nicht wahr, mein Schatz?«

Der Junge nickt.

»Du mußt ja am Verhungern sein. Vielleicht ...«

»Wir gehen auf dem Rückweg mit Stefan essen.«

»Oder ich kann ihm unten in der Cafeteria einen Hamburger spendieren. Was hältst du davon, Stefan?«

Contini ist plötzlich sehr geschäftig, und ich merke an Marylas dankbarem Lächeln, daß sie die ganze Zeit versucht hat, mich für einen Augenblick allein zu haben.

Sie nutzt die Gelegenheit, sobald die beiden außer Hörweite sind. Das Lächeln und die aufgesetzte Fröhlichkeit verschwinden. Ihr Gesicht drückt nur noch Angst aus, die Stimme zittert. »Ich bin vielleicht verrückt, Pierre. Aber ich bin davon überzeugt, daß es kein Unfall war. Da ist ein Auto aus dem Nichts aufgetaucht, ohne Licht. Es hat mich von der Straße gedrängt. Ist mir in die Seite gefahren. Ich habe das mit dem Glatteis nur wegen Stefan gesagt.«

»Bist du dir ganz sicher?«

Sie nickt.

»Hast du es der Polizei gesagt?«

»Gestern abend. Ich war allerdings sehr aufgeregt. Ich mußte durch eine Schneewehe aus dem Auto klettern. Meine Tür war verkeilt. Schließlich bin ich bis zur Hauptstraße gelaufen und habe ein Auto angehalten.« Sie zittert, ihre Augen sind groß vor Angst. »Ich glaube, die Polizei hat mir nicht ganz geglaubt.«

»Arme Maryla. Ich spreche mit Gagnon. Kannst du das Auto beschreiben?«

Sie schüttelt den Kopf. »Nein. Es ist von hinten gekommen. Vielleicht hätte ich es rechtzeitig gehört, wenn ich das Radio nicht angehabt hätte.«

Ich drücke ihr die Hand. »Mach dir deswegen keine Gedanken mehr. Ich kümmere mich um alles.«

»Wirklich?« Sie starrt mich mit großen Augen an, mit jener Verletzlichkeit, die mich so verlegen macht.

Ich nicke und senke den Blick.

Sie lacht trocken. »Weißt du, als ich das Auto bemerkte, das neben mir fuhr, dachte ich ganz kurz, du wärst das. Wärst mir nachgefahren. Hättest in der Eile vergessen, die Scheinwerfer einzuschalten, hättest es dir anders überlegt.«

»Maryla!« Es ist eine milde Rüge, aber plötzlich bekomme ich Angst. Wer kann so spät in der Nacht diese einsame dunkle Straße heruntergekommen sein? Wer könnte absichtlich Maryla verletzen wollen, die in ihrem Leben schon mit so vielem fertig werden mußte?

Während ich mit Maryla rede, um ihr die Angst zu nehmen, und auf Contini und Stefan warte, gehe ich die Ereignisse des Vorabends noch einmal durch: Jeromes Besuch, das Geräusch im Schuppen, mein Gefühl, beobachtet zu werden. Giorgios Ankunft. Davor die Demonstration, Will Henderson und die unter Drogen gesetzten Jugendlichen. So weit auseinander liegt das alles nicht. Ich höre auf, an Madeleine zu denken. Sie ist nicht Teil derselben Geschichte. Auch Contini weiß das. Aber mit einemmal ist unser stiller Landstrich ein trügerischer Ort geworden.

Als Stefan und Contini zurückkehren, entschuldige ich mich für eine Weile und kaufe im Krankenhausladen Pralinen und Blumen, einen Stapel Zeitschriften und ein Taschenbuch für Maryla. Die Geschenke treiben ihr Tränen in die Augen. Sie nötigt uns, die Pralinen mit ihr zu teilen. Stefan stopft sich voll damit, als hätte er ein Loch im Magen, das ständig gefüllt werden müßte. Und dann kommt Catherine, eine Freundin Marylas. Sie bietet an, Stefan zurückzubringen, falls wir gehen müssen.

»Wir müssen tatsächlich gehen«, sagt Contini.

»Selbstverständlich.« Maryla verabschiedet sich von ihm mit ihrer gesunden Hand und einem stolzen kleinen Nicken.

Stefan winkt, Contini mehr als mir, fällt mir auf. Vielleicht erkennt er besser als seine Mutter einen Vater, wenn er einen vor sich hat.

»Nette Dame«, meint Contini, als wir schon wieder im Auto sitzen. »Mit der Betonung auf Dame.«

»Ja.« Ich zögere eine Weile, dann erzähle ich, was Maryla mir über den Unfall berichtet hat.

Er hört aufmerksam zu, aber anstelle eines Kommentars sagt er: »Sie haben nicht zufällig eine gute Bäckerei in der Stadt? Am Essen in dieser Cafeteria würde sich eine Ratte den Magen verderben.«

»Links neben der Kirche. Ich kann allerdings nicht sagen, ob Sie Ihren Ansprüchen genügt.«

»Wir halten trotzdem. Wir haben einen langen gemeinsamen Nachmittag vor uns. Nein, ich suche den Kuchen aus«, sagt er, als wir anhalten und ich Anstalten mache auszusteigen. »Und außerdem geht es auf meine Rechnung.«

Ich warte und starre währenddessen auf die graue Rückseite der Kirche Sankt Anna. Mich überkommt der Wunsch wegzulaufen, zu entwischen. Ein reiner, unverfälschter plötzlicher Wunsch. Wie ich ihn als Kind verspürte, wenn ich mich innerhalb dieser Mauern befand. Einfach weglaufen. Ohne Ziel. Ohne zu denken. Der Kopf nur mit der Bewegung der Beine und dem rauhen Atem beschäftigt. Die Wüste gab mir das. Die totale Ermattung.

Aber Contini ist schon zurück und drückt mir behutsam eine ziemlich große Schachtel in die Hand.

»Gut, daß Sie gewartet haben«, sagt er, als hätte er meine Gedanken gelesen.

Er fährt vorsichtig an und sieht nach, ob die Schachtel in meinen Händen sicher ist.

»Ist das nicht Ihr Bruder dort drüben? Er hat eine seiner Frauen im Schlepptau.«

Contini lacht vor sich hin, und ich blicke nach links und sehe tatsächlich meinen Bruder.

»Möchten Sie halten und guten Tag sagen?«

Ich schüttele den Kopf. Jerome dreht sich um und entdeckt mich. Sein Gesicht nimmt einen düsteren Ausdruck an, als er Contini bemerkt. Mit ungewohnter Hast nimmt er Monique Blais am Arm und eilt davon.

»Er will Sie wohl auch nicht sehen. Wer ist übrigens die Frau bei ihm?«

Ich sehe ihn überrascht an. »Madeleines Mutter. Ich dachte, Sie hätten sie schon in die Mangel genommen.«

»Dafür ist Lavigne zuständig. Mit ihrem Sohn habe aber ich geredet. Den würde ich mit Freuden einsperren. Aber sein Alibi für den Heiligen Abend hält leider. Bis jetzt jedenfalls.«

»Sie wissen, wie sehr er wünschte, daß Madeleine ihn als Leibwächter anheuert?«

»Sie hören wirklich allerhand«, erwidert er. »Also was hat Ihr Bruder gegen Sie? Haben Sie im Beichtstuhl geredet oder sich geweigert zu reden?«

»Wir sind recht gute Freunde«, entgegne ich.

»Und Sie sind ein recht guter Lügner. Haben Sie ihnen von Mme. Tremblays Selbstmordversuch erzählt?«

»Nein. Ich glaube, es wäre ihr nicht recht, wenn die Leute

über sie klatschten. Und sie hat im Moment genug am Hals.«

Er nickt, biegt an der nächsten Ecke ab, ohne daß ich ihm den Weg zeigen muß.

»Haben Sie die Schlüssel für Mme. Tremblays Haus?«

»Nein. Warum?«

»Sie lügen.«

Ich muß lachen, und mir ist, als wäre es zum erstenmal seit Wochen. »Ich bin froh, daß Sie nicht allwissend sind.«

Er brummt. »Also lügen Sie vielleicht nicht. Übrigens hat Gisèle Desnos Mme. Tremblay zu sich nach Hause geholt. Sie dachte, eine etwas fröhlichere Umgebung als das Krankenhaus würde ihr guttun.«

»Danke für die Mitteilung.«

Schweigen hüllt uns ein. Nach meinem Empfinden fahren wir viel zu lang in dieser Stille. Der Himmel zeigt sich in trübem bleiernem Grau, die Hitze im Auto ist überwältigend. Ich habe den Eindruck, daß Contini sich noch weniger als ich auf unser Tête-à-tête freut.

»Wieviel länger wollen Sie die Nervenprobe noch hinausschieben?« höre ich mich sagen.

»Nur bis ich ein Stück Torte gegessen habe.«

Ich will die Schachtel öffnen, aber er hält mich auf. »Nicht so schnell. Wir sind fast da.«

Er biegt von der Landstraße ab und fährt die schmale Steigung übertrieben langsam hinauf.

»Hier muß Maryla Orkanovas Auto von der Straße abgekommen sein.« Er deutet auf die Stelle, und ich sehe, daß hier der säuberlich geräumte Schnee weggeschoben ist und Reifenspuren über den Rand führen.

»Der Schnee war wirklich ihr Glück. Hat die Geschwindigkeit genommen und den Aufprall abgefedert. Ohne den Schnee hätte sich das Auto überschlagen können.«

Mich fröstelt. »Glauben Sie ...?«

»Ob ich glaube, daß Sie eine zweite geistige Umnachtung erlitten, ihr vom Haus folgten und sie mit Ihrem Auto über die Böschung drängten? Die Antwort ist nein. Ich habe Sie nicht als Serienmörder auf der Liste.«

»Da kann ich ja von Glück reden.«

»Danken Sie Ihrem guten Stern.«

»Zweite Umnachtung, sagen Sie?«

»Sie haben richtig gehört.«

Aus einer Laune heraus öffne ich die Kuchenschachtel und beiße in ein *éclair*.

»Gut?« fragt Contini.

»Nicht schlecht.« Ich habe den seltsamen Eindruck, daß ich hören kann, wie ihm das Wasser im Mund zusammenläuft.

»Ich habe Ihr kleines Paket erst gestern gesehen. Dessen bin ich mir sicher. Ich habe diese Briefe ein einziges Mal vorher gesehen, nämlich als ich sie schrieb. Das heißt, bis auf den Brief von Madeleine. Den habe ich letzte Nacht zum erstenmal zu Gesicht bekommen. Das hat mich wieder an Selbstmord denken lassen.«

»Sie haben die Briefe also geschrieben«, sagt Contini leise, aber ich höre die Worte so deutlich wie einen Donnerschlag.

»Sie haben es nicht gewußt?«

»Ich habe es angenommen. Aber ich konnte es nicht wissen, bis Sie es mir gerade gesagt haben. Madeleine hätte sich irren können.«

»Natürlich.«

Wir reden nicht mehr, bis wir im Haus sind. Es macht einen düsteren Eindruck. Der Morgenkaffee steht noch auf dem Tisch, in den Tassen sind graubraune Pfützen. Minou wimmert eigenartig in ihrem Korb. Sie sieht mich vorwurfsvoll an.

Ich schalte alle Lichter ein, stelle das Geschirr in die Spüle.

»Ja! Machen wir die Wohnung ein wenig fröhlicher. Schließlich steht das neue Jahr vor der Tür.« Contini nimmt eine Porzellanplatte, die auf dem Küchenschrank steht, wischt sie ab und setzt die Tortenstücke darauf. »Ich koche Kaffee, und Sie machen Feuer. Wir können nach nebenan gehen. Einverstanden?«

»Ja.«

Mein Glück, einen Polizisten zu bekommen, der Epikureer ist, denke ich, während ich eine Dose für Minou öffne und das Wasser in ihrer Schale erneuere. Sie eilt nicht auf mich zu. Ich habe sie vernachlässigt, und nun muß ich zu Kreuze kriechen. Ich bücke mich, um sie zu streicheln, und sie wimmert.

»Eine unglückliche Katze«, sagt Contini hinter mir. »Haben Sie das Tier geschlagen?«

Ich drehe mich herum, und er hebt beruhigend die Hand. »War bloß Spaß. Aber sie sieht wirklich nicht gut aus.«

»Die Lawine im Holzschuppen hat sie letzte Nacht erschreckt.«

Als wolle sie mir widersprechen, dehnt sich Minou und kommt langsam aus ihrem Korb. Sie hinkt. Sie tritt nicht mit der Hinterpfote auf, während sie den kurzen Weg zu ihren Schüsseln zurücklegt.

»Ist sie von einem Holzscheit getroffen worden?« fragt Contini.

Ich schüttele den Kopf. »Gestern abend war sie in Ordnung.« Ich bücke mich, um sie zu untersuchen. Sie wimmert wieder, eindringlicher diesmal. Sie hat eine große runde Wunde an ihrem Bein. »Sie muß in eine Kaninchenfalle geraten sein. Ich werde sie zum Arzt bringen müssen.«

Contini bückt sich neben mir und untersucht die Pfote fachmännisch. »Bringen Sie mir ein paar Stäbchen, solche, die einem die Ärzte immer in den Hals stecken. Und eine Rolle Verbandsmaterial. Ich mache das schon.« Er lächelt über mein offenkundiges Mißtrauen. »Vielleicht habe ich in Griechisch und Latein nicht viel getaugt, aber ich habe seinerzeit allerhand mit Haustieren erlebt.«

Ehe ich alles gefunden habe und mit dem Notwendigen zurückgekehrt bin, hat sich Minou genüßlich auf Continis Schoß breitgemacht. Sie hält still, bis er die Schiene angebracht hat.

Ich trage sie widerstandslos in ihren Korb.

»Ich habe ihr ein bißchen Torte gegeben«, sagt Contini. »Aber jetzt sind wir an der Reihe.«

Er macht sich ans Kaffeekochen. Ich lasse ihn allein und kümmere mich um das Feuer. Minous Bein beunruhigt mich. Wer könnte hier in der Gegend Fallen aufstellen?

Ich habe nicht viel Zeit, darüber nachzudenken. Binnen Minuten kommt Contini mit einem Tablett herein und erinnert mich daran, daß ich weitaus ernstere Dinge zu bedenken habe.

»Ein Stück Torte, und dann sind Sie dran.« Er steckt seine Gabel mitten durch eine *religieuse* und schiebt sich den oberen Teil in den Mund. »Nicht schlecht.« Er wischt sich einen Sahnetropfen mit einer gezierten Geste vom Mundwinkel ab, dann schenkt er Kaffee ein. »Greifen Sie zu.«

»Ich hatte schon ein Stück, danke.«

»Okay.« Er ißt seine Torte mit zwei großen Bissen auf. »Fangen wir vorne an. Sie haben alle diese anonymen Briefe an Madeleine Blais geschrieben. Sie gab sich jedoch nicht besonders damit ab. Jedenfalls nach einer Weile. Dann verrieten Sie das Spiel irgendwie. Sie fand heraus, daß die Briefe von Ihnen stammten. Sie erfuhren erst gestern, daß sie es herausbekommen hatte. Am 30. Dezember. Ist das so richtig?«

Ich nicke.

»Dann ist es richtig?«

»Lassen Sie ein Tonband laufen? Sie wollen, daß ich es laut sage?«

Statt zu antworten, bietet er mir eine Zigarette an. Als er mir Feuer gibt, schießt die Flamme so hoch, daß sie fast mein Haar versengt.

»He! Sollte ich einen Anwalt rufen?«

»Sie sind der Anwalt. Und das hier ist nur eine Plauderei. Hinterher werden Sie sich besser fühlen, das verspreche ich. Wie im Beichtstuhl. Jetzt passen Sie auf.« Er lehnt sich gemütlich zurück. Als er zu sprechen beginnt, hat seine Stimme einen nachdenklichen und vertraulichen Ton.

»Die Briefe sind also noch nicht im Spiel. Aber Madeleine ruft Sie an. So um ein Uhr fünfzehn in der Weihnachtsnacht?«

»Das sagen Sie. Ich erinnere mich nicht, eine Stimme gehört zu haben.«

Er zieht an seiner Zigarette. »Aber Sie wußten, daß sie es war. Vielleicht atmet sie in einer bestimmten Weise. Wie Marilyn Monroe.« Er lächelt mich zufrieden an und spricht schnell weiter, ehe ich widersprechen kann. »Also laufen Sie rüber zu Mme. Tremblays Haus. Vielleicht bittet Madeleine Sie ins Haus oder schlägt einen Spaziergang vor. War es so?«

Ich zucke die Achseln. »Ich erinnere mich nicht.«

»Versuchen Sie es.«

»Also gut. Wir sind spazierengegangen.«

»Sie haben nicht erst mit ihr geschlafen? In ihrem Zimmer? In diesem schönen, zerwühlten Bett? Wir haben die Fingerabdrücke. Überall.«

Vielleicht hat er mir etwas in den Kaffee getan. Vielleicht liegt es an mir. Aber irgendwie verwirrt sich alles, und ich kann es vor mir sehen. Wie in einem Film. Einem pornographischen Film. Madeleine und ich auf diesem Bett.

Contini wartet. »Es spielt keine Rolle«, sagt er. »Sie gehen also hinaus. Madeleine hat ihren langen Mantel an und nichts darunter. Na ja, fast nichts. Ein winziges Nachthemd. Weiche Seide, warm von ihrem Körper, aber in der Nachtluft kühl. Die Sterne funkeln. Irgendwo schreit eine Eule. Eine vollkommene Nacht mit der Liebe Ihres Lebens. Sie schieben den Arm unter ihrem durch, unter dem Mantel. Um sie zu wärmen. Sie flüstern verliebte Worte. Sie ist unwiderstehlich. Wie in den Filmen. Und dann plötzlich, ohne Vorwarnung, wendet sie sich gegen Sie.

Frauen! So unberechenbar, eben noch heiß, dann kalt.

Madeleine sagt, sie wisse, daß Sie es waren. Alle diese Briefe. Sie hätten sie zur Verzweiflung getrieben. Sie verfolgt. Sie beschattet. Sie sei am Rande des Wahnsinns. Und alles Ihretwegen. Sie seien besessen. Besessen aus Eifersucht. Sie versuchten, sie zu töten.«

Continis Stimme ist hypnotisierend leise geworden, und ich muß mich anstrengen, um ihn zu verstehen, während zu seinen Worten Bilder vor meinem inneren Auge vorbeirasen.

Wie ein Traum oder Alptraum. Schon durchlebt. Wirklicher als die Wirklichkeit.

»Nein, nein, Sie protestieren, Sie sagen, Sie lieben sie doch.

Niemals, erwidert Madeleine. Das sei nicht Liebe. Sie wollten sie nicht lebend. Sie wollten sie nicht frei atmen lassen. Sie seien pervers. Wie jener Marc Lépine. Wie jener Mörder, der alle diese Frauen an der Universität niederschoß. Und Madeleine schlägt Sie heftig ins Gesicht.

Sie schlagen zurück. Sie treffen sie hart, und sie stolpert, rutscht aus, aber sie tritt Sie in den Unterleib. Wenn es erst einmal angefangen hat, fällt es schwer aufzuhören, und plötzlich sind Ihre Hände um ihren Hals. Sie wollen nur, daß Madeleine aufhört zu reden, aufhört, Sie zu beschimpfen, und Sie drücken, Sie drücken fest zu, und Madeleine hört auf, sich zu wehren.

Aber Sie sind nicht schlaff. Sie sind ganz hart. Und Sie nehmen ihre Hand und legen sie um Ihren Schwanz, und zusammen drücken Sie, und da ist es, die Soße überall auf ihrem Mantel. Sie wischen sie mit dem Taschentuch ab und stehen auf.

Doch Madeleine steht nicht mit Ihnen auf. Sie liegt einfach da. Und da wird es Ihnen jäh bewußt. Diesmal sind Sie zu weit gegangen. Wirklich zu weit. Das haben Sie nicht gewollt. Sie lieben Madeleine. Sie lieben sie wirklich. Aber nun ist es zu spät.

Sie wissen tatsächlich gar nicht, was Sie tun. Sie handeln automatisch. Niemand wird verstehen, daß es ein Unfall war. Bloß ein Streit, der außer Kontrolle geriet. Also finden Sie den Strick. Es dauert nicht lang. Sie wissen genau, wo alles liegt. Und Minuten später haben Sie Madeleine aufgeknüpft. Zu spät, um zu bemerken, daß ihre Augen sich zuckend geöffnet haben. Sie war nicht tot. Aber jetzt ist sie es. Sie hängt da. Arme Madeleine. Ihre große Liebe.

War es so?« flüstert Contini nach einer Weile.

Ich kann ihn kaum hören. Mein Kopf ist in meinen Händen vergraben.

»War es so?« Seine Hand liegt auf meiner Schulter.

Ich blicke wie durch einen Nebel in sein Gesicht auf und sehe die Züge allmählich ernst hervortreten. Mir ist, als nicke ich. Meine Stimme quält sich aus meiner Kehle. »Ja. So war es. Mehr oder weniger. Ich habe sie getötet.«

»Sie wissen, daß Sie einen Mord gestehen.«

»Na wenn schon.«

Er starrt mich mit seinen dunklen Augen an.

»Gibt es hier irgendwo eine Toilette?«

15

Contini läßt sich viel Zeit. Vielleicht ist ihm das Essen wirklich nicht bekommen.

Es ist mir gleichgültig. Mir ist leicht im Kopf. Mir ist leicht ums Herz. Würde ich an ein Leben nach dem Tod glauben, liefe ich jetzt durch die Tür, kletterte auf irgendeinen Baum oder ein Haus und stürzte mich hinunter. Um zu Madeleine zu kommen.

Aber es spielt keine Rolle. Ich brauche mich nicht mehr zu verstecken. Brauche keine Gründe mehr für mich zu konstruieren. Muß nicht mehr an jedem einzelnen Tag ein Ziel vortäuschen. Keine Last der Schuld mehr.

Ich starre in die Flammen des Kamins.

Contini kommt so leise herein, daß mich seine Stimme erschreckt.

»Fühlen Sie sich besser?«

Ich ziehe die Schultern hoch, strecke in Erwartung der Handschellen die Arme aus. Doch Contini sieht mich nur trübsinnig an und setzt sich aufs Sofa.

»Geständnisse sind großartig, Rousseau. Aber was ich brauche, sind Beweise. Ich habe mir die hier geliehen.« Er legt zwei blaue Pullover neben sich und klopft nachdenklich darauf. »Wie haben Sie Madeleines Leiche eigentlich auf den Heuboden geschafft?«

»Wie bitte?«

»Wie haben Sie sie aufgeknüpft?«

Mein Kopf ist benommen. »Eine Leiter. Da war eine Leiter.«

»Eine Leiter. Okay.« Er langt in die Tasche und nimmt ein schwarzes Kästchen heraus, drückt auf einen Knopf. »Das Gerät war übrigens die ganze Zeit an.«

Wir starren beide auf das Tonbandgerät.

»Ich will Ihnen was sagen. Ich gebe Ihnen das Band für eine Spermaprobe. Dienstag morgen im Präsidium. Um elf Uhr.«

Ich sehe ihn ungläubig an. »Sie meinen ... das alles ...?«

»Könnte wahr sein.« Er schlendert zur Hausbar, nimmt eine Flasche Whisky heraus und schenkt uns beiden ein Gläschen ein. »Das können wir brauchen.« Er prostet mir zu.

»Also, Dienstag um elf?«

»Ich verstehe nicht.«

»Nein? Manche Männer sind sehr eigen mit ihrem Sperma. Und für welchen Zweck es benutzt wird.«

In meinem Kopf klopft es dumpf. Ich versuche, meine Verwirrung abzuschütteln. »Was haben Sie oben gemacht?«

»Und die Geschichte funktioniert doch.«

»Was haben Sie oben gemacht?« wiederhole ich bestimmter.

»War auf dem Klo. Hab mich umgeschaut. Manche Männer sind auch besonders eigen, wenn ihr Haus durchsucht werden soll. Und Haussuchungsbefehle bei Leuten wie Ihnen ... die den örtlichen Polizeichef auf ihrer Seite haben, das kann ewig dauern.«

Ich taste nach meinen Dachbodenschlüsseln in der Tasche. »Was haben Sie gefunden?«

»Diese zwei.« Er schlägt auf die Pullover. »Und eine Menge Gerümpel. Mann, was Sie an Gerümpel in diesem Haus haben. Ich würde ein Jahr brauchen, um alles zu untersuchen.«

»Irgendwas Brauchbares?«

Er zwinkert mir zu und läßt das Tonbandgerät in die Tasche gleiten. »Finden Sie sich einfach am Dienstag im Präsidium ein, Rousseau. Abgemacht? Das gibt Ihnen zwei Tage Aufschub. Ein Neujahrsgeschenk von mir. Und bringen Sie Mme. Tremblay mit. Nur damit wir offene Fragen klären und überprüfen können, ob der arme Henderson Madeleines Anhalter war oder nicht. Ich möchte diesen Fall hinter mich bringen, bevor noch jemand zu Schaden kommt. Die gerichtliche Untersuchung ist auf Montag in einer Woche angesetzt.«

Er blickt auf das Telefon, wo das Kontrollämpchen wieder blinkt. »Und hören Sie Ihre Nachrichten ab, ja? Sie müssen anfangen, sich verantwortlich zu benehmen.« Er drückt auf den Knopf, und wir hören beide die Stimme von Gisèle Desnos.

»Pierre. Ich habe Mme. Tremblay hier bei mir. Und wir wollen heute abend ein wenig feiern. Wollen Sie nicht kommen? Sie können über Nacht bleiben. So um neun. Bis dann.«

»Ich glaube, Sie sollten hinfahren«, sagt Contini. »Es wird Ihnen guttun. Und Sie können nie wissen, wie lange die Freiheit noch dauert.«

Die nächste Stimme fällt ihm ins Wort. »Pierre. Hier ist Marie-Ange Corot. Ich komme am Mittwoch um halb drei in Mirabel an. Air France. Holen Sie mich ab, wenn Sie können. Wenn nicht, ich habe ein Zimmer im Ritz gebucht.«

Contini pfeift leise. »Klasse Frau. Ich habe mit ihr am Telefon gesprochen. Gut, daß sie kommt. Und jetzt sollte ich besser zu meiner Frau fahren. Sonst ermordet sie mich.«

Ich zucke zusammen, und er lacht vergnügt.

»Sie sind kein schlechter Mensch, wissen Sie, Rousseau«, sagt er, als ich ihn zur Tür bringe. »Ein wenig zu fanatisch vielleicht. Aber so waren Sie schon immer. Schon als Kind. Wie alle Patrioten. Dieses ganze Erinnern. Einige Jungen in meiner Klasse gaben Ihnen den Spitznamen *Je me souviens* – nach dem Motto auf den Nummernschildern. Haben Sie das gewußt?« Er lacht schallend.

»Nein.«

»Dann wissen Sie es jetzt.« Er schweigt einen Augenblick, während er seinen Mantel anzieht. »Etwas anderes. War Ihnen bekannt, daß Madeleine ein Kind hatte?«

»Ein Kind!« Ich spüre, wie ich vor Erstaunen den Mund öffne und ihn nicht wieder schließe.

»Das wußten Sie also auch nicht. Ich dachte immer, Männer könnten das bei ihren Geliebten entdecken. Die Veränderung ihres Körpers, meine ich. Aber vielleicht haben Sie nicht genau genug hingesehen. Oder vielleicht haben Sie danach nicht ... Ist ja auch egal. Auf ein besseres neues Jahr!« Er klopft mir auf die Schulter.

Ich brumme etwas, das eine Erwiderung seines Grußes sein könnte, und beobachte ihn, wie er sein Auto aufschließt.

Die Tür ist schon weit offen, als er noch einmal zu mir kommt. »Zwei andere Dinge habe ich vergessen zu erwähnen, Rousseau. Wir haben die letzte Stimme auf Madeleines Anrufbeantworter identifiziert. Ein Fernando Ruiz. Sagt Ihnen das etwas? Nein?« Er blickt auf seine Uhr. »Lavigne dürfte in diesen Minuten mit ihm sprechen. Und dies.« Er kramt in seiner Hosentasche und zieht einen kleinen goldenen Anhänger mit dem Buchstaben R heraus. »Ihrer? Ich habe im Flur einen Schlüsselbund bemerkt, zu dem er gut passen würde.«

Ich drehe und wende den Anhänger. Er brennt mir ein Loch in die Hand, aber ich kann ihn nicht loslassen.

»Ja, das dachte ich mir. Komisch, daß wir ihn im Schnee direkt unter Madeleines Fenster gefunden haben ...« Er nimmt ihn mir aus den Fingern. »Dienstag um elf. Vergessen Sie es nicht.«

Ich stehe da und starre noch lange in die hereinbrechende Dunkelheit. Bilder jener verhängnisvollen Nacht ziehen mit schwindelerregendem Tempo vor meinem inneren Auge vorbei. Bin ich wahnsinnig? Ich kann das Erlebte nicht mehr vom Eingebildeten unterscheiden.

Aber der Abdruck des Anhängers, der sich in meine Hand gepreßt hat, bringt mich zurück in die Wirklichkeit, ein kleiner kalter Gegenstand inmitten flüchtiger Träume. Ein kleiner kalter, auf mich hinweisender Gegenstand, wie der Kiesel, den ich suchte.

In irgendeinem geheimen Winkel meines Ichs läutet das Telefon. Ja, das Telefon läutet und unterbricht meinen Schlaf. Trotz meiner Benommenheit, trotz des Schweigens am anderen Ende weiß ich, daß es Madeleine ist. Das Bedürfnis, sie zu sehen, ist überwältigend. Ich muß es erklären. Mich zu diesen Briefen bekennen. In aller Ruhe, ungestört. Bevor Weihnachten uns im Familienkreis vereint. Ja, sofort. Ich muß. Ich verlasse die Wärme der Decken und gehe wie ein Schlafwandler über die vertrauten Felder.

Die Lampe leuchtet in ihrem Fenster über dem Treppenabsatz. Sie wirft Schatten durch die kalte Dunkelheit. Madeleine wartet auf mich. Ich werde einen Kiesel an ihr Fenster werfen, um sie auf mich aufmerksam zu machen. Ohne Mme. Tremblay zu wecken. Wie früher, als wir Kinder waren.

Aber es gibt keine Steinchen. Nur meinen Schlüsselring mit dem verräterischen R.

Und dann sehe ich die Gestalten, scharf umrissen vom Licht. Madeleine und ein Mann. Sie küssen sich. Ihr Kopf ist zurückgeworfen, in der gleichen Haltung, wie wenn sie mich küßt. Eine Hand liegt fest auf ihrem Po. Die andere streichelt ihr Haar, ihren Rücken. Ich sehe unverwandt hin.

Deshalb hat sie mich angerufen. Das ist ihre Rache für die Briefe. Madeleine möchte, daß ich es sehe. Möchte Salz in meine Wunden streuen. Ich will nichts sehen und kann mich dennoch nicht von der Stelle rühren. Die Kälte kriecht mir in die Knochen, aber die Feuer jener alten vertrauten Eifersucht sind angefacht und brennen in mir. Ist es Eifersucht auf einen Fremden oder auf ein verlorenes Ich, was ich empfinde? Wütend werfe ich meinen Schlüsselanhänger an das Fenster. Sie soll wissen, daß ich hier bin. Aber Madeleine löst sich nicht aus ihrem Kuß. Ich möchte den Anhänger noch einmal werfen, aber im Dunkeln kann ich ihn nicht finden.

Warte ich dann? Warte ich, daß Madeleine herunterkommt? Gehe ich nach Hause?

Die Bilder wirbeln durcheinander, zerfallen und setzen sich neu zusammen wie im Kaleidoskop. Nur Continis hypnotische Stimme liefert ein Muster. Ist es das, was ich gelebt habe? Ich muß es herausfinden.

Gisèle Desnos wohnt in der Ridgewood, einer kurvenreichen Straße, die sich über den Berg hinter der gewaltigen Kuppel des *Oratoire St-Joseph* windet, wo in meiner Kindheit noch Pilger auf blutigen Knien die tausend oder mehr Stufen zum Heiligtum des seligen Frère André hinaufrutschten.

Es ist eine reiche Gegend, die einen phantastischen Ausblick auf die Stadt bietet, aber nicht für das Malerische interessiere ich mich jetzt.

Während der ganzen Fahrt hierher habe ich in meinem Gedächtnis gestöbert, wie ein Eber sich zu Trüffeln durchschnüffelt, habe versucht, mich zu erinnern, versucht, die Szene, die ich eingelullt von Continis Stimme und Szenario so bereitwillig gestanden habe, wiederzufinden. Eingelullt vielleicht auch von meinen eigenen Wünschen. Denn ich weiß, daß ich schuldig bin. Ich habe soviel falsch gemacht. Dennoch kann ich mich nicht erinnern. Wie ein Filmstreifen, hinter den ich nicht blicken kann, besetzen Continis Worte den Raum in meinem Gedächtnis. Bin ich verrückt? Wie und wo werde ich die Wahrheit finden?

Eine junge Frau öffnet mir die Tür, nimmt meinen Mantel mit höflicher Selbstsicherheit und winkt mich in ein Haus, das nur aus Winkeln und Glas und verschiedenen Ebenen besteht. Ich gehe Treppen hinauf und hinunter, dem fernen Klirren von Gläsern, Gelächter und sanfter Musik entgegen, und gelange in einen großen Raum mit glänzendem Parkett, der über einem Abgrund zu liegen scheint. Frauen in Abendkleidern und Männer in Anzügen heben sich in kleinen Gruppen vor dem wunderbar schimmernden Nachthimmel ab.

»Pierre, das freut mich.« Gisèle schwebt auf mich zu und drückt mir einen duftenden Kuß auf beide Wangen. Sie wirkt königlich in einem langen blauen Kleid. Sie hat sich bei mir eingehakt, als sie mich durch die Menge führt. Ich fühle die Blicke auf mir, neugierig, ängstlich, spüre die kleinen unbehaglichen Luftlöcher, die sich öffnen, wo wir vorbeigehen.

Ein Glas Champagner findet den Weg in meine Hand.

»Sieht Mme. Tremblay nicht wunderbar aus in meinem Kleid? Wir hatten soviel Spaß beim Anprobieren. Ich glaube, es hat sie ein bißchen aufgeheitert.«

Gisèle deutet auf ein Ecksofa, wo ich Mme. Tremblay beinahe nicht erkenne, so sehr unterscheidet sie sich von der Frau, die ich zuletzt in einem Krankenhausbett sah. Eine Perlenspange schmückt ihr Haar. Um den Hals trägt sie eine passende enge Kette. Das lange Kleid ist dunkel streng, schimmert aber dezent, wo das Licht darauf fällt. Nur ihre die Augen können sich nicht richtig auf den silberhaarigen Mann an ihrer Seite konzentrieren. Aber mich nehmen sie sofort wahr.

»Pierre.« Sie streckt mir die Hand hin.

»Nein, bitte, bleiben Sie doch sitzen.« Der Mann neben ihr steht auf. »Bitte setzen Sie sich, Rousseau«, sagte er, und ich erkenne in ihm einen ehemaligen Diplomaten aus Trudeaus letzter Regierung.

»Danke.«

Mme. Tremblay drückt mir die Hand, während Gisèle mit ihrem Gast weggeht.

»Gisèle hat darauf bestanden, daß ich herunterkomme, aber jetzt, wo du da bist, darf ich mich wohl zurückziehen.«

Sie steht mit Mühe vom Sofa auf, und ich kann sie gerade noch stützen, bevor sie zurücktaumelt. Langsam helfe ich ihr durch die Menge und die Treppe hinauf. Die Stufen verlangen ihre volle Konzentration. Sie spricht erst wieder, als sie in ihrem Zimmer sitzt.

»Es tut mir leid, Pierre. Daß ich dir soviel Mühe gemacht habe. Es ist einfach so über mich gekommen.«

»Überhaupt keine Mühe. Und ich verstehe es.«

»Ja.« Ihre hellen Augen betrachten mich prüfend, und sie lächelt mich verkrampft an. »Das glaube ich dir. Deshalb bist du nach Ste-Anne zurückgekehrt, nicht wahr, Pierre? Damit du sicher sein konntest, Madeleine zu sehen. Ihr so nah zu sein, wie es möglich war.«

»Wie fühlen Sie sich jetzt?«

»Dank Gisèles Gesellschaft besser. Sie hat mir so viele interessante Dinge über Madeleine erzählt.«

Wir tauschen einen Blick, und ich beginne zu begreifen, in welchem Maß Mme. Tremblay und ich verwandt sind. Wie zwei fanatische Anhänger eines Kultes beurteilen wir alles nach einer einzigen Maßeinheit. Der einzige Unterschied ist, daß ich meine Anhänglichkeit lieber geheimhalten würde, während sie ihre wie eine Auszeichnung trägt.

»Seltsamerweise geht es mir auch besser, weil die Scheune abgebrannt ist. Sie haben jemanden festgenommen, nicht wahr?«

»Sie wissen es also.«

»Gisèle hat es mir erzählt. Sie dachte, es wäre das beste, wenn ich es von einer Freundin erfahre.« Mme. Tremblay stößt einen Laut aus, der kein richtiges Lachen ist. »Das beweist, daß meine erste Eingebung richtig war. Madeleine hat sich nicht das Leben genommen. Die Polizei hat das jetzt doch klar erkannt?«

Ich möchte nicht darüber nachdenken, was Contini erkennt und was nicht. »Ja«, sage ich zu laut.

»Erzähle mir von dem Mann, den sie verhaftet haben.«

Ihre Hand packt meinen Arm.

»Leider muß ich sagen, daß es ... einen Unfall gegeben hat. Der Mann ist tot.« Ich spreche schnell weiter, bevor ich die Fassung verliere. »Kommissar Contini möchte, daß Sie am Dienstag ins Präsidium kommen und ... und sehen, ob Sie ihn als den Mann identifizieren können, der in jener Nacht bei Madeleine war.«

Eine ganze Weile schweigt sie. »Es gibt noch mehr, Pierre. Da ist etwas, das du mir verschweigst.«

Ich hole tief Luft. »Contini ist sich nicht sicher, ob er Madeleines ...«

Sie fällt mir ins Wort. »Du mußt ihnen helfen, Pierre. Ich traue diesem Contini nicht ganz zu, daß er den richtigen Mann findet.«

Ich wechsle das Thema. Ich berichte ihr von Monique, von ihrem Wunsch, im Haus zu bleiben. Meinem Bruder zuliebe füge ich hinzu, daß sie ein wenig verloren erscheint, verzweifelt.

Mme. Tremblay antwortet nicht gleich. Sie spielt an der engen Halskette. Endlich sagt sie: »Sie ist Guy Tremblays Kind. Sie ist meine Tochter – auch wenn wir nicht immer einer Meinung waren.« Ihr Blick ist besorgt. »Geh jetzt, Pierre. Laß mich allein. Ich muß jetzt schlafen.«

Ich möchte ihr eine der vielen Fragen stellen, die mich quälen. Ich möchte sie nach Madeleines Kind fragen. Aber jetzt geht es nicht. Falls sie nichts davon weiß, wäre der Schock zu groß. Statt dessen suche ich die junge Frau, die mir die Tür geöffnet hat, und bitte sie, Mme. Tremblay ein heißes Getränk zu bringen und ihr eventuell beim Ausziehen zu helfen. Dann überwinde ich mich, wieder unter die Leute zu gehen.

In der gegenüberliegenden Ecke des Raums wird getanzt. Die Gesichter der Paare sind heiter, sie lächeln. Für mich ist kein Platz. Aber ich muß mit Gisèle sprechen. Endlich entdecke ich sie an einem langen Büfettisch. Neben ihr steht eine bemerkenswerte schwarze Frau in einem paillettenbesetzten Kleid aus den dreißiger Jahren. In der Hand hält sie einen kupfernen Gong. Der Mann mit Brille, den ich im Lokal mit Gisèle getroffen habe, hält einen funkelnden Hammer. Gisèle bittet um Ruhe. »Zeit für den Countdown«, verkündet sie mit erhobener Hand. »Zehn … neun …« Andere Stimmen fallen ein. Der Gong klirrt. Korken knallen, und überall küßt man sich und ruft »Prosit Neujahr!«

Ich setze eine Miene auf, die hoffentlich als Lächeln gedeutet wird, und mische mich unter die Leute. Die Musik ist laut geworden, und so kann ich die Umarmungen von Freunden und Bekannten erwidern, ohne mich auf Gespräche einlassen zu müssen. Ich finde Gisèle an der Ecke des Büfetts. Sie drängt jeden, sich ordentlich zu bedienen.

»Unterhalten wir uns, wenn Sie einen Moment Zeit haben?«

Sie nickt. »Geben Sie mir fünf Minuten. Und kommen Sie in mein Arbeitszimmer. Ein paar Stufen höher rechts.«

Ich warte in einem Zimmer, das eine kleinere Version des

Nachbarraumes ist. Hier gibt es Bücher und eine mit Zeichnungen behängte Wand, ein geschwungenes korallenrotes Sofa und einen großen Glastisch.

Gisèle ist gleich darauf bei mir. Sie schließt die Tür hinter sich. »Ein glückliches neues Jahr«, sagt sie mit bittersüßem Lächeln.

»Ihnen auch. Danke, daß Sie sich so rührend um Mme. Tremblay kümmern.«

Sie zuckt die Achseln und bedeutet mir, mich auf das Sofa zu setzen. »Ich kann sie gut leiden.« Sie geht eine Weile auf und ab. »Was gibt es Neues über den Mann, den die Polizei festgenommen hat?«

Mit einem bedrückenden Gefühl wegen der Dinge, die ich nicht sagen darf, bringe ich sie auf den letzten Stand.

»Das heißt, sie fangen mehr oder weniger wieder bei Null an.« Sie steht nervös auf. »*Ecoute, Pierre.* Ich möchte, daß Mme. Tremblay noch einige Tage hierbleibt. Vielleicht ist es in Ste-Anne nicht ungefährlich für sie. Wer weiß, was als nächstes passiert?« Sie wirft die Hände in die Luft. »Wenn sie dickköpfig ist und unbedingt zurückgehen will, müssen Sie die Polizei davon überzeugen, daß sie Schutz braucht. Wenn dort ein Mörder und Brandstifter frei herumläuft …«

Gisèles Worte erschüttern mich. Sie machen mir eine Gefahr bewußt, gegen die ich eigenartigerweise immun gewesen bin.

»Sie haben recht. Das mache ich.«

Sie hält mir eine Zigarette hin und steckt sich selbst eine an. »Übrigens habe ich mit Marthe gesprochen, gleich nachdem wir uns getroffen haben. Das ist die Frau, die Thea Elvsted spielt. Sie ist Madeleine während der Laufzeit des Stücks nahe gekommen. Jedenfalls hat sie mir gesagt, daß Madeleine sicher war, verfolgt zu werden. Beschattet.« Sie zittert.

»Ich glaube, das waren nur Briefe«, sage ich.

Sie sieht mich überrascht an. »Nein. Von Briefen habe ich nichts gehört. Anrufe hat sie bekommen. Wo jemand ins Telefon geschnauft hat. Sie haben, glaube ich, während der Proben begonnen. Oder kurz vorher. Und Madeleine war sich sicher, daß manchmal jemand am Bühneneingang gewartet hat. Vermummt. Lüsternd grinsend. Und in einem Auto. Sie ging dazu über, Taxis zu nehmen, anstatt selbst nach Hause zu fahren. Das war alles noch vor dem Massaker an der Universität. Marthe glaubte Madeleine. Sie meinte nicht, daß sie sich alles nur einbildete. Sie verbrachte ein paar Nächte in Madeleines Wohnung und hörte zweimal die lästigen Anrufe. Madeleine war deswegen sehr deprimiert. Sie dachte daran, zur Polizei zu gehen oder einen Privatdetektiv zu beauftragen, aber dann sagte sie sich, daß sie sowieso bald weg sein würde. Dann würde es aufhören.«

Mir ist sehr kalt. Ich möchte mit dem Kopf gegen die Wand rennen, um den Lärm darin abzustellen.

»Ich habe Kommissar Contini alles erzählt, aber seine Partnerin wußte es schon von Marthe. Sie sollten sie kennenlernen. Sie ist nebenan.«

»Gisèle.« Meine Stimme klingt seltsam. »Was wissen Sie über einen Fernando Ruiz?«

»Sie meinen den Portugiesen? Madeleines Freund. Ich habe seine Stimme auf dem Anrufbeantworter für Contini identifiziert. Ich habe mehrere Male mit ihm gesprochen, wenn er versucht hat, Madeleine zu erreichen. Sein Akzent ist kaum zu verwechseln. Aber ich bin ihm nie begegnet.«

Mein Herz macht mehr Lärm als Gisèles Neujahrsgong. Wie Heckenschützenfeuer prasseln die Dinge, die ich über Madeleine nicht weiß, ständig und aus unerwarteten Richtungen auf mich ein. Warum bleibt dann trotzdem das Gefühl, daß ich sie am besten kenne?

»War er ein enger Freund?«

Gisèle sieht mich sonderbar an. »Er wollte zu Weihnachten herkommen.«

»Verstehe.« Ich verstehe nichts.

Sie drückt ihre Zigarette aus. »Kommen Sie, gehen wir wieder hinein. Ich mache Sie mit Marthe bekannt.«

Ich nicke und halte sie an der Tür auf. »Eins noch, Gisèle. Wissen Sie etwas von ... haben Sie Gerüchte über ein Kind von Madeleine gehört?«

»Ein Kind?« wiederholt sie. »Nein.«

»Contini meint, es gäbe eins.«

Sie zuckt die Achseln. »Eine Abtreibung vielleicht ...«

»Eine Abtreibung? Aber wann?« Die Worte kommen nicht richtig heraus, und Gisèle beendet das Thema und alle Spekulationen mit einer energischen Geste. Sie hakt sich bei mir unter. »Wissen Sie, was ich gemacht habe? Ich habe den Stein ins Rollen gebracht. Das Cinéma du Parc plant eine große Retrospektive der Filme Madeleines. Ich glaube, das kanadische Fernsehen wird sich anschließen. Das wird Sie freuen, oder? Ein angemessenes Gedenken ...«

Marthe Ducharme hat lockiges kupferrotes Haar, Sommersprossen und einen breiten geschwungenen Mund, der anscheinend zu sprechen vermag, ohne Worte gebrauchen zu müssen. Als Gisèle uns vorstellt und wir uns in eine ruhigere Ecke des Raumes begeben, sagt ihr stummer Mund, daß sie mir leider nicht traut, daß sie aber trotzdem mit mir sprechen wird, weil Gisèle darauf besteht.

»Sie und Madeleine sind sich durch *Hedda Gabler* sehr nahe gekommen«, beginne ich in einem Ton, der etwas schroff, einschüchternd und seltsamerweise wie Continis klingt. »Sie waren übrigens wunderbar als Thea Elvsted.«

Sie dankt förmlich mit einem Nicken. »Was wollen Sie wissen?« fragt sie unfreundlich.

»Ich ... ich versuche, der Polizei bei ihren Ermittlungen zu helfen. Sehen Sie, ich kannte Madeleine gut und ...«

»Tatsächlich?« Sie schneidet mir das Wort ab. Ihre Augen sind voller Verachtung. »Und dennoch haben Sie ihr nicht geglaubt, oder? Männer!« Sie speit das Wort förmlich aus.

An ihrem Gesichtsausdruck kann ich plötzlich ablesen, daß ich mit jemandem spreche, der Madeleines Zauber verfallen ist. Marthe vergöttert sie, ist durch ihren Tod am Boden zerstört.

Ich lasse mich von dem Gedanken an eine mögliche Beziehung zwischen den beiden Frauen, die mir in den Sinn kommt, nicht ablenken. »Es war dumm von mir«, sage ich. »Sehr dumm. Aber erzählen Sie mir von dem Verfolger.«

»Ich habe der Polizei alles berichtet, was ich weiß.«

»Ich kannte Madeleine ein wenig besser als die Polizei. Es könnte einige Anhaltspunkte geben …«

Dagegen kann Marthe nichts einwenden. »Gehen wir nach nebenan«, sagt sie leise.

Ich fülle ihr Glas, und wir setzen uns auf das korallenrote Sofa. Marthe spricht schnell, als möchte sie eigentlich nicht, daß ich sie verstehe, oder als könne sie es nicht ertragen, ihre Gespräche mit Madeleine laut zu wiederholen. Manches, was sie sagt, weiß ich schon von Gisèle. Andere Episoden wirken wie ein böses Omen. Wieder verwünsche ich mich, weil ich so blind für Madeleines Nöte war.

Einige Tage nach Beginn der Proben berichtete Madeleine Marthe, sie habe in der Nacht zuvor ein höchst merkwürdiges Erlebnis gehabt. Sie wußte nicht genau warum, aber sie hatte das unheimliche Gefühl, daß jemand in ihrer Abwesenheit ihre Wohnung durchsucht hatte. Sie hatte sich umgesehen, Schmuck, Haushaltsgeräte und Kleider kontrolliert, aber anscheinend hatte nichts gefehlt. Sie hatte darüber mit dem Hausverwalter gesprochen, ihre Putzfrau angerufen. Der erste hatte nichts gesehen, und die zweite bestätigte, daß sie erst am Morgen komme. Madeleine war durch die Wohnung gestreift, ohne herauszufinden, was nicht stimmte, aber sie spürte den Unterschied – etwas war anders. Sie hatte bei Martha noch gescherzt: »Bei meiner Unordnung ist es nicht leicht zu entdecken, ob etwas gestohlen wurde.« Aber ihr Lachen war nervös gewesen.

Am folgenden Tag war sie sichtlich mitgenommen im Theater erschienen. »Da war jemand«, sagte sie zu Marthe. »Es ist keine Einbildung.«

Auf ihrem Frisiertisch hatte sie eine kleine Pinzette gefunden, die nicht ihr gehörte. Und die Haarbürste, die sonst da lag, war verschwunden. Am Abend zuvor hatte sie angenommen, sie hätte sie einfach verlegt. Es war, als wäre die Pinzette als Zeichen dagelassen worden, als Ersatz für den Diebstahl, als wollte die Person sie wissen lassen, daß jemand in der Wohnung gewesen war. Es erschreckte sie. Aber sie konnte der Polizei ja kaum eine gestohlene Haarbürste melden. Ein übereifriger Fan, entschied sie. Vielleicht derselbe, der ihr gelegentlich anonyme Briefe schickte. Sie ließ ihr Türschloß austauschen und ein zweites anbringen.

Die zweite Episode, die Marthe erzählt, ist noch bedenklicher. Am Tag, als die Morde an der Universität geschahen, war Madeleine tatsächlich dort gewesen. Sie war mit einem Ibsen-Experten verabredet. Als sie ankam, war noch alles in Ordnung. Nach dem Treffen hatte der Professor sie aus dem Gebäude und ein Stück auf einer der Universitätsstraßen begleitet. Da hatten sie die Tragödie mitbekommen, das Durcheinander von Ambulanzen, Polizisten und Leichen, die auf Bahren abtransportiert wurden.

In dieser ganzen Aufregung hatte Madeleine ihre Tasche fallen lassen. Darin war ein Buch, das der Professor ihr geschenkt hatte – eine Studie über Ibsen, die er geschrieben hatte.

Als sie an jenem Abend spät nach Hause kam, hatte der Hausverwalter ihr die verlorene Tasche gegeben. Sie hatte ihm gedankt, obwohl sie an diesem furchtbaren Tag den Verlust gar nicht richtig wahrgenommen hatte. Marthe war damals bei ihr, war mit in die Wohnung gekommen, um ihr Gesellschaft zu leisten. Als sie die Tasche öffneten, sahen sie, daß das Buch darin böse zugerichtet war. Dem Bild des Professors hinten auf dem Umschlag waren die Augen ausgestochen worden. Sein Name auf den Titelseiten war mit Tinte, die fast wie Blut aussah, unleserlich gemacht worden, desgleichen die Widmung an Madeleine.

»Madeleine hat stundenlang geweint«, erzählt mir Marthe. »Es war furchtbar. Am nächsten Tag war Madeleine unnatürlich ruhig. Sie sagte zu mir, das Buch sei ein Omen. Das Stück, *Hedda*, würde kein Erfolg werden. Ich solle mir keine der Kritiken zu Herzen nehmen. Es gebe solche Zeiten im Leben, aber wir würden glimpflich davonkommen. Mit diesen Worten nahm sie das Buch, griff nach meiner Hand und führte mich über den Flur. Sie hatte einen seltsamen Ausdruck im Gesicht, ein Lächeln, das eigentlich keines war. Wir gingen in den Keller hinunter, und da warf Madeleine das Buch in den Heizofen. Dann klatschte sie in die Hände. Wie ein kleines Mädchen.«

Diese Geste paßt zu Madeleine. Ich sehe sie deutlich vor mir.

»Ich bin mir immer noch nicht sicher, warum sie das tat. Sie hätte das Buch zur Polizei bringen müssen.«

»Es war ein Opfer an die Götter«, erkläre ich ihr. »Und eine Nachahmung Heddas. Auch Hedda verbrennt ein entscheidendes Buch, womit sie einen Mann tötet.«

Am nächsten Morgen will Gisèle uns nicht gehen lassen. Sie nimmt mich beiseite und sagt mir noch einmal, daß Mme. Tremblay noch nicht bereit ist, nach Ste-Anne zurückzukehren. Es ist genau eine Woche nach Madeleines Tod, ein schreckliches Jubiläum, macht sie klar, als müßte ich daran erinnert werden. Es werde ihr guttun, noch einige Tage von zu Hause fort zu sein.

Ich versuche, meine Unruhe zu beherrschen und mich zu benehmen, wie man sich bei einem Frühstück, das ein neues Jahrzehnt begrüßt, benehmen sollte. Gisèles besorgte Blicke verraten mir, daß es mir nicht ganz gelingt.

Marthes Geschichte hat mich endlich davon überzeugt, daß Madeleine noch von einem anderen außer mir verfolgt wurde. Und wenn das der Fall ist, dann ist es wohl meine Sache, ihn zu finden. Zuerst sind aber einige andere Aufgaben zu erledigen.

Es gelingt mir, Gagnon ausfindig zu machen und ihn zu überzeugen, daß Mme. Tremblays Haus vom nächsten Tag an Schutz braucht. Er stimmt bereitwillig zu. Er glaubt, mir einen Gefallen schuldig zu sein. Gagnon ist hoch zufrieden. Wir haben allen Grund, auf die Polizei von Ste-Anne stolz zu sein, betont er.

Etwas länger brauche ich, um Jerome zu finden. Seine Stimme verrät mir, daß er überhaupt nicht erfreut ist, von mir zu hören. Ich überbringe eine Einladung von Mme. Tremblay an Monique und an ihn. Ich berichte ihm auch von

Marylas Unfall und schlage vor, daß er nach ihr und Stefan schaut. Dann versuche ich, ihn nach dem, was er weiß, auszufragen, auch nach seinen Quellen, aber er lehnt ein Gespräch darüber ab. Er hat das Beste für mich getan und mich jetzt der Barmherzigkeit einer höheren Autorität anheimgegeben.

Mit Gisèles Erlaubnis rufe ich Marie-Ange Corot in Paris an und spreche auf ihren Anrufbeantworter, daß ich sie am Flughafen erwarte.

Dann fahre ich durch die halbleere Stadt. Ich parke vor Madeleines Wohnung. Ich starre zu lange zu ihrem Fenster hinauf. Um mich selbst für mein Grübeln, für den Rückfall in Träumereien zu bestrafen, zwinge ich mich, zu Taten zu schreiten. Wie ein Vertreter Continis gehe ich auf den Verwalter an seinem polierten Teakholztisch zu und stelle ihm meine Fragen über den Tag, als die Morde an der Universität stattfanden. Er blickt ausdruckslos zu mir auf.

»He. Sie sind an den Falschen geraten. Ich bin nur eingesprungen. Der alte Olivier ist ab Mittwoch wieder da.«

»Seit wann ist er weg?«

»Ich habe am Weihnachtstag angefangen.«

Vom Münztelefon in einem Café an der Ecke rufe ich Freunde an, die Madeleine und ich gemeinsam hatten. Zwei von ihnen sind zu Hause. Ich besuche sie und wiederhole meine Fragen. Ich bekomme nichts Neues heraus, außer daß Madeleine davon gesprochen hat, nach Paris zurückzukehren, sobald *Hedda Gabler* vom Spielplan abgesetzt würde.

Ich probiere es bei dem politischen Redakteur von *Le Devoir*, der sich vor einigen Tagen bei mir gemeldet hat. Journalisten hören immer irgend etwas.

Wir treffen uns zu einem Drink in einer Bar in der *Rue St-Denis*. Am Ende unseres Gesprächs hat er mich davon überzeugt, daß der Mörder nur aus Ste-Anne kommen kann.

Das trägt nicht dazu bei, mich ruhiger schlafen zu lassen. Pierre Rousseau steht wieder als ein mehr als glaubhafter Mörder da.

Um elf Uhr am nächsten Morgen sitzen Mme. Tremblay und ich in der Eingangshalle des Gebäudes der *Sûreté du Québec.* Ich bin bei weitem nervöser, als ich es für möglich gehalten hätte. Vielleicht weil ich noch nicht weiß, was ich zu Contini sagen werde. Ich brauche Zeit.

Der Anblick eines Mannes in Handschellen verdeutlicht mir die Tatsache, daß man mir möglicherweise nicht erlauben wird, dieses Gebäude wieder zu verlassen. Freiheit lockt mich plötzlich in all ihrer vergänglichen Herrlichkeit. Ich bin im Begriff, meine Entschuldigungen zurechtzulegen und zur Tür zu eilen, als ich meinen Namen aufgerufen höre.

»M. Rousseau, Mme. Tremblay.« Ginette Lavigne, das Haar leuchtend über dem nüchternen Grau ihres Kostüms, spricht uns an. Ihre Stimme scheint in dem weiten Vorraum widerzuhallen.

»Hier«, ruft Mme. Tremblay, als melde sie ihre Anwesenheit bei einer Namensverlesung in der Schule.

Ginettes Lächeln ist nur für sie bestimmt. »Kommissar Contini möchte Sie gern erst sehen, und dann bringe ich Sie runter zur Identifizierung.«

Wir fahren mit dem Aufzug in den neunten Stock und werden in ein langes rechteckiges Büro geführt, in dem ein Schreibtisch hinter dem andern steht. Das schmutzige Licht, das durch die hohen Fenster fällt, vermag die funktionale Langeweile des halbleeren Raumes nicht zu vertreiben. Überall stehen benutzte Kaffeebecher herum. Telefone läuten ins Leere. Der zufällig anwesende Beamte nimmt eines ab, rekelt sich auf seinem Stuhl und kritzelt auf einem Blatt Papier.

»Sie warten hier, M. Rousseau.« Lavigne weist mich zu einem der unbesetzten Schreibtische.

Ich will protestieren, aber sie hat Mme. Tremblay schon durch eine Tür an der Seite entführt. Ich male Männchen auf einem Block, täusche Gleichgültigkeit vor. Ich kann Contini nicht daran hindern, Mme. Tremblay vor mir zu warnen. Meine Zeichnung bekommt allmählich Ähnlichkeit mit Gefängnisgittern.

Als Mme. Tremblay wieder auftaucht, sieht sie mich forschend an, hakt sich aber bei mir unter, als Lavigne uns wieder zum Aufzug führt. Als sich seine Tür diesmal öffnet, liegt eine eisige Kälte in der Luft. Wir sind im Untergeschoß. Wir sind im Leichenraum.

Lavigne muß Mme. Tremblays Schauder bemerkt haben, denn sie macht eine entschuldigende Miene. »Es dauert nicht lang.«

Der lange fensterlose Raum ist kalt und dennoch stickig. Es riecht nach Chemikalien und etwas, das ich nicht identifizieren kann. Mme. Tremblay stützt sich schwer auf meinen Arm, während ein Mann mit grauem Gesicht und Brille einige leise Worte mit Lavigne wechselt, dann ein Fach in der Wand aufzieht. Mme. Tremblay wendet sich ab, aber ich stehe wie festgenagelt da, als enthalte Will Hendersons Leichnam meine eigene Sterblichkeit.

Der Sack wird aufgezogen und gibt ein wachsbleiches Gesicht frei, die Augen im Todesschlaf geschlossen. Das lange dunkle Haar glänzt aber irgendwie lebendig. Im Tod sieht Will Henderson wie ein Renaissance-Christus aus.

»Nein!« Mme. Tremblays Klageruf klingt laut in der Stille des Raumes. »Zu jung. Viel zu jung.« Sie verbirgt ihr Gesicht in den Händen.

In der Eingangshalle deponiert mich Lavigne wie ein unwichtiges Paket bei einer Frau im weißen Labormantel und nimmt Mme. Tremblay mit in die Kantine.

Die Frau schenkt mir ein oberflächliches Lächeln und winkt mich noch einmal zum Aufzug. »Folgen Sie mir bitte.«

»Wo ist Kommissar Contini?«

»Oh, wir brauchen ihn nicht. Es ist ein sehr einfaches Verfahren.«

»Ich muß ihn sehen.«

»Wirklich, ich verspreche es. Wir brauchen ihn nicht. Und es gibt nichts, weswegen Sie nervös sein müßten.«

»Ich muß ihn sehen«, wiederhole ich.

Die Aufzugtür geht auf und schließt sich wieder, als ich

mich weigere, vor ihr einzusteigen. Ihr Lächeln verschwindet.

»Na schön«, sagt sie. »Dann fahren wir eben in die neunte Etage. Aber vielleicht hat er keine Zeit für Sie.«

»Er wird sich Zeit nehmen.«

Sie wirft mir einen unfreundlichen Blick zu und führt mich widerwillig in Continis enges Büro.

Contini sitzt hinter seinem Schreibtisch, ein Telefon zwischen Ohr und Schulter eingeklemmt.

»Ja, der Leibwächter«, sagt er. »Überprüfen Sie nur sein Alibi für den Heiligen Abend und bringen Sie ihn her.« Er wirft einen ungeduldigen Blick auf mich, dann dreht er sich mit seinem Stuhl um und wendet mir den Rücken zu.

Ich blicke auf das Bild an der Wand. Es zeigt ein steiles bewaldetes Tal unter einem schillernd blauen Himmel. *Umbrien* lautet der Bildtext. Auf seinem Tisch steht eine Fotografie von einer dunklen ernsten Frau und zwei pummeligen Kindern.

Contini dreht sich wieder zu mir. »Was machen Sie hier, Rousseau? Ich habe zu tun.« Die Schroffheit seiner Worte wird von einem Lächeln, das um seine Lippen zuckt, Lügen gestraft. »Nervös, was? Keine Sorge, Mlle. Johnson kennt sich aus. Sie ist eine sehr erfahrene Kraft.«

Die Laborantin wendet ihm ihr strenges Lehrerinnengesicht zu. Er winkt sie hinaus und schließt die Tür hinter ihr.

»Sie haben also Angst, ich würde meinen Teil des Handels nicht einhalten? Sie glauben, ich sei einfach ein korrupter Polizist, dessen Worten man nicht trauen darf. Hier.« Er holt den Recorder aus der Jackentasche und legt das Band in meine Hand.

»Darum geht es nicht. Ich habe meine Meinung geändert.«

»Ihre Meinung geändert? Hören Sie, Rousseau, Sie stehlen mir die Zeit. Und ich fühle mich heute nicht besonders gut.«

»Ich mache nicht mit. Keine Spermaprobe. Sie können das Band behalten.« Ich weiß nicht, warum ich das sage, nur möchte ich nicht, daß Contini mehr über mich weiß als ich selbst.

»Gut. Kein Problem. Ist das alles?«

Seine Reaktion verblüfft mich. »Heißt das, ich kann gehen?«

»Gehen Sie. Vorerst.«

Ich rühre mich nicht. »Ich … ich würde gern Madeleines Tagebücher sehen.«

»Klar. Wenn wir damit durch sind. Falls Mme. Tremblay es erlaubt, ist es mir völlig egal.«

»Ich möchte sie sofort sehen.«

»Unmöglich. Es sind Beweisstücke.«

Ich bleibe störrisch sitzen, und er lacht. »Über ein Kind steht nichts in den Tagebüchern, Rousseau.«

»Woher wissen Sie dann von dem Kind?«

»Durch die Obduktion. Wenn Sie nur aufhören würden, ein solcher Romantiker zu sein.«

Eine Vision von Madeleines seziertem Körper schießt mir durch den Kopf. Im Leichenraum. Wie Will Henderson. Ich kämpfe gegen ein Schwindelgefühl an und komme mühsam auf die Beine.

»Aber Sie sollten den Test machen, Rousseau. Ihrem eigenen Seelenfrieden zuliebe. Stellen Sie sich nicht so an, und gehen Sie mit Mlle. Johnson.«

Ich schüttele den Kopf.

»Wie Sie wollen.« Er wirft das Band in seine Schublade. »Dann gehen Sie. Ich habe zu tun.«

Ich mache einen Bogen um die Laborantin und eile zum Aufzug. Ich habe ihn fast erreicht, als Contini mich zurückruft.

»He, Rousseau. Wie nah hat dieser Oscar Boileau Madeleine gestanden? Lavigne sagt, daß er sie gemalt hat. Und er taucht in den Tagebüchern auf.«

»Ich weiß nicht«, sage ich.

Er sieht mich mit diesem inquisitorischen Blick an, der einen festnagelt, dann lächelt er spöttisch. »Hat Ihr geliebter Polizeichef bei Ihnen erwähnt, daß sie Charlie gefunden haben? Charlie McNeil? Anscheinend ist er in diesem wunderschönen Wald am Fluß aufgetaucht. Praktisch, was? Und jetzt kann Gagnon als Held mit sauberen Händen dastehen und alles in einem ordentlichen Paket verschnüren. Reihum Schulterklopfen. Ste-Anne wieder drogenfreie Zone. Wenigstens fürs erste.«

»Sie meinen ...?«

»Ja. Ein Zeuge, der Will Henderson als den eigentlichen bösen Buben bezeichnet.«

Ich sehe ihn prüfend an. »Hat Charlie etwas über Madeleine und Will gesagt?«

»Dachte schon, Sie würden nie fragen.« Er legt verschwörerisch einen Arm um mich, lockert eine Krawatte, die schon ziemlich locker ist. »Anscheinend gingen beide, Charlie und Will, zur Mitternachtsmesse. Henderson traf Madeleine vor einem der Beichtstühle, und etwas – der unschuldige Charlie weiß nicht genau was – wechselte den Besitzer. Dann ging Madeleine in den Beichtstuhl.«

»So also hat Jerome ...« Ich halte inne.

»Was ist mit Ihrem Bruder?«

»Ach nichts.«

Contini klopft mir zu fest auf die Schulter. »Bleiben Sie in der Nähe Ihres Hauses, Rousseau.«

16

Im Auto herrscht das Schweigen zweier in ihre Einsamkeit eingekapselter Menschen, als Mme. Tremblay und ich im Zwielicht eines trüben Nachmittags nach Ste-Anne zurückfahren.

Aber als wir die Straße zu ihrem Haus erreichen, packt sie meinen Arm. »Fahr zur Scheune, Pierre. Auch wenn der Weg vereist ist.«

»Okay. Aber da ist nichts zu sehen.«

»Eine Abwesenheit«, flüstert sie. »Das ist auch etwas.«

Sie hat recht. Wir stehen beide vor dem Auto, und ich vermute, daß wir das gleiche sehen. Eine Scheune, die auch ein

Stall ist, in dem es ein Pferd gibt, das Madeleine reitet, und Hühner und Hasen. Eine Scheune, die voller Leben ist. Und dann leert sich die Scheune allmählich, bis nichts mehr da ist als Madeleines lebloser Körper.

Das letzte Licht schwindet, während wir da stehen.

»Gehen wir«, sagt Mme. Tremblay. «Vielleicht ist es besser, daß die Scheune weg ist.«

Ich fahre direkt vor die Veranda, damit sie nicht weit zu gehen hat.

Auf der Treppe liegen Blumen verstreut, ragen zwischen den Holzpfosten des Balkons vor, sind an das Geländer gebunden. Rote Nelken, gelbbraune Chrysanthemen ...

»Die Menschen von Ste-Anne haben Madeleine endlich ins Herz geschlossen«, sage ich.

»Wegen ...«

»Wegen des Feuers.«

»Ja, ich verstehe. Nicht sehr früh«, sagt Mme. Tremblay ohne Bitterkeit.

Die Hunde haben schon angefangen zu bellen. Eine bärtige Gestalt öffnet die Tür, noch bevor ich ihr aus dem Auto geholfen habe. Erst da merke ich, daß im Haus schon Licht brennt.

»Michel. Gut, daß Sie gekommen sind.« Mme. Tremblay begrüßt ihr Faktotum und lächelt zum erstenmal seit Tagen, während die Hunde um sie herumspringen. Mir war nicht klar gewesen, daß sie ihn angerufen hatte.

»Ist das Feuer an?«

Er nickt.

»Und Sie haben das Wichtigste besorgt? Vielen Dank. Ich erwarte Gäste.«

»Ich weiß.«

»Bleiben Sie auf eine Tasse Tee, Michel? Oder ein Glas Whisky. Zum neuen Jahr.«

Dubois schüttelt den Kopf.

»Hattest genug über die letzten Tage, wie? Macht nichts. Genau das Richtige zu Neujahr. Haben die Hunde sich anständig aufgeführt?«

»Ja. Sehr gut.«

Es läutet an der Tür, und ich sehe auf die Uhr. Monique und Jerome sind früh.

»Mach bitte auf, Pierre.«

Mme. Tremblays Gesicht ist nun angespannt. Sie stellt hastig Sachen in den Kühlschrank. »Bring sie ins Wohnzimmer«, ruft sie mir nach.

Aber es ist nicht mein Bruder mit Monique. Ein junger Mann mit Locken in schwarzer Motorradjacke und Lederhose steht vor mir. Noël Jourdan.

»Oh!« sagt er. »Ich dachte ... Was machen Sie denn hier?« Er zischt es herausfordernd, als wäre ich ein Spion aus einem feindlichen Staat und es wäre Hochverrat, wenn er beim Fraternisieren mit mir ertappt würde.

»Ich besuche Mme. Tremblay.«

»Sie ...« Er sieht mich halb ängstlich, halb mißtrauisch an. »Also haben Sie wieder die Seite gewechselt.«

»Und Sie?« sagte ich genauso aggressiv. »Was machen Sie hier?«

Er streckt eine flache weiße Schachtel vor. »Gran'mère hat mich gebeten, das hier vorbeizubringen. Eine *tortière*. Für Mme. Tremblay. Aber wenn sie nicht da ist ...«

»Sie ist da. Aber kommen Sie doch rein.«

Er zuckt die Achseln, winkt jemandem hinter sich. Ich sehe ein Motorrad. Eine Gestalt rutscht vom Sitz und setzt den Sturzhelm ab.

»Martine!« Ihr Anblick beruhigt mich. »Kommen Sie herein. Mme. Tremblay freut sich bestimmt, Sie zu sehen.«

»Guten Tag, M. Rousseau.«

Martine hat bessere Umgangsformen als ihr mürrischer Freund. Während ich sie ins Haus führe, bemerke ich, daß beide schrecklich schüchtern und ein wenig verwirrt sind. Sie wissen nicht, wo sie ihre Hände und Füße lassen sollen, und sie starren auf die Bilder von Madeleine mit einer Mischung aus Ehrfurcht und ungezügelter Neugier. Noël macht freche Bemerkungen, um es zu verbergen, und hält die *tortière* fest, als wollte ich sie stehlen.

Ich bitte Mme. Tremblay, aus der Küche zu kommen, und verspreche ihr, mich um das Abendessen zu kümmern. Sie sollte sich ausruhen und ein Schlückchen Whisky trinken. Dubois schleicht wie ein Schutzengel um sie herum. Als sie ins Wohnzimmer gehen, höre ich Noël lachend sagen: »He, Michel, in letzter Zeit noch mehr mordende, zündelnde Anglos gefunden?«

Minuten später, als ich fertig gekauften Zwiebelkuchen neben der *tortière* im Backofen warm mache, klingelt es wieder.

Diesmal sind es Monique und mein Bruder. Er hält ein kleines Etui in der Hand. Er weicht meinem Blick aus.

Monique ist voller künstlicher Aufgeregtheit. Sie küßt mich auf beide Wangen und überschüttet mich mit einem Wortschwall über das Wetter und die Straßen, während sie mir ihren wattierten Mantel gibt. Darunter trägt sie einen ordentlichen Rock über ausladenden Hüften und einen rosa Pullover, der eine Spur zu eng ist. Etwas an ihr erinnert mich unglücklicherweise an meine Stiefmutter.

Während ich die Mäntel aufhänge, kommt Michel Dubois in den Flur und versucht, mit einem gemurmelten *Bonsoir* durch die Tür zu schleichen.

Jerome hält ihn zurück. »Ich habe dich am Sonntag nicht in der Messe gesehen, Michel.«

»Keine Zeit.« Er brummt ein zweites *Bonsoir* und ist die Treppe hinunter, ehe mein Bruder noch etwas sagen kann.

Im Wohnzimmer herrscht ein gedrücktes Schweigen, als ich Monique und Jerome hineinführe, eine Stille, die Monique aber mit einem atemlosen »Maman« zerreißt, während sie auf Mme. Tremblay zustürzt, die regungslos wie eine Statue auf dem Sofa sitzt.

»Willkommen, Monique. Willkommen, Jerome.« Mme. Tremblays Stimme verbirgt kaum die Anstrengung, die ihre Worte sie kosten.

»Danke, Mme. Tremblay.« Jerome gibt ihr feierlich die Hand. »Ich hatte noch keine Gelegenheit ...«

Sie winkt ab, bevor er ihr das Beileid aussprechen kann.

Martine steht auf. »Wir sollten jetzt gehen.«

»Diese freundlichen Kinder haben eine *tortière* für unser Abendessen gebracht. Warum bleibt ihr nicht und eßt mit uns?« sagt Mme. Tremblay in einer plötzlicher Eingebung.

»Nein, wir werden woanders erwartet.« Noël wirft verstohlene unglückliche Seitenblicke auf meinen Bruder. »Nicht wahr, Martine?«

Sie nickt. Ich bemerke, daß sie noch immer Madeleines Schal um den Hals trägt.

»Gehen wir also.« Noël tritt von einem Fuß auf den andern.

»Kommt wieder. Ich würde mich freuen.« Plötzlich steht Mme. Tremblay auf. »Ihr habt wahrscheinlich Monique noch nicht kennengelernt. Monique Blais, Madeleines Mutter.«

»Oh.« Martines Ausruf füllt das stille Zimmer wie das Pfeifen einer Lokomotive.

»Sag deiner Großmutter meinen Dank von mir, Noël. Und paß mit dem Motorrad auf. Was ich vom Fenster aus gesehen habe, sieht viel größer aus als das, das mein Mann früher gefahren hat.«

Noël lächelt selbstbewußt. »Keine Sorge, Mme. Tremblay.«

Ich bringe sie zur Tür. Draußen fällt mir ein Polizeiwagen auf, der am Rand der Einfahrt parkt. Noël sieht den Wagen ebenfalls und reagiert nervös.

»Fahren Sie langsam«, sage ich zu ihm, aber er achtet nicht auf mich. In großspuriger Pose setzt er sich den Sturzhelm auf, schwingt sich vor Martine und läßt den Motor übertrieben laut aufheulen. Ich sehe die beiden davonrasen.

Im Wohnzimmer verbreitet sich mein Bruder über die moralischen Herausforderungen, vor denen die heutige Jugend steht. Mir wird bewußt, daß es ein Durchhaltetrick ist. Er weiß nicht, was er mit den beiden Frauen anfangen soll. Er ist so aufgeregt wie ein tugendhafter Dreizehnjähriger bei seinem ersten Rendezvous.

Mme. Tremblay starrt auf ihren Schoß, als enthielte er die Antwort auf das Rätsel der Sphinx. Sie verweigert sich Moniques flehenden Blicken. Aber plötzlich fragt sie in scharfem Ton: »Wo ist dein Sohn, Monique?«

»Er ist mir nicht verlorengegangen«, schießt Monique zurück, dann stöhnt sie ein wenig, um ihre Grobheit zu kaschieren. »Diese Polizisten in Montréal waren so gemein zu ihm. Deshalb ist er lieber weggeblieben.«

»Und deine anderen Kinder?«

»Louis arbeitet in Galveston. Er hat ja selbst schon drei Kinder. Ich bin Großmutter.« Monique wirft meinem Bruder einen Blick zu und lacht mädchenhaft. »Und du bist Urgroßmutter. Wie die Jahre verfliegen! Aber ich sehe sie nicht oft. Louis hatte einen schrecklichen Streit mit seinem Vater und ...« Ihre Stimme verliert sich, aber dann setzt sie lebhaft wieder ein. »*C'est la vie*, wie man hier sagt. Und Rachelle lebt mit einem Mann in Pittsburgh. Ein gräßlicher Mann.« Sie errötet plötzlich und fährt schnell fort. »Aber Martin ist Lehrer geworden. Er hat deinen Verstand geerbt. Er lebt in Omaha. Ich besuche sie im Sommer. Seine Frau ist ... ist sehr kultiviert. Madeleine hat ihm geholfen, als er an der Universität war.«

»Das war nett von ihr.« Plötzlich sind Mme. Tremblays Augen voller Tränen.

»Aber als ich ihr schrieb ... ach, Schwamm drüber.«

»Was ist?«

Monique schiebt die *tortière* auf dem Teller herum und ißt dann ein Stück.

»Als ich ihr schrieb, daß mein armer Arthur krank ist, hat sie sich nicht einmal die Mühe gemacht zu antworten.«

»Nein. Das kann ich mir denken.« Mme. Tremblay ist ernst.

»Warum kannst du dir das denken?« Monique ahmt wie eine aufsässige Halbwüchsige den Ton ihrer Mutter haargenau nach.

»Weil sie ihn nicht mochte. Und wenn du einmal länger als zwei Sekunden innehältst, um darüber nachzudenken, wirst du auch genau merken, warum.«

»Und warum?« Moniques Stimme wird schrill. »Weil du

sie gegen uns eingenommen hast. Die kleine Prinzessin Goldhaar, von dir verwöhnt, bis sie geglaubt hat, zu gut für uns zu sein.«

In diesem Wortwechsel scheinen die beiden Frauen uralte Haltungen anzunehmen. Wir sind in eine Zeitfalte geraten. Wie Fossilien, die unberührt in einer tiefen geologischen Schicht lagen und auf diesen Moment warteten, um plötzlich lebendig zu werden, können sie nur alte Familienkriege durchspielen.

»Und ich will dir sagen, warum, du unbelehrbare dumme Frau. Es war, weil Arthur anfing, sie zu schlagen, sowie dein Bauch dick wurde. Ich habe es mit meinen eigenen Augen gesehen.« Mme. Tremblays Gesicht ist zu einer finsteren Grimasse verzerrt.

»So etwas Lächerliches! Du hast sie sogar gegen Marcel aufgebracht, der ihr nur helfen wollte. Du behandelst deinen Hausdiener besser als uns. Er hätte uns in der Kälte stehen lassen, wenn Père Jerome nicht gewesen wäre.«

»Michel Dubois ist immer loyal und freundlich gewesen. Anders als dieser Rohling, den du geheiratet hast.« Mme. Tremblay steht langsam auf. »Ich bin jetzt müde. Wenn du hierbleiben willst, werfe ich dich nicht hinaus. Du kannst im Gästezimmer schlafen. Aber ich will von allem nichts mehr hören.«

»Ich hoffe nur, Madeleine hat es für richtig gehalten, eure gemeinsamen Sünden in ihrem Testament zu korrigieren«, flüstert Monique für sich, und dann, als Mme. Tremblay das Zimmer verläßt, wendet sie sich mit Tränen in den Augen an Jerome. »Sie haßt mich. Sie hat mich immer gehaßt. Weil ich nicht so klug bin wie sie. Aber Familienbande sollten doch stärker sein. Du verstehst das, Jerome. Du bist wie dein Vater.«

»Wenn du dich vielleicht nur ein bißchen besser benehmen würdest«, höre ich mich sagen.

»Pierre!« tadelt Jerome. »Ausgerechnet du.«

»Sie ist eine alte Frau. Sie hat einen schweren Schock erlitten.«

»Und ich? Was ist mit mir?« Monique wirft sich in die Pose der trauernden Mutter.

»Du ...«

»Pierre!« fällt mir Jerome ins Wort.

Die Strenge seines Gesichts genügt, um mir meine Schuld bewußt zu machen. Ich möchte ihn schütteln, damit alles, was er über mich weiß, endlich ans Licht kommt. Statt dessen schiebe ich mit einem knappen Nicken meinen Stuhl zurück und gehe.

Die Nacht ist sternenlos. Mein Haus erhebt sich aus der Dunkelheit wie ein prähistorisches Wesen, dessen höhlenartiger Rachen sich bei meiner Ankunft öffnet. Ganz kurz wünsche ich mich in die Wärme von Mme. Tremblays Haus zurück, aber da ist die Garagentür schon hinter mir zugeglitten.

Der kalte Wind, der die Kellertreppe herabweht, rüttelt mich auf. Er pfeift und bläst mir mit ungewohnter Stärke ins Gesicht, als ich in die Küche gehe. Habe ich geistesabwesend eine Tür offen gelassen?

Ich schalte die Lampen an und eile durchs Eßzimmer, wo eine Tischlampe umgefallen ist. Aber die Haustür ist zu und abgeschlossen. Ich haste ins Wohnzimmer.

Glas knirscht und rutscht unter meinen Füßen. Unzählige Scherben und Splitter bedecken den Boden, sprenkeln das alte geblümte Sofa. Ich stolpere über einen harten Gegenstand und erkenne den Umriß eines Backsteins.

In einem Fenster klafft ein großes Loch, wie ein weites gähnendes Maul. Ich untersuche den Backstein nach einer Botschaft. Aber dieser Stein trägt keine. Er braucht es auch nicht.

Sind die jungen Männer hergekommen, betrunken von der Silvesterfeier, um mir eine Lektion zu erteilen, unter ihnen Noël Jourdan? Das Zimmer ist so kalt, daß es dem Wind schon eine ganze Weile ausgesetzt sein muß. Auf der Fensterbank ist eine dünne Schicht Schnee angefroren.

Sofort hole ich Schaufel und Besen und einen Pappkarton

aus der Küche und beseitige den schlimmsten Schmutz. Im Keller finde ich zwei große Stücke Sperrholz, einen Hammer und Nägel.

Als ich die Bretter festnageln will, beschleicht mich ein Gedanke, tückisch, eisiger als der Wind. In der Tat hat ein Stein das Fenster zertrümmert. Aber das Glas ist abgeschlagen und herausgelöst worden, um eine Lücke zu schaffen, die so groß ist, daß ein Mann hindurch kriechen kann.

Mein Blick huscht durchs Zimmer, sucht Hinweise auf einen Diebstahl. Es scheint nichts zu fehlen. Die Stereoanlage ist an ihrem Platz, meine Sammlerstücke stehen ordentlich in den Regalen.

Ich befestige das Holz über den Fensterrahmen. Die Schläge hallen unheimlich durchs Haus, lassen es knarren und vibrieren. Als ich fertig bin, lastet die Stille schwer. Zu schwer – als wäre ein tiefer erwartungsvoller Atemzug angehalten worden. Mich überkommt ein sicheres Gefühl, nicht allein zu sein. Die Eindringlinge sind noch hier, ducken sich in einer dunklen Ecke, warten, um über mich herzufallen. Warum habe ich angenommen, daß der Stein an Silvester geworfen wurde? Warum nicht heute? Warum nicht Augenblicke vor meiner Rückkehr?

Ich lege alles aus der Hand und lausche. Lausche auf das Nachgeben der Dielen, auf das Flüstern von Füßen auf Teppichen. Ich kann nichts hören als den Wind, der durch die Ritzen heult.

Vom Kamin nehme ich den Schürhaken mit und schleiche auf die Treppe zu. Auf halbem Weg nach oben halte ich inne und lausche wieder. Einige Minuten stehe ich so da. Noch immer nichts. Ich versuche, meine Angst zu überwinden. Die Jugendlichen würden nichts wirklich Gemeines anstellen.

Wenn aber eine rachsüchtige Person mir wirklich heimzahlen will, daß ich gegen die Menge Partei ergriffen habe? Oder wenn jemand weiß, daß Gagnon den Tip mit den Drogen von mir bekommen hat? Oder wenn da draußen einer ist, der wie Contini den Verdacht hat, daß ich an Madeleines Tod Schuld habe, und unmittelbare Rache nehmen will.

Ich mache im oberen Stock Licht und öffne verstohlen Türen. Während ich versuche, meine Angst zu beherrschen, muß ich über mich selbst staunen. Wie kommt es, daß ich bereit bin, von mir selbst das Schlimmste zu glauben, aber keinem anderen, den ich kenne, gewalttätige Feindseligkeiten zutraue? Ist meine Langmut ein Schutz gegen Gefühle, oder rührt sie aus einem tiefen Wissen um meine größere Schuld? Ich gehe die Gesichter der Menge vor dem Haus der Rosenbergs durch, streiche eines nach dem andern von der Liste, führe Vernunft gegen Angst ins Feld.

Als ich die Schlafzimmertür öffne, siegt die Angst. Kleidungsstücke sind aus den Schubladen gezerrt, Lampen zerbrochen, Bücher aufgerissen. Meine Augen möchten sich vor dem Schlimmsten schließen. Auf der Kante meines zerwühlten Bettes entdecke ich ein Bündel aus streifigem glänzendem Fell. Minou. Ihr Kopf liegt in einem seltsamen Winkel, das Kissen hinter ihr ist rot von dem Blut, das ihr aus dem Maul gesickert ist.

Mir hebt sich der Magen, als ich sie zärtlich mit dem Laken zudecke. Eine böse Vorahnung schnürt mir die Kehle zu, und gleichzeitig wallt Zorn in mir auf. Ich laufe aus dem Zimmer und zum anderen Ende des Flurs.

Die Tür ist geschlossen, unversehrt. Die Schlüssel sind noch in meiner Tasche. Ich will schon weggehen, als mich irgend etwas veranlaßt, den Griff zu drehen. Er gibt nach. Ich habe vergessen, den Dachboden abzuschließen. Ich halte den Atem an. Mit erhobenem Schürhaken schleiche ich die Treppe hinauf.

Im schwachen Lichtschein, der durch die Tür fällt, suche ich die Nischen ab, die einzig möglichen Verstecke. Nichts bewegt sich. Ich tue einen Schritt vor und noch einen. Etwas raschelt und knirscht unter meinen Füßen.

»Hände hoch!« höre ich mich schreien, als hätte Contini mir noch einmal seine Maske geliehen.

Ich höre keine Bewegung.

Ich schalte das Licht ein und sehe mich um. Ein Stöhnen kommt mir über die Lippen. Der Boden ist mit Filmstreifen übersät, die jemand von den Spulen gerissen hat. Zerrissene Plakate und zerknüllte Fotos liegen herum. Hier und da blickt Madeleines verstümmeltes Gesicht flehend zu mir auf.

Das Heiligtum ist entweiht worden. Sein Altar umgestoßen. Die zersprungene Linse liegt neben dem Projektor auf dem Boden.

Aus irgendeinem Grund kann ich mich nicht überwinden, etwas zu berühren, zu bewegen oder aufzuräumen.

Erst beim dritten Rundgang merke ich, daß die Videobänder und der Recorder verschwunden sind. Seltsamerweise ist der Fernseher intakt.

Ich habe weiche Knie, als ich die Treppe hinuntergehe. Wer tut so etwas? Warum?

Mit plötzlicher Eile gehe ich ins Schlafzimmer. Aus dem Wäscheschrank nehme ich ein frisches weißes Laken. Behutsam wickle ich Minou ein und gehe in den Keller. Dort steht eine kleine Metallkiste mit den Zinnsoldaten, mit denen ich als Kind spielte. Ich leere sie aus und lege Minou zärtlich in die Kiste, dann trage ich sie durch die Haustür nach draußen. Wie Madeleine kann sie noch nicht begraben werden. Ein Flammenwerfer wäre nötig, um den Boden in dieser Nacht aufzuweichen. Deshalb stelle ich sie zwischen zwei Gartentannen und bedecke den Sarg mit Schnee.

Die Außenlampe beleuchtet die Veranda, und als ich wieder darauf zugehe, kann ich im eisigen Blau des verwehten Schnees Glasscherben funkeln sehen. Die Stücke der Scheibe sind hier größer als drinnen, und dazwischen hat sich trotz des hartgefrorenen Schnees ein Stiefel abgedrückt.

Ich starre einen Moment darauf, dann stürze ich mit einem Schauder ins Haus und schließe die Tür hinter mir zweimal ab. Ich lasse alle Lampen an und gehe zur Garage. Ich möchte nicht hier sein. Angst greift nach mir.

Im Auto wird es nicht besser. Ich schaue so gespannt in den Rückspiegel, daß ich mich kaum auf die Kurven vor mir konzentrieren kann. Ich denke an Maryla und das Auto, das sie von der Straße abgedrängt hat, als sie vor drei Tagen mein Haus verließ. War der Unfall in Wirklichkeit eine Warnung, die für mich bestimmt war?

Ich gebe Gas, um schnell an der Stelle vorbeizukommen. Ich erinnere mich an mein Gefühl, verfolgt zu werden, als ich vom Haus der Rosenbergs zurückfuhr, an meine vermutlich falsche Annahme, daß es Contini war. Und später am Abend der Vorfall im Schuppen, ein erster Versuch vielleicht, die Gemeinheit, die ich gerade entdeckt habe, zu begehen – ein erster Versuch, vereitelt durch Jeromes Anwesenheit im Haus. War auch Minous gebrochener Fuß eine Warnung?

Ich suche die Straße nach Schatten ab und biege, während ich links blinke, nach rechts in die Hauptstraße ein, dann halte ich an der ersten Tankstelle.

Niemand folgt mir. Ich tanke und fahre nicht besonders schnell weiter. Doch ich weiß nicht recht, wohin ich fahre. Irgendwo, wird mir mit plötzlicher Klarheit bewußt, wartet ein Wahnsinniger, um ein zweites Mal zuzuschlagen.

Ich weiß, daß ich Gagnon den Einbruch melden müßte. Aber ich bin dazu nicht bereit. Noch nicht bereit, ihn durch mein Allerheiligstes trampeln zu lassen. Aus Stolz vielleicht. Oder Scham.

Plötzlich bemerke ich ein Auto hinter mir. Es fährt mit derselben Geschwindigkeit. Die Scheinwerfer sind abgeblendet. Ich kann weder das Modell noch das Nummernschild erkennen. Als ich schneller werde, paßt es sich meinem Tempo an. Ich werde langsamer, um es überholen zu lassen, aber es kriecht hinter mir und hält Abstand. Mit plötzlicher Entschlossenheit biege ich in den Zubringer zur Schnellstraße ein. Ich fahre schnell, und das Auto verschwindet. Aber an der Einmündung ist es wieder da. Ich trete aufs Gaspedal, schere immer wieder aus dem schnellen Verkehrsfluß aus, und nach gut fünf Meilen glaube ich, meinen Verfolger abgeschüttelt zu haben.

Ich fahre, bis ich einen Wegweiser entdecke. Mit ihm kommt mir ein plötzlicher schlimmer Verdacht.

Die Straße ist stiller als bei meinem letzten Besuch. Es sind keine nächtlichen Skifahrer auf den Pisten. Sessellifte schaukeln ziellos im Wind und werfen roboterhafte Schatten auf den Schnee, als meine Scheinwerfer sie streifen.

Ich fahre langsam, da ich nicht genau weiß, wo ich abbiegen muß. Letzte Woche kam ich aus der anderen Richtung.

Wo der Berg dem See weicht, höre ich ein Auto hinter mir. Ich höre es, sehe aber nichts. Nirgendwo Scheinwerferlicht, doch ich kann das Dröhnen eines anderen Motors hören. Ich rase durch eine Kurve, aber das Geräusch ist noch da, kommt immer näher. Auf meiner Stirn bildet sich Schweiß. Ich fahre 110, viel zu schnell für die Straße. Die vom Schneepflug angehäufte Böschung an meiner rechten Seite sieht hart und steil aus. Dann taucht ein Haus auf. Ich rechne mir aus, wo die Einfahrt sein könnte, und steuere darauf zu.

Ein scheußliches kratzendes Geräusch erschreckt mich, als das Auto meine rechte Seite rammt und den Außenspiegel abreißt. Ich werde gegen die Böschung gedrückt. Einen Augenblick lang fürchte ich, der Wagen könnte rückwärts auf mich fahren wie Autoscooter auf dem Rummelplatz. Aber er bremst nicht ab. Ich habe keine Zeit, das Nummernschild zu lesen. Es bleibt nur ein Eindruck roter Farbe. Der Wagen verschwindet in der Dunkelheit.

Im Sog hinter ihm strahlen meine Scheinwerfer etwas an, das durch die Luft fliegt, sich im Wind dreht und keine zwanzig Meter vor mir landet.

Ich warte. Ich wische mir die Stirn ab. Und dann laufe ich bei aufgeblendetem Licht aus dem Auto und hole, was mein Verfolger weggeworfen hat.

Als ich es finde, bricht mir erneut der Schweiß aus. Der Filmstreifen ist ungefähr einen Meter lang. Ich brauche ihn nicht zu untersuchen, um zu wissen, wessen Bild darauf verewigt ist.

Gut fünfzehn Minuten bleibe ich in der Einfahrt. Es ist besser, hier zu warten. Ich muß meinen Verstand zusammennehmen, muß mich bereitmachen.

An diesem Abend zucken keine Lichter über das Schild der *Auberge Maribou*. In meinem erregten Zustand verpasse ich es fast und muß ein Stück zurückfahren. Ich lasse mein Auto im Schatten von Bäumen ein Stück weit weg stehen, dann schleiche ich zum Parkplatz herum. Eine einzige Limousine ist neben dem Gasthaus geparkt. Ich untersuche sie auf rote Farbe und irgendwelche Beulen. Ich finde nichts, und die Motorhaube ist kalt. Ich suche die Garage, die hinter dem Gebäude versteckt ist. Die Türen sind fest verschlossen.

Eine einzelne Lampe erhellt das Lokal. Es ist niemand zu sehen. Die Schultern gestrafft, drücke ich die Klingel und warte, wie mir scheint, sehr lange.

»Pierre!« Giorgio Napolitano trägt einen weiten Trainingsanzug. Sein Haar ist naß und zerzaust, als käme er soeben vom Duschen. »Kommen Sie herein. Zimmer gibt es heute genügend. Die Feiertage sind vorbei.« Er lächelt mich zu herzlich an. »Aber ich weiß nicht, wie es mit Essen aussieht. Paloma und Sylvie sind in Montréal.«

»Wegen des Essens mache ich mir keine Gedanken.« Ich versuche, sein ungewisses Lächeln zu durchdringen, blicke auf die Schneeschuhe, die an der Tür stehen.

Er betrachtet mich. »Ich bin froh, daß Sie gekommen sind. Neulich abends konnten wir nicht miteinander reden.« Er führt mich ins Lokal, nimmt eine Flasche Wein.

»Wie lange sind Sie schon zurück?« Meine Stimme ist ruhig.

»Zurück? Von wo zurück?«

»Ste-Anne.«

»Samstag. Gleich nachdem ich bei Ihnen war. Tut mir leid, daß ich so hereingeplatzt bin.« Er schenkt Wein in ein Glas vor mir. Dunkle Augen sehen mich an. »Was ist los, Pierre?«

»Wo ist Ihr Auto?« Ich taxiere ihn. Ich bin größer als er, aber er wirkt kräftiger.

»Mein Auto? Was soll die Frage? Haben Sie eine Panne? Paloma hat mein Auto genommen, um Sylvie abzuholen. Mein alter Wagen ist aber noch hier.«

»Auf dem Parkplatz?«

»Nein. Der Wagen gehört unserem einzigen Gast. Meiner steht in der Garage. Wohin müssen Sie noch?«

Meine Anspannung läßt ein wenig nach. »Kann ich das Auto sehen?«

»Aber ja. Es macht nicht viel her. Was ist los, Pierre?« fragt er noch einmal.

»Warum wollten Sie mich am Samstag besuchen?«

Er zieht einen Stuhl vor und setzt sich rittlings darauf. »Bitte setzen Sie sich. Sie sehen aus, als wollten Sie gleich auf mich einprügeln.«

Mit einem Achselzucken setze ich mich auf den Stuhl ihm gegenüber.

»Ich habe Sie aufgesucht, weil ich reden wollte. Über Madeleine. Genaugenommen darüber, daß sie ermordet wurde, wie Kommissar Contini gesagt hat.« Er zittert ein wenig. »Und ... ja, da war noch etwas anderes.« Er mustert mein Gesicht sorgfältig, als versuche er, einen Entschluß zu fassen.

»Was?« Ich sehe ihn herausfordernd an, nehme die kleinste Veränderung in seinen Zügen wahr. »Sind Sie um meinen Schuppen herumgeschlichen?«

»Ihren Schuppen? Nein.« Er macht den ungekünstelten Eindruck, verwirrt zu sein. »Es war etwas, das ich schließlich Contini erzählt habe. Vielleicht hätte ich es nicht tun sollen, aber es schien mir wichtig.«

Ich sinke auf dem Stuhl zusammen, als wäre mein Rückgrat aus Gummi. Ich weiß, was er sagen wird.

Er drängt mich zu trinken. Mein Mund ist trocken wie Asche, verwandelt den Wein in Essig. Aber ich trinke ihn trotzdem, während Giorgio mit diplomatischem Takt erzählt, wie Madeleine bei ihrer letzten Begegnung eine Reihe anonymer Briefe erwähnte, die sie erhalten hatte, verletzende Briefe, die sie zutiefst beunruhigten, abscheuliche Briefe, die, wie sie endlich zornig gefolgert hatte, nur von mir stammen konnten.

»Ich habe dem Kommissar gesagt, daß Madeleines Verdacht auf Sie fiel. Ich war mir nicht sicher, ob ich mich richtig verhalten habe. Deshalb bin ich zu Ihnen gekommen.«

Ich massiere mir die Stirn. Ein Schmerz, den ich nicht loswerde, hat sich dort festgesetzt.

Giorgio steht auf, um das Feuer zu schüren. »Waren die Briefe von Ihnen?«

Das »Ja« brennt mir in der Kehle.

»Erzählen Sie mir davon«, sagt er leise. »Erklären Sie es mir.«

Ich erzähle ihm in knappen Worten von dem seltsamen Zwang, diese Briefe zu schreiben. Er sieht mich mit solchem brüderlichen Mitgefühl an, daß ich ihm beinahe von meinen Zweifeln erzähle, von meinem Entsetzen wegen der verhängnisvollen Nacht, in der Madeleine starb. Aber es gelingt mir gerade noch, innezuhalten. Statt dessen berichte ich ihm von dem Einbruch, von Minou, von der Verfolgungsjagd – von den Ereignissen der letzten Stunden, die mich zu ihm geführt haben.

Giorgio besitzt die Gabe des Zuhörens. Vielleicht hat er das als Priester gelernt. Ein guter Beichtvater. Oder er hatte es vielleicht schon in sich. Fast wünsche ich, ich könnte ihm alles erzählen, was ich weiß und was ich nicht weiß. Aber ich behalte es für mich. Zum Schluß sage ich: »Ich hoffe, mein Kommen ist nicht verantwortungslos.«

»Auberge bedeutet Zufluchtsstätte. Ich bin froh, daß Sie gekommen sind. Auch wenn Sie mich verdächtigt haben.« Er lacht, und ich wende mich beschämt ab.

»Nein, nein. Machen Sie sich deswegen keine Sorgen. Wir sind alle in Argwohn und Furcht gefangen. Mord ist für uns soviel schwerer zu ertragen als Selbstmord. Ich habe für mich selbst versucht, es logisch zu durchdenken, aber ich habe keine Antworten.«

»Nein«, gebe ich ihm bedrückt recht.

»Ich tröste mich mit dem Gedanken, daß Madeleine wenigstens nicht als ihr eigener Richter und Henker gehandelt hat. Daß sie nicht ihr gesamtes Leben verurteilt und als null und nichtig betrachtet hat.« Er sieht mich mit einem sanften, ironischen Blick an. »Sie sehen, ich kann mich gut selbst trösten.«

»Ich verstehe. Wenn ich es nur auch könnte.«

Er sieht mich an, als könne er meinen wahnsinnigen Wunsch lesen, irgendwie in Madeleines Tod verwickelt zu sein.

»Die Enthüllung, daß Madeleine ermordet wurde, hat dummerweise meinen Schmerz ein wenig gelindert. Ich hatte mir nämlich eingeredet, daß wir wieder Freunde geworden waren. Gute Freunde. Ich dachte, sie zählte auf mich. Und sich dann einfach so davonzumachen, ohne mich um Rat zu fragen, ohne zu mir zu kommen – das war sehr schwer zu ertragen. Ich wußte, daß ich als Freund versagt hatte.«

Ich starre ihn an und ertappe mich dabei, daß ich erneut überlege, ob Madeleine jemals mit ihm ins Bett gegangen ist. Ich frage nicht. Irgendwie scheint es nicht mehr wichtig zu sein. Das verblüfft mich. Und noch mehr überrascht mich, daß ich merkwürdigerweise auf einmal hoffe, daß sie es getan hat.

»Und jetzt?« frage ich leise.

»Jetzt? Jetzt glaube ich, ist sie dort oben und lacht über uns. Ergötzt sich am Aufruhr, den sie verursacht hat. Flirtet mit den Engeln. Macht Gabriel richtig das Leben sauer. Sagt Gott, er sollte etwas gegen Armut und Ungerechtigkeit unternehmen.«

»Glauben Sie das wirklich?«

»Vielleicht. Ja, vielleicht glaube ich daran. Der Wein ist nicht schlecht, oder?«

»Aber lieber hätte ich einen Kaffee. Es ist ein langer Tag gewesen.«

Er lacht und führt mich in die Küche, die ganz aus sauberen silbernen Flächen und Reihen riesiger Kochtöpfe besteht.

»Wissen Sie«, sagt er, während er einen Kessel füllt, »Mord erscheint mir wie ein Unfall. Wie ein Akt des Schicksals oder eine Tat Gottes – falls er nichts dagegen hat, wenn ich seinen Namen schon wieder ins Spiel bringe ... Wir machen uns

Vorwürfe, wir beten eine Litanei von ›Hätten wir doch bloß‹ herunter, wir sind traurig. Aber wir können nicht direkt verantwortlich sein. Nur eine einzige Person ist direkt verantwortlich.«

Ich zucke zusammen.

Er bemerkt meinen Schrecken. »Sie müssen die Polizei anrufen, Pierre. Berichten Sie alles, was heute passiert ist. Tun Sie es sofort.«

»Es gibt Dinge, die die Polizei nicht wissen soll.«

»Wir haben alle Dinge, die wir niemanden wissen lassen möchten.«

Am Morgen, der zu früh kommt, weil wir die halbe Nacht mit Reden zugebracht haben, sagt er zu mir: »Soll ich Sie begleiten? Ich hätte Zeit. Paloma und Sylvie kommen erst morgen zurück.«

Ich schüttele den Kopf.

»Sie gehen direkt zur Polizei?«

»Ich habe eine Nachricht hinterlassen. Für Gagnon ebenso wie für Contini.«

»Sie lassen wieder von sich hören?«

»Ja. Und vielen Dank.«

Er nickt und begleitet mich zum Auto.

Der Tag ist unglaublich heiter. Der Schnee blendet so sehr, daß wir die Augen schützen müssen. Vögel zwitschern und fliegen auseinander, als wir vorbeigehen.

»Irgend jemand hat irgendwo richtig gehandelt.« Giorgios Stimme ist wehmütig.

Ich wende mich zu ihm um. »Contini hat mir gesagt, daß Madeleine ein Kind hatte.«

»Was?«

»Sie hatten also keine Ahnung.«

Er schüttelt den hübschen Kopf. »Wann?«

»Das hat er nicht gesagt. Vielleicht weiß er es nicht. Und er könnte sich irren.«

Wir sehen uns noch einmal lange in die Augen, und plötzlich umarmen wir uns.

Zwei potentielle Väter, die sich vor dem schimmernden Schnee in die Arme schließen.

Wieder auf der Schnellstraße verläßt mich alle Ruhe, die ich in Giorgios Gegenwart gefunden habe. Mein Rückspiegel nimmt mich wieder zunehmend in Anspruch. Ich halte mich an die rechte Spur, verstecke mich zwischen Lastwagen. Ich beschließe, weder nach meinem Haus und eventuellen neuen Schaden zu sehen noch bei Mme. Tremblay vorbeizuschauen, wie ich es geplant hatte. Vielmehr begebe ich mich direkt ins Büro. Ich brauche den Trost belebter Straßen und eine Dosis Normalität, um zu verhindern, daß mich die Angst übermannt.

Arlette Gatineau, meine Sekretärin, sitzt schon an ihrem Platz, eine schlanke, ernste Frau in meinem Alter. Sie wünscht mir ein glückliches neues Jahr, dann rückt sie die Brille zurecht und liest mir von ihrem Notizblock vor.

»Ein Kommissar Contini hat angerufen und gesagt, daß er es später versucht. Er hat heute sehr viel zu tun. Polizeichef Gagnon hat mitgeteilt, daß er Ihnen persönlich zur Verfügung steht und kommt, wann immer es Ihnen paßt.«

Sie sieht mich über den Brillenrand seltsam an, stellt aber keine Frage.

Ich habe Arlette vor rund achtzehn Monaten angestellt, als sie in die Nachbarschaft von Ste-Anne zog. Ihr Mann arbeitet in Montréal. Ich habe sie angestellt, weil sie intelligent ist und nicht tratscht – obwohl sie alles um sich herum registriert und mir, wenn ich sie bitte, scharfsichtige kleine Schilderungen ihrer Eindrücke gibt. Wir kommen blendend miteinander aus.

Jetzt ruht ihr seltsamer Blick eine Sekunde länger als sonst auf mir, und ich weiß, daß sie eine Bestätigung zu den ungewöhnlichen Ereignissen braucht, die unsere Stadt in Aufregung versetzt haben. Arlette ist zu neu hier, um etwas über meine früheren Beziehungen zu Madeleine zu wissen.

Ich kann ihr die Erklärungen, die sie sucht, nicht geben. Statt dessen sage ich ihr, daß ich an diesem Tag häufig abwesend sein werde und vermutlich auch in den nächsten Tagen ein wenig unberechenbar in meinen Schritten. Sie müsse die Stellung halten. Ich bitte sie auch, sich für mich bei Maryla Orkanova zu erkundigen, ob sie Hilfe braucht. Ich mache mir Sorgen um Maryla und überlege, ob ich Gagnon bitten soll, auch sie auf seine Überwachungsliste zu setzen.

»Mme. Groulx wartet auf Sie«, informiert mich Arlette. »Sie hat leider darauf bestanden. Ich konnte sie nicht abwimmeln.«

Wir lächeln uns an. Die Normalität dieses komplizenhaften Lächelns gibt mir Kraft, und ich gehe gefaßt im mein Büro, um mich Mme. Groulx zu stellen.

»Pierre.« Sie sieht mich streng an. »Ich bin nicht mit Ihnen zufrieden. Sie haben sich gegenüber diesem gräßlichen Kommissar aus Montréal nicht für mich eingesetzt. Was für ein Recht er hat, seine Nase in unsere Angelegenheiten zu stecken, weiß ich nicht.«

»Was kann ich an diesem wunderschönen Morgen für Sie tun, Mme. Groulx?«

»Also wissen Sie es jetzt?«

»Was soll ich wissen?«

»Wer es getan hat. Es war dieser schreckliche drogensüchtige junge Mann, nicht wahr?«

»Mme. Groulx, das hier ist nicht das Polizeipräsidium. Ich weiß so wenig wie alle anderen hier. Möchten Sie irgendein Geschäft abwickeln?«

Um ihre schmalen Lippen spielt ein Lächeln. »Ja. Eine kleine Änderung in meinem Testament. Zugunsten meines Urenkels, Noël Jourdan.«

»Sind Sie sich ganz sicher? Sie wissen, daß jede Änderung Sie etwas kostet.«

»Ich bin mir sicher. Er ist ein gescheiter Junge. Er wird es weit bringen.Ich möchte fünftausend für ihn einsetzen. Ziehen Sie es von meiner Stiftung zugunsten der Schule ab.«

Ich notiere die Änderung in meinem Merkbuch. »Ich schicke Ihnen den Nachtrag zum Unterschreiben zu.«

»Nein. Ich komme vorbei. Morgen früh.«

»Das paßt gut.«

Sie steht nicht auf. Vielmehr räuspert sie sich. »Hat Mme. Tremblay sich über meine *tortière* gefreut?«

»Sehr, glaube ich. Sie war köstlich.«

»Und diese Monique?« Sie beugt sich zu mir vor. »Sie ist nicht den zehnten Teil von Madeleine wert.« Sie senkt die Stimme. »Ich behaupte, daß sie nur wegen dieses Brandstifters hier aufgetaucht ist. Dieses Mörders«, betont sie eigensinnig. »Sie kommen nämlich beide aus Maine. Wieviel hat Madeleine ihr im Testament vermacht?«

»Das weiß ich leider nicht, Mme. Groulx. Madeleine Blais' Testament befindet sich nicht in meinen Händen.«

Sie sieht mich zweifelnd an, dann plustert sie sich auf. »Das habe ich Ihnen noch nicht erzählt. Von dem Motorrad vor der Kirche bei der Mitternachtsmesse. Ich hatte es nicht gemerkt. Es war Noëls. Was sagen Sie dazu! Mein Urenkel hat Madeleine Blais eine Fahrt damit angeboten und anscheinend einen dicken Kuß bekommen.«

»Was für ein hübsches Bild«, sage ich fröhlich. »Haben die beiden eine Fahrt gemacht?«

Sie sieht mich einen Moment verwirrt an. »Ich weiß nicht. Ich werde meinen Urenkel fragen.«

Kaum ist Mme. Groulx gegangen, kommt mein Bruder mit forschem Schritt herein. Er steht verlegen auf der anderen Seite des Schreibtisches. »Sie haben dich also noch nicht eingesperrt, dann muß ich etwas falsch verstanden haben.«

»Was?« Ich bin beinahe so weit, mich auf ihn zu stürzen.

»Gerüchte«, sagt er abfällig. »Ich habe nicht viel Zeit.« Er tritt von einem Bein aufs andere, seine Miene ist besorgt. Der Grund für sein Kommen scheint ihm entfallen zu sein.

»Heraus mit der Sprache, Jerome«, sage ich freundlich.

Er räuspert sich. »Es ist wegen Mme. Tremblay und Monique. Sie streiten sich die ganze Zeit. Vielleicht, ich weiß nicht ... wenn nur Mme. Tremblay ein wenig nachsichtiger wäre. Monique meint es nicht böse. Es ist einfach so, daß das

Leben sie abgestumpft hat.« Er zeigt mir plötzlich ein gequältes, müdes Gesicht. »Meinst du nicht auch?«

Er läßt mir keine Zeit zu antworten. »Sag es ihr. Erkläre es Mme. Tremblay. Das wäre eine gute Tat.«

Aufs neue in Tugend gehüllt, eilt er davon.

Ich sitze einigermaßen verblüfft da und wundere mich über die Träume, an die er sich all die Jahre geklammert haben muß. Länger sogar als ich. Wir sind eine Familie von Träumern.

Arlettes Summer holt mich in die Gegenwart zurück.

»Zwei Messieurs Lefèvre für Sie, und ich habe Madame Orkanova am Apparat.«

Es dauert eine Weile, bis ich mich an den Termin erinnere, den ich mitten in der vergangenen Woche vereinbart habe. Ich spreche kurz mit Maryla, die sich recht gut anhört. Dr. Bergeron hat ihr einige Tage freigegeben, und Mme. Préfontaine leistet ihr Gesellschaft und hilft im Haushalt. Ich lasse keine Angst in meiner Stimme anklingen und sage ihr, daß ihr einige Ruhetage zu Hause guttun werden.

Für die nächste Stunde bin ich mit einer bitteren Geschichte befaßt, die nicht meine eigene ist – und die vielleicht aus diesem Grund Lösungen in Aussicht stellt.

Als die beiden Messieurs Lefèvre gegangen sind, zeigt meine Uhr nach eins. Ich rufe Gagnon an, den ich aber nicht erreiche. Auch Contini ist nicht in seinem Büro.

Schweren Herzens gehe ich zum Parkplatz und halte heimlich Ausschau nach Autos mit Dellen und Kratzern an der Beifahrerseite. Ich entdecke zwei, aber keines von beiden trägt Lackspuren von meinem oder von Marylas Auto. Dann zwinge ich mich, nach Hause zu fahren. Es ist immerhin mitten am Tag. Bei Tageslicht wird nichts geschehen. Und ich muß mich umziehen.

In der hellen Mittagssonne sieht das Haus unschuldig und so gesetzt aus wie der angesehene Bürger, der es nach seinen Vorstellungen erbauen ließ. Einen Augenblick tue ich vor mir so, als wären sämtliche Ereignisse der letzten Tage, von

Madeleines schrecklichem Tod bis zum Vandalismus des gestrigen Abends, nur die Bestandteile eines wilden Alptraums.

In einem Anfall von Optimismus gehe ich zur Haustür herum und rede mir ein, daß die Wirklichkeit keine verräterischen Hinweise zeigen wird. Aber das Wohnzimmerfenster ist tatsächlich vernagelt, und zwischen den Tannen bildet Minous Sarg einen einsamen Hügel im Schnee.

Ohne sie erscheint mir das Haus leerer denn je. Ich springe die Treppe hinauf, hole hastig, ohne auf das Bett zu blicken, einen Anzug aus dem Schrank und hebe ein Hemd und Unterwäsche von dem ungeordneten Haufen auf dem Boden auf.

Ich ziehe mich rasch im Bad um. Der Anblick eines offenen Rasiermessers mitten im Waschbecken läßt mich innehalten. Ich will es aufheben, als ich das Blut an seiner Kante bemerke. Mit furchtbarer Gewißheit wird mir bewußt, daß es Minous Blut ist.

Das Läuten des Telefons reißt mich aus meiner Lähmung. Ich nehme ab. Schweigen antwortet auf mein *»Allo«*, und dann, als ich schon auflegen will, kreischt eine hohe Falsettstimme *»Sale cochon«*.

»Wer ist da?«

»Arschloch.«

Die Leitung ist tot.

Ich will zur Tür gehen, als es wieder läutet. Ich zögere. Ob ich die Stimme identifizieren könnte, wenn sie weiterredete? Ich wappne mich und nehme den Hörer ab.

»Rousseau. Hier ist Gagnon. Sie wollten mich erreichen?«

Mit einem Seufzer der Erleichterung berichte ich ihm von dem Einbruch und von der Katze.

»Mauditcriss«, sagt er leise. »Wir kommen sofort rüber.«

Ich schaue auf die Uhr. »Wie lange brauchen Sie, Gagnon? Ich muß jemanden am Flughafen abholen.«

»Fünfzehn Minuten, nicht mehr.«

»Gut. Ich lasse Sie ins Haus, dann können Sie hier allein weitermachen.«

»Es könnten Fingerabdrücke auf der Fensterbank sein«, sagt er in seiner neuen selbstbewußten Art. »Fassen Sie nichts an.«

Zu spät, denke ich, als ich auflege. Zu spät, verdammt. Wütend auf mich selbst gehe ich zum Ende des Flurs und drehe den Schlüssel im Schloß des Dachzimmers herum.

Teil 3

17

In der Ankunftshalle am Flughafen Mirabel sorgen zurückkehrende Urlauber für regen Betrieb. Taxifahrer halten Schilder mit fettgedruckten Namen hoch. Menschen drängeln sich an Ausgängen. Großmütter und Kleinkinder winken ziellos an den Toren, als probten sie für den großen Augenblick. Einige wenige Geschäftsleute wandern ungeduldig zwischen den Schaltern von Avis, Hertz und Budget hin und her.

Rasch blicke ich auf die Ankunftsmonitore und gehe durch den langen, schmalen Korridor. Nahe der Rolltreppe sehe ich zu meiner Überraschung Contini. Er rekelt sich in einem Sessel.

»Ich wußte nicht, daß Sie auch kommen«, begrüße ich ihn.

»Es schien mir angemessen.« Er beißt in einen Apfel und kaut nachdenklich. »Mußte allerdings das Mittagessen ausfallen lassen.«

Nicht weit weg von ihm entdecke ich Serge Monet, Continis gelegentlichen Partner, der mit einem mir unbekannten Mann spricht.

»Ach ja. Ich glaube nicht, daß Sie sich kennengelernt haben.« Contini winkt die beiden Männer zu sich. »Fernando Ruiz, ich möchte Sie mit Pierre Rousseau bekanntmachen.«

Ruiz ist kleiner als ich, dunkel und drahtig mit Adlernase und unerschrockenen, doch gerissenen Augen. Er trägt eine Lederjacke und Cordhose, und sein glänzendes schwarzes Haar fällt ihm in die Stirn. Ich starre ihn nervös und gleichzeitig fasziniert an.

»*Enchanté*, M. Rousseau«, sagt er starkem Akzent und streckt eine knochige Hand vor.

»Er hat sich die Haare drüben in Lissabon schneiden lassen. Ich bin mir ziemlich sicher, daß er Mme. Tremblays Gast mit dem Pferdeschwanz ist. Wissen Sie genau, daß Sie ihn noch nie gesehen haben?« Continis Tonfall ist laut genug, daß der Mann ihn hören kann.

Vielleicht hört Ruiz ihn dennoch nicht, oder er versteht nicht, denn er sagt: »Ich war tief traurig, als ich von Madeleines tragischem Tod gehört habe. Wenn ich irgendwie zu den Ermittlungen beitragen kann ...« Er redet mich an, als hätte ihm jemand gesagt, wer ich bin. Vielleicht hat Madeleine mich als Freund erwähnt.

Contini zerstört meine Illusionen. »Ich habe erklärt, daß Sie Madeleines Ex-Mann waren.« Er zwinkert mir herausfordernd zu, wie er es so gern tut, und wirft seinen Apfel mit einer flegelhaften Geste in den nächsten Abfalleimer.

Ich weiß nicht, warum er den Clown spielt. Heute ist Monet derjenige, der überaus höflich ist. Seine schlanke Figur steckt in einem modischen Anzug, der Schnurrbart ist sorgfältig gekämmt. Er kommt herüber, um mir die Hand zu geben, und deutet auf die Tafel über uns. »Mme. Corots Maschine ist eben gelandet. Jetzt dauert es nicht mehr lange.«

»Marie-Ange Corot ist eine angenehme Frau. Ich freue mich sehr, sie hier zu treffen«, erklärt Ruiz.

»Sie kennen sie?«

»Wir haben gelegentlich miteinander zu tun.« Er betrachtet seine Stiefel, die spitz und glänzend sind wie die eines Bühnencowboys. »Meistens telefonieren wir. Wir arbeiten in der gleichen Branche.«

»Ja«, wirft Contini ein. »Ruiz macht Filme. Er ist Regisseur. Er meint, ich hätte ein richtig gutes Bullengesicht. Also spiele ich ihm gerade ein bißchen was vor. Vielleicht gibt er mir eine Rolle. Oder uns beiden. Sie können den Mörder spielen, und ich spiele mich selbst.«

Lächelnd steckt er seinen Arm unter meinen und zieht mich vor die beiden Männer.

»Haben Sie meine Nachricht bekommen?« Meine Stimme klingt plötzlich gereizt.

»Wir hinterlassen ständig Nachrichten füreinander, Sie und ich. Wird allmählich eine richtige kleine Liebesgeschichte.«

»Haben Sie getrunken?«

»Nein, nur nachgedacht. Und ich bin wütend auf Sie, weil Sie mir gestern meine Zeit gestohlen haben. Die furchteinflößende Mlle. Johnson hat sich nicht gefreut, daß Sie ihren Zeitplan durcheinandergebracht haben.«

Ich ertrage gelassen seinen fragenden Blick.

»Außerdem bin ich nicht gerade glücklich, daß Ruiz beim Friseur war. Glauben Sie, die alte Dame erkennt ihn wieder? Lissabon-Montréal ist eine weite Reise, wenn er gar nichts damit zu tun hat.«

»Sie haben ihn hergeholt?«

»Fairerweise muß ich sagen, daß er sich nicht aufgeregt hat.« Contini sieht mich lange abschätzend an, was auf einen Vergleich schließen läßt, der mir nicht zum Vorteil gereicht. »Er war an irgendeinem entlegenen Ferienort am Atlantik und hatte bis zum Wochenende nichts von Madeleines Tode gehört. Er war angemessen betrübt.«

»Sie trauen ihm?«

»Ich traue niemandem. Aber seine Geschichte ist stimmig. Mehr oder weniger.«

Der Lautsprecher kommt meiner nächsten Frage zuvor. Monet und Ruiz, bemerke ich, sind auf eine Zigarette hinausgegangen. Sie stehen bei den Türen. Monet hat sein unergründliches holzgeschnitztes Gesicht aufgesetzt. Ruiz sieht gedankenverloren aus, aber als er meinen Blick auffängt, verzieht sich sein Gesicht zu einem freudlosen halben Lächeln. Er winkt mit einem Päckchen Zigaretten in meine Richtung. Ich schüttele den Kopf.

»Wie lautet seine Geschichte?« frage ich Contini.

»Ruiz ist vor Weihnachten rübergekommen, um Madeleine zu besuchen. Sie hatten schon länger einen gemeinsamen Film im Kopf. Sie wollte ihm den Ort zeigen, wo sie aufgewachsen war, deshalb fuhren sie am Heiligen Abend zusammen nach Ste-Anne. Er fuhr in ihrem Auto in die

Stadt zurück und ließ es dann für sie am Flughafen stehen, weil er am Weihnachtstag nach Lissabon zurückflog. Über Paris. Manche Leute haben wirklich Glück!«

»Aber er hätte Zeit gehabt, um ...«

»Um die Tat auszuführen? Er war kurz nach drei in der Nacht wieder in seinem Hotel. Wir haben es nachgeprüft. Aber wo ist das Motiv? Und warum anrufen und eine Nachricht hinterlassen, wenn man weiß, sie ist tot?«

»Sie wissen also, daß die Nachricht nach ihrem Tod kam?«

»Ja, natürlich wissen wir es. Das sagt er auch. Er sagt, er wollte, daß Madeleine diesen Film mit ihm drehte, aber als er nach Lissabon zurückkam, machte ihm der Produzent einen Strich durch die Rechnung. Also rief er an, um es ihr zu sagen. Er faxte die schlechte Nachricht auch Mme. Corot. Als er von Madeleines Selbstmord erfuhr, war er völlig fertig, behauptet er.«

»Es könnte ein Trick sein.«

»Zerbrechen Sie sich darüber nicht den Kopf. Wir überprüfen Ruiz.« Contini betrachtet mich mit einem unauffällig forschenden Blick. »Das hört sich gerade so an, als wollten Sie Ihr Geständnis widerrufen.«

Ich blicke ihn finster an. »Warum ist er die Nacht nicht bei Madeleine geblieben, wenn er schon einmal da war?«

»Vielleicht fragen Sie ihn das am besten selbst.« Er setzt seinen Hut ab. »Schließlich sind Sie beide mit der Dame etwas vertrauter als ich. Vielleicht hat sie ihn zum Teufel gejagt. Vielleicht wollte sie den Weihnachtsmorgen allein mit der Oma haben. Vielleicht hatte er genug von ihr. Aber soviel wir wissen, war er die letzte Person, die Madeleine gesehen hat. Abgesehen von Ihnen natürlich.«

Ich reagiere nicht, sondern starre auf die Ankunftstore, die in diesem Augenblick einen neuen Schwung Passagiere freigeben.

»Und wie sollte Madeleine zu ihrem Auto kommen?«

Er zuckt die Achseln. »Ich weiß nicht. Vielleicht sollten Sie sie hinfahren. So, und weshalb haben Sie mich angerufen?«

»Wegen eines Einbruchs in mein Haus, als ich in Montréal war. Jemand hat einen Backstein durchs Fenster geworfen und hat alles auf den Kopf gestellt.«

Contini wirft einen hastigen Blick auf mich und setzt seinen Hut verwegen schräg auf. »Sie erzählen mir das bestimmt nicht nur, damit ich Mitleid mit Ihnen bekomme?«

»Sehen Sie es sich doch selbst an.«

»Wurde etwas gestohlen?«

Ich zögere. »Wer auch immer es war, hat meine Katze getötet.«

»Verdammt!«

Ein Kind hat zu weinen angefangen. Leute drängen sich an uns vorbei, die Stimmen laut vor Aufregung. Ein Mann mit Chauffeursmütze hält mir ein Namensschild ins Gesicht und wendet sich ab, als ich den Kopf schüttele.

»Wurde etwas gestohlen?« wiederholt Contini.

»Mein Videorecorder.«

»Aus dem Madeleine-Blais-Museum?«

»Sie ... Sie waren drin?« Meine Stimme zittert.

Contini weicht meinem Blick aus. »Hübsche Sammlung«, murmelt er, während er die Gesichter in der Menge absucht.

»Ja, von dort. Und einige Bänder.«

»Entschuldigen Sie, Inspektor ...« Fernando Ruiz steht neben uns.

»Kommissar.«

»Kommissar, Mme. Corot ist angekommen. Dort, am Blumenstand.«

So wie Marie-Ange Corot aussieht, könnte sich ein Modeschöpfer Trauer vorstellen: ein schwerer dunkler Pelz über einem schwarzen, eleganten Kostüm und ein glatter schwarzer Hut, der einem Helm ähnelt. Sie sieht aus wie ein großer glänzender Rabe und genauso bedrohlich. Sie lächelt nicht, als wir auf sie zugehen, sondern nimmt uns mit einem Erstarren ihrer Züge zur Kenntnis.

»Pierre.« Sie drückt mir die Hand und läßt sie schnell fallen, als hätte ich eine ansteckende Krankheit. Ich habe das plötzliche Gefühl, daß Contini sie gewarnt hat. Dafür spricht der mißtrauische Blick, den sie auf mich wirft, die Weigerung, mir in die Augen zu sehen.

Die Begrüßung für Fernando Ruiz fällt kaum herzlicher aus, obwohl es ihm gelingt, ihr luftige Küsse auf die Wangen zu hauchen. Sie steht streng wie ein Mannequin da. Erst als ich Contini und Monet vorstelle, kommt Bewegung in ihre Züge.

»Mme. Corot fährt mit mir«, verkündet Contini zu meiner Überraschung. »Sie nehmen Ruiz und Monet mit, Rousseau. Und wir fahren übrigens zu Mme. Tremblay.«

»Was?«

»Sie haben richtig gehört.«

»Aber Mme. Corot ...«

»Machen Sie nur, was ich sage.«

Wie ein Kavalier alter Schule greift Contini zu Marie-Anges Koffer und führt sie auf die Rolltreppe zu.

Monets Arm liegt auf meiner Schulter. »Wo steht Ihr Auto?« fragt er.

Fernando Ruiz sitzt vorn neben mir. Wie ein Wolf im Käfig windet und dreht er sich, rutscht hin und her und sieht sehnsüchtig aus dem Fenster. Er schlägt die Beine über und stellt sie gerade, er kreuzt die Arme und läßt sie hängen. Er steckt eine Zigarette an der anderen an. Er deckt mein Schweigen mit seinem Redefluß zu, der mit jedem Kilometer Fahrt vertraulicher wird. Vielleicht hat er Monet auf dem Rücksitz vergessen, oder aber es ist alles eine einzige Schau, um sich ins rechte Licht zu rücken. Im Rückspiegel kann ich an der Art, wie Monet seinen Schnurrbart streichelt, abschätzen, wie gespannt er zuhört. Mir wird klar, daß Contini uns mit seiner gewohnten Gerissenheit reingelegt hat.

»Marie-Ange glaubt, daß ich für Madeleines Tod mitverantwortlich bin. Sie glaubt, ich hätte Madeleine nicht alleinlassen dürfen.«

Meine Stimme gehorcht mir nicht richtig. Sie wechselt gegen meinen Willen die Register. »Was genau ist am Heiligen Abend passiert? Warum haben Sie Madeleine verlassen?«

Ruiz schließt die Augen und streicht sich über das Gesicht, als hätte er Schmerzen.

Ich ordne mich auf der rechten Spur ein und fahre langsamer. Ich möchte mir kein Wort von ihm entgehenlassen.

»Wir waren gute Freunde, Madeleine und ich.«

Ich umklammere das Lenkrad, aber er sagt im Moment nicht mehr. Mir kommt der widersprüchliche Gedanke, daß er seine Erinnerungen genießt und gleichzeitig seine Geschichte probt.

»Enge Freunde?« helfe ich nach.

»Ja.«

Er muß mein Mißtrauen spüren, denn sein Ton verändert sich. »Wir fuhren nach dem Abendessen aufs Land. Madeleine war voll von Geschichten aus der Kindheit. Besonders über ihre Großmutter. Sie wollte, daß ich sie kennenlerne, wollte mir alles zeigen, aber als wir ankamen, schlief die arme Frau wohl schon. Dann ... ja, nachdem Madeleine sich umgezogen hatte, gingen wir zur Mitternachtsmesse in die Stadt. Wir waren etwas zu früh.«

»Haben Sie Madeleine mit einem dunkelhaarigen, ziemlich attraktiven jungen Mann reden sehen?« unterbreche ich ihn.

Er schüttelt den Kopf. »Danach hat mich auch Inspektor Contini gefragt. Da standen so viele Leute herum, die mit ihr sprechen wollten. Ich hielt mich abseits. Ich bemerkte, daß sie in den Beichtstuhl ging. Das überraschte mich.«

Er hält inne, und ich kann seinen fragenden Blick spüren, aber ich kann an nichts anderes als an Jerome und seine Warnungen denken. Meine Instinkte waren richtig. Vielleicht hat Madeleine die Beichte nicht direkt bei Jerome abgelegt, aber er hat davon Wind bekommen.

»Wie hat Madeleine damals auf Sie gewirkt?«

»Glücklich. Aufgeregt sogar. Aber nachdem wir wieder zu Hause waren ...« Ruiz schüttelt den Kopf, zündet eine neue Zigarette an. Ich weiß, worüber er nicht sprechen kann. »Na ja, ihre Stimmung schlug um. Sie kam zu dem Schluß, daß es besser wäre, wenn ich nicht über Nacht bliebe. Vielleicht wegen ihrer Großmutter ... Ich weiß es wirklich nicht.«

Allzu lebhaft sehe ich den Zustand von Madeleines Zimmer vor mir, wie Mme. Tremblay und ich es am Weihnachtstag vorfanden. Mein Fuß tritt das Gaspedal durch, und ich schere aus, um zu überholen. Das Auto links von mir hupt.

»He«, brummt Monet vom Rücksitz. »Passen Sie auf. Was ist denn mit Ihrem Außenspiegel passiert?«

»Das erzähle ich Ihnen später«, sage ich und falle wieder in mein langsameres Tempo zurück.

Ruiz schweigt einige Minuten, dann sagt er: »Jedenfalls bot mir Madeleine ihr Auto an, um nach Montréal zurückzufahren. Sie sagte, sie könne jederzeit eine Mitfahrgelegenheit nach Mirabel bekommen. Es sei keine Entfernung von Ste-Anne.«

»Hat etwas im Auto gelegen?«

»Was meinen Sie?«

»Ein großer Umschlag.«

»Mir ist nichts aufgefallen. Um Ihnen die Wahrheit zu sagen, wir hatten beide einiges getrunken.«

»Und das war's? Sonst nichts? Sie hat nichts gesagt? Sie haben keinen Spaziergang gemacht?«

Er sieht mich merkwürdig an, dann setzt er sich aufrechter hin. »Doch, wir haben einen kleinen Gang gemacht. Um ... um einen klaren Kopf zu kriegen. Jetzt fällt es mir wieder ein. Da war von irgendwoher ein Geräusch. Ein Krachen. Irgend etwas. Jedenfalls zuckte ich zusammen. Und Madeleine rief etwas. ›Pierre!‹ rief sie und lachte. Dann flüsterte sie etwas über den Nachbarn ihrer Großmutter, der in sie verliebt sei und gern hinter ihr herspioniere, und sie gab mir einen sehr langen Kuß.«

Beide Männer blicken mich an.

»Falls Sie es vergessen haben, Rousseau, es ist die nächste Ausfahrt«, sagt Monet von hinten.

Monique öffnet uns die Tür, als wir bei Mme. Tremblay ankommen. Sie behandelt mich sehr kühl, bringt aber für Monet und Ruiz ein Lächeln zustande und eine künstliche

Träne, als der Portugiese merkt, wer sie ist und ihr sein Beileid ausspricht.

»Es ist für uns alle ein großer Verlust«, haucht sie nicht ohne Würde.

Im Wohnzimmer brennt das Feuer. Contini und Marie-Ange sitzen schon auf dem Sofa gegenüber von Mme. Tremblay, alle halten Teetassen in der Hand.

»Ah, da sind Sie ja!« dröhnt Contini, aber seine Augen wandern zu Mme. Tremblay.

Sie starrt Ruiz an, reckt den Hals, öffnet den Mund zu einem Laut des Erschreckens.

»Sie haben Fernando Ruiz also schon einmal getroffen, Mme. Tremblay?« sagt Contini.

»Ich ... Ja.« Sie wendet das Gesicht ab.

Ich gehe schnell zu ihr und lege den Arm um ihre Schulter.

»Es war leider keine glückliche Gelegenheit«, sagt Ruiz leise.

Ihr Blick gleitet wieder zu seinem Gesicht. Dann holt sie tief Luft. »Sie kannten Madeleine schon vor ...?« Sie zögert, und Ruiz vollendet den Satz.

»Seit einiger Zeit. Wir hatten gehofft, zusammen arbeiten zu können.«

Contini hat Mme. Tremblay offensichtlich nicht auf diese Begegnung vorbereitet.

»Ja«, haucht Marie-Ange. Sie spielt mit der silbernen Brosche an ihrem Hals, und die Miene, mit der sie Ruiz ansieht, ist voller Vorwürfe. Aber was sie zu Mme. Tremblay sagt, hört sich neutral an. »Fernando ist dabei, einen neuen Film zu drehen und ...«

»Ich weiß.« Mme. Tremblay fällt ihr ins Wort. »Und Madeleine war ihm nicht gut genug. Das haben Sie ihr gesagt, nicht wahr? Ich habe die Nachricht gehört.«

Ruiz tritt von einem Bein aufs andere, hält aber ihrem düsteren Blick stand. »Es war mein Produzent, der sich nicht sicher war ... ob die Rolle paßte.«

»Ein Täßchen Tee?« Monique flattert mit einer Tasse zu ihm.

»Für Sie nicht, Rousseau«, sagt Contini. »Wir müssen noch kurz zu Ihnen nach Hause.« Er winkt Monet beiseite, und sie unterhalten sich flüsternd. Moniques plötzliches Losplappern macht es mir unmöglich, etwas zu verstehen, und dann ist Contini wieder bei mir. »Sie entschuldigen uns, meine Damen, meine Herren.«

Er schiebt seinen Arm unter meinen, und bevor ich noch etwas sagen kann, drängt er mich schon durch die Tür.

»Was machen Sie, Contini?«

»Meine Arbeit. Bei Ihnen ist doch eingebrochen worden?«

»Ja, aber Gagnon ist schon dort. Es ist nicht notwendig, daß Sie ...«

»Es ist mehr als notwendig«, sagt er.

Ein Auto der örtlichen Polizei steht in meiner Einfahrt. In meinem Schlafzimmer und überall im Erdgeschoß brennt Licht. Contini sieht ungewöhnlich wachsam aus, als wir zur Haustür herumgehen.

»Erklären Sie es mir noch einmal. Wann sind Sie nach Hause gekommen? Und was ist Ihnen aufgefallen? Ich habe es am Flughafen nicht ganz mitbekommen.«

Während ich spreche, wandert sein Blick vom Garten über die Veranda zum vernagelten Fenster und wieder zurück. »Sie haben sich ganz schön Zeit gelassen mit dem Anruf bei der Polizei, Rousseau! Aus einem bestimmten Grund?«

Ich zucke die Achseln, aber meine zitternden Hände verraten meine Aufregung, als ich läute und dann aufschließe.

Der dicke rotbäckige Miron kommt die Treppe heruntergesprungen.

»Ach, Sie sind's, M. Rousseau. Wer immer es war, hat ganz schön in Ihrem Schlafzimmer gehaust. Wir sind fast fertig, es nach Fingerabdrücken zu untersuchen.«

Contini begrüßt ihn mürrisch. »Sie wissen, was Sie tun?« Miron errötet und nickt.

»Gut, dann machen Sie weiter. Und ich möchte keine Schüsse hören.« Er schiebt mich aufs Wohnzimmer zu. »Wo haben Sie die Katze gefunden?«

»Auf meinem Bett.«

»Auf dem Bett?«

»Mit dem Kopf auf dem Kissen, um genau zu sein.«

»Verdammt. Da hat es wirklich jemand auf Sie abgesehen.« Er geht langsam im Zimmer auf und ab, betrachtet das vernagelte Fenster und den Fußboden, dann flüstert er plötzlich: »Haben Sie Gagnon von Ihrem Madeleine-Museum erzählt?«

Ich spüre, daß ich so tief erröte wie Miron, als ich den Kopf schüttele.

»Gut, dann sehen wir uns erst einmal die Katze an.« Er geht vor mir auf die Treppe zu, und ich halte ihn auf.

»Minou ist draußen. Ich ... ich habe sie in eine Kiste gelegt.«

»Wissen Sie immer noch nicht, daß Sie nichts anfassen dürfen, Rousseau? Sie stellen meine Geduld auf eine harte Probe. Also gut. Vergessen wir die Katze vorerst. Gehen wir auf den Dachboden.«

Ich schließe die Tür auf. Auf halber Treppe zögere ich. »Sehen Sie sich selbst um, Contini.«

»Was ist los? Wird Ihnen das alles zuviel?«

»Vielleicht«, höre ich mich sagen.

Er sieht mich mit der Miene eines enttäuschten Vaters an. »Na schön. Warten Sie unten auf mich. Aber entspannen Sie sich nicht zu sehr. Wir haben heute noch viel zu tun.«

Mit einem Blick auf die Uhr eilt er die letzten Stufen hinauf. Ich bleibe noch kurz stehen, gefangen zwischen Räumen, in denen ich nicht sein möchte, ein Fremder in dem einzigen Zuhause, das ich kenne. Hastig gehe ich die Treppe hinunter und stehe verloren wie ein Kind in dem kalten Eßzimmer. Ich starre aus dem Fenster.

Die Sonne geht unter. Rote Finger umspielen das dunkle Blau des Himmels.

Madeleine hatte recht. Die Natur kümmert sich nicht um uns.

Ich schenke mir einen kräftigen Whisky ein, tue so, als würde ich ihn mit einem Spritzer Wasser verdünnen, und versuche, meinen widerspenstigen Geist auf die Nacht, in der Madeleine starb, zu konzentrieren.

Das Telefon läutet, und für einen Augenblick habe ich das unheimliche Gefühl, daß ich jene Stille wieder höre, von der ich meine, daß sie zu Madeleine gehört. Ich nehme noch einen Schluck Whisky und zwinge mich, den Hörer abzuheben.

»Pierre, ich bin's, Elise.«

»Elise!« Meine Stimme verrät meine Überraschung.

»Hör zu, Oscar ist weg und ... ja, kannst du vorbeikommen? Ich muß mit dir reden. Allein.« Ihre Stimme ist leise, als wollte sie nicht, daß jemand mithört.

»Allein?«

»Ja. Es ist wichtig.«

Mein Herz beginnt seltsam zu rasen. Ich habe das deprimierende Gefühl, daß ich weiß, was sie mir sagen wird. Oscar und Madeleine ...

»Ich kann nicht sofort weg«, erkläre ich. »Ich versuche es, aber es wird ein wenig dauern.«

»Gut.« Sie macht eine Pause. »Falls Oscar dann zurück ist, sage ihm nicht, daß ich angerufen habe.«

Sie legt auf, bevor ich sie nach dem Grund fragen kann.

Ich bin so versunken in das, was Elise mir erzählen wird, daß ich auffahre, als Contini erscheint. Ein selbstgefälliges kleines Lächeln spielt um seine Lippen.

»Okay, Rousseau. Ich bin fertig.« Er klopft auf seine Tasche. »Also dann zurück zu Mme. Tremblay. Ich habe noch kurz mit den Jungs oben geredet.«

»Haben Sie es ihnen gesagt?«

Er spielt mit mir, als wäre ich ein Hamster im Käfig. »Nicht nötig, indiskret zu sein. Ich habe übrigens das Telefon gehört. Gab es was Interessantes?«

»Nur eine Freundin.«

»Welche Freundin?« Sein Ton macht mir klar, daß meine Freiheit vollkommen von seiner Gnade abhängt.

»Elise Boileau.«

»Oscar Boileaus Frau.« Er überlegt einen Augenblick. »Und warum sehen Sie dann aus, als wäre der Himmel eingestürzt?«

»Tue ich das?«

»Was wollte sie?«

»Mich sehen. Ich dachte, ich fahre nachher zu ihr. Wenn Sie hier ganz fertig sind.«

»O nein, Rousseau. Heute nacht gehören Sie ganz und gar mir, wie es in alten Schlagern so schön heißt.« Sein Lachen klingt boshaft. »Kommen Sie. Holen Sie Ihren Mantel.«

Draußen ist es dunkel geworden, und es hat sich ein Wind aufgemacht, der eisige Wind, der einen arktischen Schwall schlechtes Wetter mitbringt. Ich ziehe meinen Mantel fester um mich und wünsche, ich hätte eine Mütze auf dem Kopf statt dieses nutzlosen Filzhutes, den ich wegen Marie-Ange und eines Ausflugs ins Ritz aufgesetzt habe.

»Hoffe, Sie sind für die Aufregungen des Abends gewappnet«, sagt Contini, während er etwas ins Handschuhfach legt.

»Um die Wahrheit zu sagen, habe ich so ungefähr alle Aufregung gehabt, die ich vertragen kann. Was haben Sie vor?«

»Sie werden schon sehen.« Er lacht geheimnisvoll.

Der Klang dieses leisen Lachens gefällt mir nicht.

18

Der Verkehr auf der kurvenreichen Bergstraße zwischen meinem und Mme. Tremblays Haus ist ungewöhnlich dicht. Rücklichter leuchten rot vor uns, tauchen zwischen Bäumen auf wie scheue Tieraugen. Hinter uns blenden Scheinwerfer, streichen wie Laserstrahlen durch die Kiefern.

Als wir ankommen, stehen zwei Polizeiwagen links und rechts der Einfahrt. Wie zu einem Open-air-Konzert postiert, dirigiert ein uniformierter Beamter ankommende Fahrzeuge in Parklücken.

Contini wirft einen Blick auf die Uhr im Wagen und lächelt mich selbstgefällig an.

»Planen Sie eine Party? Oder eine Pressekonferenz?« frage ich.

»Weder noch. Hoffe, Sie genießen es trotzdem. Wir sehen uns in fünfzehn Minuten am Haus.« Er schickt mich mit einer Geste weg und verschwindet zwischen geparkten Autos.

Ich gehe langsam weiter. Trotz des aufgeregten Hundegebells und des Motorlärms der Autos, die einparken, liegt eine seltsame Stille in der Luft. Links, unter der alten knorrigen Eiche, steht dicht gedrängt eine kleine Gruppe von Männern. Gagnon ist unter ihnen zu erkennen. Auch Georges Lavigueurs mächtige Gestalt ragt heraus. Neben ihm stehen Noël Jourdan, Michel Dubois und, zu meiner Überraschung, Oscar. Ich will auf sie zugehen, aber Gagnon scheucht mich weg, als würde er mich nicht erkennen.

Näher beim Haus sehe ich eine Taschenlampe zwischen den aufgereihten Autos aufblinken. Eine Polizeibeamtin taucht auf und daneben eine Gestalt, die Maryla sein muß. Sie sprechen leise miteinander, während die Frau das Licht ihrer Taschenlampe über die Autos spielen läßt. Der kleine Lichtkreis streicht über die zerkratzte Seite meines Wagens und dann über den kaputten Außenspiegel.

Maryla entdeckt mich und macht einen Schritt in meine Richtung, aber die Polizistin hält sie an der Schulter zurück, leuchtet mir ins Gesicht und bedeutet mir, schnell weiter zum Haus zu gehen.

Der Argwohn läßt mich mehr frieren als der Wind. Dann überfällt mich die Angst. Ich habe das bestimmte Gefühl, daß man mich in eine Falle lockt.

Aus dem Schatten der Veranda kommt der junge Polizist Miron heran.

»Noch einmal guten Tag, M. Rousseau. Hab es vor Ihnen hierher geschafft. Gehen Sie gleich rein. Sie werden erwartet.«

»Was geht hier vor, Miron?«

Er wendet den Blick ab. »Contini. Er … Gehen Sie einfach rein.« Er klingelt für mich, und Monique erscheint an der Tür. Ihre Wangen sind gerötet.

»Ich kann diesen Kommissar Monet nicht ausstehen«, sagt sie, als sie meinen Mantel nimmt. »Er hat mich die ganze Zeit schikaniert. Behandelt mich wie ein Dienstmädchen. Aber dir ist das ja egal. Und keiner erklärt einem was. Die Art, wie er mit Marcel geredet hat …«

»Ist Marcel hier?«

Sie deutet unbestimmt zur Tür. »Irgendwo draußen.«

Ich will zum Wohnzimmer gehen, aber sie versperrt mir den Weg. »Du hast nicht dabei geholfen, was? Nicht einen Sou für ihre leibliche Mutter in ihrem Testament. Als hätte ich sie nicht neun Monate in meinem Bauch getragen.«

»Ich weiß nichts von Madeleines Testament, Monique.«

»Das soll ich glauben. Ihr Testamentsvollstrecker. Und dann diese arrogante Marie-Ange Corot.«

Ich stolpere und versuche, Ordnung in meine wirren Gedanken zu bringen. Beim Anblick der unerwarteten Gruppe, die sich um den Kamin versammelt hat, werde ich dann aber noch nervöser.

Mme. Groulx ist da, in schwarzem Filzhut mit Feder, als wäre Madeleines Begräbnis auf diesen Abend angesetzt. Mme. Préfontaine sitzt zwischen ihr und Mme. Rossignol, die, nach dem dumpfen Blick der Anwesenden zu urteilen, eine ihrer endlosen Geschichten erzählen muß. Mme. Tremblay wendet mir ihr Profil zu. Es ist angespannt wie eine Maske. Neben ihr erkenne ich eine von Mme. Groulx' Töchtern und den alten Senegal.

In der Ecke gegenüber stützt sich Serge Monet auf einen Tisch und späht durch das Fenster. Neben ihm führt Marie-Ange ein allem Anschein nach oberflächliches Gespräch mit meinem Bruder Jerome. Auf der anderen Seite des Zimmers blättert eine hübsche blonde Frau, die ich nicht kenne, eine Zeitschrift durch.

Ich äußere einen allgemeinen Gruß, aber die Anwesenden blicken kaum in meine Richtung. Nur Mme. Tremblay steht auf, um mich zu begrüßen. Doch auf ein Zeichen von Monet setzt sie sich wieder. Er winkt mich zu sich.

»Nur noch wenige Minuten, Rousseau.«

»Verrät mir vielleicht mal jemand, was hier vor sich geht?«

»Sie finden es noch früh genug heraus.« Sein Gesicht ist so ungerührt wie ein geschnitztes Totem. Er wendet sich wieder dem Fenster zu.

»Setz dich zu uns, Pierre.« Jerome winkt mir ein wenig steif. »Gerade habe ich zu Mme. Corot gesagt, daß Ste-Anne normalerweise ein verschlafener kleiner Ort ist. So viele Polizisten hat man hier … ja, seit Duplessis' Tagen nicht mehr gesehen.«

Marie-Ange starrt mich sonderbar an, dann dreht sie ihren Stuhl um hundertachtzig Grad.

Mir fällt auf, daß nur Fernando Ruiz fehlt. Was hat Contini mit ihm angestellt?

»Okay, es geht los.« Monet erhebt sich plötzlich von seinem Platz am Fenster, schaltet die Deckenlampe aus und zieht an der Kette der Stehlampe in der Ecke. »Jetzt bitte Ruhe.«

Alle Augen blicken zur Tür. Ein Gestalt tritt herein und hält inne. Im schummrigen Licht brauche ich einen Moment, um Fernando Ruiz zu erkennen. Der Kragen seiner Lederjacke ist aufgestellt. Sein Profil, als er sich zur Lampe wendet, besteht nur aus Backenknochen und kantigen Flächen. Er kreuzt die Arme und schlägt sie gegen die Schultern, als wäre ein Schwall kalter Luft durchs Zimmer gefegt. Geschmeidig geht er langsam in die Ecke des Zimmers, wo die blonde Frau sich umdreht, um ihn zu begrüßen.

Sie hat einen Mantel angezogen, während ich nicht hinsah. Er ist golden und sehr elegant. Seine Leopardenflecken springen und tanzen, trüben meinen Blick. Madeleines Mantel.

Die Frau hebt ihr Gesicht zu Ruiz und legt die Arme um seine Taille. Er zieht sie an sich und drückt ihr lächelnd einen Kuß auf die Lippen.

Von Mme. Groulx kommt ein verblüffter Ausruf, von einer ihrer Nachbarinnen eine Mißfallensbekundung.

Während Ruiz und die blonde Frau durch die Tür verschwinden, scheinen alle im Raum auszuatmen. Kurz darauf geht die Deckenlampe an, und gleichzeitig kommt Contini ins Zimmer, gefolgt von Monique, die ein Tablett mit Weingläsern trägt.

Mein Bruder schiebt seinen Stuhl zurück und wirft einen verlegenen Blick auf mich.

»Unser Kommissar hat eine bemerkenswerte Art, eine Gegenüberstellung zu veranstalten. Hält sich überhaupt nicht an die Spielregeln. Der Haken ist, bei der Entfernung vom Altar ... könnte sogar diese Frau Madeleine sein.« Er schüttelt den Kopf. »Was meinst du?«

»Was sollte ich meinen?«

Als er sich zu mir vorbeugt, ist sein Gesicht plötzlich angespannt. Er flüstert: »Pierre, sag mir aufrichtig, hast du in der Nacht ...?« Er hält inne, als Monet zu uns tritt.

»Wir brauchen Sie, Rousseau. Folgen Sie mir.«

Vielleicht glaubt er, mein Bruder habe mir einen Wink gegeben, denn er klopft mir auf die Schulter und schiebt mich zur Küche, wo ich die Hunde jaulen und gegen die Tür drücken höre.

Als ich aufmache, kläffen und springen sie voller Freude an mir hoch. Sie wenigstens scheinen, anders als meine Nachbarn, zu wissen, daß ich noch derselbe Mensch bin, der ich gestern und vor einer Woche war.

»Halten Sie die Hunde ruhig, Rousseau«, sagt Monet, als ich mich bücke, um die Tiere zu begrüßen.

Während ich mich um die Hunde kümmere, erscheint eine in Cord gekleidete Gestalt neben mir. Fernando Ruiz tätschelt die Hunde und lächelt mich an. »Wie war ich als Schauspieler?«

»Glaubwürdig«, murmle ich.

»Okay, ihr Hundefreunde in der Ecke«, grüßt uns Contini vom anderen Ende des Raumes. »Passen Sie auf. Das war der erste Akt. Jetzt wollen wir den zweiten inszenieren. Sie auch, Rousseau. Genaugenommen Sie zuerst.«

»Was?«

»Sie haben mich gehört. Ruiz, Sie gehen mit und instruieren ihn. Sie sind der Profi.«

»Was hecken Sie da aus, Contini?«

»Folgen Sie nur den Anweisungen, Rousseau.« Er drängt mich zur Treppe, als wäre ich ein vollkommen Fremder.

»Gut«, sagt er, als wir den Treppenabsatz erreichen. »So wollen wir es also machen. Ruiz zeigt Ihnen einen Probedurchgang bei fest geschlossenem Vorhang. Und dann sind Sie dran. *Con brio.*«

Ich starre ihn verständnislos an.

»Wir haben keine Zeit für Erklärungen. Die Jungs draußen frieren schon. Zeigen Sie es ihm, Ruiz.«

Wir haben Madeleines Schlafzimmer erreicht, und nach einer schnellen Kontrolle der Vorhänge schaltet Contini die Nachttischlampe an, winkt Ruiz und der blonden Frau, die sich jetzt zu uns gesellt hat, und stellt sich zu mir an den Eingang. Sein Arm hält mich zurück.

Die Frau zieht den Mantel aus, dann rasch, mit nur einem kurzen verlegenen Seitenblick auf Contini, Hose und Pullover. Darunter trägt sie einen blaßblauen Unterrock. Ruiz mustert sie beifällig und geht auf sie zu, wird aber von Contini abrupt aufgehalten. »Ziehen Sie die Jacke aus. Ich will Sie in Hemdsärmeln sehen. Und Sie auch, mein lieber Rousseau.«

Ruiz zieht Jacke und Pullover aus.

»Okay, Kamera läuft.«

»Sie wollen meinen Job, was, Inspektor?« Ruiz grinst Contini an.

»Kommissar. Weiter.«

Ruiz schüttelt sich, dann lächelt er die Frau verführerisch an, die im Rahmen des zugezogenen Fensters steht. Er geht auf sie zu, hebt ihr Kinn, sieht ihr in die Augen und verharrt so einen Pulsschlag lang. Schließlich schlingt er einen Arm um sie, legt seine Hand fest auf ihren Hintern und zieht sie in eine enge Umarmung. Mit der anderen Hand zerzaust er ihr Haar und faßt ihren Kopf. Er küßt sie. Es ist ein langer, sanfter Kuß.

»Das genügt. Oder ›Schnitt‹, wie man sagt.« Contini genießt es. »Okay, Ginette.«

Mit einem Schreck erkenne ich Ginette Lavigne. Die blonde Perücke über ihren rotgefärbten Stacheln und ihr ungewohntes Make-up sowie ihre Kleidung haben mich völlig zum Narren gehalten.

Jetzt wirkt sie ein wenig benommen.

»Glauben Sie, Sie schaffen es, Rousseau? Ziehen Sie es ein bißchen in die Länge. Und ich möchte, daß Sie am Ende auf dem Bett liegen. Sie bringen Madeleine ins Bett.« Contini lächelt. »Natürlich für unser Publikum.«

Energisch schaltet er das Licht aus und winkt Ruiz aus dem Zimmer.

»Aber ich kann unmöglich …«

»Kein Aber. Machen Sie weiter. Und schalten Sie für mich das Flurlicht aus.«

Widerstrebend tue ich, was er verlangt, und höre, wie die Vorhänge aufgezogen werden. Dann ist Contini neben mir in der Dunkelheit, stößt mich vor, sagt mir, ich solle die Nachttischlampe anknipsen, wenn ich hineingehe.

Ich stehe in Madeleines Zimmer, eingerahmt vom Fenster. Draußen ist alles schwarz und ruhig. Von der hinteren Ecke des künstlich zerwühlten Bettes blickt ein ramponierter alter Teddy herüber, dessen eines Auge schief sitzt. Ein Paar Strümpfe hängt am Bettrahmen. Auf dem Toilettentisch stehen ein paar Parfümflaschen neben einem Kamm und einer Bürste. Daneben befindet sich ein offenes Schmuckkästchen. Es sieht aus, als hätte vor ein paar Augenblicken jemand etwas darin gesucht.

Von der Kante des Kästchens hängt ein Lederbändchen. Dann erkenne ich das glitzernde Silber einer Sonne mit den Tierkreiszeichen ringsum. Das Medaillon aus meiner Kindheit. Ein Schwindelgefühl überkommt mich.

»Jackett«, zischt Contini von der Tür.

Die Frau, die Ginette Lavigne ist und doch nicht ist, steht in ihrem seidenen Unterrock vor mir. Durch den dünnen Stoff kann ich den Umriß ihrer Brüste sehen, als sie sich bewegt, um mir das Jackett von den Schultern zu streifen. Sie wirft es aufs Bett. Ich hebe ihr Kinn, so daß sich unsere Blicke begegnen. Ihre Augen haben nicht die Farbe von Madeleines Augen. Sie sind zwei zornige helle Punkte. Sie mag mich nicht.

Mit einer ungeduldigen Geste nimmt sie meine Hand und legt sie um sich.

»Küssen Sie sie, verdammt!« befiehlt Contini.

Sie hält mir ihre Lippen entgegen, und ich küsse sie, und während ich sie küsse, klingt mir Madeleines Stimme in den Ohren. Die mir vor vielen, vielen Jahren sagte: »Es ist kein Sex, Pierre. Es ist Kino. Wenn von dir verlangt wird, eine Geste für die fünfte Aufnahme zu wiederholen, dann ist es nicht Erregung, was du spürst.«

Ich kämpfe gegen diese Stimme. Verrückterweise versuche ich, dieses zufällige Zusammentreffen echt zu machen. Ich küsse die blonde Ginette, die Widerstand leistet, was sie nicht darf, küsse sie stürmisch. Ich streichle ihren Rücken, ziehe sie aufs Bett herunter, ohne auf ihre stumme Gegenwehr zu achten. Und die ganze Zeit ist Madeleine da und lacht, bis Contini ein ›Schnitt‹ zischt und Ginette das Licht ausschaltet.

»Hat Spaß gemacht, was?« Contini lacht, während er mich aus der Dunkelheit führt.

Ich bin zu verwirrt, um zu antworten.

»Jetzt ab mit Ihnen.« Er reicht mir mein Jackett. »Monet sagt Ihnen das Nötige. Ich möchte, daß Sie genau zusehen.«

Bevor ich mich orientieren kann, hat Monet mich aus der Haustür hinausgeschoben, wo ein uniformierter Beamter bereitsteht. »Wir haben Ihnen einen guten Platz reserviert«, sagt er geheimnisvoll. »Folgen Sie einfach Jean hier und rühren Sie sich nicht mehr, sobald Sie an Ort und Stelle sind. Wir gruppieren uns um, wenn die Sirene losgeht.«

Leichter Schneefall hat eingesetzt. Jean spricht kein Wort. Er tritt in der Dunkelheit geräuschlos auf wie eine Katze. Ich konzentriere mich auf seinen Rücken, konzentriere mich so stark, daß ich, als wir um das Haus und durch den Wald gehen, die Orientierung verliere.

Er läßt mich mitten zwischen dichten Tannen stehen und legt als Abschiedsgruß einen Finger an die Lippen. Seine schattenhafte Kontur verschwindet innerhalb weniger Sekunden. Dann kann ich nur noch Abstufungen von Dunkelheit erkennen.

Ich lehne mich gegen ein paar Zweige und warte. Worauf warte ich? Was ist das für ein ausgeklügeltes Spiel, das Contini inszeniert? Warum hat er mich nicht vorgewarnt? Ich habe das bestimmte Gefühl, daß das Stück meinetwegen aufgeführt wird. Doch er hat auch mich zum Mitspieler gemacht.

Madeleines Lachen klingt mir im Ohr, und während ich ihm lausche, wird im Haus Licht angemacht. Es erhellt Madeleines Zimmer. Eine Gestalt rückt ins Licht. Die Polizistin, die Perücke hell und unordentlich, das Gesicht erhoben. Auf diese Entfernung könnte sie Madeleine sein. Warum nicht? Ein Mann tritt in den Rahmen. Alles, was ich sehen kann, ist die Schwärze seines Haares und eine Ahnung bleicher Gesichtszüge. Sein Arm greift um sie. Ich sehe zu. Plötzlich habe ich den Eindruck, daß ich im Kino bin und um mich herum, in die verschwiegene Dunkelheit gehüllt, hundert Gesichter zur selben Leinwand hinaufschauen.

Die beiden Gestalten liebkosen einander, und ohne es zu wollen, ungeachtet der Tatsache, daß ich den Ablauf kenne, werde ich hineingezogen in dieses Spiel aus Liebe und Sex, das da im erleuchteten Fensterrahmen vor sich geht.

Plötzlich aber ändert sich das Drehbuch. Der Mann hebt die Hand. Sie trifft das Gesicht der Frau mit einem brennenden Schlag. Ich möchte näher heran. Ich brenne darauf, daß die Kamera mir eine Nahaufnahme bietet und mir ihren Schmerz zeigt.

Die Hand der Frau bewegt sich flink, um den Schlag des Mannes zu erwidern, und dann schüttelt er sie. Zorn entlädt sich. Seine Finger nähern sich ihrem Hals. Sie weicht ihm aus, stürzt zum Fenster, reißt es auf. Sie schreit. Der Schrei hallt durch die Nacht.

Ganz nah bei mir ist das Flattern eines Vogels, ein Laut wie das Kratzen eines Tores über Stein. Leuchtende Augen springen durch die Nacht.

Meine Gedanken überschlagen sich. Sie liefern mir einen Dialog. Eine Geschichte. Aber die Geschichte ist nicht meine eigene. Ich höre wieder Continis Stimme, leise, hypnotisierend, als sie mir das Drehbuch gibt, das ich hören muß.

Der Mann zerrt die Frau vom Fenster weg. Er hat einen Strick in der Hand. Ein dickes Seil, locker geschlungen am Ende. Sie sieht ihn an. Ihr Mund ist offen. Seine Hand packt ihre Schulter. Bewegt sich zu ihrem Hals. Drückt. Ihr Kopf sinkt herab. Der ganze Körper sackt zusammen. Er hält sie fest.

Ich höre gehetzten Atem. Meinen eigenen. Nein, nicht meinen eigenen. Da ist etwas in meiner Nähe. Eine Bewegung. Ein Schritt. Noch ein Ausatmen, ein Stöhnen fast, als der Strick um den Hals der Frau geschlungen wird.

Der Nebel des Schlafwandlers hebt sich von meinem Geist. Plötzlich, zum erstenmal seit Madeleines Tod, rückt alles in einen kristallklaren Brennpunkt.

Dies ist nicht mein Drehbuch. Nein, eindeutig nicht mein Drehbuch, sondern Continis. Ja, im Halbschlaf kam ich in jener Nacht nach dem Anruf tatsächlich heraus. Ich sah Madeleine tatsächlich mit einem Mann im Fenster – und nach einem ersten Anfall eifersüchtiger Wut, in dem ich den Schlüsselanhänger gegen die Scheibe warf, ging ich weiter. Dies war nichts, was ich sehen wollte oder sehen mußte. Ich ging nach Hause, die Erinnerung gelöscht, ein leeres Band verstaut. Ich hatte nichts getan in jener Nacht als im Bett gelegen und geträumt, geträumt, wie ich es so häufig tue, von einer schattenhaften, geheimen Madeleine.

Nein, ich bin nicht Madeleines Mörder.

Der Rücken des Mannes füllt fast das ganze erleuchtete Fenster aus. Ich bin zu dem Schluß gekommen, daß es Ruiz ist. Das Spiel ist gut. Zu gut vielleicht. Als er sich umwendet, hat sein Gesicht die Züge einer tragischen Maske. Angst und Entsetzen liegen darin. Liegen in seiner Haltung, als er mit den Händen die Augen bedeckt, in den gespannten Schultern, in den kaum beherrschten Bewegungen, als er den Rahmen verläßt.

Wo er stand, hängen die Beine der Frau – dünn, zerbrechlich, ein wenig schaukelnd.

Hinter mir, neben mir ist wieder dieses Geräusch, ein ersticktes Krächzen.

Wie hat Contini diese Spezialeffekte hinbekommen?

Irgendwo stößt ein Tier einen dünnen hohen Schrei aus. Ich denke an die arme Minou und an mein Dachzimmer, das entweiht wurde, an das brutale Rammen von Marylas und meinem Wagen. Ich denke an die brennende Scheune. Ich weiß nun mit einer körperlichen Gewißheit, daß ein weitaus gefährlicherer Mensch als ich um Madeleine herum geschlichen ist.

Doch Contini, davon bin ich jetzt auch überzeugt, verdächtigt vor allem mich.

Das Licht im Fenster ist gelöscht. An seiner Stelle erscheint der Mond inmitten eiliger Wolken. Er wirft heimliche Schatten über den Schnee. Zwischen ihnen sehe ich die Silhouette eines Mannes.

Ich warte auf einen Ruf, und während ich warte, wechselt der Schatten seine Stellung. Etwas an dieser lauernden Silhouette jagt mir Angst ein, eine Angst, die ich irgendwie zu kennen glaube. Eine Zeile aus einem meiner letzten anonymen Briefe an Madeleine fällt mir ein, die Beschreibung eines Mannes, der sie beobachtete, als sie die Treppe von ihrer Wohnung herunterkam.

Plötzlich bewegt sich der Schatten. Auf dem Schnee zeichnen sich erregte verwischte Schatten von Füßen und Armen und schwankenden Ästen ab, wie bei einem exotischen Tanz.

Der Zusammenprall überrumpelt mich. Alles, was ich sehe, als ich zu Boden stürze, ist ein Stück von einem dicken Mantel.

Mein Schrei hallt durch die Stille, aber schon ist die Gestalt wieder verschwunden.

Während ich mich von Zweigen befreie und wieder Luft bekomme, geht das Licht im Fenster wieder an. Ich bleibe nicht, um Continis dramaturgisches Können zu beobachten. Zorn treibt mich an. Ich renne durch den Schnee. Spuren sind zu sehen, denen der unerfahrenste Pfadfinder folgen könnte.

Der Mann kennt den Wald gut. Er hat sich bei der ersten Gelegenheit in eine Bodensenke fallen lassen, hat die Felder gemieden, den steilsten Hang umgangen und sich in den dichten Wald geschlagen. Wohin läuft er? Ich höre die Zweige krachen. Aber wenn ich ihn höre, kann auch er mich hören. Ich bleibe ein wenig zurück und warte.

Der Boden ist hier uneben, festgetreten und hart, dann plötzlich reißt es mir ein Bein weg, und mich muß mich an einen Baumstamm klammern, um wieder auf die Beine zu kommen. Das einzige Licht kommt jetzt vom Schnee selbst. Ein silberner Glanz weist auf Eis hin.

Als ich wieder einigermaßen sicher stehe, gibt es keine Spuren mehr. Auch keinen Laut. Selbst die Nachttiere schweigen. Ich halte den Atem an und lausche. Und dann höre ich es, das leise Rascheln von Schritten.

Eine Welle panischer Angst überfällt mich. Wer verfolgt wen? Ist mein Angreifer hinter mir oder vor mir? Ich mache einen Schritt und noch einen, als ein plötzlicher Lärm, ein Taumeln und Krachen von Ästen, losbricht, so daß ich wie angewurzelt stehenbleibe. Ein Hirsch springt über den Weg, schneller als ein Pfeil.

Und dann liegt der Fluß vor mir: eine glatte Eisfläche. Auf der anderen Seite, am Südufer, flackern Lichter. Mit plötzlicher Entschlossenheit rutsche ich die Uferböschung hinunter und untersuche den Boden. Nichts.

Ich wende mich nach links. Nach wenigen Metern tauchen die Spuren auf – rutschende Abdrucke auf der frischen pulvrigen Oberfläche. Ich laufe schneller.

Als ich das Geräusch höre, halte ich es zuerst für eine Säge im Leerlauf. Dann entdecke ich seitlich von mir das alte Bootshaus und begreife, was ich da höre. Ich schleiche an der Seite des Gebäudes entlang. Fast habe ich die Vorderfront erreicht, als ein Auto auftaucht. Mit dunklen Scheinwerfern rumpelt es den Weg entlang.

Ich kenne dieses Auto. Wo habe ich es schon einmal gesehen? Ich höre, wie es in die Nacht verschwindet. Dann laufe ich los.

19

Der schmale Weg mündet in eine Landstraße, die nicht viel breiter ist. Nach rechts biegt die Straße um eine Kurve. Links steigt sie an und fällt ins Nichts. Der schmale Weg zum Bootshaus hinter mir ist kaum zu erkennen, so dicht stehen hier die schneebedeckten Bäume.

Ich weiß nicht erkennen, wo ich mich befinde. Mir dreht sich der Kopf, und mein Herz rast.

Ich wende mich nach rechts und folge der Straße um die Biegung in der Hoffnung, ein Auto möge auftauchen, irgendein Auto, nur nicht das eine. Der Wind ist hier eisiger. Er bläst den Straßengraben herunter, als wäre diese Rinne eigens für diesen Zweck gegraben worden, und wirbelt den Schnee auf.

Mein Land besitzt zuviel Wildnis. Ich bin weder Pelztierjäger noch *voyageur*, der gewohnt ist, es zu Fuß zu durchqueren.

Ich gehe. Meine Glieder sind taub geworden. Wie ein Roboter, der nur durch eine ferne Radarquelle gespeist wird, setze ich einen Fuß vor den andern.

Hinter der zweiten Kurve erscheinen Lichter. Plötzlich, als wäre der Heilige Gral in meiner Reichweite, renne ich los.

Als das Haus Gestalt annimmt, ist mir plötzlich zum Lachen zumute. Ich stolpere auf die Tür zu und läute. Ein Schatten erscheint hinter dem Spion. Eine vorsichtige Stimme fragt: »Wer ist da?«

»Pierre.«

Elise riegelt die Tür auf. Ihr Gesicht ist bestürzt.

»Pierre! Wie bist du hergekommen? Ich habe auf dein Auto gelauscht, obwohl ich nicht mehr mit dir gerechnet habe.« Sie bemerkt meinen Zustand und drängt mich zum Kamin. »Hattest du einen Unfall?« Sie schenkt ein Glas Brandy ein und drückt es mir in die Hand.

Ich schüttele den Kopf. »Aber ich muß mir dein Auto leihen, Elise. Und ein Telefonbuch.«

Sie sieht mich komisch an, dann macht sie einen Schrank auf und nimmt das Telefonbuch vom obersten Brett.

Ich blättere schnell die Seiten um. Ja, die Adresse steht da. Ich notiere sie.

»Ich wollte mit dir reden, weil Oscar so durcheinander ist«, sagt sie, während ich schreibe. »Du bist wütend auf ihn. Wegen des Porträts von Madeleine Blais.«

»Ich kann jetzt nicht reden, Elise.«

»Es ist nicht so, wie du denkst.« Jetzt, wo sie angefangen hat, scheint sie nicht mehr aufhören zu können. »Er hat nicht mit ihr geschlafen. Ich weiß es. Ich bin seine Frau. Aber sie bat ihn, nicht darüber zu reden. Deshalb wirkte es so. Komische Frau. Vermutlich hätte er aber gern mit ihr geschlafen. Vermutlich wollten alle Männer mit ihr schlafen.«

Ich berühre sie an der Schulter. Sie hat Tränen in den Augen.

»Ich muß weiter, Elise. Aber tue etwas für mich. Jetzt gleich.« Ich schreibe Mme. Tremblays Nummer auf und gebe ihr den Zettel. »Ich möchte, daß du dort anrufst und Kommissar Contini oder Serge Monet verlangst. Sage ihnen, daß sie schnell zu dieser Adresse kommen sollen. Bestehe darauf. Als letztes Mittel probiere es bei Gagnon. Ruf ihn zu Hause an, wenn es sein muß.« Ich halte meine Hand hin. »Die Autoschlüssel.«

Sie gibt sie mir. »Du willst etwas Verrücktes tun, Pierre. Ich spüre es.«

»Weniger verrückt als manches andere, das ich in dieser letzten Woche getan habe. Danke, daß du mir das mit Oscar gesagt hast.« Ich gebe ihr einen schnellen Kuß und gehe in die Nacht hinaus.

Der Schneesturm beruhigt sich nicht, treibt den Schnee so launenhaft vor sich her wie Konfetti, das von einem großen Ventilator herum gewirbelt wird.

Ich konzentriere mich auf die Straße. Mir fällt ein, als ich an dem dunklen Haus der Rosenbergs vorbeikomme, daß die Entfernung zwischen Mme. Tremblays und Oscars Haus viel kürzer ist, wenn man nicht die Straße nimmt, sondern querfeldein geht. Das würde Will Hendersons Erscheinen am Morgen des Feuers erklären.

Ein weiterer Kilometer ist zurückgelegt. Links taucht eine alte Tankstelle auf. Ihre zwei runden Zapfsäulen stehen wie Wachposten der Vergangenheit da, Erinnerungen an die Zeit, als diese Straße zu dem geschäftigen Armeelager führte.

Ich fahre langsam weiter, halte die Augen nach dem Haus offen, das hier irgendwo sein müßte. Aber weder rechts noch links taucht etwas auf, und dann endet die Straße abrupt.

Zwei hohe Maschendrahttore versperren mir den Weg. Nach beiden Seiten verläuft ein Zaun, soweit ich sehen kann. An ihm klappert ein zerbeultes Schild, die Buchstaben so verunstaltet, daß nur noch ein U und ein S zu erkennen sind.

Könnte jemand die Erlaubnis bekommen haben, die aufgegebene Kaserne zu bewohnen?

Verdutzt lasse ich den Motor laufen und rüttle am Tor. Das schwere Vorhängeschloß ist zwar verrostet, aber es gibt nicht nach. Ich spähe durch den Zaun. Mir fällt ein, daß ich irgendwo ein Gerücht gehört habe, daß Obdachlose in dem Lager untergebracht sind. Aber Obdachlose haben keine Telefonnummern.

Schließlich wende ich und fahre denselben Weg im Schritttempo zurück. Der Umriß einer Garage nimmt im Scheinwerferlicht Gestalt an. Dann kann ich einige scheunenähnliche Gebäude dahinter erkennen. Ich bin fast an ihnen vorbei, als ich ein gelbes Flackern, eine schnelle Bewegung von Licht entdecke.

Ich fahre rückwärts in die Garage, und dabei merke ich, daß jemand hier vor nicht sehr langer Zeit den Schnee weggeräumt haben muß. Schnell mache ich Licht und Motor aus und gehe um das Gebäude herum.

Es ist dunkel hier. Meine Augen haben sich an das Licht der Scheinwerfer gewöhnt, mein Körper ist müde geworden in der Wärme des Autos. Für einen winzigen Augenblick leuchtet Madeleines bleiches Gesicht vor mir auf, wie es dort in der Scheune aussah. Ich gehe schnell über den Schnee, der jeden Laut dämpft.

Am anderen Ende der Garage stoße ich gegen etwas, das meinen Weg versperrt. Ich versuche es zu umgehen, aber es ist noch da, eine elastische Barriere. Ich wische den Schnee beiseite und erkenne, daß es sich um aufgestapelte Autoreifen handelt. Ich ziehe mich hoch und springe auf der anderen Seite hinunter.

Ich bin hinter der Garage. Allmählich gewöhnen sich meine Augen an die Dunkelheit. Ich stehe auf einer Art Hof, einem Schrottplatz vielleicht, mit drei oder vier Bauten, deren Dächer ungleichmäßig geneigt sind.

Ich gehe lautlos weiter, stehe plötzlich vor einem Traktor, dessen angehängter Schneepflug angehoben ist wie eine Riesenhand im Fäustling. Ich suche mir einen Weg vorbei, zwischen Reifen, einem Stoß Bauholz, Blechtonnen, einem alten Kühlschrank, Betonblöcken und groben Bruchsteinen. Noch eine Biegung und ich befinde mich vor zwei großen Holztüren. Sie knarren leise im Wind. Ich stoße eine an, und sie schwingt an rostigen Angeln auf mich zu. Durch den Spalt kann ich die Umrisse eines Lastwagens und eines Autos erkennen. Das Auto. Mein Puls schlägt schneller.

Ich biege um eine Ecke und sehe das Licht. Es dringt aus einem Fenster in dem am weitentferntesten Schuppen. Zukkende Schatten springen in die Nacht. Ein Fernseher.

Ich trete vorsichtig auf, halte mich an den Wänden fest, bis ich mich für einige Meter auf einen schmalen frei geschaufelten Pfad wage. Vor mir ist das Fenster, ein wenig über Augenhöhe. Ich sehe mich auf dem Boden um. Der angehäufte Schnee bildet einen Hügel an der Wand. Ich prüfe ihn auf Festigkeit und steige darauf. Ich sinke ein wenig ein. Aber ich kann ins Fenster spähen. Ich zittere.

Ein Kanonenofen steht am anderen Ende eines ärmlichen Zimmers. Daneben zwei Holzstühle mit geraden Lehnen. Auf dem einen Stuhl sitzt eine Puppe – eine große Puppe mit Porzellanlächeln, gekräuseltem blondem Haar und dicken glänzenden Wimpern, die über blauen Augen halb gesenkt sind. Die Puppe trägt ein langes blaukariertes Kleid und eine weiße Schürze.

Ich kenne diese Puppe. Sie hat Madeleine gehört. Sie verschwand während des zweiten Sommers unserer Freundschaft. »Mémère hat sie weggeworfen«, sagte Madeleine mir mit einer Stimme, die zwischen Lachen und Tränen schwankte. »Ich habe sie in der Scheune vergessen, und Mémère hat sie weggeworfen. Sie glaubt, ich bin zu groß für Puppen. Sie hat recht. Ich werde kein Wort darüber verlieren.«

Über den zweiten Stuhl liegt ein Damenkleid, gestreute Gänseblümchen auf rosa Grund. Darunter sieht ein cremefarbenes Mieder hervor. Auf dem Boden steht ein Paar Sandalen mit hohen Absätzen. Gehört auch das alles Madeleine? Ich weiß es nicht. Ich will es nicht wissen. Noch will ich die Bilder sehen, die über den Bildschirm laufen. Aber mein Blick wird von ihnen angezogen.

Madeleine ist da, das Gesicht leicht gesenkt in jenem Ausdruck, der verführerisch und zugleich rein ist, sündig gerade in seiner Reinheit. Die Hand eines Mannes liegt auf ihrer Schulter. Madeleines Haut glänzt. Ihre Lippen bewegen sich.

Ich brauche nicht zuzuschauen. Ich kenne den Film zu gut. Ich könnte ihren Text mitsprechen. Es ist mein Band. Der Recorder steht neben dem Fernseher auf dem Boden.

Mein Blick schwenkt auf die Stelle, die ich bis jetzt gemieden habe.

Der Mann sitzt in einem wackligen Sessel, etwas seitlich vom Fenster. Sein Mund ist hochrot gegen den dunklen Bart, die Lippen sind leicht geöffnet. Eine Hand umklammert die Sessellehne. Die Finger sind dick und gespreizt.

Seine andere Hand hält einen schwarzen Strumpf. Teilweise vom Strumpf verhüllt ist sein Penis. Er streichelt ihn immer drängender, und dann bebt sein ganzer Körper, als hätte ihn ein Raubtier im Genick.

Voller Ekel wende mich ab. *»Mon semblable, mon frère«*, denke ich, und dann zerreißt ein Krachen die Stille der Nacht. Ich bin auf dem Schnee ausgerutscht und gestürzt.

Ich raffe mich schnell auf und laufe auf die andere Seite des Gebäudes. Der Überraschungseffekt ist dahin, und plötzlich greift die Angst, die ich verdrängt habe, nach mir.

»Qui est là?« dröhnt eine Stimme.

Ich höre eine Tür quietschen und zuschlagen, dann ertönt ein Fluch. Dann nichts. Stille und Dunkelheit. Ich gehe durch tieferen Schnee und drücke mich an die Seite des Hauses. Warum habe ich nicht eins von diesen Rohren aufgehoben, die überall herumlagen?

Vor mir dehnen sich öde Felder, auf denen jeder Fußabdruck deutlich zu sehen wäre. Rechts von mir ist das Labyrinth der Baracken und Schuppen. Ich springe geduckt nach rechts. Meine Hand streift etwas Rundes, und ich erkenne eine aufrechtstehende Tonne. Ein Ruck und ich bin oben, ein zweiter und ich liege flach auf dem leicht abfallenden Blechdach, das eisiger ist als der Schnee, der es bedeckt. Ich rutsche an seinen unteren Rand und spähe vorsichtig über die Kante.

Eine Taschenlampe wirft einen Strahl auf meine Spuren. Die rechte Hand des Mannes ist erhoben. Er hält ein Stück Leitungsrohr. Im Schatten sieht er so groß aus wie ein Grizzlybär.

Ich gehe vorsichtig in die Hocke. Als er gerade an mir vorbei ist, springe ich. Ich stoße einen Schrei aus, den ich mir nie zugetraut hätte. Der Schrei einer Todesfee – er hallt wider durch die schneestumme Nacht, als ich den Mann zu Boden werfe. Dann geht alles ganz schnell. Ich sitze rittlings auf ihm, aber das Rohr ist noch in seiner Hand. Ich zerre daran, doch er hält es wild umklammert. Ich falle, zurückgeworfen wie ein junger Hund von einem Mammut. Der Mann steht über mir, das Weiße in seinen Augen leuchtet in der Dunkelheit.

»Sie!« brüllt er. »Sie!« Seine Lippen verziehen sich zu einem höhnischen Grinsen, und dann das Rohr fliegt auf mich zu.

Meine Beine schnellen vor und treffen auf harte Muskeln. Das Rohr segelt durch die Luft. Ich höre ein Stöhnen. Ich bin auf den Beinen. Aber er kommt wieder auf mich zu, eine drohend aufragende Masse. Ich weiche ein paar Schritte zurück, pralle gegen Autoreifen. Instinktiv greift meine Hand hinter mich. Ich wuchte einen Reifen gegen ihn.

Er wankt. Ich stürze mich auf ihn, den Kopf voran. Seine Arme schließen sich wie ein Schraubstock um mich, drücken, bis wir beide auf den Boden fallen.

Dann ist er über mir, er schlägt zu, sein Knie trifft mich im Unterleib. Ein wilder Zorn liegt auf seinem Gesicht. Ich versuche, mich unter ihm herauszuwinden. Aber er ist zu schwer; und jeder Atemzug wird eine übergroße Qual. Eine klebrige, bittere Flüssigkeit spüre ich in meinem Mund.

Ein unendliches Verlangen nach Schlaf überkommt mich, so süß, als hätte mich ein Engel mit seinen Flügeln berührt. Mein Kopf und Rücken werden gegen die Wand des Hauses gestoßen. Immer wieder. Ich falle. Der Schnee über mir fällt, rutscht vom Dach herab. Wir stürzen zusammen auf den Boden.

Meine Hand berührt einen harten Gegenstand. Die Botschaft braucht lange, bis sie mein Hirn erreicht. Ein Stück Rohr. Ich bekomme es fester zu packen, bevor der Mann sich wieder auf mich stürzt. Jetzt kann ich ihn treffen, kann einen tödlichen Hieb auf den Kopf von Madeleines Mörder landen.

Unsere Blicke begegnen sich. Seine Augen sind schwarz und glänzend wie Steine, die von Wasser umspült werden.

Ich versuche, meine ganze Wut zu sammeln, versuche zuzuschlagen. Aber ich kann nicht. Ich schreie, weil ich zögere, weil ich so etwas wie Mitgefühl, wie Verstehen spüre. Dann ist es zu spät. Er hat das Rohr gesehen. Er windet es aus meiner Hand. Hebt es hoch.

Ich werde hier sterben, mein Blut im fallenden Schnee vergießen.

Ich schließe die Augen und warte auf den Tod. Die Stimme meiner Mutter ruft: »Beeil dich, Pierre.« Eine Spruchbänder tragende Menge versammelt sich um einen Kirchturm und jubelt. Der heiße Sand einer Wüste rinnt mir durch die Finger. Eine goldene Madeleine streckt mir die Arme entgegen. Auf ihrem Gesicht liegt ein sehnsüchtiges Lächeln. Es formt sich zum Klang meines Namens.

Aber die Stimme gehört nicht Madeleine. Sie ist rauh, wütend. Sie dröhnt Befehle. Sie zieht mich auf die Beine.

Mit Mühe öffne ich die Augen. Contini ist an meiner Seite, hat einen Arm um mich gelegt. Überall leuchten Taschenlampen.

»Sie Wahnsinniger«, ruft er. »Versucht den Helden zu spielen. Können Sie gehen? Miron, kommen Sie her.«

Zwei Männer packen mich an den Ellenbogen.

Contini leuchtet mir übers Gesicht. »Laßt ihn vom Notarzt untersuchen. Ich komme später wieder, Rousseau.«

Er geht weg, bevor ich ein Wort herausbringe.

Weiter weg kann ich drei schattenhafte Gestalten erkennen. Der größte Schatten wird von zwei anderen in die Zange genommen. Wie ein gefesseltes Tier läßt er die Füße widerstrebend durch den Schnee schleifen.

Als wir an ihnen vorbeigehen, schreit der Mann auf und spuckt in meine Richtung.

»Gut, daß wir noch rechtzeitig hergekommen sind«, stottert Miron.

Mein »Ja« bleibt mir im Halse stecken und schafft es nicht bis über meine Lippen.

Eine blaßgelbe Sonne wirft kreuz und quer Streifen über das Bett. Das Haus ist still. Nur in meinem Kopf dröhnt und hämmert es. In der letzten Nacht hat Dr. Bertrand erklärt, man habe mich übel zugerichtet, aber es sei nichts Ernstes. Dann hat er mir eine Schlaftablette in den Mund geschoben.

Vorsichtig stehe ich auf. Mein Mund fühlt sich an, als hätte ich eine Fuhre Streusand verschluckt. Ich leere das Glas Wasser, das neben dem Bett steht, finde einen Bademantel, der über der Stuhllehne hängt, und gehe über den Flur zur Toilette.

Als ich zurückkomme, steht Oscar mit einem Stapel Kleidungsstücke über dem Arm da.

»Habe dich aufstehen gehört. Alles in Ordnung?« Er mustert mich verstohlen. »Dachte, du könntest das brauchen.«

Er legt die Sachen aufs Bett und deutet auf einen zerknüllten Haufen in der Ecke. »Frühstück, wenn du angezogen bist. Elise hat die Kinder in die Schule gebracht. Dann geht sie im Supermarkt einkaufen.« Er beeilt sich, dies hinzuzufügen, als ob der eine oder andere von uns womöglich nicht gesellschaftsfähig wäre.

Ein Blick in den Spiegel verrät mir warum. Mein Gesicht ist geschwollen, als hätte ich mich in einen Boxring zu einem Kampf mit einem Weltmeister im Schwergewicht verirrt.

Ich ziehe Oscars Jeans und Rollkragenpullover an und blicke aus dem Fenster. Der Himmel zeigt sich in eisigem mitleidlosem Blau. Bäume, Boden und Atelierdach sind mit Schnee bedeckt, der so strahlend weiß ist, daß mir die Augen weh tun.

Oscar ruft von unten. Ich gehe sehr langsam die Treppe hinunter Meine Beine scheinen noch nicht richtig zu mir zu gehören.

Er lacht, als ich in die Küche komme. »Ich könnte dich als Modell im Atelier gebrauchen. Dann müßte ich aber meine Palette mit Francis Bacons Farben vertauschen.«

»Vielen Dank.«

»Übrigens hat mir Elise gesagt, daß sie mit dir gesprochen hat …« Er zögert, stellt einen Becher dampfenden Kaffee vor mich, schöpft Ei auf einen Teller. »Über Madeleine. Ich … Sie hat mich gebeten, nicht darüber zu reden.« Sein Blick ist verlegen.

»Ist schon in Ordnung.«

»Ja?«

Ich nicke. Was Madeleine angeht, so haben wir alle unsere Geheimnisse.

»Berichte mir von letzter Nacht.«

Ich trinke vorsichtig meinen Kaffee und versuche, eine Geschichte zu konstruieren, die einen Sinn ergibt, aber Oscar ist ungeduldig.

»Michel Dubois! Wer hätte das gedacht? Nicht daß ich den Mann gut kenne, aber er war immer so hilfsbereit. Er ist mir nie als ... als ...« Er verstummt.

Wir sehen einander an. An diesem strahlenden Morgen, an diesem behaglichen Tisch, können wir uns beide nicht vorstellen, daß mitten unter uns ein Mord stattgefunden hat.

Schließlich zucke ich die Achseln. »Ja, Mme. Tremblays freundlicher Dubois. Allerdings ist er letzte Nacht nicht freundlich mit mir umgegangen.« Ich betaste mein verletztes Gesicht. »Die Polizei wird uns mehr sagen.«

Wie auf ein Stichwort klingelt es an der Tür, und Contini stürmt herein, nur um sich auf den ersten besten Stuhl fallen zu lassen. Er sieht abgespannt aus.

»Lange Nacht gehabt«, gesagt er. »Ist noch Kaffee da?«

»Nun haben Sie Ihren Mann gefunden, Kommissar. Es ist wirklich Michel Dubois.«

Contini nickt. »Er hat alles gestanden, das arme Schwein.«

»Und Sie glauben ihm?« frage ich in herausforderndem Ton.

Er verzieht das Gesicht zu einem gequälten Lächeln. »Es gibt genügend Beweise. Ja, ich glaube ihm.«

»Hat er alles gestanden?« fragt Oscar.

»Ja, alles. Mord, Brandstiftung, Einbruch – sogar daß er Mme. Orkanovas Auto von der Straße gedrängt hat. Ihres auch. Sie haben vergessen, mir davon zu berichten, Rousseau.« Seine Miene ist verdrossen, als er seine Kaffeetasse leert.

»Aber warum?«

»Das wird Ihnen Rousseau später erklären, M. Boileau.«

»Wie fühlen Sie sich übrigens?« fragt Contini, als wir in sein Auto steigen.

»So, daß ich lieber keinen Körper hätte.«

Er lächelt mich an. »Kenne das Gefühl. Muß Ihnen wohl danken, daß Sie uns zu Dubois geführt haben. Wie haben Sie erraten, daß er unser Mann war?«

»Habe ich gar nicht. Erst als er sich letzte Nacht auf mich gestürzt hat. Draußen. Während Ihrer kleinen Aufführung.«

Er lacht vergnügt in sich hinein. »Es hat also funktioniert. Ich hatte so ein Gefühl, daß es unseren Mann hinaustreiben würde.«

»Sie hatten ihn schon im Verdacht?« Ich bin entgeistert. »Aber Sie haben mich glauben lassen ...«

»Daß ich Sie im Visier hatte?« Er lacht. »Ich hatte mehrere im Visier. Sie, Dubois, Boileau ... Ja, ihn auch. Jeder Mann, der Madeleine Blais kannte und stark genug war, sie als Tote zu tragen und hochzuheben. Ich habe es Ihnen schon gesagt, Rousseau. Ich bin nicht wählerisch, wenn es um Verdächtige geht. Genauso wie Madeleine nicht besonders wählerisch war.«

Die Schmerzen in meinem Kopf werden noch heftiger. »Sie wollen sagen, Madeleine und Michel Dubois ...«

»Nein, ich dachte an Fernando Ruiz. Aber erzählen Sie mir erst Ihre Geschichte.«

Ich berichte ihm von dem Angriff, dem Marsch durch den Wald, dem Auto im Bootshaus, das mich zu Dubois geführt hat. Contini fährt langsam, hört gespannt auf jedes Wort, während ich die Ereignisse des Abends der Reihe nach berichte.

»Einer meiner Leute ist Ihnen gefolgt, aber er hat Sie im Wald verloren. Das waren die Anweisungen. Folge jedem, der versucht, sich vom Schauplatz zu entfernen. Aber Sie sind stur, Rousseau. Sie hätten zu mir kommen und es mir sagen sollen. Dubois hatte es auf Sie abgesehen. Ich möchte gar nicht daran denken, was passiert wäre, wenn wir nicht rechtzeitig dort aufgetaucht wären.«

»Ich bin hier. Mehr oder weniger in einem Stück.« Ich taste mein Gesicht ab. »Aber Sie dachten wirklich, ich wäre es gewesen.«

»Eine Minute lang. Als ich die Auflistung bekam, wer mit dem Anschluß von Mme. Tremblay telefoniert hatte. Der eine Anruf an Sie um ein Uhr zwanzig am Montag morgen gab mir zu denken. Dazu kam die Sache mit dem Anhänger unter dem Fenster. Und dann ... aber das wissen Sie nicht: Dubois hat mit dem Finger auf Sie gezeigt.«

»Auf mich?«

Er nickt. »Als Ginette Lavigne ihn zum erstenmal verhörte, erzählte er uns, daß er spät in der Nacht, als Madeleine starb, nach der Mitternachtsmesse draußen gewesen sei, um sich zu vergewissern, daß um das Haus alles in Ordnung war. Er sah das Licht in Madeleines Zimmer, und der Mann, der bei ihr war, sagte er, sah aus wie Sie. Das brachte mich überhaupt erst auf die Idee, die Szene nachzustellen. Aus einem bestimmten Abstand habt ihr beiden ein paar Dinge miteinander gemein.«

»Michel Dubois war eifersüchtig auf mich?« Meine Stimme wird laut vor Zweifel, und Contini wirft mir einen seiner wissenden Blicke zu.

»Was ist daran so merkwürdig? Ich bin kein Psychologe, aber für mich ist klar, daß Dubois Madeleine auf seine gestörte Art und Weise liebte. Sie besaßen sie und er nicht. Also haßte er Sie. Was das Weitere betrifft, so war er in der Nähe, als die Scheune abbrannte. Tatsächlich war er es, der Henderson an Gagnon übergab. Die beiden waren zusammen an der Scheune, wenn auch Dubois nichts mit der Drogengeschichte zu tun hat.«

»Sie wollen mir erzählen, daß Will Henderson gesehen hat, wie Dubois die Scheune anzündete?«

»Was Henderson sah, war das Feuer. Das konnte ihm kaum entgehen. Und er sah Dubois. Wenn er sich auch nicht an den Namen erinnern konnte oder ihn nicht kannte. Es ist auch nicht mehr wichtig. Dubois hat alles zugegeben. Es ist in sich völlig logisch. Anders als Ihr wertloses Geständnis. Mir zu erzählen, Sie hätten Madeleine über die Leiter auf den Heuboden getragen, wo an der einzigen Leiter in der Scheune die Hälfte der Sprossen fehlt. Ich sollte Sie vor Gericht bringen, die wertvolle Zeit der Polizei in Anspruch genommen zu haben.«

»Und ich sollte Sie verklagen, weil Sie Geständnisse erpressen.«

Er schnaubt und biegt unvermittelt zu einem schmuddeligen Schnellrestaurant an der Straße ein. »Was sagen Sie zu einer Tasse Kaffee? Ich bin noch nicht richtig bereit, der alten Dame gegenüberzutreten.«

»Zu ihr fahren wir?«

»Zu ihr fahren wir.«

Bei diesem Lokal habe ich noch nie angehalten, aber es erinnert mich an einen Ort, wo ich zu meiner ersten sexuellen Erfahrung kam. Ein paar Lastwagenfahrer sitzen auf Hockern aus Lederimitat an einer schmutzigen Theke. Eine dickliche Frau mit üppigem Busen und schwitzendem Gesicht steht dahinter. Es riecht nach gebratenen Zwiebeln und bitterem Kaffee.

Contini holt tief Luft. »Lust auf einen Hamburger?«

»Kaffee genügt mir.«

Wir setzen uns auf gepolsterte Bänke am Fenster.

»Aber Sie wollten mich trotzdem dem Spermatest unterziehen?« sage ich, sobald der Kaffee da ist.

»Sie hätten die Hebebühne vergessen haben können.«

»Was für eine Hebebühne?«

»Eine Hebebühne hing an Flaschenzügen, die zum Heuboden in der Scheune hinaufführen. Lavigne hat sie bei ihrem zweiten Besuch entdeckt. Dubois hat sie selbst gebaut. Er hat sie in der Nacht benutzt und dann hinter einem Balken versteckt. Gute Arbeit.«

»Dann erzählen Sie mir, was Dubois gesagt hat.«

»Was wollen Sie wissen?« Contini bietet mir eine Zigarette an.

»Jetzt reden Sie schon, Contini.«

»Sie sehen nicht so hübsch aus wie sonst mit Ihrem verquollenen Gesicht. Es kommt mir vor, als würde ich einem Fremden Geheimnisse anvertrauen.«

»Danke.«

»Trinken Sie Ihren Kaffee.«

Ich nehme ein paar bittere Schlucke.

»Okay. Also, Dubois hat losgeplärrt wie ein Säugling. Konnte es gar nicht abwarten, uns alles zu erzählen. Obwohl Worte überhaupt nicht sein Metier sind. Bei Ihnen hätte es eleganter geklungen.«

»Reden Sie weiter.«

»Gut. Er sieht also Madeleine Blais in der Mitternachtsmesse mit einem Mann. Er folgt ihnen nach Hause. Er ist übrigens der Mann, der Madeleine seit einer Ewigkeit beschattet hat. Wann immer sich die Gelegenheit ergab. Er folgte ihr zu Boileau, als sie für ihr Porträt saß. Ging sogar in ihre Wohnung. Es war ja ganz einfach, Mme. Tremblays Schlüssel zu borgen. Und er war am Tag der Morde an der Universität. Und natürlich war er immer in der Nähe, wenn Madeleine zu Besuch herkam. Er war gewissermaßen ein enger Bekannter Madeleines.«

Er sieht mich herausfordernd an, wartet, daß ich widerspreche.

Ich sage nichts.

»Also spioniert er in der Nacht herum. Er sieht das Licht unten aus- und in Madeleines Zimmer wieder angehen. Er sieht, wie ein Mann Madeleine küßt und vielleicht ein bißchen mehr. Wahrscheinlich war er erregt und wütend. Wenn die schöne unerreichbare Madeleine es mit einem Fremden treiben kann, warum dann nicht auch mit ihm?

Als Madeleine Fernando Ruiz in ihrem Auto verabschiedet, lauert Dubois immer noch draußen. Sie muß etwas hören, denn sie ruft etwas. Sie ruft Ihren Namen: Pierre. Madeleine hat Sie schon angerufen. Also dachte sie vermutlich, Sie wären herüber gekommen. Das ist ein weiterer Grund, warum Dubois es auf Sie abgesehen hatte. Anscheinend hat er Sie seit Jahren gehaßt. Und beneidet. Ich stelle mir vor, daß er Sie sogar indirekt in seinen Beichten bei Ihrem Bruder erwähnt hat.«

Die Augen, die Contini mir zuwendet, während er in seinen Hamburger beißt, haben einen forschenden Glanz, und ich senke den Blick.

»Davon weiß ich nichts«, sage ich leise.

Er zuckt die Achseln. »Der Mann hat Phantasie. In seiner Einbildung waren Sie anscheinend derjenige, der ihm Madeleine wegnahm. Bevor Sie auf der Bildfläche auftauchten, gehörte Madeleine ihm ganz allein.«

»Madeleine hat ihn nie erwähnt. In all den Jahren nicht.«

»Nein, der Mann hatte offensichtlich seine *idée fixe*. Bildet sich alle Zeichen erwiderter Liebe ein, ob sie da sind oder nicht. Solche Leute gibt es. Sie schicken Briefe. Sie schleichen umher. Manchmal sind sie den Objekten ihrer Zwangsvorstellungen sogar nie begegnet. Ich habe mal ein Buch darüber gelesen. Ja, ich lese manchmal. Ein Syndrom, das nach irgendeinem Franzosen benannt ist.«

»Clérambault.«

»Genau. Sie kennen es also.«

Er macht eine Pause, kaut geräuschvoll. »Zurück zu der Nacht. Als Madeleine Ihren Namen rief, geriet Dubois richtig in Wut. Er hatte es sich sowieso in den Kopf gesetzt, daß sie jetzt, wo sie mit jedem schlief, auch mit ihm schlafen könnte. Aber Madeleine weigerte sich. Sie lachte ihn aus, als er ihr den Antrag machte. Dieses Lachen gab ihm den Rest. Er wurde handgreiflich. Madeleine wehrte sich. Mein Szenario war nicht falsch. Sie erinnern sich?«

»Allerdings.« Ich möchte mich nicht erinnern.

»Er legte seine Finger um ihren Hals, und Madeleine verlor das Bewußtsein. Das war die Quetschung, die unsere Leute fanden und die nicht genau mit den Wundmalen übereinstimmte, die der Strick hinterließ. Auf jeden Fall glaubte Dubois, er habe sie erwürgt, und so knüpfte er sie auf, damit es wie Selbstmord aussah. Er selbst behauptete allerdings, ihm hätte nicht gefallen, sie da so mitleiderregend auf dem Boden liegen zu sehen. Plötzlich aber schlug sie die Augen auf und versetzte ihm einen Tritt. Das erregte ihn aufs neue. Erinnern Sie sich an die Spermaspritzer auf Madeleines Mantel?«

Ich starre auf den sahnig weißen Klecks, den die Milch in meinem Kaffee hinterlassen hat, und ich spüre, daß mir schlecht wird. Ich nehme eine von Continis Zigaretten und stürze auf die Straße hinaus. Die Welt verschwimmt vor mir, alles scheint sich um mich zu verdoppeln, als wäre mitten in der Landschaft ein Labyrinth von Zerrspiegeln gewachsen.

Als Contini herauskommt, gibt er mir einen leichten Klaps auf die Schulter. Wir sprechen erst wieder, als wir im Wagen sitzen. Und dann höre ich mich fragen: »Dann hat Dubois sich wohl gefreut, als alle glaubten, es wäre Selbstmord.«

»Im Gegenteil, er war beunruhigt. Im Grunde ihres Herzens wollen diese Typen immer entdeckt werden. Sie fühlen sich schuldig, daß sie davongekommen sind. Aber nicht schuldig genug, um sofort zu gestehen. Er sah, wie Mme. Tremblay im Fernsehen darauf beharrte, daß Madeleine ermordet worden war. Das trieb ihn an, in der Scheune Feuer zu legen – um die Stätte des Verbrechens, deren Anblick er nicht ertrug, niederzubrennen und uns gleichzeitig einen Hinweis zu geben. Mittlerweile waren Sie gewissermaßen allgegenwärtig geworden. Mme. Tremblay kam aus diesem oder jenem Grund immer wieder zu Ihnen. Dubois wurde klar, daß sie mehr von Ihnen abhing als von ihm. Daß auch Mme. Tremblay Sie vorzog. Er beschloß, es Ihnen heimzuzahlen für all die Jahres des heimlichen Grolls. An dem Abend, als Maryla Orkanova da war, kam er in Ihr Haus. Der Lärm, den Sie aus dem Schuppen hörten – das war Dubois. Auch Ihre Katze hat er auf dem Gewissen. Und Ihre Sammlung auf dem Dachboden trieb ihn erst richtig in Raserei. Er hatte Sie schon früher dort oben beobachtet, das Flimmern auf der großen Leinwand gesehen, die Schatten in die Nacht warf. Ich bin froh, daß Sie nicht zufällig dort waren, als er bei Ihnen einbrach.« Contini hält inne. »Alles in Ordnung?«

Ich merke, daß meine Hand zittert. »Einigermaßen.«

»Manchmal trifft es einen erst später.«

Einige Minuten lang fahren wir schweigend.

»Das war's also«, beginnt er wieder. »Ich bin davon überzeugt, daß die Fingerabdrücke auf dem Film, den ich in Ihrer

Wohnung gefunden habe, Dubois gehören. Auch die Faser, die wir gefunden haben, werden ihn überführen. Und der Lack, den wir an seinem Auto gefunden haben. Außerdem haben wir sein volles Geständnis.«

»*Crime passionel*«, flüstere ich.

Er lacht. »Außer bei der Mafia geschehen Verbrechen im allgemeinen aus Leidenschaft.«

Wir erreichen Mme. Tremblays Einfahrt. Plötzlich sehe ich Michel Dubois vor mir, der auf der Verandatreppe steht und mich aus dunklen regungslosen Augen anstarrt. Eine Ahnung seiner unerträglichen Leidenschaft überkommt mich. Nicht so viel anders als meine. Außer daß Madeleine für ihn sowohl aufreizend als auch gänzlich unerreichbar war, das begehrte Objekt, das er nie besitzen würde. Während ich mich nicht damit abfinden konnte, etwas zu verlieren, das ich einmal besaß. Zwei verschmähte Liebhaber an entgegengesetzten Enden eines roten Fadens. Beide in ihrer Phantasie gefangen.

Ich wende mich an Contini. »Ich weiß nicht, ob ich Mme. Tremblay gegenübertreten kann.«

»Sie hat sich gestern für Sie eingesetzt. Als Serge Monet Sie gestern vehement verdächtigte, war sie die einzige, die Sie nachdrücklich verteidigt hat.«

»Aber …«

»Sie müssen zu ihr gehen, Rousseau. Sie sind ein Held, vergessen Sie das nicht.«

20

Nach der Aufregung am Abend zuvor liegt im Haus eine gebrechliche Stille, als wären seine Fundamente schwankend geworden, als drohe gleich ein Zusammensturz. Nichts befindet sich ganz an seinem richtigen Platz. Überall stehen Stühle herum. Die Bilder von Madeleine stehen noch nicht wieder auf dem Klavier. Weihnachtsbaumkugeln liegen vergessen auf einem Regal. Sogar die Hunde sind gebändigt.

Tadellos gepflegt vom Kopf bis zu den polierten Schuhen, führt uns Marie-Ange Corot zu unseren Stühlen. Sie benimmt sich wie eine Frau, die es gewohnt ist, Herrin eines feudalen Hauses zu sein. Ihre Höflichkeit gibt nichts preis und fragt nach nichts.

»Mme. Tremblay dürfte jeden Moment herunterkommen. Ich denke mir, daß Sie zu ihr möchten? Monique ist zum Einkaufen nach Ste-Anne gefahren.«

»Ja, wir müssen mit Mme. Tremblay sprechen.« Eingeschüchtert zieht Contini an den Bügelfalten seiner Hose und setzt sich auf die Stuhlkante. Er hat eine Kraft anerkannt, die größer ist als seine.

Marie-Ange hat mir noch nicht in die Augen gesehen, noch hat sie über mein Äußeres mit der Wimper gezuckt. Wieder frage ich mich, was genau Contini oder gar Madeleine ihr über mich erzählt haben.

Contini bricht das Schweigen endlich. »Ah, ein Fotoalbum.« Er beugt sich über den Couchtisch und betrachtet eine Seite mit Bildern. »Darf ich?«

»Ich dachte, es würde Mme. Tremblay guttun, es mir zu zeigen«, erklärt Marie-Ange. »Ich habe ihr auch vorgeschlagen, daß sie nach der Beerdigung mit mir nach Paris fliegt. Madeleines Haushalt muß aufgelöst werden. Vielleicht wird ihr das helfen. Ich hoffe nur, daß sie stark genug ist.«

»Sie sollten auch M. Rousseau einladen«, sagt Contini unerwartet.

Marie-Anges Blick zuckt in meine Richtung, aber sie sagt nichts.

Schritte, die zu hören sind, lenken uns von unserem peinlichen Gespräch ab. Mme. Tremblay kommt ins Zimmer. Das unbarmherzig grelle Morgenlicht läßt mich verstehen, daß in diesen letzten Tagen die Zeit wie ein Hurrikan über sie hinweggefegt ist. Sie ist kleiner geworden – nur gebrechliche Knochen mit einer losen Hülle aus pergamentener Haut. Ihre Frisur ist schief, die Augen sind eingesunken.

Auch mir schmeichelt das helle Licht wohl nicht, denn sie starrt mich bestürzt an.

»Das haben Sie ihm doch nicht angetan, Kommissar! Das kann ich von Ihnen nicht glauben.«

»Nein, nein. Setzen Sie sich, Mme. Tremblay. Holen Sie ihr eine Tasse Tee, Rousseau.«

»Nein. Ich habe schon Tee getrunken. Was ist mit dir passiert, Pierre? Was wollen Sie mir mitteilen, Kommissar?«

Contini und ich sehen einander an. Er holt tief Luft. »Es war leider Michel Dubois, der Pierre angegriffen hat.«

»Michel! Das ist Ihre Schuld, Kommissar. Ich habe Ihnen gesagt, daß alle diese Verdächtigungen, die Sie verbreitet haben, alle diese Inszenierungen zu nichts Gutem führen würden. Armer Pierre, es tut mir leid. Michel ist nicht der hellste Kopf.«

Contini hustet. »Michel Dubois hat nicht nur Pierre angegriffen. Er hat Ihre Enkeltochter ermordet, Mme. Tremblay.«

Sie starrt ihn an, das Gesicht kreideweiß. »Habe ich richtig gehört, Kommissar? Das ist nicht wieder so eines Ihrer Spielchen?«

»Leider nein.«

»Pierre, sag du es mir.«

»Es scheint wahr zu sein.« Meine Stimme klingt hohl, und so fahre ich lauter fort: »Er hat gestanden.«

Mme. Tremblay sinkt in ihren Sessel zurück.

»Holen Sie den Tee, Rousseau. Mit viel Zucker«, sagt Contini leise.

Marie-Ange folgt mir in die Küche. Sie zögert einen Augenblick, während ich den Kessel fülle, dann wirft sie die Arme um mich.

»Pierre, Gott sei Dank. Was für Dinge mir dieser Contini erzählt hat. Ich durfte nicht mit Ihnen reden.« Ihre Augen sind feucht. »Und dabei müssen wir über so vieles reden. Später. Nur wir beide.«

Ich weiß nicht, warum es mich jetzt trifft, aber plötzlich habe ich, wie ein kleiner Junge, der zu lange die Tränen zurückgehalten hat, den Wunsch, in einen dunklen Raum zu gehen und zu weinen.

Mme. Tremblays Rücken ist gerade wie ein Schürhaken, als ich das Tablett auf den Tisch stelle. Ihre Augen bewegen sich nicht. Sie richten sich auf irgendein Anderswo, das wir nicht sehen können.

Contini greift mit einer solchen Kraft zur Teekanne, daß ich für einen Moment meine, sie könne in seiner Hand zerbrechen.

»Ich habe es Mme. Tremblay erklärt«, sagt er.

Ich bringe ihr eine Tasse süßen Tee. »Trinken Sie das, Mme. Tremblay. Es wird Ihnen guttun.«

Ihre Augen flattern in meine Richtung. »Es ist alles meine Schuld, Pierre. Ich hätte ihn fortschicken sollen. Vor vielen Jahren. Ich hatte keine Ahnung ...« Tasse und Untertasse zittern in ihrer Hand. Sie stellt sie hin und verschüttet dabei Tee.

»In solchen Fällen fühlt sich immer jeder schuldig, Mme. Tremblay«, wirft Contini ein. »Eine ganze Reihe von Wenn nur ...«

»Sie verstehen nicht.« Sie fällt ihm ins Wort. »Ich war diejenige, die Michel aufnahm, die ihm einen Platz anbot, als er in der Klemme saß. Er war von der Schule geflogen. Ein großer Bursche. Zu stark für sein Alter. Fünfzehn war er und kam aus einer schrecklichen Familie. Ich bot ihm Arbeit an, als ihn niemand haben wollte. Er war nützlich, hatte geschickte Hände, ging gut mit den Tieren um. Er lehrte Madeleine reiten. Sie war noch ein Kind, freundlich zu ihm, freundlich zu jedem. Er war liebevoll zu ihr.«

Ihre Stimme verklingt. Sie spricht mit sich selbst, überprüft Erinnerungen, versucht, einen Sinn zu erkennen.

»Einmal, ich glaube, es war nachdem Madeleine und ich aus Europa zurückgekommen waren – Michel hatte sich während unserer Abwesenheit um das Anwesen gekümmert –, ertappte ich ihn, wie er Madeleine eigenartig anschaute. Ich nahm ihn beiseite und redete mit ihm. Ich sagte ihm, Madeleine werde bald auf eine Schule und von Ste-Anne weg gehen. Sie sei nichts für ihn. Ich war streng zu ihm. Auch zu ihr. In Frankreich hatte sie das Flirten gelernt.

Sie ging immer so unbekümmert mit Michel um, als wäre sie noch ein Kind.«

Sie seufzt und nimmt einen Schluck Tee. Als sie weiterspricht, ist ihre Stimme verändert. Sie ist schärfer, voller Zorn und Selbstanklage.

»Madeleine ging in Montréal zur Schule. Es gab nicht genügend Arbeit hier, um Michel ganz zu beschäftigen. Er fand eine andere Beschäftigung und arbeitete nur noch gelegentlich für mich.«

Sie sieht mich plötzlich scharf an, und ich habe das schreckliche Gefühl, daß sie mich durchschaut hat, daß sie die abscheulichen Parallelen zwischen Michel und mir gesehen hat. Aber sie spricht schnell weiter.

»Als ich ihm sagte, daß Madeleine und du heiraten würdet, war er nicht glücklich. Er warf einen Spaten mit solcher Kraft gegen einen Baum, daß das Metall vom Holz brach. Ich war wütend und rief ihn zur Ordnung.« Sie seufzt wieder und hält sich eine Hand vor den Mund, so daß wir uns anstrengen müssen, um sie zu verstehen. »Doch irgendwo tat er mir auch leid, und so behielt ich ihn. Ich verstand nicht, daß er eine geheime Leidenschaft hegte ... daß er auf irgendeine wahnsinnige Weise glaubte, ein Recht auf Madeleine zu haben.«

Sie zittert und steht abrupt auf. »Ich möchte ihn sehen, Kommissar. Sofort.«

Ihre Entschlossenheit ist so stark, daß sie von hinten wieder wie die eigensinnig resolute Frau aussieht, vor der ich immer Respekt hatte.

Contini zögert. »Das ist nicht üblich, Mme. Tremblay.«

»Mord ist auch nicht üblich, Kommissar.«

Vor der Polizeiwache ist mehr Betrieb, als ich jemals gesehen habe. Mme. Tremblay wird auf jeder Stufe aufgehalten, und nur Contini kann ihr einen Weg durch das Gedränge bahnen.

»Ihr Bürgermeister hat hier um ein Uhr eine Pressekonferenz anberaumt«, sagt er. »Wollte nicht auf mich hören.«

Im Innern herrscht hektische Betriebsamkeit, aber plötzlich wird es still, als Mme. Tremblays Anwesenheit bemerkt wird.

»Sie beide warten besser hier draußen.« Contini gibt Marie-Ange und mir ein Zeichen. »Dubois ist ein starker Bursche, und wie wir wissen, mag er Sie nicht besonders.«

Gagnon taucht aus seinem Büro auf, wechselt einige Worte mit Contini, dann führen die beiden Mme. Tremblay über den Flur zu den Zellen.

Marie-Ange nimmt verstohlen meine Hand, während wir warten. Wir brauchen uns nicht lange zu gedulden. Nach ungefähr fünf Minuten erscheint Mme. Tremblay wieder, gefolgt von den beiden Männern. Sie würdigt uns keines Blickes. Auf ihren Wangen brennen zwei scharlachrote Flecken, als sie auf den Ausgang zugeht.

Ich halte Contini auf. »Wie ist es gelaufen?«

Er zuckt die Achseln und grinst mich an. »Sie haben sich in die Augen geblickt, und sie hat ihm zwei unerwartet deftige Ohrfeigen verpaßt. Klang wie eine Guillotine. Die wäre ihm, glaube ich, lieber gewesen.« Mit unverhohlener Bewunderung blickt er zu Mme. Tremblay hinüber, die sich langsam entfernt.

»Miron fährt Sie jetzt nach Hause, es sei denn, Sie möchten zur Pressekonferenz bleiben?«

Ich schüttele den Kopf.

»Heute nachmittag bin ich wieder in Montréal. Ich will versuchen, zur Beerdigung zu kommen, aber wenn ich es nicht schaffe, entschuldige ich mich schon jetzt. Wir sehen uns dann bei der Verhandlung. Oder wenn Ihnen danach zumute ist, können wir gelegentlich zusammen essen.«

Er legt einen Arm um meine Schulter und drückt mich so fest, daß ich zusammenzucke. »Und Rousseau, ich bin froh, daß Sie es nicht waren. Unsere alte Schule wäre nicht darüber erbaut gewesen, einen Mörder in den eigenen Reihen zu haben. *Je me souviens*, was?«

Ich merke, daß ich lächle. Es bekommt meinem geschundenen Gesicht nicht gut.

Marie-Ange und ich schlendern am Fluß entlang. Der Spaziergang war ihre Idee. Sie sagt, das Licht sei zu schön, als daß man es verpassen dürfe, aber ich vermute, sie stimmt sich auf eine Erklärung über Madeleines Testament ein. Sie kann nicht wissen, daß Monique es schon ausgeplaudert hat.

Mir ist es gleichgültig. Die kalte Luft wirkt wie ein schmerzstillendes Mittel auf meinem Gesicht, und meine steifen Glieder brauchen Bewegung.

Mme. Tremblay wollte nicht mit uns zu Mittag essen. Statt dessen überreichte sie mir mit trotziger Miene ein glitzerndes Päckchen. »Dein Weihnachtsgeschenk von Madeleine. Pack es aus.« Unter den wachsamen Augen der beiden Frauen riß ich mit zitternden Händen das Papier auf. Darin befand sich ein handbemaltes Kästchen in leuchtenden Bonbonfarben. Als ich den Deckel aufklappte, sprang eine Bühne mit einer wunderschönen Colombine hoch, die einem melancholisch aussehenden Pierrot eine Kußhand zuwirft. Typisch Madeleine. Für einen Augenblick spürte ich, daß sie mir verziehen hatte.

Ich starre auf den eisigen Fluß, die Bäume unter ihrer Schneehaube, die fernen Häuser auf dem Ufer gegenüber. In Marie-Anges Gesellschaft sieht alles so kultiviert aus, wie eine Landschaft, die auf die Hand eines begabten Malers wartet. Die gefährlichen Ereignisse der vergangenen Nacht scheinen in ein anderes Leben zu gehören. Ein Traumleben vielleicht. Vielleicht haben Michel Dubois' Prügel mir die Strafe gegeben, die ich brauchte, um zu einer Existenz ohne Madeleine zu erwachen.

Ich frage Marie-Ange, ob Madeleine und sie in letzter Zeit oft miteinander gesprochen haben.

Sie nickt. »Ich habe gerade daran gedacht.« Sie wischt sich übers Gesicht, und ich sehe, daß sie Tränen in den Augen hat. »Wir sprachen uns fast täglich. Sie war durcheinander. Alles brachte sie aus der Fassung. Deshalb dachte ich zuerst, als ich es erfuhr, an Selbstmord. Ein gewisses Alter zu erreichen ist für eine Schauspielerin nicht leicht. Außerdem lief das Stück schlecht, und dann passierte dieser furchtbare

Zwischenfall an der Universität. Ich hatte bei Madeleine bis dahin nie erlebt, daß sie sich vor etwas fürchtete. Sie hatte eine Intuition – eine zutreffende, wie man jetzt sieht.«

»Wir hätten auf sie hören sollen. Nein, ich hätte auf sie hören sollen.«

Marie-Ange schweigt eine Weile. Sie zieht ihren Pelz fester um sich, um ein Zittern zu verbergen.

»Madeleine war in der letzten Woche auch wütend auf Sie. In der Woche vor Weihnachten. Hatten Sie Streit?«

»Nicht direkt«, schwindle ich, doch dann fange ich stotternd an, ihr alles zu erzählen. »Ich habe ihr anonyme Briefe geschrieben. Was für eine Dummheit! Sie waren als Fanbriefe gedacht, als Liebesbriefe, aber irgendwann hat sich die ganze Sache verselbständigt. Madeleine ahnte, daß die Briefe von mir waren. Sie empfand sie nicht als Liebesbriefe, sondern als Bedrohung. Ich hatte keine Gelegenheit mehr, ihr alles zu erklären.«

Es ist eine lange, stockende Rede, und ich warte auf ihre Reaktion, aber wieder sagt sie nichts.

Schließlich murmelt sie: »Es war sehr dumm von Ihnen.«

»Ich bin nie damit zurechtgekommen, daß Madeleine irgendwann aufhörte, mich zu lieben.«

Sie sieht mich sonderbar an. »Madeleine hat vor einigen Jahren ein Testament gemacht. Sie und ich wurden als gemeinsame Vollstrecker genannt.«

»Wenigstens hat sie mir vertraut.« Ausgelöst von etwas an Marie-Anges Ton, kommt mir plötzlich ein Gedanke. »Oder ... hat sie in jener letzten Woche beschlossen, es zu ändern?«

»Sie hat mit dem Gedanken gespielt. Sie war sehr böse auf Sie. Dann beruhigte sie sich wieder. Für einige Dinge waren Sie verantwortlich. Darüber wollte Sie mit Ihnen reden.«

»Ich verstehe«, sage ich, obwohl ich in Wirklichkeit nichts verstehe. »Warum hat sie nicht früher mit mir geredet? Damals, als sie das Testament gemacht hat?«

Wir haben ein Restaurant erreicht, und Marie-Ange streift ihre Handschuhe ab und macht eine ausholende Geste.

»Madeleine hat nicht vom Tod gesprochen. Das Testament war allein meine Idee.«

Nur dank Marie-Anges selbstbewußtem Auftreten und ihrem arroganten Pariser Tonfall kommen wir an dem Oberkellner vorbei, der mißbilligend meine ziemlich schmutzigen Jeans und mein übel zugerichtetes Gesicht mustert.

»Einen Tisch am Fenster«, sagt sie. »Und bringen Sie uns sofort die Weinkarte. Wir brauchen einen Drink, oder nicht, Pierre?«

Sie blinzelt mir unauffällig zu, als der Mann mit einem *»Tout de suite, madame«* davoneilt.

Wir trinken. Marie-Ange ißt einen Salat und ein Steak, während ich nur Suppe zu mir nehme. Wir sprechen von Madeleine, tauschen zunächst zufällige Erinnerungen an sie aus. Dann wird mir allmählich klar, daß Marie-Ange mich mit ihren Fragen aushorcht.

Als der Kaffee kommt, bin ich zu einer Entscheidung gelangt.

»Hören Sie, Marie-Ange, es wäre wohl passender, wenn ich mich als zweiter Testamentsvollstrecker Madeleines zurückzöge und Sie einen anderen benennen würden. Außerdem wird sicherlich der größte Teil des Erbes in Frankreich ...«

Sie unterbricht mich mit ernster Miene. »Es war Madeleines Wunsch.«

»Allerdings nicht auf Ihren Rat hin«, sage ich leise.

Sie antwortet mit einem festen, abschätzenden Blick, dem Blick einer Frau, die es gewohnt ist, schnelle Urteile zu fällen.

»Auch nicht gegen meinen Rat.« Sie spielt an ihrer goldenen Halskette herum. »Sie haben mich noch nicht gefragt, was im Testament steht.«

Ich zucke die Achseln. »Ich denke mir, daß Madeleine einigermaßen gerecht war. Mme. Tremblay ...«

Als ich ihren Gesichtsausdruck sehe, korrigiere ich mich.

»Aha, ich verstehe«, sage ich. »Es ist kein übliches Testament, sondern enthält irgendwelche, für Madeleine typische

Bestimmungen. Irgendeine Schauspielschule, die bedacht wird, oder ein Preis für junge Schauspieler aus Québec, den wir vergeben?«

»Sie haben nicht ganz unrecht.« Marie-Ange tupft sich die Lippen mit der Serviette ab und greift nach ihrer Tasche, dann überlegt sie es sich anders und stellt sie beiseite. »Ich wünschte, Madeleine hätte es Ihnen selbst gesagt.« Sie macht eine Pause. »Sie hat ein Kind bekommen, Pierre.«

Für einen Augenblick glaube ich in einen Strudel zu geraten; irgend etwas dreht sich um mich. Dann höre ich mich sagen: »Demnach hatte Contini recht ... ich dachte ... Wo ist das Kind?«

»Sie lebt in Frankreich. Ganz nah bei Aix.«

»Ein Mädchen also.« Meine Worte klingen dumpf. »Sie lebt bei ihrem Vater?«

»Madeleine hat sie adoptieren lassen.«

»Adoptiert. Ich verstehe.«

»Als vor einigen Jahren Madeleine merkte, daß sie schwanger war, dachte sie an Abtreibung, doch dann wurde ihr klar, daß sie eine Abtreibung nicht durchstehen würde. Aber sie wollte eigentlich auch kein Kind. Eine instinktive Furcht kam über sie, als wir darüber sprachen – vielleicht wegen ihrer eigenen schwierigen Kindheit. Jedenfalls war sie in einem ziemlich verwirrten Zustand. Ein Kind wäre nicht das richtige für sie gewesen, ihre Karriere war gerade auf einem Höhepunkt ...«

Ich höre zu. Ich wage nicht zu sprechen und denke an Madeleine.

»Als es zu spät für eine Abtreibung war, schlug ich ihr vor, über eine Adoption nachzudenken. Damals war sie mehr oder weniger in dem Haus in Neuilly gefangen. Wir sahen uns fast täglich, und ich berichtete ihr von einer Cousine von mir, die keine Kinder haben konnte und unbedingt ein Kind adoptieren wollte. Um die lange Geschichte abzukürzen: die beiden lernten sich kennen und fanden sich sympathisch. Sie trafen eine Vereinbarung. Falls Madeleine das Kind nach der Geburt noch immer zur Adoption freigeben wollte, dann würden sie und ihr Mann, der Anwalt ist, das Kind adoptieren.

Madeleine kam wenige Tage nach der Geburt zu einem Entschluß. Sie tat sich nicht leicht mit dem Kind. Sie behandelte es wie eine kostbare Schale, die man nicht berühren durfte.«

Sie zögert, dann fährt sie schnell fort. »Es war die richtige Entscheidung, davon bin ich überzeugt. Caroline und Jean-Jacques sind gute Eltern. Und sie waren äußerst entgegenkommend. Madeleine wurde so eine Art Patentante. Nur ganz am Anfang wollte sie mit Louise – Madeleine nennt sie Lulu – nichts zu tun haben.

Erst als das Mädchen vier wurde, fing sie an, sich für Louise zu interessieren. Madeleine kam zu Besuch, wenn sie Zeit hatte – Geburtstage, Feiertage, blieb manchmal mehrere Tage. Und Sie kennen ja Madeleine, sie kam immer mit großzügigen Geschenken.

Alles ging reibungslos bis vor einigen Jahren, als Madeleine sich plötzlich durch die Vereinbarung eingeschränkt fühlte. Sie wollte reinen Tisch machen. Ich sagte ihr, das wäre zerstörerisch und unfair gegenüber allen Betroffenen. Natürlich weiß Lulu, daß sie adoptiert ist. Aber plötzlich eine zweite Mutter zu bekommen, die noch dazu die berühmte Madeleine Blais ist, wäre für das Kind einfach zu viel gewesen. Ich bestand darauf, daß Louise erst mit achtzehn Jahren erfahren dürfe, wer ihre wahren Eltern sind.

Madeleine sah mein Argument schließlich ein. Obwohl sie darüber nicht sehr glücklich war. Und jetzt ...« Ihre Stimme verliert sich.

Um uns herum hat sich das Restaurant geleert. Wir sitzen da und starren aus dem Fenster.

»Arme Madeleine«, sage ich. »Sie hat es nie erwähnt. Ich hätte nie vermutet ...«

»Madeleine wollte aber mit jemandem hier über Lulus Existenz reden.«

Die letzte Zeile in Madeleines Brief kommt mir in den Sinn; als würden sie auf einem mittelalterlichen Banner stehen, entrollen sich die Worte vor mir. *Es gibt nur einen Teil von mir, den du nicht berühren konntest. Davon wirst du nun nichts mehr erfahren. Es ist zu spät.*

»Geht es Ihnen nicht gut, Pierre?« Marie-Ange reißt mich aus meinen Gedanken. »Ich glaube, wir sollten gehen. Nehmen Sie mich mit zu sich. Ich würde gern Ihr Haus sehen.«

Mein Körper scheint zu keiner Bewegung fähig. Ich starre Marie-Ange an und stelle endlich die Frage, die mir seit Beginn dieses Gesprächs durch den Kopf gegangen ist. »Wissen Sie, wer Lulus Vater ist, Marie-Ange? Wußte es Madeleine?«

Marie-Ange kramt in ihrer Handtasche und begegnet meinem Blick nur ganz kurz, bevor sie aufsteht.

»Madeleine war eine außergewöhnliche Frau, Pierre. Das brauche ich Ihnen nicht zu sagen. Sie war keine Puritanerin. Und sie legte großen Wert auf Unabhängigkeit.«

Ich folge ihr hinaus und versuche, ihre Worte zu entschlüsseln. Ich habe das merkwürdige Gefühl, daß Marie-Ange Madeleine ebensosehr liebt wie ich, wenn auch auf andere Weise, und ihr Andenken schützen will. Ein wenig wie Mme. Tremblay, als sie mich losschickte, Tagebücher zu suchen, die womöglich einen Skandal auslösen könnten.

Im Auto sage ich zu ihr: »Also haben Sie mir das alles gesagt, weil Madeleines Testament weitgehend ihre Tochter begünstigt.«

»Wenn sie achtzehn wird.«

»Ich verstehe. Wie alt ist sie jetzt?«

»Ungefähr zehn.«

Gegen meinen Willen überschlagen sich Berechnungen in meinem Kopf, die zu nichts führen.

Marie-Ange ist still, bis wir bei meinem Haus ankommen. Im grauen Dämmerlicht sieht es trostlos aus. Ich führe sie schnell an der kleinen Kiste, in dem Minou liegt, und an dem zugenagelten Fenster vorbei. Morgen werde ich alles reparieren lassen.

»Vielleicht hätten wir das auf morgen verschieben sollen.« Marie-Ange spürt meine Stimmung.

»Nein. Ich bin froh, daß Sie hier sind. Ich hatte mich nicht darauf gefreut, allein nach Hause zu kommen.«

Sie sieht sich mit ihrem scharfsichtigen Blick um, als ich Licht mache. »Komisch, daß Sie nach so vielen Jahren keine andere Frau gefunden haben.«

Ich zucke die Achseln. Ich lege Madeleines Geschenk auf einen Ecktisch, betrachte die beiden Figuren und denke, daß sie vielleicht ein passender Abschiedsgruß sind.

»Allerdings kann es nach dem Wirbelsturm Madeleine nicht leicht gewesen sein.«

»Danke«, höre ich mich flüstern, als hätte sie mir ein Kompliment gemacht.

»Ich hatte mir Ihr Haus nicht so vorgestellt.«

»Nein?«

»Ich hatte etwas Moderneres vor Augen, großzügig, viele weiße Flächen.« Sie bricht ab, legt eine Hand auf den Mund. »Ich bin unverschämt.«

»Durchaus nicht. Es ist das Haus meines Vaters. Er war Sammler. Und ich habe mich eines Tages plötzlich hier wiedergefunden.«

Sie lacht. »Sie sind sehr hart zu sich, Pierre. Das hat mir Madeleine nie erzählt.«

»Was hat sie denn erzählt?«

»Oh … viel. Aber führen Sie mich jetzt herum. Ich bin neugierig. Zeigen Sie mir alles.«

Ich zeige ihr das Haus. Ich führe sie durch die Sammlung meines Vaters, erzähle ihr Anekdoten, wie auf einer Führung durch ein Museum, das zu meinem Ich geworden ist. Ich zeige ihr sogar die von der Polizei durchsuchte Unordnung meines Schlafzimmers. Ihre spöttischen, humorvollen Bemerkungen wirken seltsam befreiend – als gäbe mir dieser neue Blick auf mein Leben eine notwendige Perspektive.

Als wir das letzte Zimmer erreichen, entscheide ich mich.

»Leider sieht der Dachboden etwas chaotisch aus. Von Michel Dubois verwüstet. Aber ich möchte, daß Sie es sehen.«

Auf der letzten Treppenstufe zögere ich, dann reiße ich die Tür auf. Für einen Augenblick erfaßt mich ein Schwindel.

Die vielen Filmstreifen liegen noch immer auf dem Fußboden, inmitten von zerfetzten Bildern und Plakaten. Madeleines Augen starren mich an.

»Ich verstehe«, flüstert Marie-Ange. »Ja, ich verstehe.« Sie bückt sich, um eine Rolle aufzuheben. Dann sagt sie mit ruhiger, sachlicher Stimme: »Machen wir uns lieber an die Arbeit. Legen Sie die Spule in den Projektor ein, und dann sehen wir mal, wie weit wir kommen.«

Während ich den schweren Apparat aufrichte, öffnet sie ein Fenster. Kalte Luft weht durch den Raum. Der Projektor surrt.

»Es ist bloß Film, Pierre. Film und Papier. Läßt sich alles kopieren.« Mit erfahrenem Blick hält sie einen Streifen ins Licht. »Ich besorge Ihnen Duplikate.«

Ich schüttele den Kopf. »Vermutlich ist es besser, wenn ich für meinen Platz im Kino bezahle.«

Sie deutet ein Lächeln an, dann entwirrt sie die Streifen, um sie aufzurollen, wirft zerrissenen Film beiseite, findet eine leere Spule, und wir fangen wieder an.

Wir arbeiten. Nach und nach erhält der Raum wieder eine gewisse Ordnung; die Bilder und Plakate werden säuberlich auf dem Tisch gestapelt, die Spulen werden wieder in ihre Behälter verpackt, Streifen, mit denen nichts mehr anzufangen ist, in einen Sack gestopft.

»Jetzt schulden Sie mir einen Drink«, sagt Marie-Ange. »Und das hier. Ich habe es noch nie gesehen.« Sie hält ein Bild von Madeleine hoch, das Dubois' Wut unbeschadet überstanden hat. Es ist ein frühes Foto. Es stammt aus unserer Zeit zusammen in Montréal und zeigt Madeleine an eine Balustrade auf dem Berg gelehnt. Sie trägt Jeans und einen Pullover, und sie lächelt ganz wie ein sorgloses, wildes Mädchen.

»Ich habe es aufgenommen.«

»Dachte ich mir. Ich gebe Ihnen etwas anderes dafür.« Sie macht ein geheimnisvolles Gesicht.

»Sie haben mir genug gegeben. Sie haben mir geholfen, diesen Raum aufzuräumen.«

Ich möchte ihr sagen, daß sie mir geholfen hat, eine Art dunklen Zauber zu brechen und zugleich Dubois' Schatten zu vertreiben. Aber ich weiß nicht, wie ich meinen Dank ausdrücken soll.

Vielleicht ahnt sie etwas, denn auf dem Weg nach unten fragt sie: »Ist Madeleine jemals heraufgekommen?«

Ich schüttele den Kopf.

»Ihre Treue hätte sie vielleicht gefreut.« Plötzlich lacht sie. »Oder sie hätte vielleicht selbst alles zerfetzt. Bei Madeleine konnte man nie wissen.«

»Nein. Bei ihr konnte man nie wissen.«

Mit einer komplizenhaften Geste drückt sie mir die Hand.

Das Kaminfeuer lodert. Wir haben eines der Sofas davorgezogen und das andere, auf dem immer noch eine Menge Glassplitter liegen, vor das zugenagelte Fenster geschoben. Mit geübtem Blick hat Marie-Ange einen Beistelltisch und eine Lampe umgestellt, so daß das Zimmer wieder einigermaßen harmonisch aussieht.

Sie sitzt am anderen Ende des Sofas und hat die Beine hochgezogen. Ihre Füße sind erstaunlich klein. Trotz ihrer Haltung, trotz der ganzen Arbeit, sieht sie noch immer tadellos aus. Es mag am glatten Glanz des Haares liegen. Vielleicht ist es einfach die Pariser Art, die ich vergessen habe.

Sie hält ihr Whiskyglas ins Licht, betrachtet es, dann sieht sie mich an. Ich habe ein wenig Angst vor ihr und dennoch Vertrauen.

Dann steht sie unvermittelt auf, um gleich darauf mit ihrer Tasche zurückzukommen. »Gut. Ich habe mich entschieden.«

»Wozu haben Sie sich entschieden?«

Sie antwortet nicht. Statt dessen nimmt sie einen Umschlag aus ihrer Tasche und reicht ihn mir.

Ich reiße ihn nach kurzem Zögern auf. »Ich weiß nicht, ob ich noch mehr Briefe verkrafte.«

Der Umschlag enthält zwei Fotografien. Sie zeigen ein Mädchen mit braunen Augen und dunklem Haar, das zurückgekämmt ist und von einem Band gehalten wird. Es hat hohe Backenknochen, ein schelmisches Lächeln, das Zahnlücken entblößt, und trägt Jeans und ein gelbes Hemd. Hinter dem Mädchen sind die leuchtenden Farben des Südens zu sehen.

»Louise?« frage ich.

Marie-Ange nickt.

»Süß. Aber ... überhaupt nicht wie Madeleine. Darf ich die Fotos behalten?«

»Wenn Sie möchten.«

Ich stelle die Bilder auf den Kaminsims. Als ich mich umdrehe, macht Marie-Ange ein verblüfftes Gesicht.

»Sehen Sie es denn nicht?«

»Was sehen?«

»Die Ähnlichkeit.«

»Nein.« Ich betrachte die Bilder noch einmal. »Louise sieht Madeleine wirklich nicht ähnlich. Vielleicht liegt es am dunklen Haar und den Augen.«

»Madeleine nicht. Aber Ihnen.«

»Mir?«

Marie-Ange nickt. Ihre Stimme ist weich. »Sie ist Ihr Kind, Pierre. Louise wurde geboren, als Sie in Nordafrika waren.«

Ich denke an Madeleine. Ich denke an die Art jenes stürmischen Abschieds und an ihr Elend und meines. Ich denke an mein zweijähriges, nahezu totales Schweigen. Ich denke an den folgenden Verlauf unserer Beziehung, und plötzlich wird das Gesicht auf den Bildern zu meinem. Mein Gesicht als Kind. Festgehalten auf Fotografien. Das Gesicht meiner Mutter.

Marie-Ange berührt meine Hand.

»Warum hat sie mir damals nichts gesagt? Oder wußte sie es erst später?«

»Madeleine war sich völlig sicher. Wir sprachen während ihrer Schwangerschaft darüber. Genauso sicher war sie sich, daß Sie nicht zusammenleben konnten.« Marie-Ange weicht meinem Blick aus.

»Nein. Ich verstehe.« Ich starre in die Flammen. »Wahrscheinlich hatte sie recht.«

Bleiernes Schweigen senkt sich über uns.

»Wir alle führen ein verpfuschtes Leben, Pierre«, sagt Marie-Ange schließlich. »Madeleines Leben endete tragisch. Auf ihre unnachahmliche Weise hat Madeleine Sie geliebt. Sie hat auch Ihren Namen in der Geburtsurkunde angegeben.«

Sie hält inne und seufzt.

»Sie verstehen also, daß ich es Ihnen mitteilen mußte. Nur für den Fall, daß Louise es wissen möchte, wenn sie achtzehn wird. Obwohl ich mir nicht sicher war, ob Sie der richtige Mann sind, um es ihr zu sagen.«

Ich blicke zu ihr auf. »Und Sie sind zu dem Schluß gekommen, daß ich der richtige bin?«

Sie lacht. Es ist ein herzlicher, schmerzlicher Laut. »Sie sind in Ordnung. Sie können Louise irgendwann sogar kennenlernen, wenn Sie möchten.«

Wie ein Leuchtfeuer, das einem Schiffsbrüchigen den Weg weist, kommen mir ihre Worte vor.

21

Die Beerdigung von Madeleine Blais fand am Dienstag, dem 9. Januar 1990, statt. Der Friedhof am Rand von Ste-Anne war zu klein, um alle Trauergäste aufzunehmen. Sie drängten sich vor den Toren, strömten auf das umliegende Feld.

Alle Leute aus der Stadt waren da. Ebenso Madeleines Freunde und Kollegen und ein Gefolge von Reportern und Fotografen. Ein Meer von Blumen schmückte den Schnee rings um das Grab.

Madeleine wäre glücklich gewesen. Der Himmel zeigte sich in seinem schönsten Blau, und die Sonne machte Diamanten aus dem Schnee.

Sie hätte über den Anblick von Bürgermeister Desforges gelacht, der aufgeblasen wie ein Pinguin eine volltönende Trauerrede zum besten gab. Sie hätte gelächelt bei dem Gedanken an ein *Centre des Arts Madeleine Blais*, das seine Pforten in Kürze am Rand von Ste-Anne öffnen würde.

Eine kleine Gruppe von uns stand an einer Seite des Grabes, bis die Sonne rot unterging und die Menge sich verlief. Das waren Marie-Ange, Gisèle Desnos, Giorgio Napolitano, Fernando Ruiz, Kommissar Contini und ich. Madeleine war nicht mehr bei uns, aber sie hatte uns zusammengebracht.

Als Mme. Tremblay die vielen Hände geschüttelt hatte, hoben wir sie hoch und trugen sie wie eine triumphierende Galionsfigur zu den wartenden Autos. Sie protestierte, lächelte aber und winkte Jerome und der sehr stillen Monique.

Später am Abend, nach zu vielen Drinks, Geschichten und Erinnerungen, saßen wir in einem andächtig stillen Kino und warteten auf den ersten Film in der Retrospektive zum Gedenken an Madeleine Blais. Contini saß links von mir, Marie-Ange rechts.

Nach den ersten Szenen von *Winter Spell* klopfte mir Contini aufs Knie und flüsterte: »Was für eine wunderbare Frau! Jetzt verstehe ich alles.«

Seine Stimme wirkte beruhigend, doch ich wartete noch. Wartete nervös auf dieses schreckliche Gefühl, eine Art Pornofilm anzuschauen.

Aber dieses Gefühl stellte sich nicht ein.

Vielmehr erkannte ich Madeleines bemerkenswerte Begabung. In der magischen Dunkelheit dieses Kinos begriff ich, daß Madeleine groß genug war, um jedem zu gehören. Daß sie jedem allein gehören mußte.

In der Welt der öffentlichen Bilder ist Liebe immer zugleich einzigartig und in einzigartiger Weise allgemein.